BEOWULF
A TRANSLATION AND COMMENTARY TOGETHER WITH SELLIC SPELL

トールキンの
ベーオウルフ物語〈注釈版〉

J・R・R・トールキン
J.R.R. Tolkien
クリストファー・トールキン
Christopher Tolkien
岡本千晶 訳
Chiaki Okamoto

原書房

トールキンのベーオウルフ物語〈注釈版〉◆目次

はじめに…………v

序文…………1

原稿の歴史…………1

ベーオウルフ…………17

翻訳文に関する覚書…………113

注釈について…………143

『ベーオウルフ』の翻訳への注釈…………149

セリーチ・スペル…………409

はじめに…………409

§1 『セリーチ・スペル』最終稿…………415

§2　物語の最初期と最終形の比較……446
§3　『セリーチ・スペル』——古英語テキスト……465

ベーオウルフの歌……477
I　ベーオウルフとグレンデル……479
II　ベーオウルフと怪物たち……483

訳者あとがき……491

凡例

1　本書は、J. R. R. Tolkien: *BEOWULF, A Translation and Commentary* (Edited by Christopher Tolkien), HarperCollins, 2016の全訳である。

2　序文や注釈などの章の文中の行番号は、上掲の原書における「ベーオウルフ」トールキン現代英語訳（英語原文）に表示されている行番号である。

なお、＊のついた行番号は、Fr. Klaeber (ed): *BEOWULF AND THE FIGHT AT FINNSBURG*, D.C. Heath & Co., c1922の古英語テキスト行番号である。

3　本文中において、編者による補足や説明は［　］内に表記している。訳注の場合はその旨表示した。

はじめに

本書の性質や目的は、非常に誤解を招きやすいため、ここで説明をさせていただくと同時に、これが多少の言い訳になればと願っている。

J・R・R・トールキンによる『ベーオウルフ』の現代英語散文訳が存在することは広く知られており、古英語文学と言語学におけるトールキンの評判と名声にもかかわらず、この翻訳が長年未刊のままであったという事実は、これまで非難のまとにさえなっていた。

この責任はわたしにある。おもな理由、というより原因はかなり単純なことだ。翻訳は一九二六年には完成しており、このとき父は三四歳だった。父の前途には、オックスフォード大学でのアングロ・サクソン語教授としての二〇年、古英詩の研究をさらに深める二〇年があって、そこでは多くの労力を要する講義や授業が行われ、とりわけ『ベーオウルフ』に関する検討がなされてきた。こうした長年にわたる講義により、この詩にまつわるおびただしい数の文書が残された。その大部分が、テキストの細かい解釈に関するものだ。講義と翻訳とのあいだに段階的関係が存在しなかったのは明らかだが、その時々に加えられた翻訳への変更は（たくさんあるのだが）、多くの場合、父の講義で交わされた、疑問点にまつわる議論と合致していると見なしてよさそうだ。一方、後に自分の意見を見直し、それを踏まえたうえで、翻訳の修正は行わなかったケースもある。

ある意味、完成はしているが、それと同時に、明らかに「未完成」な原稿を提示する簡単明瞭な方法は存在しないかに思われた。特定の単語や語句や節の翻訳における父の最終的選択と思われるものをそのまま印刷してしまうのは誤解を招く恐れがあり、そのやり方は間違っているように思えた。だが、後に出てきた見解を受け入れて翻訳を変えてしまうのは論外だ。わたしが注釈を加えることはもちろん可能だったが、それよりも、議論の対象となっていたテキストの問題に関して、父が持論を展開した講義から本人が実際に述べた言葉を掲載するほうがずっといいように思えた。

本書で用いた『ベーオウルフ』に関する一連の講義について、父には、講義は「テキストにもとづく解説」、すなわち言葉ひとつひとつと密接に関連したものであるべきとの明確な意図がたしかにあった。しかし実際には、こうした制約は限定的となり、父は特定の単語や語句に関する議論から導かれてさらに幅広く、古英語時代の詩人、この人物の考え、スタイル、目的に見られる特徴についてもたびたび解説していた。また、一連の講義の過程で、テキストの特定の箇所から生まれた短かくも明快な「評論《エッセイ》」も多数存在する。たとえば、父はこう記している。「〝伝承の内容〟と〝テキスト〟とに分けて解説を行うことは、やろうと思ってもできるわけではないし、満足のいくものでもない」『ベーオウルフ』の原典研究が膨大にあるなか、本書が提示する解説には、構想力や洞察力にきわめて明確な個性が存在する。そして、特徴的に表現されたこれらの観察や議論には、テキストに対する父の綿密な注意力、古い語法や慣用句に関する知識、そこから導き出された場面を視覚化する能力が見て取れる。わたしには、長らく失われていた世界が父によって鮮やかに呼び起こされ、『ベーオウルフ』の作者がとらえたとおり、目の前に浮かび上がってくるように思えるのだ。そこには、あの詩人の真意や意図を明らかにするための文献学的ディテールが存在する。

こうして、わたしは熟考の末、本書の枠組みを大幅に拡大することを思いついた。その手段とは、書かれたものとして残っている講義資料から大量の抜粋を行い、（わたしの希望としては）この詩の実際のテキストとの明確な関係において生まれた、容易に理解可能な解説を提供しつつ、ときにはこうした当面の枠組みを越えて、*wrecca*〔訳注：本書「注釈」の注75参照〕に対する概念、詩の登場人物と「運命」の力との関係といった事柄の詳しい解説にまで踏み込むことである。

しかし、ある意味、これは意図したことではもちろんないのだが、こうした文書をふんだんに用いるとなると、必然的に、容易には解決できない提示上の問題が生じる。まず、これは父の著作ではあるが、父独自の発想を記したものではなく、二世紀以上にわたる膨大な研究史が存在する有名な作品に関する著作である。第二に、当該の講義は、『ベーオウルフ』の手ごわい言語を一部土台として古英語を勉強している学生を対象に行われたものであり、父の目的は、原文のうち、研究用に指定した部分の疑問点や意味を、多くの場合、正確かつ詳細に解明することにあった。だが当然のことながら、もともと父の翻訳は、原語に関する知識があまりない、あるいはまったくない読者に（限っていたわけではないにしろ）向けて書かれたものだった。

わたしはこうした考えから、本書の編集では、読者となり得るさまざまな人たちの利益にかなうよう努力した。この点では、父が一九六五年一一月にレイナー・アンウィンへ宛てた手紙のなかで表現していたジレンマと一部、奇妙かつ興味深い共通点がある。『サー・ガウェインと緑の騎士』〔山本史郎訳、原書房、二〇〇三年〕の翻訳を終えた父は、本文に添える〝編集に関する〟原稿をまとめることができないと気をもんでいた。

覚書を厳選し、それらを要約し、まえがきを書くのは難しいと感じている。言うべきことがたくさんありすぎるし、読者層がよくわからないのだ。もちろん、主たる対象は、文学好きではあるが、中英語の知識がない一般の読者である。けれども、この本が学生や〝英語科〟にいる大学の人々に読まれることは疑いようもない。後者のなかには、ホルスターに入っているピストルを抜く者もいるだろう。言うまでもないが、わたしはひとつの見解に到達するために、表には見えない膨大な量の編集作業をしなければならなかった。それに、やはりわたしは、ある言葉や一節に関して重要な発見をしてきたと思っている（中英語の狭い世界では「重大なこと」なのだ）。（中略）わたしは原典を持っている人たちに対し、広く受け入れられている解釈と比べて、わたしの解釈のどこがどのように違っているのかを示しておくことが望ましいと思う。

それから数年、父が亡くなって間もない一九七四年のことになるが、わたしは父の死後に出版されることとなる『サー・ガウェイン』の翻訳の件でレイナー・アンウィンに手紙を書き、その際、今紹介した父の手紙について触れた。わたしは『サー・ガウェイン』に関する父の覚書をくまなく探したが、「〝文学好きではあるが、中英語の知識がない一般の読者〟にわずかながらも適していると思われる覚書は痕跡すら見当たらない。それどころか、大方の学生にふさわしい覚書も見当たらない」、「本書の完成を妨げていたのは、はたして父にこの疑問を解決する能力が欠けていたことだったのだろうか」と述べた。そして「解決策として、わたしが（消極的ながら）好ましいと思うのは、〝学術的〟注釈を一切載せないことだ」と述べ、こう続けた。

それはさておき、父が心配していた文献学のガンマンたちは無視して差し支えないとしても、〝文学好きではあるが、中英語の知識がない一般の読者〟についてはどうしたものか？　状況は非常に個人差が大きいため、分析するのは難しいと思う。一般的に、原文に関する注釈をいっさいつけずにこのたぐいの中世詩の翻訳書を出版するのは非常に奇妙なことで、反感を招くだろう。

言うまでもないが、今回、わたしが示した解決法は、さまざまな関係にある、さまざまな資料（その出所は四分の三世紀以上前にさかのぼる）にもとづいているが、批判は受けとめよう。本書で示される注釈は、より膨大な文書から〝個人的に選択したもの〟であって、それ以外の何ものでもない。これらの文書はあちこちに散らばっていたもので、非常に読みづらく、しかも内容が圧倒的に詩の前半部分に集中していた。注釈はそれ以上のものではない。したがって、表面的に〝版〟とよく似た形をとっているにすぎないのだ。これはいかなるレベルであれ、一般的な包括性を目指したものではない。それは父の講義も同じだった。本人も言っていたとおり、父はおおむね、個人的に言っておくべきこと、言い添えるべきことがある内容へ言及するにとどめていた。わたしは、読者が〝版〟で探しそうな説明や情報は加えなかった。わたしが加えたささいな補足は、おもに、注釈そのものの構成要素として必要と思われるものだけだ。また、先人であれ、父のあとから出てきた人であれ、ほかの学者の研究に対する父の見解や意見について、わたし自身が語るということもしていない。注釈を選択する際、わたしが指標としてきたのは、翻訳の特徴との関連性があるかどうか、内容全体の利益になると判断できるかどうか、収めるべき長さに収まるかどうかである。わたしは父の講義から、原文の非常にささいな点に関するメモを多数組み込んだが、これらのメモは、父が文法や語源に関する小さな事柄から、いかにしてより大きな結論を導き出していたかを物語っている。また、父がどのように議論を展開し、証拠を提示したかを示すため、テキストの校訂に関する入念な考察もいくつか組み込んだ。文書として残っているこれらの講義に関する詳しい説明や、わたしがそれらの文書をどう扱ったかについては、本書「注釈について」をご覧いただきたい。

父は講義の注釈のなかで、皆、古英語の初歩的知識は多少もっている、そして〝クレーバー〟（『ベーオウルフ』のテキストとして広く用いられている代表的な版で、フレデリック・クレーバーの編纂によるもの。父はこの版をよく批判していたが、高く評価もしていた）はだれでも持っているだろうし、少なくとも入手しやすいと（おそらく安易に）思い込んでいた。一方、わたしは本書全体にわたって翻訳を第一に取り扱ったが、調べなくてもすぐに原文を参照したいと望む人たちのために、翻訳の参照行と並べて、古英語テキストの対応行も必ず記すようにした［訳注：文中の行番号についは、巻頭凡例を参照］。

『The Legend of Sigurd and Gudrún（シグルドとグズルーンの伝説）』の序文で、わたしはこう述べた。「本書はその性格上、現代の学問における一般的見方で判断できるものではない。本書の意図はむしろ、父の時代に、父が自分の心酔した文学をどう認識していたかを記録し、提示することにある」。本書についても同じことが言えるだろう。わたしは『The Legend of Sigurd and Gudrún』や『The Fall of Arthur（アーサー王の没落）』の版における自分の役割は、父の考え方に対する批評的概説を提供することでは断じてない――そうあるべきだと思っていた人たちもいたようだが――と考えてきた。ここに紹介する作品は、これまで未刊行だった〝形見の一冊〟、父自身の言葉で描いた（言うなれば）学者時代の父の〝肖像〟ととらえるのがいちばんいいのだろう。

それゆえ、さらなる要素として、同じく今回初の刊行となる父の作品、『セリーチ・スペル（不思議な物語）Sellic Spell』を含めることはとくにふさわしいように思われる。これはベーオウルフにまつわる想像上の物語の初期の形である。また、本書の最後には、同じく父の作品、『ベーオウルフの歌Lay of Beowulf』をふたつのバージョンで掲載した。こちらは、歌われるべくバラッドの形で表現された物語だ。父が口ずさむあの歌は、八〇年以上経ってもなお、わたしの記憶に鮮明に残っている。ベーオウルフやヘオロットの黄金の館と初めて出会った記憶として。

本書の一部として再録されている四つのイラストはすべて、J・R・R・トールキンの手によるもの。表紙に描かれている竜のすぐ下に、トールキンは『ベーオウルフ』＊二五六一行から取った言葉、(*ðā wæs*) *hringbogan heorte gefȳsed*――(いよいよ、)とぐろを巻くけだものの心は、(出ていって戦おうと)駆り立てられた(二二五〇～二二五一行)――を原画の下に記していた。裏表紙の絵はグレンデルの湖。その下に記された *wudu wyrtum fæst* は、『ベーオウルフ』＊一三六四行からの言葉で、本書では「そこより数マイルも行かぬところにかの湖があるのだが、白き霜をいただく茂みが湖に覆いかぶさるように張り出し、しかと根をはわせた木々が水面に影を投げかけている」(一一三五～一一三八行)と訳されている。同じ時期(一九二八年)描かれたもう一枚の沼の絵が表紙のそでに再録されている。本書の扉にある、戦士に襲いかかる竜の絵も同じ年に描かれたもの。

四つのイラストはすべて『トールキンによる『指輪物語』の図像世界』(ウェイン・G・ハモンド、クリスティナ・スカル)〔井辻朱美訳、原書房、二〇〇二年、七五～七八ページ〕に興味深い批評とともに再録されている。

序文

原稿の歴史

父による『ベーオウルフ』の散文訳は、少なくとも表面的には問題なく記述されている。まず最初に、父が「ミゼット」と呼んでいた小型の活字を使い、ハモンド型タイプライターで非常に薄い紙に打った原稿があり、これを原稿「B」と呼ぶことにする。Bは翻訳の一一七〇行 'warrior of old ward, in age's fetters did lament his'「古き戦《いくさ》を戦った戦士が老いにとらわれ」(古英語テキストの＊二一一二行)まで続き、ページ下部の最終行の端に最後の言葉が来ている。

三二ページにわたる原稿Bは状態が非常に悪く、右端が黒っぽく変色しているうえ、破れたり、裂けたりしていて、その時点で字句が失われている場合もあった。見た目を言えば、『ベーオウルフ』の写本と妙に似ている。その写本は、一七三一年に甚大な被害をもたらしたウェストミンスターのアシュバーナム・ハウス[訳注:『ベーオウルフ』の写本を収めたコットン・ライブラリが入っていた邸宅]

の火災でひどい損傷を受けていた。紙の端が焦げてぼろぼろになり、消失してしまっているのだ。だが、翻訳原稿Bにどんなダメージがあるにせよ、父はページの余白に失われた言葉の大半を書き込んでいた（そうではない場合もときにはあったけれど）。

タイプ原稿Bにこのほかのページが存在する形跡はないものの、（Bの終わり'did lament his'の続きに当たる）'youth and strength in arms'「若き日のこと、武器を手に、力強かったころのことを」から再開する手書きの原稿が存在する。そこで、タイプ原稿はB(i)、詩の最後まで続く手書き原稿はB(ii)と呼ぶことにする。

翻訳は一九二六年四月の終わりには完成しており、そのことについては、オックスフォード大学出版局に保管されている、父がケネス・シサムに宛てた手紙に見て取れる。

ベーオウルフをすべて翻訳してみたのですが、どうも気に入らないところばかりなのです。見本をお送りするので、遠慮なくご意見をお聞かせ願いたい。もっとも、人それぞれ好みがあり、自分なりの判断を下すのはたしかに難しいことですが……[*1]

（一九二五年の冬、父がオックスフォード大学でアングロ・サクソン語の教授職に就任、わたしたち家族は一九二六年一月にリーズからそちらへ引っ越した。）

B(i)B(ii)に続き、さらにもうひとつタイプ原稿がある（こちらもコピーが現存）。これはわたしが作成したもので、時期は一九四〇年から一九四二年にさかのぼることができる。[*2] このタイプ原稿を

「C」とよぶことにする。原稿の種類は以上。

タイプ原稿B(i)はかなり修正されている。いちばん大幅な修正がなされているのは、グレンデルがヘオロットへやってきて、ベーオウルフと戦うくだりの描写で(翻訳では五七四〜六三二行)、父はとりあえずそこを修正したあと、線を引いて削除し、新たに書き直した別の一節に差し替えた。だが不思議なことに、それ以降、タイプ原稿B(i)の終わりまで、修正はほとんどなされていないのだ。

B(i)の最後のセンテンスの途中から再開する手書き原稿B(ii)を見てみると、こちらはすらすらと、かなりの速さで書かれたもので、父の筆跡に慣れている者なら、ほとんどの部分はなんとか判読できるが、ところどころ、読みづらい箇所があった。修正箇所はかなりの数になるが、その大多数は、手書き原稿が書かれた時点でなされたものだ。そのなかには修正をしている最中に内容が書き換えられた部分もあり、解釈が難しくなっている。だが、原稿のあちこちにメモがあり、説明的なことが書かれていたり、古英語の原文に関する別の解釈が示唆されていたりする。

タイプ原稿Cには翻訳の全文が含まれている。B(i)に対する大量の修正はCに反映されたが、B(i)にはあとから加えられた修正も若干あった。B(ii)の手書き原稿のほうは、父がわたしに写しを取るよ

---

*1　この引用に関しては、ウェイン・ハモンドとクリスティナ・スカルに感謝する。

*2　当時、わたしは父を手伝うべく、「筆記者」としてさまざまな仕事をこなしていた。最近、『シルマリルの物語』[田中明子訳、評論社、二〇〇三年]のずっと忘れていた地図を偶然見つけた。実に入念に描かれ、色もつけてある地図で、わたしのイニシャルと一九四〇年の日付が書かれているものの、作ったことがまるで思い出せない。ほかに一九四二年であったことを示唆する証拠もある。本書「翻訳文に関する覚書」の†106参照。

う渡したときに、最終的な形にほぼ達していた。

Cをタイプしていたとき、B(i)はところどころ判読しづらい箇所があったが、わたしは驚くほど正確に解釈した（あちらこちらで助けを求めたのは言うまでもないが）。一方、翻訳後半の手書き原稿B(ii)では、かなりミスをしてしまった（あの有名な字と奮闘し始めたころの自分を、四分の三世紀以上たった今、振り返るのは実に妙なものだ）。

いつごろだったかは不明だが、父はようやくタイプ原稿Cに（父のほかの作品と同様）ざっとにせよ、急いで目を通し、さらに多くの表現を変更して書き留めた。その段階で前の原稿とわたしが打ったタイプ原稿を見比べていたとしても、それほど入念にはやらなかったようだ（ともかく父は、わたしがB(ii)で明らかに読み違いをしていた箇所に気づかなかった）。

このように、一連の原稿は単純にB(i)、B(ii)、Cと言ってはいるが、いくえにも重なった修正がきわめて複雑な歴史を構成している。それをすべて本書で紹介するのは場違いであろう。だが、わたしは翻訳をたどりながら、注目に値する原稿上の特徴を相当数リストアップした。そのプロセスをお知らせするため、多くの修正がなされたくだりについて、それぞれの段階で記されていたとおり、ここに掲載することにする。場所は翻訳の二六三～七九行に当たる部分で、古英語の原文では三二五～三四三行に相当する。

(a)　**もともとのタイプ原稿B(i)**

Weary of the sea they set their tall shields［単語欠落］...ed and wondrous hard, against that mansion's wall, then turned they to the benches. Corslets clanged, the war-harness of those warriors; their spears were piled together, weapons with ashen haft each grey-tipped with steel. Well furnished with weapons was［単語欠落：the iron-］clad company. There a proud knight then asked those men of battle concerning their lineage: 'Whence bear ye your gold-plated shields, your grey shirts of mail, your vizored helms and throng of warlike spears? I am Hrothgar's herald and esquire. Never have I seen so many men of alien folk more proud of heart! Methinks that in pride, not in the ways of banished men, nay, with valiant purpose are you come seeking Hrothgar.' To him then made answer, strong and bold, the proud prince of the Weder-Geats; these words he spake in turn, grim beneath his helm: 'Companions of Hygelac's table are we; Beowulf is my name.'

海の旅で疲れきっていた一行は、大きな盾と驚くほど堅い［単語欠落］を大邸宅の壁に立てかけ、それから、長椅子のほうへ向かった。戦士らの武具、胴鎧がガランガランと音を立てる。彼らの武器、トネリコ材の柄にそれぞれねず色の鋼の穂をつけた槍は、ひとところに重ねられた。［単語欠落：鉄の］鎧を身に着けた一団は、十分な装備を与えられていた。そのとき、堂々たる騎士が現れ、この戦士らの血筋について尋ねた。「そなたらは、その金をかぶせた盾、ねず色の鎖帷子、面頬のついた兜、多数の戦の槍をどこから携えてこられたか？　われはフロースガール王の伝令にして従者である。これほど多くの異国の者たちが誇らしげな態度で武器を携えているさまを見たことがない！　思うに、そなたらは、国を追放された者としてではなく、自負と立派な目的を持って、フロースガール王を訪ねていこうとしておられる！」

この問いに対し、ウェデル・イェーアトの勇猛果敢にして誇り高き貴人は、ぞっとする兜の下からこのような言葉で答えた。「われらはヒイェラーク王と食卓をともにする者なり。ベーオウルフがわが名である」

(b) **修正後の原稿B**(i)

Weary of the sea they set their tall shields and bucklers wondrous hard against the wall of the house, and sat then on the bench. Corslets rang, war-harness of men. Their spears were piled together, seamen's gear, ash-wood steel-tipped with grey. Well furnished with weapons was the iron-mailed company. There then a knight in proud array asked those men of battle concerning their lineage: 'Whence bear ye your gold-plated shields, your grey shirts of mail, your vizored helms and throng of warlike spears? I am Hrothgar's herald and esquire. Never have I seen so many men of alien folk more proud of heart! I deem that with proud purpose, not in the ways of banished men, nay, in greatness of heart you come seeking Hrothgar.' To him then, strong and bold, the proud prince of the Weder-Geats replied, these words he spake in answer, stern beneath his helm: 'We are companions of Hygelac's board; Beowulf is my name.'

海の旅で疲れきっていた一行は、大きな盾と驚くほど堅い丸盾を館の壁に立てかけ、長椅子に腰を下ろした。戦士らの武具、胴鎧が音を立てる。船人たちの武器、トネリコの木にねず色の鋼の穂をつけた槍は、ひとところに重ねられた。鉄の鎖帷子を身に着けた一団は、十分な装備を与えられていた。そのとき、堂々たる装いの騎士が現れ、この戦士らの血筋について尋ねた。「そなたらは、その金をかぶせた盾、ねず色の鎖帷子、面頬のついた兜、多数の戦の槍をどこから携えてこられたか？　われはフロースガール王の伝令にして従者である。これほど多くの異国の者たちが誇らしげな態度で武器を携えているさまを見たことがない！　察するに、そなたらは、国を追放された者としてではなく、立派な目的と偉大なる心をもって、フロースガール王を訪ねていこうとしておられる！」

この問いに対し、ウェデル・イェーアトの勇猛果敢にして誇り高き貴人は、いかめしき兜の下からこのような言葉で答えた。「われらはヒイェラーク王と食卓をともにする者なり。ベーオウルフがわが名である」

タイプ原稿Cは(b)と同一。ただし、「with grey」が省かれていたが、これは明らかな見落とし（古英語は*æscholt ufan grǽg*）。また、わたしは「in greatness」とすべきところを間違って「with greatness」とタイプしている。

(c)　**修正された原稿C（下線はあらたに加えられた変更）**

Weary of the sea they set their tall shields, bucklers wondrous hard, against the wall of the house, and sat then on the bench. Corslets rang, war-harness of men. Their spears stood piled together, seamen's gear, ash-hafted, grey-tipped with steel. Well furnished with weapons was the iron-mailed company. There then a knight in proud array asked those men of battle concerning their lineage: 'Whence bear ye your plated shields, your grey shirts of mail, your masked helms and throng of warlike shafts? I am Hrothgar's herald and servant. Never have I seen so many men of outland folk more proud of bearing! I deem that in pride, not in the ways of banished men, nay, with greatness of heart you have come seeking Hrothgar!' To him then, strong and bold, the proud prince of the Windloving folk replied, words he spake in answer, stern beneath his helm: 'We are companions of Hygelac's table; Beowulf is my name.'

海の旅で疲れきっていた一行は、大きな盾、驚くほど堅い丸盾を館の壁に立てかけ、長椅子に腰を下ろした。戦士らの武具、胴鎧が音を立てる。船人たちの武器、トネリコの柄にねず色の鋼の穂をつけた槍は、ひとところに重ねて立てかけられた。鉄の鎖帷子を身に着けた一団は、十分な装備を与えられていた。そのとき、堂々たる装いの騎士が現れ、この戦士らの血筋について尋ねた。「そなたらは、その金銀をかぶせた盾、ねず色の鎖帷子、面頬のついた兜、多数の戦の槍の柄をどこから携えてこられたか？われはフロースガール王の伝令にして従者である。これほど多くの遠方の地の者たちが誇らしげに武器を携えているさまを見たことがない！　察するに、そなたらは、国を追放された者としてではなく、誇りと偉大なる心をもって、フロースガール王を訪ねてこられた！」

この問いに対し、風を愛する民の勇猛果敢にして誇り高き貴人は、いかめしき兜の下から答えた。「われらはヒイェラーク王と食卓をともにする者なり。ベーオウルフがわが名である」

これらの改訂のうち、「grey-tipped with steel」、「with proud」から「in proud」、「board」から「table」への変更を見ると、修正前の原稿B(i)の状態に戻っていることがわかるだろう。この原稿と、実際に印刷されたくだりとで唯一違っているのは、本書の二七四行。「with greatness」が「in greatness」へと正しく戻されている。また、「ye have come」は、明らかに父の書き間違いである「you have come」を、わたしのほうで修正した（三一四〜三一九行参照）。

原稿B(i)とB(ii)は、あるセンテンスの最初の言葉がタイプ原稿の最終ページにあり、手書き原稿の一ページ目にそのセンテンスの残りの部分があるという具合に、異なる形の原稿が非常にうまく結合しているが、このふたつの関係については、一見わかりやすい理由がふたつあるように思える。つまり、何らかの外因（タイプライターの修理を余儀なくされたなど）により、タイプ原稿B(i)の直後に手書き原稿B(ii)が続いた、あるいは、最初に手書き原稿があり、それをタイプライターで追いつき追いこそうとしている途中で、タイプライターが何らかの理由で引っ込められたと考えられる。後者と仮定すると、手書きと想定される原稿は、実際に始まる箇所までの部分が失われたか、破棄されたことになる。

ふたつの仮定のうち、後者の可能性はかなり低そうだが、前者の説明も正しいとは思えない。ふたつの原稿の構成方法は大きく異なっている。後に大幅な修正がなされる前、タイプ原稿B(i)は(作成時には暫定的と見なされていたにせよ)完成された原稿だった。それに対し、手書き原稿B(ii)は、執筆している最中に修正がなされていたり、差し替えるつもりの解釈なのか、それとも検討する可能性ありとのことなのかと疑問を残すような覚書が余白に記されていたりで、まだ進行中の作品という印象が強い。

全体的に見て、ふたつの関係は、現存する素材にもとづき解明されるものではない気がするが、いずれにせよ、B(i)が満足のいく状態になく、両方の原稿にふんだんに修正が加えられている事実は、『ベーオウルフ』の翻訳が終わったと言ってから何年も経って、父がわたしを呼び、全体の新しいタイプ原稿を作らせた理由を物語っている。それは明らかなことだ。

*

父は完全に頭韻を踏んだ形で『ベーオウルフ』を訳すこと、すなわち、古い詩の規則性を再現する試みをあきらめ、この古英詩の細かな意味までできる限り、〝頭韻詩〟への翻訳ではなし得なかったほど忠実に訳し、それでいて、原文のリズムも連想させるものにしようと決心していたかに思える。

古英語の詩行について、父はこう記している。「基本的に、日常言語の最も一般的かつ簡潔な六つほどのフレーズ・パターンを取って作られており、これらのパターンにはそれぞれふたつの主要素、すなわち強勢がある。これらの[フレーズ・パターンの]うち、通常は異なる二パターンが互いにバランスを保って一行を形成している」。父の論文のなかに、自身の『ベーオウルフ』散文訳のリズム面に関する言及はどこにも見当たらず、ほかの側面に関する言及も見当たらない。しかし、わたしには父が頭韻の痕跡を残さず、特定のパターン規則も用いることなく、意図的に「日常言語における最も一般的かつ簡潔な散文パターン」にもとづくリズムで大部分を書いたのではないかと思えるのだ。

upon the morrow they lay upon the shore in the flotsam of the waves, wounded with sword-thrusts, by blades done to death, so that never thereafter might they about the steep straits molest the passage of seafaring men.

剣に刺し抜かれて傷を負い、刃《やいば》にかかって命を落とし、波間を漂った末に、朝には浜辺に打ち上げられていた。それからというもの、波の高い海峡付近で、船人たちを脅かすこともなくなったのだ。（四五八～四六二行）

In care and sorrow he sees in his son's dwelling the hall of feasting, the resting places swept by the wind robbed of laughter – the riders sleep, mighty men gone down into the dark; there is no sound of harp, no mirth in those courts, such as once there were. Then he goes back unto his couch, alone for the one beloved he sings a lay of sorrow: all too wide and void did seem to him those fields and dwelling places.

父親は息子の住まいで、宴の広間を、風が吹き抜け、笑い声が奪われた憩いの場を、悲しみに沈んで眺めるのだ。騎士らは永久《とわ》の眠りにつき、強者たちも暗い地下へと去っている。そのような宮廷では、かつて聞こえた竪琴の調べ、陽気な笑い声はもう聞こえない。それから、老父は臥所《ふしど》へ戻り、最愛の息子のために、ひとり、悲しみの歌を詠じる。野山も住まいも、老父にはすべて、あまりにも広く、空虚に思えるのだ。（二〇六一～二〇六七行）

『ベーオウルフ』＊二一〇～二二四行、デンマークを目指すベーオウルフと仲間たちの航海にまつわるくだりを訳した父の頭韻詩（一九四〇年にC・L・レンが改訂した、J・R・クラーク・ホールの翻訳に寄せた「まえがき」の「韻律について」のセクションに掲載）と、本書の散文訳（一七一～一八二行）を比べてみると面白い。

Time passed away. On the tide floated
under bank their boat. In her bows mounted
brave men blithely. Breakers turning
spurned the shingle. Splendid armour
they bore aboard, in her bosom piling
well-forged weapons, then away thrust her
to voyage gladly valiant-timbered.

She went then over wave-tops, wind pursued her,
fleet, foam-throated, like a flying bird;
and her curving prow on its curse waded,
till in due season on the day after
those seafarers saw before them
shore-cliffs shimmering and sheer mountains,
wide capes by the waves; to water's end
the ship had journeyed.

時は過ぎ去った。崖下の流れの上に
彼らの船は浮かんでいた。勇敢な男たちが喜々として
船の舳先によじ登る。くだけ波が渦を巻き
砂の浜辺に打ち寄せる。彼らは壮麗な武具と
良く鍛えた武器を船へ運び、その懐に積み重ねると、
立派な木造りの船を、喜ばしき航海へと押し出した。
すると船は波に乗り、風に押され
喉元で水泡を立てながら、飛ぶ鳥のごとく疾走した。
そして曲線を描く舳先は、水を切って航路を進み

翌日いよいよそのときが来て、船乗りたちの前方に
きらめく海岸の断崖、切り立つ山
海へと広がる岬が見えてきた。船の旅路は
こうして終わりを迎えた。

Time passed on. Afloat upon the waves was the boat beneath the cliffs. Eagerly the warriors mounted the prow, and the streaming seas swirled upon the sand. Men-at arms bore to the bosom of the ship their bright harness, their cunning gear of war; they then, men on a glad voyage, thrust her forth with her well-joined timbers. Over the waves of the deep she went sped by the wind, sailing with foam at throat most like unto a bird, until in due hour upon the second day her curving beak had made such way that those sailors saw the land, the cliffs beside the ocean gleaming, and sheer headlands and capes thrust far to sea. Then for that sailing ship the journey was at an end.

時は過ぎていった。くだんの船は、崖の下で波に浮かんでいた。戦士らは喜々として舳先に上がり、流れは渦を巻いて浜の砂上に打ち寄せた。兵士らは、光り輝く武具、精巧な技を施した戦衣を船のなかへ運び込んだ。それから、喜ばしい航海にのぞむ男たちは、板を見事に重ね合わせた造りの船を押し出した。大海原の波に乗った船は、喉元で水泡を立てながら、飛ぶ鳥のごとく、風を受けて疾走し、翌日、

舳先が曲線を描くその船は進みに進んで、しかるべき時となり、船乗りたちは陸地を、海辺できらめく崖を、切り立つ岬の突端が海のほうへ伸びているさまを目にした。そして、海を疾走してきたこの船にとって、旅は終わりを迎えた。

言ってみれば、このリズムが、全体にわたって感じられるだろう。それがこの散文の特質であり、分析を求めるものではないが、作品全体に十分広がり、一種独特の、際立つ雰囲気を与えている。そして、このリズミに関する特徴は、語尾-*ed*が、場合によっては特別な音節を添えるべく-*éd*と記されているなど、語法の特徴になっていることがわかるだろう。たとえば、七五二、八三二行では「renowned」だが、六四八、七〇三行では「renownéd」、一七〇九行では「prized」だが、一七一八行では「prizéd」となっており、同様の例はほかの場所でも頻繁に見られる。あるいは、一五三四〜一五三五行の「a thousand knights will I bring to thee, mighty men unto thy aid（千人の強力な騎士を連れて、お助けにまいります）」など、「to」の代わりに「unto」が使われている場合もある。また、動詞の語尾-*s*およびその古体-*eth*も、リズム上の理由により不ぞろいになっており、一四五二〜一四七六行の一節にとくにその傾向が顕著に見られる。語順の倒置も、たいてい同様の説明ができ、ごくわずかながら、言葉の選択についても注目に値するケースがある（たとえば、「helmet」のほうが普通に使われる言葉だが、八三八行では「helm」が使われている）。タイプ原稿Cになされた修正の多くは、このような性質のものだった。

さきほど述べたことからもわかるように、本書の訳文は全編を通じて、著者が修正したタイプ原稿Cに示された最後の解釈にもとづいている。また、すでに言及したとおり、多くの特徴は翻訳のあとに続く「翻訳文に関する覚書」で詳しく説明するが、この覚書は次に続く注釈での議論と関連している。

原稿B(i)、B(ii)、Cのいずれかに実際に存在しない解釈は紹介しないという原則を指針としてきたが、若干、明らかな例外があり、それについては「翻訳文に関する覚書」に記録しておいた。

固有名詞に関しては、父の表記に一貫性がなく、複数の可能性からどれかを選ぶのが難しい場合もある。顕著な例は*Weder-Geatas*だが、これについては「翻訳文に関する覚書」†20を参照のこと。また、古英語の名前のスペルに関しては、「注釈について」の最後の部分を参照してほしい。

ここで言及しておくべきだが、わたしは古い語法を改めることはしなかった。たとえば、かつては一般的な形だった*corse*（死体）が出てきた場合、現代英語の*corpse*に書き換えるのではなく、*corse*をそのまま残した。

＊

ベーオウルフ

いざ聞け![1] 槍で名高きデネ人の王たちのいにしえの栄光は語り継がれ、われらは、これらの君主がいかにして武勇をなしてきたかを耳にするにいたった。シュルド・シェヴィング[2]は、敵の軍勢、あまたの人々から、蜜酒[3]を酌み交わす宴の席を奪い取り、男たちに恐怖を植えつけた。初めは寄る辺なき者として見出されたシュルドであったが、こうした生き方に慰めを覚え、天のもとで力を強め、栄誉に満ちて栄え、ついには近隣に暮らすすべての民が鯨[4]のゆく海を渡り、彼の言葉を傾聴し、貢ぎ物を献上せねばならなくなった。実にすぐれた王である!

その後、王のもとに世継ぎが誕生する。民を安心させるため、神は王の館にひとりの幼子を遣わした。この国の民がかねてより長らく、世継ぎ[5]のない苦しみに耐え、差し迫った窮地にあると気づいてのことである。こうして、栄光をつかさどる生命[6]の主は、世の男たちのなかでも、この若君に名誉を授けた。シュルドの世継ぎ、[7][†1]ベーオウの誉れは高く、その名はたちまち、[8]シェデランドにあまねく広まった。このように、若き王子は、[9][†2]父親の懐で暮らしているときから善行をなし、立派な贈り物を分かち与えるものなのだ。[10]そうすれば、やがて年をとって戦《いくさ》になったとき、信義に厚い円卓の騎士たちが忠誠を尽くし、民が力を貸してくれる。いかなる民にあっても、人格は立派な振る舞いによって高まるものなのだ。

[11]やがて勇ましきシュルドも天命尽きて、主の加護のもとへと去っていった。王の親愛なる同志らは、王がまだ自分の言葉でシュルディングの民を統治していたころ、みずから命じていたとおり、潮が満ちたる海へと王の亡骸を運んでいった。長きにわたりこの地を治め、慕われた王であった。港には、環形《わがた》の舳先をそなえ、つららが垂れ下がった、今まさに旅立たんとしている王の帆船が泊まっていた。それから、家臣たちは、慕われし王、宝環の贈り主たる王、誉れ高き王を船の奥深いところに安置した。船には数々の貴重な品々、遠方よりもたらされた財宝があった。武器や武具でかくも美しく船が飾られるさまを、これまで伝え聞いたためしがない。王の膝の上には、海が支配する遠いところへ、ともに流れていくべき宝が山と積まれていた。家臣らは、幼子だった王を最初に波間へと送り出した人々にいささかも劣ることなく、王の身を贈り物や宝物で飾った。さらに、王のはるか頭上に金色《こんじき》の旗を掲げ、亡骸を大海原に託し、波が運んでゆくにまかせた。彼らは悲しみに暮れ、心の底から王の死を悼んだ。真実を伝えられる者はいない。広間にいる貴人らも、空の下の強者《つわもの》たちも、だれがあの積み荷を受け取ったのか、語ることはできなかった。

その後、シュルディングのベーオウ、慕われし国民の王が、長きにわたり、城内の人々のあいだでその名をはせていたが、父君はこの世を離れて、どこかよその世界へ旅立っていた。やがてベーオウは高貴なる[12]ヘアルフデネをもうけた。その子は君主となり、命あるあいだは、老いてもなお、戦《いくさ》では猛々しく戦い、公明正大なシュルディングの民を治めた。ヘアルフデネには四人の子どもが次々とこの世に誕生し、軍勢の指揮官となった者はヘオロガール、フロースガール、善良なる者はハールガと名づけられた。そして聞くところによれば、〔[13]娘は〕オネラの王妃、シェルヴィングの戦士の愛しき伴侶になったという。

その後、フロースガールは武運に恵まれ、戦闘においては誉れ高く、一族の家臣は進んで彼の話に傾聴し、多くの若き戦士が成長して、強力な家臣団となっていった。すると、フロースガールの心に、人々に命じて、大広間と大邸宅を造らせよう、およそ人の子が聞いたこともなかったような、蜜酒を酌み交わす館を造り、そのなかでは、神が彼にたまわったように、人々の土地と命とを除くすべてのものを、老若問わず、分け与えようとの思いが浮かんだ。

それから、この世の津々浦々にいる多くの一族に、この家臣らの館を建造し、飾り上げる仕事が[†3]申しつけられるのを、わたしは聞いた。しばらくすると、他に類を見ない壮大な館と広間が、人々のなかに完成する運びとなった。王の言葉はあまねく絶対であり、その王が、この館をヘオロットと名づけた。王はみずからの誓いを裏切ることなく、宴の席で宝環や財宝を分け与えた。[14]館は、角が描かれた広き破風をそなえて高くそびえ、そこには相争う破壊的炎の渦が待ち受けていた。血で血を洗う確執の名残ゆえ、父と娘婿とのあいだに残忍な憎悪の再燃するときが、[15]そう[†4]遠からず訪れようとしていた。

そのころ、暗闇に棲まう獰猛《どうもう》な悪魔は、来る日も来る日も館に響き渡る陽気な酒盛りの騒ぎにさいなまれ、耐えがたきときを耐えていた。聞こえてくるのは竪琴の音と、吟遊詩人の澄んだ歌声。人類の始まりを遠い昔から物語るすべを知る者は、全能の神がいかにして大地を、水に囲まれた美しく色鮮やかな谷間を作り上げたか、大地に住む者たちの光として、太陽と月の輝きを誇らしげに天に置いたか、そして、木の枝と木の葉で地上を飾り、生きて動き回るあらゆる種類のものたちのために、命をも創造したかを語り聞かせた。

　こうして、この一団は上機嫌で幸せに暮らしていたが、やがて地獄[16]の悪霊がよこしまなことをなし始めた。辺境に出没すると噂されるその不気味な生き物は、名をグレンデルといい、荒れ野を、沼沢地の砦《とりで》を固守していた。この不幸な生き物は、長きにわたり、巨人族《トロール》の生息地に棲んでいた。[17]というのも、創造主たる神が、カインの末裔として追放したからだ。カインはアベルを殺し、永遠なる主は、その殺害への復讐をなした。神はかの暴力的振る舞いを喜ばず、その罪への罰として、カインを人類からはるか遠くへと追いやった。そのカインから、人食い鬼《オーグル》に小鬼《ゴブリン》、[18]死にそこないの悪魔の形をした生き物など、ありとあらゆる邪悪なやからが生まれ、長きにわたり、神に刃向かうことになる巨人どもも誕生していた。そのため、神は彼らに報いを与えたのである。

　やがて夜が訪れると、グレンデルは表へ出てゆき、[†5]エールの宴が終わったあと、鎖帷子《くさりかたびら》をまとったデネ人たちがどのように居を定めたかを確かめるべく、そびえたつ館を見張りにいった。すると、館のなかでは、宴を終えた君主の家臣団が、悲しみも、自分たちの悲惨な運命も知らずに眠っていた。[†6]この呪われし者、[†7]強欲かつ凶暴にして機敏なる者は、待ってましたとばかりに、寝床にいた三〇人の騎士をむんずとつかんだ。それから、獲物を眺めてほくそ笑み、自分が殺した大量の人間を抱えてその場をあとにすると、ねぐらを目指して帰途についた。

　その後、夜明けとともに光が差すと、戦いにおけるグレンデルの強さが人々の目に明らかになった。宴のあとに嘆きの声が、暁の慟哭《どうこく》が沸き上がった。家臣たちが辺りに目を走らせ、あの仇《かたき》、あの呪われし悪魔の足跡を確認すると、名高き王、だれもが認める老練な君主は、陰鬱な面持ちで座り込み、その雄々しく勇気ある心は、騎士たちを失った悲しみに耐えていた。この仇との争いはあまりにもつらく、あまりにも恐ろしく、耐えがたいほど難儀なものだったのだ！[19][†8]　そして、一晩と経たないうちに、グレンデルは再び残忍な殺人を行い、しかも憎しみに満ちたおのれの[†9]悪事に心を痛めることもなかった。あまりにも深く、悪に染まっていたからだ。こうして館の番人と化した者の敵意が明らかな証拠をもって示され、いつわりなく告げられると、以来、そこより離れたほかの場所まで行って、小さな部屋に寝床を求めようとする者を見つけるのはたやすいことだった。そして、敵から逃れた者は、その後、さらに遠くへ逃れ、さらに堅実に身を守るのだった。

　こうして、グレンデルはわがもの顔に振る舞い、正義に宣戦布告をし、たったひとりですべての相手と戦い、ついに、世に比類なき館は人気《ひとけ》もなく立ち尽くすことになった。その歳月は長かった。シュルディングの高貴なる君主は一二年の年月《としつき》、苦悶と、あらゆる苦悩、深い悲しみに耐えた。そのため、グレンデルがしばらくフロースガールと争い、悪意と敵意をあらわにし、長年、憎悪に満ちて諸悪をなし、絶え間なく反目し続けたことは、悲しいかな、歌で語られて民の知るところとなり、人の子らにも明かされることになった。[20][†10]グレンデルは、デネの軍勢のいかなる者とも休戦せず、残虐行為を差し控えようともせず、賠償金を支払う条件も受け入れようとせず、いかなる顧問官も、この殺戮者の手から金《きん》[21]による賠償を期待できる理由がなかった。それどころか、残忍な殺人鬼は、騎[†11]士も若き家臣も区別なく迫害し続け、暗い死の影は、辺りにひそんで待ち伏せをし、長き夜には霧深い沼をわがものとしていた。[22]地獄の妖術師らがさまよい、ふらりと向かっていく先は、人間の知るところではないのだ。

　かくして、人類の敵は恐ろしく孤独に忍び歩き、多くの悪行、極悪非道の乱暴を幾度となく働いた。そして夜の闇が訪れると、宝玉で輝くヘオロットの館に住むのだった。（神[24]の御前《みまえ》では、尊き恵みの玉座に近づくことは決して許されず、彼[†12]が神の意志を知ることもなかったのである。）シ[23]ュ[†13]ルディングの君主にとって、それは大きな苦悩であり、胸が張り裂けるような苦しみだった。多くの有力者がしばしば話し合いの席につき、不屈の心を持つ男たちにとって、このとてつもない恐怖を相手に、何をなすのが最善の策であるか協議した。彼らはときおり、異教の礼[†14]拝堂で偶像に生け贄を捧げると誓い、祈りのなかで魂[†15]の殺戮者に向かって、民の苦難を取り除けるよう力を与えたまえと懇願した。彼らのならわし、異教徒の望みとはそのようなものだった。心の奥底では地獄を忘れずにいたのである。（彼[†16]らは創造主を、人の所業の裁き手を知らず、主なる神について耳にしたことがなく、天の守護者、栄光をつかさどる者をたたえるすべを本当に学んでいなかった。悪[†17]魔のような敵意にさらされ、みずからの魂を業火の腕のなかに突き落とし、なんの慰めも求めず、運命を変えようとしない者に災いあれ！　死後、主のもとへ赴き、父なる神の懐に安らぎを求めることができる者に幸いあれ！）

[25]こうして、ヘアルフデネの息子は、当面の悲しみを絶えず思い案じ、賢き君主も、みずからの苦悩

を無視することができなかった。民に降りかかった争い、彼らが辛抱を余儀なくされた責め苦、夜ごと遭遇する悲惨きわまりない状況は、あまりにも恐ろしく、あまりにも難儀で、とても耐えられるものではなかったのだ。

こうした事態、グレンデルの所業を、イェーアトの人々に尊敬されていたヒイェラーク王の騎士が、遠く自国で耳にした。彼はそのとき、この世で人類のだれよりも腕力にたけ、人並みはずれて体格に恵まれた高貴な人だった。彼は、波に乗り出す良き船を造るよう部下に命じ、勇敢な王、かの名高き君主が加勢を必要としておられるから、白鳥がゆく海を渡って、はせ参じようと語った。賢明なる人々にとって、彼はとても大切な尊き人だったが、[26][†18]彼らはこの異国への航海にほとんど文句をつけなかった。それどころか、[27]勇猛果敢な彼の心を励まし、吉凶を占った。

この善き人は、イェーアト人《びと》のなかから見出せる限り、最も豪胆な勇士を選び出した。そして総勢一五名が木造りの船のあるところへ赴くこととなり、海路を行くすべにたけたかの戦士がその先頭に立って、彼らを海辺へと導いていった。[28]時は過ぎていった。くだんの船は、崖の下で波に浮かんでいた。戦士らは喜々として舳先に上がり、流れは渦を巻いて浜の砂上に打ち寄せた。兵士らは、光り輝く武具、精巧な技を施した戦衣を船のなかへ運び込んだ。それから、喜ばしい航海にのぞむ男たちは、板を見事に重ね合わせた造りの船を押し出した。大海原の波に乗った船は、喉元で水泡を立てながら、飛ぶ鳥のごとく、風を受けて疾走し、翌日、舳先が曲線を描くその船は、進みに進んでしかるべき時となり、船乗りたちは陸地を、海辺できらめく崖を、切り立つ岬の突端が海のほうへ伸びているさまを目にした。そして[29][†19]、海を疾走してきたこの船にとって、旅は終わりを迎えた。それから、風[†20]を愛する民の男たちは急いで浜に上がり、海に運ばれてきた木船をしっかりつなぎとめた。彼ら[30][†21]は鎖帷子を、戦衣を振った。そして、海の旅路を容易に終えられたことを神に感謝した。

ほどなくして、海にのぞむ断崖の警固をしていたシュルディングの番兵は、彼らが輝く盾と立派な武具を携え、渡り板を歩いていく姿を岸辺の高みから目撃した。番兵[31][†22]は不安に襲われ、この男たちが何者なのか突き止めたいとの思いに駆られた。フロースガールの騎士は馬に乗って海岸へ赴き、がっしりした槍の柄をつかんで力いっぱい振り回しながら、戦で交渉する際の言葉で尋ねた。「鎧をまとい、高き船の舵をとってかくのごとく海路を渡り、この地へやってきたそなたらは、いったいどちらの戦士であるか？　いざ聞け！　われは久しくこの土地の境に住み、いかなる敵も水軍を率いてデネの国に来襲することがなきよう、海を見張る者なり。武器を持つ者たちが、武装せし者の合い言葉も知らず、この国の親族の同意があるわけでもなく、このように公然と上陸を試みたためしはない。また、そなたらのおひとり、武器を手にしたお方ほど立派な戦士を見たこともない。その美しき面持ち、比類なきたたずまいがいつわりでないならば、武具[32]に身を包み、いかにも雄々しく見えるその方は、館[†23]の家来ではあるまい。そなたらが正体[33]をいつわった密偵として、ここから先、デネの国に足を踏み入れることがなきよう、そなたらの出所を知らねばならない。さあさあ、遠い国に住みし方々、海の旅人たちよ、わたしの率直な胸の内をお聞きくだされ。そなたらがどこより来られたか、すみやかに打ち明けるのが何よりだ！」

番兵に向かって、一行の首領、統率者が答え、ため[†24]込んでいた言葉を解放した。「われらはイェーアト族の者、ヒイェラーク王の炉辺の同志である。わが父は、戦いの最前線に立つ高貴な戦士として諸国民のあいだでその名が知られ、エッジセーオウ[34]と呼ばれていた。長年の困難、逆境に耐えて老境を向かえ、父はこの世を去った。天下にあまねく、賢人であれば、皆、父のことをしかと覚えている。このたび、われらは友好の意図をもって、そなたらの君主、ヘアルフデネ公のご子息、臣民の守護者をお訪ねするためにやってきた。どうか相談にのっていただきたい！　われらはデネの国の高名なる君主に対し、重大なる使命を帯びている。[†25]それゆえ、しかるべきことが秘密であってはならぬと思うしだい。われらが伝え聞いたことが真実であれば、そなたもご存じのはず。何者かは知らぬが、シュルディングの人々のあいだで、秘めたる憎悪の所業をなす者があり、夜な夜な、おぞましきやり方で、[†26]とてつもない敵意をあらわにし、人々をはずかしめ、殺戮の限りを尽くしている。わたしはその件に関し、いかにして敵に打ち勝つか、賢明なる名君フロースガールに惜しみなく知恵をお貸しすることができる。それで、災いがもたらす苦悩にも何らかの変化、改善が訪れるとすれば、激しい悲しみも和らぐであろう。さもなければ、比類なき館がその高台にある限り、王はこの先もずっと、苦難と困窮のときを耐えることになるだろう」

　恐れを知らぬ王の騎士たる番兵は、馬にまたがったまま言った。「鋭[35]い[†27]分別を持ち、よく注意を払う者は、言葉であれ行動であれ、真実の見分けがつくものだ。見たところ、ここにおられる方々は、シュルディングの君に友好的な意向を持つご一行と確信した。武器と鎧を携え、前へ進まれよ！　わたしが案内いたそう！　さらに、若き従者らにもしかと命じておこう。やがて櫂と渦を描く舳先をそなえた船が再び海[†28]の流れを越え、愛すべき船長を風上の岸辺へと送り届けるまで、砂浜にて、そなたらの船、タールを塗ったばかりの船をいかなる敵からも守るようにと。かくも立派な行いをなす者には、この戦いが始まろうとも、傷ひとつなく、無事に切り抜ける運命が与えられるというものだ！」

　それから、彼らは前進した。彼らの懐深き大きな船は、今や大綱で錨につながれ、静かに停泊していた。頬当て[36†29]の真上には、火で鍛え、金《きん》で飾られた猪の像がきらきらと輝き、挑発的で恐ろしげな戦の仮面が戦士の命を守っていた。彼らは先を急いだ。大またで足並みをそろえて進んでいくと、黄金で飾られたきらびやかな館が見えてきた。それは天の下、地上に住む者たちのあいだで最も名高き館で、なかには偉大なる人物が暮らしており、館が放つ光は多くの土地を照らしていた。恐れを知らぬかの戦士は、一行が誇り高き者たちの集う宮廷へとまっすぐ進んでいけるよう、その方向をはっきりと指し示した。

　それから、戦士は馬の向きを変え、続けてこう言った。「わたしはもう行かねばならん。全能の父の恵みのうちに、そなたらの旅が安全に成し遂げられんことを！　わたしは海へ戻り、敵の軍勢にそなえて見張りをするとしよう」

　道には石が敷き詰められており、一行はその道をたどって進んだ。恐ろしげな武装で館を目指してまっすぐ大またで歩いていくと、彼らの鎖帷子は輝き、手でつなぎあわせた硬い鉄の環が音を立てた。海の旅で疲れきっていた一行は、大きな盾、驚くほど硬い丸盾を館の壁に立てかけ、長椅子に腰を下ろした。戦士らの武具、胴鎧が音を立てた。船人たちの武器、トネリコの柄にねず色の鋼の穂をつけた槍は、ひとところに重ねて立てかけられた。鉄の鎖帷子を身に着けた一団は、十分な装備を与えられていた。そのとき、堂々たる装いの騎士が現れ、この戦士らの血筋について尋ねた。「そなたらは、その金銀をかぶせた盾、ねず色の鎖帷子、面頬のついた兜、多数の戦の槍の柄をどこから携えてこられたか？　われはフロースガール王の伝令にして従者である。これほど多くの遠方の地の者たちが誇らしげに武器を携えているさまを見たことがない！　察するに、そなたらは、国を追放された者としてではなく、誇りと偉大なる心を持って、フロースガール王を訪ねてこられた！」

この問いに対し、風を愛する民の勇猛果敢にして誇り高き貴人は、いかめしい兜の下から答えた。「われらはヒイェラーク王と食卓をともにする者なり。ベーオウルフがわが名である。世に秀でたお方へお話しさせていただくお許しをたまわれるならば、ヘアルフデネ公のご子息、輝かしき王、そなたの主君に、わが使命をお伝えしたい」。するとウェンデルの貴人にして、その気概、武勇、知恵が多くの人々に知られていた人物、ウルフガールがこう言った。「そなたが懇願されるとおり、そなたのこのたびの旅について、デネ人の友、シュルディングの君主、宝環を分け与えてくださる方にお尋ねし、ご親切にも、あの方が返事をなさるご意向を示されたら、ただちにその旨、そなたにお伝えしよう」

[37]それから、彼はすみやかに、老いて白髪のフロースガールが騎士の一団に囲まれて座している場へと戻っていった。雄々しき勇士はすたすたと進み、デネの王のかたわらに立った。[38]彼は宮廷人のしきたりをよく心得ていた。ウルフガールは敬愛する君主に言った。「遠方より、大地を取り巻く海を越えて来られた、イェーアトの高貴な人々が上陸したところでございます。戦士らは、最も位の高い者をベーオウルフと呼んでおります。わが君、この者たちは、あなたさまと言葉を交わすことを願って

おります。ああ、寛大なるフロースガール王よ、彼らへの情け深き返答を拒むことがありませんように！　武具をまとった姿からして、あの者たちは尊敬に値する人々と思われます。戦士らをこの地へ導いてきた指揮官は、間違いなく、すぐれた人物でございます」

シュルディングの守護者、フロースガールは言った。「まだ子どもだったころのその男を知っておる。父親はエッジセーオウといい、イェーアトのフレーゼルは、ひとり娘をエッジセーオウに嫁がせた。今、勇敢にも、友と恩人を求めてやってきたのは、その子息である。友好のあかしである、イェーアトへの贈り物と宝物をかの地へ海路で届けた船人たちがその後、伝えたところによると、その男は三〇人力の手力を有し、勇敢なる戦士であるとか。聖なる神は、余の望みどおり、グレンデルの恐怖に抗すべく、慈悲の心でわれら西デネのもとへ彼を遣わしてくださったのだ。このすぐれた騎士には、勇敢なる心への褒美として、高価な贈り物を取らせることになろう。さあ、急げ！　その者たちになかへ入り、ここに集うわれらが一族の誇り高き一団を見るがよいと申しつけよ。また、デネの民は彼らを歓迎する旨、言葉をもって伝えるように！」

「そこで、ウルフガールは館の扉のほうへ行き、」扉の内側で次の言葉を述べた。「勝利者たるわが王、東デネの首長は、そなたらの血筋は存じておる、そなたらは恐れを知らぬ心を持ち、沸き立つ海を越えてやってきた歓迎されるべき客人であると伝えるよう、わたしに命じられた。さあ、面頰のついた兜の下に戦の鎧をつけて進み、フロースガール王に目通りするがよい。戦の盾と危険な槍はここに残し、話の結論が出るまで待たせておかれよ」。そして、威厳あるその男は立ち上がり、多くの戦士、勇猛なる騎士の一団が彼を取り囲んだ。何人かの者は、勇猛なる首領が命じたとおり、そこにとどまって武器を守った。一行はそろって進み、かの騎士に案内されて、ヘオロットの屋根の下へと足早に入っていった。「ベーオウルフは大またで進みながら」兜の下で険しい表情を浮かべ、やがて炉床のわきに立った。ベーオウルフが言葉を口にし、金属細工人の巧みな技で編まれた鎖帷子がきらめいた。[44]「フロースガール王、ご機嫌麗しゅう！　わたくしはヒイェラーク王の親族にして家臣であります。[45]若いころは、数々の誉れ高き偉業を成し遂げました。わが祖国でも、グレンデルの一件は明らかなところとなり、皆に知られております。海の旅人たちが伝えるには、[46][†30]夕暮れ時の太陽が天の青白き光の下に隠れるや、この館、比類なき屋敷は人気《ひとけ》がなくなり、だれの役にも立たなくなるとか。そこでフロースガールさま、わが国の最も尊敬すべき賢き人々が、あなたさまのもとを訪ねるよう、わたしに勧めたのでございます。というのも、彼らはわたしの肉体が力にたけていることを承知しており、[47][†31]わたしが敵の恨みを買って、その罠から戻ってまいりましたときに、みずからその証拠を目の当たりにしていたからです。あの[48][†32]戦いにおいて、わたしは怪物の種族を五人縛り上げて退治いたしました。そして、夜は波にもまれながら、水の魔物どもを殺害し、難儀に耐え、風を愛するイェーアト人が被った苦痛の復讐を成し遂げ、敵意ある者たちを滅ぼしてやりました。やつらに降りかかった災いは自業自得というもの。そして、今度はあの残忍な殺戮者グレンデル、あの人食い鬼と、ただひとりで[†33]相対し、戦う所存にございます。されば、輝かしきデネ人の君主、[†34]シュルディングの守護者であるあなたさまに、ひとつ、お願いがございます。おお、戦士の守り人、人々の公明正大なる君主よ、わたしははるばる遠くからまいったのですから、[49][†35]わたしとわが誇り高き一団、この勇猛果敢な一団のみでヘオロットを清めることを、どうか拒まれませんように。また、あの残忍な殺戮者は、その野蛮さゆえ、武器にはいっさい頓着しておりません。[50]ならばわたしも、剣や、幅広の盾、黄色い突起のついた盾を戦いに携えていくことを潔しといたしません（ですから、わが君、ヒイェラーク王、どうかお許しを！）。わたしはこの手で敵をつかみ、憎しみ合う者どうし、命を懸けた戦いにのぞむつもりです。死がだれを連れ去っていくのかは、主のご判断に身をまかせることになりましょう。[†36]わたしが思うに、もしグレンデルに勝利の機会が与えられるのであれば、やつは、この戦いの館で、これまでたびたび、そうしてきたように、[51]ゴートの騎士たちを、フレーズマンの強力な戦士の一団を恐れることなく、むさぼり食うでしょう。[52·53]埋葬の際、わたしの頭を布でお包みくださる必要はございません。死がわたしを連れ去るとすれば、そのときグレンデルは、血糊で赤く染まったわたしを抱えておりましょう。血まみれの死体を運び、こいつを味わってやろうと、ひとりこの場を去り、なんの哀れみも感じず、わたしを食らい、荒れ野の穴蔵を血で汚すことになりましょう。ですから、わたしの亡骸の維持にお気遣いいただく必要はございません！　戦いがわたしをこの世から連れ去ることがあれば、わが胸を守る最もすぐれた鎖帷子、最も立派な衣をヒイェラーク王のもとへ送り返していただきたい。これはフレーゼル公が遺したものであり、ウェーランド［訳注：北欧伝説で鍛冶をつかさどる妖精の王］が作りし逸品。[54]運命はなるようにしかならないのです！」

シュルディングの守護者、フロースガールはこれに答えて言った。「わが友、ベーオウルフよ、そなたは、[55]わが功績に報いるため、かつて余がそなたの父君に示した好意に報いるため、こうして訪ねてこられた。父君はその剣により、このうえない宿怨を残すことになった。ウェルヴィング人のなかの、ヘアゾーラフをみずからの手で殺したのだ。ウェデルの一族は戦になることを恐れ、もはや父君をその地にとめておけなくなった。それゆえ、父君は沸き立つ海を越え、南デネの民、栄光あるシュルディングを頼ってこられた。当時、余はデネの民の統治を始めたばかりで、若くして、広大な領土、財宝、勇ましき者たちの城市を治めていた。そのころ、わが兄にしてヘアルフデネの息子、[56]ヘオロガールはすでに亡くなり、世を去っていたのだ。兄のほうが立派な人物であったのに！　その後、余は[†37]波の背を越えて、［ウェルヴィング人のもとへ］古くから伝わる財宝を送り、支払いをすることで、かの宿怨にけりをつけた。それで、父君は余に誓いを立てたのだ。グレンデルが憎しみを胸にヘオロットでいかなる屈辱を与え、恐ろしき悪行を働いたかを物語るのは、相手がだれであれ、余の心にはつらく悲しいことだ。わが館に集う者、仕える兵士たちの数は減りつつある。運命に押しやられ、グレンデルの恐ろしき毒牙にかかってしまった。[57]神（[†38]だけ）が、野蛮なる敵の所業をたやすく防ぐことができるのかもしれん。戦士らが酒杯を傾け、エールの酔いで顔を赤らめながら、酒宴の広間にやってくるグレンデルの武力には剣の恐怖で立ち向かうと豪語することもしょっちゅうだった。その後、朝日が差すと、この蜜酒の広間、王の屋敷は血潮に赤く染まり、長椅子の木板はことごとく血にまみれ、館は剣の露に濡れた。わが忠実なる勇者、勇猛果敢な者たちは死に連れ去られ、ますます少なくなっていった。[†39]さあ、宴の席につき、[58]そのときがきたら、心の命ずるまま、そなたの考えをフレーズマンの勝利へと向けるがよい」

[†40]それから、酒宴の広間では、[†41]イェーアトの若き騎士たちがそろって座れるよう、長椅子が一脚、空けられ、輝くばかりの強さを誇る、勇気ある者たちが席に着いた。従者は自分の役目をしかと心にとめ、宝石で飾られたエールの酒杯を運んでは、きらめく甘美な酒をそそいで回った。ときおり、ヘオ

ロットのなかに、吟遊詩人の歌が朗々と響いた。そこには強者たちの笑いさざめく声があり、たしかな武勇を持つ、デネとウェデルの少なからぬ人々が集っていた。

シュルディングの君主の足元に座っていたエッジラーフ[59]の息子、ウンフェルスが口を開き、争いを生み出すまじないのように言葉を解き放った。ベーオウルフが大胆にも海を渡り、かくのごとく旅してきたことを、ウンフェルスは快く思っていなかった。天の下、この世でほかの男が自分より多くの名声を得ることが気に入らなかったのだ。「おぬしが広き海でブレカと泳ぎを競ったという、あのベーオウルフか。あのとき、思い上がったおぬしらふたりは、腕試しをせんと水に入り、愚かにも大口をたたいたおかげで、命を懸けて大海原を泳ぐことになったのだろう？　おぬしらが海で泳ぎだしたとき、敵味方を問わず、だれひとり、災いをはらんだ危険な企てを思いとどまらせることができなかった。おぬしらは、腕で潮の流れを抱きこみ、海路の水を素早く手で掻き出しながら、滑るように海原を進んだ。底知れぬ海は、波と冬のうねりで大いに荒れた。おぬしらふたりは、水の世界で七晩奮闘した。そして、泳ぎではブレカが勝った。おぬしより力が勝っていたのだ！　やがて朝になり、海はブレカをヘアゾーレムの地へと運び去った。人々に愛されたブレカは、そこから祖国であるブランディングの地、美しき城市へと赴き、その地で民と、堅固な町と、宝環を思いのままに治めていた。ベーアンスターンの息子は、おぬしに豪語したことをすべて、本当にやってのけたのだ。それゆえ、たとえおぬしがあちこちで戦いや陰惨な戦へ飛び込み、雄々しいところを証明したのだとしても、あえて夜通しグレンデルを近くで待ち受けようというなら、当然、おぬしは前にも増して困難な事態に遭遇することになろう」

エッジセーオウの息子、ベーオウルフは言った。「聞け！　酒で赤ら顔のわが友、ウンフェルス、そなたはブレカや海のことで長広舌を振るってくれたな！　真相を語るなら、わたしはほかのだれよりも海での武勇にすぐれ、波の上での苦労を重ねてきた。われらは少年だったころ、どちらも若気のいたりから、命を懸けて大海原を泳いでやると豪語し、それをやってのけた。海で泳いでいたとき、われらはふたりとも、硬く鍛えた抜き身の剣を手に持っていた。そうすれば、巨大な魚から身を守れると思ったからだ。ブレカは潮の流れに乗ってもわたしを泳いで引き離すことができず、海でわたしよりも素早く泳ぐことができなかった。わたしも、彼から離れていこうとは思っていなかった。それから、ふたりは五晩にわたってともに海の上で過ごしたが、潮の流れ、沸き立つ波に追いやられ、離ればなれになってしまった。このうえなく冷たい嵐、徐々に迫る宵闇、北から吹きつける風が容赦なく襲いかかってきた。波も荒れた。海の魚どもの心は大いに駆り立てられたが、わたしの胸には、手で頑丈に鎖をつなぎ合わせた胴鎧があり、わたしを敵から守ってくれた。金で飾られ、しかと編まれた戦衣が胸を覆っていたのだ。呪われし敵が、わたしを殺さんと深き水底へ引きずり込み、その恐ろしきものに、わたしはむんずとつかまれた。[60]それでも幸運[†42]に恵まれ、気がつくと殺人鬼は戦の剣の切っ先を受け、倒れ込んでいた。戦いが始まり、わたしはこの手で、手ごわい海の獣を滅ぼした。このように、憎悪に満ちた襲撃者が何度となく、わたしをひどく脅かしたのだ。わたしは愛しきわが剣で、その者たちにふさわしき一撃を加えた。悪行をなす邪悪な者たちは、海の底に近いところで輪になって座り、わたしをむさぼり食うつもりだったのだろうが、そのような宴《うたげ》を楽しむことは決してかなわなかった。それどころか、剣に刺し抜かれて傷を負い、刃《やいば》にかかって命を落とし、波間を漂った末に、朝には浜辺に打ち上げられていた。それからというもの、波の高い海峡付近で、船人たちを脅かすこともなくなったのだ。東より光が、輝く神の灯火が差し、荒波が静まり、わたしははるか遠方に、海へと突き出た岬を、風吹きすさぶ岩壁《がんぺき》を発見した。[61]勇気が衰えていないのであれば、運命はいまだ天命尽きぬ者をしばしば救うものなのだ。しかしながら、わたしに割り当てられた運命は、海の魔物を九匹、剣で退治することだった。天空の下、夜にあれほど壮絶な戦いがなされたためしを、人が海の奔流にて、あれほど悲惨な思いをしたためしを聞いたことがない。とはいえ、わたしは冒険にくたびれはてていたが、つかみかかってくる忌まわしき生き物から命を守ることができた。それから、沸き立つ海の上げ潮に押し流され、わたしはフィンの国へたどり着いた。そなたが戦でこのような容赦なき振る舞いをした、恐ろしき剣さばきを見せたとの噂は一度も耳にしたことがない。ブレカは、いや、そなたらはふたりとも、戦いにおいて血まみれの刃《やいば》でかくも大胆な振る舞いにおよんだことがまだないのだろうが、それについては、あまり得意気に言うのはやめておこう。だが、そなたは自分の兄弟、最も近き親族を殺している。そのため、良き知恵を持っていようとも、地獄で永遠に苦しむことになろう。エッジラーフの息子よ、真実を言わせてもらうが、もし、そなた自身が思っているとおり、戦において、そなたが身も心もかくのごとく勇猛であったなら、獰猛で恐ろしい殺戮者グレンデルが、これほど多くの身の毛もよだつ所業をなし、ヘオロットにおいてそなたの君主を軽蔑し、卑しめることは決してなかっただろう。だがグレンデルは、敵に打ち勝たんとするシュルディングの人々の怒りに満ちた復讐も、剣の追撃も、それほど恐れる必要はないと悟ったのだ！　やつはデネの人々から、だれ彼容赦なく無理やり生け贄を取り、欲望の赴くまま殺し、奪いながらも、槍で名高きデネ人から復讐を挑まれることはあるまいと見ている。だが、わたしは間もなく戦いにのぞみ、イェーアトの力と武勇でやつと対峙するつもりだ。翌日、朝の光が、天の衣をまとった太陽が南から輝き、人の子の上に降りそそぐころ、勝利を収めた者が蜜酒の宴へと戻ってくることになるだろう！」

　そのとき、髪に霜を置く、武勇の誉れ高い、豪華な贈り物の贈り主は、喜びのなかにあった。輝かしきデネの君主は、援助の手が間近に差し伸べられていると確信した。民の守護者は、ベーオウルフの言葉に不動の決意を認めていたのだ。

　強者たちの笑いが起こり、歌がにぎやかに響き渡り、交わされる言葉は耳に心地よかった。フロースガール王の妃、ウェアルフセーオウが礼儀を心にとめて前へ進み出た。黄金の飾りをまとったやんごとなき女性は広間にいた男たちに挨拶をすると、まずは東デネの国土の守護者に杯を差し出し、エールの宴を心ゆくまで楽しみ、家臣に愛されますようにと願った。勝利者たる王は大いに喜んで宴に加わり、なみなみとそそがれた大杯を受け取った。それから、ヘルミングの貴婦人はあちこち歩き回り、軍勢のすべての者たちのもとへ赴き、試練に耐えてきた者にも、若き者にも、宝石で飾られた杯を手渡していたが、やがて、宝環をふんだんに身に着け、思いやり深い心を持つ王妃は、ベーオウルフのもとへ蜜酒の杯を運ぶところとなった。王妃は挨拶をしてイェーアトの騎士を歓迎し、災いのなか、救いをもたらす頼りになる人物が現れるとの願いがかなったことを、賢明なる言葉をもって神に感謝した。ウェアルフセーオウの手から杯を受け取ると、険しき容貌の戦士は戦いへの欲求に心を燃やし、[62]立派な言葉を口にした。エッジセーオウの息子、ベーオウルフはかく語った。「海に乗り出し、船のなかでわが騎士団とともに座したとき、わたしは心を決めました。貴国の方々の切なる願いを完全に成し遂げてみせよう、さもなければ、敵の手にしかとつかまれ、殺されようともかまわないと。騎士にふさわしき勲功を上げるか、この蜜酒の広間がわたしの最期の日を待ち受けるかどちらかなのです！」これらの言葉、イェーアト人の誇りあふれる言葉はかの貴婦人を大いに満足させ、黄金に身を包んだ麗しき人民の王妃は夫のかたわらの席に向かった。

これで再び、広間では以前のように勇ましい言葉が語られ、一同は喜びに満ちた時間を過ごし、意気揚揚たる人々のにぎやかな声が響いたが、やが[63][†43]てヘアルフデネの子息が突然、夜の臥所《ふしど》へ赴かんと欲した。王にはわかっていたのだ。陽の光を見られるときが過ぎ、宵闇が深まって、暗雲の下、一面に広がる影が音もなく世界を覆い隠すころ、このそびえ立つ館を襲ってやろうと、あの悪魔が心ひそかにもくろんでいることを。一同が立ち上がった。それから、フロースガールとベーオウルフは互いに挨拶を交わした。王はベーオウルフの幸運と無事を祈り、葡萄酒の館の警固を託してかく語った。

「余は手を上げ、盾を掲げられるようになってこのかた、デネ人の壮大なる棲み家を、今ここでそなたに託すほかは、これまでだれにも託したことがなかった。さあ、比類なき美しき館を預かり、守ってくれ！　自分の名声を心にとめ、力と勇気を世に示し、われらの敵の番をせよ！　そなたが武勲を上げ、なおかつ命を長らえた暁には、そなたが望むものをなんでも取らせることにしよう」

シュルディングの守護者、フロースガールは、騎士の一団を従えて館を出ていった。戦士を率いる君主は、臥所の伴侶たる王妃、ウェアルフセーオウのもとへ赴いたのだろう。今、人々が伝え聞くところでは、栄光の天帝は、グレンデルから館を守るよう、ある人物を任命していた。その人物が今、デネに仕えて特別な任務につき、奇怪なものに対する警固を引き受けることになった。イェーアトの騎士はたしかに、みずからの雄々しき力、みずからに向けられた神の恩寵を固く信じていた。かくして、彼は鉄の胴鎧を脱ぎ、頭から兜をはずし、宝石をあしらった錬鉄製の比類なき名剣を従者[64]に渡し、武具に注意を払うよう命じた。それから、勇ましき男、イェーアトのベーオウルフは、寝床に上がる前に立派な言葉を口にした。「戦闘の才《さい》について言えば、わたしは戦いにおいて、自分がグレンデルほど卑しむべき行為に走る人間とはいささかも思っていない。ゆえに、わたしには容易なこととはいえ、剣をもって、やつを死の眠りにつけるつもりは毛頭ない。やつは野蛮な所業において敵意をあらわにするが、わたしに対して武器を巧みに使う、盾に切りつけるといった、騎士[65][†44]にふさわしき戦い方をまったく心得ていない。やつがあえて、武器を持たぬ戦いに頼るというなら、今夜、われらはともに剣を拒絶することになり、どちらが栄誉を受けるにふさわしいかは、先を予見する神、聖なる主の判断におまかせすることになろう」

こうして、勇気ある男は身を横たえ、片側の頬を枕に埋めた。そして彼のまわりでは、大勢の勇ましき海の放浪者たちが、館の寝床で手足を投げ出し、眠りについた。彼らのうち、楽しき我が家へ、自分が生まれ育った、自由の民が暮らす堅固な場所へいつか戻れると信じている者はひとりもいなかった。それどころか、この葡萄酒の館において、血みどろの死があまりにも多くのデネ人をさらっていったことを、彼ら[66]は知っていた。[68]けれども神は、彼ら[67]に戦いにおける勝利の運を授けたのに加え、このイェーアトの戦士たちに、救いと助けも与えたのだった。よって、彼らはひとりの力を通じて、その人物の抜きん出た力量だけを通じて、自分たちの敵に打ち勝つことになった。いつの世も、偉大なる神が人類を支配してきたというこの真理は、だれの目にも明らかである。

宵闇が深まるなか、影がひとつ、忍び寄ってきた。破風をそなえた館の見張りを任務とする槍持ちたちは皆、眠っていた。ただし、ひとりの人物を除いて。世の人々には知られていたことだが、神にその意志がなければ、略奪を働く悪鬼も、人を死者の棲み家へ引きずっていくことはできない。だが、敵の悪意のなかにあって、かの人物は眠る気がせず、決然として、この戦いが争われるときを待っていた。

さて、グレンデルは荒れ野を出て、霧深い丘のふもとを歩いていた。彼は神の逆鱗に触れていた。忌まわしき略奪者は、あのそびえたつ館のなかで、人類のひとりを罠にかけて餌食にしようともくろんでいた。雲の下、彼はよく知っている場所、あの葡萄酒の家、金箔で輝く人間の館へやってきた。フロースガールの家を求めてやってきたのは、これが初めてではない。だが、生涯であとにも先にも、これほど過酷な運命をもたらす館の番人に出くわしたことは、一度もなかったのだ。

彼は館までやってきた。人の形をしながら、人の喜びを奪われ、長い道のりをやってきた。鍛鉄のかんぬきがかかった扉は、かぎ爪のある手が置かれた途端、勢いよく開いた。すると、荒れ狂う心は悪意に満たされ、彼はぽっかり口を開けた館の入り口を力まかせに押し広げた。そして悪魔は、輝く模様が描かれた床を素早く歩いていった。彼は怒りに燃えて進み、その目から、炎のごとく邪悪な光が放たれた。彼は館のなかで、幾人もの男たち、同じ一族の大勢の男たち、若い騎士たちの一団が並んで眠っているのを見つけた。その瞬間、彼の心が笑った。偶然にも、たらふくごちそうを堪能できることになり、恐ろしい殺戮者は、この男たちひとりひとりの命を、夜明けがくる前に肉体から切り離してやろうと思った。ただ、その晩より後はもう、これ以上人類をむさぼり食うことはできない運命にあったのだ。

厳格にして力強きヒイェラーク王の親族は、忌まわしき略奪者が残忍なかぎ爪でみずからの本分を尽くそうとするさまをじっと見ていた。殺戮者は、一瞬立ち止まる気もなく、眠っていたひとりの男を手始めに素早く引っつかみ、反撃を受ける間もなくずたずたに引き裂くと、骨と関節に噛みつき、血管より生き血を飲み、大きな肉の塊をがつがつのみ込んだ。そして、手足にいたるまで、死体をすべてあっという間に食い尽くしてしまった。

彼は前へ踏み出して近づき、寝床にいる雄々しき心を持つ男を片手でつかんだ。悪魔はその男に爪を立てるべく、もう片方の手を伸ばしたが、相手は素早くその手をつかむと、敵意を胸に、片腕を支えにして身を起こした。悪行の達人は、大地の隅々、この世のどこであれ、これほど強き手力《てぢから》の持ち主にほかでは出会ったためしがないとすぐさま気づいた。心の内では心底怖くなったが、だからといってすぐに逃れることはできなかった。彼の望みは急いで立ち去ること。隠れ家へ逃げていきたい、悪魔どもの群れ集うところへ赴きたいと願った。だが、そこで受けた仕打ちは、これまで生きてきた日々で直面したことがないようなものだった。

それから、ヒイェラークの親族であるすぐれた騎士は、その晩、自分が口にした言葉を思い出した。彼はすっくと立ち上がり、敵とがっしり組み合った。敵の指が折れた。人食い鬼は外へ逃れようとした。騎士はそれを追って大きく踏み出した。呪われし者は、できることならここから解放され、遠くの沼地の穴蔵へ逃がれたいと願った。だが、彼は荒ぶる敵に指をつかまれ、その力を悟った。残忍な略奪者ははるばるヘオロットへやってきたが、実に悲惨な旅となったものである！

王の館が鳴り響いた。すべてのデネ人、周囲の町に住む人々、心勇ましき人たちひとりひとりに、身[69]の毛もよだつ恐怖が降りかかった。館に閉じこもったまま、両者は激しく争い、ともに怒りに燃えていた。館は喧噪に包まれた。このとき、葡萄酒の家が彼らの格闘に持ちこたえ、それゆえ、美しき棲み家が地面へ、大地へと崩れ落ちなかったのは、大いなる不思議であった。だが、館は内側も外側も、鍛造された鉄の帯で巧みな工夫がなされており、頑丈にできていた。話[†45]によれば、彼らはそこで憤然として戦い、蜜酒の宴のために置かれた、黄金で飾られた多くの長椅子が投げ出され、床に落ちたという。シュルディングの顧問官たちは、燃えさかる炎にのみ込まれ、煙にでも包まれない限り、いかなる人が、いかなる手段をもってしても、象牙で装飾された美しき館を粉々に打ち砕くことはできまい、策を弄しても、これをばらばらにはできまいと、これまでは見ていたのだった。また新たにけたたましい物音がした。壁の向こうから、神に敵対する者が泣き叫び、勝利の歌ではなく、ぞっとする歌を歌い、地獄の囚人が激しい苦痛を嘆き悲しむ声が聞こえてきて、北デネの人々は震え上がるほどの恐怖に見舞われた。悪鬼は、当時、人の世で最も腕力にたけた者にしかとつかまれていた。

戦士らの首領は、人を殺しにやってきた招かれざる客を生きたまま出ていかせてなるものか、こやつがこれ以上生きていてもだれのためにもならぬと考えていた。ベーオウルフの多くの騎士たちは、その場で先祖伝来の剣を素早く抜き、できることなら、主人である誉れ高き主君の命を守りたいと思った。勇敢な心を持つ若き戦士らは戦いにのぞみ、四方八方から敵に斬りかかり、急所を突こうとしたが、彼らにはわかっていなかったのだ。どこから戦の剣を向けようが、最もすぐれた鉄の武器をもってしても、悪を働く者に届きはしないということを。なぜなら、この者は勝利をもたらすあらゆる武器、すべての刃《やいば》にまじないをかけていたからだ。このとき現世において、不運にも、彼の魂はこの世の外へ送り出され、異界の悪霊は、悪鬼らの棲む世界へと赴く運命にあった。これまで人類に対し、数々の心苦しめる業《わざ》、悪事をなしてきた彼は神と反目してきたが、おのれの肉体の力が役に立たず、ヒイェラークの雄々しき親族に腕をつかまれていることに気づいた。そしてお互い、相手が生きていることをいまいましく思った。災いをもたらす獰猛な殺戮者は今、激しい痛みに耐えていた。肩には大きな傷があらわとなり、腱がぶつぶつと切れ、骨の継ぎ目がはじけ飛んだ。戦いの勝利はベーオウルフに与えられた。今やグレンデルは致命傷を負ってそこから逃れ、沼地の坂の下に身を隠しながら、喜びなき棲み家へと赴かねばならなかった。それゆえ、命の終わりが訪れ、死が迫っていることを前にもまして疑いなく悟ったのである。こうして、命懸けの争いは終わり、すべてのデネ人の願いがかなえられた。遠方より訪れた、賢明にして雄々しき心の持ち主は、このとき、フロースガールの館を浄化し、グレンデルの悪意から解放したのだった。彼はその晩に成し遂げたみずからの偉業と、栄誉ある武勇を喜んだ。イェーアト族の首領は、東デネの人々の前で豪語したことをすべて成し遂げ、それ以上に、先刻、彼らを襲ったあらゆる苦悩、彼らを苦しめてきた悲しみ、それゆえ、必然的に耐えざるを得なかった苦痛を癒やしたのだ。勇猛果敢な戦士が、例の手と腕と肩を――すなわち、グレンデルがものをわしづかみにするための一肢丸ごと――広々した屋根の下に据えたとき、それは紛れもない戦いの記念品となった。

その後、伝え聞いたところによれば、朝になり、武勇を重んじる大勢の騎士らが守護者の館のまわりに集まってきたという。族長たちは、いたるところから遠路はるばる、この驚くべき光景と、憎きものの足跡を見にやってきた。グレンデルが面目を失って逃げ去った跡を目にした者たち、彼[70]が悲嘆に暮れ、血[†46]を垂れ流し、命を細らせながら足を引きずり、打ちのめされた心で死すべき運命を背負い、そこから水の魔物らが棲む湖へと逃げていったさまを語る足跡を目にした者たちは、彼がこの世を去ろうが、なんの哀れみも感じなかった。湖では血に染まった水が煮えたぎり、恐ろしいほどざわめく波が熱い血糊と混じり合い、戦いで流れた真っ赤な血で沸き返った。彼[71][†47]は死すべき運命に陥り、沼地の真ん中の隠れ家で喜びを奪われたまま命を手放し、異教の魂を放棄した。その場で、地獄が彼を受け入れた。宮廷の老家臣、それに大勢の若者たちも得意気に駿馬にまたがり、騎士らは白馬にまたがり、湖をあとにして、喜びあふれる旅の帰途についた。そこでは、ベーオウルフの誉れが思い出された。南北ふたつの海に挟まれ、そこを取り囲む空の下、盾持つ人々のなかで、彼よりもすぐれ、王として世を治めるにふさわしき者はいないと、多くの者が何度となく口にした。とはいえ、何事においても、彼らの君主であり守護者である慈悲深きフロースガール王をけなすようなことはなかった。それどころか、フロースガールは良き王であった。

ときおり、勇猛果敢な戦士たちは、道が馬の競い合いにふさわしいと思われる場所に出ると、名馬として知られる鹿毛の馬を速駆けで競わせた。[72]また王の従者で、すばらしい記憶力を誇る男が、多くの詩を頭にとめており、ときおり、言[†48]葉と言葉を互いに正しくつなげて、古くから伝わるさまざまな物語の数々を蘇らせていた。この男が、今度はベ[73][†49]ーオウルフの冒険を巧みに語りだし、言葉を紡ぎ合わせて、流れるような詩の物語を即興で口にした。[74]彼はシイェムンドの勇気ある働き、数々の不思議な物語、ウェルスの一族の息子の奮闘と津々浦々におよんだ冒険、復讐、憎しみのなせる業について、伝え聞いていることをすべて語った。それは人の子がよく知らない話であったが、シイェムンドとともにいたフィテラは別だった。その当時、兄は妹の息子にこのような話を常々聞かせていたのである。というのも、ふたりは窮地に陥れば必ずともに戦う同志であり、何人もの巨人族を剣で倒してきたのだった。戦いにかけては信頼のおけるシイェムンドは、秘蔵の宝を守っていた竜を退治したため、死後、その少なからぬ名声は広く語られることとなった。加えて、高貴な一族の息子は、灰色の岩の下でただひとり、敢然として危険な振る舞いにおよんだ。フィテラは一緒にいなかった。ともかく、あの剣が奇怪な形の竜を貫き、美しい鉄《くろがね》の刃《やいば》が壁にしかと突き刺さることになったのは彼の定めであり、竜は悲惨な死を遂げた。容赦なき成敗者はその武勇により、たくわえられていた宝環をほしいままに享受できることとなった。ウェルスの子は、海に浮かぶ船へ光輝く宝を運び、その懐へ積み込んだ。竜はみずからの熱で溶けてしまった。

　シイェムンドはその勇敢なる働きにより、ヘレモードの勇気と力、武勇が衰え、[†50]ジュート族の土地で裏切られたあげく、敵の手中に落ちてすぐさま殺されたあと、[75]冒険者として世の人々のあいだでだれよりも広く名をはせた。それゆえ、この戦士らの王子は、偉大なる人物となったのだ。かたや、ヘレモードはあまりにも長きにわたり、衝き上げるような悲しみに襲われることとなり、おのれの民、貴人たちにとって、たいへんな悩みの種となっていた。ただ、過ぎし時代、多くの賢人たちは、この心雄々しき人が自分たちの災難を取り除いてくるものと期待し、この王子が徳を積んで父君の素養を受け継ぎ、民を治め、財宝や、囲いをめぐらせた城市、国の臣下、シュルディングの土地を守ってくれるものと信じており、王子が国を追放されたことをたびたび嘆いていた。けれども、彼らのなかには今、あのヒイェラークの親族がおり、すべての人々、友人たちの目には、彼のほうが好ましいと映っていた。かたや、ヘレモードの心は邪悪なものに取りつかれていたのだった。

一行は再び、ときおり馬で競い合いをしながら、ほこりっぽい道を進んだ。やがて、朝日がせかされたように昇ってきた。心勇ましき騎士らが大勢、不思議な奇怪なるものを見ようと、そびえたつ館へ向かった。たくわえし宝環の守護者、高潔なる君として名高い王も、みずから寝室を出ると、大勢の連れに囲まれ、威風堂々登場し、妃も王とともに、侍女をずらりと従え、蜜酒の館へ通じる小道をゆっくりとやってきた。フロースガールは語った。館へ赴き、階段で足を止め、黄金に輝く急勾配の屋根を見上げてグレンデルの手を目にしたのである。「この光景を目の当たりにし、全能の神に感謝を捧げねばならん。余はグレンデルよりもたらされたはなはだしき悪行、数々の災いに耐えてきた。栄光の主、神は、奇跡に次ぐ奇跡をお起こしになる！　だが、この比類なき館がしたたり落ちる血糊で染まったとき、余の苦悩に癒やしが見出せるとは、少し前には一度たりとも期待したことがなかった。余の助言者にとっても、これは多大なる災難であり、だれひとり、悪霊や悪魔の悪意からこの国の民の砦《とりで》を守れるとは思っていなかった。今、ひとりの若者が、主の力により、われらの知恵ではだれも成し得なかった偉業をやってのけた。[76]おお！　地上の民のなかにこの息子を産み落とした女がだれであれ、まだ存命ならば、出産にあたって永遠なる神の恩寵をたまわったと言うであろう！　さて、右に出る者なき男、ベーオウルフよ、余はそなたを息子として慈しむつもりだ。今後は、そなたもこの新しい親子の縁をしかと守っていくように。余の力のうちに置かれているものであれば、そなたがこの世で望むものに事欠くことはなかろう。余はこれまで、そなたより劣る卑しき者、戦いにおいて意欲に欠ける者にも何度となく恩賞を与え、余の財宝より名誉の品々を贈ってきた。そなたは自身の武功により、みずからの栄光を永遠に、いつの時代までも続くものとした。全能の神は、これまでそうされてきたように、そなたに善をもって報いてくださる」

　エッジセーオウの息子、ベーオウルフは言った。「われわれは、まったくの善意から、戦いにおいて、あのような勇気ある振る舞いができ、危険な未知なるものの力に立ち向かいました。[77]それでも、あなたさまには、グレンデルの姿を、ご自身の敵が戦衣のまま、瀕死の苦しみにある姿をこの場でご覧いただければと思っていたのです！[78]わたしは、やつをすぐさまこの手で捕らえ、死の床に縛りつけてやるつもりでした。わたしをかわして逃れていくことがなかったら、やつはわたしの手につかまれて倒れ、何とか生き延びようともがいているしかなかったでしょう。神のご意志ではなかったため、やつが逃れていくのを止めることはできませんでした。[79]わたしは、不倶戴天の敵をそこまでしっかりとつかんでおりませんでした。逃れようと動き回る悪鬼の力があまりに強くてかなわなかったのです。[80][†51]とはいえ、やつは足跡とともに、自分の手と腕と肩を残していきました。ですが、そこまでしても、あの惨めな生き物は、決して慰めを得はしませんでした。邪悪な悪事を働く者は、おのれが犯した罪の重荷にさいなまれ、もう長くは生きておりますまい。逃れようのない痛みにしかととらわれ、苦悩に縛られているのです。[81]やつは罪で汚れたまま、あそこで最後の審判の日を待ち、輝ける神が言い渡す判決を待つしかないのです」

王の一行がそびえる屋根を見上げ、ベーオウルフの勇気のおかげでそこに掲げられた敵の手とその指を眺めていると、エッジラーフの息子は言葉少なになり、戦におけるおのれの振る舞いについても、むやみに自慢することは控えるようになった。[82†52]がっしりした爪ひとつひとつの先端は、まさに鋼のごとく伸びて、残忍な者の手には、実に恐ろしく、おぞましい蹴爪が生えていた。どんなに硬く、古くから伝わるすぐれた剣であっても、あの悪鬼に触れ、血に染まった人殺しの手を痛めつけられるようなものはあるまいと、皆が一様に口にした。

それから、ヘオロットの内部を人の力ですみやかに飾るようにとの命令が下された。そこには多くの人がおり、男と女が、宴と歓待の広間に勢ぞろいした。金糸できらめくタペストリーが壁に飾られ、輝いており、そのようなものを眺めるのが喜びである人たちにとって、驚くべきものがたくさんあった。[83†53]あの光り輝く館の内側はすべて、激しく打ち砕かれており、扉の蝶番が鉄の金帯からもぎ取られていた。悪しき振る舞いに汚れた、あの残忍な殺戮者が生きる望みを失い、背を向けて逃げようとしたとき、屋根だけはまるで傷つくことなく、そのまま残っていた。[84]免れるのはたやすいことではない。免れんとする者にはやらせておけばよい。最後には、避けられぬ運命によって定められた場所へ、命あるすべての者、地上に住む人の子らのために用意された場所へ行かねばならず、そこでおのれの体は死の床にじっと横たわり、宴のあと、眠りにつくことになるのだ。

いよいよ時がきて、ヘアルフデネの子息が館へ赴いた。王みずから、宴に加わろうと思ってのことである。君主や同志を囲んでこれに勝るほど多くの民が集い、これに勝るほど見事に振る舞った話を聞いたためしがない。彼らは壮麗なる姿で席に着き、大いに楽しみ、その場にふさわしく蜜酒の杯を重ねた。フロースガールとフローズルフは親族同士、そびえたつ館のなかで上機嫌だった。へオロットは友で満たされ、このときはまだ、シュルディングの人々が裏切りを働くことは決してなかったのである。それから、ヘアルフデネの子息はベーオウルフへの勝利の褒美として金色《こんじき》の旗、すなわち刺繍が施された竿《さお》つきの旗印、兜と胴鎧を与えた。また、誉れ高き秘蔵の剣がかの戦士の前に置かれるのを、多くの人が目にした。ベーオウルフはその広間で杯を受け取った。一堂に会した弓兵らの前で財宝を与えられても、恥じ入る必要はまったくなかった。人々が酒宴の席で、これほどの愛情を込め、このような四つの貴重な贈り物を他の者に贈ったとの話は、めったに耳にしたことがない。その兜は、鉢に巻きつけた針金が外側から頭を守っているため、戦士が盾を手に勢いよく敵に向かっていくべきとき、激しい討ち合いの最中であっても、鍛冶がやすりをかけ、鍛えた剣が無残に頭を傷つけることはできなかった。それから、人々の君主は、金箔の施された勒《ろく》をつけた八頭の馬を宮廷内へ、広間へ連れてくるよう命じた。そのうちの一頭には、巧みに彩られ、宝石でふんだんに飾られた鞍《くら》が置かれていた。それは、ヘアルフデネの子息が剣を交えていたころ、この高潔なる王が戦場で座していた鞍であり、兵士らが殺され、倒れていったときであっても、戦の前線で名高き君主の武勇が衰えることはなかったのだ。そして、イング[†54]（デネ）の僕《しもべ》の番人は、ベーオウルフに武器と馬の両方を授け、大いに活用するようにと命じた。こうして、誉れ高き王、富に恵まれた人々の君主は、戦いにおける熱く激しい振る舞いに対し、財宝と馬を与えて報いたが、それは、公正に真実を語ろうとする者には、落ち度の見つけようがないやり方であった。さらに、人々の君主は、ベーオウルフとともに海を渡ってきた者ひとりひとりについても、酒宴の席にて、贅をつくした贈り物と先祖伝来の宝を与えたうえ、グレンデルが悪意もあらわに虐殺したひとりの者に対しては、金《きん》で償いをするよう命じた。先を予見する神と、かの男の勇気が運命を追い払うことがなかったら、グレンデルはさらに多くの者を殺していただろう。あのときも今と同様、神はすべての民族の主であった。それゆえ、思慮分別と先のことを気にかける心が、いつであれ、どこであれ、最も重要なのだ。争いの日々が続くこの世で、長きにわたり人生を享受する者は、喜ばしきこと、苦々しきことをあまた味わわねばならないのだ！

ヘアルフデネの軍勢の指揮官の御前で、歌と人々の声がともに聞こえた。竪琴が奏でられると陽気な笑いが起き、多くの詩が語られた。それから、フロースガールのお抱え詩人が役目に従い、館の長椅子で蜜酒を飲んでいる人々の気に入るような話をした。彼はフィンの息子らのことを語った。彼らが突然、猛攻撃に見舞われたとき、半デネ人の英雄、シュルディングのフネフも、フリジアの殺戮に遭い、戦死する定めとなった。まことに、ヒルデブルフ［訳注：フィン王の妃］には、ジュート人[†55]の忠義を称賛する理由がほとんどなかった。自分にはなんの落ち度もなく、盾ぶつかり合う戦において、愛する者たち、兄弟[†56]、息子らを奪われたのだ。彼らは悲運により、槍に倒れた。悲しみに沈む貴婦人であった！　朝が来て、白日のもと、親族が無残に虐殺されるのを目の当たりにしたとなれば、ホーク［訳注：ヒルデブルフの父親］の息女が運命の定めを嘆き悲しんだのも無理からぬこと。かつて、このうえないこの世の喜びを享受した場所で、戦はごくわずかな者を除いて、フィン王の戦士をことごとく奪い、それゆえ、王は会戦の場でヘンジェストと最後まで戦うことができず、悲しくも生き残った者を、かの王子の指揮官から力尽くで奪うこともできなかった。それどころか、フィン側は、ヘンジェストに和平の条件を申し出た。それは、もうひとつの宮廷を、広間と王座ともども開放すること、そこをジュートの息子らと半分ずつ占有し、宝の授与においては、フォルクワルダ［訳注：フィンの父親］の息子は日々デネ人に敬意を払い、常日ごろ、酒宴の間でフリジア族の家臣らをもてなしていたのといささかも劣らぬよう、宝環、金箔で飾った秘蔵の宝石でヘンジェストの一団を喜ばせること、というものだった。

　こうして、双方は非常に堅い平和条約を結んだ。フィンはヘンジェストに対し、まったく腹蔵なく、厳粛なる誓いの言葉をもってこう宣言した。すなわち、フィンは顧問らの忠告に従い、（戦[†57]闘の）哀れな生き残りについては誠意をもって扱うものとする、また、今や彼らは主君を失い、当然と結果として、かつて宝環を授けた主人を殺した者に仕えているが、何人《なんぴと》もそれを思い起こしてはならないと述べた。さらに、万が一、フリジアの者が嘆かわしい言葉でかの激しき反目を思い起こすことがあれば、そのときは剣の刃で償いがなされねばならないと述べた。

　積み薪が準備され、宝の蔵よりきらめく黄金が運び出された。シュルディングの戦士のなかでも最もすぐれた英雄が火葬用の積み薪の上に安置された。積み薪の上には、血にまみれた胴鎧、鉄のように硬く、すべて金でできた、猪をかたどった頂飾り《クレスト》、傷つき殺された多くの貴人の姿がはっきりと見て取れた。だれも彼もがあの殺戮で命を落としたのだ！　それから、ヒルデブルフは、フネフの積み薪の上にわが息子を安置し、伯父のかたわらでその亡骸を弔いの炎にゆだねるよう命じた。やんごとなき女性は嘆き悲しみ、歌で死者を悼んだ。戦士フネフは高いところへ載せられた。すべてを焼き尽くす最強の炎が雲に向かって渦を巻き、埋葬塚の前でごうごうと音を立てた。彼らの頭は炎に食い尽くされ、体[†58]が負ったむごたらしい傷は、その大きな傷口が弾けるように裂け、血が噴き出した。炎は、貪欲きわまりない悪魔たちは、戦が双方の民族から奪った人々をその場でのみ込み、食い尽くした。彼らの栄光は消え去った。

　その後、味方を失った戦士らは、自分の棲み家を、フリジアの地を、故郷と強大な町を見るべく去っていった。しかし、その血塗られた冬、ヘンジェストはひたすら約束を守り、依然としてフィンのもとで過ごしていた。舳先が曲線を描く自分の船を出し、海を疾走することはできなかったが、故郷に思いをはせていた。大海原は嵐にもてあそばれ、風と闘った。冬は氷で波を縛って閉じこめていたが、やがて人々の住むところに、また新たな年がやってきた。今も昔も変わることなく、季節の移ろいは続き、また輝かしい晴れやかな空がめぐってくるのだ。いよいよ冬が去り、大地の懐は美しかった。異郷暮らしを余儀なくされた者、フィンの客人は、この宮廷から去りたいと切に願った。彼はそれについて、海を渡ることよりも、自分が受けた悲しみの復讐に思いをめぐらせており、激しい怒りの衝突を再び引き起こすことができないものかと考えていた。そのような怒りのなか、ジュートの子らを忘れてなるものかと思っていたのである。それゆえ、フーンラーフの子が彼の膝に戦いの光、あの最上の剣を置いたとき、彼は（家臣ならだれもが誓う）臣従の礼を拒みはしなかった。その剣の鋭さについて、ジュート人は十分承知していたのだ！　そのため、海を渡り終えたグースラーフとオースラーフがその後、自分たちがかつて受けた悲しみや、あの激しい攻撃について語り、自分たちの悲惨な運命を嘆くと、今度はフィン王がおのれの館で、かの剣による残酷な破壊に見舞われる番となった。ふたりの戦士は胸のなかで苛立つ気持ちを抑えきれなかったのだ。そして、館は仇どもの生き血で赤く染まり、フィン王もまた、家臣らに囲まれたなかで殺され、王妃は連れ去られた。シュルディングの弓兵たちは、手の込んだ宝石や装身具など、あの地上の王の館で見つけることができた財をすべて自分たちの船へ運んだ。彼らは海の道を越えて、かのやんごとなき女性をデネの国へと運び、民のもとへ連れ帰った。

詩が歌われ、吟遊詩人の物語が終わった。再び陽気なざわめきが起き、酒宴の席に歓楽のにぎわいが大きく響き渡り、酌取りたちがすばらしい作りの酒器から葡萄酒をそそいで回った。そこへウェアルフセーオウが姿を現し、黄金の宝環をあまた身に着けた王妃は、高貴なる男性、伯父と甥がともに座している席へ向かった。両者のあいだにはまだ親族としての愛情があり、互いに誠実だった。王に仕える賢人、ウンフェルスも、シュルディングの君主の足元に座っていた。彼が剣の勝負で自分の親族に情けをかけなかったにもかかわらず、皆おのおの、彼の気質を信頼し、強い心の持ち主と信じていた。

そのとき、シュルディングの貴婦人が語った。「愛しいわが君、豊かな贈り物を分け与える君、この杯をお受けくださいい。人々に愛と黄金の贈り物をお与えになる君、どうか楽しきときをお過ごしになり、イェーアトの方々に、しかるべく、思いやり深き言葉をおかけくださいい。あちこちからお集めになったものがあるのですから、イェーアトの方々には慈悲深く、それをお与えになることを忘れませんように。人が申すのを耳にしたところでは、あなたさまはこの戦士を息子と見なすおつもりとか。ご覧ください！　ヘオロットは、宝環を分け与えるこの輝かしき館は清められたのです。まだおできになるうちに、多くの報償の贈り先をお決めになり、ご自身の天命を見届けにいかねばならぬときがきたら、あとに続く親族に、あなたさまの民と王国をお遺しください。わたしは心優しきわが甥、フローズルフのことはよくわかっておりますし、もしあなたさまが、親愛なるシュルディングの君主が先にこの世を去ることになれば、フローズルフが面目にかけて、若き御子たちを大事にしてくれるでしょう。まだ幼かったころの甥のために、彼の喜びや名誉のために、わたしたちがなした好意のすべてを思い出してくれるなら、フローズルフはわたしたちの息子らに善をもって報いてくれるはずと、わたしには思われるのです」

それから、王妃は息子のフレースリーチとフロースムンド、それに、勇者の子どもたち、若き戦士らがそろって座っている席へ向かった。ふたりの兄弟のかたわらに、あの勇敢なる者、イェーアトのベーオウルフが座っていた。彼のもとへ杯が運ばれ、丁重な言葉で友情の意が表された。そして、まったくの厚意から、撚《よ》り合わせた金、二個の腕輪、一枚のマント、宝環、これまで聞きおよんだなかでは、この世の人間の首にかけられた最も大きな首飾り《トーク》が運び込まれた。ハーマがブロージングの首飾り［訳注：北欧神話の女神フレイヤが小人族に作らせたと伝えられる首飾り］や宝石、貴重な酒器を輝ける都市へと持ち去って以来、白日の下、強者の秘宝でこれに勝る宝物の話を聞いたためしがない。ハーマはエオルメンリーチ［訳注：東ゴート族の王］の憎しみによるわなを逃れ、永遠の信仰という教えを選んだのだった。スウェルティングの血族にしてイェーアトの王、ヒイェラークは、おのれの旗のもと、宝を守り、戦利品を守るべく戦っていたその最後の日に、この輪飾りを身に着けていた。

慢心から、あえておのれの破滅とフリジアの民の恨みを招く行為におよんだため、運命は彼を連れ去ることになったのだ。その際、権勢を振るっていたヒイェラークは美しき宝石を身に着け、なみなみと水をたたえた海原を渡った。そして、盾の下に倒れたのである。こうして、王の命、その胸に当てた鎧、そしてあの首飾りもフランクの手中に落ちた。戦士らは、戦いでの武勇では劣っていたが、戦闘が終わると、殺害された者たちが身に着けていたものを奪い取った。イェーアトの人々は、屍の野原に捨ておかれた。

館がどよめきに包まれた。ウェアルフセーオウは一同の前で次の言葉を口にした。「親愛なる若き人、ベーオウルフ、この貴重な品を受け取り、ご活用なさいませ。そして、あなたの喜びのために、このマントを、この国の人々が大事にしてきたものを受け取り、大いに繁栄されますように！　あなたの武勇を世に知らしめ、わが息子たちに助言をいただければ幸いに存じます。それがかないましたら、わたしの心は決して忘れることなく、あなたに報いましょう。あなたはそれだけのことを成し遂げたのであり、人々はこの国の風吹く壁を取り巻く海ほど広く、いたるところで、末永くあなたを尊敬するでしょう。おお、王子よ、命続くかぎり、お幸せに！　善良な心を持つあなたには、貴重な品々が豊富にもたらされること祈ります。わが息子には思いやり深く接してください、歓喜の日々を手に入れた方よ！　ここでは、高貴な人々は皆それぞれ、仲間に対しては誠実であり、心は優しく、君主に対しては信義に厚く、王の家臣らは心ひとつに団結し、民は皆、いつでも王の意志に従うことができ、戦士らは葡萄酒で満たされています。どうか、わたしの言うとおりにしてください！」

こうして、王妃は席に戻っていった。そこでは、このうえなく盛大な酒宴が行われており、人々は葡萄酒を飲んでいた。かつて宵闇が深まるとすぐ、この善良なる多くの人々の身に降りかかった恐ろしい運命が、今また迫ろうとしているとは、だれも知ることなく、偉大なるフロースガールが臥所につくべく、席を立ち、屋敷へ向かった。これまで何度もそうしてきたように、数え切れないほどの兵士が館の見張りについた。板張りの長椅子がどかされ、広間全体のあちこちに寝床と枕が置かれた。酒宴でエールを飲んでいた者たちの間近に悲運が迫るなか、彼らは床にしつらえた寝床に身を横たえた。枕元には戦の盾、木でこしらえ、明るく彩られた小盾が置かれている。騎士の頭の先にある長椅子にはそれぞれ、各自が戦いで身に着けた高々とした兜、鉄環を縫いつけた鎖帷子、戦の突進ですばらしい威力を発揮した槍が、すぐ目につくように置かれていた。故郷にいようと、軍勢に加わっていようと、どちらにせよ、主君がいざというときには必ず、敵の襲来にそなえができているよう心がけるのが彼らの流儀であった。実に立派な一団である！

こうして、彼らは眠りに落ちた。グレンデルがこの黄金の館に宿り、悪行をなした末に最期を、死を迎えるまでのあいだ、人々にしばしば不運が降りかかったように、安息したがゆえ、痛ましい代償を払うことになった者がいた。あの悲惨な争いが終わってからしばらく、彼らの敵のあとを受け継ぐ復讐者が生きていたことが明らかとなり、人々のあいだに広く知られるところとなった。それはグレンデルの母親、女人食い鬼、女の形をした残忍な破壊者である。カインがその剣により、ただひとりの兄弟、同じ父親の血を引く親族の殺害者となって以来、この女は恐ろしき水、冷たき流れに棲むことを余儀なくされ、惨めな心を抱いていた。カインはその後、殺人により無法者の烙印を押され、人の喜びや楽しみを遠ざけて去り、荒れ野に住んでいた。そこより、いにしえからの運命を背負ったおぞましき生き物があまた生まれ、グレンデルもそのひとりだった。恐ろしい狼と同様、憎しみによって人の世から追放されたグレンデルは、ヘオロットにおいて、対決を待ちわびて眠らずにいる者を見つけた。残忍な殺戮者はその男につかみかかったが、男はおのれの武勇における腕力、神から惜しみなく与えられた資質を思い出し、ただひとりの神の恵み、助力、援助があるものと強く信じた。それにより、彼はこの悪鬼を打ち負かし、地獄の生き物を衰弱させた。それゆえ、人類の敵は勝利の喜びを奪われ、失意のうちに、死を迎える家を求めて去っていった。そして今、貪欲で容赦なき心を持つグレンデルの母親が、悲嘆に暮れ、殺された息子の復讐をする旅に出ようとしていた。

いよいよ女はヘオロットへやってきた。鎖帷子のデネ人たちが広間のいたるところで眠っていた。そのなかへグレンデルの母親が忍び込んでくるや、この騎士たちの身に、かつての不運が再び降りかかった。鉄線を巻きつけた柄と、金槌で鍛えられ、血糊で染まった信頼できる刃をそなえた剣が、対峙する兜の天辺に立つ猪のクレストを断ち割る戦いにおいて、女の力、恐ろしさは、武装した男に比べて劣るものであり、この女の脅威もその分だけ小さかった。見よ！　広間で、長椅子に置かれた堅固な剣が次々と抜かれ、多くの戦士が大盾をつかんで高くかざした。この恐怖が襲ってきたとき、兜や丈長の鎧があることを思い出した者はだれもいなかった。女は慌てていた。見つかってしまい、おのれの命を守るべく、すぐさま立ち去ろうとした。沼地へと去っていく際、女は素早く、ひとりの高貴な騎士をむずとつかんだ。この騎士は宮廷内で重用され、国中の力ある兵士のなかでも、フロースガールにとって最も大事な、誇らしく盾を持って戦う家臣であった。令名を不動のものとしたこの男を、女はその寝床で八つ裂きにした。ベーオウルフはその場におらず、贈り物が与えられた後、この輝かしいイェーアトの騎士には別の宿所があてがわれていたのだった。

ヘオロットのなかで叫び声がわき上がった。辺りを覆う闇に隠れ、女はよく知り尽くしたあの腕を奪っていった。悲しみが蘇り、これらの住まいに再び不幸が訪れた。これは双方が最愛の人々の命を犠牲にし合わねばならない邪悪な交換であった！　さて、齢《よわい》を重ねて賢明なる王、霜髪《そうはつ》の戦士は、立派な従者がもはや生きていない、最愛の家臣が死んだと知って、悲しみに沈んだ。ただちに、勝利の恵みを与えられた戦士、ベーオウルフが王の寝室に呼ばれた。夜が明けるとともに、高貴なる闘士は、こうした悲報のあと、はたして全能の神は事態の好転をもたらしてくれるのかどうかと思案しながら、仲間である配下のすぐれた者たちを引き連れ、賢き王が待ち受けるところへ赴いた。戦いで多くの試練に耐えてきた強者が供の者たちに囲まれ、大またで床を踏みしめて進むと、館の梁にその音が響いた。彼はイングの友の賢き君主に、お望みどおり[†59]、よくお休みになれたのでしょうかと尋ねた。

シュルディングの守護者、フロースガールは答えた。「楽しき時間の話など尋ねてくれるな！　デネの民は新たな悲しみに見舞われた。ユルメンラーフの兄、アッシュヘレが死んだのだ。軍勢が衝突し、猪のクレストに斬りかかる音が鳴り響き、命を懸けた戦場で互いの命を守っていたとき、アッシュヘレは余の右腕となり、余の意図は彼の意図、彼の知恵は余の知恵であった。高貴な家に生まれ、長きにわたり勇気ある行動を試されてきたすぐれた家臣は、アッシュヘレのごとくあるべきなのだ！　さまよえる殺人鬼の手にかかり、ヘオロットにおいて、アッシュヘレに死が訪れた。あの女が恐ろしく得意気に獲物を眺め、これで腹いっぱい食えると狂喜しながらいずこへ帰っていったのか、余にはわからぬ。グレンデルが長きにわたり、わが民を殺し、その数を減らしてきたがゆえ、そなたはゆうべ、きやつをしかとつかみ、荒々しきやり方で殺したが、あの女はその復讐をなしたのだ。グレンデルは戦いで倒れ、命を失ったが、今、残酷な悪事を働く力強き者がもうひとり、おのれの血族の仇を討たんともくろみ、たしかにその恨みを果たした。報奨を与えてくれた者の死を心底悼む多くの騎士にとっては、胸を貫かれるほどの悲しみと辛さであろう。かつてそなたらが（おお、騎士たちよ）望むことをすべて成し遂げるのに資していたあの人物が今、冷たく横たわっているのだ。

土地に住む者、余の臣下、彼らの館に仕える者たちが詳しく語るのを聞いたところによれば、巨大な異界の生き物がふたり、荒れ野に居座り、獲物を求めて辺境を歩き回っているさまを見たとのこと。そのうちのひとりは、彼らがその目ではっきり見たところでは、女の姿をしていたそうだ。もうひとりは奇怪な生き物で、いかなる人間よりも体が大きかったが、人の世を追放された男の姿をしていたという。その昔、地上に住む者たちは、この男をグレンデルと名づけた。父親については何もわからず、かつて、暗闇の悪鬼どものなかに、父親となったものがいたのかどうかもわからなかった。隠れた地で、きやつらは狼がうろつく高台、風強き断崖、沼地へ通ずる危なきことこのうえない小道に棲んでおり、その辺りでは、渓流が断崖の影の下へと流れ落ち、地の下で川となっている。そこより数マイルも行かぬところにかの湖があるのだが、白き霜をいただく茂みが湖に覆いかぶさるように張り出し、しかと根をはわせた木々が水面に影を投げかけている。そこでは夜な夜な、不可思議なもの、水面に浮かぶ不気味な火を見ることができる。人の子のなかで、湖の深さを知るほど賢き者は生きておらぬ。荒れ地をさまよう強き角を持つ牡鹿は、たとえ犬どもにしつこく追い立てられ、遠くからこの森にやってきたとしても、湖に飛び込んで身を隠すくらいなら、岸辺で命を差し出し、息の根が止まることを選ぶだろう。まったく心地よからぬ場所である！　風が忌まわしい嵐を起こすと、そこから、騒ぎ立つ波が黒々と立ち上って雲にいたり、やがて空はどんよりとして、天空は涙を流し始める。

これで今一度、そなたひとりの救いの手にすがらねばならぬ。そなたはまだ、悪鬼の棲み家を知らず、危険に満ちた場所も存じておられぬが、そこでは、罪で汚れた者を見つけることができよう。勇気があるなら、きやつを求めて赴かれよ！　そなたが無事に戻られたら、余は先ごろと同様、財宝、伝来の貴重なるもの、黄金の宝環をもって、この襲撃に報いよう」

エッジセーオウの息子、ベーオウルフは答えた。「賢き君、どうか、お嘆きなさいますな！　だれにとりましても、悲嘆に暮れるよりは、友の仇を討つほうがよいのです。われらは皆、いずれこの世の生の終わりを迎えます。死が訪れる前に、名誉を勝ち取れる者にはそうさせようではありませんか。勇敢な騎士が死して横たわるとき、これ以上良きものは残せますまい。お立ち上がりください、王国を支配する君！　すみやかに出発し、グレンデルの血族の足跡を調べにまいりましょう。誓って申し上げます。その者が大地の懐であれ、山林であれ、はたまた海の深みであれ、どこへ逃げ込もうが、そのまま隠れおおすことはさせますまい！　今日のところはすべての悲しみをお忍びください。あなたさまなら耐えていただけるに違いありません！」

するると、老王はすっくと立ち上がり、この者が語った言葉について、神に、偉大なる主に感謝した。フロースガールの馬、たてがみを編んだ駿馬に勒がつけられ、賢き君主は王にふさわしき装いで出発し、戦士の一団は盾を持って歩きだした。広い原野を横切る小道の先に、かの女の足跡が、そこを越えていった足取りがはっきりと見て取れた。女は、フロースガールのそばで一族を取り仕切っていた騎士らのなかで最もすぐれた者の生命なき躯《むくろ》を抱え、薄暗い荒れ地を大またで進んでいったのだ。そして今、貴人の子孫らは、石ころだらけの急勾配、人ひとり通るのがやっとの狭い小道、馴染みのない踏み分け道を進み、険しい岩山、深みに棲む悪鬼どもの数々の家を越えていった。ひとりの者が、狩りの手腕を持つ者をわずかばかり連れ、その地を念入りに探るべく先に立って進んでいったが、突然、山の木々が灰色の岩に身を乗り出しているわびしい森に出た。その下のほうに、血に染まって波立つ水がぼんやりと見えてきた。

深淵を見下ろす崖の上に、アッシュヘレの頭《こうべ》を見出したとき、すべてのデネ人、シュルディングの貴人らの家臣、あまたの騎士にとって、それは耐えがたき悲しみとなり、すべての善良な人々が心を痛めた。水は熱き血糊で沸き立っている。人々はそれをじっと見つめた。ときおり、軍勢に呼びかけるように角笛の音《ね》が鳴り響いた。兵士らはそこに腰を下ろした。すると、蛇のたぐいが水辺に群がり、奇怪な水竜が水面を泳ぎ回り、張り出した断崖の上に水の魔物どもが横たわっているのが目に入った。[†60] 昼のうちも、このような毒蛇や荒々しき野獣どもは、不安げに海路を行く者たちを見張っているのだ。

悪魔どもは、怒りと憎悪に満ちて水へと飛び込んだ。戦の角笛がやかましく鳴り響くのを耳にしたからだ。そのうちの一匹は、イェーアトの首領が弓から放った矢で命を奪われ、波に抗う力を失った。硬い矢が急所に勢いよく命中したのだ。死にとらえられたため、悪魔は深みですみやかに泳ぐことができなかった。ただちに、猪を狩る鉤槍が容赦なく波間に差し込まれ、波に押し上げられた怪物は、激しく、しつこく攻めたてられ、ついには張り出した崖の上に引き上げられた。人々は、この奇怪な恐るべきものをじっと眺めた。

　戦士の鎧をまとったベーオウルフはおのれの命など、いささかも気にかけてはいなかった。戦に耐えるよう、細工師の手で編まれ、巧みな装飾がなされた丈長の鎧は、今、水に飛び込んでいくことになったが、その戦衣は体を守るべく見事な技が施されており、水と格闘しようが、怒れる敵が激しくつかみかかってこようが、戦士の命を害するはずはなかった。ただ、白き兜で守られた頭は、湖の深きところをかき乱し、渦巻く水のなかを探索しなければならなかったが、金で飾られ、手の込んだ鎖が巻かれた兜は、その昔、武具職人が鍛造し、見事に作り上げたもので、猪の像がちりばめられていたため、以来、敵のいかなる刃であれ、剣であれ、それを断ち割ることは決してできなかった。さらに、彼の力強き助けとなった武器のうち、フロースガールに仕える賢人がいざというときのために貸し与えてくれたあの剣も、決して見くびったものではなかったのだ。柄のついたその剣の名はフルンティングといい、古[†61]くから伝わる貴重な品々のなかでもすばらしさは群を抜いており、鉄でできた刀身は、枝[†62]を広げる毒が仕込まれ、戦いで流された血で硬くなっていた。戦場で敵と対峙すべく危険な行為にのぞんだいかなる者も、この剣を手に持ち、振るって裏切られたことは一度もなかった。名剣の勇ましき活躍が求められるのはこのときが初めてではなかったのだ。武勇にすぐれた強者、エッジラーフの息子は、この武器を自分よりふさわしい剣士に貸し与えた際、葡萄酒に酔って口にした言葉を本当に覚えていなかった。それで、相争う波の下にあえて潜り、命を懸けて勇気ある振る舞いにおよぼうとはしなかったのだ。その場で、彼は武勇に対する栄誉を喪失した。しかし、戦いの装いを整えていたもう一方の人物は、そのようなことにはならなかった。エッジセーオウの息子、ベーオウルフは言った。†63「ヘアルフデネの高名なるご子息、民に愛と黄金の贈り物を与えてくださる賢き君よ、わたしは今、危険な戦いに挑もうとしておりますが、先ごろ、あなたさまと、わたしとのあいだで交わした言葉を、どうかお忘れになりませんように。あなたさまの難局に当たり、わたしが命を投げ出すことになりましたら、わたしが亡きあと、父代わりになってくださるとおっしゃいましたね。戦いがわたしの命を奪うのであれば、わたしに従う騎士たち、わが一団の守護者となっていただきたい。また、親愛なるフロースガール王よ、あなたさまがわたしにくださったあの貴重な贈り物は、ヒイェラーク王のもとへお送りください。そうすれば、フレーゼルのご子息、イェーアトの君主は、その宝をご覧になったとき、わたしが宝環を分け与える方、寛大なる徳を授けられた君と出会い、かなうあいだは、その方の恩恵にあずかったことを、あの金によって気づき、理解されるでしょう。それと、広く名をはせる方、ウンフェルス殿には、先祖伝来の古き家宝、流麗な線で飾られ、刃の硬い剣を受け取ってもらってください。わたしは自身は、フルンティングで栄誉を勝ち取ります。さもなければ、死がわたしを連れ去ることでしょう！」

これらの言葉を述べた後、風を愛するイェーアトの貴公子は、相手の言葉を待たず、ひるむことなく急いで進んだ。うねり立つ湖は、この恐れを知らぬ戦士をのみ込んだ。その日はそれから長い時間が経ち、戦士はようやく平らな水の底を見ることができた。たちまち、この水の世界を百年守ってきた、残忍かつとどまるところを知らぬ強欲に駆られた恐ろしき生き物は、ある者が怪物どもの棲み家を捜し出さんと上から降りてくるのを見て取った。女の怪物はその者につかみかかり、恐ろしい鉤爪で、大胆不敵な戦士をしかと捕らえた。だが、やすやすと彼の体を傷つけることはいささかもできなかった。体の周囲は鎖帷子に守られており、取っ組み合いの最中、女の残忍な指をもってしても、しなやかに綴り合わされた帷子を刺し貫くことができなかったのだ。やがて、湖の底までたどり着くと、雌狼は、鎖帷子をまとった貴公子を自分の棲み家へと運んでいった。彼はそこで、激しい怒りに燃えたが、それでもまったく武器を振るうことができなかった！　おびただしい数の奇妙な怪物が泳[†64]いできて、彼にしつこくつきまとい、あまたの海の野獣が、長い鎖帷子を牙で引き裂こうと襲いかかり、獰猛な破壊者が次々と迫ってきた。

やがて、この高貴な人は、ど[†65]こか奈落の底のような広い空間にいることに気づいた。そこでは水が支障を来すこともなく、空洞に丸天井があるため、突如、押し寄せてくる奔流が彼のところまで達することもなかった。彼はそこで、きらめく炎のような光が明るく輝いているのを見た。次の瞬間、勇ましき人は、あの海の怪女、雌狼のような深淵のならず者がそこにいると気づいた。戦の剣にとてつもない力を込め、ためらうことなく一撃を加えると、宝環で飾られた武器は女の頭に当たり、戦いに飢えた歌を叫んだ。侵入者はすぐさま、輝くその剣が威力を発揮せず、女の命に害も与えぬことを悟った。それどころか、かつてあまたの太刀打ちに耐え、運が尽きた者たちの兜や鎧を幾度となく断ち割ってきたにもかかわらず、この刃がいざというとき役に立たないことも、この貴公子は悟ったのだった。非常に珍重されたこの剣の栄誉に傷がつくのはこの冒険が初めてだった。

ヒイェラークの親族はぐずぐずせず、今一度、勇気を奮い起こし、みずからの名高き振る舞いを思い出した。怒りもあらわに戦いながら、ねじれ装飾が施され、丹念にくくりつけられたかの剣を投げ捨てると、鋼の刃を持つ堅固な剣は地面に転がった。彼はおのれの力と、おのれの強力な手力を頼りにした。戦において不朽の名声を得んとする者の信念はかくあるべきであり、命を惜しむ気持ちに悩まされることなどいっさいないのである。それから、イェーアトの戦士を率いる貴公子は、残酷な行為を悔いるまでもなく、グレンデルの母親の[†66]髪をぐいとつかんだ。そして、戦に容赦はしない戦士が激しい怒りに満ち、不倶戴天の敵を投げ飛ばすと、女は床に倒れ込んだ。女は再び、素早く応酬し、猛烈な勢いで相手につかみかかって格闘した。そして、最強の戦士、戦士のなかの戦士は必死で耐えたがよろめき、今度は自分が投げ飛ばされた。すると女は、自分の広間へ侵入してきた者に馬乗りとなり、よく研がれた幅広の刃の短刀を引き抜いた。一人息子の仇を討とうと考えたのだ。戦士の肩には、鉄の環を綴った鎖帷子がかかって胸をぐるりと覆っていた。これが命を守り、短刀の切っ先や刃が刺さるのを阻止した。もし戦いと争いにおいて、この胴鎧が、頑丈な鎖帷子が彼に助けを与えなかったら、そこで聖なる神が戦いの勝利を指図しなかったなら、そのときエッジセーオウの息子、イェーアトの戦士は[†67]広がる大地の下で不運な死を遂げていただろう。ベーオウルフが再び勢いよく立ち上がったとき、高き天を治める、すべてを見通す主は、正しき者が勝利すべく、容易に裁定を下した。

　すると驚いたことに、彼はそこにあった武具のなかに、巨大な古き刃を有し、[†68]勝利の魅力に恵まれた剣、切れ味容赦なく、戦士の誉れとなる剣を見た。それは巨人が手がけた実に価値ある剣で、ほかの者では戦の勝負に携えてはいけぬほど巨大なものではあったが、武器のなかでもきわめて上等な剣だった。今、シュルディングの大義の擁護者はその柄をつかみ、激しい敵意に猛然として、宝環で飾られた剣を抜いてひらめかせ、命も投げ出す思いで怒りに燃え、一撃を加えた。剣は噛みつかんばかりに女の首をとらえ、骨の継ぎ目を砕いていった。剣はどこまでも徹底的に、死すべき運命にある女の体を貫いてゆく。女は床にくずおれた。剣は血に濡れた。騎士はおのれの振る舞いに喜びを覚えた。

あたかも天が空の蝋燭を灯して燦然と輝くごとく、光が差して、広間のなかが輝いた。ヒイェラークの騎士はその棲み家を見渡すと、向きを変えて壁沿いに進み、怒りに燃えてひるまず、頑丈な武器の柄をつかんで高く掲げた。恐れを知らぬ戦士がその刃を役立たずとさげすむことにはならなかった。それどころか、彼は、グレンデルが西デネの人々になした数々の恐ろしき襲撃の復讐を今、すみやかに果たすべきだと考えた。グレンデルはあの一夜のみならず、たびたびフロースガール王の炉辺に集う家臣たちの寝込みを襲って殺し、眠ったままのデネ人を一五人むさぼり食ったほか、さらに多くの人々を連れ去って、見るも無惨な分捕り品としたのだった。怒れる戦士は、その蛮行への報復はすでに与えており、それゆえ、グレンデルが過日、ヘオロットでの戦いで傷を負い、戦いに疲れ果てて命を失い、寝床に横たわっている姿を目にしたのだ。死したグレンデルが、激しく振り下ろされた硬き剣の一撃を受けたそのとき、遺体は真っ二つになって跳ね飛んだ。こうして、頭が切断された。

ほどなく、フロースガールのそばで深みをずっと見つめていた賢き人々は、水面《みなも》の波が乱れて混ざり合い、血に染まる光景を目にした。良き君主のそばで、髪に霜置く老人たちは異口同音に語った。あの高貴なる騎士の姿を見ることは二度と望めまい、騎士が勝利に意気揚揚として、名高き王を訪ねてくることはあるまいと。湖の雌狼が騎士を破滅させたというのが、多くの者たちの一致した考えであった。

その日の第九時が訪れた。勇敢なるシュルディングの人々は岬を去った。彼らに愛情と黄金の贈り物をたまわる王もそこから去った。外の国からきた人々は、やりきれぬ思いで座り、湖面を見つめていた。敬愛する主君の姿を見られたらどんなにいいかと願いつつ、その望みはないと考えていた。そのころ、かのすばらしき剣は、戦いで流れた熱き血に触れたあと、恐ろしいことに、つららのごとく溶けて滴り始めた。父なる神が霜の絆を緩め、鎖でつながれた池の錠を開けたときの氷のように、剣がすっかり溶けてしまったのだから、実に不思議なことだ。まさしく、季節と時を支配する神、世界の揺るぎなき設計者たる神の業である。風を愛するイェーアトの貴公子は、この棲み家であまたの秘蔵の宝を目にしたが、あの頭と、宝石で輝く剣の柄を除けば、それ以上、奪うことはしなかった。剣の刃はもはや溶けてなくなり、編まれた飾りは燃え尽きていた。広間で死んだあの異界の生き物の血は、それほど熱く、それほど毒を持っていたのだ。やがて、さきほどの戦いで生き延び、仇どもが倒れるのを見届けた戦士は、素早い動きで泳いでいった。水をかき分け、上を目指して泳いでいった。あの異界の生き物がこの世での日々、このつかの間の世界を捨て去った今、乱れる波、広大な領分はすっかり浄化された。

見よ！　不屈の心を持つ、船乗りたちの長は、湖で手にした戦利品と、肩に担いできた大きな荷物とに喜びを感じつつ、泳いで岸辺へ上がってきた。誇り高き仲間の騎士たちは歩み寄り、喜々として主君を出迎えながら、そこで無傷の指揮官の姿が見られたことを神に感謝した。すぐさま、勇ましき人の兜と鎧が脱がされた。湖の水は、雲の下で、死をもたらす血糊に染まり、暗く静まり返っていた。そこから、心は喜びに満ち、一行は大地に続く道を、よく知られた道を行進していった。気高き心を持つ者たちは、深みのわきの崖より、かの頭《こうべ》を運んだ。それは最も勇ましき者たち各人を疲労困憊させる務めであり、一本の槍の柄にグレンデルの頭をくくりつけ、四人がかりで黄金の館へと運んでいかねばならなかったが、やがて、雄々しく、戦に意欲的なこれら十四人のイェーアト人は、堂々たる足取りでそこへたどり着いた。その一団にまじって、彼らの主君も得意気に、蜜酒の館の周囲の平らな道を歩んだ。こうして、騎士たちの主君、勇気ある振る舞いをなす者、武勇にすぐれた力強き者、人々の称賛を受ける者は、フロースガールに挨拶をせんと、堂々たる足取りでなかへ進んだ。いよいよ、グレンデルの頭が髪をつかまれ、人々が酒を酌み交わす館の床へと運ばれ、男たちと、彼らの真ん中にいるかの貴婦人の前に、見るもおぞましきもの、驚嘆すべきものが置かれた。人々はそれをじっと見つめた。

エッジセーオウの息子、ベーオウルフが言った。「ご覧ください！　おお、ヘアルフデネのご子息、シュルディング人の君主よ。われわれは、あなたさまがここで目にしておられる湖での戦利品を、わが勝利のしるしとして、あなたさまのもとへ、喜んでお運び申し上げたしだいです。わたしは水中での戦いにおいて、危険に立ち向かい、かろうじて命拾いをいたしました。神がわたしの盾となってくださらなかったら、わたしの戦いの日々はほぼ終わっていたでしょう。フルンティングはすぐれた武器ではありましたが、それをもってしても、戦いでは何もなし得ませんでした。ですが、人々の救い主は、壁に掛かっている、美しく[85]力強い、いにしえの剣をわたしに見せてくださったのです。神はしばしば、友を失った者たちを導いてこられました。わたしはその武器を抜き、争いの最中、すきを見て、館[86]の守護者どもを殺しました。それゆえ、戦いにおける血が、このうえなき熱い血糊が飛び散ったとき、編まれた飾りのついた戦の刃はすっかり燃え尽きてしまいました。わたしは、敵どもから、剣の柄を持ち帰りました。デネ人にもたらされた死と苦悩にふさわしく、彼らの悪行に対する復讐は果たされたのです。今後はヘオロットにおいて、誇り高き家臣の御一団に囲まれ、あなたさまの騎士や指揮官、老練なる者も、若き者もそれぞれ、安らかにお休みになれますことをお約束いたします。また、シュルディングの王よ、今後はかつてのように、かの方角から善良な人々に破滅がもたらされるのではと不安を抱かれる必要なきこともお約束いたします」

　こうして、いにしえのトロールたちの手細工が施されたもの、黄金の柄が、老練の指揮官、髪に霜置く軍勢の指導者に渡された。悪魔どもが倒れた後、驚くべき鍛冶職人が手がけた作品は、デネの君主が所有するところとなった。残忍な心を持つ仇、神の敵、加えて彼の母親も殺人の罪に汚れてこの世を去って以来、この柄は、ふたつの海に挟まれた[†69]シェデン島でかつて富を分け与えた地上の王のうち、最もすぐれた者の手に移ったのである。

　フロースガール[87]は、古き時代の遺物であるその柄をとくと眺めながら答えた。柄にはいにしえの争いの始まりが描かれており、その後、押し寄せる海が洪水となって巨人の一族を滅ぼし、彼らは憂き目を見ることになった。彼らは、永遠なる主とは相いれない民だった。そのため、全能の神は、押し寄せる水をもって、彼らに最後の報いをもたらしたのだ。純然たる黄金の板金には、針金を巻いた柄をつけ、蛇のような装飾を施した鉄の名剣が、そもそもだれのために作られたものであるかが、ルーン文字で正しく刻まれ、明記されていた。ここでヘアルフデネの子息にして、賢き王は語った。一同は静まり返った。「聞け！　人々のなかで真実と正義を推し進める者、故国を治める老王は、遠き昔のことをすべて覚えておるが、このすぐれた騎士は、卓越した力を持つ者として生まれてきたといってよかろう。わが友、ベーオウルフ、そなたの名誉は高まり、遠くのさまざまな方面に伝わって、すべての国民の耳に届いている。そなたは、勇気と物事の良し悪しを見分ける心を持ち合わせ、そのすべてを誇りによって揺るぎなきものとしているのだ。最初に話したとおり、余はそなたと交わした愛情の誓いを果たすつもりだ。そなたは今後永きにわたり、臣下の慰め、兵士の助力となっていくだろう。ヘレモードは、エッジウェラの子孫である誇り高きシュルディングの民に対し、そのようなことにはならなかった。彼は成長して人々の喜びとなるどころか、破滅と転落のもととなり、デネ人の指揮官たちに死と破壊をもたらした。激しい怒りに駆られ、食卓をともに囲む者たち、味方である臣下の者どもを抹殺し、ついに名高き王は、人としての喜びを捨て、ひとりで去ることとなった。全能の神は、武勇という輝かしい才能と権力において、すべての人に勝る地位へと彼を昇格させた。にもかかわらず、彼の胸の内ではひそかに、血に飢えた残忍な心が育っていた。彼はデネの民に金の宝物を与えて[†70]称賛を得ようともせず、喜びなく生き長らえ、その結果、国の民に長きにわたる責め苦を与えたかの争いの報いとして、苦痛を味わうこととなった。そなたはここから学び、寛大という美徳の何たるかを理解するがよい！　齢《よわい》を重ねた賢者として、そなたのために、余は熟慮のうえ、このような言葉を述べたしだいである。

　偉大なる神が深い意図を持ち、知恵と土地と立派な屋敷とをいかにして人類に分け与えてくださるのかを語るのは、すばらしいことだ。神は万物の主《しゅ》である。ときとして神は、名高き家の男に思うがまま喜びに満ちた生活を送ることを許し、故郷の城市において、人々を統治するこの世の喜びを与え、地上の数々の地域、広大な王国をわがものとして支配させるが、それゆえに、男は愚かにも、支配に終わりが来ることを想像できぬのだ。贅沢な暮らしを送り、老いや病気に目的を妨げられることはいささかもなく、暗澹たる不安に心を悩ますこともなく、どこで争いがあろうが、激しい憎悪が生み出されることもない。この世のすべてが自分の思いどおりに動いていく。これより悪しき運命があることは何もわかっておらず、やがて胸の内に傲慢な心が芽生え、広がっていく。そのとき、魂の守護者である夜警は眠っている。苦悩にくるまれたその眠りはあまりにも深いのだ。魂の殺害者がすぐそばにおり、悪意をもって、弓から矢を放つ。そして、男は防具の下の心臓を鋭い矢で射られ、忌まわしき霊の異様でゆがんだ言いつけに従ってしまう。自分の身を守ることができない。そうなると、今度は長きにわたり享受してきたものが、ひどく少なく思えてきて、容赦なき心は強欲で満たされる。称賛を得るべく、金箔を施した宝環を分け与えることもせず、栄光をつかさどる主、神がこれまで大いなる栄誉を分け与えてきてくださったがゆえに、来《きた》る運命を忘れ、気にもとめなくなってしまう。ついには、現世の肉体の見た目は衰え、男は運命の定めるとおり、死して倒れるのだ。そして、おのれの貴重な財産をばらまき、分け与えることに頓着しない別の者が、かの男が古くからためこんできた宝をすべて、男の復讐の怒りを恐れることなく受け継ぐのだ。親愛なるベーオウルフ、騎士のなかの騎士よ、はなはだしき悪意をおのれに禁じ、みずからより良きほうを、不朽の価値がある助言を選ぶがよい。名高き戦士よ、傲慢は決して許してはならない！　そなたの武勇はしばらく花開くだろうが、やがて病気や剣が、あるいは取り巻く炎が、[†71]あるいは押し寄せる波が、刃の一撃、飛び来る槍が、あるいは恐ろしい老いが、そなたの力を奪うだろう。あるいは、そなたの目の輝きは弱まり、消えてゆくだろう。誇り高き騎士よ、死がそなたを打ち倒すときは、すぐにでもやってくるのだ。

こうして、余は五〇年にわたり、天の下で鎖帷子の誇り高きデネ人を治め、戦では囲いをめぐらし、剣と槍で、この地上のいたるところにいる多くの隣国人から民を守った。したがって、天空の下に敵らしき敵はいないものと思っていた。だがなんと！　まさしく余の故郷で運命は一変し、喜びのあと、苦難に見舞われた。古来の敵、グレンデルが余の館の侵略者となり、それゆえ、余の心は深い悲しみに間断なく耐え忍ぶことになったのだ。余が生き延び、長い争いが終わり、残忍な血に染まったこの首を目にできたことを、創造主たる永遠なる主に感謝する！　さあ、戦の誉れ高き者よ、席に着き、宴の喜びを享受するがよい！　朝が来たら、余からそなたへ多くの宝を進呈しよう」

そのイェーアト人は喜び、賢き王が命じるまま宴の場へと赴き、席に着いた。広間に座す、恐れを知らぬ勇敢な者たちのために、あらためて盛大な祝宴が行われた。辺りはしだいに暗くなり、誇り高き男たちの上に夜のとばりが降りた。立派な軍勢が全員、立ち上がった。髪に白きものがまじるシュルディングの老王が、臥所へ下がることを欲したのだ。盾を持つイェーアトの恐れを知らぬ騎士も、ぜひとも休みたいとの思いに駆られた。遠い国からやってきて、遠征に疲れ果てた客人を、ひとりの侍従がすぐさま案内していった。侍従は、戦で諸国を遍歴する者たちにその日与えられるべきものなど、騎士が必要とするものを、礼を尽くして用意した。

強い心を持つ勇者は、こうして体を休めた。黄金で飾られ、大きな丸天井のある館は高くそびえていた。客人はそのなかで眠り、やがて漆黒のワタリガラスが陽気に天の喜びを告げた。そして、たちまち、ほの暗い場所の上に、燦然《さんぜん》たる光が差した。戦士らは急いだ。高貴な者たちは、故郷の人々のもとへ帰りたいと切に願い、誇り高き心を持つかの客人はいよいよ、そこから自分の船がつながれている場所へ向かいたいと望んだ。

こうして、恐れを知らぬ人は部下に命じて、エッジラーフの息子のもとへフルンティングを持っていかせ、貴重な剣を受け取るようにと言った。そして、かつて差し出された贈り物への感謝の言葉を伝え、この剣は戦いで威力を発揮する戦の良き友と見なしていたと述べたが、剣の切れ味をけなすような言葉はひとつも口にしなかった。実に立派な騎士である！　さて、これらの戦士たちは、長旅に向けて鎧に身を包んだ。デネ人に敬われている貴公子は、相手が座っているところへ、武勇にすぐれた偉大なる戦士フロースガールが座している高座へ歩み寄り、挨拶をした。エッジセーオウの息子、ベーオウルフは言った。「さて、われらは遠方より海を渡ってまいりましたが、そろそろヒイェラーク王のもとへ赴きたく、その旨、お伝えしたいと存じます。こちらでは手厚く歓待していただき、あなたさまには大変良くしていただきました。それゆえ、この世で、これまで以上の勇ましき行為によって、あなたさまより大きな寵愛をいただくにふさわしきことがありましたら、わたしはすぐさま、おそばにはせ参じる所存です。かつて憎悪を持つ者たちがなしたように、近隣の民が戦をするといってあなたさまを脅かしているとの知らせが大地を取り巻く海を越えてわたしのもとに届きましたら、千人の強力な騎士を連れて、お助けにまいります。イェーアトの君主、ヒイェラーク王のことはよく存じており、お若いとはいえ、民の守護者は、言葉と振る舞いでわたしを後押ししてくださるでしょうから、そちらで援軍が必要とあらば、わたしはあなたさまにしかるべき敬意を払い、大勢の槍兵を率いて駆けつけることができます。さらに、ご子息のフレースリーチさまがイェーアトの宮廷訪問をお考えになるのであれば、そこに多くの友がおりますことをおわかりいただけるでしょう。みずからすぐれた価値をお持ちの方が遠方の国々をお訪ねになれば、得るものがあるはずです」

フロースガールが答えて言った。「今、話されたその言葉は、全知の主がそなたの心の内に置かれたものであろう。これほど若き人が、これ以上分別ある話をするのを、余は長年、耳にしたためしがなかった。そなたは強い勇気と思慮深い心を持ち、口にする言葉には知識が感じられる。思うに、激しく残酷な戦で槍が、あるいは病や剣が、そなたの君主であるフレーゼル[†72]の子息、民の守護者の命を奪い、そなたが生き延びることになったとしても、そなたに一族の王国を治める意志があるなら、海[†73]を愛するイェーアト人が王として、また、強者たちの富の守護者として選ぶべき人物は、そなたをおいてすぐれた者はおらぬだろう。親愛なるベーオウルフよ、そなたの気性は、知れば知るほど、余を喜ばせてくれる！　そなたが成し遂げたこと[†74]のおかげで、両国の民、イェーアトの民と、槍の使い手たるデネ人とのあいだに和平が築かれ、かつて両国のあいだに長らく存在した反目や、憎しみに満ちた敵意は静まるだろう。そして、余が広大なる領土を治めている限り、貴重な品々が交換され、多くの人々が、カツオドリの潜り込む海を越えて、上等な贈り物を手に挨拶を交わし、環形《わがた》の飾りが施された船が大海原を渡り、贈り物や敬愛のしるしを運ぶだろう。余は、両国の民が敵に対しても味方に対しても、古き良きならわしに従い、万事非の打ちどころなく、揺るぎなき関係を作り上げるものと承知している」

それから、ヘアルフデネの子息、すぐれた兵士らの守護者は、かの館のなかで、新たに十二個の高価な品をベーオウルフに与えると、これらの贈り物とともに自身の大事な民のもとへ無事に赴き、すみやかに帰郷するようにと命じた。そしてシュルディングの君主、高貴な血筋の王は、そこで最もすぐれた騎士の首を抱いて口づけをした。白髪の下の王の顔を涙が伝い落ちた。老いて知恵を重ねた王の胸にはふたつの予感があり、とりわけ、その一方の思い、彼らが誇らしげに再会し、格調高い話を交わすことはないだろうとの思いが強かった。王は彼をとても大事に思っていたので、込み上げてくる気持ちを抑えることができなかったが、胸の奥では、この最愛の人物に対する深い思いが絡み合い、血潮のなかで熱く燃えていた。それから、恐れを知らぬ戦士、ベーオウルフは金色《こんじき》の輝きに包まれ、すばらしい贈り物に心を高揚させつつ、一面の草地を歩んでいった。海を越えていく船は、錨を下ろしている場所で主《あるじ》を待っていた。一行が進んでいくと、フロースガールからの贈り物にたびたび称賛の声が上がった。何事においても非の打ちどころのない、比類なき王だったが、やがて老いが、多くの人にしばしば打撃を与えるように、王に喜びを与えていた力を奪い去ることになるのだった。88

さて、実に勇敢な若き一団は、網のような、環をつなぎ合わせたしなやかな鎖帷子《メイル》シャツを身に着け、波打ち際までやってきた。前と同じように、あの海岸警固の番兵が、海へと戻ってくる戦士たちを見て取った。番兵は崖の突端から敵意ある言葉で客人たちに呼びかけることはせず、彼らを出迎えるべく馬で駆けつけ、風を愛するイェーアトの人々に、輝く衣装に身を包んだ勇ましき兵士たちよ、よく船へ戻られた、と述べた。それから、浜辺に置かれた、舳先が曲線を描く喫水の深い船に、武具、馬、貴重な品々が積まれた。フロースガール王から贈られた宝の上には帆柱がそびえていた。ベーオウルフは船の番人に、金線が巻かれた剣を与え、その後、番人は、この先祖伝来の家宝のおかげで、蜜酒の席では前よりも敬意を払われることとなった。

帆船は深い海をかき乱しながら、速度を上げて前進し、デネの国を離れた。そのとき、帆柱には、海の衣である帆が、綱でしっかりとつながれていた。水面を行く木がきしみを上げた。船は大海原を渡り、波の上を吹く風がその行く手を阻むことはいっさいなかった。海の上を旅するものは、波を越え、潮の流れを越え、渦を描く舳先で首もとを泡立てながら飛ぶように進み、やがて一行は、懐かしいイェーアトの断崖と岬がぼんやりと見えてくるところまでやってきた。帆船は風に促されて進み、陸にたどり着いた。

すぐさま、町の役人が待ってましたとばかりに海辺へやってきた。この役人は、もう長いこと、敬愛する人々を待ちわび、海岸から遠くへ目を配っていたのだ。役人は、美しく造られた船が波の力で押し流されてしまうといけないので、懐の深いその船を錨綱でしっかりと浜辺につなぎとめた。それから兵士らに命じ、貴人たちの財宝、宝石細工、金の延べ板を陸へ運ばせた。一行は、フレーゼルの子息にして宝を分け与える者、ヒイェラーク王に謁見をしに行かねばならなかったが、王の屋敷はそこからさほど遠くないところにあり、指揮官は戦士らに囲まれ、海をのぞむ岩壁のすぐ近くに住んでいた。

そこはすばらしい大邸宅で、広間は見上げるように高く、邸宅の主は勇敢な王であった。妃のヒュイドはヘレスを父に持ち、実に若くて賢明、それに、妃にふさわしき徳をそなえていたが、城内の宮殿で過ごした歳月はまだわずかだった。とはいえ、けちなところはなく、イェーアトの人々に贈り物や貴重な宝を与えるのに物惜しみすることもなかった。人々のすぐれた王妃であり、[89]スリュースの激しい心持ちは見受けられず、恐ろしくよこしまなところもなかった。スリュースの宮廷では、王君を除いて、親しい従者であっても、この女性とおおっぴらに目を合わせようとする向こう見ずな者はひとりもいなかった。それどころか、そのようなことをした者には、手で編まれた恐ろしき死の縄が待ち受けていた。そして、その者が取り押さえられるとすぐ、刃に模様の入った剣が振るわれ、死の苦しみに終止符が打たれることになるのだった。たとえ並ぶ者なき存在であっても、王妃たるもの、女性たるもの、このような振る舞いを続けるべきではない。民の平和を織り上げるべき人が間違った話をでっち上げ、愛する従者の命を都合良く操ることがあってはならないのだ。だが、まことに、[90]ヘミング一族のかの男は、意に介していなかった。また、エールを酌み交わす男たちがさらに語ったところによると、かの女性は父親の意のまま、ほの暗い海を越えて旅をし、オッファの館へとやってきて以来、そして、金で着飾った高貴なる血筋の花嫁としてあの若き戦士へ嫁いで以来、従者への不当な扱い、残酷なるよこしまな行為をなすことは減ったという。その後は、玉座にあるみずからの人生が定めた地位を生かし、生涯にわたり、徳のある女性として名をはせ、聞きおよぶ限り、強者《つわもの》たちの君主、全人類のなかで、ふたつの海に挟まれた広大な大地に住む一族の最もすぐれた人物に愛を捧げる務めを誠実に果たした。それというのも、オッファが惜しみない贈り物と戦の功績においてあまねく尊敬され、槍の使い手のなかでも恐れを知らぬ戦士であり、知恵をもって正当な権利を有する国を治める人物だったからだ。そのオッファを父とし、ヘミングの一族、ガールムンドの孫として、激しい戦いにおいても勇ましいエーオメールが、強者たちの助けとなるべくこの世に生まれた。

さて、勇者ベーオウルフは供の者たちを引き連れ、平坦な浜辺、広い海岸の砂地を踏みしめて進んだ。世界のランプ、太陽が南から駆け上り、光り輝いた。一行は、旅の締めくくりとして、すぐれた兵士らの守護者、オンゲンセーオウを討伐した若く勇猛な王が、防備を固めた住居で宝環を分け与えると聞いていた場所まで、堂々たる足取りで歩んでいった。ヒイェラークのもとに、ベーオウルフの帰還が、盾を掲げて雄々しく戦う戦士らの主人が、傷ひとつ負わず戦から生きて帰り、宮廷に参上すべく、足早に城の外までやってきているとの知らせが早急に届けられた。ただちに、偉大な王の命に従い、館のなかでは、到着したばかりの戦士たちを迎えるべく、部屋の準備がなされた。激しい争いを無事切り抜けた者は今、厳粛な言葉と丁寧な物言いで、おのれの良き君主に挨拶をすませた後、まさにその王と、親族同士、並んで座った。ヘレスの息女が蜜酒をそそぎながら天井の高い広間をめぐって兵士らを優しくもてなし、甘く濃厚な飲み物が入った杯を[91†75]強者たちの手へと運んだ。高くそびえる館において、ヒイェラークは、海を愛するイェーアト人の冒険がいかなるものであったかぜひ知りたいとの思いに貫かれ、隣に座している者に丁重な言葉で尋ねた。「最愛なるベーオウルフよ、ヘオロットでの争い、武勲を求めてはるばる海を越えていこうとにわかに心を決めて以来、そなたの長旅にいかなる運命が降りかかったか？　さあ、話してくれ！　名高き王、フロースガールのために、世に広く取りざたされたかの苦難を多少なりとも取り除いてさしあげたのか？　このことゆえ、余は沸き立つ悲しみに心穏やかではいられなかった。愛する家臣に危険がおよんだのではないかと恐れていたのだ。そなたには久しく、あの死をもたらす生き物には決して近づくことがなきよう、グレンデルとの戦いは、南デネの人々自身にまかせるよう請うてきたのだ。無事に戻ったそなたの姿を見ることができ、神に感謝を捧げたい」

エッジセーオウの息子、ベーオウルフが答えた。「ヒイェラークさま、われわれの勝負、わたしとグレンデルの死闘がどのような結果を見たかについては、多くの人々の知るところとなっております。グレンデルはあの場所で、勝利の誉れ高いシュルディングの民に対し、長きにわたり数々の悪行をなし、苦痛を与えてきたのです。わたしはこれらすべての仇を討ってまいりました。ですから、グレンデルの一族には、周囲を取り巻く沼地で最も長く生き延びる野蛮な血筋の者であれ、この地上で、あの灰色の夜明けに起きた衝突について自慢をするいわれはないのです。あのとき、わたしはまず、フロースガール王にご挨拶をするため、宝環の館へまいりました。ヘアルフデネの名高きご子息は、わたしの心持ちを知るや、すぐさま、ご子息の隣にわたしの席を定めてくださいました。一同、それは上機嫌で、わたしは蒼穹の下、館における蜜酒の宴で、人々があれほど浮かれ騒ぐのを見たことがございませんでした。ときおり、民族どうしの平和と親善を担う名誉ある王妃が広間をくまなくお歩きになって、若き従者たちを鼓舞なさいまして、お席に着かれる前に、騎士に宝環をくださることもしばしばございました。また、ときおり、フロースガールの姫君が、軍勢の前で、すべてのすぐれた戦士へ、順番にエールの酒杯を運んでおられました。[92]姫君が宝石をちりばめた酒杯を兵士に渡される際、広間に座している者たちが、姫をフレーアワルと呼んでいるのを耳にいたしました。黄金で着飾った若き乙女は、フローダの子息と婚約されております。シュルディングの君主、国土の守護者がそう決意なさいまして、王は、これは良い策になる、かの姫君を介して、長きにわたる和解しがたい対立、紛争を止める方向へ持っていけるのではないかとお考えです。ですが、いかなる場所であれ、たとえ花嫁がすぐれたかたであっても、君主が倒れますと、殺意ある槍の勢いが弱まるのを目にすることはめったにございません！ [93]かのもくろみがなされるときとなり、ある者が、デネの高貴なる末裔である、あのお嬢さまを伴い、[†76]大勢の人々に囲まれて広間を歩いていくとき、ヘアゾベアルドの王と、民の騎士らは皆それぞれ、機嫌を損ねるかもしれません。と申しますのも、先祖代々珍重されてきた、華やかに光り輝く物や、かつてはヘアゾベアルドの宝であった、環で飾られた堅固なる剣を、その者が身に着けているでしょうから。もっとも、彼らもまだ、自分たちの武器を振るうことはできたのですが、やがては盾ぶつかり合う戦において、敬愛する同志と、みずからの命を破滅へといたらせる道を歩んでいたのです。その後、エールの宴の席で、ある者が口を開くでしょう。すべてを記憶にとどめ、槍で殺された兵士らを思い起こしている老兵が、あの価値ある物を目にし、心は荒れ、暗澹たる思いを抱きながら、若き戦士の秘めた思いを探って試し、再び戦へ駆り立てようとして、このようなことを言うのです。『閣下、あの剣を思い出せませぬか？ 父君が大切にされていた剣、最期の日に、面頬つきの兜をかぶられ、戦へと携えていったあの剣でございます。あそこでウィゼルユルドが殺され、兵士らが死んだ後、デネ人は父君を殺し、欲望激しきシュルディングが戦場の征服者となりました。今ここで、殺戮者どものうち、だれかはわかりかねますが、その者の息子が、美しき物を手に、意気揚々とこの館のなかを歩き回り、得意になってあの殺戮について語り、当然あなたが所有すべき宝を身に着けておるのですよ』

こうして、老兵はことあるごとに、心が痛むような言葉で相手を駆り立て、記憶を呼び起こし、ついにはその時がやってきて、あのお嬢さまに仕えていた騎士は、父親がなした所業ゆえ、剣の餌食となり、真っ赤な血に染まって命を失い、永遠の眠りにつくことになるのです。一方の若き戦士は、その土地を熟知しており、九死に一生を得て、そこから逃げていくでしょう。こうして、人々が立てた誓いは双方で破られます。その後、インゲルドの心には、憎しみに満ちた残酷な思いが込み上げてきて、癒やしがたき苦悩は絶頂に達し、妻への愛情はしだいに冷めていくことになるのです。そのようなわけで、わたしはヘアゾベアルド族の好意、この休戦協定における先方の態度は、デネにとって脅威に満ちたもの、彼らの友情は不確かなものと考えております。

すばらしい贈り物を与えてくださる王よ、グレンデルに関しまして、わたしたちが強者どうし、激しい格闘におよび、どのような結果を見たのか詳しく知っていただけるよう、ここで再びお話しすべきでありましょう。空の宝石が世界の上を滑るように通りすぎるや、夕闇のなか、すさまじい恐怖をもたらすべく、怒りに燃えたあの生き物がやってきて、まだ無傷で館を守っていたわたしたちを捜し出しました。その場で、ハンドシオーホ[94]が殺戮に遭い、彼の不運な人生に残酷な終わりが訪れました。剣を身に着けた戦士が最初の犠牲者となったのです。グレンデルは、高名な若き戦士に噛みつき、わたしたちの大切な仲間の肉体を食い尽くしてしまいました。それでもなお、手ぶらで黄金の館を出ていこうなどとはいささかも思っておらず、歯を血まみれにした殺人鬼は邪悪な行為におよぼうとしていました。出ていくどころか、腕力に自信があるものですから、わたしの力を試すべく、激しくつかみかかってきたのです。やつは、凝った作りのひもでしっかり結わえつけた、深さのある奇妙な袋を下げておりました。悪鬼どもの巧妙かつ繊細な技を駆使し、竜の皮で作った袋です。多くの者を餌食にしてきた殺人者は、もうひとり追加だとばかりに、罪のないわたしをその袋に押し込もうとしました。ですが、わたしが激怒し、すっくと立ち上がったものですから、それはかなわなかったのです。わたしが人類の破壊者に対し、その悪行ひとつひとつにふさわしき報いをどのように与えたかについては、あまりにも長い話になりますので、やめておきましょう。わが君、わたしはみずからの働きにより、あちらであなたさまの民に名誉をもたらしました。グレンデルは身を隠そうと逃げていきましたが、生の喜びを享受できたのはほんのつかの間でした。逃げたとはいえ、やつはヘオロットに右手を残していったため、足取りもはっきり示すことになり、屈辱を味わい、惨めな思いを抱えたまま、湖の底へと身を投じました。朝が来て、われらが宴の席に着きますと、シュルディングの君は、あの死闘に対し、金の延べ板や数々の貴重な品など、さまざまな褒美をくださいました。[95]広間には陽気な笑い声と、吟遊詩人の歌が響いておりました。齢を重ねたシュルディングの王は古来の言い伝えに詳しく、遠い昔の物語を語ってくださいました。かつて勇猛果敢に戦った王は、音楽の道具、竪琴を高らかに奏でつつ、切ない真実の物語を吟じたかと思うと、心広き王は、しかるべきやり方にのっとって不思議な物語を詳しく語り、はたまた、古き戦《いくさ》を戦った戦士が老[†77]いにとらわれ、若き日のこと、武器を手に、力強かったころのことを嘆き語られる場面もございました。あまたの記憶を思い起こされるとき、齢を重ねた賢き王の心には、込み上げてくるものがおありだったようです。

　こうして、わたしたちは館のなかで一日中、楽しく過ごしておりましたが、やがて、この世に再び夜がめぐってまいりました。するとたちまち、グレンデルの母親が今一度、おのれが受けた苦悩の復讐をしようと心を決め、激しい苦悶を胸に、出発いたしました。死が、風を愛するイェーアト人の怒りに満ちた武勇が、息子を奪っていたからです。怪物のようなトロールの妻は、わが子の復讐を果たし、大胆不敵に、ひとりの男を殺しました。古くからの教えに詳しい賢人、アッシュヘレの命が奪われたのです。朝が訪れたとき、デネの貴人らは、眠りについた彼を、赤々と燃える木の上で荼毘《だび》にふすことはおろか、愛する者を積み薪に載せることさえできませんでした。あの悪鬼が遺体をつかみ、山の川の流れ落ちるところへ持ち去ってしまったからです。民[†78]の君主、フロースガール王にとって、これは長い年月で味わった悲しみのなかでも、最もつらいものでありました。

　こうして、王は暗澹たる心持ちで、あなたさまのお命に懸けて、わたしにこう懇願されました。騒然とした湖の深みにて、勇気ある行為におよび、命懸けで名誉を勝ち取ってほしいと。王は報奨を約束してくださいました。それから、広く知られているとおり、わたしは、渦巻く深淵に棲むぞっとするほど恐ろしい守護者を捜し出しました。われらは、しばらくそこで組み合って戦いました。湖は血が渦巻き、わたしはあの[†79]奈落の広間で、グレンデルの母親の首を巨大な剣ではねたのです。かろうじて命拾いをしましたが、まだ死ぬ運命にはなかったのでしょう。死ぬどころか、そのあと、すぐれた兵士らの守護者、ヘアルフデネのご子息から貴重なものを多数、いただきました。このように、かの民の王は、王[†80]にふさわしき美徳に従って暮らしておられまして、わたしが約束の褒美、すなわち、わが武勇に対する報奨をいただけなかったことはいささかもございませんでした。それどころか、ヘアルフデネのご子息は、わたしの望むまま、高価なものを与えてくださいました。勇猛な王よ、これらの宝をあなたさまのもとへお運びし、喜んで捧げましょう。こうした喜びのすべては、今もあなたさまのものです。ヒイェラークの君、あなたさまをおいて、わたしが大切に思っている親族はほとんどおりません！」

ベーオウルフは部下に命じて、猪の頭が描かれた旗と、戦で高くそびえる兜、灰色の胴鎧、精巧な細工が施された戦の剣とを運び込ませると、次のように、定[†81]められた言葉を口にした。「賢き君主、フロースガール王は、わたしにこの戦衣をくださいました。そして、王のありがたき贈り物について、まずは、その由来をあなたさまに述べるよう、命じられました。王がおっしゃるには、シュルディングの前の君主、ヘオロガール王が長きにわたりこれを所有しておられました。勇敢なご子息、ヘオロウェアルドさまは父君に忠実ではありましたが、だからといって、王はこの胴鎧をすぐにはご子息にお与えになろうとしなかったそうです。敬[†82]意をもって、すべての贈り物をお使いになりますように（と王がおっしゃいました）」

聞くところによると、これらの美しきものに引け劣らぬ、連銭《れんぜん》葦毛《あしげ》［訳注：馬の毛色。葦毛に灰色の丸い斑点がまじったもの］の駿馬が四頭、さらに連れてこられたという。ベーオウルフは、手に入れたすばらしきもの、馬と貴重な品々をヒイェラークに献上した。親族とは、このように振る舞うべきであり、ひそかに策を練って、他者に悪意あるわなを張りめぐらし、味方である同志の死をたくらむことがあっては決してならないのだ。激しい戦にもひるまぬヒイェラークに対し、甥はこのうえなく忠実であり、両者は互いに相手の名誉を心にとめていた。また、ベーオウルフは、かの首飾り、すなわち、王族の娘ウェアルフセーオウから贈られた、複雑かつすばらしい細工が施された高価な装飾品に加え、しなやかな体にきらめく鞍を乗せた三頭の馬をヒュイドに進呈したとも聞いている。その後、受け取られた首飾りは、王妃の胸元を華麗に装った。

　こうして、エッジセーオウの息子は戦で名を上げ、令名[†83]に恥じぬ行動を取り、公明正大な振る舞いで男気を示した。酒の席で炉辺の友を打ちのめしたりすることは断じてなく、心根も決して冷酷ではなかった。それどころか、恐れを知らぬ戦士は、だれにも負けぬ強い力をもって、神[†84]が授けたこれらの豊かな資質を持ち続けていた。だが、彼は長いあいだ、軽蔑されてきた。イェーアトの子孫たちは、彼を立派な人物とは見なさず、風を愛する民の王も、家臣らが蜜酒を酌み交わす場で、さほど名誉ある席を彼に与えようとしなかったからだ。彼は高貴な生まれだったが、皆、この男はものぐさで、やる気がないのではないかと思っていた。男には今、栄誉が授けられ、心の悲しみにも転機と終わりが訪れたのだ。

　それから、戦において勇敢な王、すぐれた兵士らの守護者は、フレーゼルが遺したもの、黄金で飾られた美しきものを広間へ運び入れるよう命じた。そのころ、剣として、これよりすぐれた宝、もしくは、ぜいたくな贈り物はイェーアト人のなかには存在しなかった。それを今、王はベーオウルフの膝に置き、七〇〇〇（ハイド「訳注：古い土地面積の単位」の土地）と、屋敷と、王侯にふさわしい地位を与えた。かの王国では、土地、家屋敷、生まれながらの正当な権利は、血族である両者へ同じように受け継がれていたが、大部分、すなわち広大な王国は、その土地でより高い地位にある者に与えられた。

＊

その後、歳月が経ち、戦の衝突のさなか、ヒイェラークが殺され、さらに、好戦的なシュルヴィングの不屈の戦士たちが、栄光に満ちた人々に囲まれていたヘレリーチの甥を探して見つけ出し、猛攻撃をかけ、盾を持つ兵士に守られていたヘアルドレードに戦の剣が死をもたらしたとき、[96]広大な王国はベーオウルフの手に帰することとなった。彼は五〇年に渡り、国を良く治めた。王として齢を重ね、正当な権利を有する国土の守護者も今や年老いたが、やがてある者が、高台の荒れ野で、宝と急勾配の石塚を見張っていた一匹の竜が、夜ごと支配を振るうようになった。塚の下のほうに、人間にはほとんど知られていない一本の小道が通っていた。ある名もなき男がその塚へ潜り込み、異教徒の宝の近くへとはっていって、宝石で光り輝く大きな杯を手につかんだ。竜は眠っていて、泥棒の悪知恵に欺かれたとはいえ、その後、これを黙って我慢したりはしなかった。人々は、近隣の民たちは、竜が激しい怒りに燃えていることを思い知るのだった。

竜にはなはだしい不正を働いたかの男は、決してみずからの意志で、みずから進んで秘宝のありかへ侵入したのではなかった。ある武者の息子の奴隷であった男には差し迫った事情があった。むち打ちの厳しい罰から逃れてきたものの、家もなく、罪悪感にさいなまれつつ、そこへ潜り込んだのだ。やがて、竜が体を起こし……、（たちまち）侵入者はすさまじい恐怖に襲われた。それでもなお、不運な男は……そして、突然、危険が迫り、そのとき男は宝の箱を（目にして）……。

地上のかの家には、そのような、いにしえの宝がたくさんあった。というのも、だれなのかはわからないが、昔、ある高貴な家系の人物が、非常に値打ちのある宝石や、膨大な世襲の財産を用心深く隠していたからだ。それに先立ち、死が彼[†85]らをことごとく連れ去り、一族のなかでも折り紙つきの戦士、この世でいちばん長く生き延びた男がたったひとりで宝を見張り、友[86]らの死を悼んでいたが、男は自分も同じ運命をたどったため、長いあいだたくわえてきた宝を、せめてつかの間、享受できればと考えた。

波打つ海の近くの岬の上で、新しく作られた塚はすっかり準備を整え、呪[87]文でしっかり封印されていた。宝環の番人は、そのなかに、高貴な人々の富、金の延べ板のうち、秘蔵に値するしかるべき量の財産を運び込み、手短に語った。

「大地よ！　強者たちが守れなくなった今、おまえが戦士の富を守ってくれ。聞け！　その昔、かの兵士らが、おまえのなかでこれを見つけたのだ！　わが一族の者はひとり、またひとりと、戦がもたらす死、破壊的厄災によって連れ去られ、この世を捨て、戦士が館で味わう快楽もあきらめた。わたしのもとにはもう、剣を身に着けられる者、あるいは金で覆われた杯、貴重な酒器を磨く者がひとりもいない。誇り高き軍勢は消え失せた。金で飾られた頑丈な兜はめっきがはがれてしまうだろう。兜を磨くべき者、戦に向けて面頬の艶出しをすべき者は眠りについている。それに、戦で盾が突進していくなか、斬りかかる鉄の刃《やいば》によく耐えた鎧も今や、それを着ていた者たちと同じ道をたどり、朽ち果てていく。鎖帷子はもう、豪将とともに強者たちのそばについて遠征することはできないだろう。竪琴の楽しげな響きも、音楽を奏でる道具のにぎやかな音もなく、すぐれた鷹が館を飛び回ることもなく、駿馬が足を踏み鳴らし、城の中庭を歩き回ることもない。破壊的な死が、多[88]くの生ある者たちをこの世から追放してしまったのだ」

この[89]ように、すべての人がこの世を去り、ひとりきりになった男は、悲痛な心でおのれの不幸を嘆き、喜[90]びもなく、昼夜の別なく、声を上げて泣いていたが、ついに死が押し寄せ、彼の心臓に触れた。

暗[91]闇をさまよう老いた略奪者は、燃え上がりながら（埋葬）塚を探し求め、ひそかにたくわえられた美しきものが無防備な状態にあると知った。残忍な心を持ち、炎に包まれて飛び回る毛のない竜を、地上に住む者たちはひどく恐れている。竜は地中の宝を奪うことを常とし、そこで齢を重ねながら異教徒の黄金を守っているが、竜にとってはなんの利益ももたらさないのだ。

こうして、人類に略奪を働く者は、しだいに力を増しながら、三〇〇年にわたって地下の宝の家を守っていたが、やがて、ひとりの男の登場により、竜の心は激しい怒りに満たされることになる。男は主人のもとへ金張りの杯を持ち帰り、罰の軽減と許しを懇願したのだ。そのようなわけで、秘宝の存在が明らかになり、宝環の宝庫のたくわえが減り、哀れな男の願いは聞き入れられた。そして、男の主君は初めて、いにしえの人の手による作品を目にしたのだった。その結果、竜が目を覚ました！新たな争いが生まれたのだ。残忍な心を持つ竜は岩伝いににおいを嗅ぎ、敵の足跡に気づいた。その敵はこっそりと忍び込み、まさに、竜の目と鼻の先まで近づいていたのである。このように、簡単には死なない運命にある者は、主の恩寵があれば、災難や不吉な運命から本当に逃れられるのだ！秘宝の守護者は、自分が眠っているあいだに、このような不正を働いた者をなんとしても見つけたいと願い、地面をひたすら探し回った。悲痛な思いで、燃えながら、塚[92]の周囲を何度となく回ったが、荒れ野にはだれもいなかった。それでも、戦いをしかけよう、宣戦布告だと考えると、喜びを覚えるのだった。竜はときどき塚へ戻り、宝石で飾られたあの酒器を探してみた。だがすぐに、人間のなかのだれかが、黄金の格別な宝を探し出していたことを思い知るのだった。秘宝の守護者は、夕闇が迫るまでじりじりしながら待った。そして塚の番人は、激しい怒りに胸をふくらませ、残忍なけだものは、貴重な酒器を盗まれた復讐を、炎で果たしてやろうと決心した。うれしいことに、いよいよ日が暮れてきた。竜はもはや山[†93]腹にとどまろうとはせず、赤々と燃えながら出発し、火の威力で疾走した。（この争いの）始まりは、この国の民にとって悲惨なものとなり、彼らの君主であり国の保護者である人にも、すぐさま、むごたらしい終わりをもたらすことになった。侵[†94]略者は真っ赤な火を吐き、美しく輝く屋敷を次々と炎上させた。燃え上がり、勢いよく迫ってくるものの光は、人々の災いとなった。残忍な空飛ぶ怪物は、そこに生き物は何ひとつ残しておくものかと心に決めていた。竜が戦いを始める様子は、いたるところで目撃され、この残忍な迫害者の敵意、この破壊者が戦いにおいて、イェーアトの人々を追いかけ、卑しめる様子は、どこからでも目にすることができた。竜は夜が明ける前に、自分の秘宝のもとへ、自分の暗い館へと急いで戻った。この国の住人たちを燃える炎に包み、火に包み、灼熱に包んできたのだ。竜は、自分の塚、その壁、自分の戦闘能力を頼みにしていたが、その期待は裏切られることになった。

　さて、ベーオウルフのもとに、自身の家屋敷が、何よりもすぐれた館が、イェーアトの玉座が、渦巻く炎に包まれ、崩れ落ちたとの恐ろしい知らせが、迅速かつありのままに届けられた。善良なる男は深い苦悩を覚え、その胸はこのうえない悲しみに満たされた。だが賢き王は、自分が古[†95]くからのおきてに背き、永遠の主、万物の支配者の逆鱗に触れたのではないかと考えた。珍しいことながら、王の胸は不吉な予感に押しつぶされた。外からやってきた燃えたつ竜は、真っ赤な炎で海沿いの土地を壊滅させ、民のとりでを、守られた王国を破壊した。それゆえ、戦の王、風を愛するイェーアトの君主は、竜に復讐をしなければと思案した。そして、戦士の守護者、良き人々の君主は、戦闘用に、丹念に仕上げた、すべて鉄製の盾を作るよう命じた。炎が相手では、森の木、科《しな》の木で作った盾はまるで役に立たないとよくわかっていたからだ。古くから力を証明されてきた君主は、はかない日々の終わり、この世の人生の終わりを迎える定めにあり、竜も、秘蔵の富を長きにわたり保持してきたにもかかわらず、同じ定めにあるのだった。

聞くがいい！　黄金の君主は、遠くほうぼうを飛び回る生き物に対し、大勢の強力な軍隊を率いて立ち向かうのを潔しとしなかった。王自身はこの戦いを恐れず、竜の武勇、力、度胸をなんとも思っていなかったのだ。というのも、勝利の栄誉を与えられた闘士は、かつてフロースガールの館を清め、憎むべき一族に属するグレンデルとその肉親を戦いで打ち倒して以来、多くの危機的苦境に敢然と立ち向かい、多くの死闘、戦での衝突を無事に切り抜けてきたからだ。

ヒイェラークが殺害されたとき、すなわち、イェーアトの王、情け深い民の君主、フレーゼルの子息が、フリジアの土地での猛攻撃のさなか、刃《やいば》に血を吸われ、大きな剣に討たれて倒れたときも、この対決は、ささいな遭遇戦というものではなかった。ベーオウルフは泳ぎの技を駆使し、そこから自力で抜け出した。しかも、海へ勢いよく入っていったとき、ひとりで片腕に三〇領の鎖帷子を抱えていた。盾を掲げて彼に向かっていったヘトワレ族には、あの徒歩《かち》の戦いで勝利に歓喜する理由が、実のところ、ほとんどなかった。あの勇猛な戦士から逃れて故郷を目にした者はごくわずかしかいなかったのだ！　それから、エッジセーオウの息子は、ひとり悲しく、海原を泳いで渡り、民のもとへと帰ってきた。ヒュイドは彼に宝物と王国、宝環と王座を差し出そうとした。ヒイェラークが亡くなったのち、外国の軍勢から先祖代々受け継いできた王座を守れるほどの思慮分別が、息子にはまだないと思っていたのだ。ただ、王を亡くした人々が、この貴公子にヘアルドレードの主君となってもらいたい、王位を受け継いでもらいたいと思っても、どうしても、本人から承諾の言葉は得られなかった。彼はそれよりも、一国民として王子を支え、愛情と敬意をもって、気さくに相談役を務めていたが、やがて王子は成長し、風を愛するイェーアトを治めるようになった。そのヘアルドレードのもとへ、国を追われた者たち、オーホトヘレの子息らが海を渡ってやってきた。彼らは、シュルヴィングの君主、スウェーデンで貴重な贈り物を分け与えてきた海の王のなかでも、最もすぐれた王、名高き王を尻目にかけたのだ。それは、ヘアルドレードの終わりを運命づけた。訪問者をかくまった報いとして、ヒイェラークの子息は、剣の一撃を受け、致命傷を負う定めとなったのだ。だが、ヘアルドレードが殺害されると、オンゲンセーオウの子息は国へ引き揚げ、ベーオウルフが王座についてイェーアトを治めることを黙認した。ベーオウルフは立派な王であった！

ベーオウルフはその後も、倒れた主君の復讐を忘れはしなかった。助けを必要としていたエーアドイルスの味方となり、軍勢を率いてオーホトヘレの子息を援助した。戦士を率い、武器を携えて広き水路を渡り、その後、寒中の苦しい行軍のさなか、彼は復讐を果たし、王の命を奪った。

このように、エッジセーオウの息子は、命にかかわるあらゆる苦境、残忍な虐殺行為、すさまじき所業において、命を守られてきたのだが、ついにある日、かの竜と戦わざるを得なくなった。

イェーアトの君主は悲しみと激しい怒りに満たされ、一一人の供を連れて、竜の様子をうかがいに出かけた。どういうわけで、人々に対し、このような敵意あふれる所業がなされ、恐ろしい憎しみがあらわにされたのかはもうわかっており、あのすばらしい貴重な酒器は、それを見つけ出した者の手を経てベーオウルフが所持するところとなっていた。そしてこの争いが始まるきっかけを作った張本人は一三人目として王の一行に加わり、暗澹たる心持ちの囚人は、不名誉なことに、今やそこからの道案内をしなければならなかった。男はしかたなく、自分が知っている、人里離れた大地の館、うねる海、ぶつかりあう波のそばにある地下の洞穴まで行った。そのなかには、精巧な細工を施した飾り物、金線細工があふれていた。大地の下では、老齢の奇怪な番人が、いつでも戦いにのぞんでやるとばかりに、黄金の宝を守っていた。これでは、いかなる人間であれ、交渉で宝を勝ち取るのは容易ではない。さて、戦の実績を積んできた王は、岬に腰を下ろした。そしてイェーアトの民が愛情と黄金の贈り物をたまわってきた王は、炉辺の友たちに向けて別れの言葉を述べた。急いで死に向かっている王の心は重く、落ち着かなかった。老王を襲い、その内側で守られている魂に攻めかかり、肉体から生命を切り離そうとする運命が、まさに近くまで迫っていた。その後、この君主の魂は肉体の網に絡みついてはいたが、それも長くは続かなかったのだ。

エッジセーオウの息子、ベーオウルフは語った。「余《よ》は若いころ、あまたの猛攻から無事に帰還し、あまたの戦の日々を切り抜けた。そのすべてが思い出せる。豊かな富を持つ王、恵み深い民の君主が、わが父より余を引き取ってくれたのは、余が七歳のときだった。その君主とはフレーゼル王であり、王は血のつながりを忘れることなく、余を守り、余を養い、余にぜいたくな贈り物を与え、大きな宴席に呼び入れてくださった。ご存命のあいだ、あのお屋敷において、王が余に注いでくださる愛情が、ご子息のヘレベアルドさま、ハスキュンさまへの愛情と比べて劣るということはいっさいなかった。ご長男については、あってはならぬ事態だったが、親族の行為により、死の床が敷かれることになった。というのも、そのとき、ハスキュンさまが、先端に角《つの》細工のついた弓から矢を放ち、悲しいかな、ご自身の主君となる人を打ち倒してしまったのだ。ハスキュンさまが的をはずし、肉親を射《い》殺した。つまり、血にまみれた矢で、兄弟が兄弟を殺してしまったのだ。あれは償うことのできないたぐいの攻撃であり、きわめて罪深く、心底、気が滅入る不正な行為であったが、それでも、王子は復讐を遂げてもらえぬまま、この世を去らねばならなかった。

　これと同じように、息子が若くして絞首台に吊され、わが子がカラスにもてあそばれるさまを目の当たりにしながら、齢を重ねて思慮も増した自分が息子を助ける策を何ら案じることができず、挽歌を、悲しみに満ちた歌をうたわねばならないというのは、老いた者にとって、耐えがたいほどつらいことである。父親は朝が来るたびに、息子の死を思い出す。死という暴力によって邪[†96]悪な行為を経験したとあっては、宮廷内でまた新たな世継ぎの誕生を待ち望む気にはまずなれない。父親は息子の住まいで、宴の広間を、風が吹き抜け、笑い声が奪われた憩いの場を、悲しみに沈んで眺めるのだ。騎士らは永久《とわ》の眠りにつき、強者たちも暗い地下へと去っている。そのような宮廷では、かつて聞こえた竪琴の調べ、陽気な笑い声はもう聞こえない。それから、老父は臥所《ふしど》へ戻り、最愛の息子のために、ひとり、悲しみの歌を詠じる。野山も住まいも、老父にはすべて、あまりにも広く、空虚に思えるのだ。

　風を愛する民の君主も、ヘレベアルドさまのことで、胸に込み上げてくる悲しみを抱えていた。命を奪った殺害者のよこしまな行為に対し、償いを求めることは決してできなかったのだが、愛情がないに等しくとも、だからといって、憎しみに満ちた行為でかの戦士を迫害することもかなわなかった。こうして、ご自身に降りかかったあまりにも激しい悲しみにさいなまれたまま、王は人の世の喜びを捨て、神の光明を求めた。そしてこの世を去るときは、富める者がするように、土地と、多くの人々がいる町を子や孫たちに遺したのだ。フレーゼル王が亡くなると、スウェーデン族とイェーアト族のあいだで、憎しみの行為と争いが起こり、大海原を越えて両者が相争い、激しい敵意をあらわにした戦がなされた。また、オンゲンセーオウの息子らは、戦において恐れを知らず、やたらと進軍したがり、海を越えて和平を維持することは望まず、フレーオズナベオルフの周囲でたびたび、憎悪にまかせて残忍な殺戮を行った。

よく知られているとおり、わが親族は、この敵意ある行為、邪悪な振る舞いに報復をした。ただし、その代償として、親族のひとかたが、凄惨な戦いで命を落とされた。イェーアト族の君主、ハスキュンさまが悲運に見舞われたのだ。余が聞いたところでは、あの日、朝を迎え、オンゲンセーオウがエオヴォルさまと相対したとき、もうひとかたが、剣の両刃で親族の殺害者への報復を果たされた。兜が割れ、老いたシュルヴィングの王は、組み合いながら、死の恐怖に顔面蒼白《そうはく》となって倒れた。王の手は、残忍な所業をしかと覚えてはいたが、とどめの一撃をかわすことはできなかったのだ。

余は、戦で好機が訪れるや、ヒイェラーク王が与えてくださった貴重な贈り物に対し、おのれの輝く剣でお返しをした。王は、余に土地を、わが祖先の喜ばしき領地をくださったのだ。王はイフス族、あるいはデネの槍の使い手のなかに、あるいはスウェーデンの国土において、勇気に欠ける戦士を求めざるを得ないとか、金で雇わざるを得ないといったことはいっさいなかった。進撃する軍勢のなかで、余はひとり、王の御前にて最前線に立つことを常としてきたのだ。よって、実[97]績ある軍勢の面前で、フランク族の戦士、デイフレヴンをこの手で死にいたらしめて以来、絶えず役立ってくれたこの剣が耐えうる限り、余は終生、戦うつもりである。デイフレヴンは、見事な作りの胸飾りをフリジアの王のもとへ持ち帰れなかった。それどころか、軍旗の番人であったかの貴人は、誇り高く戦場に倒れたのだ。この者を殺したのは、剣の刃でない。鼓動する心臓の動きを止め、骨を砕いたのは、戦士の手の力である。だが今、この剣の刃、鍛えた堅固なる刃が、秘宝のために戦ってくれるだろう」

　ベーオウルフは最後に、誇りに満ちた言葉を口にした。「若かりしころ、余はあまたの戦に敢然と立ち向かった。老いて民の守護者となった今もなお、悪事と破壊を働く者が土の館より現れ、余を見つけ出すのであれば、余は争いを求め、栄誉を勝ち取りにゆく」それから、盾を持つ勇敢な戦士たち、大切な同志らひとりひとりに向けて、最後の最後となる言葉を述べた。「昔、グレンデルと戦ったときと同様、わが名誉となるべく、獰猛な破壊者と格闘できるほかのすべを知っていたら、今回も竜と対峙するうえで、剣など、武器は携えていかぬだろう。しかし、ここでは火の熱気が、吹き出される毒が待ち受けている。そのため、余は盾を持ち、鎧を身に着けるのだ。それでも、塚の番人からは一歩も引かぬつもりだが、これより先、塚の斜面では、運命が、各人の定めが命ずるまま、われら双方の身に事がなされるだろう。余[98]の心は恐れを知らぬ。だからこそ、翼を持つ敵に対し、うぬぼれた脅し文句を口にするのは慎むとしよう。

そなたら騎士は鎧をまとい、武具に身を固めて丘で待ち、この戦いが終わったときに、われらのうち、どちらが負傷によく耐えているか、見届けるがよい。獰猛な破壊者を相手に力を発揮し、騎士たる振る舞いをなすのは、そなたらの任務ではなく、ただひとり、余を除けば、いかなる人の力もおよぶところではない。余は、わが武勇をもって黄金を勝ち取るつもりだ。さもなければ、戦が、死をもたらす残酷な災いが、そなたらの主君を奪うことになろう」

[†99]それから、恐れを知らぬ戦士は決意を固めて兜をかぶり、盾をわきにして立ち上がった。そして、いかめしい鎖帷子をまとい、大きな足取りで岩崖へと歩いていった。ただひとり、自分の力だけを頼みにするなどというのは、臆病者にはとてもできない行為である！　男としての美徳に恵まれ、あまたの戦い、歩兵がぶつかり合う激しい戦を経験してきた彼は、塚の斜面に石を積み上げたアーチがあり、そこから勢いよく水が流れ出ていることに気づいた。[†100]その泉の沸き立つ水は、恐ろしい炎に熱せられており、竜の火炎のせいで、秘宝のそばの深き場所では、あぶられることなく長いあいだ耐えうる者はひとりもいなかった。

風を愛するイェーアトの君主はついに憤然として、胸の奥から言葉を発した。断固たる心をもって大声で叫ぶと、それはときの声として、灰色の岩の下で朗々と響き渡った。[†101]激しい憎悪が目を覚ました。秘宝の守護者が人の声に気づいたのだ。もはや、和平を求める余地はなかった。最初に、凶暴な破壊者の吐く息が、戦いの前兆となる熱い蒸気が岩から噴き出した。地鳴りもした。イェーアトの君主は、塚の下で恐ろしい挑戦者と対峙すべく、盾を振りかざした。いよいよ、とぐろを巻くけだものの心は、出ていって戦おうと駆り立てられた。立派な王は、戦いに向けて、すでに剣を、切れ味鋭い先祖伝来の宝刀を抜いていた。残忍な目的を抱く者どうし、それぞれ相手の恐怖はわかっていたが、竜が素早くとぐろを巻くと、家臣らの君主たる男はひるむことなく、相手に大きな盾を掲げて身構えた。彼は鎧に身を固めて待った。すると、赤々と燃える竜が、すべるように身をくねらせながら、破滅への道を急いでやってきた。盾は、名高き王が望んでいたほど長く命と体を守ってはくれなかった。戦[†102]いで勝利を得ることが許されていたとしても、このとき、人生において初めて、運命は彼が勝利する定めとはならなかったのだ。イェーアトの君主は腕を振り上げ、恐[†103]ろしい敵に古来の剣で一撃を加え、磨きがかかった刃が骨ばった体に襲いかかったものの、苦しい状況にある王が欲したほど、刃は鋭く食い込んではいなかった。攻撃を受けた塚の番人は逆上し、殺人的炎を浴びせかけた。そして、戦いの火炎が勢いよく広がった。その瞬間、イェーアトの民に愛情と黄金の贈り物を授けてきた王の口から、勝利の雄叫びは上がらなかった。信頼のおける古来の剣にあってはならぬことだったが、非情な戦いにおいて、その抜き身は役に立たなかったのだ。[†104]この日は好ましいなりゆきとはならず、エッジセーオウの名高き息子がみずからの意志でこの世を捨てるというのもまたしかりであった。すべての人がつかの間の人生から去っていくように、彼もまた、自分の意志に反して、ほかの場所へ居を定めざるを得なくなったのである。

　この猛々しい殺害者たちが再び衝突するまでに長くはかからなかった。秘宝の守護者は気を取り直し、荒い息をしながら胸を波うたせた。これまで民を治めてきた者は、火に圧倒され、苦痛に耐えた。彼の戦友たち、貴人らの子息は、戦の経験を積んだ仲間として彼のそばに控えることはいっさいせず、それどころか、命おしさに森へと逃げ込んでいた。彼らのうち、ただひとりだけ、悲しみに心を動かされている者がいた。高潔な考えを持つ者にとって、何があろうと、血族の絆は無視できないのだ。この盾を携えた立派な戦士は、ウェーオホスターンの息子で、名をウィーイラーフといい、アルフヘレの血を引くシュルヴィング族の貴人であった。ウィーイラーフが目にしたのは、面頬つき兜をかぶった主君が、火炎の熱に苦しむ姿だった。そのとき彼は、ベーオウルフからたまわった恩恵、ウェーイムンディング族の見事な住居、以前は父親が持っていたすべての地主権を思い出した。そして、もはや気持ちを抑えることができず、黄色い科《しな》の木の盾を手に取り、古来の剣を抜いた。人々のあいだで、この剣はオーホトヘレの息子エーアンムンドが略奪したものとして知られていた。戦の際、流浪の身となった主君なきエーアンムンドを、ウェーオホスターンが刃にかけて殺し、相手が身に着けていた輝く兜、鎖帷子、いにしえの巨大な剣を奪って、エーアンムンドの親族のもとへ届けた。オネラはそれらすべてを、甥が身に着けていた戦の武具および、いにしえの見事な剣を、ウェーオホスターンへ返した。兄の息子を殺したのはウェーオホスターンだったにもかかわらず、オネラは一族への無礼については、何も口にしなかった。ウェーオホスターンは、この美しきもの、剣と鎧の両方を長年、所蔵してきたが、やがて息子も、かつての父親と同様、騎士にふさわしき武勲をあげられるようになった。そして、父親は天寿をまっとうしてこの世から旅立つ際、イェーアトの国において、数えきれぬほどたくわえてきた武具を息子に譲り与えた。この若き戦士がおのれの良き君主のかたわらで危険を冒して戦いにのぞみ、激しい攻撃をしかける定めとなるのは、これが初めてだった。だが、彼の勇気がなえることはなく、戦いにおいて、父親から譲りうけた武器が期待を裏切ることもなかった。そして竜は、この若者と相対峙したとき、そのことを思い知るのだった。

ウィーイラーフは（憂鬱な心持ちであったため）、同志らに対し、道理にかなったしかるべき言葉をあまた浴びせかけた。「わたしは、あのときのことを忘れはしない。われらは、にぎやかな宴の広間で蜜酒を飲み、貴重な品々をたまわった主人に誓いを立てたではないか。主人がこたびのような、差し迫った事態に見舞われたなら、われらは、あれらの戦衣、兜、堅固な剣をたまわった恩に報いようではないかと。この遠征のため、王はご自身の希望で、軍勢のなかからわれらを選ばれ、われらを栄誉ある振る舞いにふさわしき者と判断され、われらを勇ましき槍の使い手と見なしたがゆえ、たいへん値打ちのあるこれらの贈り物をわたしにくださったのだ。まことに、われらの君主、民の指導者は、これまでだれにもまして、誉れ高き偉業、勇敢な振る舞いをなしてきたがゆえ、われらのため、勇気を要するこの任務を、おひとりで果たそうとしておられる。今こそ、われらの君主が勇敢なるすぐれた戦士を必要とするときなのだ。さあ！　主人のもとへはせ参じようではないか！　あの熱気が、赤々と燃える残忍な恐怖が持ちこたえるあいだ、武器を取るわれらが指揮官をお助けしようではないか。神もご存じのとおり、わたしとしては、黄金をたまわった主君のかたわらで、赤々と燃える炎にこの身を包まれるほうがはるかに好ましい。まず敵を倒し、風を愛する民の王のお命を守るのが先であり、それができないのであれば、盾を抱えて故郷へ戻るなどというのは、わたしにはふさわしからぬことに思える。イェーアトの実績ある戦士のなかで、王だけが苦しみに耐え、戦いに倒れるようであれば、それは王のかつての勲功にそぐわぬことであると、わたしにはわかっている。わが剣と兜、わが鎧は、王とともに戦うべきなのだ！」

それから、ウィーイラーフは戦いに向けて兜をかぶり、主君に加勢すべく、毒気のある蒸気のなかを大またで通り抜け、手短に言った。「親愛なるベーオウルフさま、かつてお若かったころ、命ある限り、名をおとしめるようなことはしないと誓われたとおり、何事もうまくやり遂げてください。勇敢に振る舞い、揺るぎない高潔な心を持つお方よ、どうか精いっぱい、お命をお守りください。このわたしが死力を尽くし、お助け申し上げます」

これを聞くや、獰猛かつ邪悪な異界の生き物、竜は激怒し、おのれの敵、憎き人間どもを襲わんと、再び渦巻く炎とともに近づいてきた。大波のごとくうねる炎に、丸盾は突起のあたりまで燃えてしまい、胴鎧もこの若き槍の使い手の役に立たなかったが、若き戦士は、自分の盾が赤々と燃える火に焼き尽くされると、親族の盾に身を隠し、ひるまずに進んだ。このとき、戦の王は今一度、おのれの誉れ高き振る舞いを思い出し、力いっぱい戦の剣を振り下ろした。すると剣は、激しい憎悪にかられたように、竜の頭に突き刺さった。だが、ネイリングはくだけ散った！　灰色の刃がついたベーオウルフの古剣は、戦いの役には立たなかったのだ。鉄の刃は、戦において彼の助けになることを許されてはいなかった。伝え聞くところによると、ベーオウルフは驚くほど硬い武器を戦に携えていったが、剣を振るうたびに、手の力があまりにも強すぎたため、剣が酷使されることになった。それが彼のためにはならなかったのだ。

それから、民[†105]の破壊者、残忍なる火竜は、恨みを晴らそうと心を決め、す[†106]きができるや、勇者に三度目の攻撃をしかけるべく激しく燃えさかり、襲いかかってきた。竜は、骨のように鋭い歯で相手の首を丸ごととらえた。ベーオウルフはおのれの生き血で真っ赤に染まり、血がどくどくと流れ出た。伝え聞くところによると、王がまさかの事態となり、親族である高潔な戦士は屈[†107]することなく、持って生まれた雄々しさ、力、勇気を発揮した。彼は竜の顎には気をとめなかった。手をやけどしながらも、勇敢に親族を助け、武器を手にした騎士は、凶暴な異界の生き物の顎から少し下がったところに一撃を加えたのだ！　黄金の柄がついた輝く剣が突き刺さり、その後、火の勢いが衰え始めた。王は再び気をたしかに持ち、鎖帷子に帯びていた、対決用に鋭く研がれた、[108]死を招く短剣を引き抜いた。風を愛する民の君主は、竜の体の真ん中を引き裂いた。彼らは敵を殺した。[109]勇気が敵の命を征服したのだ。そう、同じ一族の、ふたりの貴人が力を合わせ、敵を滅ぼした。忠実な臣下とは、いざというとき、かくあるべきである！　王にとっては、これが自分の振る舞いによって勝利を手にした最後のとき、この世における最後の働きとなった。

　洞穴の竜が負わせた傷はここへきて熱を持ち、腫れ始めた。王は、竜の毒が自分の胸のなかで激しい悪意に沸き返っているのをすぐさま悟った。それから、思慮深い王は塚のそばまで歩いていき、そこに腰を下ろした。王は[110]巨人らが作り上げたものをじっと見上げ、永久不変の地の空間のなかで、石造りのアーチが柱にしっかり支えられているさまに目をとめた。

　このとき、ずば抜けてすぐれたかの騎士は、全身血まみれの名高き王、戦に疲れ果てたおのれの君主に、手で水をかけてその体を清め、兜を脱がせてやった。ベーオウルフは語った。痛みにも、重い致命傷にもかかわらず。自分の寿命を、この世での喜びをまっとうしたことを、彼は本当によくわかっていた。もはや彼の人生はすべて過ぎ去り、死が間近に迫っていたのである。

「余にひとりでも跡継ぎが与えられていたなら、ぜひその息子にわが武具を譲りたいと思うところなのだが。余は五〇年にわたり、この民を治めてきた。近隣に住む諸国民のなかで、軍勢を組んで余にいどんできたり、戦の脅しをかけてきたりする王はひとりもいなかった。おのれの国において、余は時が引き起こすことに立ち向かい、おのれの地位を守り、非情なる結果を求めて悪計を企てたりはせず、罪深き誓いも立てなかった。深手を負って病んではいるが、余はこれらのことすべてに喜びを感じている。というも、わが命がこの身を去るとき、人類の支配者たる神には、余に血族殺しの罪を問ういわれがないからだ。いとしいウィーイラーフよ、竜が死んで横たわっている今、宝を奪われ、ひどい傷を負って眠りについている今、灰色の岩の下へ急ぎ、秘宝を探ってくるのだ。さあ、急げ、余がいにしえの富、黄金の財宝を眺められるように、巧みな装飾が施された色鮮やかな宝石をしかと見定められるように。そうすれば、豊かな宝を得た今、余はより穏やかな気持ちで、長年保持してきた命と君主の地位を手放すことができる」

伝え聞くところによれば、これらの言葉が語られると、ウェーオホスターンの息子は、戦いで傷つき、苦しげな君主の言うことを即座に聞き、網のような鎖帷子、戦のために編まれた胴鎧を身に着けたまま、塚の丸天井の下へと急いで歩いていった。こうして、誇り高い若き騎士は勝利の喜びに満たされて竜の座のそばを通りかかり、そのとき、地面を覆うあまたの秘蔵の宝石、きらめく黄金、壁にかかった驚くべきもの、かつて薄明かりのなか、空を飛んでいたあの竜のねぐら、手入れする者たちを奪われ、美しい装飾がはがれ落ちた水差し、いにしえの人々の酒器に目を見張った。また、そこには錆びてしまったたくさんの古い兜、変わった工夫を凝らして撚りあわせた数々の腕輪もあった。宝は、地下に隠された黄金は、いかなる人間の心も、いとも簡単に魅了する。隠そうとする者には用心させよ！　ウィーイラーフはまた、すべて金で作られた旗が、とりわけすばらしい手織りの工芸品が、宝の山の上のほうに垂れさがっているのを目にした。そこから放たれる光により、地下の空間をはっきり知ることができ、すべての貴重な宝が見渡せた。そこに竜の姿はない。すでに剣が命を奪っていたからだ。伝え聞くところでは、その後、あの塚のなかで男はひとり、秘宝と、その昔、巨人らが作ったものを奪い取り、自分が好きに選んだ皿や酒杯を胸にどっさり抱えていたという。さらに彼は、旗のなかでも、ひときわ美しく輝くものを手につかんだ。長きに渡り、秘宝の前には、これら貴重な宝の番をする者がいたが、年老いた君主の幅広の剣は、刃が鉄でできており、真夜中に激しく渦巻く炎に身を包み、灼熱を武器とする恐ろしき者をすでに滅ぼし、竜は悲痛な最期を遂げていた。

王の使者は貴重な戦利品にせき立てられ、急いで戻ろうとしていた。心は高揚していたが、少し前、風を愛する人々の君主を平らな場所へ残してきており、戦う勇気衰えつつあった主君が、はたして、まだ生きながらえているのかとの不安が胸を貫いた。貴重なものを抱えていざ戻ってみると、おのれの主《あるじ》、名高き君主は血を流し、今にも命尽きようとしていた。もう一度、水を振りかけたところ、ようやく、王の胸にとらわれていた言葉が、激しい発作のように飛び出した。戦士たる老王は、黄金を見つめながら、苦しげに語った。「今、ここで眺めている麗しきものに対し、万物の長、輝かしき王、永遠なる主に感謝の言葉を申し上げる。いまわのときを前に、わが民のためにこのような富をたくわえることが許されたとは。老い先短いわが人生と引き換えに、秘宝を手に入れたのだから、今後、そなたらは、民が必要とするものを与えてゆくように。余はもはや、この世にとどまることはできない。余の火葬を終えたなら、そなたらは戦で名高き者たちに命じ、海をのぞむ岬に、ひと目でそれとわかるよう、余の塚を築かせよ。その塚は、フロネスネス［鯨の岬］に高くそびえて、余の民たちの記念碑となり、今後、急勾配の船を駆り、遠方より大海原の宵闇を越えてやってくる航海者たちから、ベーオウルフの丘と呼ばれるようになるだろう」心雄々しき君主は、首から飾り環をはずして、若き槍の使い手である騎士に与えると、黄金にきらめく兜、胴鎧、宝環も与え、大事に使うようにと命じた。「そなたはウェーイムンドの血を引くわが一族の最後の生き残り。運命は、わが親族の勇猛な男たちをすべて破滅へと押し流した。余もあとを追わねばならぬ!」積み薪の上へと赴き、激しく燃えさかる熱き炎のうねりに身をまかせるのに先立ち、これは老王の胸の内を吐露した最後の言葉となった。王の魂は、正義の人の審判を求めるべく、その懐を去っていった。

ここ数年、試練を受けることがあまりなかった若者にとって、だれよりも慕われた人が人生の最後に無残な姿で苦しみ、地に倒れているのを目の当たりにするのは、つらい定めであった。彼を殺した者、洞穴に棲まう恐ろしき竜もまた、責め苦を受けて命を奪われ、死してそこに横たわっていた。とぐろを巻く竜は、もはや秘蔵の宝環を思いのままにすることはかなわなかった。金槌で鍛えられ、戦で勝利を刻みつけてきた堅固なる鉄の刃が竜をとらえ、遠き空を駆けていた翼ある者は傷を負って動けなくなり、おのれの宝の蔵のわきで地面に倒れていた。もはや真夜中の空をたわむれにさまようことはなく、美しきものを所有していることを誇って姿を現すこともなく、あの軍勢の指揮官の腕と振る舞いによって地面に打ち捨てられた。聞くところによれば、本当に、この国のすぐれた武勇の持ち主のなかで、たとえあらゆる振る舞いを大胆不敵になし得る者でも、塚の内部で目を光らせる守護者がいると気づきながら、敵が吐き出す毒気を含んだ息に向かって突進していく、あるいは宝環の館に手を出すことに成功した者はまずいなかった。王にふさわしきこれらの宝は、死をもってベーオウルフのものとなった。そして、両者はともに、はかなき命の終わりを迎えた。

ほどなくして、君主の一大事に槍を取って戦おうとしなかった落伍者、誓いを破った一〇人の臆病者がそろって森から出てきた。彼らは盾を持ち、武具を身に着け、老王が死して横たわっているところへ恥じた様子でやってきた。そしてウィーイラーフを見た。軍勢の戦士は、君主のすぐそばに疲れ果てて座し、水で君主を蘇らせようとしたが、労は報われなかった。心から願っても、おのれの指揮官の命をこの世にとどめておくことはできず、全能の神の意志を回避することはできなかった。[†III]このとき、神の審判は、事を果たし終えたすべての人間におよんだが、それは今も変わらないのである。

それから、武勇を忘れ、ろくに努力もしなかった者、ひとりひとりが、ウェーオホスターンの息子、若きウィーイラーフから厳しい叱責を受けた。若者は心を痛め、憎まれ者たちを見つめて言った。「聞け！　真実を語ろうとする者なら、まさしくこう述べるだろう。この君主は（広間でエールを酌み交わす席にて、たびたび、これらの高価な贈り物や、そなたらが今、身にまとっている戦士の武具を与えてくださった。しかも、騎士を従える王として、いたるところより集めたもののなかでも、とりわけ壮麗な兜と胴鎧とを与えてくださったというのに）、いざ戦に見舞われるや、すべての戦の武具を投げ捨てたも同然となり、破滅したと。この民の王には、おのれの戦友たる同志を誇りとするゆえんなど、ないに等しかったのだ。にもかかわらず、勝利をつかさどる神は、王が武勇を必要としたとき、剣をもって、独力で復讐をなすことを許された。わたしはあの戦いにおいて、王の命を救うことはできなかったが、それでも、おのれの力を越えたところで、わが親族を助けようと試みた。それから、わたしが剣で一撃を加えると、憎悪に満ちた敵の勢いは衰え、竜[†112]の頭のいくつもの門から吐き出される炎の勢いも弱まった。主君に災いのときが迫ったというのに、お守りしようと駆けつける者はあまりにも少なかった！　心せよ！　そなたらの親族は皆、すばらしき贈り物の拝受、剣の贈呈、父祖の家でのあらゆる喜び、希望が尽きるであろう。高貴な人々がそなたらの恥ずべき撤退や振る舞いを遠方より聞きおよべば、一族の者はそれぞれ土地と権利を奪われ、そこを立ち去ることになろう。立派な男にとって、さげすまれて生きるくらいなら、死んだほうがましというものだ！」

それから、ウィーイラーフは戦士らに、海辺の崖を越えて、囲いをめぐらせた野営地へ赴き、戦の成り行きを知らせにゆくよう命じた。そこでは、兵士らが集まって、朝からずっと、重苦しい気持ちで盾をかたわらに座し、愛する主君が最後の日を迎えられたのか、帰郷される見込みはあるのかと思案していた。海に面した斜面を馬でやってきた使いの者は、この新しい知らせを少しも隠すことなく、全員に聞こえるように語った。「風を愛する民に喜びを与えてくださったお方、イェーアトの君主は今、死の床に縛られ、竜の所業により、血染めの臥所にとどまっておられる。そのかたわらには、短剣に襲われた不倶戴天の敵が横たわっている。あの獰猛な殺戮者には、剣で重大な傷を負わせることはできなかったのだ。ベーオウルフさまのかたわらには、ウェーオホスターンの子息、ウィーイラーフが座している。生ける勇者が死せる勇者に付き添い、心は疲れ果てたまま、敵味方、両者のそばで寝ずの番をしているのだ。

王の崩御が、遠くフリジア族やフランク族にまで明らかになれば、わが国の民は、戦時を迎えることになるに違いない。かつてヒイェラーク王が船団を率いてフリジアの土地を襲撃した際、フーガス

（フランク族）とは激しく反目する定めとなった。フリジアでの戦闘において、ヘトワレ族は王を襲い、圧倒的な力をもって勇ましく戦い、鎖帷子を身に着けた戦士を打ち倒すという功績をあげた。王は軍勢に囲まれて討ち死にし、かの君主が有能な家臣に宝を与えることはいっさいなかった。以来、メロヴィングの君主はわれらへの援助を差し控えている。わたしは、スウェーデン族の王国からも、和平や休戦はまったく期待していない。それどころか、これは広く伝えられていることだが、イェーアトの人々が、傲慢にも、戦を好むシュルヴィングを初めて攻撃した際、オンゲンセーオウ王は、フレーフナウドゥ（鴉《からす》の森）のすぐそばでフレーゼル王のご子息、ハスキュンさまの命を奪った。すなわち、老いてなお恐ろしきオーホトヘレの父親は、すみやかに反撃に転じ、海をゆく指揮官を滅ぼすと、自分と同様、齢を重ね、黄金を奪われた妻、崇敬される細君オネラと、オーホトヘレの母親を救い出したのだ。そして、不倶戴天の敵を追跡した。指揮官を失い、切羽詰まったイェーアトの者たちは、フレーフネスホルト（鴉の雑木林）へと逃げ込んだ。その後、オンゲンセーオウは大群を率い、おのれの軍勢の剣は逃れたものの手傷を負い、疲れ果てた敵勢を包囲した。王は一晩中、激しい言葉で、惨めな一団を何度も脅し、朝が来たら、おまえたちを刃にかけてやる、絞首台の上でカラスにもてあそばれる者もきっといるだろうと言った。それから夜が明け、戦いに挑むヒイェラーク王の角笛とらっぱの音が聞こえてきたとき、不幸な者たちの胸に安堵が訪れた。彼らの足跡を追って、折り紙つきの武勇を誇るかのすぐれた戦士がやってきたからだ。イェーアトとスウェーデンの血にまみれた激突、殺し合い、両者のあいだで、憎悪に満ちた争いが引き起こされる様子が、いたるところで見られた。

齢を重ねた立派な王（オンゲンセーオウ）は大いに嘆き、護衛とともに、門を固く閉ざした場所へと赴いた。まことに、戦士オンゲンセーオウが、高台へと退いたのだ。王は、ヒイェラークさまの武勇および、戦におけるかの主君の実力を伝え聞いていた。そのため、抵抗をしおおすこと、この海の者たちと戦い、荒々しき海の放浪者たちから宝や子ども、妻を守ることはできまいと考えた。王はその場を離れ、土壁の陰へと退いた。そこへ、スウェーデン人への攻撃が命ぜられ、整然と並んだヒイェラークさまの軍旗が、守りを固めたかの空間へと迫り、囲いをめぐらせた野営地にフレーゼル王の民が攻め寄せた。髪に白いものが交じるオンゲンセーオウは、剣の刃に追い詰められ、（お[†113]のれの）民の王は、その場で、エオヴォルさまただひとりの固い決意に耐えねばならなかった。ウォンレードさまのご子息、ウルフさまが激しい怒りにまかせて武器を振るったため、その一撃により、オンゲンセーオウの髪の下から血が噴き出した。それでも、シュルヴィングの老王はひるまなかった。それどころか、民の王は敵のほうへと振り向くや、相手を上回る激しい一撃をもって報いた。ウォンレードさまの熱意あふれるご子息は、まったく反撃せず、頭にかぶった兜を割られていたため、血に染まってくずおれ、地に倒れることを余儀なくされた。それでも、まだ死すべき運命にはなく、傷は深くまで達していたものの、意識を取り戻した。ここでなんと、ヒイェラークの勇敢な騎士が、兄弟が倒れるや、巨人が鍛造したいにしえの剣の幅広き刃を振るい、並んだ盾の上から、巨大な兜をたたき割った。今度こそ、民の守護者たる王は致命傷を負い、倒れた。戦場の支配権を与えられるや、多くの者がエオヴォルさまの兄弟の傷をしかと包み、すみやかに体を引き上げた。それから、かの騎士は、敵であるオンゲンセーオウから、鉄の胴鎧、柄のついた、硬く鍛えた剣を奪い取り、兜も奪った。そして、霜髪の君主の武具をヒイェラークのもとへ運んだ。
王はこれらの美しきものを受け取ると、人々の前で、ありがたくも、かの騎士に褒美を与えると明言され、その約束を果たされた。国へ戻られると、フレーゼルさまの跡継ぎであるイェーアトの君主は、戦で見せた猛襲に対し、エオヴォルさまとウルフさまに破格の贈り物で報い、それぞれに、一〇万（銀ペンス）相当の土地と宝環が与えられた。両者とも、剣で輝かしい手柄を立てたのだから、君主が授けた褒美について、この世のいかなる人にも、とがめ立てする理由はなかったのだ。君主はさらに、恩寵のあかしとして、一族に栄誉を与えるべく、エオヴォルさまのもとにひとり娘を嫁がせた。

このような確執や敵意、人々の激しい憎しみがあるのだから、わたしが思うに、われらの君主が命を奪われたと知れば、スウェーデンの民が攻め込んでくるだろう。かつてあのお方は、敵意を抱く者たちから宝と王国を守り、偉大な男たちが滅びた後、海を愛するイェーアトの民を統治し、民の利益になることを成し遂げ、騎士にふさわしき、あらゆる所業をなしてこられたのだ。

今はとにかく急ぐことが肝心だ。民の王が横たわっておられるところでお姿を拝見し、宝環を与えてくださったお方を葬儀の場へとお運びしなければならない。誇り高きお方のかたわらで焼き尽くすものがひとつだけということになってはならない。ひとつどころか、貴重な宝の山、厳として手に入れた無数の黄金があり、最後にご自身の命と引き換えに手に入れた宝環もあるではないか。これらのものが燃えさかる木に焼き尽くされ、炎で包まれるのは当然のこと。われらが軍勢の指揮官が、笑いも、陽気な喜びも、快楽も捨て去った今となっては、良き家臣が主君の形見を身に着けることはなくなり、麗しき乙女も首元を宝環で飾ることなく、むしろ悲しみのうちに黄金を奪われ、再び、長きにわたって異境の地を踏むことになるだろう。そのようなわけで、朝が来たら、敵の手に多くの冷たき槍がしかと握られ、高く掲げられるだろう。竪琴の調べが戦士らの眠りを覚ますことはなく、運尽きた者を見下ろし、ほくそ笑む浅黒いワタリガラスは、殺された者の体に狼と競ってしゃぶりつき、首尾よく腐肉のごちそうにありついたときの様子を数々、ワシに語って聞かせるだろう」

　このように、無情な知らせの語り手となったこの勇士は、起きたこと、語られた言葉をほぼ誤りなく伝えた。軍勢がいっせいに立ち上がった。彼らは喜びもなく、あふれる涙もそのままに、恐ろしい光景を見るべく、[†114]エアルナナス（鷲《わし》の岬）のふもとへ赴いた。そして、かつて彼らに宝環を与えてくれた人物が命を奪われ、地面の上で、安らぎの臥所についている姿を目にした。かの高潔な男の最後の日は過ぎ去り、戦の王、風を愛する民の君主は、ぞっとするような死を遂げていた。だが、彼らはそこで、さらに奇怪なものをすでに目にしていた。いまわしき竜が、目の前の地面に長々と横たわっていたのだ。恐ろしい色をした、火を吐く竜は、おのれが放つ真っ赤な炎にあぶられ、見るも無惨な姿をさらしており、じっと横たわる体の全長は五〇尺におよんだ。かつて、竜は夜になると空を飛び回って楽しみ、やがて、ねぐらを求めて戻っていくのを常としたが、今は死に縛られ、[†115]おのれの地中の洞穴を使うのもこれが最後となった。竜のかたわらには、酒杯や水差し、皿、貴重な剣が並んでいたが、それらは千年ものあいだ、地中に抱かれていたため、いずれも錆びたり、腐食したりしていた。このとき、その遺産には強大な力が授けられていた。過去の人々の黄金は呪文で縛られていたため、勝利をつかさどる真の王である神がみずから選んだ者、人々のなかで、神がふさわしいと思った者に呪術師の秘密と、開くべき秘宝の蔵とが与えられた場合を除き、何人《なんぴと》も宝環の館に手を触れることはできなかったのだ。

これで、不当にも、塚のなかに貴重な宝を隠しておいた者が勇んで打って出たものの、不運に見舞われていたことが、だれの目にも明らかになった。塚の守護者は、ひとりだけ男を殺し、そばにいた者は殺さなかったが、その後、憎しみによる所業はむごい報復を受けた。抜きん出た勇気と善良な心を持つ者が、割り当てられた人生のどこで最期を遂げるのか、いつ、これ以上蜜酒の館で親族とともに住めなくなるのかは謎である。それはベーオウルフとて同じだった。塚の守護者を探し出し、その狡猾さと悪意に対峙したとき、この世との別れがどのように訪れるのか、彼自身はわかっていなかった。塚に宝を隠した偉大な族長たちは、その宝に、最後の審判の日まで続く深い呪いをかけており、この場所で略奪を働く者は、その罪によって糾弾され、悪魔どもの家に閉じ込められ、地獄の枷《かせ》につながれ、災いにさいなまれる定めであった。悲しいかな、ベーオウルフは塚へ赴くにあたり、黄金に呪いをかけたいにしえの所有者たちの意志を、より慎重に考慮したわけではなかったのだ。

ウェーオホスターンの息子、ウィーイラーフは語った。「今、われらの身に降りかかっているように、ひとりの人間の意志によって、多くの者が災いに苦しまねばならないことが多々ある。われらは、敬愛する王、この国の守護者に進言し、黄金の番人にはお近づきになりますな、あの者が長年いた場所にそのままいさせ、この世の終わりまでそこに棲まわせておけばよろしいでしょうと申し上げたが、いかなる助言をしても聞き入れてはいただけず、王はご自身の偉大なる運命に従われた。秘宝の存在は明らかになっているが、それは王が厳として手に入れたもの。運命の力はあまりにも強く、この死すべき運命の人をあちら側へ引っ張っていってしまった。わたしは許しを得て塚のなかへ入り、地下の館の宝すべてを見渡したが、土の塚の下へ入っていくわたしは、好意的に迎えられたのではなかった。わたしは大急ぎで、ずしりと重い、たくさんの秘宝を両手につかんで運び出し、こちらにおられるわが王のもとへ届けた。そのとき、王はまだ息があり、意識もはっきりしておられた。老王はもだえ苦しみながら、†116ありとあらゆる多くのことを語られた。そして、そなたらを迎えたら、こう命ぜよとわたしに指示された。まだ宮廷内の富を使う定めにあったころ、広きこの世で、だれよりも武名を高めた身であるから、すぐれた君主の功績を忍び、王を荼毘にふした場に、そびえ立つ、壮麗かつ巨大な墓を築くようにと。

さあ、見事な細工が施された宝石の山、驚くべき品々を見に、今一度、塚の下へ赴こう。そなたらが、たくさんの宝環、大きな黄金細工をすぐ近くで見られるよう、ご案内しよう。そして、塚から出たら、ただちに棺台を用意し、われらが敬愛する大切な君主を、主の庇護のもと、長く住まわれることになる場所へとお運びしよう！」

それから、ウェーオホスターンの息子、武勇にすぐれた勇士は、家屋敷を取り仕切る多くの者たちに向けて達しを出すよう命じ、人々の上に立つ者であれば、おのれの良き君主が必要としている荼毘の薪を遠方より運ぶべしと呼びかけた。「さあ、これから炎が煙を立てて赤々と燃え、兵士らの君主を焼き尽くすだろう。弓弦《ゆづる》に駆られた矢が嵐のごとく盾の壁を越えて飛び交い、矢柄がその羽根飾りに急かされ、矢尻を追ってその務めを果たしたときも、雨あられと降り注ぐ鉄の矢を何度となく耐え抜いてきた君主である」

さらに、ウェーオホスターンの賢き息子は、軍勢のなかから、王に仕える最もすぐれた騎士を七名召集し、総勢八名で呪われた屋根の下へと赴き、先頭の者が手に燃える松明《たいまつ》を持って前進した。宝がどれも朽ちかけてまま、番人もなく、いまだにそこにあるさまを目にしたとき、だれ[†117]が秘宝を奪い取るべきか、くじを引いて決めるまでもなかった。彼らは嘆くこともなく、非常に価値がある宝を急いで運び出した。また、そびえ立つ崖から竜を突き落とし、潮の流れがそれをとらえ、麗しき品々の番人を飲み込んでいくにまかせた。その後、数えきれないほどの黄金の輪飾りと、君主の亡骸が荷車に積まれ、頭《こうべ》に霜置く彼らの指揮官は、フロネスネス（鯨の岬）へと運ばれていった。

こうして、イェーアトの貴人らは、主君の願いどおり、大地に火葬のための薪を惜しみなく積み上げ、その周囲に兜と戦の盾、光り輝く胴鎧を吊り下げた。そして勇士らは、その真ん中に栄光ある王を安置し、愛しき君主の死を嘆き悲しんだ。それから、戦士らは丘の上で荼毘の火を焚《た》き、このうえなく大きく燃え上がらせていった。薪から発する黒い煙は、ごうごう音を立てて燃えさかる炎の上まで立ち上り、人々が涙を流して泣く声がそれを取り囲んだが、やがて渦巻く風は静まり、肉体を宿していた骨の家は［芯まで？］燃え尽き、崩れ去った。人々の心は悲しみに沈み、おのれの不幸と君主の死を嘆いた。髪[†118]を編んだ多くのイェーアトの乙女たちもまた、ベーオウルフを忍ぶ挽歌を作って悲しげに歌い、災いの日々が訪れること、残酷な殺戮があまた行われること、敵の兵士に襲われ、辱めを受け、奴隷としてとらわれの身となることをひどく恐れていると、何度も繰り返し語った。煙は空へと消えていった。その後、風を愛する民の貴人らは、波間をゆく者たちが遠くからでもはっきり目をとめられるよう、海にのぞむ斜面に、高くそびえる広大な墓を築き、一〇日のうちに、戦で勇敢に戦った王の記念碑を建て、知恵にたけた者たちが考え出せる限り、最も壮麗な作り方で、荼毘の炎が残したものを壁で取り囲んだ。彼らは腕輪や宝石など、さきほど心猛き者たちが秘宝の蔵から運び出した装飾品をすべてその塚に収め、強者たちの宝、黄金の番を大地の手にゆだねた。この宝は今も昔と同様、人々の益にならぬまま、そこに残っている。

それから、勇敢な戦士、貴人の息子らが総勢一二名、馬で塚のまわりをめぐりながら、悲痛な思いを慟哭《どうこく》に変え、王の死を悼もうとした。そして声を上げて挽歌を歌い、王を褒めたたえ、王の武勇と勇ましき振る舞いを賛美し、王のすぐれた人格に敬意を表したが、最愛の君主が肉体の衣を脱ぎ、はるか遠くへ去らねばならぬとき、言葉を尽くして褒めたたえ、心の内でいとおしむのは、家臣として当然のことである。

こうして、イェーアトの人々は君主の死を嘆き、炉辺の友たる同志らは、この世の王のなかでも、かの君はだれよりも寛大で恵みにあふれ、民には思いやり深く、称賛を得ようとする熱意にあふれていたと涙した。

＊

翻訳文に関する覚書

これらの覚書は、『ベーオウルフ』に登場する語句や表現に対する、本訳文に示された、さまざまな解釈に（限ったものではないが）大いに関係している。ここで記されていることの多くは、「注釈」のなかでも議論されており、「注釈参照」と記されている場合、「覚書」と「注釈」が同じ内容を扱っていることを意味するが、ここでは、該当箇所がすぐ見つかるよう、注釈の番号、あるいは覚書のなかの特定の語句が載っている箇所を示すようにした。

†1　（＊一八行）ベーオウ（*Beow*）　これは（四一行（＊五三行）にも再度登場）、いずれの翻訳原稿でも解釈に疑いの余地がない部分を、わたしのほうで、正当な理由なく書き換えたほぼ唯一のケース。いずれの原稿でも、ここは「ベーオウルフ（Beowulf）」となっている。この問題は、本書「注釈」の注7で論じられている。

†2　（＊二一行）「父親の懐で暮らしている（he dwells in his father's bosom）」については、注9

参照。

†3 （＊七四行）B(i)では、「申しつけられる（proclaimed）」という訳語に対し、鉛筆書きによる別の筆跡で「命じられる（summoned）?」と書かれている。これは間違いなく、C・S・ルイスの手によるもので、いくつかなされた提案のうち、最初の提案だが、このケースでは採用されなかった。

†4 （＊八三行）B(i)では「そのときは、まだ訪れていなかった（the time was not yet come）」となっていた。Cでは「訪れて（come）」が「目の前に迫って（at hand）」に変更され、もうひとつの選択肢として「そう遠からず（was not far off）」も一緒に書かれており、わたしはこちらを採用した。注15参照。

†5 （＊一一七行）「エールの宴（ale-drinking）」B(i)では「エールをがぶ飲みする（宴）（ale-quaffing）」。「エールの宴（ale-drinking）」はC・S・ルイスの提案。

†6 （＊一二〇行）古英語 *Wiht unhǽlo* に対し、B(i)およびCは「この破滅を招く者（That ruinous thing）」となっており、後にCは「この呪われし者（That accuséd thing）」と修正された。*Wiht unhǽlo* は「邪悪な生き物」という意味に受け取られており、これに関する覚書のなかで、父は *unfǽlo* と修正する意見に賛成する理由として、こう記している。「ほかの場合、*unhǽlo* は不健康、病気を意味するため、ここでぴったり当てはまる形容詞は *unfǽle* である。こちらは、異常、不吉、汚れた、邪悪なという意味があり、ヘオロットからグレンデルを駆除するのは、ヘオロットを再び *fǽle* にすることであると考えられている（*Heorot fǽlsian*、三四九

行、＊四三二行）」

†7（＊一二一〜一二三行）古英語の原文は…*grim ond grǽdig, gearo sóna wæs, réoc ond répe, ond on ræste genam þrítig þegna*…、翻訳では「強欲かつ凶暴にして機敏なる者は、待ってましたとばかりに［中略］三〇人の騎士をむんずとつかんだ（ravenous and grim, swift was ready; thirty knights he seized...）」となっている。つまり、*réoc ond répe* の訳が抜けている（いずれの形容詞も「獰猛、野蛮、冷酷」を意味する）。これは最初の原稿B(i)で抜けており、その後、一度も気づかれることはなかった。

†8（＊一三四〜一三五行）「そして、一晩と経たないうちに（Nor was it longer space than but one night）」については注19参照。

†9（＊一三七行）「悪事（wrong）」（古英語 *fyrene*） B(i)の「罪（sin）」に対し、C・S・ルイスが提案した訳語。

†10（＊一五四〜一五六行）「（グレンデルは）デネの軍勢のいかなる者とも休戦せず、残虐行為を差し控えようともせず、賠償金を支払う条件も受け入れようとせず（truce would he not have with any man of the Danish host, nor would withhold his deadly cruelty, nor accept terms of payment）」 この翻訳については注20参照。

「賠償金を支払う条件も受け入れようとせず（nor accept terms of payment）」は、Cの「金《きん》で賠償をしようともせず（nor make amends with gold）」に対する修正。

†11（＊一六〇行）「騎士も若き家臣も（both knight and young）」（古英語 *duguþe ond geogoþe*）どうやらこれは、タイプ原稿Cを作成したあと、B(i)に訂正がなされたことを示す良い例と思われ、もともとの解釈「老いも若きも」が保持されている。*duguð* の訳については注26および注38参照。

†12（＊一六八〜一六九行）この行はB(i)においてもCにおいても括弧でくくられていた。いずれの原稿も、「神は彼のことをまるで気にかけていなかった（Who took no thought of him）」となっていたが、これはCで修正され、「彼が神の意志を知ることもなかった（nor did he know His will）」となった。注24参照。

†13（＊一七〇〜一八八行）注23参照。この一節と非常によく似た別の形の翻訳が載っている。

†14（＊一七五行）「礼拝堂（tabernacles）」 Cの「神殿（fanes）」を修正。注23参照。

†15（＊一七七行）「魂の殺戮者（the slayer of souls）」（古英語 *gāstbona*） B(i)の「魂の破壊者（destroyer of souls）」に対するC・S・ルイスの提案。

†16（＊一八〇〜一八八行）編集上、これらの行を括弧に入れている。注24参照。

†17（＊一八四行）「悪魔のような敵意（fiendish malice）」 Cの「手に負えない悪意（rebellious malice）」を修正。*slīðne nīð* の訳については注23参照。

†18（＊二〇二〜二〇三行）「彼らはこの異国への航海にほとんど文句をつけなかった（With that voyage little fault did wise men find）」 Cのこの箇所に鉛筆書きで［すなわち、称賛した］とある。注26参照。

†19 （＊二二三〜二二四行）B(i)の最初の訳「彼らは大海原を渡り、海路の終点にやってきた（The waters were overpassed; they were at their sea-way's end）」は、原稿の上で「そして、海を疾走してきたこの船の航海は終わりを告げた（Then for that sailing ship the voyage was at an end）」と変更された（Cでは「航海（voyage）」を「旅（journey）」に修正）。注29参照。

†20 （＊二二五行）「風を愛する民（Windloving folk）」（古英語 *Wedera léode*）『ベーオウルフ』において、イェーアト族は *Weder-Geatas*、*Wederas*、*Sæ-Geatas* とも呼ばれており、父は、彼らの呼称をどう訳すか決めるのは難しいと感じていた。翻訳原稿には、古英語の呼称をそのまま保持した訳語に加え、「嵐の民（Storm-folk）」、「嵐のイェーアト（Storm-Geats）」、「風を愛する民（Windloving folk）」、「風を愛するイェーアト（Windloving Geats）」が見受けられる。父が原稿Cに加えた修正は一貫性がないままだったが、それでも父の最終決定が「風を愛する民（Windloving folk）、風を愛するイェーアト（Windloving Geats）」であることは明らかだ（おそらく *Sæ-Geatas* の訳語「海を愛するイェーアト（sealoving Geats）」にならったのだろう）。したがって、詩のなかで *Wederas*、*Weder-Geatas* となっている箇所はすべて、「風を愛する（民、イェーアト）」とした。

†21 （＊二二六行）B(i)の「彼らの鎖帷子がぶつかり合い、音を立てた（their mail-shirts clashed）」は原稿の上で「彼らは鎖帷子を（中略）振った（their mail-shirts they shook）」と変更された。注30参照。

†22 （＊二三二行）*fyrwyt* は、B(i)では「ぜひ知りたいとの思い（eagerness）」と訳され、Cでは

「不安（anxiety）」と修正されている（注31参照）。一六六五行（＊一九八五行）では「ぜひ知りたいとの思い（eagerness）」がそのまま残っているのに対し、二三三八行（＊二七八四行）の「不安（anxiety）」は、B(ii)のもともとの訳語がそうなっていた。

†23 （＊二四九行）古英語 *seldguma* B(i)およびCの「取り巻き（minion）」は、Cにおいて「館の家来（hall-servant）」と修正された。注32参照。

†24 （＊二五九行）「ためこんでいた言葉を解放した（opened his store of words）」（古英語 *wordhord onléac*）は、B(i)の「捕らわれていた言葉を解き放った（unlocked his prisoned words）」に対するC・S・ルイスの提案。

†25 （＊二七一～二七二行）「宮廷では、何事も秘密であってはならぬ（nor shall there in his court be aught kept secret）」は、Cで「それゆえ、しかるべきことが、秘密であってはならぬ（and there a certain matter shall not be kept secret）」に修正された。

†26 （＊二七六行）「とてつもない（monstrous）」（古英語 *uncūðne*）B(i)の「非人間的（inhuman）」を修正。

†27 （＊二八七～二八九行）B(i)およびCの原稿は「聞くところによれば（This have I heard...）」で始まり、「恐れを知らず、正しい考えを持つ戦士は、言葉であれ行動であれ、そこにどんな真実があるのか見分けがつかねばならない（'it behoves a warrior that is bold of heart and right-minded to discern what truth there is in both words and deeds.'）」は番兵の言葉ではなかったが、Cで修正され、「〝鋭い分別を持ち、よく注意を払う者は、言葉であれ行動であれ、真実の見

分けがつくものだ。見たところ［中略］と確信した〟（'A man of keen wit who takes good heed will discern the truth in both words and deeds: my ears assure me...'）」となった。注35参照。

†28 （＊二九七行）「海の流れ（streams）」（古英語 *lagustréamas*） B(i)の「潮の流れ（currents）」に対するC・S・ルイスの提案。

†29 （＊三〇三〜三〇六行）修正後のB(i)およびCでは「頰当ての真上には、火で鍛え、金《きん》で飾り立てられた猪の像がきらきらと輝き、面頰のついた、恐ろしげな雰囲気の兜が戦士の命を守っていた（Images of the boar shone above the cheek-guards, adorned with gold, gleaming, fire-tempered; grim of mood the vizored helm kept guard over life）」となっていたが、Cの原稿で最終稿（本書の本文）の形に修正された。注36参照。

†30 （＊四一三〜四一四行目）「夕暮れどきの太陽が天の青白き光の下に隠れるや（as soon as the light of evening is hid beneath heaven's pale）」 この訳については注46参照。

†31 （＊四一九〜四二〇行）B(i)およびCの訳は「わたしが全身血まみれで、敵の危険な罠から戻ってまいりましたときに（when Ireturned all stained with blood from the dangerous toils of my foes）」。*fáh* は、ここでは「(血に）染まった」と（広く）受け取られており、父も意味は明確な言葉（飾りつけられた、色のついた、染みのついた）として *fáh* を扱っているが、注釈ではこの訳について何も言及していなかった。その後、Cの原稿上でもともとの訳を鉛筆書きで変更し、「わたしが敵の恨みを買って、その罠から戻ってまいりましたときに（when I returned

from the toils of my foes, earning their enmity)」が最終稿となった。注47参照。

†32（＊四二〇～四二一行）B(i)およびC「あのとき、わたしは五人を縛り上げ、そして、怪物の種族を退治しました。そして、（波にもまれながら水の魔物どもを）殺害し、（when five I bound, and made desolate the race of monsters, and when I slew...)」。このCに加えられた変更については注48の側注参照。

†33（＊四二六行）古英語 *ðing wið þyrse* B(i)およびCの「定められた約束を守る（keep appointed tryst)」は、Cで「相対し、戦う（hold debate)」に修正。

†34（＊四二八行）詩のなかで、ベーオウルフはフロースガールに *brego Beorht-Dena, eodor Scyldinga* と呼びかけているが、翻訳では *eodor Scyldinga* の部分が抜けている。わたしのほうで「シュルディングの守護者である（defender of the Scyldings)」を原稿に挿入した。（五三八行、＊六六三行も同様）

†35（＊四三一～四三二行）B(i)およびC「わたしと、わが誇り高き一団が助力を受けず、（ヘオロットを清めることを）（B(i)お許しください）（...that I (be permitted B(i)>) may, unaided, I and my proud company)」は、Cで「わたしと、わが誇り高き一団、（この勇猛果敢な一団）のみで（ヘオロットを清めることを拒まれませんように）（only I may, and my proud company)」と修正された。注49参照。

†36（＊四四二～四四五行）B(i)およびC「わたしが思うに、もしグレンデルのもくろみがうまくいくのであれば、やつは、この争いの館で、これまでたびたび、そうしてきたように、イェーア

トの民を、あなたさまの誇り高き軍勢を、恐れることなくむさぼり食うでしょう（Methinks he will, if he may so contrive it, in this hall of strife devour without fear the Geatish folk, as oft he hath the proud hosts of your men）」。父はB(i)のタイプ原稿で、今はかろうじて読めるばかりだが、「イェーアトの民」の上に鉛筆で「ゴートの民」と記している。「あなたさまの誇り高き軍勢」の上にもいくつか言葉が書かれていたが、取消線が引かれていて、フレーズマン（Hreómen）以外は判読できない。これらの訂正はCのタイプ原稿には見られないが、その後、本書に掲載されているとおり、書き込まれた。この一節に関しては注51参照。

†37（＊四七一～四七二行）B(i)およびC「波の背を越えて、古くから伝わる財宝を送り（sending over the backs of the sea ancient treasures）」古英語の原典は *sende ic Wylfingum ofer wæteres hrycg ealde mádmas* となっているが、訳文には「ウェルヴィング人のもとへ（to the Wylfings）」が抜けており、Cでもそれに気づかなかった。

†38（＊四七八行）「神（だけ）が［中略］たやすく～できるのかもしれん（God (alone) may easily）」、古英語の原典は *God éaþe mæg*。「だけ（alone）」に取消線が引かれていたが、B(i)では採用のしるしにチェックマークがついており、その後、Cでタイプされたときは括弧に入っていた。父は自分が使っていたクレーバー第三版の四七八行に沿って、「絶望の叫び。わたしを助けられるのは神だけだ」とメモしている。注57参照。

†39（＊四八九～四九〇行）B(i)「さあ、宴の席につき、心の赴くまま、そなたの考え、勝利、偉業を、そなたの兵士らに明かすがよい（Sit, now at the feast, and unlock the thoughts of thy

mind, thy victories and triumph, unto men, even as thy heart moveth thee)」はタイプ原稿で修正され、「さあ、宴の席につき、いずれときがきたら、心の命ずるまま、そなたの考えを、そなたの兵士らの勝利へと向けるがよい（Sit, now at the feast, and in due time turn thy thought to victory for thy men, as thy heart may urge thee)」となった。これが、わたしがCをタイプしたときの形だが、後に父は、「いずれときがきたら（in due time)」を「そのときがきたら（when the time comes)」に変え、「そなたの兵士らの（for thy men)」に対しては、やっと読める程度だが、「もしくは、フレーズマンの（or for the Hrethmen)」と走り書きしていた。注58参照。

†40（＊四九一～四九八行）翻訳のこのくだりは、＊一六三～一六四行に関する注26に、ほぼ同じ形で載っている。

†41（＊四九一行）古英語 *Géatmæcgum* Cの「イェーアトの騎士たち（the Geatish knights)」は「イェーアトの若き騎士たち（the young Geatish knights)」に修正されると同時に、余白に「Bではない」（すなわち、「ベーオウルフではない」）と記されていた。注48参照。

†42（＊五五五行）古英語 *hwæþre mé gyfeþe wearð* B(i)「運命の定めにより、気がつくと（it was decreed by fate that I found)」は「わが運命の望むまま、気がつくと（as my fate willed I found)」に修正され、Cで「幸運に恵まれ、気がつくと（it was granted to me to find)」へと修正された。注60参照。

†43（＊六四四～六五一行）この部分の訳については注63参照。

†44　（＊六八一行）古英語 *þára góda*「騎士にふさわしき戦い方（of gentle arms）」注65参照。

†45　（＊七七六行）古英語 *míne gefrǽge* B(i)およびCでは「聞くところによれば（as I haveheard）」だが、B(i)に（のみ）、その上に「話によれば（so the tale tells）」と書かれており、わたしはこれを採用した。

†46　（＊八四六行）古英語 *feorhlastas bær* B(i)およびCでは「絶望で足を引きずり（his desperate footsteps）」、Cで「血を垂れ流し、命を細らせながら足を引きずり（his footsteps, bleeding out his life）」に変更された。注70参照。

†47　（＊八五〇行）古英語 *déaðfǽge déog*「死すべき運命に陥り（doomed to die he plunged）」、注71参照。

†48　（＊八七〇〜八七一行）古英語 *word óþer fand sóðegebunden*「言葉と言葉を互いに正しくつなげて（word followed word, each truly linked to each）」。この訳文はB(i)にさかのぼる。七〇四〜七〇九行に関する注72に見られる考えを持ちながら、父がその後、訳を変えることはなかった。

†49　（＊八七一〜八七二行）B(i)およびCでは「ベーオウルフの冒険を詩にして巧みに語りだし（began with skill to treat in poetry the quest of Beowulf）」。後に、Cにおいて「詩にして（in poetry）」が括弧でくくられたため、わたしは最終稿でこれを削除した。

†50　（＊九〇二行）「ジュート族の土地で（in the land of the Jutes）」（古英語 *mid Éotenum*）B(i)およびCには「エーオタン（Eotens）」の形で登場。Cでは、父がその上に鉛筆で何らかの名

前を記していたが、わたしには判読できなかった。詳細は†55の「ジュート」に関する覚書を参照。

†51 （＊九七一行）*tó lífwraþe*（「自分の命を守る」）の訳が抜けている点については注80参照。

†52 （＊九八四～九八七行）注82参照。

†53 （＊九九七～九九九行）B(i)およびCでは「あの光り輝く館は、内側がすべて鉄の帯で固定されていたが、激しく打ち砕かれ、扉の蝶番はもぎ取られていた（Sorely shattered was that shining house, all bound as it was within with bonds of iron, the hinges of the doors were wrenched apart）」。その後、Cに修正がなされ、最終稿の言い回しになった。注83参照。

†54 （＊一〇四四行）古英語 *eodor Inguina*「イング（デネ）の僕《しもべ》の番人（warden of the Servants of Ing（Danes）」「番人（warden）」はCの「擁護者（bulwark）」にあとから加えた変更。B(i)およびCでは、説明として「デネ（Danes）」が括弧に入っている。

†55 （＊一〇七二行）「ジュート人の忠義（the loyalty of the Jutes）」（古英語 *Éotena tréowe*）七三四行および、このあとの八八八行（＊一〇八八行）、九三八行（＊一一四五行）と同様、ここでもB(i)とCに登場する名は「エーオタン（Eotens）」となっている。七三四行では、すでに言及したとおり、Cの名は判読できない形で変更されているが、そのほかのケースでは「エーオテ（Eote）」に変更されている。八七五行では（唯一）「エーオテ（Eote）」の上に「ジュート（Jutes）」と記されていた。

最終稿で、わたしはすべてのケースを「ジュート（Jutes）」と記した。この問題に関しては、

J・R・R・トールキン著『Finn and Hengest（フィンとヘンジェスト）』（アラン・ブリス編、一九八二年刊）の人名辞典、「Eotena」の項で実質的議論がなされており、Eoteの形態に関する解説、*Frésuæl*（ヘオロットで吟遊詩人が歌う詩に父がつけた名。『ベーオウルフ』八七三行、＊一〇七〇行の「フリジアによる殺戮（the Frisian slaughter）」の、本書のものとはまた異なる翻訳も掲載されている。

†56 （＊一〇七四行）「(of brothers and of sons)」注86および『Finn and Hengest』九六ページの父の解説参照。

†57 （＊一〇九八行）「(戦闘の）哀れな生き残り（the sad remnant (of the fight))」（古英語 *þá wéaláfe*） B(i)およびCでは説明が括弧に入っている。

†58 （＊一一二一～一一二三行）B(i)およびC 「体が負ったむごたらしい傷は、その大きな傷口が弾けるように裂け、血が噴き出した。炎は、貪欲きわまりない悪魔たちは……(their gaping wounds burst open, the cruel hurts of the body, and the blood sprang forth. Flame devoured them all, hungriest of spirits...)」古英語 *bengeato burston ðonne blód ætspranc, láðbite líces. Líg ealle forswealg, gǽsta gífrost...*

かろうじて読める走り書きで、父はCのこのくだりを「体が負ったむごたらしい傷は、その大きな傷口が弾けるように裂け、貪り食おうとする残酷な炎から血が飛びすさった。炎はすべてをのみ込み……(their gaping wounds burst open, the cruel hurts of the body, and the blood sprang away from the cruel devouring of the flame. Flame swallowed up them all...)」と変えた。この訳は、誤記により、*líg*（炎）と*líc*（肉体）が逆になっていたとする父の考え（『Finn and Hengest』、†55の覚書参照）によるもので、『Finn and Hengest』一五二〜一五三ページの父の訳は「むごたらしい傷は、その大きな傷口が弾けるように裂け、その瞬間、食いついてくる残酷な炎から血が飛びすさった。貪欲きわまりない悪魔たちは、肉体をすべて食いつくした（gaping wounds burst open,when the blood sprang away from the cruel bite of flame（*láðbite líges*). That greediest spirits consumed all the flesh（*líceall forswealg*）of those...）」となっている。父は＊二〇八〇行（一七四五〜一七四六行）の*líceall forswealg*「肉体を食い尽くしてしまいました（all the flesh devoured)」との比較を行った。

Cには早い段階で明確な修正がなされたため、最終稿ではもともとの解釈をそのまま残した。

†59（＊一三二〇行）「お望みどおり」B(i)には鉛筆書きで「これほど切実な呼び出しを受けたからには」とあった。

†60（＊一四二八行）「昼のうち（in the middle hours)」（古英語 *on undernmǽl*）。タイプされたとき、B(i)は「朝のうち（in the very morning time)」となっていたが、「午後（the underntide)」と直され、そのわきに鉛筆書きで「middle hours」と記されていた。Cでは「in the middle hours」。

†61（＊一四五八行）「古くから伝わる貴重な品々（old and precious things)」（古英語 *ealdgestréona*）。B(i)は「珍重された（prizéd)」、Cは「貴重な（precious)」。B(i)の解釈は修正されなかったが、Cは、前の原稿がそうであったかのように「貴重な（precious)」となって

いた。おそらく、一二一二行に「misprized（見くびったもの、過小評価された）」があったため、父はこの件をわたしに伝えていたのだろう。

†62（＊一四五九行）古英語 *átertánum fáh* B(i)およびC「枝を広げる毒（branching venom）が仕込まれ」。ともに脚注があり（例によって括弧でくくられ、本文には組み込まれていない）、「つまり、毒のある若枝から取った猛毒が仕込まれている」と書かれていた。

†63（＊一四七〇～一四七一行）（古英語 *þær hédome forléas, ellenmǽrðum*）B(i)にはこの部分の訳がなかったが、本文中に必要であるとのしるしがつけられ、ページの下部に、なじみのない、ぞんざいな筆跡で（これらの原稿には、ちょっとした不可解なことがたくさんあるが、これもそのひとつ）「その場で、彼は武勇に対する栄誉を喪失した（There he forfeited glory for heroic deeds）」とあり、「forfeited」の上に、もうひとつ選択肢として「lost（失った）」が書かれていた。わたしは、Cでこちら（forfeited）をタイプした。

†64（＊一五一〇行）「（おびただしい数の奇妙な怪物が）泳いできて（as they swam）」、古英語は *on sunde* 参照）」との脚注がある。B(i)およびCには「すなわち〝水中（in the flood）〟（＊一六一八行の *on sunde* は「素早い動きで泳いでいった（Soon was he swimming）」と訳されている。

†65（＊一五一三行）「どこか奈落の底のような広い空間（that he was in some abysmal hall）」。「奈落の底のような（abysmal）」に関するB(i)およびCの脚注は、古英語 *níðsele* の訳として「敵意に満ちた、不吉な（hostile, evil）」を提案している。

†66（＊一五三七行）「髪を（by her locks）」　これは *be feaxe* の訳で、写本の *be earle* を訂正したもの。B(i)およびCの脚注に「つまり（写本は）『肩』だが、頭韻と次の言葉が法則に合わない」とある。

†67（＊一五五一行）「広がる大地の下で（beneath the widespread earth）」（古英語 *under gynne grund*）B(i)およびCの脚注に「あるいは、広大な深みの下（under the vasty deep）。どちらかというと'under'は〝大地（earth）〟という意味に合わない」とある。

†68（＊一五五七行）「勝利の魅力に恵まれた剣（a sword endowed with charms of victory）」、古英語 *sigeēadig bil* B(i)およびCは「勝利の力に恵まれた剣（a sword endowed with victory's might）」、B(i)では「勝利（victory）」の上に鉛筆書きで「魔法（magic）?.」と書かれており、Cに取り入れられたが、その後、この原稿は「勝利の魅力に（with charms of victory）」と変更された。

†69（＊一六八六行）「シェデン島（Sceden-isle）」（古英語 *on Scedenigge*）、注8参照。

†70（＊一七二〇行）古英語 *æfter dóme*「称賛を得ようと（to earn him praise）」　B(i)およびCの脚注に「*æfter dóme* は『誉れある目的に従い（according to honourable use）』という意味かもしれない」とある。†83参照。

†71（＊一七六四行）古英語 *oððe flódes wylm* は、B(i)で見落とされていた。Cでは、あたかもB(i)でそうなっていたかのように「あるいは押し寄せる波が（or water's wave）」が補われていた。

†72（＊一八四七行）「フレーゼルの子息（Hrethel's son）」（古英語 *Hréþles eaferan*）　B(i)および

Cの脚注「完全に予言的言及だとすれば、〝子孫〟すなわちヘアルドレード」（ヒイェラークの息子、一八五〇〜一八五一行参照）

†73（＊一八五〇行）古英語 *Sǽ-Géatas*「海を愛するイェーアト人（sea-loving Geats）」†20参照。

†74（＊一八五五〜一八六三行）注41の側注1にこのくだりの別の翻訳を掲載。

†75（＊一九八三行）「強者たちの手へと（to the hands of mighty men）」、古英語 *hæleðum tó handa*（*hæleðum* は、写本の *hæ*［*ð*］*num* を訂正したもの）B(i)およびCの脚注「つまり、*Hæthenas* は、ある一門の名」。注91参照。

†76（＊二〇三五行）「大勢の人々に囲まれて（amid their host）」に対して、B(i)およびCの脚注には「この一節は原形が損なわれていて、疑わしい」とある。注93参照。

†77（＊二一一二行）「老いにとらわれ（in age's fetters did lament his）」タイプ原稿B(i)は、ここがページの最下部で終わり、手書き原稿B(ii)は、新しいページとして「若き日のこと、武器を手に、力強かったころのこと（youth and strength in arms）」から始まっている。(原稿の形態が変わったこの時点より、ここで言及される訳語の代案、解説は、手書き原稿B(ii)に対してなされたものとなる。すでに述べたとおり、これらの多くはタイプ原稿Cに反映された)

†78（＊二二三〇行）「民の君主、（フロースガール王）にとって、これは長い年月で味わった悲しみのなかでも、（最もつらいものでありました）（(most grievous of those his sorrows) that he, lord of his folk, long while had known)」、古英語 *þára þe léodfruman lange begéate* 余白に「文

字どおりには、長い年月、民の君主に降りかかった」とのメモ。

†79（＊二一三九行）「あの奈落の広間で（in that abysmal hall）」。「abysmal」（†65参照）は括弧に入っており、余白に［grund］seleと手書きのメモ。古英語の写本は、文字間隔がない状態で *in ðám sele* となっている。意味は「湖の底の広間」。

†80（＊二一四四行）古英語 *þéawum*「王にふさわしき美徳（kingly virtue）」B(ii)およびCで「昔ながらの美徳（ancient virtue）」となっていたが、B(ii)では「ancient」が括弧でくくられ、その上に「kingly」と書かれていた。

†81（＊二一五四行）古英語 *gyd*「ふさわしき言葉（these fitting words）」は、執筆時に（B(ii)ではそのようなことが多くあった）「定められた言葉（these appointed words）」へと変更された。*gyd*については、注62、注95参照。

†82（＊二一六二行）古英語 *Brúc ealles well!*「敬意をもって、すべての贈り物をお使いになりますように（Use all the gifts with honour）」のわきに、非常に薄い鉛筆書きで「神の恩恵をたまわるべくすべての贈り物をお使いくださいますように（Blessed be thy use of all the gifts）」と書かれている。

†83（＊二一七九行）「令名に恥じぬ行動を取り（bearing himself honourably）」、古英語 *dréah æfter dóme*　本文に括弧に入った追加があり、ほかの訳語が提示されている。「［価値ある？・］伝統に従い（according to［?worthy］tradition）」＞「誉れある目的に従い（according to honourable use）」、もしくは「称賛されるように」。＊一七二〇行に関しては、†70を参照。

†84 （＊二一八二行）「神が授けたこれらの豊かな資質を持ち続けていた（those lavish gifts which God had granted him）」手書き原稿に書き足しあり。「すなわち武勇、男らしさ、体力、思慮分別、忠誠心など（*sc.* gifts of prowess, manhood, strength, and prudence, loyalty, &c）」

†85 （＊二二三六行）「彼らをことごとく（All of them）」のあとに「その一族を（that kin）」と書き込みあり。Cでも再現。

†86 （＊二二三九行）古英語 *winegeómor*「友らの死を悼んでいたが」（grieving for his friends'）「（あるいは「君主」）」と書き込みあり。

†87 （＊二二四三行）「呪文でしっかり封印されていた」、（secured by binding spells）古英語 *nearocræftum fæst*「あるいは〝（宝を閉じ込める）技により、だれも近づけなかった〟」（or inaccessible（confining）arts）」との書き込みあり。Cでも再現。

†88 （＊二二六六行）「多くの生ある者たち（many a one of living men）」古英語 *fela feorhcynna* 括弧に入って「命ある者の一族（life's kindred）」との書き込みあり。Cでも再現。

†89 （＊二二六七～二二六八行）古英語 *Swá giómormód giohðo mǽnde án æfter eallum*「このように、すべての人がこの世を去り、ひとりきりになった男は、悲痛な心でおのれの不幸を嘆き（Even thus in woe of heart he mourned his sorrow,alone when all had gone）」。このあと、括弧に入って「すべての人をひとりで悼み（alone mourning for them all）」。

†90 （＊二二六八行）「喜びもなく、（昼夜の別なく）、声を上げて泣いていたが（joyless he cried aloud）」、余白に「あるいは、〝歩き回っていたが〟（or walked abroad）」とのメモあり。Cでも

再現。写本の古英語の動詞は、昔も確実に読み取れるのは最初の三文字だけだった。父のふたつの訳は、異なる解釈案を示している。ひとつ目は、疑わしいという意味において、*hwéop* (*hwópan*)、「嘆き悲しんだ」とする案。ふたつ目は、*hwearf* (*hweorfan*)、「動いた、歩き回った、さまよった」とする案。

†91 （＊二二七〇～二二七二行）古英語 *Hordwynne fond eald úhtsceaða opene standan, sé ðe byrnende biorgas séceð*、「暗闇をさまよう老いた略奪者は、燃え上がりながら（埋葬）塚を探し求め、ひそかにたくわえられた美しきものが無防備な状態にあると知った（This hoarded loveliness did the old despoiler wandering in the gloom find standing unprotected, even he who filled with fire seeks out mounds（of burial））」。父はこのくだりに対し、「もっと簡潔にできないか?」と記していた。

†92 （＊二二九六～二二九七行）古英語 *hlǽw oft ymbehwearf ealne útanweardne*「塚の周囲を何度となく回ったが（he compassed all the circuit of the mound）」脚注に「文字どおり、塚の外側をぐるぐる回った」とある。

†93 （＊二三〇七行）「山腹に（on the mountain-side）」古英語 *on wealle*　余白に「〝塚の壁のそば（by the mound's wall）〟かもしれない」とのメモあり。Cにも再現。

†94 （＊二三一二行）「侵略者（the invader）」古英語 *se gæst*　余白に「あるいは〝その恐ろしい生き物（creature）?〟」とのメモあり。Cにも再現。

†95 （＊二三三〇行）古英語 *ofer ealde riht*「古くからのおきてに背き（against the ancient

law）」」、余白に「すなわち、古い時代に策定された法律」とのメモあり。

†96　（＊二四五四行）「邪悪な行為（evil deeds）」（古英語 *dǽda*）　手書き原稿では、このあと「（すなわち、人間の残酷さ）」とある。Cにも再現。

†97　（＊二五〇一行）古英語 *for dugeðum*「実績ある軍勢の面前で（before the proven hosts）」余白に「あるいは〝余の武勇ゆえ（by reason of my valour）〟？」とのメモあり。

†98　（＊二五二七〜二五二八行）「余の心は恐れを知らぬ。だからこそ、翼を持つ敵に対し、うぬぼれた脅し文句を口にするのは慎むとしよう（Fearless is my heart, wherefore I forbear from vaunting threat against this wingéd foe）」古英語 *Ic eom on móde from þæt ic wið þone gúðflogan gylp ofersitte.* 余白に「〝結果は運命に任せる〟という謙虚な言葉だが、彼は〝これまで倒してきたほかのすべての敵と同様、この竜も倒してみせる〟と言ったのかもしれない」とある。

†99　（＊二五三八〜二五三九行）「それから、恐れを知らぬ戦士は決意を固めて兜をかぶり、盾をわきにして立ち上がった（Then the bold warrior stood up beside his shield, resolute beneath his helm）」（古英語 *Árás ðá bí ronde, róf óretta, heard under helme*）。手書き原稿では、このあとに「あるいは〝わきに盾を携え、兜をかぶり、決意を固めて立ち上がった（arose, resolute in heart, this shield at side, his helm at head）〟」とある。Cにも再現。

†100　（＊二五四六〜二五四九行）余白に「以前（秘宝が略奪されたとき）、竜は眠っていたが、このときは激しい怒りに燃えていた」とのメモあり。

†101 （＊二五五四行）「激しい憎悪が目を覚ました（Hatred was aroused）」のあとに「（そのなかで（within））」と書き込みあり。Cでも再現。

†102 （＊二五七三～二五七五行）手書き原稿B(ii)の訳は、わたしが提示したとおり、そのまま残されたが、父は脚注に異なる解釈を示し、「このとき、戦いでそれ（盾、一九六七～一九六八行参照）を操る初めての機会だったが、この一騎打ちにおいて、運命は彼が勝利する定めとはならなかった」と記していた。脚注は、そのページを執筆していた時点で書き込まれたようで、本書の本文には、もちろん、そのページのテキストが載っているのだが、Cにはこの第二の解釈が含まれていない。この難解な一節に関しては、父のメモはひとつも見つからなかった。

†103 （＊二五七六～二五七七行）古英語 *gryrefáhne slóh incgeláfe*「恐ろしい敵に古来の剣で一撃を加え（with his ancient sword smote the dread foe）」。手書き原稿では、「剣（sword）」のあとに、「（*incgeláfe* の厳密な意味は不明）」とある。「恐ろしい敵（dread foe）」に対しては、余白に疑問符つきで、「恐ろしい色をしたもの、恐ろしげに輝くもの」とのメモあり。こちらはCでも再現。

†104 （＊二五八六～二五八八行）古英語 *Ne wæs þæt éðe síð, þæt se mǽra maga Ecgðéowes grundwong þone ofgyfan wolde*　当初の訳は「それは好ましいなりゆきとはならず……エッジセーオウの息子はこの世を去らねばならないとわかっていた（No pleasant fare was his that...the son of Ecgtheow should witting leave that field on earth）」だった。これはすぐに線を引いて削除され、「その日は楽な任務とはならず、エッジセーオウの息子が、みずからの意志でこの世を

捨てるというのもまたしかりであった（No easy task was his that day (nor such) that the son of Ecgtheow should of his own will forsake that field on earth)」と置き換えられた。その後、却下されたセンテンスから「好ましいなりゆき（pleasant fare)」が復活して、「楽な任務（easy task)」の上に記された。また、「エッジセーオウの息子（son of Ecgtheow)」の前に、当時のわたしの筆跡で「名高き（renowned)」が鉛筆書きで挿入されていた（ただし、「renownéd」とすべきところ、必要なアクセントが欠けていた！）。これは *se mæra maga Ecgðeowes*（＊二五八七行）のうち、*mæra* の訳にあたる。わたしが古英語の原典をたどり、父に訳抜けを指摘した可能性が高い。原稿Cに「renowned」は登場したが、「easy task」はまだ残っていた。

†105 （＊二六八八〜二六八九行）「民の破壊者、残忍なる火竜（the destroyer of the folk, the fell fire-dragon)」（古英語 *þéodsceaða...frécne fýrdraca*）。父は余白に「CH、人民の災難（public scourge)、恐ろしい火とかげ《サラマンダー》！」と記している。また、二三〇五〜二三〇六行（＊二七四九行）では、「巧みな装飾が施された色鮮やかな宝石（clear jewels cunning-wrought)（古英語 *swegle searogimmas*)」に対し、「きらめく芸術的宝石（bright artistic gems)！」と記していた。

この滑稽な表現はどちらも、J・R・クラーク・ホールによる『ベーオウルフ』の最初の翻訳（一九一一年）にあるもので、一九四〇年に出たC・L・レンによる校訂版に父が寄せた「まえがき」xiiiページに登場する。

†106 （＊二六九〇〜二六九二行）古英語 *þá him rúm ágeald, hát ond heaðogrim, heals ealne ymbeféng biteran bánum* 書かれたままの訳は「すきができるや（竜はベーオウルフに襲いかか

ってきた）。竜は、骨のように鋭い歯で、相手の首を丸ごととらえた（now that a clear field was given him. His neck with his sharp bony teeth he seized now all about)」となっていた。つまり、*hát ond heaðogrim* の訳が抜けていたのだが、手書き原稿の余白に、わたしの筆跡でその部分が書かれており、Cのタイプ原稿には「攻撃をしかけるべく、激しく燃えさかり（burning and fierce in battle)」と記されている。

　わたしがこの点に気づき、父に指摘したのかどうかはわからない。だが、ついでに申し上げておくと、手書き原稿B(ii)のタイプ原稿Cを作っていたとき、わたしは、とにもかくにも、この詩を古英語である程度まではたどっていた。二二七九行（*Ðá se æðeling gióng* ＊二七一五行、「それから、（中略）王は（中略）歩いていき（Then the prince went)」）で、「歩いていき（went)」の上に、わたしが鉛筆で書き込んだ「(*giong*)」から、それが見て取れる。なぜ、こんなことをしたのかわからないが、おそらく、この *giong* を形容詞の「若い」だと思い、「行く」を意味する「*gangan*」の過去形でもあることに気づかなかったのだろう。ここで（それに†104でも）、こんなささいなことに言及するのは、わたしがタイプ原稿を作った時期のヒントになると思われるからだ。一九四二年、わたしは短期間ながら、オックスフォード大学の学部生で、このとき、成績等級のつかない「戦時学士号」を取得するための、超縮小版の試験が導入されたのだが、この試験の構成要素のひとつが『ベーオウルフ』だったのだ。

†107 （＊二六九五行）「屈することなく（unbowed)」（古英語 *andlongne*）余白に「あるいは〝ずっと動じることなく〟(steadfast throughout)」とある。

†108 （＊二七〇三行）「死を招く短剣を引き抜いた（drew forth a deadly dagger）」（古英語 *wæll-seaxe gebrǽd*）余白に「とどめの一撃を加えるのはベーオウルフ」とある。

†109 （＊二七〇六行）「勇気が敵の命を征服した（valour had vanquished life）」（古英語 *ferh ellen wræc*）「征服した（vanquished）」に対し、余白に「敵の命を追い出した」とのメモあり。

†110 （＊二七一七行）「巨人らが作り上げたもの（that work of giants）」（古英語 *enta geweorc*）余白に「すなわち、墓穴」とある。

†111 （＊二八五八～二八五九行）古英語 *wolde dóm Godes dǽdum rǽdan gumena gehwylcum, swá hé nú gén déð* ここは最初から、最終稿にあるとおり「このとき、神の審判は、事を果たし終えたすべての人間におよんだが、それは今も変わらないのである（God's doom was ever the master then of every man in deeds fulfilled, even as yet now it is）」と訳されていたが、手書き原稿には以下のとおり脚注が添えられていた。「当時、神は、すべての人間ひとりひとりに、天命を実行されたが、それは今も変わらないのである（God would then in deed accomplish his decrees for each and every man, even as yet now he doth）」

†112 （＊二八八二行）「竜の頭のいくつもの門（the gateways of his head）」古英語 *of gewitte* B(ii)の脚注「大げさな言い回しだが、それは、*of gewitte*＝目、耳、鼻、口という妙な表現も同様である」

†113 （＊二九六三行）「（おのれの）民の王（king of (his) people）」（古英語 *þéodcyning*） B(ii)およびCに欠けていた「おのれの（his）」を、わたしが挿入した。

†114　（＊三〇三一行）手書き原稿B(ii)およびCは「*Earnanæs* (Eagle's Head)」（「エアルナナス（鷲《わし》の岬）」）となっている。わたしが「Eagles' Head」に置き換えた。

†115　（＊三〇四六行）「おのれの地中の洞穴（his earthy caves）」、古英語 *eorðscrafa*　B(ii)の訳語はたしかに「the earthy（この世の、地上の）」ではない。また、二五九三行でも、*eorðweall*（＊三〇九〇行）が「土の塚（the earthy mound）」と訳されている（ここも、Cでは「earthly」）。（ちなみに、クラーク・ホールは、二二一四～二二一五行（＊二五一五行）で、「破壊的悪漢（destructive miscreant）［竜］」の棲み家について、ベーオウルフに「この世の地下室（earthly vault）」（古英語 *eorðsele*、「地の館（his house of earth）、二二一四～二二一五行」）と言わせており、父は手元にあったクラーク・ホールの訳書の「earthly」の部分に感嘆符（！）をつけていた）。

†116　（＊三〇九四行）「ありとあらゆる多くのことを語られた（and all those many things he spake）」、古英語 *worn eall gespræc*「多くのこと（many things）」のあとに、「すなわち、そなたらに向けて語られたこと」と補足が加えられていた。

†117　（＊三一二六行）「だれが秘宝を奪い取るべきか、くじを引いて決めるまでもなかった（No need then to cast lots who should despoil that hoard）」。B(ii)の脚注に「すなわち、尻込みしなかった、竜は死んだ」とある。

†118　（＊三一五〇行）「髪を編んだ多くのイェーアトの乙女たちもまた、ベーオウルフを忍ぶ挽歌を作って（There too a lamentable lay many a Geatish maiden with braided tresses for Beowulf

made)」。最初に書かれた翻訳は「髪を編んだ、老いた細君もまた、ベーオウルフをしのぶ挽歌を作って（a lamentable lay his lady aged with braided tresses for Beowulf made)」。これは、『ベーオウルフ』写本の損傷がひどい一節に対する最善の解釈として広く受け入れられている。このページについて、父はこう記していた。「＊三一三七～三一八二行［最終行］は、多くの点で（なかでも技術的構成という点）、詩の最も見事な部分なので、これはまことに残念なことだ」

「老いた細君（his lady aged)」は、損傷がある古英語の単語 *g...méowle*（その上に、ラテン語の単語、*ănus*「老女」が書かれている）を訳したもの。この件に関するかなり短い注釈のなかで、父はこう記している。「推定による解釈、*geo-méowle* は、意味および韻律において卓越しており、その上に書かれたラテン語の行間注とも合っている。『ベーオウルフ』のほかの箇所で（唯一）、この言葉が登場するのは、＊二九三一行（二四五七行）、オンゲンセーオウの年老いた后《きさき》を描写する *iómēowlan* である。したがって、ここでは「老いた細君」、ベーオウルフの無名の后（ヒュイドかもしれない）を意味している」

手書き原稿B(ii)では、「老いた細君（his lady aged)」が「多くのイェーアトの乙女たち（many a Geatish maiden)」に置き換えられ、タイプ原稿Cにはそうタイプされている。父の論文のなかに、この点に関する注釈はひとつも見つからなかったが、朗唱用に作ったと思われる『ベーオウルフ』結末部のテキストに、*Géatisc méowle* が登場する。また、「アングロ・サクソン語の詩」に関する父の一九三八年の講義で紹介された、ある現代英語訳に関連したテキストも『The Fall of Arthur（アーサー王の没落）』補遺参照）、その説明に役立つと言えるだろう。それは、『ベーオウルフ』最終詩節の頭韻を踏んだ訳で、そのなかにこのくだりが登場する。

Woeful-hearted
men mourned sadly their master slain
while grieving song Gothland-maiden
with braided hair for Beowulf made,
sang sorrowladen, saying oft anew
that days of evil she dreaded sorely
dire deeds of war, deaths and slaughter,
shameful serfdom. Smoke rose and passed.

人々は悲しみに沈んだ心で、
殺された主《あるじ》を思い、その死をひどく悼んだ。
髪を編んだゴートの国の乙女は、ベーオウルフのために挽歌を作り、
悲しみに満ちて歌いながら、何度も繰り返し語った。
災いの日々を、陰惨な争いを、死と殺戮を
恥ずべき農奴になることを、ひどく恐れていると。
煙が立ち上り、消えていった。

その後、父は［原文］三行目に対して、「白髪の貴婦人は、悲痛なる挽歌を（作り）（while her grievous dirge the grey lady）」と書いているが、この女性が本当にヒュイドだとすれば、ここには、ヒュイドの最後の登場場面を失ったことを惜しむ父の気持ちがほのめかされているのかもしれない。

注釈について

父がアングロ・サクソン語の教授をしていたころ、オックスフォード大学の英語学部で文学士の学位取得を目指す者は、最古の英文学（「アングロ・サクソン語」）に関する、幅広いさまざまコースから、ひとつ以上のコースを履修しなければならなかった。「中世」に明確かつ大々的に重点を置くコースを選択する者は本当にごくわずかしかおらず（それはあの「文献学者たち」だ）、大多数の学部生は、英文学の「一般課程」として知られるコースを取っていた。このコースの期末試験は九本の論文からなり、そのうちの一本は、古英語に関するものだった。この試験に向け、『ベーオウルフ』のかなりの部分を原語で読んでおくことが求められ、そこから複数のくだりを訳すことが必修課題となっていた。

指定された範囲は、詩の冒頭から半分を少し過ぎた一六五〇行目、父が、解釈が間違われやすいと判断した箇所までだった。本書注釈のおもな出所である講義原稿は、「一般科目向け講義、テキスト、一～一六五〇行」と見出しがついていた。そこから選んだものを、父が手がけた『ベーオウルフ』の翻訳に添えて提示することにより、これらの講義の様子を明らかにするのにふさわしい舞台が見つかったと思いたい。

これらの講義原稿は前もって書かれ、講義のあとにたびたび書き直されているため、全体的に、そのような原稿特有の難しさ、論点を見出しにくくしている複雑さがあると言うべきであり、最終的に順序正しく配置することが可能とは思えない。だが、何よりも注目すべきは、注釈の前半部分には、後半とは異なるはっきりした特色があるということだ。前半部分はかなり入念に、均一性を保って読みやすく書かれており、すべてがおおむね同時期に書かれたものであることがうかがえる。後に追加・修正された部分は多々あるものの、最初の原稿を書いている過程における訂正、ためらいは、相対的に見て非常に少ない。この作業はきちんとした形では終わっておらず、古英語のテキストが一〇〇〇行を越えたあたりから、徐々におおざっぱになり、内容にかなりむらが出てくるようになる。ペンではなく、鉛筆で走り書きがしてあったり、文字や語句が短縮、省略された書き方になっていたり、間接的な言い方になっていたり、非常に読みづらいこともしばしばで、結局のところ、注釈はだんだん少なくなっていった。（したがって、ご覧のとおり、本書の注釈には途中に長い空白（注84から85の間）がある。そのあとに続く注釈は、「文献学者」を対象にした別の講義原稿から取ったもので、そちらはわかりやすく書かれており、『ベーオウルフ』のテキスト解釈における重要な問題が詳細にわたり論じられている。わたしはほかの箇所でもときどき、これらの講義原稿を利用した）。

よく練られた前半部分の注釈は、早い時期に書かれた（おそらく荒削りであっただろう）素材をもとに、父が着手したものの、途中で断念してしまった仕事であると結論づけざるを得ないように思える。ただし、それを裏づける証拠は、インクでわかりやすく書かれたテキストの下に、鉛筆書きのテキストを消したあとが見られる数ページに限られる。父の目的ははっきりしないが、何らかの手段でこの注釈を発表しようと考えていた可能性は非常に低いだろう。それよりも、長期にわたる講義による反復と手直しで、複雑かつ混乱した状態にあった素材を、単にわかりやすく整理することが父の意図であった可能性のほうがずっと高いと思う。

わたしがこれらの講義原稿を本書のしかるべき場所でどのように取り扱ったか、その方法を書き添えておこう。最初にはっきりさせておくが、講義原稿から何を選択するか決定するにあたり、原稿がこの目的にかなっているかどうかを考慮したのはもちろんのこと、長さ的に、限られた範囲内に収まる必要があったことも申し上げておく。

〈補足〉主として脚注に出てくる、わたしのさまざまな覚書は［ ］でくくられているが、講義原稿につけ足された翻訳からの引用は、原則として、そのような区別はしていない。「はじめに」で触れたとおり、わたしは注釈全体にわたり、参照行をふたつの形で示した。翻訳の参照行と、古英詩の参照行だ。それにより、必然的に、参照行を二重に記す箇所がたくさんできてしまったが、混乱を避ける試みとして、原文の詩そのものの参照行はアステリスク（＊）をつけて記すことにした。注釈のなかで何らかの解釈が主張されているかもしれないが、それとは関係なく、とくに指示がない限り、各注釈の見出しにある訳語や訳文は、ほとんどの場合、本書にある翻訳である。（講義原稿を書くとき、父がいつも必ず自分の翻訳を参考にするということはなかった。その点を留意しておくべきだろう)。見出しにある古英詩の引用は、とくに指示がないかぎり、クレーバー版からのもの。
わたしが唯一、本筋と関係ない補足を大量に入れたのは、三行目の「シェヴィング・シュルド」、二一行目の「船棺葬」に関する注2および11で、そこでは父の創作「シーフ王」の物語からの抜粋を紹介した。

〈省略と変更〉アラン・ブリスは、『ベーオウルフ』に登場する「フィンズブルフ」の挿話に関する父の講義をまとめた『Finn and Hengest(フィンとヘンジェスト)』(一九八二年)のなかで、「活字になって読むと、ときどき妙な感じがするものの、わたしは、講義にふさわしい口語体を変える試みはしなかった。もし本人が、出版向けに校訂をしたとすれば、トールキンはきっと、多くの箇所で文体を変更しただろう」と記している。わたしは、ここでは語り口が、すなわち、直接語りかける、自然でとっつきやすいスタイルが、書き言葉にした講義の本質的特色をなしていると思い、テキストは父が記したとおり活字にした。

通常、わたしは一定の原則を当てはめることはないのだが、最も目的にかなうと判断したやり方で、長短問わず、それぞれの注釈を処理した。父が語源に関する難解かつ詳細な事柄、統語論や文法、韻律に関する細かなことを紹介しているものの、それが翻訳に影響しない場合、そこを省略する必要がある、あるいは省略が望ましいと判断することが頻繁にあり、簡単な要約にしてすませることもあった。省略があったり、文章が若干作り直されていたりする箇所があちこちにあるが、意味まで変えてしまわないよう心を砕いた。

　こうした講義の最中、父はほかの文脈ですでに述べた見解を、程度の差はあれ、繰り返すことがあった。そのような場合、それを取り除くと、後の議論を損ないかねないため、わたしは反復をそのまま残した。また、慌ただしく書かれた文章で生じるたぐいの不適当な表現があっても（たとえば、一五一ページでは、立て続けに三回、「mysterious（謎めいた）」が使われている）、テキストの「改善」はしなかった。というのも、それをやってしまうと、ずるずる悪い方向へ行ってしまうからだ。

　古英語の表記において、強勢符号の使用や、母音の長さの記号をどうするかという難しい問題に関し、父の書き方はしばしば変わるため、『セリーチ・スペル（不思議な物語）Sellic Spell』の古英語テキスト（四七六〜四七〇ページ）で父が用いた語法に従い、全体を通じ、長音符ではなく強勢符号、たとえば、ōではなくóを使うことにした。

　古英語の名詞のスペルに関して、父は翻訳でも注釈でも、ðやþ（父はこれをやたらと使っていた）のほかにthも使っているため、Hrothgarだったり、Hroðgarだったりする。この変化を維持しても、何も利点は見出せない。したがって、表記はフロースガール（Hrothgar）、エッジセーオウ（Ecgtheow）、シゲファース（Sigeferth）等としたが、すべてのケースで、ハスキュン（Hæðcyn）、アッシュヘレ（Æschere）のように、（aeやAeではなく）、æとÆを用いた。

『ベーオウルフ』の翻訳への注釈

1　いざ聞け！（Lo!）［これは、詩の最初の言葉、*Hwæt* の訳］

まぎれもない「行首余剰音」、すなわち、詩の冒頭で「歌い始め」を示す音。吟遊詩人の伝統から生まれ、もともとは注意を呼びかける声だった。「韻律の範囲外」にある。ほかの詩の冒頭にも登場するが、行首余剰音が現れるのは、詩や韻文の冒頭に限定されるわけではない。

2　（＊四行）シュルド・シェヴィング（Scyld Scefing）

シュルド（Scyld）とは、「Scyldingas（シュルディング）」、すなわち、この詩に登場するデネ族の王、フロースガールが属するデンマーク王家の名祖としての先祖である。彼には単に「Shield（シールド）」

［訳注：盾］という名しかなく、この人物は「フィクション」だ。「紋章学上の」一族が名をはせた後、彼らの家名*Scyldingas*からこの名が生まれたと推定される。この推定を後押ししたのは、「～とつながりがある、～と関係がある、～が与えられる」等の意味を有すると考えられる古英語（およびゲルマン語）の語尾-ingが、通常、父祖の名を示す語尾でもあったという事実だ。名祖としての「Shield」が生み出したものは、おそらくデンマーク語、実際には、『ベーオウルフ』のなかでわれわれが耳にする王たち、すなわち、歴史上、たしかに実在したヘアルフデネとフロースガールの存命中に、デンマークの*þyla*や*scopa*たち[*1]が生み出した作品ということになる。

シェヴィング（Scefing）に関しては、見てのとおり、「sheaf（麦など、穀物の穂束）を与えられた」、「何らかの形で穀類の束とつながりがある」ことを意味する可能性もあれば、Sheaf（シーフ）と呼ばれる人物の息子を意味している可能性もある。北欧の古代文化・神話に属し、*Scéaf*（シェーアフ）もしくは*Scéafa*（シェーアファ）と呼ばれた（名祖、架空の人物としての祖先とは違う）伝説上の祖先にまつわる英語の伝承がたしかに存在し、その人物がデネ族と特別なつながりがあるという事実は

*1　［*scopa*は「詩人、吟遊詩人」を意味する。*þyle*の意味は非常にたくさんあって、意味が確定できない特殊なケースもある。父はこれらの講義原稿の別のところでこう書いている。

「ほかの人々や、年上の同業者から聞いた話を暗記することは、*scopa*、すなわち吟遊詩人の仕事のひとつであり、*þyle*は、家系図や、散文にした物語の『記録者』だった。だが、詩や物語を作ったり、目についたその時代のこと、あるいは遠くからニュースとして自分の耳に入ってきたことに関し、記憶用のリストを作ったりすることも*þyle*の役割だった」］

後者の説に有利となる。シュルドがどこからともなく現れ、赤ん坊であり、もし父親がいるとしても彼や彼を受け入れたデネ族がその名前を知らないという事実は前者の説に有利となる。しかし、このような詩的事柄はあまり論理的ではない。デネ族に関するふたつの異なる伝承、すなわち、紋章学的なことと、神話的なことが、『ベーオウルフ』のなかだけでこのように融合しているのだ。詩人は、父祖の名を取った名前のつもりで（シールド・）シーフィングと言ったのだと思う。この詩人は、世の中を征服する一族の名祖としての先祖にまつわる漠然とした架空の戦の栄光と民族の歴史の始まりに、あの赤ん坊、すなわち穀物の神もしくはその末裔である文化英雄［訳注：ある民族に生存の手段を与えたとされる神話上・伝説上の人物］が到着したという謎めいたできごとにまつわるより謎めいた、はるかに古い、より詩的な神話を融合した。そして再び未知の世界へと戻るべく、謎めいたアーサー王風の旅立ちをつけ加え、それほど遠くない異教徒としての過去に行われていた船棺葬の伝統によって話を豊かにふくらませ、壮大かつ示唆に富む「序詩」と、シュルドの物語の背景を作り上げたのだ。

［一九六四年、父はある手紙（『The Letters of J.R.R. Tolkien（J・R・R・トールキン書簡集）』、no.257）のなかで、「時間旅行をテーマにした〝実を結ばなかった本〟［失われた道 The Lost Road］」について、次のように書いている。「この物語は、現代に生きる仲のいい父と息子、エルウィンとエドウィンの話から始まり、エルフウィネとエアドウィン父子を通じて九一八年ごろの伝説の時代へ、アルボインとオードイン父子を通じてロンバルディアの伝説へ、そして、穀物と文化英雄、王族の血を引く先祖が船に乗ってやってくる（そして弔《とむら》いの船で去っていく）という北海の言い伝えへと戻っていくはずだった」。父がシーフ（Sheaf）につ

いて書いたもの（「穀物束の王King Sheave」）を、「失われた道The Lost Road and Other Writings」（一九八七年）（『The History of Middle-earth vol.V（中つ国の歴史 第五巻）』）、八五ページ以下）のなかで発表しているので、参照してほしい。わたしはそこに、前述の講義原稿を載せたが、ここでも「穀物の王」の物語にあたる部分について、当時、父が書いた散文バージョンと頭韻詩の両方を再掲しておくのが妥当であろう。散文バージョン（同書八五ページ）は次のように始まる。

船は岸辺へたどり着き、ギシギシ音を立てながら、砕けた小石の上へ乗り上げた。日が沈むと、薄明かりのなか、男たちがやってきて、船をのぞき込んだ。そこには少年がひとり眠っていた。顔も体も美しく、髪は黒く、肌は白かったが、その子は金色《こんじき》の服を着ていた。船の内部は金で飾られ、少年のかたわらには、清らかな水がたっぷり入った黄金の水差し、右側には竪琴が置かれていた。そして、頭の下には麦が一束置かれており、薄闇のなか、麦の茎と穂が黄金のようにきらめいていた。男たちには、それがなんだかわからなかった。彼らは驚いた様子で、浜辺の高いところまで船を引き上げると、男の子を抱き上げ、砦に囲まれた町へと連れ帰り、木造りの家に寝かせた。

一五三行（同書八七〜九一ページ）まで続く詩より、右に紹介した散文に相当するくだりを引用しておく。

光り輝く船がやってきて、岸辺へと流されてゆき、
ギシギシと音を立てながら、浜辺に乗り上げると、

ついに船尾も砂地に上がり、動きを止めた。
日が沈み、寒々とした空に雲が広がった。
心悲しき男たちは、淡い褐色の水辺へ、
砂利ででこぼこした浜辺へと急いで駆けつけ
驚きびくびくしながら、灰色のたそがれのなか、
光り輝く木造りの船のほうへ近づいていった。
船のなかを見ると、そこにはひとりの少年が眠っており、
静かに寝息を立てる姿が目に入った。
顔立ちは美しく、体つきはかわいらしく
手足は白く、漆黒の髪は束ねて金色のひもを結んでいる。
少年を取り囲む木には、彫刻と金箔で見事な装飾がほどこされていた。
かたわらには、ちらちら光る水をたたえた黄金の水差しがあり、
少年は銀色の弦を張った金の竪琴に手を置いていた。
眠っている頭を支えていたのは、柔らかな麦の束、
アンゴルの西の国々からもたらされる、褐色がかった金のように
淡い光を放っている。
男たちの心は驚きで満たされた。
彼らは白波が届かぬところまで船を引き上げ、浜辺につなぎとめると、

船の懐から、それが運んできたものを抱き上げた。
少年はすやすや眠っている。
彼らは荒れ野と海に挟まれた、薄暗い界隈にある、
暗い壁に囲まれた、寒々とした住まいへと少年を運び、
寝床に寝かせた。

「シーフ」、すなわち「穀物束の王」に関するこの作品は、おそらく一九三七年に書かれたもので、約八年後、「ノーション・クラブ・ペーパーズ The Notion Club Papers」に再登場する（「敗れたサウロン Sauron Defeated」、一九九二年）。（『The History of Middle-earth vol.V（中つ国の歴史 第九巻）』、二六九〜二七六ページ）」

3　蜜酒を酌み交わす宴の席（＊五行）*meodosetla*

古英語の単語 *meodosetl* は、「騎士たちが座って祝宴にあずかっている広間にある長椅子」の簡潔表現。古英詩における蜜酒（mead）とエール（ale）の象徴的意義および感情的意味合いは、英雄詩や宮廷詩にこれらの言葉が残っている場合はとくに、現代において連想される意味合いとは大いに異なっている。「シュルドが、男たちに蜜酒の宴席を享受させなかった」とはすなわち、彼が弱い部族の王たちを滅ぼし、その館を破壊した、ということだ［注69参照］。

4　鯨のゆく海を渡り（＊一〇行）*ofer hronráde*

hronráde は「海」を表す「ケニング」。「ケニング」とは何か？（レンが校訂したクラーク・ホールの翻訳に寄せたわたしのまえがき［一九四〇年］参照）。ケニング（kenning）はアイスランド語の言葉で、（とくに、この専門用語の場合）「描写」を意味する。古代スカンディナヴィア語の頭韻詩に関する古アイスランド語の原典研究からわれわれが借用し、「視覚的創造力に訴える描写的複合語、もしくは短い表現」を示す専門用語として使っている言葉で、ケニングは「普通の、平易な言葉の代わりに用いる」ことができる。したがって、「彼は船でカツオドリの水浴び場を渡った」（古英語 *ganotes bæþ*）と言えば、海のケニングを使ったことになる。もちろん、自分でケニングを考え出しても構わなかったし、すべてのケニングは、ある時期に、ある詩人によって考え出されていたに違いない。だが、古英語の詩語を用いた伝承には、海、戦い、戦士等を表すものとして定着したケニングがたくさん含まれていた。（ラテン語 *unda* の詩的な語法にもとづき）、「波（wave）」が「水」を表す一八世紀の「語法」であるのと同様、ケニングは「詩的な語法」の一部だった。

海を表すケニングのいくつかは、海を海鳥や動物が潜る、もしくは移動していく場所と呼んでいる。たとえば、*ganotes bæþ*（完全な意味は「人が水浴びをするように、カツオドリが潜る場所」）、*hwælweg*（馬や人や荷馬車が地上の草原を越えていくように「鯨が旅をする場所」）、「アザラシの小道」（*seolhpaþu*）もしくは「アザラシの水浴び場」（*seolhbaþu*）などである。

hronrád がこれらの表現に関係していることははっきりしている。とはいえ、これを「鯨の道

（whale road）」と訳すのは（そう訳されることがしょっちゅうだが）、はなはだ不正確だ。この手の複合語は、現代英語では、それ自体がぎこちなく、とっぴな感じに聞こえるため、たとえ構成する言葉の選択が正確だとしても、文体上、ふさわしくない。とくに「whale road」（ホエール・ロード）の場合、あいにく、音的に「railroad（鉄道）」（レイルロード）を連想させ、ますます不適当だ。

不適当どころか、不正確である。*rád* は、現代語「road（道）」の原形ではあるが、その意味は「道」ではない。語源は、語義へと導く確かな道しるべとはならないのだ。*rád* は、*rídan*「ride（乗る）」という行動を表す名詞で、「riding（乗ること）」、すなわち「馬の背に乗ること、馬（もしくは二輪戦車《チャリオット》［訳注：通例、二頭立ての馬車で、御者が立ったまま駆る］）のように動く、あるいは停泊中の船のように動くこと」を意味し、そこから「馬（もしくは、めったにないが）船に乗っていく旅」、「（方向は定まらないものの）進路」という意味が出てくる。これは実際の「通り道」は意味せず、ましてや、「道路（road）」を連想させる舗装された硬い常設の道や、程度の差はあれ、まっすぐな道ではない。

また、*hron*（*hran*）は古英語特有の言葉である。これは、ある種の「クジラ」、すなわち魚に似た哺乳動物の仲間を意味する。正確に何を指すのかはわかっていないが、おそらく、ネズミイルカかマイルカのたぐいだろう。いずれにせよ、正真正銘の *hwæl* とはとても言えない。古英語で書かれたものに、*hron* はアシカの約七倍の大きさ、*hwæl* は *hron* の約七倍の大きさ、というくだりがある。

したがって、この言葉の「ケニング」としての意味は「イルカの乗馬」、詳しく言い換えれば、イルカや、クジラの仲間に属する小型の哺乳動物たちが遊んでいる、あるいは、平原に並んだ騎手のごとく馬を駆っているかに見える場所、水の広がり、ということになる。これが、このケニングが呼び起こすべきイメージであり、たとえである。「鯨の道」では、このイメージは喚起されず、大西洋上に敷かれた水浸しの線路を走っていく半潜水型蒸気機関車のようなものを連想してしまう。

5　世継ぎのない（＊一五行）***aldorléase***

シュルディング一族創設前の「君主不在期間」に言及したこのくだりが、後に七三〇行（＊八九八行）以下、および一四三二行（＊一七〇九行）以下で言及されるヘレモードの破滅と関連があることは明らかだ。ヘレモードは、イングランド王の系図に登場するが、そこでも、上述のシェーアフ（Sceaf）とシュルド（Scyld）またはいずれか一方の伝承が用いられている。

6　生命の主（＊一六行）***Líffréa***

神を表すケニングとして用いられた*Líffré*（*g*）*a*は、おそらくキリスト教的詩語のひとつだろう。『ベーオウルフ』が、現在われわれが目にしているような形で構成されたのは、（どれほど古い言い伝えを記しているとはいえ）、キリスト教詩がすでにたくさん書かれたあと、すなわちキャドモンの時代以降のことだった[*1]。

*1 [「キャドモンの賛歌は、かつて名をはせた聖なる詩人、七世紀に生きたホイットビーの牛飼いことキャドモンの、唯一現存する典拠の確かな作品として有名だ。九行からなる賛歌は、尊者ベーダによって記録され、彼がラテン語で書いた『イングランド教会史』の八世紀の写本に載っている。したがって、この詩は、最も古い時期に記録された英語の断片ということになる。

キャドモンは長生きをして、旧約・新約聖書にまつわるテーマで大量の詩を作り、彼を模倣する者もたくさん出てきた。ベーダは、キャドモンの右に出る者はいなかったと述べている。しかし、これらの詩はほぼすべて消滅してしまったため、われわれはもう、自分の目で判断することができない。過去の時代（七、八世紀）の人々を大いに感動させたキャドモンの作品のうち、間違いなく本物と言えるのは、この最初の賛歌だけである。

聖書に関する詩が収められたすばらしい本が一冊、われわれのもとに伝わっている。ユニウス写本第二巻、多くの場合、キャドモン写本と呼ばれる本だ。以前はボドリアン図書館の展示棚に置かれていて、らせん階段を上る労を惜しまぬ者なら、だれでも見にいくことができた。今はどこにあるのか、わたしにはわからない。それは紀元後一〇〇〇年ごろに書かれたもの、つまり、写字生により、ペンで書き写されたということだが、非常に古い題材を含んではいるものの（あとの時代のスペリングで形が整えられてしまっており）、それはもう、キャドモンの作品とは言えないのだ」

J・R・R・トールキン、「英詩に関する講義原稿」より]

7 (＊一八行) ベーオウ

［ここと、四一行（＊五三行）にも再度登場するが、古英語の写本では「ベーオウ」ではなく「ベーオウルフ」となっている。しかし、ここに出てくるベーオウルフ、すなわちシュルドの息子は、この詩の主人公とは別人だ。父は別の講義原稿では、本書のために、大昔の系図に関する恐ろしいほどややこしい歴史について、かなり綿密かつ詳細に、長々と検討を重ねていたが、『ベーオウルフ』の実際のテキストを中心に扱った、より簡潔な原稿では、ふたりのベーオウルフという問題について次のように論じている。］

この詩は、写本では題名がついていないが、現代の総意により、『ベーオウルフ』と当然のように呼ばれてきた。たしかに、ベーオウルフは「主人公」だ。それは間違いない。もっぱらひとりの主人公について語られる詩は、この『ベーオウルフ』をおいてほかにない。ここで、ベーオウルフはシュルドの息子であり、跡継ぎであることがわかり、四一行目以下（＊五三行以下）で、彼が父親のあとを継いだこと、彼のあとを息子のヘアルフデネが継いだことがわかる。したがって、「序詩」（＊一～五二行、一～四〇行）のベーオウルフは、この詩の主人公ではない！　古英語文学において、これは最も奇妙なことのひとつであり、ベーオウルフが極めて珍しい名前だと気づくと、ますます奇妙に思えてくる。ベーオウルフという名は、古英語では、この詩にしか登場せず、あとはダーラムの『Liber Vitae』［訳注：九世紀半ばに作られ、一二世紀初頭まで増補が続いた教会信者会の記録］に「biuulf」という大修道院長の名（そのほかの点は不明）が書き込まれているだけだ。

この問題は、シュルドとシェヴィング、「序詩」に記され、融合されているあらゆる伝承、この詩の一般的解釈と密接に関連している。しかし、わたしは次の点を指摘したい。ひとつの詩のなかで、ふたりの異なる人物にベーオウルフという珍しい名前が与えられ、登場することについては、以下のように説明するしかない。

(a)単なる偶然。伝承に登場するふたりの人物がたまたま同じ名前で、そうせざるを得なかった。
(b)書き間違い。詩人がこの詩を作ったあと、写字生が同じ名前にしてしまった。
(c)意図的。何らかのねらいがあった、あるいは自分なりに何らかの理屈があったため、詩人がふたりの登場人物にわざとこの名前をつけた、すなわち名前を同化させた。

(a)はあり得ない。さらに、神話的系譜に登場するこの人物には、神話的な、単音節からなる、英雄らしくない名前があるはずで、Beow（ベーオウ）「barley（バーレイ）〔訳注：大麦〕」なら、*Scēaf*（シェーアフ）、「sheaf」（シーフ）〔訳注：麦束〕と調和するという、かなり得心のいく証拠がある。ベーオウは、詩人によってベーオウルフに変えられたのか？　それとも、書き写されたときに大きな間違いがあったのか？　ベーオウルフの詩にシュルドの息子が登場する二箇所では、どちらもベーオウのほうが韻律の法則にずっと合っているが、固有名詞には、詩的許容〔訳注：詩人が韻や文法をはずれる特権〕が認められるので、これは決め手にならない。

この詩を除けば、ベーオウルフという人物と、シュルドもしくはシェーアフがつながる形跡は見当たらないが、これも決め手とはならない。というのも、この詩人は単なる繰り返しではなく、独自の結末につなげるため、古い伝承を利用し、それを別の形に作り変えているからだ。シュルドとシーフが結びつけられているところはほかにない。すなわち、ここでは、小船で流れつくという謎めいた到着に、未知の運命への旅立ちがつけ加えられている。この詩は意図的に葬儀で幕を閉じており、冒頭部の葬儀をそっくりまねている。これはひとつの芸術的要素ではあるが、ふたつの名前を意図的に同化させたことを隠すためにそうしたわけでもないはずだ。理由はいろいろある。

(1)この詩人は、すばらしい詩人であり、題材を選び、自分の目的にかなうよう、その形を変えるのもいとわなかったが、古い伝承には敬意を払い、とりわけ王家の伝承を尊重した。そして、シェーアフからベーオウへという伝説上のつながりは、詩人の時代には広く知られていたことで、その状況は長期間続いた。

(2)名前の類似は、詩人の芸術的目的の役には立たず、むしろ目的をぼやかしてしまう。二番目の葬儀は最初の葬儀をまねてはいるが、だからこそ比較され、両者は完璧な対照をなすことになる。最初の葬儀は、不思議な、半ば神のような、秩序の修復者の旅立ちを際立たせ、この人物は、かつて希望を奪われた人々を輝かしい館に残して死んでいく。二番目の葬儀は、民にとって最後の自由の擁護者であった人物が倒れたことを際立たせ、この人物は彼らに何も希望を残さず、この世を去っていく。

(3)そして最後に、言うまでもないが、最初の葬儀はベーオウルフことベーオウのものではなく、シュルドの葬儀である。

われわれが手にしている写本は、この詩が作られてから約二五〇年後の、一〇〇〇年ごろに書かれたものだ。その当時も依然として有名な詩だったことは間違いない。したがって、新しい写本を作るために雇われた写字生でも、詩の大まかな内容はよくわかっており、ペンを執る前に、主人公がベーオウルフであることは知っていただろう。けれども、伝説的なこと、王家にまつわることに関する知識は曖昧になっていた。

わたしとしては、詩人はシュルドの息子を「ベーオウ」とし、例のベーオウルフは後に変更されたものだと思っている。無目的だったにしろ、変更されたのは間違いない。ということは、それが詩人本人によって、すなわち、芸術家であり、反復や、大きな意味を持つ類似に対して非常に敏感な人物によってなされた可能性は低い。にもかかわらず、この類似は決して厄介なことでも、気を散らすようなものでもないと証明できた者はいなかった。イェーアトのベーオウルフは、シュルディングのベーオウルフと直系のつながりはいっさいない。また、一度もそれをほのめかしていない。直系のつながりがあるなら、彼がヘオロットへ入っていったときにそうしていただろう。あるいは、ベーオウルフがイェーアトの血筋であることが話題にのぼるところで、フロースガールがほのめかしていたはずだ。

この詩に出てくるふたりのベーオウルフは別の人物だが、これは言い伝えではよくある偶然によるもので、民間伝承に登場するひとりの主人公がふたつに分けられたのだと主張することで解決策が模索されてきた。この解決策に魅力は感じない。わたしは、どちらのベーオウルフも歴史上実在したとは思っていない。最初のベーオウルフが実在しなかったことは確実で、この人物は、歴史上存在した人名として最初に登場するヘアルフデネに先立ち、架空の系図に足跡を残したにすぎない。それ以外のことは何もわかっておらず、彼の唯一の役割は、あの王国を次の代へと伝えることだ。二番目のベーオウルフは、仮に歴史上実在したとしても、その意味や程度は、アーサー王が実在と言うときと同じだろう。すなわち、この人物は歴史上のひとつの萌芽であって、ことによると実在の人物だったかもしれないが、その人物について語られることはほぼすべて、神話や民間伝承からの借用、あるいはまったくの作り話なのだ。ただし、両者は「史実ではない」としても同じレベルにいるわけではない。ベーオウルフことベーオウは、素朴な穀物の儀式にまつわる神話への（系図学者による）賛美となっている。一方、熊男、巨人殺しのベーオウルフは、別世界からやってくる。つまり、おとぎ話の人物だ。

まあ、そういうことであろう。わたしが思うに、シュルディングの系図に、おとぎ話の主人公ベーオウルフと同じ頭文字を持つ人物が載っていたという不幸な「偶然」は、固有名詞に極めて無知かつ無頓着なふたりの写字生のおかげで――＊一二六一行（一〇四七行）では聖書の引用、Cain（カイン）でさえ、*camp*（戦い）に変えられてしまっているのだが――根本の問題から注意をそらす、人騒がせこのうえない原因を文学の世界にもたらしてしまったのだ。ただでさえ、筋をたどるのが難しい物語だというのに。

8　**シェデランドに（＊一九行）*Scedelandum in***

Scedeland（シェデランド）には、現在のScandinavia（スカンディナヴィア）という地名に見られる、非常に古い名前の古英語形が含まれている。原形は*Skaðin-*（cf. 古ノルド語の*Skaði* 雪靴を履いて歩いていく女巨人)。古い名前の*Skadinaujō*、もしくは*Skadinawī*＝「*Skaðin-*の小島もしくは半島」(いわゆるスカンディナヴィア語とスウェーデン語を含んでいたと思われることもあるが、おそらく現代デンマーク語ではないだろう)は、*Scadinavia*とラテン語化された。Scandinaviaは文語の変形。

古英語形は*Scedenig*（＊一六八六行、*Sceden-isle* 一四一三行)、古ノルド語の*Skáney*（＜*Skaðney*)、そこから現代スウェーデン語の *Skåne* が生まれた。(古代および現代の) スカンディナヴィア語形は通常、スウェーデン（*Skåne*）の先端部を表す言葉だったが、そこは、古代には、さらに言えば近代までデンマークに属しており、実はデネ族のいにしえの故郷だった(とわたしは思う)。おそらく、ここに出てくる*Scedelandum*は、わたしたちが言う「スカンディナヴィア」とほぼ同じ意味だろう。しかし、＊一六八六行の*Scedenigge*は、間違いなくデネの国である。

9　父親の懐で暮らしている（＊二一行）***on fæder*** ［***bea***］ ***rme***

写本は端が損傷していて、ここでは*rme*しか保持されていない（その前に二～三文字分の空白あり)。*bearm*の文字どおりの意味は「膝」だが、比喩的には「保護、所有」を意味し、空白の埋め方として最もふさわしい。三二行の「王の膝の上には（中略）宝が山と積まれていた（on his lap lay treasures)」（＊四〇行 *him on bearm læg*）では、*bearm*が文字どおりの意味で使われているが、この状況は、宝石が所有権および王権のしるしとして王の膝の上に置かれているという言外の意味を説明している。ここでの教えは、若者（王子）は父親がまだ存命のうちから、北方の王たちにとって第一の美徳である気前の良さを、忠実な騎士たちに贈り物を与えることによって実践するべきだということ。そして、贈り物は、厳密にはまだ父親の*bearm*にある。父親の膝に置かれているのは、若者というより、むしろ贈り物や宝物のほうなのだ！

［（右記のとおり）翻訳はこの注釈の内容と一致していない。］

10（＊二二一～二四行）そうすれば（中略）信義に厚い円卓の騎士たちが忠誠を尽くし（古英語*gewunigen wilgesíþas*）、民が力を貸してくれる（古英語*léode gelǽsten*）。

これは古英語の「対句法」の一例。動詞と主語が繰り返されるが、バリエーションがついており、目的語「him」はずっと変わらない。このシンプルな例が示すように、「対句法」は「文字を探し求める」必要に迫られて、単なる反復をすることではなく、単に言葉数を多くしたり、長々と言葉を紡いだりすることでもない。*wilgesíþas*は「最愛の仲間」、王の円卓のメンバー、王室に仕える騎士たち、あるいは、直属の貴族・騎士団で、いざというとき、そばで王を支える人々。*léode*はもっと一般的な、重要な人々、民を意味し、彼らは王のあとに従い、奉仕する。

11（＊二六行以下）シュルドの船棺葬

［父は、これらの講義の目的は、『ベーオウルフ』の解釈を助けることなので、北方のほかの英雄伝説や考古学からシュルドの船棺葬にどんなヒントを与えられるか論じるわけにはいかないと認めていたとはいえ、

次のようなテーマについて書いていた。」

手短に言えば、古代スカンディナヴィアやイングランドの首長たちの船棺葬は（伝承と考古学、両方で明らかにされているとおり）史実として起きた、その年代決定はかなり筋が通っているということになろう。もちろん、架空の人物であるシュルドの年代を定めることはできないが、『ベーオウルフ』のドラマティックな時代は六世紀、さらに古い五世紀（ヘアルフデネ、オンゲンセーオウなどが属する時代）の漠然とした伝承を背景としており、これは、船棺葬に関する考古学的年代決定と一致すると言ってもかまわないほど近い。

『ベーオウルフ』の作者は異教徒ではなかったが、異教徒的過去がまだ非常に近いところにあった。そのため、かなりの事実が記憶されていただけでなく、時代の雰囲気や物語のモチーフも記憶されていた。作者がよりどころとしたのは、主として口承および文字による情報源、すなわち、詩や物語のなかで実際に語られ、記されたことだったに違いない。当時のイングランドには、目に見える「考古学的」証拠が、今よりもはるかに多く存在したはずだ。だが、本当の船棺葬について言えば（実際には、船は海へ流されるので）、それは役に立たない。それに、西の境界地方の人間（われらが詩人はそこにいたと、わたしは思っているのだが）は、サットン・フー〔訳注：イングランド、サフォーク州にある七世紀の船葬墓〕にあるような塚を何度も目にしたわけではなかっただろう。もし目にしていれば、塚の中身や目的を説明してくれる伝承（詩や歴史）が必要になる。というのも、墓を探り、死者に捧げられた宝を持ち去るのは、当時も泥棒と呼ばれ、考古学者とは呼ばれなかったからだ。

おそらく（誇張的表現などによって）この場面が引き立てられているということはあまりないだろ

う。シュルドは輝かしい征服王として生涯を終え、船棺葬が執り行われたと仮定すれば、大量の高価な品々がともに埋葬されただろうし、*of feorwegum frætwa gelæded*（＊三七行、「遠方よりもたらされた財宝」二九行）も間違いなく事実に合致しているだろう。たとえば、サットン・フーの墓所にあった宝には、ローマ帝国東部からもたらされたものが含まれていた。遺体が中央部のマストのわきに安置され、その周りに宝が山と積まれていたという位置関係にも、考古学的裏づけがある。

しかし、もっと興味深いのは、結びの部分と、それがほのめかしていることだ。ただし、それ以上のことはほとんどわからない。詩人ははっきりとは語っておらず、シュルドが自分の出所である、どこか謎の土地へ帰っていくというアイデアは、詩人がすべて考えついたわけではないだろう。シュルドは大海原の向こうの見知らぬところからやってきて、そこへ戻っていく。このアイデアは歴史に神秘を吹き込み、にもかかわらず、史実にもとづく結果を残した。それが新しいデンマークであり、シェデランドのシュルドの跡継ぎたちだった。詩人の心情はそのようなものだったに違いない。というのも、シュルド・シェヴィングのために船棺葬を選んだのが詩人であったことはほぼ確実に違いないからだ。詩人は神話上の文化英雄シェーアフにまつわる古代の伝承から、船に乗ったシュルドの奇跡的到来をもたらした。感動を生み、「旅立ち」をほのめかすべく、船棺葬の伝承を利用し、話を締めくくったのはこの詩人にほかならない。とにかく、シュルドもしくはシェーアフの結末は、ほかにはどこにも見出せない。

最後の「船の積み荷が降ろされた港について、たしかな説明をできる者はいなかった」というくだりで、わたしたちは、船棺葬が習慣的に行われていた異教徒時代の「雰囲気」の名残を感じ取ることができる。海を越え、その先にある未知の岸辺へと赴く、旅立ちの儀式と呼ぶべきものが行われる雰囲気と、「海のかなたに」にある魔法の国や別世界を信じる気持ちは、ほとんど区別できない。それに、これらの要素やモチーフはいずれも、意図的な象徴表現でも、本当の信仰でも、事実の描写でもない。疑いと闇に満ちた*murnende mód*（心の底からの嘆き）だったのだ。

ここは非常に貴重なくだりである。北方における「考古学的」時代ととても近い時期のことが書かれたテキストがあるというのは、実に珍しいことなのだ。『ベーオウルフ』とサットン・フーのあいだには、せいぜい一世紀程度の隔たりしかない。

［シーフにまつわる短い散文物語の結びを紹介する。これは、「失われた道The Lost Road」のために父が書いたもので、冒頭部は注2「シュルド・シェヴィング」で紹介した。これと密接に関連する頭韻詩「穀物束の王」は、王の旅立ちの部分にはいたっていなかった。

しかし長い年月《としつき》が過ぎ、やがてシーフは友や顧問官を呼び出し、旅立つことにしたと告げた。（東から老いの影が降りかかり、シーフは自分が出てきた場所へ戻ろうとしていた。それから、大いに嘆き悲しむ声が上がった。けれども、シーフは黄金の臥所《ふしど》に身を横たえ、深い眠りについた。そして貴人らは、王がまだ国を支配し、みずからの言葉で命をくだす力があったころに言われたとおり、主君を船に安置した。シーフはそびえ立つマストのわきに横たわり、マストには金色の帆が張られていた。彼のわきには、黄金や宝石の財宝、立派な衣装、高価な品々が並べられ、頭上には金色の旗がはためいている。このように、彼らはシーフが自分たちのもとへやってきたときよりも豪華に彼を飾り立て、海へと押し出した。そして、海はシーフを受け取り、船は舵を取る者もなく、はるか遠くの西の最果てへ、人々の目や思いの届かぬところへと彼を運んでいった。だれが彼を出迎え、どこの港が旅路の終わりとなったのか、知る者はいない。船はまっすぐの道を見つけたのだと言う者もいた。だが、シーフの子どもたちはだれひとり、その道を行くことはなく、当初は多くの者が高齢まで生きたが、やがて東の国に脅かされ、大きな石の墓、あるいは緑の丘のような塚に葬られた。これらの墓所の大半は、西の海にのぞむ、陸の突き出た広い場所に高くそびえていたため、海の暗がりで船の舵を取る者たちも、そこから墓所を認めることができた。」

厳密な意味での「序詩」はこのように終わり、名高いシュルディングの王家の背景に神秘性と太古の趣を与えている。写本での「節」もしくは「編」の数え方は、*Đá wæs on burgum*（＊五三行、四一行）から「I」が始まっている。だが、本筋にはまだいたっていない。さらにもうひとくだり、ヘオロットについて、壮麗であると同時に、裏切りという害毒にすでにさいなまれ、運が尽きていたと、「アーサー王」の宮廷［訳注：キャメロット］を思わせるあらましが四一～六九行（＊五三～八五行）まで語られる。そこでは一族の面々、政治的な対外関係、そしてヘオロットという「館」の建造について簡単に触れている。適切かつ巧みなやり方だ。ここは遠い昔の話から始まった物語になくてはならない移行部であり、この移行部が、これから本筋が展開する舞台に現実的な「背景」を与えている。政治的問題（デネ人とスウェーデン人の関係、四八～四九行、＊六二～六三行）と、実際の「館」の両方がともに重要なのだ。このアングロ・サクソンの詩人は、自分が思い描く怪物を有名な建造物であるヘオロットのなかに位置づけているが、それと同じように、政治的関係や王室の政策とのつながりのなかで自分の物語を思い描き、その位置づけを行っている。もしグレンデルをヘオロットに入れたのは、キャメロット（伝奇的効果）や、ロンドン塔（史実性）に舞台を特定して怪談を語るのと似ていると気づかなければ、また、デンマークの一族が、イェーアトの不倶戴天の敵、スウェーデン人と同盟関係にあったと気づかなければ、そのことに伴う意義はだいぶ失われてしまう。

12（＊五七行）ヘアルフデネ

わたしたちはここではじめて、ヘアルフデネ（Healfdene）、古代スカンディナヴィア語では*Halfdanr*という名に遭遇する。この名は英語の形でも保持されているが、イングランドでは、（姓に対する）名として使われてはいなかった。したがって、ヘアルフデネ・シュルディングの知識があればこそ、八七一年以降、イングランドを襲ったヴァイキングの王、Healfdeneに古代スカンディナヴィア語名の正確な訳語が［アングロ・サクソン年代記のなかで］当てられているのだろう。ほかの首領の名前はどれも、Sidrocなど、妙に誤った形で登場するのだが。

*Halfdanr*は、スカンディナヴィアで極めて一般的な名前になった。だが、どうやらその使われ方と人気は、われわれの登場人物に相当する*Halfdanr Skjöldungr*の古代の名声にさかのぼるようだ。古代スカンディナヴィア語でのシュルディングの伝説は非常に混乱をきたしていて、ヘアルフデネは多くの場合、孤立した人物としてしか記憶されていないのだが、わたしたちがこの『ベーオウルフ』

で目にする形容語句が、古代スカンディナヴィア語でも彼に添えられているのは注目に値する。彼は*bǽstr Skjöldunga*（*bǽstr* は「highest」、もとは「最も背が高い」もしくは「最も栄誉ある」を意味していたのだろう）、*Halfdanr gamli*「老ヘアルフデネ」（「老いてもなお、戦《いくさ》では猛々しく戦い」四五行、*gamol ond gúðréouw* ＊五八行）と呼ばれ、高齢まで生きて、自然死するまで権力を握っていた（＊五七行*penden lifde*、四五行「命あるあいだは」参照）と言われており、わたしたちはこれを「寿命が来るまで」という意味だと理解している。ただ、サクソによれば、彼は *atrocitas*（残虐行為）（*gúðréouw* 参照）をはたらく機会は見逃さなかったそうだ。[*1]

デンマークの伝説において、「ヘアルフデネ」は威圧的な人物だった、古代スカンディナヴィア語と英語の伝承には関連性があり、どちらにも、たしかに同じ歴史的基盤があると結論づけることができるだろう。

13 **［娘は］オネラの王妃、シェルヴィングの戦士の愛しき伴侶になったという。＊六二〜六三行（写本の記述）*hýrde ic þæt elan cwén Heaðo-Scilfingas healsgebedda***

---

*1 「(博学者)サクソ・グラマティクスの初期のころの著作『デンマーク人の事績 Historia Danica』は、スカンディナヴィアの伝説や詩の宝庫で、難解かつ大げさながら、いつもおもしろいラテン語で表現されている」(R・W・チェンバーズ)。サクソはデンマーク人。一二世紀後半に活躍したが、その生涯についてはほとんどわかっていない。サクソは*Haldanus*について、最も注目すべきこととして「自分の凶暴性を誇示する機会が与えられれば必ず利用したが、彼の人生は剣ではなく、老齢によって終わりを告げた」と記している。」

写本に欠陥はなく、混同の兆候もないが、(a)＊六二行は韻律的に不完全、(b)*þæt*のあとに動詞が欠如しており、原形が損なわれていることがうかがえる。*elan*と*cwén*のあいだに欠落している語句の一部が*wæs*であることはたしかだろう。欠落部分はほかにもある。なぜなら、＊六二行は、*wæs*を補ってもなお韻律の法則に合わず、まず推測される名前はほぼ確実に、*Scilfingas*（*as* = *aes* = *es*）と並列につながる属格Elanではあるが、この名前はあり得ない。したがって、欠けている部分の比較的安全な推測としては、(a)女性名、(b)*wæs*、(c)*-elan*で終わる男性名ということになろう。また、女性名と、その夫の名は頭韻を踏んでいる必要があるが、頭文字がわからない。というのも、王家の女性の名は、家名の頭文字を取るとは限らなかったからだ（たとえば、*Hrēðric*の妹は*Frēawaru*だが、*Hrōðgār*の息子は*Hrōðmund*）。

さらなる推測を助けてくれるのは*Scilfingas*だ。これはスウェーデン王家の名である。この婚姻関係は、さほど遠くない過去にデネとイェーアトとのあいだに存在した確執と関連があったのかもしれないし、おそらく関連があったのだろう（イェーアト人、スウェーデン人のどちらとも友好関係でいることはできなかったはず！）――一五五一〜一五五五行参照「そなたが成し遂げたことのおかげで、両国の民、イェーアトの民と、槍の使い手たるデネ人とのあいだに和平が築かれ、かつて両国のあいだに長らく存在した反目や、憎しみに満ちた敵意は静まるだろう」（＊一八五五〜一八五八行）。シュルヴィングのなかで最も有名な人物はオンゲンセーオウの息子、オネラ（二一九四、二四五九行、＊二六一六、＊二九三二行）であるという事実は非常に注目すべきことであるから、そのほかの名前には強力な証拠がなくてはならないだろう。ただし、このオネラの婚姻を示す痕跡は、ほかには存在しない。

14 （＊八一行以下）館は、角が描かれた広き破風をそなえて高くそびえ、そこには相争う破壊的炎の渦が待ち受けていた。

ここでは、壮麗な館、ヘオロットを待ち受ける運命が言及されている。新しく建てられた館の豪華さについて語った直後に、こうした運命にまつわる暗い雰囲気を差し込むのは、この詩人（そして、何らかの痕跡を残したアングロ・サクソンの大半の詩人）の特徴だ。言うまでもなく、「運命」は、ヘオロットの焼失という（過去の）出来事が描かれた詩や物語に由来する。

「父と娘婿とのあいだの残忍な憎悪」（六七～六八行、＊八四行）は、ヘアゾベアルドと呼ばれる人々とシュルディングとの確執について言及している。ヘアルフデネ（*heáh ond gūðréouw*）の出現に象徴されるデネ族の勢力拡大において、もとはデネ族のものではなかった島々が占領された、というのがわたしの考えだ。シュルドに関する冒頭のくだり（三～四行）を参照してほしい。ヘオロットの所在地には、宗教的意義があった。[*1] さらに、そこは以前、ヘアゾベアルド族が所有もしくは支配していた場所であり、神聖な場所をめぐる闘争が両者の反目を激化させた。この確執に終止符を打つべく、フロースガールが取った手段が戦争ではなく、娘フレーアワルと、ヘアゾベアルド王権の若き後継者で、父親の没落を乗り越えたインゲルドとの政略結婚だったというのは、（描かれているとおりの）彼の性格と一致している。どうやらこの結婚は、ベーオウルフが訪問した時期にまさに行われようとしており、実際に行われたものの、「政略」は失敗に終わり、インゲルドはヘオロットを攻めたようだ。

ヘオロットは燃やされたが、インゲルドは、フロースガールと甥のフローズルフによって撃破された。ヘオロットがその後、長く持ちこたえなかったことは明らかだ。ヘオロットが建てられたのは、ヘアゾベアルド族が大敗を喫したあとのことで、＊六四行にある *herespéd*（五〇行「武運に恵まれ」）は、このヘアゾベアルド族の大敗に言及している（とわたしは思う）。グレンデルはそのあとすぐ、侵入してきた。フロースガールがグレンデルの襲撃に耐えたのは一二年（一一八行、＊一四七行）。これだけの歳月があれば、子どもだったインゲルドも、復讐戦を率いていけるほど危険な若君へと成長する。これが史実にしろ、伝説をもとに作られた話にしろ、詩人が年代配列をかなり巧みに練り上げ、政治的な時間配列において、ベーオウルフがいるべきときにその訪問を設定したことは明らかのようだ。

このように、詩人は、ベーオウルフに（聞き手には、実際そうなるのだとわかっている）出来事を予知・予言させることによって、彼の政治的洞察力を示したのだ。［一六九六～一七三六行、＊二〇二〇～二〇六九行参照。］

---

*1　宗教的つながりとは、北欧文化の神々、古代スカンディナヴィア語の言い方でニョルズ（Njörðr）とフレイ（Frey）（ユングヴィ＝フレイ）（Yngvi-Frey）とのつながり。それで、ヘアゾベアルド族の名として、*Fróda*（フローダ）と*Ingeld*（インゲルド）が出てくる。だが、この場所がデンマーク人に占領されたあとは、フロースガールの娘につけられた*Fréawaru*（フレーアワル）という名が登場し、デネ族は「イングの友」という呼称を主張している。

15　ときが、そう遠からず訪れようとしていた（＊八三行）*ne wæs hit lenge þá gén*

　意味の「核心」はこれではない。全般的な意味ははっきりしている。それは、ヘオロットはまだ燦《さん》然《ぜん》と輝いているが、焼け落ちる運命だということ。詩人と聞き手の頭のなかにヘオロットの歴史はすべて入っていたが、詩人は（全編を見てわかるとおり）ドラマティックな時間というものを意識していた。ヘアルフデネ王朝および、フロースガールが建てた巨大な館の最終的運命が——後にアーサー王とキャメロットに影が重くのしかかったように——ヘオロットの宮廷に暗い影を落としていた、というのが古英語の意味になる。本当に問題なのは、*lenge*とは何かということだ。

［父は歴史言語学的可能性について延々と分析した後、詩人はlongeと書いていた可能性がいちばん高いと思うと記し、この一節にはささいな間違いがたくさんあることに言及している。「翻訳文に関する覚書」†4参照。］

　そのときは「遠くはなかった（not long）」、なぜなら、ベーオウルフがやってきたとき、フロースガールの娘とインゲルドの結婚はずっと先のことではなかったし、（ベーオウルフが予言として語った）実際に起きたことにまつわる話は、結婚後、間もなく問題が発生したことを示唆しているからだ。

16　地獄の悪霊（＊一〇一行）*féond on helle*

古英語の*féond on helle*は非常に興味深い表現だ。グレンデルが「地獄の悪霊」、取り返しがつかないほど呪われた生き物であることをほのめかしているのは言うまでもない。それでもやはり、この表現は注目に値する。というのも、グレンデルは「地獄に」いるのではなく、物理的にデンマークにいる。それに、彼は死すべき運命にあって、地獄へ行く前に、まず殺されなければならないので、まだ呪われた悪霊にもなっていない。人間に敵意を持つこれらの怪物に関し、どうやら詩人の思考に混乱、あるいは不確かなところがあったようだ（年齢のせいもあったろう）。これらの怪物は、血の通った、肉体を有したままの存在で、（しかるべき剣で）殺すことができる。にもかかわらず、すでに、悪霊に適用される言い方で表現され、ここ（＊一〇二行）では*gǽst*[*1]となっている。*féond on helle*が、呪われた者、心と精神に地獄を宿す者として呪われ、奇形となった人間という、半ば神学的とも言える認識によるものなのか、それとも、「キリスト教的」な言い回しを無頓着に借用したことによるもの

＊1　［翻訳の全テキストで、この単語は「creature（生き物）」（八三行）と訳されている。ここでの*gǽst*に関する言及に対し、父は後に、*gǽst*と*gest*「見知らぬ者」の混同があるかもしれないことを示唆するメモを鉛筆で記していた。この点と、*féond on helle*の意味については、父の『怪物と批評家The Monsters and the Critics』の補遺ⓐ「グレンデルの呼称Grendel's titles」のなかで議論されており、父は*gǽst*について、「いずれにせよ、現代語の『幽霊』（ghost）とも『（悪）霊』spiritとも訳すことはできない。おそらく『生き物』（creature）がいちばん近づける訳し方だろう」と述べている。］

なのか（*feond on helle* ＝単に「悪霊、悪魔」）、判断するのは難しい。後者であれば、『ベーオウルフ』が書かれたころにはもう、キリスト教の表現法が十分発達し、定着していたことになる。この表現はその後も続いた。中英語では、*feond in helle* がやはり、単に「悪魔」として使われている。ウィクリフ［訳注：一四世紀英国の神学者］は、イングランドじゅうを歩き回っていた生身の人間である托鉢修道士［訳注：ドミニコ会など、財産を所有せず信徒からの喜捨に頼る、清貧の精神を重視した修道会の修道士］について、*feond in helle* を使っている。（*feond* には本来、「敵」という意味しかなく、明確な説明がされていない場合、『ベーオウルフ』ではやはりこの意味を有していることを忘れずにいるべきだ。）

17（＊一〇六〜一一四行）

［父の所見は次のように始まる。「全般的批評にとって重要な一節。わたしの講演録［『怪物と批評家 The Monsters and the Critics』、一七〇ページ］を参照のこと。ここでは（われわれの関心は主としてテキストにあるので）次のことに留意するといいだろう」］

わたしの考えでは、＊一〇六〜一一四行は間違いなく、正真正銘、この有能な詩人、『ベーオウルフ』の作者の手によって、このように書かれた。このくだりには、彼の特徴である、聖書の研究ぶりが表れている。争いや武勇にまつわるその土地の古い伝承と聖書を比較した結果、詩人にはふたつの問題が生じた、あるいは、ふたつの考え方が浮かんだ。

⑴怪物たちはどこからやってくるのか？　怪物たちが太古の聖書の物語と同等に見なされるにはどうすればいいのか？　そして詩人は、いにしえの人々と、暗い洞穴にひそむ執念深い奇形の敵たちとの伝説上の争いと、キリスト教徒と堕落した地獄の悪魔との争いに類似点も見出した［その後、この箇所に「まったく別の次元の想像」と鉛筆で書かれていた］。

⑵過去の異教徒としての高潔さや英雄的行為をどう考えればいいのか？　あれはすべて邪悪で呪われたものにすぎなかったのか？

この二番目の、より難しい問題（詩人の時代には、もっと物議を醸す現代の問題だった）に対する彼のアイデアは、すぐに一三四～一五〇行（＊一六八～一八八行）で見ることができる。わたしが思うに、詩人は自分が描く北方の古い時代の貴人たちと、キリスト生誕以前のイスラエルの貴人、賢人、士師、王たちを同等の者として扱おうとした。たとえ神の選民の一員だったにしろ、イスラエルの人々も、人類の堕罪のおかげで「呪われて」いた。キリストによるあがないは、過去にさかのぼって行われたかもしれない。ただ、キリストの黄泉降下［訳注：キリストが死後、地下にある死者の国を訪れ、義人の霊を解放して天国に導く行為］において、救われた者たちのなかにフロースガールもいたと言ってはいけない理由はないのではないか？　イスラエルの民もまた、試練のときに自分たちの信仰を捨て、偶像や偽りの神々を崇拝した可能性があるのだから。したがって、アングロ・サクソン人が、ノアの息子たるシェーアフ（Sceaf）を箱船のなかで誕生させたとき、それは系図にまつわる単なる空想、自分たちの王の血筋をアダムへとさかのぼらせるための単なるトリックではなかったのだとわたしは思う。（というのも、それはさほど名誉なことではないからだ。系図が長くなりすぎれば、それは根っこの長い、形のぼんやりした木に溶け込んでしまう。エゼルウルフ王〔訳注：ウェセックス王、アルフレッド大王の父〕のもとにいた農奴でも、アダムの末裔だと主張できただろう。）むしろこれは、『ベーオウルフ』詩人のアイデアと密接に関係する考え方に起因する、ひとつのプロセスだった。このプロセスによって、旧約聖書の（いわば）書かれていない章のなかに、北方の王たちの居場所が与えられたのだ。

〔これに続くくだりは、古英語のテキスト（＊一〇四～一一六行）とその翻訳を一緒に載せておいたほうが理解しやすい。

　　　　　fífelcynnes eard
wonsǽlíwer weardode hwíle,
siþðan him Scyppend forscrifen hæfde
in Cáines cynne - þone cwealm gewræc
éce Drihten, þæs þe hé Ábel slóg;
ne gefeah hé þǽre fǽhðe, ac hé hine feor forwræc
Metod for þý máne mancynne fram.
Þanon untýdras ealle onwócon,
eotenas ond ylfe ond orcnéas,

swylce gígantas, þá wið Gode wunnon
lange þráge; hé him ðæs léan forgeald.
Gewát ðá néosian, syþðan niht becóm,
héan húses...

この不幸な生き物［グレンデル］が、長きにわたり、巨人《トロール》族の生息地に棲んでいた。というのも、創造主たる神が、カインの末裔として追放したからだ。カインはアベルを殺し、永遠なる主は、その殺害への復讐をなした。神はかの暴力的振る舞いを喜ばず、その罪への罰として、カインを人類からはるか遠くへと追いやった。そのカインから、人食い鬼《オーグル》に小鬼《ゴブリン》、悪魔の形をした、ありとあらゆる身の毛もよだつ生き物が生まれ、長きにわたり、神にはむかうことになる巨人どもも誕生していた。そのため、神は彼らに報いを与えたのである。

やがて夜が訪れると、グレンデルは表へ出てゆき（中略）そびえたつ館を見張りに行った。」

われらが詩人は、(1)への答えを創世記に見出した。人間の姿を模倣しているが、形のゆがんだ怪物はカインの末裔だった。そして、いにしえの「巨人」に言及することで、問題に決着をつけたのだ。ここには語句の混成がはっきりと見て取れる。詩人の表現はまず、北部の言葉 *eotenas* と *ylfe*（人間ではないが、人間の形をした生き物という二部類が示される）で始まり、ラテン語版の聖書［創世記六章四節］から借用した言葉 *gigantas* で終わる。

それでも、わたしの目下の課題に本当の意味で関係があるのは、八六～九二行（＊一〇六～一一四行）に、挿入もしくは追加されたような雰囲気があるという点だ。後に語句が書き加えられ、改変されたということではない。つまり、これらの行には「作者」のスタイル、リズム、思考の特徴が出ているように思えるのだ。けれども、物語のシンプルな流れ、統語構造はさえぎられている。＊一一五行の *gewát*（「表へ出てゆき」九三行）にまったく主語がないことに注意してほしい［翻訳では「グレンデル」が補われている］。これはもともと、＊一〇五行目 *weardode hwíle*（「長きにわたり（中略）棲んでいた」、八五行）のすぐあとにあったのではないかとの強い疑念を禁じ得ない。＊一〇六～一一四行、八六行から九二行（「創造主たる神が（中略）報いを与えたのである」）を抜かして読んでみると、このくだりが持つ力が感じられるだろう。

わたしが思うに、詩人は、『ベーオウルフ』のこの前半部分では、すでに詩の形になっていた古い題材を忠実になぞっており、部分的に手を加えたところがわずかにあるくらいだったのだろう。その過程で行ったことのひとつが、この八六行から九二行（＊一〇六～一一四行）の挿入であり、このくだりには、北の怪物たちに対する彼の考え方が表れている。

あるいは、非常に複雑な長編詩の最終構造の背後に隠れている長い創作過程において、詩人は自分が早い時期に書いた、もっと単純かつ簡潔なおとぎ話に磨きをかけ、話を広げていったのかもしれない。それはよくあることだ。いずれにせよ、これは非常によくできてはいるけれども、一連の流れからは分離できる、ほかから侵入してきたくだりであることがわかるだろう。似たような例は、チョーサーなどにも見て取れる。「尼院侍僧の話」は明らかにほかの古い題材がもとになっており、チョーサーが大いに手を入れ、話を練り上げことは一目瞭然だ。読者はあちこちで、ほかから取ったくだりを丸ごと掘り出し、こう言だろう。「おやまあ！　ジェフリーさん、それをここに差し込みましたか。これでよくなると思ってるんですよね？　まあ、そうかもしれませんけど。たぶん」

18　死にそこないの悪魔の形をした生き物（＊一一二行）***orcnéas***

この古英語はここにしか出てこない。*orc*はラテン語の*Orcus*（地獄、死）をそれらしくあしらったと思われる。*neas*は、「死体」を意味する古い（詩的な）言葉*né*の複数形、*né-as*であることは間違いないようだ。これは「死肉を食べる鳥」を意味する*né-fugol*にも見られる。ゲルマン語のもともとの語幹は*nawi-s*、ゴート語では*naus*（複数形は*naweis*）、古ノルド語では*ná-r*。

「Necromancy」（降霊術）は、この言葉（*né*）が暗示する恐ろしいものを連想させるだろう。わたしは、ここには北部の恐ろしい想像の産物が示されているのだと思い、あえて「墓人間」と呼んできた。すなわち「亡者」。墓や塚に住む、ひどく恐ろしい生き物たち。彼らは生きてはいない。人間性を捨ててはいるが、「完全に死んでもいない（undead）」のだ。彼らは超人的な力と悪意で人間を絞め殺し、引き裂くことができる。剛勇グレティル［訳注：アイスランド・サガの登場人物］の物語に登場するグラームは、その一例としてよく知られている。

19　そして、一晩と経たないうちに（＊一三四〜一三五行）***Næs hit lengra fyrst, ac ymb áne niht***

二晩続けて襲いにきたという細かな描写は、おそらく「おとぎ話」的要素の名残だろう。*ymb áne*

***niht*（一晩後）は、古英語では、「翌日（翌晩）」を意味する。**

［翻訳はこの注釈とは食い違っているように思われる。］

20（＊一五四～一五八行）ここでは、fæhþ［「何代にもわたる不和」］の場合の法的処置に触れている。

［ここでも便宜上、古英語のテキストと翻訳を一緒に載せておく。

sibbe ne wolde
wið manna hwone mægenes Deniga,
feorhbealo feorran, féa þingian,
né þǽr nǽnig witena wénan þorfte
beorhtre bóte to banan folmum;

グレンデルは、デネの軍勢のいかなる者とも休戦せず、残虐行為を差し控えようともせず、賠償金を支払う条件も受け入れようとせず、いかなる顧問官も、この殺戮者の手から金《きん》による賠償を期待できる理由がなかった。］

*féa þingian*という表現については、＊四七〇行の*Siððan þá fæhðe féo þingode*（三七八～三七九行「その後、余は（中略）支払いをすることで、かの宿怨にけりをつけた」）も参照してほしい。『ベーオウルフ』において、動詞*þingian*は、*féo*を伴う表現がこの二箇所にあるほか、＊一八四三行目（一五四二行）では「演説をする」［翻訳では「話をする（discourse）」］という、非常によく使われる意味でも用いられている。ほかの意味としては「人のためにとりなす、嘆願する」、「話をつける、問題を解決する」があげられる。こういった幅広い意味を結びつけているのは名詞の*þing*で、動詞はここから派生した。基本的な意味は「約束の時間」。そこから「会合」が、さらにそこから「討議、議論」という意味が派生した。古英語ではすでに獲得していた「thing」という特色のない意味の発達過程は、ラテン語の*causa*「論争、訴訟事件」からイタリア語の*cosa*、フランス語の*chose*［訳注：いずれも英語のthingに相当］が派生した過程と非常によく似ている。*fæhþ*の和解条件は、両者の代表による会合で議論されたのだろう。したがって、*fæhþe féo*（与格）*þingian*は、罪を犯した当事者が支払うべき「贖罪金」に関し、*þing*で折り合いをつける、との意味になる。

ありのままの本質的要素として、*fæhþ*は、一方（一族、部族、人々）の他方に対する敵意ある行為（あるいは一連の行為）により、（友好的交流がなくなり）憎まれている状態を指した。言うまでもないが、その行為は通常、だれかを傷つける、もしくは殺すことだった。殺された者の近親者には、その後、賠償を得たり、復讐を果たしたりすることが義務となる。このような「血の復讐」によって問題に対処した結果、*fæhþ*は、スウェーデン人とイェーアト人の例に見られるような、有力な一族（あるいは人々）どうしの、永続的戦争状態にいたったのかもしれない。そして、一方の勢力を根絶することと以外に解決の道はなくなったのだろう。最終的にイェーアトの王家の運命はそうであったと思われる。

しかし、法律を緩和する制度が、とりわけ、つながりのあるひとつの集団（部族や国）に属する家族間に行き渡っていった。罪を犯した当事者は支払いによって「確執を解決」でき、金銭的価値を算定するための複雑な基準が作成された。この支払いは「贖罪金」と呼ばれ、その人の地位に応じて、金額、すなわち贖罪金が決まった。もちろん、この種の和解は、両者に取り決めを進んで受け入れ、それに従う意志があるかどうかで左右される。良好な関係（それに、被害者の名誉）は、賠償によってのみ回復することができた。賠償が拒否されたり、獲得できなかったり、損害があまりにも大きかったりした場合は、名誉を守るべく、復讐を余儀なくされた。古い時代の伝説、サガ、歴史書には、贖罪金（の支払い、もしくは受け取り）が拒否されたケース、法的和解をよそに復讐がなされ、新たな*fæhþ*が始まったケースが、残念ながらたくさん載っている。

ここでほのめかされているのは、このような和解がなされる希望はいっさいなかったということだ。グレンデルは「よそ者」であり、フロースガールの権威も、いかなる人間の法律も認めなかった。彼とはいかなる会議を持つことも、条件を取り決めることもできなかった。グレンデルが進んで条件を申し出ることはなかっただろう。それどころかチャンスがあれば必ず、あらたなデネ人を殺し、*fæhþ*に*fæhþ*を重ねた。

＊一五四～一五六行の逐語訳はこうなる。「彼はデネの軍勢のいかなる者とも和合しようとせず、人命への危険を取り除こうともせず、贖罪金で確執を解決しようともしなかった。」

21　金《きん》による賠償（＊一五八行）***beorhtre bóte***

*beorht*は「輝いている、光や音が明るく澄んでいる、音がよく通る、光がきらめいている」を意味している。「栄光ある、輝かしい、立派な」と言うべきところであれば、（ラテン語の*clārus*と同様）この言葉を人や人の行為に適用するのは道理にかなっており、決して珍しいことではないが、ここで使われているのは異例であり、驚かされる。「彼はきらめく（光り輝く）賠償を期待できなかった」と言っているのは、非常に強い緩叙法［訳注：故意に控え目に言ってかえって印象を強める修辞法］であり、「実際にはこれっぽっちも期待できなかった、まったく期待できなかった」ということをほのめかしている。

22　地獄の妖術師たち（＊一六三行）***helrúnan***

古英語には*hel-rūn*という言葉があり、その弱変化形*helle-rūne*、*hel-rūne*もあった。欄外注では、*hægtesse*、*wicce*（witch（魔女））や、ラテン語の*Pythonissa*（占い師）といった言葉と同等と見なされている。この場合にふさわしい語形変化であるにしろないにしろ、おそらくここで言われているのは男性形に相当するもの（*wicce*ではなく*wicca*）であろう。注釈には古英語以外に、古高地ドイツ語の*hellirūna*（降霊術）という言葉が記されている。そして非常に興味深いことに、ヨルダネス［訳注：六世紀、東ゴートの書記、歴史家］が書いたゴート人の歴史のなかに、崩れた形で残ったゴート語ではあるが、一部ラテン語風になった*haliurunnas*という言葉があり、ヨルダネスは「*magas* *mulieres*」（左記参照）を意味すると述べているのだ。

*helrúnan*の言外の意味を完全に論じようとすると、とても長くなってしまう。基本的な要素は*hell*「地獄」（ゴート語の*halja*）と*rún*「秘密」である。前者は、突き詰めていくと*helan*「隠す」（ラテン語の*célare*）と関連があり、よって、隠された世界、地下の世界、黄泉の国、死者の国を意味している。異教信仰において、「隠された神秘（謎）」は必然的に暗黒へと通じている。

*rún*は（おそらく、突き詰めていくと「こそこそ話すこと」を意味し）、こっそり伝えられた秘密の知識という意味合いがある言葉だ。ケルト語、古アイルランド語の*rún*「秘密」、ウェールズ語の*rhin*「秘密、神秘（謎）、魔法」としても登場するため、ケルト語から派生して、ゲルマン諸語に取り入れられた可能性が非常に高い。ただ、良い意味もあるかもしれず、＊一三二五行では*rúnwita*（「余の秘かな意図を知っていた者、余の腹心の友」）と*rǣdbora*が同一視されている（一一〇五～一一〇六行「余の意図は彼の意図、彼の知恵は余の知恵であった」）。しかし、*hel-rúne*は、秘かな闇の知識を持っていた者であり、*hell*の死者との関連は、古高地ドイツ語の注釈「降霊術」と非常に近いことを示している。「降霊術」と女性との特別な関係は非常に歴史が古く、両者は非常に強く結びついている。『マクベス』に登場する三人の魔女は、*helrúnan*に関する太古の暗い想像をよく表している。

だが*helrúnan*は、この場面にもっともらしい暗さを与えるための、古めかしい異教徒の言葉として、なんとなく使われているわけではない。

魔女や「降霊術師」は、グレンデルと同様、世の中ののけ者であり、やはりグレンデルと同様、人間のようでもあり、怪物や悪魔のようでもある存在としてイメージされていた。本物の人間が、嫌悪すべき邪悪な教えを得ようとした（そして、秘密の関係を築いた）可能性はあるが、そのような力を獲得した人々と、実際の悪魔のような存在、たとえば「三人の魔女」のような存在との境界線はあいまいだった。だからこそ、ウルフスタン[*1]は、*wiccan*（魔女）と*wælcyrian*（ワルキューレ）［訳注：北欧神話の主神オーディンに仕える武装した乙女たち］を結びつけて考えた。

　グレンデルに関しては、ヨルダネスが語る物語（失われたゴート語の詩や伝説に由来することは明らか）がとりわけ興味深く、説明に役立つだろう。ヨルダネスは、フィリメル王（古代にゴート族がアゾフ海の南へと移動をしていた時期の王）が、魔術を使う女たちを野営地から追い出したことについて、こう語っている。*magas mulieres quas patrio sermone haliurunnas is ipse cognominat* つまり「女魔術師たちのことを、彼自身（フィリメル）が先祖代々の言葉（ゴート語）で*haliurunnas*と呼んでいる」。これは、おそらく*haliarúnas*の転訛、ラテン語*haliarúna*の対格複数形、ゴート語*haljarúna*がラテン語化したもの＝古英語*hell-rún*だろう。砂漠へ追放された女たちは、そこで荒れ野の悪霊どもと出会い、魔女と悪霊の不浄な結婚により、忌まわしいフン族が生まれた。

　ここにもまた、ゲルマン語の伝承と聖書との接点がある。巨人や怪物たちが、追放者カインの末裔だったという、創世記の四章と六章から導き出した推論［注17参照］に対する、いわば逆方向の一致だ。そして、カインの末裔であるグレンデルは、*helrúnan*のひとりと見なされている。想像上の邪

*1　ウルフスタンは高名な学者であり聖職者、ヨーク大司教。一〇二三年没。

悪な存在と、実際の追放者や、憎き敵である異邦民族の素性にまつわるいにしえの暗い伝承は、異教徒の古英語のなかで、いにしえの言葉*hell-rún*とつながりを持っていたのだ。まるで、ヨルダネスが誤って伝えた歴史のなかに保存されたゴート語の伝承に、はるか遠くから共鳴するかのように。

「*helrúnan*がさまよい、ふらりと向かっていく先は、人間の知るところではない」と言われるのももっともだ。彼らには闇がつきまとう。彼らが危険をはらみ、平和を望むべくもなく人間に敵意を抱いているということ以外、彼らの秘密、悪意に満ちた目的は不可解だ。三人の魔女はどこに住んでいるのか？　どんな奇妙な仕掛けを用いてマクベスとばったり出くわし、彼の破滅のもととなったのか？

23 （＊一七〇～一八八行）［一三四～一三五行、＊一六八～一六九行に関しては注24参照］

『ベーオウルフ』の全般的批評にとって、このくだりはどこを取っても、最も興味深い部分であり、最も難解な部分となっている。詩を全体として考察する、とくに詩の「神学」を考察することから切り離してしまえば、あるいは、詩の創作流儀に関する理論を切り離してしまえば、ここを適切に論じることはできない。その点については、わたしの講演録『The Monsters and the Critics（怪物と批評家）』の補遺で、曲がりなりにもすでに扱っている［講義録へのほかの言及については、前述の注17、87、87の側注6、92の側注9も参照のこと］。ここでは、現在のわたしの考えを手短に述べていく。

『ベーオウルフ』は、わたしたちが目にしているとおり、ひとりの人間の手と頭が生み出した作品であり、シェークスピアの戯曲（たとえば『リア王』）にも匹敵する。よって、物語の出所はさまざまだったかもしれず、その使い方や混ぜ合わせ方に不備な点があったせいで、ささいな矛盾が見受けられる。また、作者が書いたものが、わたしたちが手にしている写本へと伝承される過程で、いくつか「改悪」（ときおり、意図的に下手な修正や編集がなされている、ささいな誤りが多々あるなど）があったかもしれない。しかし、芸術性は統一が取れている印象があり、ひとりの人間が想像したものであることの痕跡、ひとりの人間が作ったスタイルによる響きがある。こうした印象が、ささいな「矛盾」によって損なわれることは、原則としてない。

しかし、このくだりの場合、わたしたちはもっと厄介なことに取り組まねばならない。この詩の中心となる考え方のひとつに、完全な矛盾が生じているのだ。その衝撃は、リア王が十戒の第四戒［訳注：あなたの父母を敬え］をあざ笑ったり、コーディリアがゴネリルとリーガンを褒めたたえたりする声が聞こえてきたら感じるであろう違和感に匹敵する。

その中心的な考え方、矛盾とは何なのか？

「中心となる考え方」とはこうだ。福音を聞いたことがない過去の高貴な異教徒たちは、全能の神の存在を知っており、その神が「良いもの」であり、あらゆる良いものの施与者であると認識していたものの、（堕罪により）まだ神から切り離された状態にあったため、災難に見舞われると、絶望と疑念で頭がいっぱいになってしまった。悪魔の誘惑をとくに受けやすいのはそのようなときであり、彼らは救いを求めて偶像や邪神に祈りを捧げた。

この考え方の出所は、おそらく、ひとつ目は旧約聖書そのもの、あるいはキャドモンの韻文化されたものであり、ふたつ目は、その時代に存在した北方の異教徒に関する知識や実際に伝わってくる話だったのだろう。『ベーオウルフ』の作者は頭が混乱していた、キリスト教が説く実際の教えは彼の理解を超えており、彼は旧約聖書の物語の断片をいくつか知っていたにすぎない、という古い認識は明らかにばかげている。詩人が生きた時代は、宣教活動がにわかに活発化し、イングランドじゅうをたきつけていたときであり、イングランド人が、フリースラントやドイツの改宗、無秩序なガリアの再編成に忙しかったときだった。具体的には、ドイツ人の使徒、フリースラントの殉教者、すなわち、聖ウィンフリード（もしくはボニファティウス）の時代であり、彼は後のいかなる英国人よりも、ヨーロッパの歴史に大きな影響をおよぼした人物と見なされてきた。『ベーオウルフ』とのつながりが最も強い詩は、宣教師の冒険物語『Andreas（アンドレアス）』だ。『ベーオウルフ』は宣教のための寓話ではないが、（詩に記されている）高貴な異教徒とその勇敢な先祖たちが、国の内外を問わず、当時の差し迫った話題であり、問題であったころの物語だ。

よく注意すべき点がふたつある。詩人が異教徒の過去について詩を書いたという事実は、それだけで、彼が（北方もしくは古典の）英雄たちを地獄行きにした当事者ではなかったことをおおむね示している。異教徒としての過去はたしかにあった。詩人はそんなことは百も承知だった。彼の時代になっても、デンマークとスウェーデンがまだ異教を信じていることを知っていた。したがって、彼のフロースガール像およびベーオウルフ像は意図的なものなのだ。さらに、彼らの一神信仰は、事実について明確に信じられている説に起因するのであって、単なるかたくなな信仰心、いわばキリスト教徒のばかばかしい検閲に起因するのではない。その手の信仰心や検閲があったら、この詩を書くことは許されなかっただろう。

では作者は、それほど遠い過去ではない異教時代のイングランドに由来する題材をどのように扱ったのか？　わたしは、思いのほか、扱いは低かったような気がする。作者の興味を引いたのは、異教信仰と聖書（とりわけ、キリスト誕生前の人類にまつわる真実を教えてくれた旧約聖書）との接点だった。彼は八六～九二行（＊一〇六～一一四行）のように、異教信仰と聖書を結びつけ、それについて意見を述べている。だが、異教の神々の名は除外した。なぜか？　それは、彼が多神教の神々はまやかしだと信じていたからだ。そして、フロースガールのような人々もそれはわかっていたが、悪魔の特別な誘惑を受けると、異教の神々やその偶像に頼ってしまったのだと信じていたからだ。異教の神々は、無益な作り話にしろ、今は亡き昔の王たちの思い出に結びつけられた作り話にしろ、悪魔が人をあざむくための手段だった。詩人は＊一七六～一七八行で「彼らは、窮状にある自分たちを助けたまえと、魂の殺戮者に懇願した」と述べているが［一四〇～一四一行の訳は「魂の殺戮者に向かって、民の苦難を取り除けるよう力を与えたまえと懇願した」］、このとき彼は、読者に向かって語りかけている。詩人はデネ人があからさまに悪魔崇拝を意識していると責めているのではなく、彼らは偶像に祈ることによって、実は悪魔に祈っているのだと述べている。

とりあえず、ここまではいいだろう。『ベーオウルフ』全体を読み、神学的趣旨がある行や表現をすべて吟味すると、おおむね、この明確な合理的理論が一貫して守られているのがわかる。さて、ここで先ほどの矛盾についてだが、＊一七〇～一八八行の翻訳を見てほしい。

シュルディングの君主にとって、それは大きな苦悩であり、胸が張り裂けるような苦しみだった。多くの有力者がしばしば話し合いの席につき、不屈の心を持つ男たちにとって、このとてつもない恐怖を相手に、何をなすのが最善の策であるか協議した。ときおり、彼らは、異教の［神殿∨］礼拝堂で偶像に生け贄を捧げると誓い、祈りのなかで魂の殺戮者に向かって、民の苦難を取り除けるよう力を与えたまえと懇願した。彼らのならわし、異教徒の望みはそのようなものだった。心は地獄にとらわれていたのである。彼らは造物主を、人の所業の裁き手を［知らず∨］理解せず、主なる神について耳にしたことがなく、天の守護者、栄光をつかさどる者をたたえるすべを本当に学んでいなかった。（おそらく）悪魔の敵意［∧悪魔のような敵意］にさらされ、みずからの魂を業火の腕のなかに突き落とし、なんの慰めも求めず、何も変えようとしない者に災いあれ！　死後、［主のもとへ赴き∨］主を見出し、父なる神の懐に安らぎを求めることが許される者に喜びあれ！

［このテキストと、『ベーオウルフ』全訳一三五～一五〇行の訳文とを比較すると、父の目の前に後者が置かれていたことは明らかだろう。興味深い点は、このテキストで「神殿（fanes）」から「礼拝堂（tabernacles）」へと変わっている鉛筆書きの修正が、タイプ原稿C（全訳の一四〇行）にもなされているのに対し、このテキストで「悪魔のような敵意（fiendish malice）」と書かれている部分が、タイプ原稿Cでは「手に負えない悪意（rebellious malice）」の修正となっていたことだ。］

このくだりに関してはいくつか注釈が必要となる。

＊一八〇行の（*ne*）*cúpon*と一八一行の（*ne*）*wiston*［右記の翻訳では「知らず［∨理解せず］」と

「耳にしたことがなく」」。*cunnan*と*witan*は、ラテン語の*cognosco*（知る、認識する）と*scio*（やり方を知っている、気づく）のように、きちんと区別できる。後に明らかになる理由により、わたしは、このくだりの矛盾をできるだけ減らすため、区別することを重要視して*wiston*を「耳にしたことがある〔訳注：訳文中では否定形〕」と訳した。*cunnan*は、「人や場所を知っている」という意味合いで用いられ、厳密には「（すべて）について知っている、（～の本質、性質、特徴）を理解する」ことを意味する。*witan*は「事実を知っている」。したがって、*Metod híe ne cúþon*（＊一八〇行、一四三行）は、「彼らはMetod（世界を管理し、支配する力、神、神意）に関する知識がほとんど、あるいはまったくなかった」と言っているだけかもしれない。しかし、*ne wiston híe ne Drihten God*（＊一八一行、一四四行）は「彼らは神の存在をまったく知らなかった、神の存在すら知らなかった」という意味しか考えられない。実は、わたしはこのくだりに、このような違いがあるのかどうか疑問に思っており、お察しのとおり、後に改変されたものと見なしている。おそらく、どちらのセンテンスも本当は「彼らは神が存在することを知らなかった」と言っているのだろう。*cunnan*と*witan*の違いは曖昧になっていたが、*cunnan*のほうは「（物事の）やり方を知っている」という意味にますます限定されていった。そこから、現代の「can」が生まれたのだ。一方、*gecnawan*「見覚え、聞き覚えがある」は意味の範囲が徐々に拡大し、現代英語では*cunnan*と*witan*両方の意味をカバーしている。そして、「I wot」（わたしは知っている）はもはや使われなくなった。

＊一八三、＊一八六行の*bið*（右記の翻訳では*Wá bið þǽm*が「～に災いあれ」、*Wél bið þǽm*が「～

に喜びあれ」)。これらの表現はどちらも一般的、すなわち「格言的」なもので、厳密には「未来」のことではない。したがって、わたしは*bið*を無視している。というのも、現代英語の「woe to him(彼に災いあれ)」は一般的なことを述べているからだ。古英語における*bið*は、*is*とはまったく異なっている。*is*は単なる直説法現在で、そのとき、現実に起きている事実を表し、*seo sunne is hát*には「太陽は今現在、熱い、わたしはそれを感じることができる、今日は暖かい」という意味しかない。*seo sunne bið hát*は、(a)「太陽は熱くなるだろう」、もしくは(b)「太陽は熱い、これは熱いものの部類(等級)のひとつ」ということを意味する。「All that glitters is not gold.(輝くもの必ずしも金ならず)」がことわざである場合、古英語では*bið*が必要となる。*ne bið eal þe glitnað gold. Nis eal þe glitnað gold*は、実際に目の前にある輝くものの集まりに言及しているだけで、「ここに輝くものがいくつかあるが、実際はすべてが金というわけではなく、なかには真鍮もある」という意味になろう。

＊一八四行の*slíðne níð*[一四六行の「悪魔のような敵意にさらされ」、右記翻訳の「(おそらく)悪魔の悪意にさらされ」]。この表現は見かけほど単純ではなさそうだ。さらに言えば、このくだりの「年代決定」に役立ち、詩の本体よりも、あとの時期に書かれたものと見なす役に立つ可能性さえあるかもしれない。

*slíðe*という言葉は、すべてのゲルマン諸語に登場し、「残忍な、災難を引き起こす、恐ろしい」といった一般的意味を有する。この意味合いは、『ベーオウルフ』＊二三九八行の*slíðra geslyhta*(二〇一五行「残忍な虐殺行為」)など、詩のほかの箇所にも適合するが、*slíðne*が宗教的文脈で登場する

のは、ここだけであり、あとは『Elene（エレーネ）』の八五七行に登場する（キリストの磔刑《たっけい》に関し、*on þá slíðan tíd* が使われている）[*1]。にもかかわらず、この言葉はキリスト教以前の宗教、すなわち神話と特別なつながりを持っている。古ノルド語の *slíðr* は、形容詞であると同時に、暗い地下世界の女神ヘルの王国のそばを流れる川の名前でもある。

　これと興味深い対比をなしているのが、ギリシア語の川の名 Στυξ（ステュクス）［訳注：ギリシア神話に登場する冥府の川］で、この名は *στυγειν*［「憎む、忌み嫌う」］、*στυγερός*［「憎まれた、憎むべき」］と関連している。*slíðe* は、古英語の「異教の」香りを保持し、「悪魔のような」という意味があったのではないかと思われる。それを裏づけると考えられるのが、次の興味深い事実だ。この言葉は、詩以外では、詩篇（実際にはエドウィン王のカンタベリー詩篇）の注釈にしか見られない。そこでは、文脈から「偶像」を意味する *sculptile*、*sculptilia* の注釈として、形容詞の *slíðe*、*slíðeleca*、名詞の *slíðness* が四回使われている。『ベーオウルフ』で *slíðne níð* に遭遇した場合、正確には偶像崇拝者への呪詛《じゅそ》のなかで遭遇した場合、悪魔と何らかのつながりがあるのはほぼ確実であろうと認めざるを得ない。これについては、*slíðe* が一部はおそらく異教徒の *hell* との古いつながりから、一部は *scaþa*、*féond*、*bana* といった言葉に悪魔に関する意味を与えた発展系統を通じて、「悪魔の、悪魔にそそのかされた」との意味を獲得したと仮定すると、いちばん簡単に説明できるだろう。よって、詩

*1　古英詩『Elene』への言及。キネウルフという名の詩人の作品として知られるいくつかの詩のうちのひとつ。ルーン文字でつづった自分の名を詩のなかに織り交ぜていたことから、この名で知られている。

篇の注釈は、ほぼ正確ということにすぎない。これは「悪魔のような」もしくは「悪魔のようなもの」を意味しているのであって、「彫られた人形」を意味するのではない。『ベーオウルフ』の*slīðe nīð*は「悪魔のような敵意」を意味している。そして、わたしたちは、これが、おそらく呪われた彼ら自身の敵意ではなく、彼らを惑わし、破滅させた*gastbona*（「魂の殺戮者」）の敵意を表しているのだと気づく。だが、それと同時に、これが『ベーオウルフ』のほかの箇所や、もっと古い古英語詩におけるこの言葉の使い方とは異なる、後に登場する「キリスト教的」言い回しのひとつであろうということにも気づく。唯一、キネウルフの署名がある［前述の］詩『Elene』のなかに、これと似ている可能性がある使い方がなされており、まずまずの根拠をもとに、キネウルフが『ベーオウルフ』のほかの箇所をいじり回したのではないかと疑われてきた［注87参照］。

さて、「矛盾」に戻ろう。それは「主なる神について耳にしたことがなく」（一四四行）という表現に存在する。これは『ベーオウルフ』で（また、ほかの主な文学作品でも多くの場合）目にとまるささいな矛盾とはかけ離れている。いったいどう解釈すればいいのか？　デネ人の神学が（しかも*witan*［「賢人、顧問官たち」］の神学までもが）、彼らの賢王の神学とは異なっていた、ということがあり得るのか？　詩人が言っているのはそういうことなのか？　不可能な見解とは言えない。たしかに、デネ人とスウェーデン人の「賢人たち」はともに「保守的」だっただろうし、異教の習慣に固執したのはありそうな話だ。一六六行（＊二〇四行）で、ローマの鳥占いのように、「吉凶を占った」と言われているのは、イェーアトの*snotere ceorlas*（賢明なる人々）だった。ここで「生け贄を捧げると誓った」と具体的に非難されているのは、デンマークの*witan*だ。

　しかし、少し考えれば、これでは八方ふさがりであることがわかるだろう。このくだりは単に*witan*が頑固な異教徒で、非常時や誘惑を感じたときに、偶像を頼りにしたと言っているのではない。それだけなら、なにも矛盾はないだろう。このくだりは、彼らが神や神の存在についてまったく無知だったと明言しているのだ。だが、いかなる*wita*であれ、そのような状態のまま、フロースガール王とかかわりを持つことは一日たりともできなかっただろう。ヘオロットの吟唱詩人でさえ、七五行以下（＊九二行以下）で全能の神を褒めたたえているのだから。

　では、詩人が間抜けだったのか？　考えられる選択肢はふたつしかない。(1)詩人がひどいへまをした。たとえば、詩の冒頭部の、非常に重要なくだりでもそうだったように、詩の残りの部分とまったくつじつまが合わない言葉を書き、一度も修正しなかった。(2)詩人の手を離れたあと、テキストが改変されてしまった。

　最終的には、『ベーオウルフ』の読者が自分で(1)か(2)か決めることになるだろう。わたしは個人的に(2)を選ぶが、その理由を簡単に説明しよう。

　『ベーオウルフ』は、全体的としては、見事に整合性が取れており、慎重に手が加えられたあらゆる痕跡が見て取れる。そのため、前後に書かれていることを参照すると、すべてがきちんとつながっている。したがって、たとえ詩人が（考えが明確になる前の、初期の草稿などで）へまをした可能性があるとしても、このような大きな矛盾が手つかずのまま残っているのは信じがたいことなのだ。「良き偶像崇拝者」という大まかな考えはすでに出来上がっており、彼は最初からその考えをもとに詩に取り組んでいたと仮定するほうが、はるかに筋が通っている。

次に、加筆や書き直しについて考えてみると、今見ているくだりと関係なく、『ベーオウルフ』には、神学的論点において、たしかに校訂者の心を引いていたことを示す証拠がある。しかし、そのような箇所で、加筆や書き直しが一回でもあったとすれば、神学的重要性がとくに顕著なほかの箇所でも加筆や書き直しがあった可能性が高い。そこで、今見ているくだりのなかで、(a)今なら発見できる、ほかの人物の声や書き方の痕跡、(b)その箇所でとくに、この校訂者をその気にさせた理由を探していこう。(a)に関し、わたしたちはすでに、*purh sliðne nið*のなかに、後の時代の、別の言い回しの痕跡があることに気づいている。それ以上のことなると、形式や韻律にもとづく判断がなされているにすぎない。それらの判断が主観的なのは知ってのとおりであり、判断を下した人たちにとって説得力があっても、それと同じくらい、ほかの人たちにとっては説得力に欠ける傾向がある。いずれにせよ、わたしに言えるのは、このくだりの少なくとも最後の部分だけは、ここが埋め込まれている他の部分とはまったく異なる「声」で語られているということだけだ。(b)に関しては、われわれが見ているテキストの歴史に何があったのか、わたしが思うところをおおまかに説明し、見解を明らかにしていくのがいちばんいいだろう。

このとき、詩人が用いたもともとの題材には、異教徒の習慣がことさら言及されていた。というのも、シュルディングにまつわる古い伝承では、ヘオロットおよびそれがあった場所は、異教崇拝と特別なつながりを持っていたからだ。［次の注釈とともに、注92の、「フレーアワルとインゲルド」に関する議論も参照のこと。］

（備考　このように、*æt hærgtrafum* ＊一七五行（一三九〜一四〇行「異教の礼拝堂」）は古代の要素だが、写字生にはまったく理解されていなかったため、(a)ウェスト・サクソン方言*hearg*の母音がなまった*hæg*として記憶にとどめられ、(b)*hærg*へと改悪された。この点に関する詳細な説明は、ヘアゾベアルド族との確執に対する考察に属するべきだ。しかし、この確執はある「儀式」の中心地、および神殿の所有や支配と大いに関係があった。儀式とは、後にスカンディナヴィアで、ニョルズ、フレイ、ユングヴィ＝フレイといった名前と関連が出てくる豊穣神を崇拝する宗教と結びついていた。シュルディングがこの中心地の支配者となったあと、デネ人たちがこの儀式を忍ばせる名前を持つようになっていることが見て取れる。フロースガールは（＊一〇四四行）*eodor Ingwina*（イングの配下を守る者）、（八四九〜八五〇行「イングの僕《しもべ》の番人」）と呼ばれ、その娘は*Fréawaru*（フレーアワル）（一六九七行、＊二〇二二行）、「フレア＝フレイの保護者」である。さらに、穀物の神話に属するシェーアフとベーオウは、フロースガールの家系にいるシュルドと融合されるにいたった。

*hærgtrafu*はここにしか登場しない。それに、おそらく非常に古い要素なのだと思う。これは「異教の礼拝堂」を意味する（*hærg*は異教の神殿もしくは祭壇で、今ではハロー・オン・ザ・ヒル（Harrow-on-the-Hill）［訳注：大ロンドン北西部の一行政区］といった古い地名に残っているのみ。*træf*は天幕）。だからこそ、スキョル王朝の本拠地が置かれた場所が、古ノルド語でライア（Lejre）（現代デンマーク語では地名）<*Hleiðr*（属格は*Hleiðrar*）もしくは*Hleiðrar-garðr*、と呼ばれていたのはなおさら注目に値する。というのも、この名は、天幕（tent）や礼拝堂（tabernacle）の古名と思われ、少なくとも、ゴート語の*hleiþra*「天幕」と最も容易に関連づけることができるからだ。）

さて、われらが詩人は古い題材を編集した。どうやら、この箇所では *blót*（古ノルド語、「生け贄、生け贄の宴」）、すなわち *wigweorþung*（＊一七六行、一三九行「偶像に生け贄を捧げる（こと）」）に関する引用をしたらしい。なぜか？　古い題材に書いてあったからだ。それに、これをそのまま残すことは、彼の理論と完全に合致していた。というのも、こうした古い時代の偶像崇拝者たちが(a)一六六行（＊二〇四行）に言及されている吉凶占いのような異教の習慣を持っていたこと、(b)彼らが偽りの神を持ち、試練や絶望に見舞われると、その神々に頼っていたであろうことを、詩人はよく知っていたからだ。ただし、自分の理論、信念、良心に合致するものだけを取り入れ、彼らは（誘惑に負けると）偶像に生け贄を捧げることによって、悪魔に救いを求めたのだと、批評を加えた。そして、これが後になって問題を引き起こしたのだ。後の世の「キリスト教徒」は、この批評は短いし、インパクトも強くないと判断した。わたしは、少なくとも *hǽþenra hyht*（＊一七九行、「異教徒の望み」一四二行）に関しては、最初の詩人の「声」がはっきり聞き取れると思っている。これ以降のどこかで、新しいことが（巧みに）書き添えられ、ことによると、もともとの詩行がひとつかふたつ、犠牲になった可能性がある。＊一七九〜一八〇行の *Helle gemundon in módsefan* は、もともとの詩人の言葉かもしれない。「心の奥底では地獄を忘れずにいた」（一四二〜一四三行）というのは、異教時代に起こるべくして起こった堕落である。最初の詩人にとって、この難しい箇所を過ぎてしまえば、あとは楽だったのだろう。古い題材に対する彼の「編集」では、偽りの神々の名前について、何も言及しないでおく（名前がわかっていた場合でもそうしたのだろうが、*Inguwina* についてはよくわかっていなかったようだ。あるいは系図に出てくるだけの存在と見なしていたのかもしれない）、心のなかで言い方を変えても、言及しないでおくのが普通だったのだろう。たとえば、＊三八一～三八二行（三〇六～三〇七行）の *Hine hálig godús onsende*［訳注：聖なる神はわれらのもとへ彼を遣わした］は、この詩の文脈では、必ずしもキリスト教徒の表現とは限らず、少なくとも一神教信者の表現であるにすぎない。とはいえ、このとき、何らかの異教徒の詩がそうなっていた可能性もある。*hálig* と *god* はともにキリスト教布教以前の言葉なのだ！　もし窮地にあったフロースガールがフレイ神に *blót* を捧げ、その後、予期せぬ勇士の到来を目の当たりにしたとしたら、もとの題材である異教徒の詩でも、彼は当然、*Hine hálig godús onsende* と叫んでいたはずだ。

［父は次のように述べているにもかかわらず、この一連の講義では、一三四～一三五行、＊一六八～一六九行が提示する問題を省いていた。］

24　（＊一六八～一六九行）

さて、未解決のままとなっていた難問に戻らねばならない。この二行連句は、『ベーオウルフ』で最もわかりにくいところかもしれない。ただし、この箇所自体は警告である。『ベーオウルフ』には独自の表現様式や言い回しがあるが、わかりにくい詩ではない。いや、わかりにくいとはほど遠い。全体的に見ると、言葉がわかってしまえば、ほかの古英詩よりも読みやすいのだ。したがって、原典が改悪もしくは変更されている可能性が強いのではないかと、最初に疑ってかかるのは道理にかなっている。

しかし、この二行連句は改悪されているようには見えない。これまで、校訂をして解決しようと真剣に試みた者はおらず、とにかく、検討に値する校訂は提示されてこなかった。難問とは、ある部分の翻訳だ。

［議論を理解するために必要な古英語テキストと訳文を一緒に掲載しておく。

164 Swá fela fyrena féond mancynnes,
atol ángengea oft gefremede
heardra hýnða; Heorot eardode,
sincfáge sel sweartum nihtum;
168 nó hé þone gifstól grétan móste
máþðum for Metode, né his myne wisse.
Þæt wæs wræc micel wine Scyldinga,
módes brecða.

こうして、人類の敵は、恐ろしく孤独に忍び歩き、多くの悪行、極悪非道の乱暴をしばしば働いた。そして夜の闇が訪れると、宝玉で輝くヘオロットの館に住むのだった。〈神の御前《みまえ》では、尊き恵みの玉座に近づくことは決して許されず、［神は彼のことをまるで気にかけていなかった〉］彼が神の意志を知ることもなかったのである。）シュルディングの君主にとって、それは大きな苦悩であり、胸が張り裂けるような苦しみだった。」

難題は以下の点だ。＊一六八八行目の*hé*、一六九九行目の*his*は何を指すのか？ *hé*＝グレンデル、フロースガール、*Metod*? *gifstól*? *máþðum*? また、*grétan*? *maþðum*? *myne wisse* の厳密な意味も疑わしい。

一見したところ、*hé*はグレンデル、*gifstól*はフロースガールの玉座、ここで対比されているのは、館にいる忠実なセインの正常な行動と、王の正当な権威を認めなかった邪悪な侵入者の行為であるかに思える。そして、*hé*＝グレンデルを支持する場合、グレンデルは＊一六四行、一三一行以下の主語だったことになる。だが、この仮定を検証する前に、疑わしい言葉について検討しなければならない。

*grétan*は、根本的に「歓呼して迎える、呼びかける、挨拶する」を意味するが、古英語では、「人に近寄って声をかける、発言する」との用法を通じて、（緩叙法として）「攻撃する」の意としても使われる。あるいは（＊一〇六五行の*gomenwudu gréted*「竪琴が奏でられる」八六七〜八六八行のように）「手をつける、触れる」を意味したり、ほのめかしたりするようにもなる。だが、*gifstól grétan* の最も自然な意味合いは「触れる」ではなく、「（贈り物の）玉座を歓呼して迎える、そこに呼びかける」であることはわかる。*maþm* は贈り物を意味するので、もちろん、*gifstól*のうち*gif*の

部分を指しているか、繰り返している可能性はあるが、*gifstól* 全体を指すことはあり得ない。つまり、*mapm* が「玉座」を意味することはあり得ない。*mapm* は何かと引き換えに、あるいは報酬として与えられるものだ（「高価な、貴重なもの」は二次的な意味にすぎない）。それに、おとぎ話のなかであれ、王たちが自分の王座を分け与えることはない。けれども、玉座にいる王が与え得るものではあるので、*grétan* は、「呼びかける（近づく）」と「手をかける、触れる」という、微妙に異なるふたつの意味合いで使われているのは明らかなようだ。

cyme［「coming」］と *cuman* の関係と同様、*myne* は *munan* に関連する名詞である。*munan* は「思い出す、考えている、もくろむ」を意味する。よって、*myne* は、「（人やもの）について考えること、意図、意志、想起」を意味する。実は、ほかの場所では、たいてい良い意味で記録されており、文脈によって「（～への）善意、（～の）思いやりのある考え」を意味する場合もある。ところで、古英語における *witan* は、「知っている、感じる」という意味で、動名詞とともに使うことができ、*witan ege* は「不安を感じる、恐れる」となる。そのため、*witan myne* は「（～について）考える、覚えている」を意味するととらえることもできる。けれども、詩における通常の意味は、目的、望み、であり、属格を伴って示される場合、（頻出する *módes myne* と同様）目的格ではなく主格となる。したがって、*ne his myne wisse* は、「それに、彼の目的・希望を知らなかった」という意味になる可能性が最も高いことは明らかだ。だが、「それに、彼のことを考えなかった」を意味する可能性もあるかもしれない。

しかし、直接的な修正によって、*his* の前に、新たに *hé* を置かない限り、*wisse* の主語は *móste* の主語と同じでなければならない点に注意すべきだ。この行は、そのままの状態では、神が主語になるはずもない。

これらの予備知識があれば、玉座がフロースガールのものではあり得ないことがすぐにわかるだろう。「グレンデルは恩寵豊かな玉座に触れる（あるいは近づく）ことができず、神の面前では（あるいは神がいるために）贈り物を受け取れず、神の目的を知らなかった（あるいは神のことをまったく念頭に置いていなかった）」。これがフロースガールにとって *módes brecða*（＊一七一行）にならないことはたしかだろう。たとえ本当にそうだったとしてもだ。だが、そもそも、これはあり得る話なのか？　グレンデルはたったひとりで、夜通しヘオロットを支配していたのに、なぜ玉座に近づけなかったのか？　館やその住人と同様、玉座も魔法や神の庇護は受けておらず、グレンデルは間違いなく、王の玉座に座り、そこで骨をしゃぶることができたはずだ（それなら *módes brecða* になったかもしれない）。「ここの意味は、グレンデルが玉座の前に来て、誠実な *þegn* のように *maþum* を受け取れなかった、ということだ」と言ってみても解決策にはならない。なぜなら、グレンデルは、そうしたいと思えばできたはずだからだ。＊一五四～一五八行（一一二三～一一二七行）は、彼がそう思っていなかったことを示している。もしグレンデルが和平や休戦を望んでいたら、デネ人たちは、喜んで彼を迎えただろう。グレンデルを *dréam*［たとえば、＊八八行の「陽気な酒盛り」七二行］から切り離したのは、*Metod* ではなく、彼の邪悪さだった。いずれにせよ、このような解釈を試みると、*for Metode* の収まりがいかに悪いかがわかるだろう。

その結果、はっきり見えてくるのは、この表現が神学的であること、*gifstól* は神の玉座であり、英雄詩の表現が神学的趣旨を伴って頻繁に用いられた一例であるということだ。*gif-*（およびその同義語*mapum*）は、神の恵みや慈悲を指している。つまり、*giefstól*＝『Crist（キリスト）』［キネウルフの詩］の神の玉座、五七二行。

もう一度、解釈してみよう。「彼は神の前では（もしくは、神のせいで、すなわち、神がこれを許さなかったから）一度も（もしくは、決して）慈悲深き玉座やその恵み深さに頼ることができず、神の意志を知らなかった」。グレンデルはたしかに、カインの末裔として神に呪われているが、その考えはここには出てこない。なぜなら、（すでに述べたように）新たに*hé*を挿入しない限り、*né his, myne wise*に「彼（神）が、彼について考えたことはなかった」といった意味があると曲げて解釈するわけにはいかないからだ。

さらに言えば、この言及は、間違いなくグレンデルに当てはまるものなのか？　いや、間違いなく当てはまらない（とわたしは思う）。グレンデルが神の恩恵から切り離されていたことについて論じてきたが、それは、ここではとくに興味をそそる問題ではない。つまり、それはフロースガールの苦悩ではない。わたしの考えでは、ここで言及されている人物はフロースガールである。新しい事柄を*hé*で始め、あとで新しい名前（*wine Scyldinga*）を紹介するのは、『ベーオウルフ』の詩人がよく用いるやり方だ。それがここではとくにわかりにくい形で出てしまっている。おそらく、*hé*が表すもの（＊一六六行目の*eardode*「住むのだった」のあとはグレンデル）が唐突に入れ替わっているせいだろう。ただ、二行連句（＊一六八～一六九行）をフロースガールの*wræc*の一部として解釈しようとするのに比べれば、この唐突な入れ替えはそれほど扱いにくい問題ではない。それでも*hé*がグレンデルを指しているのであれば、やっかいなことになるはずだ。

突然の入れ替えが起きたのは、（神に関して、その恩恵と異教徒の立場について言及している）この短い二行が、あとに続くくだりを書き換えた人物とおそらく同じ人物の手によって挿入された、あるいは念入りに書き上げられたせいだとわたしは思っている。この二行は、分離しても韻律が損なわれず、首尾一貫性が向上する、『ベーオウルフ』では非常に珍しい例である点に注目してほしい。慈悲を乞うて祈ることができないのは、たしかにフロースガールにとって*módes brecða* だろうけれども、*módes brecða*が実際にはグレンデルの復讐と、王のセインたちの死を指していることはかなりはっきりしている。かつて*Swá fela fyrena*（＊一六四行、一三一行「多くの悪行」）が*Swá ðá mælceare*（＊一八九行、一五一行「こうして（ヘアルフデネの息子は）当面の悲しみを」）のもっと近くにあったことは、わたしには明らかであるように思えるのだ。

＊一六八～一六九行、および＊一八〇～一八八行（一四三行「彼らは創造主を（中略）知らず」～一五〇行）の二行連句を削除したほうが、全体の流れはずっとよくなるだろう。[*1] ＊一八〇行以降、「手を加えられなかった」詩の（たとえば）一行半から二行半が削除され、今は失われていると仮定してもだ。

したがって、訳は次のようになるだろう。

---

*1 「見た目をわかりやすくするため、父がタイプ原稿に括弧を書き入れてくった一三四～一三五行（＊一六八～一六九行の訳）に加え、わたしが一四三～一五〇行（＊一八〇～一八八行の訳）を括弧でくくった。」

「彼（フロースガール）は決して（あるいは二度と）恵みの玉座に近づくことができず、神の前で贈り物を受け取れず、神の意志を知らなかった」。また、これは選択肢としては考えられないものの、「そして、彼は神のことを気にかけていなかった」としても、詩の本筋とまったく矛盾しているとは言えないだろう。だが、実はこの選択肢は、*Metod híe ne cúþon, ne wiston híe Drihten God*と書いた人物の手によるものである可能性が高いのだ。［詳細は三五四～三五八ページを参照。］

25　こうして、ヘアルフデネの息子は、当面の悲しみを絶えず思い案じ（＊一八九～一九〇行）*Swá ðá mǽlceare maga Healfdenes singála séað*

séað［*séoðan*の過去形、現代英語のseethe（沸き立つ、沸き返る）］。＊一九九二～一九九三行の*Ic ðæs módcearesorhwylmum séað*（一六七一～一六七三行「余は沸き立つ悲しみに心穏やかではいられなかった」）も参照。古英語の詩人たちは、人の感情、なかでも、深く大きな悲しみ、［？］傷ついた心、苛立ちを伴う激しい怒りの感情を、煮えたぎる鍋という観点で描写した。たとえば、*wylmas*「膨れ上がる熱いうねり」が湧き上がり、*hreþer*、すなわち、はらわたを燃え立たせる。*wylm*（*wælm*、*welm*）は、*weallan*「煮え立つ、どっとこみ上げる」（自動詞）と関連がある言葉だ。もちろん通常は、文字どおり、泡立つもの、勢いよく流れ出るもの、大波を表すのに使われ、*sorg-*、*bréost*、*cear-*といった複合語の形でのみ、感情を表すに使われる。

（備考　ただし『ベーオウルフ』では、ベーオウルフによって圧死したデイフレヴンについて、＊二五〇七～二五〇八行に*hildegráp heortan wylmas,bánhús gebræc*とある。しかし、これは実際には身体的なことを述べている。*heortan wylmas*＝心臓の鼓動＝鼓動する心臓［翻訳は二一〇四～二一〇六行「鼓動する心臓の動きを止め、骨を砕いたのは、戦士の手の力である」。この言葉は、一例をあげると、Ewelme（ユーウェルム）（オックスフォード近郊）という地名のなかに残っている。この名は、二本の木にちなんでつけられたのではなく、古英語の*æ-welm*、「流れ出る」、泉の名に由来する。）

動詞の*séodan*には「沸騰する」という意味もあるが、現代語の派生語と違って、こちらは他動詞で、「沸騰させる、（沸騰させることによって）調理する」を意味する。したがって、長期化した、意識的かつ内省的な過程であることを暗に示しており、わたしたちは別のたとえとして（それでいて、物事を「熱い」状態に保つことにも触れながら）、この状態を「気に病む、思い案じる」と呼んでいる。

26　彼らはこの異国への航海にほとんど文句をつけなかった。（＊二〇二～二〇三行）*Done siðfæt him snotere ceorlaslyþwon logon*

*lyþwon*は副詞で、「ほとんど～ではない」の意。「抑制的な表現」の習慣は（というのも、これは習慣となり得るもので、もはや特別な効果を持たない「慣用語法」であるから）古英語には非常によく見られる。このテキストの読解に取り組む人に求められるのは、文字どおりの「彼らはこの異国への航海にほとんど文句をつけなかった」は、「彼らは多少、異議を唱えたが、それはたいしたことではなかった」という意味ではないと気づくことに尽きる。ここの意味は、（現代英語で「彼はどんな報いを受けるのかほとんどわかっていなかった」＝「彼にはまったくわからなかった」になるのと同

様）航海に出ることに対して何も言うべきことがなく、「まあ、いいだろう、行きたいなら行きなさい」と言ったわけでもない。ここは、彼らがこの計画に拍手喝采していることを意味している。ちょうど、ベーオウルフの葬儀用の薪を積む場面に登場する *unwáclīcne*「見劣りのしない、みすぼらしくない」（＊三一三八行、二六三一行「惜しみなく」）が、「惜しみなく豪華に」を意味するのと同じだ。

これを現代語でどのように訳すかは、古英語の言葉がほのめかしている本当の意味をよく理解することに比べれば、それほど重要ではない。もともとの抑制的な表現が適している場合もあれば、そうではない場合もある。古英語における抑制的な表現は、単なる話し言葉の習慣ではなく、言ってみれば、ひとつの言語的風潮だ。言語的風潮は「派手な色」を帯びるときがたびたびあって、後の（中世の）物語作者たちは、言葉や誇張した表現を山盛りにする傾向があった。だがベーオウルフの詩人（および彼が受け継いだ言語的風潮）は、声を張り上げても耳を聾《ろう》するだけだ、ときには声を落としたほうが効果的だと、突然気づいたかのようだ。

［父はここで、＊四九一〜四九八行にある、ベーオウルフが到着した晩のヘオロットの宴に注目するよう勧めた。］

それから、酒宴の広間では、イェーアトの騎士たちがそろって座れるよう、長椅子が一脚、空けられ、輝くばかりの武勇を誇る、勇気ある男たちが席に着いた。従者は自分の役目をしかと心にとめ、宝石で飾られたエールの酒杯を運んでは、きらめく甘美な酒をそそいで回った。ときおり、ヘオロットのなかに、吟遊詩人の歌が朗々と響いた。そこには強者《つわもの》たちの笑いさざめく声があり、デネとウェデル・イェーアトの男たちが少なからず集っていた。

［ここにある訳を詩の全訳の同じ部分、三九七～四〇四行と比べると、ほんの数箇所だけ違っているので、父が後者を目の前に置いていたことがわかるだろう。このパターンは注23にも見受けられる。］

英雄的か、抑制が利いてるか、感動的かどうかは、韻律の効果と、含みが「満載された」ひとつかふたつの言葉にかかっている。ここでそれに相当するのは*deall*と*duguð*だ。［*þrýðum dealle*、＊四九四行「輝くばかりの強さ」三九九行。*duguð unlýtel*、＊四九八行「たしかな武勇を持つ（中略）少なからぬ人々が集っていた」四〇三行。］

（備考　*deall*は詩語（古英詩にのみ残っている）で、いちばん近い意味は「輝くばかりの」であろう。というのも、この言葉は、外面や見た目の豪華さ、輝きに言及しているからだが、ここでは、古英語の凝縮力により、*þrýð*「力」に適用されている。その結果、慣用語法を知っている人たち、理解している人たちは、長身で立派な体格をした男たちのたたずまいと、品定めをするような目が、そんな彼らの高価な武具、背丈、身のこなしに視線を走らせていくイメージを、最も効率よく受け取ることができるのだ。

*duguð*は「証明済みの価値」を意味する言葉だが、昔からずっと、戦で試練に耐えてきた年長の男性の「肉体」に適用されてきた。これと対比をなすのが*inguð*で、こちらは青年、騎士の従者、単に

見込みがあるだけの男性を意味する。したがって、*duguð unlýtel* は、多くの男たちの誇りに満ちた険しい顔が松明《たいまつ》と火明かりに照らされているイメージを伝えている。)

これは、人々の振る舞いや衝突がちりばめられた「描写」のほんの一部が垣間見えているにすぎず、＊六一一～六一二行にも短く繰り返されている（*Ðǽr wæs hæleþa hleahtor, hlyn swynsode, word wæron wynsume*、四九六～四九七行「強者《つわもの》たちの笑いが起こり、歌がにぎやかに響き渡り、交わされる言葉は耳に心地よかった」)。だが、これは『サー・ガウェインと緑の騎士』〔山本史郎訳、原書房、二〇〇三年〕に描かれるキャメロットでの新年の宴と対比できるだろう。作者はそこで突然、急いでやるべきことをしなくてはと気づき、こう叫ぶ。"*Now wyl I of hor seruise say yow no more, for vch wyȝe* [*everyone*] *may wel wit no wont þat þer were*"（『サー・ガウェイン』一三〇～一三一行）〔訳注：さて、料理のことはこれくらいにしておこう。いささかなりとも不足が感じられることなどあろうはずのないことを、皆さんはとうにご存じだろう。（同書より訳文引用）〕。しかし、多くを語らず、こんなことは言わないほうが、よっぽどいいではないか！ それでも彼のやり方は穏やかなほうだ。野暮ったいことこの上ない大げさな誇張表現を探すなら、頭韻詩「アーサー王の死Morte Arthur」のなかで、アーサーがローマの使節をもてなす際の宴に注目すべきだろう〔『The Fall of Arthur（アーサー王の没落）』、二〇一三年、八〇ページ参照〕。食べ物に関する、うんざりするような信じがたい描写はさておき、ヘオロットの *þegn*（＊四九四行「従者」四〇〇行）や、王に儀式用の杯を手渡すいにしえの儀式を行った後、主客の栄誉をたたえる慈悲深き王妃ウェアルフセーオウ（四九七行以下、＊六一二行以下）と比べて、アーサー王の酒杯の準備に余念がない執事、ケイ卿の描写はどうだ。用意する酒

杯の数はなんと六〇個である！（「アーサー王の死」一七〇～二一九行）

こうした古英語の抑制的な表現は、その時代の好み、（ケニングに見られるような）凝縮と簡潔を好む言語風潮と結びついているが、それにしても頻繁に登場する。これについてはもっと早く解説をしておいてもよかっただろう。たとえば、*Nalæs hí hine læssan lácum téodan*（＊四三行、三三～三四行）の場合、文字どおりの意味は「彼らは、より少ない贈り物で彼を飾ったわけではなかった」＝「彼らはもっと多くの贈り物で彼を飾った」だが、さらに、わかることがある。それは、彼がいかなる贈り物も装身具も持たずにやってきたということ。彼は *féasceaft funden*（＊七行）、「見捨てられた」（「寄る辺なき者」五行）、ひとりぼっちの子どもで、小舟に乗っており、（現存する伝承によると）かたわらにあったものは麦の穂束だけだった。

これらのくだりはともに、ふたつの点を明らかにしている。ひとつ目は、この慣用語法をよく理解していなければ、単にありのままの逐語訳をしても、現代の言葉遣いで焼き直しをしても、詩人が「意味するところ」は見出せないということ。ふたつ目は、わたしたちには常に、自分が知っている（予備知識を持たず、『ベーオウルフ』に直接取り組んで得た知識）以上のことを知る必要があるということ。つまり、＊四三行では「シーフ」の伝承に関する考え方をある程度知っている必要があり、ここ［すなわち一六三～一六五行、＊二〇二～二〇三行］では（おそらく）、登場人物としてのベーオウルフの出所となった民間伝承をある程度知っておかねばならないだろう。詩人は「彼はとても大切な尊き人だったが」（一六四～一六五行）をつけ加える必要があると判断しているものの（というのも、ベーオウルフは今や、王［ヒイェラーク、三〇〇〜三〇一行参照］にとって妹の息子の立場、すなわち、伝統的愛情を受ける立場にあるから）、冒険に出たいというベーオウルフの願いが、熱烈な称賛をもって受け入れられたのは、腕っぷしの強い粗野な若者を喜んで排除するという、おとぎ話的状況に由来している可能性が高い。＊二一八三行以下の *Héan wæs lange, swá hyne Géata bearn gódne ne tealdon, etc*（一八三二行以下の「彼は長いあいだ、軽蔑されてきた。イェーアトの子孫たちは、彼を立派な人物とは見なさず」など参照）。

27　吉凶を占った（＊二〇四行）*hǽl scéawedon*

タキトゥスは『ゲルマニア』［一〇章］のなかで、ゲルマン人ほど「占い」や「おみくじ」を重視する人々はいないと述べている。*auspicia sortesque ut qui maxime observant*。実際には、彼らがほかの「インド・ヨーロッパ語族」の人々や、古代のローマ人たちと違っていたわけではなく、吉凶を占うことを表す *auspex*「鳥の観察者」［訳注：古代ローマの鳥占いをする卜占官《ぼくせんかん》］や、*auspicium*［訳注：ラテン語で縁起が良いの意］といった言葉がそれを示している。（そこから、わたしたちが用いる「auspicious occasion」［訳注：祝い事、おめでたいとき］の意）という表現が生まれ、そのような機会には、『ベーオウルフ』のこの場面のように、「縁起」は当然良いものと仮定される。）

作者がなぜ、異教徒の習慣に言及し、批評もせずそのまま残していったのかと考えるのは興味深いことだ。

28 （*二一〇～二二四行）

すぐれた描写がなされているくだり。海までの長い行程が*fyrst forð gewát*（「時は過ぎていった」一七一行）に凝縮されている。一瞬、崖の上の光景が表れ、眼下には、舳先が前を向き、半分砂浜に引き上げられた状態の船が見える。そして、男たちがせわしなく船に乗り込み、オールか竿《さお》を使って船を水のなかへと押し出す様子が目に入ってくる。船は帆に風をはらませて、すみやかに出発し、船が疾走するさまを際立たせているのは、舳先のあたりで泡立つ、白いカモメを思わせる水泡だ。この描写は、船が陸からどんどん遠ざかり、はるかかなたで、見知らぬ土地の崖と山が光って見えるイメージを伝えている。

これと比較して、キネウルフの詩、『Elene（エレーネ）』の描写では、エレーネが船で聖地へ向かう二二五～二三五行[*1]のはるかに重要な場面において、そこで対処すべき努力が、船や海を表現する詩的な言葉を積み重ねただけの結果に終わっており、感情を動かす真に迫ったイメージが浮かんでこない。

［父は、J・R・クラーク・ホールによる『ベーオウルフ』の翻訳校訂版（一九四〇年）に寄せたまえがき

*1 ［キネウルフについては注23の側注1参照。詩のテーマは、ローマ皇帝コンスタンティヌスの母、聖ヘレナによる真の十字架の発見。］

の論考《エッセイ》「韻律について On Metre」のなかで、古英語のテキストの良い例として、デンマークを目指すイェーアト族の航海にまつわるくだりを選び、その部分を頭韻詩に訳したものを一緒に掲載した（『The Monsters and the Critics and Other Essays（怪物と批評家ほか論考集）』（一九八三年）に再掲）。散文訳（一七一行以下）との比較として、本書「序文」に頭韻訳を紹介した（一二一〜一二三ページ）。」

29　（＊二二三〜二二四行）

［『ベーオウルフ』のなかで難問と呼ばれるいくつかのくだり、すなわち、何らかの理由でテキストが解釈しにくくなっていたり、矛盾する校訂がたくさんなされていたりする箇所について、父は膨大な時間と思考を費やした。このケースでは、細かな根拠が示された考察が何ページにもわたって続いており、掲載するにはあまりにも長すぎるのだが、父が『ベーオウルフ』について書いたものの相対的な時期を考えると、この話題は興味を持ってもらえるのではないだろうか。したがって、この問題に関しては、詳細に議論された、説得力のある論考は割愛し、父が最初に述べたことを引用したうえで、父が支持した解決策を短く示しておく。］

þá wæs sund liden, eoletes æt ende（写本はこう読める）

旅の終わりの「要約」、あるいは「結論」としてのひとこと。いわゆる行の途中から始まっているものの、＊二二四行で*ende*のあとに続く*Þanon*（それから）は、実際には次の章、もしくは「節」の冒頭に来る言葉だ。「結論」の趣旨は明らかで、「その船は旅の終着点に到達した」ということだが、このくだりにはふたつの難問、*liden*と*eoletes*が含まれている。

［父はわからない単語eoletesについて、意味は「水上の旅、航海」と仮定し、校訂eoledesを妥当と見なした。動詞liðanの過去分詞、lidenについては、次のように記している。］

*liden*の訳は、一見したところ明らかだ。ただ、「そして、海は越えられた（then was the sea traversed)」では、「結論」を述べているにしても、少々迫力に欠けるし、わかりきったことを言っているように思える。通常、「結論」のひとことは、反復になる場合であっても、もっと重みがあり、強調される。それに、動詞*liðan*は（海路を行く、海を旅するを意味する場合は、必ずと言っていいほど使われる）、古英語のほかの場合では常に自動詞として使われているという問題に遭遇する。この根拠は、決定的とは言えないしても、かなり強力だと思う。

［父はまた、このくだりが始まる（＊二一〇行の*flota*）船について言及し、映像が目に浮かぶような、目的格を取る終わり方のほうが、単なる「受け身」の言い方をするよりずっとふさわしいし、その可能性のほうが高いと考えていた。父の結論は、記録にはない名詞*sundlida*（海の旅人、船）ではないかとの提案を受け入れ（同じ船を意味する*yðlida*と比較すると、こちらは*yð*「波」が伴っている。＊一九八行、一六一一行）、訳を「船は海の旅の終着点にやってきた（then the ship was at the end of its sea-journey.)」とすることだった。しかし、それと同時に、父は*sundlidan*（与格）へのさらなる修正がより慣用語法にかなっていて、写本の読

み方に近く、妥当であると見なし、訳を「そして、かの船にとって、旅は終わりを迎えた（then for that ship the jourey was at an end.）」とした。

父は詩の散文訳のいちばん古いテキストで、þá wæs sund liden, eoletes æt endeを「彼らは海を越え、海路の終わりにやってきた（The waters were overpassed; they were at their sea-way's end）」と訳したが、その後、「そして、疾走してきたかの船にとって、航海は終わりを迎えた（Then for that sailing-ship the voyage was at an end.）」と修正した。こちらは注釈を書きながら思いついた解釈であることがわかるだろう。これはタイプ原稿（「C」）にあった表現だが、父は「航海（voyage）」を削除し、「旅（journey）」に書き換えた。その結果、本文にあるとおりの訳となっている。

これも言及しておいたほうがいいかもしれないが、父は「韻律について On Metre」（注28で言及）のなかで、このくだりの古英語テキストの該当部分を*þá wæs sundlidan*と記しており、脚注に修正の出所を明示している。」

30　彼らは鎖帷子を（中略）振った（＊二二六行）*syrcan hrysedon*

［これも、当初「彼らの鎖帷子がぶつかり合い、音を立てた」としていた自分の訳し方に、父が異を唱えるようになったケース。クレーバーの版では、動詞*hryssan*（*hrysedon*は過去形）に「振る、ガチャガチャ音を立てる」と注釈があり、ここでは（例外的に）自動詞と見なされており、*syrcan hrysedon*は「接続詞が省略された」語句、すなわち、接続詞抜きで、大きなセンテンスに放り込まれた語句と見なされている。父はこう記している。」

*hrysedon*は他動詞。ほかの場所では必ずそのように記録されている。いずれにせよ、この動詞の意味は「手荒く振る」であって、「ガチャガチャ音を立てる」ではない。したがって、*syrcan hrysedon*は、接続詞が省略された書き入れである、主語であるsyrcanは、イェーアトを主語とする動詞の複数過去形に挟まれているとの考えは、どちらも不要であり、そうである可能性は低い。男たちは鎖帷子を振ったに違いない。おそらく航海のあいだは鎧を着ていなかったので（鎧は間違いなく*beorhte frætwe*（＊二一四、一七四行）「光り輝く武具」の一部であり、彼らはそれを船内に運んで、船倉にしまっておいたのだろう）、まずは丸めてあった鎧を振って広げてから、（いよいよ異国の土地にやってきたので）急いで身に着けたのだ。いずれにせよ、彼らが鎖帷子を着ていたことが確かだとすれば、たとえ二日もかからぬ航海として描かれているとしても、無甲板船で海を渡ってきたあとなのだから、鎧には何らかの手入れが必要だったろう。

31 番兵は不安に襲われ（＊二三二行）*hine fyrwyt bræc*

fyrwyt（スペルは*firwit*が好ましい）は、たいてい「好奇心、詮索好き」と注釈がつけられるが、それだと、頻繁に登場する表現*hine firwit bræc*は、非常に奇妙に聞こえてしまう（クレーバーは「人はこの風変わりな表現の起源を知りたいと思うだろう」と述べている。意味の把握はそれほど難しくはない！）。だが、この表現は、差し迫った特別な状況のために作り出されたものなのだ。「好奇心」や「詮索好き」は、少々軽薄とも取れる態度がほのめかされているのが普通で、これは良い注釈とは言えない。多くの場合、*firwit*の意味は「心配、憂慮、不安」にほぼ等しい。人を警戒態勢につかせ、

直ちに問い合わせをしたり、行動を取ったりする必要に迫られる物事を見聞きしたときに覚える感情、あるいは、非常に重要な情報を、気をもみながら待っているときの感情だ。（人は「受け身」に、感情は「能動的」に扱う表現方法は、古英語における一般的な感情の描き方と一致する。）したがって、＊一九八五行の *hyne fyrwet bræc*（一六六五～一六六六行「ぜひ知りたいとの思いに貫かれ」）は、ベーオウルフの冒険を聞きたくてたまらないヒイェラークのこらえがたい願望に言及している。＊二七八四行の同じ表現（二四三八行「心は高揚していたが（中略）不安が胸を貫いた」）が言及しているのは、竜の巣穴へ入っていた男の大きな不安であり、彼は、はたしてベーオウルフはまだ生きているのか、死ぬ前に戦利品を目にできるのか知りたくてたまらなかった。

ここで沿岸警備の番兵は突然、多くの見知らぬ男たちが船を停泊させ、戦の装備を運び出しているのを目にする。そして、深刻な警戒心を覚える。「不安に深くさいなまれ、突き止めようとしている」がまずまずの解釈かもしれない。彼には、必要とあらば警告を発する手段があった。すぐ近くに部下がいたからだ（*maguþegnas* ＊二九三行、「若き従者ら」二三六行）。彼は猛然と槍を振り回し、敵意ある言葉を（丁重な表現で覆い隠し）口にしたが、自分ひとりだけでは、一五人の男たちの上陸を阻止できなかっただろう。馬に乗っていたので、もし自分の不信感が正当化されたら、この場から逃れて救援を呼びにいきたいと思ったかもしれない。槍が簡単に届くほど近くまで、彼が乗りつけていく姿を想像するにはおよばないのだ！　番兵の挑むような呼びかけは、かなり遠くから、よく通る甲高い声でなされたのである。

32 武具に身を包み、いかにも雄々しく見えるその方は、館の家来ではあるまい（＊二四九〜二五〇行）*nis þæt seldguma wæpnum geweorðad*

複合語*seldguma*はここにしか登場しない。文脈から、これが低い地位にある者を意味していることがわかる。つまり、*nis þæt seldguma*「彼は普通の人ではない」は、「彼は高い地位にいる人物に違いない」を意味するひとつの言い方なのだ。*wæpnum geweorðad*（「雄々しく武具に身を包んでおられる」）には、こうした好意的意図が伴っており、番兵は（語順はそううかがえるかもしれないが）「この人物は、見事な武装をしているだけの、低い身分の者ではない」と言っているのではない。「立派な武器を携えているのだから、きっと地位のある人物だ」のほうが、意味合いとしては近い。［このように、父は自分の訳「武具に身を包み、いかにも雄々しく見えるその方は、［取り巻き＞］館の家来ではあるまい」を退けていた。］

難しいのは、*seldguma*の解釈だ。たしかに、これは「館で何らかの地位にある人物」を意味しているると思われるだろう。つまり、いつもは王室にいる兵士のひとり、*geselda*の変形であろうということだ。*geselda*については、＊一九八四行を参照してほしい。そこでは、ヒイェラークとの関係において、ベーオウルフが実際に*sìmne geseldan*（一六六五行「隣に座している者」）と呼ばれている。ベーオウルフが実際に*seldguma*であることも考えられるだろう。彼は王の血族ではあるが、まだ若くて、戦の試練に耐えてきたわけでもなく（若さゆえの大胆不敵さと力で、数々の冒険をしてきた英雄ではあるが）、宮廷で高い地位にいる者たちのひとりでも（*witan*のひとりでも）ない。おそらく、ここの説明は、わたしたちが番兵の褒め言葉を過小評価しているということになろう。自国でのベーオウルフは、傑出した人物ではあっても、*geogoð*〔訳注：若い戦士、若者〕のひとりにすぎないと思われていたかもしれない。だが、よその国の人物が、洞察力をそなえた新鮮な目で見た場合、彼は王の息子、あるいは若き指揮官と映る。「この人物は、王に仕える単なる騎士ではない。背の高さといい、美しい面持ちといい、比類なきたたずまいといい、わたしがだまされているのでなければ（これは彼が王子であることを物語っている）」

ただ、この褒め言葉には、いくぶん敵意や疑念がほのめかされている。このような一団と指揮官が何らかの大仕事をしにきている。それはいったい何なのだ？

33　正体をいつわった密偵（＊二五三行）*léasscéaweras*

léasscéaweras は「嘘をつく観察者」、すなわち、裏切る意図を持ったスパイ。番兵は敵意を抱き、状況が許すかぎり、尊大な態度を取っていた。＊一八九二行で *hearme*（侮辱、無礼）という言葉が出てくるのは、番兵がこのような侮辱的言葉を使ったことを受けており、ベーオウルフ一行が旅立つ際、番兵は彼らに友として呼びかけている。*nó hé mid hearme...gæstas grétte*（一五八四〜一五八五行「番兵は（中略）敵意ある言葉で客人たちに呼びかけることはせず」）

34　（＊二六三行）*Ecgtheow*

Ecgtheow は *Beowulf* と頭韻を踏んでいない。ベーオウルフが非歴史的かつ、おとぎ話的部分もあ

る登場人物であることははっきりしているが、作者により、父親や近親者が与えられているのは注目に値する。これらの名前、とりわけエッジセーオウについては（三六九行以下、＊四五九行以下参照）、それにまつわる伝承が存在したことは明らかで、名前は作者が生み出したものではない。作者は、聞き手（の多く）が知っているであろう物事を確実にほのめかすことに言及している。*Wægmundings*（ウェーイムンディング）の *Wihstán*（ウェーオホスターン）の息子、*Wiglāf*（ウィーイラーフ）との同族関係も参照してほしい（二三六一～二三六二行、＊二八一三～二八一四行）。

Ecg-がつく名前は珍しくないが、*Ecgtheow* は、ほかでは見当たらない（ただし、古ノルド語に *Eggþér* があるが、塚の上に座って竪琴を奏でる巨人族の牧夫、*glaðr Eggþér* としてのみ登場する）。というわけで、完全に架空の名前であるとは考えにくい。可能性はふたつ。(1)エッジセーオウとウェーイムンディングには歴史上の伝説的伝承のなかに居場所があり、作者は、この一族のなかにベーオウルフを割り込ませることによって、この人物を扱ううえで必要となる王子にふさわしい場所を与えた。(2)（ヘアルドレード時代の）フレアドリング王朝が終わりを迎えた後、スウェーデン人に抵抗して、イェーアト族の王朝を継承した、あるいは継承しようと努めた歴史上の未知の人物にまつわる伝承がいくつかあり、おそらく作者がこの詩を作った時期より前に、場合によってはかなり前の時代に、（今となっては解明不可能な理由により）この人物と民間伝承が融合されていた。*1

*1 ［ヘアルドレードはヒイェラークの息子。フレアドリング王朝は、ヒイェラークの父親であるフレーゼル（フレアドラ）の末裔。*Hrǣdla*、*Hrǣdling* の形については注51参照。］

(1)である可能性は非常に低そうだ。たとえば、エッジセーオウと彼が抱えていた確執、デネの宮廷に庇護を求めたこと（三六九～三七四行）にまつわる伝承が、「ベーオウルフ」と関連性がない状態で人々の記憶にまだ残っているとしたら、そのような聞き手はこのやり方をどう思うだろう？ それに、エッジセーオウはデネとのつながりがあるとの理由で、ひとりのイェーアト人を、（あまり友好的ではなかった）へオロットの宮殿に受け入れさせるべく（それをもっともらしく見せるため？）、彼が選ばれたのだとすれば、ウェーイムンディングはどうなのか？ 彼らについて言われていることのなかには実に妙な話もある。ベーオウルフと同族で、最後の忠実な仲間であったウィーイラーフは、*léod Scylfinga*（＊二六〇三行）「シュルヴィング族の領主」と呼ばれており、スウェーデン王朝の人間だったが、*2 彼の父親ウェーオホスターンが、スウェーデン王オネラの騎士であったこと、オネラに反抗的だった甥、エーアンムンドを殺したのは、実はウェーオホスターンで、エーアンムンドの弟エーアドイルスがイェーアトのへアルドレードのもとへ身を寄せていたこと、そして、エーアドイルスが後に（オネラの手によって殺されたへアルドレードの仇討ちの際は）ベーオウルフの支援と手助けを受けてオネラを殺し、スウェーデン王になったことはわかっている。*3 王朝が滅亡したあと――いずれにせよエーアドイルスの治世に――イェーアトの独立性をある程度維持することができた人物が登場し得るとすれば、このような混乱した状況や、忠誠が二分化され、場合によっては地所も両方の側にあった一族からであるように思える。その人物が危うい状況にあったのはつかの間だったため、

---

*2 ［*léod Scylfinga*は、二一八三行では「シュルヴィング族の貴人」と訳されている。］

（根拠の確かな系図学的知識の代わりに）「言い伝え」が集まる存在になったのだろう。話にたまたま類似する部分があれば、なおさら集まりやすくなる。たとえば、素性がはっきりしないとか、大柄で力があるとか、無骨であるといったことだが、彼には、そのような物語のどれかにちなんだ名前やあだ名さえあったかもしれない。

35　鋭い分別を持ち、よく注意を払う者は、言葉であれ行動であれ、真実の見分けがつくものだ（＊二八七～二八九行）*scealsceaþ scyldwiga gescád witan,worda ond worca*

*sceal*は、基本的に「（～する）運命にある、（～する）義務がある」を意味する。よって、「傘を持っていかなければ、雨に降られる（運命にある）」と言うときのように、未来形と同等に使うこともできる。したがって、ここは、職務や任務から生じる義務や必要性の表現ではなく、「格言的」表現に

*3　［スウェーデンのオンゲンセーオウ王の息子は、オーホトヘレとオネラ（注13参照）。エーアンムンドとエーアドイルスは、オーホトヘレの息子。オネラが王になると、ふたりの甥は国を逃れ、イェーアトの王のもとへ身を寄せた。当時、王位にあったのは、ヒイェラークの息子ヘアルドレードで、彼はフリジアで殺された（二〇〇三～二〇〇四行）。ヘアルドレードとエーアンムンドはともにオネラの攻撃を受けて殺されており、エーアンムンドを殺したのは、ウィーイラーフの父親ウェーオホスターンだった（二一九一～二一九二行）。ヘアルドレードの死後、ベーオウルフがイェーアトの王となる。その後、オーホトヘレの息子エーアドイルスは、ベーオウルフの援助を受けて北へ向かい、叔父のオネラを殺してスウェーデンの王になった（二〇〇九～二〇一三行）。注41の最後を参照。］

なっていると思う。いわゆる「ありきたりの文句」を交わしているわけで、英雄詩の世界では、世の中とはそういうものだという意見を受け入れることが、（たとえば）現代の学者の社会よりもずっと尊ばれた。（究極の「ありきたりの文句」は、ベーオウルフがフロースガールに示した言葉、＊四五五行の *Gæð á wyrd swá hío scel!*「運命はなるようにしかならないのです！」三六六行。）沿岸警固の番兵が具体的状況について意見を述べたのだとしたら、こうなっていただろう。「わたしの立場にある者は、冷静な判断を失わず、嘘をついている者に出会ったら、それに気づかねばならない」。実際には「眼識のある者は、おのずと正直者の見分けがつく」と言っているのだが、彼は眼識のある人間だ（さもなければ、この地位についていない）という暗黙の了解がある。

わたしたちは、このような「一般的」なことを述べる場合、何か助動詞を使うとすれば、（shallではなく）willを使う。よって、「格言的な」*draca sceal on hlæwe* は、「dragon shall be found in a grave-mound（竜は墓塚で見つかるはずだ）」ではなく（この場合、現代の用法では、話者である「わたし」の願望や目的がほのめかされている）、「dragon will be found in a grave-mound（竜は墓塚で見つかるだろう）」となる。なぜなら、竜の本質とはそのようなもの、つまり「竜は墓穴で見つかる」ものだからだ。したがって、ここの訳は「鋭い洞察力を持ち、物事を適切に検討できる者は、人の言動を判断する際に、おのずと洞察力を発揮する」となる。

36（＊三〇三〜三〇六行）

［父は、「この件を議論し、編集上の多くの変化について批評するとなると、あまりにも時間がかかってし

まう」としながら、「わたしの独断的意見を手短に述べておく」と述べていた。ここでは、それを若干、縮小したものを掲載し、手始めに未修正の形の原典と、その訳を載せておく。

Eoforlíc scionon
ofer hléorberan gehroden golde,
fáh ond fýrheard, ferhwearde héold
gúþmód grummon. Guman ónetton...

頬当ての上部には、火で鍛え、金《きん》で飾られた猪の像がきらきらと輝き、挑発的で恐ろしげな戦の仮面が、戦士の命を守っていた。彼らは先を急いだ。」

これは翻訳とテキストの難所としてよく知られている。少なくとも、*gúþmóde grummon* は原形が損なわれているに違いないからだ。すでに原形が損なわれていたか、読みづらい部分がところどころにあったから、あるいはそこの意味をよく理解できなかった、あるいは両方の理由が合わさったかで、写字生はこのくだりに頭を悩ませた。それを示す証拠のひとつは、「方言」の形、すなわち、ウェスト・サクソン方言ではない方言が多々、保持されていること。写字生が、そのほうが自信が持てると思った場合に変えてしまったのだろう。*bergan*（W.S. *beorgan*）の代わりに*scionon*、*beran*、*feorh* の代わりに*ferh*が使われている。

第一難関は*gūþmōd grummon*にあり、ここの解決策は、ほかの場所には見出せない（とわたしは思う）。まず、このくだりは全体として、描写には頻繁に用いられる「代表単数」の一例になっていると思う。たとえば、行進していく兵士らが（程度の差はあれ、それぞれ似たような装備を着用して）通りかかるときは、兜が輝き（helmet shines）、頂飾《クレスト》りが揺れ（crest tosses）、槍が輝き（spear glitters）、鎖帷子がカチャカチャと音を立てる（hauberk clinks）。しかし、このくだりは、もっと選択的で、兜のことしか描写されていない。英雄時代の完全武装した北方の戦士がずらりと並んだ様子は、（見物人にとって）何よりも注目に値する、恐ろしいものだっただろう。（似たような方法は、二六〇～二六一行、＊三二一～三二三行でも使われており、そこでは鎖帷子が選ばれている。）どう見てもすっきりしないのは、動詞の数《すう》の変化で、*scionon hēold*は、構文上の主語の変化によるものであって、視覚的対象の変化によるものではない。描写されているのはひとつの兜だけだが、「それぞれ」に複数の*efrolic*、「猪に見せかけたもの」がついていた。これは残忍性の象徴としての猪を表現したものであると同時に、異教時代には、宗教的、あるいは魔術的重要性の象徴としての猪でもあった。兜のクレストとしての猪が表現されているのは考古学的事実だが、そのような兜ひとつにつき、複数の猪はついていない。

それでも、ひとつの兜に「猪に見せかけたもの」が複数あったと言えるのだろう。これは、実際にはベーオウルフの兜のことであり、それを作った武具職人によって（鍛造された）*swīnlīcum*［与格複数］がちりばめられていたと描写されている（一二一〇～一二一一行、＊一四五三行）。したがって、*eoforlīc*は「クレスト」ではなく、猪、もしくは猪の頭を持つ人間、牙つきの仮面をかぶった人間を表現したもので、それが、頬当ての真上にある装飾用の帯状金属板に配置されていた［*hléorberan* を*hléorberga* と解釈］、と実際には述べられている。では、*héold* の主語は何か？　新たな単数の主語だが、それと同時に、兜の一部で、*eoforlíc* に関連したものが求められる。＊三〇五行には見当たらないので、原形が損なわれた*gúþmód grummon* に隠れているに違いない。したがって、わたしはここを*gúþmód grímaと解釈したい。原形改悪の過程は必ずしも一時期に完成したわけではなく、*gríma* は（不注意な改悪で何度も写し取られたことにより）、*guman*（＊三〇六行）の前で*gruman*と同化してしまったのだろう。だが、これは何も意味をなさなかったため、後に、実際に存在する言葉*grummon*「（彼らは）怒鳴った、もしくは激怒した」に変えられた。頭を悩ませた写字生が、なんとなく文脈にはめ込んだのかもしれないが、実際にはうまくはまっていない。

*gríma*は、顔を（部分的に）覆う仮面、もしくは面頬。この一団の兜にこのような*gríman*があったことは確かだ。ヘオロットの戸口で、ウルフガールがそのように述べている――*grímhelmas*（＊三三四行）、*heregríman*（＊三九六行）、「面頬のついた兜」（二七〇、三一九行）。これらの兜が恐ろしげな、あるいは、ぞっとさせるような形をしていて、（もっと原始的な出陣化粧のように）攻撃者を脅して追い払う作りになっていた（そのため、護衛兵の機能を果たしていた）であろうことは、おばけや、ぞっとさせるものに対して使われる*gríma* の頻出が証明している。

たしかに、*gúþmód gríma*「戦の精神を有する仮面」は、戦士に特有の形容辞を、鎧や兜に特有な形容辞に移すことが必要であるように見えるだろう。これは深刻な問題ではない。武器は*fús* か*fúslíc* と表現される。つまり「前進したがる、戦いを切望する」。だが、*gríma*、すなわち仮面は、人間であれ動物であれ、おおむね「顔」を表現していただろうし、*gúþmód*は、この顔の表情だった。

37（＊三五六〜六一〇）**宮廷で語られる言葉**

これらの言葉を通じて、詩人が思っていたところの、礼儀正しい言葉や振る舞いがどのようなものか、理解がより深まる。この「礼儀正しさ」は当時の最高のマナーにのっとっていたに違いない。ウルフガールは「召使い」ではなく、宮廷の官吏。戸口にいる見知らぬ訪問者の価値を評価し、彼らをなかへ通すべきか否か、アドバイスをするのが彼の務めだった。

38 彼は宮廷人のしきたりをよく心得ていた（＊三五九行）***cúþe hé duguðe þéaw***

厳密に言えば、*Duguð*は、*dugan*「価値あるもの、奉仕」などに関連する抽象名詞。よって、基本的な意味は「価値、有用性、値打ち」となる。この意味は保持しているものの、特別な使われ方もされるようになった。おそらく、*iugoþ*、*geogoþ*「若さ」と韻を踏んでいることも手伝って、男性が最も役に立ち、働き盛りにある年齢に対して使われるようになったのだろう。その当然の結果として、(*iugoþ*と同様)、すべての男たち、もしくは、一定の場所にいる、*duguþ*を持ったすべての男たちの集団を表すのにも使われた。というわけで、この言葉は「(一人前の、戦の試練に耐え抜いた) 男たちの軍勢」を意味することが多い。*dugoþ ond iugoþ*では常にこの意味だが、独立している場合はたいていこの意味となり、「(戦士の) 軍勢、立派な軍勢」を意味する。一定のくだりで、その意味が、枝分かれした「栄光ある軍勢」のほうと最も密接に結びつくのか、古いほうの意味「価値、値打ち、卓越」のほうと結びつくのか、判断できることはめったにない。
では、*duguþe þéaw* の場合はどうなるか。これは「男の美徳としてのマナー、適性や価値がある者」かもしれないし、「*duguþ*、すなわち、宮廷の騎士およびきちんと訓練された男たちのマナー」かもしれない。いずれにせよ、「騎士にとって正しいマナー」を意味している。

いよいよ、お膳立てが整い、主役となるふたりの「英雄的」登場人物、ベーオウルフとフロースガールがついに顔を合わせたら、この詩を紡ぎ出していくさまざまな糸を、より慎重に検討しなくてはならない。

この詩には、基本的な素材がふたつある。「史実にもとづく」伝説と、おとぎ話だ。「史実にもとづく伝説」は、結局のところ、現実に存在する地理上の土地における、実在の人物、実際に起きた出来事、実際になされた政策にまつわる言い伝えが下敷きになっているが、詩人たちの思考を通過してきている。そのような方法で、登場人物や出来事に関する歴史的現実がどの程度まで保持されてきたか（人が予想する以上ではないかと、わたしは考えている）、という点についてはまた別の問題だ。おとぎ話は（あるいは、民話と呼んでもいいが）、どのみち書き換えられてきた。この詩の場合、「歴史」への融合だ。ただ、こうした融合が行われるのは、これがはじめてではなかったのだと思う。ベーオウルフと怪物は、詩人がこの作品を書く以前に、すでにヘオロットの宮廷へと接ぎ木がなされていた。しかし、ひとりの詩人、あるいは一連の詩人がどのようなやり方をしたにせよ、物語は、細かな部分はもちろん、トーンまで大きく変わっていった。そして、歴史のほうも影響を受けないわけにはいかなかったのだ。アーサー王の時代のキャメロットの宮廷は、歴史や地理のなかにしっかり位置づけられている。その宮廷に登場する魔法や妖精の国といったものが、単なるおとぎ話といかに趣を異にするか、そして、こうした妖精の要素があるがゆえ、アーサー王の宮廷は「史実」という雰囲気を持ちながら、それとは異なる趣があるという点について考えてみなければ、わたしが言わんとすることは理解できないだろう。そして、一連の詩人たちの最後に登場する、ヘオロット伝説におけるマロリーとも言うべきわれらが詩人は、とりわけ、こうした説得力のある融合に取り組んでおり、その手段となったのが、当時の美徳や礼儀の概念であり、彼の神学であり、登場人物、すなわち、フロースガールとベーオウルフに対する彼独自の考え方だった（多くの場合、ドラマティックな見方をしている）。これから述べる三つのことを頭に置いておかなければ、ウルフガール、ベーオウルフ、フロースガール、ウンフェルスの話、彼らの会話は理解できないだろう。まず、ベーオウルフの若者らしい頑固なプライドは、表面的には十分信頼できるが、その裏には、おとぎ話に出てくる礼儀をわきまえない戦士の荒っぽさがあり、彼はそれを貫いて屋敷のなかへ入っていく。フロースガールの（皮肉めいた）礼儀正しさの裏には、怪物に取りつかれた館の主人の懐疑心がある。そして、消え去った騎士たちに対する王の悲しみの裏には、新参者は脅して追い払えという警告がまだひそんでおり、王は怪物に対処しようとした者が皆、いかにして悪い結果を迎えたかを話して聞かせるのだ。

ベーオウルフがフロースガールに最初に述べたことと、フロースガールの返答についてしばらく分析して、わたしが言わんとすることを明らかにし、とりわけ、フロースガールが返答の最後で本当は何を言いたかったのかを推測しておこう。

ここでベーオウルフを「歴史的」背景に合わせるための注意が払われているのは言うまでもない。ベーオウルフの父親は、デネの宮廷に身を寄せた亡命者だったということになっている。ベーオウルフ自身も、ゴートランド[*1]（Gautland）を支配する王の甥であり、故フレーゼル王の孫である。ゴートランドとデンマークの政治的関係は、物語に効果を出す仕組みを提供するために用いられ、フロースガールはこの仕組みを通じてベーオウルフに関する多少の知識を得ており、それがわたしたちにも間接的に明らかになる。それでもなお、あらゆるすき間から、おとぎ話の要素が顔をのぞかせるのだ。デンマーク宮廷とゴートランド宮廷の交易により、フロースガールは何を学ぶことができるのか？ イェーアトの王の甥はかなりの人気があり、目を離さずにおくべき男であるとか、王の実の息子ヘアルドレードより年上なので、後々、あの国で権力者となる可能性は高いが、どうやら、今のところ主君に忠実で、王位を奪い取ろうとする可能性は低い、といったことだろうか？ たしかにそれもあるが、ここでは違う。ここでわたしたちにわかるのは、王の甥が有するおとぎ話的特徴、すなわち、彼が三〇人力の腕力を持っていたということだけだ。

少なくとも、わたしたちが検討している部分ではそれしかわからない。だが、「歴史と政治」の撚り合わせは、このあとも繰り返されていく。どうやら、イェーアトからやってくる使者たちは、「妖精の国」の便りだけでなく、政治ニュースも持ち帰っていたようだ。方針は忘れられていない。おとぎ話の戦士は、本物の王国の貴人でもある。方針は、フロースガールの長い説教（一四二四行以下、

*1 ［*Gautar* は、古英語 *Geatas*（イェーアタス）［訳注：イェーアト族（の土地）］を古ノルド語の形で表したもの。］

＊一七〇〇行以下）の一部分、見当違いのプライドや不当な野望に対するくだりに示される。フロースガールの別れの言葉には、ゴートランドの王朝の状況がはっきりとほのめかされている（一五四〇～一五四七行、＊一八四四～一八五三行）。そして、まさにこの要素、すなわち、政治に携わる者としてのベーオウルフの特徴である気高い忠誠心と、本人が語っていた、彼の最も民間伝承的な才能（握力）とが、突如、結びついていくのだ。ここでわかるのは、彼とグレンデルの争いが、一対一のつかみ合いの戦いになること、宮廷風の武器による戦いではないということ。「これは民話だ！」と叫ぶ人もいるかもしれない。だが、今やベーオウルフと呼ばれるその男は、答えを用意しており、こう述べる。グレンデルは文明的な武器の使い方を知らない、わたしは相手の弱みにつけ込むことはしない、わが君主ヒイェラークの尊敬を失わずにいたいので、それはしない！（三四九行以下、＊四三三行以下）

それから、非常に魅力的な新しい人物、ウンフェルスが登場する。彼はどちらの本に属するのだろう？『列王記』？それとも、『驚異の物語』？［訳注：ロード・ダンセイニの幻想文学を指していると思われる］決めるのは非常に難しい。というのも、ウンフェルスはふたつの世界を実際に結びつける存在だからだ。まさに両者のあいだでうまくバランスが取られている。

この物語における彼の役割についてははっきりしている。ウンフェルスはデネの宮廷の重要人物だ。彼は*þyle*［注2の側注参照］であり、人に関するあらゆることを把握できるような立場にある。彼の特徴（ねたみ）と役割（人々や国土に関する知識）は、物語に効果を出すための仕組みとなり、わたしたちはその仕組みを通じて、強者ベーオウルフのイメージを完成させるためのさらなる情報を手に入れる。そして、続いて起こる「flyting」[論争、言い争い]によって、ベーオウルフは「誓い」を立てるにいたり、君主や廷臣たちの前で、すぐに（*ungeára nú* ＊六〇二行、「間もなく」四八八行）グレンデルと対峙すると約束する。彼としてはこの約束を取り消すわけにはいかない。それで、フロースガールはようやく、心から確信する。ベーオウルフの決意はもはや疑いの余地がないのだから、自分の *wén*（＊三八三行、「望み」三〇七行）が確実なものになると（四九四～四九五行）。

しかし、ほかの細かい部分もよく見て検討してみると、熟考すべきことがたくさんあると気づくだろう。わたしの考えでは、ウンフェルスは複合的要素を持つ登場人物。この物語では、ふたつの要素、宮廷物語とおとぎ話の接触によって生み出された人物だ。したがって、ベーオウルフとよく似ているということは（どうやら）完全に架空の人物というわけではない。ウンフェルスにはエッジラーフという父親と（注59参照）、兄弟がいる。彼が兄弟を殺したという、非常にはっとさせられる事実、あるいは非難として語られる話は（四七六～四七七行、＊五八七行）、この場面のために作り出されたものとはまず思えない。わたしたちはこう推測すべきだろう。（これは古英語の伝説に特有なことではなく、自然の成り行きなのだが）系図というものは長くなりがちで、しかもさまざまな一族が相互に関係していた時代には、系図がいまだ、その土地の言い伝えや知識の一部となっており、民間伝承、あるいは単に「史実」を詩劇風に表現した話に由来する架空の物語の登場人物は、事実上、重要ではない歴史上の人物と融合してしまう傾向があった。ウンフェルスの場合、架空の人物としての一面にもとづけば、民間伝承というより、詩人らが歴史上の伝説を劇的に脚色した物語に属しているのだ。彼の名前は、「意味がある」から意味がある。つまり、彼は自分の役割にふさわしい名前を持っている。

ウンフェルスは、「不和」、「口論」を意味し、わたしたちが彼について最初に知るのは、彼が争いを生み出すまじないのような言葉を解き放った（四〇六行、*onband beadurúne*）ということだ。名前はこの人物像、すなわち、名高いヘオロットの宮廷にいる意地の悪い人物に合わせて作られた。ほかでは見つからない名前だ（われわれのテキストでも、頭韻法に反して、常に*Hunferð*と、ありがちな名前で表記されている）。ここでのウンフェルスは、有名なデネの宮廷にいる高貴な人物だが、スカンディナヴィアでは、この名は見当たらない。

どうやら、ウンフェルスはおおむね創作のようだ。イングランドの詩人たちによって脚色されてきたとおり、ヘオロットの不吉な状況を構成するひとつの要素となっている。老王たちに顔がきくよこしまな顧問官たちの、文学上の親類だ。ヘオロットをこのような形で取り上げた詩、シュルディングの運命や、老王とその若き跡継ぎフレースリーチ、裏で策を弄する甥にして実力者フローズルフ［フロースガールの弟ハールガの息子］を取り上げた詩において、ウンフェルスに『ベーオウルフ』に登場する姿とはかなり違った役割があったことは、十分考えられる。ウンフェルスは、ある程度までは「歴史的」伝説から生まれた人物で、もしかすると、事実にもとづく歴史的特徴を有しているかもしれない。だがここにいる彼は、『列王紀』ではなく、『驚異の物語』から生まれた存在だ。ベーオウルフについて彼が知っていること、暴露することは、北方の伝説に出所がある。

［父は以下の一節で、『ベーオウルフ』のあるエピソード（主人公が怪物どもの棲む湖へ潜っていく場面）と北欧民話の物語との関係、とりわけ、アイスランドの『グレティルのサガ』の物語との関係にまつわる複

雑な事柄について間接的に触れている。これらの物語が『ベーオウルフ』と関係していることは広く認められており、直接的ではないにしろ、あらゆる状況で、驚くべき言語学的つながりが残っていた。そのつながりは、剣のフルンティングを表現するのに使われた言葉*hæftméce*と（古英語では『ベーオウルフ』以外に見当たらない）と、アイスランド語の*heptisax*という言葉（古代スカンディナヴィア語では『グレティルのサガ』以外に見当たらない）にあり、『ベーオウルフ』のテキストでは、木の握り（柄《つか》）がついた幅広の刀と定義されているが、サガの物語では別の意味を持っている。」

さらに、ウンフェルスは、興味深い武器「フルンティング」、*hæftméce*（＊一四五七行、「柄のついたその剣」一二一四行）の持ち主だ。この武器は、不思議な洞窟《どうくつ》へ降りていくという、おとぎ話的挿話のなかで、明らかに一定の役割を果たしていた。ただし、これは「よくある民話」ではなく、アイスランドのとある民話のことであり、『ベーオウルフ』はこの民話に由来する。というのも、*hæftméce*のアイスランド語にあたる*heptisax*が（役割は異なるものの）繰り返し出てくるからだ。ウンフェルスはこの一面において、裏切り者を象徴しているのではないかと思う。彼は主人公を洞窟へと案内したあと、彼を見捨て、成り行きまかせにしている（たとえば、主人公が降りていくロープを切ったか、それをつかんでいた手を離したかしている）。この件に関し、わたしたちが読んでいる物語には、ベーオウルフが頼りにしていた*hæftméce*がまったく役に立たなかったことを除けば、何も残されていない。置き去りについては、あいまいに片づけられており、デネ人たちが、ベーオウルフはもう終わったと思い込んで帰ってしまったということ以外、何も残されていない（一三三九～一三四二行、＊一六〇〇～一六〇二行)。

これは当て推量だ。だから、よけい難しい。なぜなら、宮廷物語とおとぎ話が融合した結果、両者に加えられてきた修正は、その過程においてなされた修正であって、ひとりの詩人が行ったものではないに違いないからだ。とはいえ、このような問題を考慮しなければ、ベーオウルフとウンフェルスの「flyting」[論争、言い争い]を理解したり、詩人がこの状況を利用した効果を十分堪能したりすることはできないだろう。

とはいえ、『ベーオウルフ』のなかで、詩人が劇的効果を狙ってウンフェルスを利用している点について考察するのはさらに興味深いことだ。詩人がウンフェルスを生み出したわけではないからこそ、なおさら効果的な使い方になっている。ウンフェルスはすでにへオロットに存在しており、詩人の聴衆は、それらの物語をよく知っていた。

イェーアトの男たちは、長椅子に一緒に座っていた(三九七～三九八行、＊四九一～四九二行)。ベーオウルフ自身は(ヒイェラーク王への報告からわかるとおり、一六八八～一六八九行、＊二〇一一～二〇一三行)フロースガールの若き息子の隣という、名誉ある席にいた。つまり、そこは王から遠くはない席で、王の足元(四〇五～四〇六行、＊五〇〇行)に座っていたウンフェルスの近くにいたことになる。したがって、ウンフェルスはベーオウルフに対して、遠くからわめくように激しい言葉をぶつけたわけではない。激高して無礼な言動に出たとしたら、フロースガールが許さなかっただろう。ウンフェルスは悪意を持って、はっきりものを言っていたが、当初、表向きには無礼な態度を取っておらず、激しい言い方をしていなかったことはたしかだ(彼の主な目的は、王や高官たちの注意を引くことだった)。正確に解釈すると、ウンフェルスは表面上、失礼に当たらない言い方で話を始める必要があった。そうすれば、その言葉を耳にした人たちには、礼儀をわきまえていると受け取られるだろうし、相手に感服しているとさえ思われたかもしれない。現代の言い方では、おおむねこう言っている。「きみが偉大なるベーオウルフか? ブレカとかの有名な水泳競争をしたあの男なのか?」ブレカが(歴史上、実在したかどうかは、ここでは問題ではない)泳ぎや海の狩猟の物語に登場する有名な人物であったことは明らかなので、これは十分褒め言葉に聞こえただろうし、近くにいた者たちは、聞き耳を立てただろう。では、どのような手管で口調を変えていったのか注目してほしい。あれはばかげた悪ふざけだった。そのあと、彼は嘘を口にする(そう受け取られるように言っている)。「ブレカはきみを打ち負かした。ブレカのほうが強かった」。これは、淡々とした口調で言ったのだろう。事実を報告する者(事実を知り、記憶することが *þyle* の役割だった)にふさわしい口調だ。それから、嘘がもっともらしく聞こえるよう、独立した族長としてのブレカの地位がつけ加えられている(四二一～四二五行、*五二〇～五二三)。最後に来てようやく(四二六～四三〇行、*五二三～五二八行)、ウンフェルスの口調は悪意を増し、脅すような、さげすむような響きを帯びてくる。しかし、彼が大声で怒鳴ったり、騒ぎ立てたりするところはひとつもない。

かたや、ベーオウルフはすぐさま憤りをあらわにし、ウンフェルスは飲み過ぎだと言いがかりをつけ始める。そして、ウンフェルスが用いた口調や言葉遣いに比べたら、より声高、かつけんか腰に、自身の申し開きを続けていく。原典を声に出して読んでみると、過去の出来事を思い出し、感情を高ぶらせていくベーオウルフのさまを感じずにはいられないし、指摘せずにもいられないと言えよう。

激しい怒りですっかり興奮した彼は、ウンフェルスに食ってかかり、個人攻撃をする。ひとことごとに、あざけりと怒りの度合いは高まり、ついには礼儀などもうお構いなしで、デネ人の勇気を軽蔑するようなことを言い、イェーアトの武勇でグレンデルに立ち向かうと誓う。

この「flyting」は、記憶に残る一節だ。現代の尺度で見ても非常にすぐれている。ただ、海での泳ぎに関する言及が少々くどい、といった批評もされがちかもしれない。それでも、この話は「劇的」ではあるけれども、劇ではなく、物語詩（つまり、口のなかに豊かに広がるレトリック）であることを忘れてはならない。もちろんん、話を効率的に活用するという点で、この詩には物語としての機能がある。ウンフェルスは、ベーオウルフの熱くなりやすい（が、凶暴ではない！）性質に火をつける役割を果たし、今すぐグレンデルに挑んでみせると人前で誓わせるところまで彼を導いている。そこからはもう、ベーオウルフは引き下がれない。さらに、これでわたしたちは本当の意味でベーオウルフと出会い、彼の人となりを知る。彼は忠実で義理堅く、騎士道をわきまえているが（作者が生きた時代の志向に一致している）、心の内には炎がくすぶっている。彼は良い面を見せている。彼の敵は、野獣や怪物や邪悪な生き物、すなわち彼が仕える王や人々に害を与える者たちだ。だが、彼は怒らせれば暴力的にもなれるし、超人的行動も取れる。知恵のあるまじめな顧問官たちの助言[*2]にすべて従うことができないときは、最も重要な指示に従う。彼は気持ちが最高に高ぶると、*gilp*（立派な誓い）を口にするが、

*2　［父はここで、行数が書かれていただけだが、『The Wanderer（さすらい人）』として知られる古英詩のあるくだりに言及していた。注45にこうした助言の翻訳が引用されている。］

人生最期の日までかかっても、たとえ命を犠牲にしようとも、誓ったことを成し遂げる。

39　まだ子どもだったころ（＊三七二行 *cnihtwesende*）

フロースガールが「子ども」のころのベーオウルフを知っていた理由は、そのときの正確な年齢が何を意味するにせよ、想像しがたい。ベーオウルフがかつてデンマークのフロースガールの宮廷を訪れたことがあるなら――たとえば、父親のエッジセーオウが国外へ逃れていた時期に一緒に行ったのだとしたら――それについて何も触れていないのは妙だ。フロースガールが（概して）非友好的だったフレーゼルの宮廷を訪問していたとすれば、それも妙な話だが、やはりここでは触れられていない。

詩人はベーオウルフにまつわるいくつかの事実を紹介したかっただけで、細かいことは深く考えず、フロースガールにあのように語らせれば都合がいいし、劇的効果を生む手段になると思った可能性はある。だが、実はそういうことではないと、わたしは考えている。ほかの人物（たとえば、イェーアトの土地へ出向いた使者のひとり（三〇三～三〇四行、＊三七七～三七九行））を連れてきて、必要な情報を提供するのは簡単だっただろう。詩人がこの物語を扱う以前に、ベーオウルフはもうデンマークやイェーアトの伝説に居場所を与えられており、ここでは単にそれらの伝説のなかから（詩人が自分なりに）選んだ別の説がほのめかされているだけである可能性のほうが高い。わたしが思うに、ベーオウルフは幼いころ、フロースガールの宮廷にいたということなのだろう。本人はそのことについて、あるいは父親が休暇を国外で過ごした理由をよく覚えていないのかもしれない。だが、フロースガールは *sôhte holdne wine*（＊三七六行）、「彼は、自分のことを忘れていなかった友人を再び訪ねてきた」と述べている［三〇二〜三〇三行の訳「友と恩人を求めて」参照］。その場合、*Donne*「それから」（＊三七七行）の意味がよりはっきりしてくる。「それから、後に」、フロースガールは、あの小さな少年が成長して、格闘に秀でた戦士になったと、ベーオウルフに関する詳細を耳にする機会を得たということだ［三〇三〜三〇六行の訳「（前略）かの地へ贈り物と宝物を海路で届けた船人たちがその後、伝えたところによると、その男は三〇人力の手力を有し」参照］。

40　ひとり娘（＊三七五行）*āngan dohtor*

「ひとり娘」を持つ王は実際にいるが、このひとり娘は、おとぎ話によく出てくるひとり娘、すなわち、ひとり娘であると同時に一粒種でもあり、幸運な求婚者は最終的に王国も手に入れるというたぐいのひとり娘とは少々違っていた。ただ、フレーゼルの娘は名前が出てこない。彼女はベーオウルフとイェーアト人の王国を結びつける存在でもあり、ベーオウルフは（父親にはできなかったが）最後に王国を手に入れる。彼女を不当に、おとぎ話的要素と見なしてはいけないのかもしれない。エッジセーオウの物語や、彼がどのようないきさつでフレーゼル王の娘との結婚の承諾を得たのかはわからない。だが、そのことにまつわる話は恐らくあるのだろう。それでもやはり、彼女は架空の人物で、伝承と、歴史上実在したフレーゼルと三人の息子たちの王朝とをつなぐだけの存在なのかもしれない。この息子たちは、スウェーデン人とイェーアト人との古くからの確執に登場するイェーアト側の最後の役者だ。

歴史の問題として、この確執は、イェーアト族王家の独立した血筋が断絶し、王国内領地の結束が消滅したことにより、スウェーデン人に有利な形で幕を閉じたかに見える。ある意味、イングランドとスコットランドの確執に相当する争いが早い時代に起きていたわけだが、異なる点がひとつある。それは、王位と首都は北部に置かれたままの状態で、王は自身をスウェーデン人とイェーアト人（ラテン語ではSuio-Gothorum）の王と呼び、南部の土地では、ある程度独立した法律と習慣が存続していたことだ。イェーアト王国で活躍した最後の人物たちと、その没落にまつわる伝説は、早い時期にまとまっていたのは明らかだ。最後の王としてのベーオウルフの死は、（『ベーオウルフ』の詩に前兆が示されたとおり）イェーアト族の独立性の終わりを予感させたが、もしベーオウルフに歴史的根拠があるとすれば、それは王家の直系ではなく、スウェーデン人の侵攻後、しばらくのあいだ、不安定な地位を維持していただれかということになるはずだ。というのも、ヒイェラークは、早まって低地地方を急襲した際にみずからの命と艦隊をすでに失っており、その後、正統の王となった息子のヘアルドレードも、スウェーデン人が侵攻してきた際に殺されていたからだ。［注34参照］。

だが、たとえベーオウルフの背後にそれだけの歴史があるとしても、彼は主としておとぎ話のなかの人物であり、遠いところで忘れられていたヘレワード・ザ・ウェイク［訳注：ウィリアム征服王に抵抗したアングロ・サクソン人の反乱者。チャールズ・キングズリーの同名小説の主人公］の場所に、怪物を退治する者、竜を退治する者として紛れ込んだ人物だ。フレーゼルの長男ヘレベアルドについて語るエピソード（偶発的に矢が刺さって死ぬ）でさえ——わたしたちがウィリアム二世の死［訳注：狩猟中に部下が放った矢が当たって死ぬ］に関する史実性をどう考えようと——伝説じみたところがある。それに、*ánga dohtor* が多すぎる。フレーゼルが戦士エッジセーオウにひとり娘を嫁がせただけでなく、息子のヒイェラークも自分のひとり娘を戦士エオヴォルに嫁がせている（二五一四〜二五一五行、＊二九九七行）。

ここでは反復がなされていると言ってもよさそうだ。王のひとり娘を戦士に嫁がせるという伝統が、フレーゼルと、次の王ヒイェラークの両方に何らかの形で添えられている。エッジセーオウとエオヴォルのエピソードは、ある意味、反復と言えるかもしれない。いずれにせよ、スウェーデン王オンゲンセーオウを殺した褒美として（土地や金銭による大きな報酬とともに、二五一〇〜二五一二行）エオヴォルに与えられた「ひとり娘」は、「実に若かった」（一六一一六行）ヒュイドの子どもであるはずがない。物語当時、ヒュイドはヒイェラークの妃で、ヘアルドレードの母親であり、息子はベーオウルフよりもずっと若かった［注91参照］。

41　イェーアトへの贈り物と宝物（＊三七八行）*gifsceattas Géata*

gifsceattas Géata は、*þyder to þance*（＊三七九行）からもわかるように、「イェーアトへの贈り物」の意味になるはずだ。政情ははっきりしない。デネとイェーアトは、敵対関係ではないにしろ、冷淡な関係にあったことがうかがえる。当然といえば当然だろう。両者は隣国どうしだ。それに、デネのシュルディング家とスウェーデンのシュルヴィング家は、婚姻を通じて同盟関係にあった。その説によると、フロースガールの妹はシュルヴィングのある王子と結婚しており、その王子がほかでもないオネラだったという、まことしやかな推測が正しいとすれば［注13参照］、彼女は、フレーゼルの息子ヒイェラークと激しく反目し合っていた人物の妻だったことになる。オネラの父親を（家臣エオ

ヴォルの手を借りて）打ち破り、「殺した」ヒイェラークの甥にして、献身的騎士であるベーオウルフがデンマークへ到着した、まさにその時期にだ！　フロースガールは、かつてデネとイェーアトとのあいだに対立が存在し、それをベーオウルフが解消したことをほのめかしている。[*1] 対立はこの状況に十分合致する。では、海を渡って贈り物を届けることは、どこに合致するのか？ *to pance* は「お礼として」を意味するとは限らず、「好意を得る、もしくは表現する」という意味もあることに注意すべきだ［三〇三行の訳「友好のあかしである」参照］。

もしかすると、これはフロースガールがベーオウルフの消息を詳しく聞けるようにするべく考案されたひとつの手段にすぎないのかもしれない。だが、全般的状況と矛盾しない別の方法も簡単に思いついたはずだ（「まだ子どもだったころ」に関する注39参照）。したがって、ここでは詩人が三つの王家の関係にまつわる伝承のなかでも、たとえば、ヒイェラークの結婚といった特別な機会に挨拶が交わされていたなど、かなり具体的かつ明確な事柄に言及していた可能性は十分に考えられる。この手

*1　フロースガールは別れの言葉のなかでこう述べている（＊一八五五～一八六三行）。「そなたがこれを成し遂げてくれたおかげで、イェーアトとデネの民とのあいだに和平が築かれ、かつて両者のあいだに続いていた反目や、残酷な敵意は絶えた。そして、余が広大なる領土を治めているあいだは、宝物が交換され、多くの人々が、カツオドリが水浴びをする海を越えて、好意に満ちた挨拶を交わし、環形《わがた》の舳先をそなえた多くの船が大海原を渡り、きらびやかな贈り物や友好のあかしを運ぶだろう」。これは当然、ベーオウルフがやってくるまで、ふたつの王国が緊張関係にあり、戦もあったと解釈できる。
［この一節と、一五五一～一五五九行の訳を比較してほしい。］

の儀礼は、必ずしも外交術や外交政策の変化を伴うとは限らず、珍しいことではなかった。古英語時代のイングランドの王たちは、多くの重要人物に *to pance*［訳注：友好のあかしとして］贈り物を送っていた。たとえば、アルフレッド大王は、はるか遠くのエルサレム総主教に贈り物を送っている。

けれども、この状況に関するよくありがちな論説調の解釈、デネ人とスウェーデン人は当然のことながら敵対していたが、デネの王家とイェーアトの王家との関係は極めて良好だったという説にわたしは賛成できない。ヘオロットの政治的状況の背景として、詩人がわざわざ意図的にほのめかした婚姻による同盟（四八～四九行、＊六二～六三行）を無視し、フロースガールの別れの言葉が持つ明確な意味をぼやかしてしまわなければ、そのような見方をすることはできない。そのような見方がなされるのは、もっとあとの状況を反映した古代スカンディナヴィア語の史料を過大評価しているせいでもある。フレーゼルの末裔が没落し、イェーアトランド（Geatland）が併合されたあと、強大かつ攻撃的な隣人であるデネ人とスウェーデン人は、当然の成り行きとして敵対心を抱くようになり、その状況は近代にいたるまで変わることはなかった。けれども『ベーオウルフ』には、イェーアトランドが独立していて、時には権勢をふるい、デネと隣どうしだったころ、すなわち、初期の政治的状況がはっきりと反映されているのがわかる。ただ、これらの（おそらく、かなり史実にもとづいた）伝承は、ベーオウルフとエッジセーオウにまつわる「伝説」が割り込んだことにより、若干、形が変えられてきた。フロースガールの政策と相反するのは、エッジセーオウの息子、イェーアトの王フレーゼルの孫に対する、彼の個人的な、まるでおじが見せるような関心だ。

ただし、詩人によって示されたこの状況は、必ずしも混乱や矛盾をきたすものではない。フロースガールという人物のいちばんの特徴が、物語で描かれているとおり、対外的問題を交渉で解決することを好む、用心深い外交家であることはたしかだ（それに、史実として描かれる性格にも忠実である可能性はかなり高い）。この特徴は、ヘアゾベアルド族の悲劇になくてはならない仕組みであり、その仕組みによって、フロースガールの娘フレーアワルは、シュルディング一族に対する最も激しい宿怨を受け継ぐ者、ヘアゾベアルド族の王子インゲルドと結婚した。そして注目すべきは、フロースガールが策（*ræd* ＊二〇二七行）を講じて、戦を回避しようとしたのは（一六九九〜一七〇二行、＊二〇二七〜二〇二九行）、危険が再び深刻度を増してきたまさにその時期だったということ。父親が殺された際に命拾いをしたインゲルドも今や成長し、名誉にかけて父親の復讐を考えることが求められる年齢に達していた。したがって、イェーアトが本当に危険な存在になってきたちょうどその時期に、フロースガールが宥和政策をとろうとしたのは十分あり得ることであり、（エッジセーオウやその息子とはかなり異なる）フロースガールの政治的性格と一致する。この時期は、スウェーデンの老王オンゲンセーオウが悲惨な死を遂げ、フレーゼルの三男にして、非常に好戦的かつ野心的なヒイェラークが即位したあとに当たるのだろう。[*2]

『ベーオウルフ』以外にも、殺されたオンゲンセーオウの息子オーホトヘレが、実は非常に限られ

---

*2　スウェーデンとの戦において、敗北を圧倒的勝利へと変えたヒイェラークの軍事的成功と、フランク族の領土への大規模な（歴史的）攻撃から合理的に導き出したひとつの推論だが、これらの事実自体が(a)スウェーデン人に対して優位に立ち、北の国境に関する懸念がなかったこと、(b)彼がデネの王と友好関係にあったこと、(c)彼の権力と貪欲さを反映している。

た領域を統治していたこと、彼が古ウプサラにある歴代王の大古墳ではなく、スウェーデンのヴェンデルに埋葬されたこと、オーホトヘレの在位中、イェーアトが優勢を極め、おそらくスウェーデン領の大半を支配していたことを示す証拠がある。ヒイェラークがフリジアへ破滅的急襲をかけるまでは、このような状況にあったのだ。その間のしかるべきとき（ヒイェラークの即位時、あるいは結婚時や跡継ぎの誕生時）に使者を送り、*to pance*、すなわち、両王家の友好は可能であり、利益にもなり得るとほのめかす贈り物を届けさせたのは、いかにもフロースガールらしいやり方だ。

フロースガールは妹のことを忘れたわけではなかったのだろう。けれども、彼女は、オンゲンセーオウの次男オネラの妻、すなわち衰退した王家の王子の妻にすぎず、オネラは、弱小王の弟にすぎず、いずれにせよ、その王には息子がふたりいた（エーアムンドとエーアドイルス）。ヒイェラークの破滅とともに、スウェーデン人は復活するが、それは三〇二〜三〇三行（＊三七七〜三七九行）にほのめかされている時点では予見できなかった遠い未来の話だ。オネラが兄の息子たちを追い出して王位につき、イェーアトランドに侵攻したのは（そのころ、イェーアトは王も軍隊も艦隊も失い、フレーゼルの最後の末裔、ヘアルドレードもオネラに殺されるという災難に見舞われていた）、フロースガールの時代が終わったあとに起きたことだった［注34の側注3参照］。その後、スウェーデンが優位に立ち、イェーアトランドを併合したことによって、デンマークの強力かつ攻撃的な隣人になったとき、デンマーク王とスウェーデン王の「本質的な敵対関係」が始まり、それが古代スカンディナヴィア語の伝説や歴史に反映され、中世および近代にいたるまで存続することになった。

42　三〇人力の手力を有し（＊三九七行）*þrítigesmanna mægencræft*

九八行、＊一二三行の「（グレンデルは）三〇人の騎士をむんずとつかんだ」も参照してほしい。どちらもおとぎ話ならではの誇張された数字で、数字だけとってもあまり意味がない。したがって、表現のバリエーションもほとんど重要ではなかっただろう。どちらの場所でも韻律面で *þritig* を選ぶ必要性は（腕の立つ詩人には）ないため、数字が同一であることに意義があるように、また、その点に（詩人の聴衆たちに、また、おそらく物語のなかではフロースガールの宮廷の人々に）気づいてもらえるよう意図されていたと考えるのがまっとうな推論だろう。グレンデルには三〇人の戦士をいっぺんに殺せる力があった（そして、少なくとも大半の遺体を持ち去ることができた）。ベーオウルフには三〇人力の力があった。同等の数字であるということは、そこに希望があったのだ。

一九八六～一九八七行、＊二三五九～二三六二行では、ベーオウルフに関連して、再び *þritig* が出てくる。彼はフランク族に大敗を喫した際、三〇領の鎧を奪い取り、泳いで逃げている。

43　戦の盾（と危険な槍）はここに残し（＊三七九～三八〇行）*lǣtað hildebord hēr onbīdan*

館に武器や戦闘用の装具を持ち込むことが禁じられていた点に注目してほしい。槍や盾を持ってなかへ入っていくのは、今で言うなら、帽子をかぶったまま室内に入るようなもの。英雄時代は絶えず危険に囲まれていたため、これらの規則の土台に恐怖や用心があったことは言うまでもないが、規則は儀式や良い礼儀の一部となっていた。将校用の食堂で剣を抜くことが禁じられていたことと比較してみよう。剣ももちろん危険だが、剣は明らかに騎士の装いの一部と見なされており、いずれにせよ、騎士は、高価で、先祖伝来の家宝であることも多かった自分の剣を進んでわきに置いておこうとはしなかった。しかし、こうした危険に対して、王の館の「平和」を守る非常に厳しい法律が存在した。スカンディナヴィアでは、王の館で騒ぎを起こすことは死に値した。ウェスト・サクソンの王イネが公布した法典にはこうある。

Gif hwá gefeohte on cyninges húse, síe hé scyldig ealles his ierfes ond síe on cyninges dóme hwæðer hé líf áge þe náge.

「王の館で戦いにおよぶ者は、全財産を没収とし、死刑に処せられるか否かは王が判断するものとする」

言葉で礼儀を尽くしていても、両者が(a)歓迎の意志、(b)見知らぬ訪問者の用件に偽りがないと確信が持てるまでは、ほかの軍隊からの使者を通常のやり方で受け入れるときのような、敵の野営地を訪れる兵士のような態度が取られていた。決死の覚悟をした者が、血の復讐を果たそうと乗り込んでくることがあまりにも多かったし、敵意に満ちた広間で、武器を持った敵兵にいきなり囲まれてしまうことがあまりにも多かったのだ。そのため、ベーオウルフは、自分たちの盾と槍を見張らせる番を置いている(三二二～三二四行)。

44　フロースガール王、ご機嫌麗しゅう！（＊四〇七行）*Wæs þú, Hróðgár, hál!*

通常、*þú*が挿入された形の*wes hál*は、儀礼的な挨拶をする場合の古英語の決まり文句。彼らは人と会ったとき、相手の健康を願った。現代のわたしたちは「ご機嫌いかが？」と、相手の症状を尋ねるだけだ。決まり文句の*Wes heil*から、古代スカンディナヴィア語および古代スカンディナヴィアの飲酒の習慣の影響を受けて変化した現代語の名詞「wassail」［訳注：酒宴、健康を祝す乾杯の挨拶］が派生した。わたしの知るかぎり、*wes hál*が、健康などのための乾杯と特別なつながりがあったという証拠は、古英語にはひとつもない。現に、＊六一七行目で王妃が用いた決まり文句は*wes hál*ではなく、見たところ*béo þú blíðe*（*æt þisse béorþege*）、もしくはそれと同様の表現のようだ。［*bæd hine blíðne æt þǽre béorþege*六一七行、「エールの宴を心ゆくまで楽しみ（中略）と願った」五〇〇〜五〇一行］

45　三二九行以下（＊四〇七行以下）

ベーオウルフはすぐさま、誇りと自信をあらわにする。しかし、「自慢をしている（boastful）」のではない。ベーオウルフが「自慢をしている」と言ってしまうのは、状況を誤解しているせいであり、辞書編集の難しさに帰因する。ベーオウルフの話が*gilpcwide*（＊六四〇行、「誇りあふれる言葉」五一八行）であることはたしかだが、そこには「自慢話（boastful speech）」と注釈がついているはずだ。しかし、その注釈は間違っている。人は「自慢話」を聞きたがるだろうか？　けれども王妃はベーオウルフの*gilpcwide*に大いに満足していた。また、辞書編集者たちは*gilpgeorn*に出くわすと、（虚栄ではなく）「栄誉に対する渇望」と注釈をつけねばならないと感じる。問題は、古英語の*gielpan*と*gielp*が中立的な言葉で、良い意味か、悪い意味かは状況によって変わり、普通は良い意味になるのだが（なぜなら虚栄は評価されない）、現代のわれわれが、中立的言葉、あるいは良い意味に傾く言葉を持ち合わせていないことだ。「boast（自慢）」は、騒音を意味する中英語の言葉に由来するが、「vaunt（うぬぼれ、豪語）」には、ラテン語の*vanum*「空しさ」が含まれている。

しかし*gielp*に「空しい自慢」という意味はなかった。「空しい自慢」は*idel gielp*であり、軽蔑に値した。*gielp*は「誇りに満ちた話」もしくは「勝利の喜び、歓喜」を意味し、そのようなことは、特定の状況においては軽蔑されなかった。何かを成し遂げたあと、*gielp*を口にするのは、わたしたちが言うところの「自慢」に近づくように思えるが、*gielp*は度を超さず、真実でなくてはならなかった。事を成し遂げる前に*gielp*を口にするのは大変なことで、成し遂げるという約束が伴い、約束を破ることは不名誉を意味した。この点に関する忠告が、『The Wanderer（さすらい人）』の六九～七二行、および一一二～一一三行に見て取れる。前者は「賢き者は（中略）、物事を熟知するまでは、過度に*gielp*をしたがってはならない。*béot*（これも「自慢」と解釈されることが多い言葉だが、「誓い」と解釈するほうがふさわしい）を口にするときは、たとえ心が動いても、自分の考えが何を目指しているのかはっきりわかるまで待つべきだ」。後者は「約束を守る者は良き人なり。勇気をもって解決策を実現するすべがまだわかっていないのであれば、あまりにも軽率に胸の内にある激しい感情（古英語*torn*）をあらわにすべきではない」。つまり、本気で実行するつもりがなく、分相応かつ自分の意志に見合った実行方法がわかっていないのであれば、「〇〇のためにおまえを殺してやる」などと口にしてはならないのだ。

言うまでもないが、ここの状況は、ひとりの若者が遠路はるばるやってきて、危険で難しい任務を果たそうとしている、経験を積んだすぐれた人々がその任務に挑むも、これまでのところ挫折している、ということになる。若者はすでに、名刺を取次に出しており、詩人は自分が選択した方法で、沿岸警備の番兵に対してのみ、ベーオウルフに用件を語らせていたが、フロースガールの言葉から（三〇五～三〇八行、＊三八一～三八五行）、ウルフガールにもそれが少しだけ伝えられたことは明らかだ。したがって、ベーオウルフは自分にその資格があることを証明する必要があり、すぐにそれを実行している。ここで注意してほしい。彼は虚勢を張ったり、大声でまくしたてたり、ぞんざいな態度で、力を見せてやろうと言ったりはしていないのだが、一部の注釈者の解説から、そうだと思ってしまう人もいるのだろう。

46　夕暮れ時の太陽が天の青白き光の下に隠れるや（＊四一三～四一四行目）*siððan æfenléoht under heofenes hádor beholen weorþeð*

［写本の*hador*と読み取れる箇所に関する父の論考と、そこを*haðor*とする修正案を少し簡潔な形で掲載する。］

*hádor*という言葉は「澄み渡る、明るい」を意味する形容詞で、名詞として用いられている箇所は

ほかにない。＊四九六～四九七行（*Scop hwílum sang hádor on Heorote*）、四〇二行「ヘオロットのなか、吟遊詩人の歌が朗々と響いた」では、音（声）に対して使われているが、そうでなければ、空（あるいは太陽や星）に関連した表現で目にすることがほとんどだ。ただ、その場合、関連性は「輝き」の描写に見られるのだが、ここではそれとは対照的に、（不吉な）闇の到来、日中と比べれば、すでに薄暗くなっている太陽の光が「隠れること」が描写されている。

主としてこのような理由から、ここは*haðor*とするほうがはるかにいいとわたしは思う。それに、夕方の光が、空の明るさの下に隠れていると言うのは、ばかげているようにも思える。名詞*haðor*（*hádor*と同様、詩語だが、もっと珍しい）は、ほかの場所では*heaðor*「監禁状態（の場所）」の形で目にする。『ベーオウルフ』では、動詞*geheaðerod*が、＊三〇七二行、二五七八行に「閉じ込められる、囲まれる」の意味で登場する。*under*は、内側の位置、内側への動き、限定された空間、とりわけ、囲い込むものや牢獄、「四つの壁のなか」を描写する場合に頻繁に使われていた。＊一〇三七行の*in under eoderas*（*eoderas*は宮廷の外側の囲い）、八四四行「宮廷内へ」（四七ページ）参照。

人々がまだ西暦八〇〇年にいて、「平らな地球」という想像を今よりも鮮やかに、かつ一心に持ち続けていたことを忘れてはならない。現代の言葉にも、日が昇る、日が沈む、地の果てまで行くなど、平らな地球を中心とする言い回しがいくつも残っている。いずれにせよ、教育を受けた人たちは、学校で学んだこととして、地球は丸いと知っていたが、その知識が詩の印象に影響をおよぼすことはなかった（それに、詩人の実際の感覚にもそれほど影響しなかった）。広い大地は、昼間は太陽に照らされ、太陽が大地の囲い、もしくは大地の縁《へり》の向こう側に沈み、暗い地下世界へと降りていくと夜が来る。そして太陽は地下世界の旅を続け、翌朝、東側の囲いの上に再び昇るのだ。太陽や月が暗闇のなかへ降りていくとか、夜のあいだは地下世界の薄暗い深淵をさまよっていると思っていた人を、今（ヨーロッパで）見つけるのは難しいだろう。それも、このようなことに思いをはせる人がいればの話だ。今は、夜はあまり重要ではなく、現代人はほとんど空を見上げない。

わたしは、ここでの *haðor* には、*eoderas*（右記参照）と似た意味があると思っている。『Juliana（ユリアナ）』［キネウルフの詩］の一一三行を見ると、*eodera ymbbwyrft*「地平線」の内側で大地をぐるりと取り囲むもの——境界柵とあり、『Exodos（出エジプト記）』の二五一行にも *leoht ofer lindum lyftedora bræc*「［軍勢の］盾の上で、光が空の囲いを突き抜けていく」とある。[*1] この空にあるのは太陽ではなく、「火の柱」で、詩のなかでは、夜に現れる一種の神秘的な太陽、火の玉と想像されている。したがって、*haðor* の解釈として、*under heofenes haðor beholen weorþeð* は「天の囲いのなかに隠された」と訳せるだろう。

［父は後に、この論考の最後に、鉛筆書きで次のように記していた。］

わたしが示した翻訳「天の青白き光の下に隠れる」は（あまり褒められたものではないかもしれないが）、光や囲いと結びつくであろう英語の語句を見出すための試みである。

---

*1 ［一九八一年にジョーン・ターヴィル＝ピーターにより出版された、トールキンが訳した古英語版『出エジプト記』の五七ページに、父はこう記している。「*Lyft-edoras* はおそらく『空の境界』、すなわち地平線。*eodor* は『囲い（防護）』と『柵で囲い込まれた土地』の両方を意味する。したがって、このくだりは『空の囲いを突き抜ける』となるはずだ」］

47　わたしが敵の恨みを買って、その罠から戻ってまいりましたときに（＊四一九～四二〇行）*ðā ic of searwum cwóm, fáh from féondum*

これは、ほのめかされている物語を知っていれば、おそらく難しくはないだろう。*searu*が「戦い」を意味するとは思えない。ゲルマン語の*sarwa-*は、決定的な語源が不明、もしくは明らかになっていないが、「技能」（鍛冶や職人のわざ）、考案したり作ったりするのに技能が求められる、あらゆる装置を意味することは明らかだ。とくに、かなりの技能、熟練のわざが費やされる「武具」を表すのに適しており、なかでも、作り方が難しく、費用もかかる鎖帷子を指すのに使われていたことは間違いないだろう。とはいえ、＊一〇三八行、八四五行、＊二七六四行、二三二四行のように、工夫、技能、器用さを利用したものに対しても使われることがあった。また、陰謀、策略、悪巧み、あるいは実際の罠を表すのに用いられることもあったが、『ベーオウルフ』では*searonīð*「狡猾な悪意」を除けば、この例は見当たらない。派生した動詞*syrwan*、*besyrwan*は、陰謀をたくらむ、だます、陥れるを意味する。

わたしが思うに、ここでの修正の選択肢は、*on searwum*「戦の武具を身に着けて」とするか、「*of*を保持して」敵どもの「罠（悪巧み）」から逃れたとするかだ。後者のほうが可能性はずっと高い（グレンデルもその仲間である*eotenas*を話題にしているのであればなおさらだ。五八〇～五八一行には「人類のひとりを罠にかけて餌食にしようともくろんでいた」、*sumne besyrwan*＊七一三行とある）。いずせにせよ、*on searwum*は頻出語句であり、*of*への変更は考えられないだろう。

ここに出てくる古英語*fāh*を（たいていそうだが）「敵意ある」と訳すのは適切ではない。ここの*fāh*は「敵意ある」ではなく「憎まれた」を意味し、傷つけられた者に対し、怒らせた側の状況を適切に描写している。というわけで、ここでほのめかされているのは、ベーオウルフが敵に「覚えておくべきこと」を与えた、すなわち、*eotena cyn* を痛めつけた。訳は「わたしが敵の憎しみを買って、その罠（魔の手？）から戻ってまいりましたときに」となる。「翻訳文に関する覚書」†31を参照。

48（＊四一九〜四二四行）

このくだりと、ベーオウルフが若かったころのほかの手柄話、すなわちブレカとのエピソード（四四六行以下、＊五四九行以下）、とくに、四六五〜四六六行の「わたしに割り当てられた運命は、海の魔物を九匹、剣で退治することだった」、＊五七四〜五七五行*mé gesǽlde þæt ic mid sweorde ofslōhniceras nigene*には矛盾があると言われることがある。しかし、両者が同じ手柄に言及していたとしても、実際には矛盾は生じない。ひとつには、少し前の部分を読むとわかるとおり、このくだりではすでに複数の手柄に言及している。ベーオウルフは多くのことをやってのけた、「若いころは、数々の誉れ高き偉業を成し遂げました」三二九〜三三〇行、*hæbbe ic mǣrða felaongunnen on geogoðe*（＊四〇八〜四〇九行）と主張しており、そのなかから話を選んで語っているにすぎない。同じ晩にウンフェルスに挑まれ、同じ出来事を引き合いに出すのは得策とは言えないだろう。

そのようなやり方は、作者の習慣とも一致しない。作者の話に重複がある場合、彼はそのたびに別の詳細を伝えている。わたしたちは、ベーオウルフが、フロースガールの館で、王子の隣という名誉ある席を与えられたことも、王の娘フレーアワルのことも耳にしておらず、ベーオウルフがヒイェラークに帰国報告をする際に（一六八七行以下、＊二〇〇九行以下）はじめてそのことを知る。しかし、そこに矛盾はない。わたしたちは順を追ってより詳しいことを知るようになるのだ。

早い段階の話を詳しく見てみると役に立つだろう。その場合、*Géatmæcgum*（＊四九一行、「イェーアトの若き騎士たち」三九七行）のなかにベーオウルフは含まれていないことがわかるはずだ［「翻訳文に関する覚書」†40を参照］。*mæcg* は広い意味で使われることが多い言葉で、たいがいは「男性」を表す言葉として用いられるものの、正しくは、少年、若者を意味し、そのように使われる場合が多く、指導者に対して使われることはない。したがって、ここでは *se yldesta*（＊二五八行、「首領」二〇九行）、一行の *aldor*（＊三六九行、「指揮官」二九七行）と呼ばれる男性は含まれない。また、＊八二九行（六七四行）の *Géatmecga*（*léod*）は、（*Weder-Géata léod* などに見られるような）部族名ではなく、ベーオウルフに率いられた具体的な一団を指している。そして、ベーオウルフが王に近い特別な席を与えられたことは、隣国の王の妹の息子に対する当然の礼儀であるだけでなく、ベーオウルフが、「シュルディングの君主の足元に座っていた」ウンフェルスのすぐ近くにいたことを説明している。ウンフェルスは文句をつけたとき、広間に響き渡るように大声で言ったのではなく、隣にいる人に話しかけるように言った。話が王の耳に届くことをとくに意識していたに違いない［二三九ページ参照］。

ベーオウルフのふたつの話を比較すると、最初の話［フロースガールに対して語られたこと］は *eotenas*（これは水の怪物ではない）に対する手柄であり、もうひとつの話は、*niceras* に対する話である。

［前者の古英語テキストと父の翻訳を掲載しておく。

selfe ofesáwon, ðá ic of searwum cwóm,
fáh from féondum, þǽr ic fífe geband,
ýðde eotena cyn, ond on ýðum slóg
niceras nihtes, nearopearfe dréah,
wræc Wedera níð – wéan áhsodon –,
forgrand gramum;

わたしが敵の恨みを買って、その罠から戻ってまいりましたときに、みずからその証拠を目の当たりにしていたからです。あの戦いにおいて、わたしは怪物の種族を五人縛り上げて退治いたしました。そして、夜は波にもまれながら、水の魔物どもを殺害し、難儀に耐え、風を愛するイェーアト人が被った苦痛の復讐を成し遂げ、敵意ある者たちを滅ぼしてやりました。やつらに降りかかった災いは自業自得というもの。］

ベーオウルフが*niceras*（水の怪物）に言及したことがきっかけで、ウンフェルスはわざわざブレカとの対戦を持ち出す気になったに違いない。しかし、これらは同じ出来事ではない。前者は、イェーアト人を痛めつけた怪物たちへの報復であり、相手にとっては「自業自得」（*wéan áhsodon*）の戦い。

後者は主として泳ぎの競争であり、耐久戦であり、水の怪物は付随的なものだった。

動詞の*gebandと*と*ýðde*が接続詞抜きで記されているのは、ひとつ目の行動が、ふたつ目の行動に関連していることを示している――「五人を縛り上げた際、人食い鬼《オーグル》のたぐいを壊滅させた」。しかし、＊四二一行には*ond*（センテンスを結びつける接続詞で、作者は省いている）が挿入されており、このあとに続くのが、別個の、あるいは追加の事柄であることを際立たせている。「そして」を強調すれば、いちばんわかりやすいだろう――「そして、夜は波にもまれながら、水の魔物どもを殺害し[*1]」

＊四二〇行の*fife*（五人）は、中性複数の*fifel*「怪物ども」の間違いである可能性が非常に高いと思う。この言葉は事実上、忘れ去られていて、古英語詩『Waldere（ワルデレ）』の断片に残っているにすぎないが、『ベーオウルフ』の＊一〇四行に、グレンデルの棲み家に関する複合語*fifelcynnes eard*（八六行「トロール族の生息地」）の形で登場し、*fifel*と*eoten*のつながりを示している。この複合語は、*eoten*族の、巨大で、不格好で、のろまで、愚かな一面を反映していたようだ。つまり、古ノルド語の*fifl*「道化、粗野な男、愚か者」。だが、いずれにせよ、*geband*は*ofslóh*ではない。したがって、たとえ数詞*fife*を保持していても、＊五七四～五七五行*ic mid sweorde ofslóhniceras nigene*（四六

*1 ［これらの観点から、父はタイプ原稿Cのもともとの訳「when five I bound, and made desolate the race of monsters, and when I slew amid the waves（あのとき、わたしは五人を縛り上げ、そして、怪物の種族を退治しました。そして、波にもまれながら（水の魔物どもを）殺害し）」を「where five I bound making desolate（あの戦いにおいて、わたしは五人を縛り上げて（怪物の種族を）退治しました）」と変え、「and」と「and when I slew」に下線を引いた。］

五〜四六六行）との直接的つながりがないことは明らかだ。

これらが言及していることはあいまいで暗示的だが、作者が念頭に置いていた聴衆は言葉（*fīfel*、*eoten*、*nicor*）をよく知っていたと仮定すべきで、そのような人々にとっても、こうした言及は、よく知られた物語をそれとなくほのめかしてくれる興味深いものだったのだろう。合理的な推論はふたつ。(1)（*scop*や*þyle*、非公認の役者や演奏者による）館での娯楽は、伝説に限られてはおらず、「おとぎ話」、驚異や魔法にまつわる物語も含まれていた。また、そのような事柄は、最高位の人々、すなわち王たちにとって、傾聴するに値しないものというわけではなかった。[*2] (2)作者がこの詩を書いたころ、ベーオウルフと呼ばれる人物を実際に連想させるたしかな物語がすでに知られており、それをさりげなくほのめかすだけで十分だった。

確実性は極めて低いものの、わたし自身はさらにこう推測する。このような民間伝承は、おおよそ題名がついていなかったが、なかにはベーオウルフという名に結びつけられてきたものもあったのだろう。つまり、ベーオウルフはもともと、これらの民間伝承とは無関係の存在だった。したがって、この名は民間伝承に登場する英雄の行いや特徴に必ずしも（あるいは、おそらく）由来しない。

---

*2　一七六四〜一七七二行、＊二二〇五〜二二一三行の注目すべきくだりを考慮しよう。このときベーオウルフの報告によれば、グレンデルの死を祝う宴で、フロースガールはみずから芸を披露し、どうやら娯楽のほとんどの「ジャンル」の見本を示していたようだ。王は(i)竪琴を演奏し、(ii)歴史や悲劇に関する詩を朗誦し、(iii)不思議な物語［*syllic spell* ＊二一〇九行］を正しく（つまり、広く受け入れられている形で）語り、(iv)若さはつかの間で、老いを迎えていることを嘆く哀歌を作っていた。

49（フロースガールに対するベーオウルフの要望）わたしとわが誇り高き一団、この勇猛果敢な一団のみでヘオロットを清める（＊四三一～四三二行）*þæt ic móte ána*［追加：*ond*］*mínra eorla gedryht,*［写本：*ond*］*þes hearda héap, Heorot fǽlsian*

物語のなかで、ベーオウルフは独りで（より原始的な形で）グレンデルと対峙することになるが、自分の仲間に対するベーオウルフの礼儀を示し、物語を宮廷風の表現に合わせるため、［*ond*］*mínra*…*héap*が追加されたと見ることは可能だ。これらの言葉は、語られたとおりの物語にたしかに合致しており、広間にはイェーアトの戦士全員が眠っていたのに、ベーオウルフは独りでグレンデルと格闘する。だが、わたしが思うに、作者は、自分が述べた以上のことを意味したり、ほのめかしたりはしていない。ひとつには、*sellíc spell*の形でこの版に最も近い背景となる話があるとすれば、グレンデルが館に来襲したとき、ベーオウルフには仲間かライバル、あるいはその両方がいたこともあり得るし、その可能性は高い[*1]。さらに、テキストをより慎重に検討していくと、*ána*の再解釈につながっ

*1　わたしの「復元」、『不思議な物語 Sellic Spell』を参照。こちらはあとで読んでほしい。わたしは、ベーオウルフには、同じく、ぜひとも手柄を立てようとしていた仲間がひとり（または、ふたり）いたと思っている。ベーオウルフの順番は最後だった。グレンデルが「ハンドシュー」（一七四二～一七四六行、＊二〇七六～二〇八〇行）［訳注：本文ではハンドシオーホ］を殺してむさぼり食っているあいだのベーオウルフの消極性は、［それで］説明がつくだろう。どうやら、ハンドシューは＊七四一行目に出てくる*slæpendne rinc*（「眠っていたひとりの男」六〇三行）のようだ。

ていく。

「熊男《ベアマン》」のような独りぼっちの戦士の物語を、従者を連れた貴公子ベーオウルフに同化させるべく、作者がこれを加えたのだとすれば、非常にお粗末な縫い合わせということになろう。写本では、*mínra* の前につなぎの言葉がないが、何かひとつ入れる必要がある。*gedryht* と *héap* は主格だが、*ic* とは異なる。しかし、両者はそれ自体が並列で同等のものであり、写本にあるような、つなぎ役の *ond* はあってはならないし、きっとなかったのだろう。これは置き場所を間違えたのであって、*ond* は *mínra* の前に置くべきだ。それでも *ána* の完全な意味は「わたし自身が独りで」だと主張するなら、先ほども述べたとおり、この縫い合わせ方はやはりお粗末だ。それどころか、「わたし独りきりと、わが一団とで、ヘオロットを（グレンデルから）解放することをお許し願いたい」という意味になってしまい、ほとんどつじつまが合わない。自分の部下たちについて形だけ言及しているのは、謙遜、あるいはまったくの礼儀として、あとから加えたものであることはどう見ても明らかだろう。

解決策は、*ána* について検討してみることだと思う。今も一般的にそう言われているようだが、*ána* は単数名詞に呼応する（よって、単独で適用できる）弱変化形容詞ではない。これは副詞で、通常は単数名詞を修飾するが、必ずしもそうとは限らず、ほかの部分から切り離された語群を修飾している例も見受けられる。したがって、＊四三一行の最も忠実な訳は「わたしとわたしの一団だけが許されること」（そして、ほかの人たちは許されない）、すなわち、館からデネ人をすべて退去させること、となる。[*2] 動詞 *móte* は当然、直前の *ic* と呼応し、こちらが先に置かれる。なぜなら、ベーオウルフは指揮官であり、あらゆる成功の希望がベーオウルフ個人の力にかかっていることは最初から明白だからだ。グレンデルに勝利する者が本当にいるとすれば、それがベーオウルフであることはだれの目にも明らかだ。だからフロースガールは館を彼に託した――五二九～五三一行、＊六五五～六五八行。しかし、*gedryht*がなんの役目もない、単なる儀仗隊《ぎじょうたい》、戦いの目撃者となる人々であるはずがなかった。話のなかでは、だれひとり（ベーオウルフでさえ）どんな結末を迎えるかわかっていなかった。わたしたちも、できることなら話の内容を知らぬまま、文学的経験によって新鮮な欲求を鈍らせることなく、結末にたどり着くべきなのだ。作者は、事を怪しげにしておくため、できるだけの努力をした。とくに三五〇～三六五行、＊四三八～四五五を見てほしい。万が一ベーオウルフが重大な窮地に陥ったらどうなるか、あるいは、打ち負かされ、殺されたらどうなるか？　彼の仲間たちも同様の事態に陥るだろう。たとえば、ブリュフトノス［訳注：エセックスにおけるモルドンの戦いでヴァイキングを迎え撃った太守］の*heorðwerod*［彼の家に仕える者たち］のように、望みもなく戦い、指揮官の復讐をし、自分たちの（そしてヒイェラークの）名誉を挽回しなくてはならない。三五五行～三五九行、＊四四二～四四五行で、彼らはそのことを（もちろん、航海に出る前からわかってはいたが）ベーオウルフ本人からはっきりと知らされる。グレンデルは可能とあらば、彼らをむさぼり食うだろう。そして彼らは、グレンデルならそれもあり得るし、そうするだろうと非常に恐れていた。五六二～五六八行、＊六九一九～六九六行参照。

＊2　ベーオウルフがフロースガールに、館にはイェーアト人だけを残してくれと頼む*ic āna*のくだりにおける要点のひとつは、よそ者からこのような聞き捨てならないことを言われたあと、少なくともデネの最も勇敢な戦士のなかに、デネの名誉を守るため、自分も残れるものなら残りたいと思った者がいただろうということ。

グレンデルにまつわる恐ろしい噂（一一九行以下、＊一四九行以下）があっても、彼らがベーオウルフに絶大な信頼を置いて旅立ったことは言うまでもない。「（前略）血みどろの死が、あまりにも多くのデネ人をさらっていったことを、彼らは知っていた」（五六六～五六九行以下、*híe hæfdon gefrúnen etc.* ＊六九四行以下）は、彼らが到着後に知ったことを指していると仮定するのは、まったく非現実的というわけではないと思う。ベーオウルフの得意気な（そして軽蔑的な）言葉、とりわけ四八二～四八七行、＊五九五～六〇一行の言葉にいら立ったのは、ウンフェルスだけではなかっただろう。仮にベーオウルフがもっと穏やかな言い方をしていたとしても、広間にいた人々がみずからのメンツを保つため、グレンデルと彼の凶暴な所業の最も恐ろしいイメージをよそ者たちに伝えたのは、やはり自然の成り行きだろう。若者たちは憂鬱極まりない予感を胸に眠りについた。自分たちの指揮官が、グレンデルに丸腰で立ち向かうと突如、豪語しても、心は休まらなかったのだ！

50　（＊四三五行以下）［ベーオウルフは武器を持たずにグレンデルに対峙しようとする］

「巧妙なこじつけ」と指摘されることもある箇所。つまり、この野性的な男、すなわち熊のような少年が、動物と同じように戦うしかなかった原始的物語の特徴が出ているというわけだ。しかし、そのような特徴が『ベーオウルフ』の背後にあるのかどうかはわからない。いずれにせよ、それはこの詩人が登場するよりもはるか昔の話の背景にある特徴であり、「民話」を実在の（血のつながりがある）人物に結びつけるずっと前の話の特徴であるはずだ。

それどころか、ベーオウルフは、武器が使えない人物として描かれてはいない。彼は完全武装をして出かけるのだ。若かったころ、彼とブレカは、抜き身の剣（四三八行、＊五三九行）を持って出発しており、ベーオウルフは水の怪物を剣で殺している（四五一～四五二行、＊五五六～五五七行）。最終的には、剣で九匹の *niceras*［訳注：海の魔物］を殺しているのだ（四六五～四六六行、＊五七四～五七五行）。後に、ベーオウルフはネイリングという名剣を手に入れている（二二四九行、＊二六八〇行）。けれども彼は怪力で、（まさしく、あらゆる英雄的戦士のように！）急に激しい怒りに燃えることもあった。ヒイェラークが倒れた戦では、フランク族の戦士デイフレヴン（ヒイェラークを殺した人物？）を素手で殺している。[*1]おそらく絞め殺したか、首をへし折ったかしたのだろう。というのも、ベーオウルフは相手にしがみついたり、相手を押しつぶしたりしていない。彼はとりわけ、手と、指でつかむ力が強かった。［後に補足：だが、デイフレヴンの殺害に関して使われている言葉は（二二〇四～二二〇六行、＊二五〇七～二五〇八行）、わざわざそうする必要はないものの、彼の体を押しつぶした致命的抱擁にも適用できる。］激しい怒りにまかせ、純然たる暴力と、物を打ちつける力で、剣を折っている可能性が高い。「剣を振るうたびに、手の力があまりにも強すぎたため、剣が酷使されることになった」（二二五一～二二五三行、＊二六八四～二六八六行）

*1 ［父はこのように書いたあと、古英語のテキスト、＊二五〇二行［*ic...Dæghrefne wearð*］*tó handbonan* と、その訳、二二〇〇行「デイフレヴンをこの手で死にいたらしめて」を引用した。しかし、その後、*tó handbonan* を削除し、余白にこう記した。「*handbonan* は『実際の殺害者』を意味し、武器で殺すことに用いられる。したがって、＊二五〇六では、（*handbona* を使ったあと）*ne wæs ecg bona*、『この者を殺したのは、剣の刃でない』と言う必要がある」、二二〇四行。］

実は、先立つ民間伝承の記録がもたらす先入観にとらわれることなく、この詩を見ていくと、『ベーオウルフ』は森や山より、海を熟知している海岸や島に暮らす人々の想像から生まれたのではないかと思えるだろう。それに、ベーオウルフは海の怪物に近そうに、言い換えれば、彼の伝説的特質は、海の怪物に由来しているかに見える。ベーオウルフの最大の能力は泳ぎにあり、特別な敵は *niceras* だ。あまり熊《ベア》らしくない。[*2]

グレンデルの魔術師もしくはトロールのような側面は、人間の武器を無力にしてしまう力があったが、ベーオウルフにはそれがわかっていなかったと仮定できる。この考え方は、その後、ベーオウルフの家臣たちが彼を助けられなかった理由の説明になる（六四六〜六五四行、＊七九四〜八〇五行）。だが、グレンデルの洞窟では、「魔法」の剣、すなわち巨人によって作られた剣が威力を発揮することが判明する。

---

*2　結びつけるものがあるとすれば白い熊（*ursus maritimus*）かもしれないが、スカンディナヴィアでさえ、アイスランド（九世紀末）とグリーンランド（一〇世紀末）に集落ができるまで、「シロクマ」の存在は知られていなかったようだ。シロクマは *hvítabjörn* と呼ばれていた。伝承によれば、最初の *hvítabjörn* は、西暦九〇〇年ごろ、老インギムンドによってノルウェーに連れてこられた。いずれにせよ、これが連想させるのは、熊よりもむしろ悪魔のような海の生き物にまつわる北方の島々の物語で、海の近くに住む人々の住居を襲い、女たちに子どもを産ませたり、彼女らを連れ去ったりしていたであろう、アザラシのような姿をした生き物を連想させる場合もある。このような破壊行為の一部が、ベーオウルフが復讐を果たすことになる *Wedera nīð*［＊四二三行、「風を愛するイェーアト人が被った苦痛、三四一〜三四二行」］に言及されているのだろう［注48参照］。［この注釈の後半部分に対し、父は参照事項が必要だが、このときは見つけられなかったと記していた。］

51　ゴートの騎士たちを、フレーズマンの強力な戦士の一団を（＊四四三～四四五行）*Geotena léode … mægen Hrêðmanna*

　このくだりは非常に興味深いが、理由は詩や物語にあるのではない。古英語文学の多くが失われているため、英雄時代の古い名前への言及ひとつひとつに、はからずも、古物収集的な、特別な関心を覚えるのだ。しかし、わたしたちが手にしている、いちばん新しい『ベーオウルフ』の写本が作られたころにはもう、古い伝承の記憶はあいまいになっていたため、これらの名前の探究を難しくしてしまう場合が多いのだ。それに、写字生にとって古い伝承はわかりにくく、それについて言及すると、原形が損なわれやすかった。いずれにせよ、古今の写字生は（『ベーオウルフ』の写本を作ったふたりも例外ではない）、固有名詞でへまをしがちだった。

　ここで見つかる限り、*Geotena* は、ゲルマン語の名前であれ、部族の名前であれ、正しい形ではない。問題は、一般に知られた名前のうち、筆写された *Geotena* について、いちばん納得のいく説明ができるものはどれかということ。この疑問に関しては多くインクを費やし、議論がなされてきた。しかし、わたしの考えでは、そのような議論はしないでおいたほうがよかったし、もう終わらせることができる。というのも、その議論は「ジュートの愚行」としか言いようがないこと、すなわち、「イェーアト族はジュート族」とする説を助けるためにもっぱら費やされてきたからだ。一度、妙な考えに取りつかれてしまうと、どんどん風変わりなことを考えるようになる。わたしは、そんな悲しむべきことが起きてしまった人たちとここで議論を始めるつもりはない。それでも、かなり多くのことが話せるかもしれない。主な論点の概要を示してみようと思う。

写本は*mægen hréð mamma*となっている。古英語の写字生は、たいがい複合語をつなげていないため、つなげるほうがよさそうだと思えばつなげればよし。つなげなくてもかまわない。わたしは国を表す名として、*mægen Hréðmamma*とつなげるほうに賛成する。

(1) *hréþ*は古英語の韻文で用いられる語（単独では、ほかの場所に二回登場）。異形として*hróþ*、*hróþor*も見受けられる。また、動詞は"*hréðan*"（大喜びする、勝利を収める）。基本的な意味は一種の「音」、勝ち誇って歓喜する（叫ぶ）こと。名詞は人名の最初の部分を形成できた。たとえば、*Hróþgar*、*Hréþric*、*Hróþulf*など。古代スカンディナヴィア語の史料を見ると、デンマークの民間伝承に登場するこれらの人物には、実際にこの要素*hróþ*があったが、*Scyldingas*や一般のデネ人にはそれが当てはまらなかったことがわかる。

(2)だが、(*hróþ-*ではなく) *hréþ-*は、「ゴート族」、古英語の*Gotan*と特別な関係がある。古英語詩『Widsith（ウィードシース）』やキネウルフの詩『Elene（エレーネ）』［注23側注参照］に登場する*Hréðgotan*がその一例。この意味（ゴート族）で*hréþ*は単独で存在できる。したがって、『Elene』の*Hréþ here*［軍隊］＝ゴート族。

(3)しかし、*hréþ-*のこの使い方は、異なる要素、すなわち古英語の*hrǽd*（ゲルマン語の*hraidi*）が後に（英語において）形を変えたものであることがわかる。なぜなら、(a) *hrǽd*が『Widsith』に登場するから。*Hrǽda here* = *Hréþa here*。(b)古英語の*hrǽd-*は、古ノルド語の*hreið-*に相当する。その一例が*Hreiðgotar*。古代スカンディナヴィア語において、これは後に、馬に乗った、騎兵隊のゴート族との特別な関係にもとづき*Reiðgotar*へと変えられた。

(4)これで、イェーアトのなかに同じ要素、同じ変化が見られることがわかる。『ベーオウルフ』で言及されるイェーアトの王家の家系に登場する最古の人物は*Hrēþel*だが、彼の名は*Hrædles*、*Hrædlan*の形でも登場する。

これは非常に意味がある。なぜなら、ほかにも多く点で、ゴート族（*Gotan*）と*Géatas*（古ノルド語の*Gautar*）は結びついているからだ。(a)*Géatas*および*Gautar*は、今のスウェーデンの南部にある地域を占領していた。ゴート族はスウェーデンからやってきたが、彼らの名は、スウェーデンの東部沖にある大きな島、「ゴトランド」に残っている。(b)ふたつの名にもともと関連性があったことは疑う余地がない。たとえば、*goten*が過去分詞（「poured」）、*géat*が同じ動詞の単数過去形であるように、*got*と*géat*は、母音交替《アプラウト》[*1]の関係にある。(c)古ノルド語には、神オーディン（Óðinn）もしくはウォドン（Woden）の別名として*Gautr*が頻繁に登場し、オーディン崇拝はとりわけゴート族と結びついていた。(d)ゴート語の伝承では、テオドリックが属するゴート族の王家、アマリング族の系図の筆頭者として*Gaut*が登場する。(e)最後に、オーディンおよびウォドンはもともと、風の神、もしくは嵐の神だったことは明らかだと言い添えておこう。ここで注目するのは、*Géatas*が*Weder-Géatas*、もしくは単に*Wederas*、すなわち、風のイェーアト、もしくは風の民と呼ばれていること。そして、名前

*1　[アプラウト：drink, drank, drunkなど、関連した語形の母音交替を指す用語。]

の形成要素*hræd*もしくは*hreið*の唯一もっともらしい（そして、明らかに正しい）語源は、古英語および古ノルド語の*hríð*「嵐」とつながりがあるはずだということ。（おそらく、このつながりは、三月（March）の古英語名*hrædmonað*、*hredmonað*、*hrēðmonað*にも見られる。）

したがって、ひとつのくだりに*Hrēðmanna*と、*Géata*ではなく*Geotena*が存在するのは実に妙だということになる。ごく手短に言えば、テキストがもともと*Gotena*となっていたのだろう。これが、この件に関する最もふさわしい説明であるように思える。それは、ゴート族とイェーアト族のもともとの同一性を認識していた詩人が、民間伝承からそれらの名前を取ったためなのかもしれない。もしかすると、西暦一〇〇〇年ごろは、このような古い英雄の名前がまだ記憶に新しく、介在する写字生か編集者が*hrēð-manna*（もしくは*hræd-*）と書かれた言葉を見て、「ゴート族」を連想したとの理由も考えられる。わたしたちが実際に目にしている*Geotena*は、期待される言葉*Géata*と、テキストにあった*Gotena*が混成したものであろう。すぐ下の＊四六一行（三七二行）にも似たような間違いがある。写本の*Gara*は、*Géata*となるはずだが、テキストでは*Wedera*となっている。[*2]

*2 ［＊四四三から四四五行の父のもともとの訳（三五五～三五八行）は「わたしが思うに（中略）、やつは（中略）これまでたびたび、そうしてきたように、イェーアトの民を、あなたさまの誇り高き軍勢を恐れることなく、むさぼり食うでしょう」となっていた。これは底本のテキストを*mægenhrēð manna*と解釈したことによる。父はこの件に関する注釈へのメモのなかで、*mægenhrēð*「軍勢の勝利」は、ここにしか出てこないと記し、「たとえ、これが『勝利の軍勢』［すなわち一団］を意味するはずだとしても、実際には殺されて食われてしまった人々への言及としては、非常に不適切だ」と述べている。このあとの訳文はタイプテキストCに鉛筆で書き込まれた。］（「翻訳文に関する覚書」†36を参照）

52（＊四四五～四五一行）

このように、自分の世話、すなわち、ベーオウルフにふさわしい葬儀をするための費用をぜひとも負担してほしいと強く要望しているのは興味深い。武人や戦士に金がかかっていたことは言うまでもない。彼らはたらふく食べ、大いに飲んだ。平時には、さまざまなスポーツ、競馬、闘馬、賭け事、競争、口論の合間に飲み食いすることが、彼らの主な時間のつぶし方であり、粗末なものばかり出す王はたちまち、ひどいあだ名をつけられることになる（たとえば古ノルド語で *matar-illr*「しみったれの食い物」など）。戦士らには、その武勲に対して十分な見返りを与える必要があった。親族や仲間を殺されたあと、そのような場合にけちけちするのは、王としては最悪の落ち度だったのだ。ほかの部族や国から来て任務に従事している者であれば、多額の報酬を支払わねばならなかった（二〇九六行、＊二四九六行参照[*1]）。それでも、ベーオウルフが（立派にもてなされ、歓迎されている宴の席で）、わたしを満足させることはもう、心配の種（＊四五一行の *sorgian* は非常に強い言葉で、考えるとつらくなる「心配事」に言及しているのが常）にはなりませんよと、王に慰めを言うのは奇妙に聞こえる。まるで下地になっている民話がこだましているかのようだ。詩人の聴衆にはもうわかっている。

*1　サッカーで、チームを強化するために「スター選手」を獲得するのと似ているが、はっきり違うのは、金銭などの支払いを受けるのは戦士本人であって、戦士が残してきた族長や民ではなかった。もちろん、エッジセーオウのように面倒（宿怨）を引き起こさなければの話だが、その場合、借金の精算によって、忠実な支持を得ることができた（三七八～三七九行、＊四七〇行参照）。

たのだろうが、少なくとも（このくだりから推論すると）ベーオウルフが並外れた大食いであることは、すでに彼のキャラクターの一部になっていたに違いない。人の三〇倍の力を持つのだから、ことによると、普通より食欲旺盛どころの話ではなかったのかもしれない。『ベーオウルフ』には明白なユーモアはない。ユーモアが目立てば、たしかに場違いな感じになるだろう。しかし、慎重に読んでいけば、物語の内容そのものであれ、聞き手の反応でわかることであれ、語られた言葉の裏にあるアイロニーに気づくはずだ。ここでは（昔話をよく知っている）聞き手の顔に笑みがよぎり、こんな考えがふと浮かぶのだろう。「ベーオウルフの維持にどれだけ金がかかるか、王は気づいていなかったんだ[*2]！」

53　埋葬の際、わたしの頭を布でお包みくださる（必要はございません）（＊四四六行）*hafalan hýdan*

これは「わたしの葬儀をしてください」という意味だが、儀式全体がひとつの事柄（準備段階の儀式、あるいは習慣）によって示されている。それは殺された者の頭を包むこと。これは費用がかかることではない。しかし、ここで思い描かれているきちんとした名誉の儀式とは、薪を積み、高価な付

*2　物語に示されている時間の枠組みによると、ベーオウルフがフロースガールに食事を与えられたのは、実質的には三日間だ。まず到着した日。その後、彼はグレンデルと対決。その次は勝利の宴が行われた日。このあとグレンデルの母親がやってくる。そして、グレンデルのねぐらを攻めた日に最後の宴が行われ、ベーオウルフは翌朝早く、デネを去った。

随物とともに、火葬にすることだ（ベーオウルフは、薪には載せず、ヒイェラークのもとへ返すべきものとして、自分の胴鎧をわざわざ取りのけている）。グレンデルの母親に殺されたアッシュヘレに対する言及（一七七九行以下、＊二二二四行以下）と比較してみると、そこでは、彼が頭以外はすべて食われてしまったので[*1]（一一八四行、＊一四二〇～一四二一行）、デネ人たちが彼を薪に載せることができなかったと述べられている。したがって、*hafalan hýdan*にはアイロニーが込められている可能性がある。アッシュヘレには頭しか残らないであろうことを、このときのベーオウルフはわかっていなかったのだ。

54　運命はなるようにしかならないのです！（＊四五五行）*Gæð á wyrd swá hío scel!*

*wyrd*を含むくだりが出てきた場合、以下のことを判断するのは難しい。⑴文法的な意味を越えて、どの程度「擬人化」されているのか。⑵具体的に何を意味するのか、すなわち、明らかになじみのある決まり文句に表れている、いわゆる神話哲学的思想のうち、話者や聞き手が意識できる要素がどの程度あったのか、あるいは保持されていたのか。しかし、このような疑問に求められる答えは長くなりすぎてここでは述べることができない。*wyrd*の問題は、とくに作者の「神学」という点で、『ベーオウルフ』批評に影響をおよぼし、答えを出すには、この詩における聖書、異教、神、「運命」への

*1　［実際に述べられているのは、「あの悪鬼が遺体をつかみ、山の川の流れ落ちるところへ持ち去ってしまった」ということのみ。］

言及について検討する特別な論文を書くか、講義をする必要がある。この詩、あるいは、この時代の考え方や想像力に十分関心があるなら、もちろん、自分でやってみるといいだろう。ここで、明白でありながら、無視されがちな注意点をふたつ指摘しておきたい。

(a)この詩には劇的要素がある。それは、ベーオウルフおよびフロースガールの人物像のとらえ方、彼らの表現の仕方に最も強く表れる。「神学的」表現が、ベーオウルフ、フロースガール、そのほかの「登場人物」の言葉に表れているのか、詩人自身がその表現を用いて、聴衆に直接語りかけているのか注意することが重要だ。

(b)「運命」、「宿命」などを伴う表現は常套句になりやすく、その真意が消滅してしまう。口語的な言い回しの道具になってしまうのだ。ある人が「運は勇気ある者に味方する」と言った場合、この言葉から、その人の気の持ちよう、信念、哲学を――持っていればの話だが――即座に推測することはできないし、その人が「運命の女神」のつもりで「運」と言っているのかどうか、つまり、たとえ空想にしろ、その人が自分自身や、自分が受け継いできた表現とは無関係に存在する「だれか」、気まぐれに運命の輪を回す「だれか」を想像しているのかどうか推測することもできない。

*wyrd*に関する表現の大半は同語反復的で、表面的、すなわち言葉の上では包み隠されている。人々があまりにも愚かで気づかないからではない。必然的同語反復に注意を向けさせることによって、諦《てい》観《かん》、「宿命的」雰囲気が表れるからだ。この*gæð á wyrd swá hío scel*という表現は、*che sará sará*《ケ・セラ・セラ》「なるようになる」の文法的変化形といったところだろう。注目すべきは、*wyrd*が女性名詞であること、よって、必然的に*hío*となる古英語を「彼女」と訳した場合、この常套句における擬人化が意識され

る程度が大幅に拡大するということだ［訳注：トールキンはここを「Fate goeth ever as she must!（運命は彼女が行くべきところへ行く）」と訳している。日本語訳では意訳］。文法的には、*wyrd* は *weorðan*「〜とわかる、〜になる、起きる」の動名詞にすぎない。この動詞はここでは割愛、すなわち、*gán*「赴く」に置き換えられているが、＊二五二五〜二五二六行の *unc sceal weorðan...swá unc wyrd getéoð*「to us it will happen…as happening appoints（それは出来事が定めるとおり、われわれの身に起きるだろう）」では同語反復が言葉のうえでも一目瞭然だ［二二一九〜二二二二行の訳は「（前略）運命が、各人の定めが命ずるまま、われら双方の身に事がなされるだろう」］。

　多くのフレーズで *wyrd* は文法的に擬人化されるため、実際には、だれともわからない無名の「動作主」を伴う「受動態」の代わりとしての機能を果たしている。＊五七二行の *wyrd oft nereð…eorl, þonne his ellen deah*「a man will often be preserved if his courage does not fail（勇気が衰えていないのなら、多くの場合、人は守られるだろう）」［訳は四六五行「勇気が衰えていないのであれば、運命はいまだ天命つきぬ者をしばしば救うものなのだ」］、＊一二〇五行の *hyne wyrd fornam*「he was destroyed（彼は抹殺された）」［訳は九六五行の「運命は彼を連れ去ることになったのだ」］、＊二五七四行の *swá him wyrd ne gescráf*「as was not appointed for him（彼のためになるよう定められていなかった）」［訳は二一六〇行「運命は彼が勝利する定めとはならなかったのだ」］。

　とはいえ、わたしは、あえてそのような表現を最小限にとどめている。それでは事の全体像からかけ離れてしまうからだ。*wyrd* は「起きること」、出来事を意味し、以下のように使われることもある。＊三〇二九〜三〇三〇行 *hé ne léag fela wyrda né worda*「he did not conceal anything of what had occurred or been said（彼は起きたこと、語られたことを何ひとつ隠しはしなかった）」［訳は二五四六行「起きたこと、語られた言葉をほぼ誤りなく伝えた」］。だが、*wyrd* には「死」といった、ほかの意味もある（＊二四二〇行 *wyrd ungemete néah*、二〇三四行「運命が、まさに近くまで迫っていた」）。また、「力」や法令そのものとして、あるいは「従属するもの」として、さらには「Metod」など、通例「神」の同義語として使われる言葉に匹敵するものとして語られたりすることもあれば、神と同等のものとして語られることさえある。（「従属」のいちばんわかりやすい例は＊一〇五六行の *nefne him wítig God wyrd forstóde*、八六〇～八六一行「先を予見する神と、かの男の勇気が運命を追い払うことがなかったら（後略）」だろう——*wyrd* が単に「死」を意味するのではないとすればだが）。詳細は注61参照。

55　わが功績に報いるため（＊四五七行）*For gewyrftum*

［写本の *fere fyhtum* は意味をなしておらず、父はその代わりとして、修正された *for gewyrhtum*（わたしの功績のために）を受け入れた。］

よく見ると、ベーオウルフ自身は、フロースガールへの感謝というこの動機について何も言及していなかったことがわかるだろう（三三五行以下、＊四一五行以下）。彼が述べたのは、自国の顧問官たちから、きみは力があり、怪物との戦いで勝利を収めたのだから行きなさいと促された、ということだった。フロースガールは意図的に、少々冷ややかな、皮肉めいた返事をしているわけで、これはウルフガールへの返答で、期待を胸にベーオウルフの到着を歓迎していたときとは対照的だ（三〇五〜三〇八行、＊三八一〜三八四行）。

エッジセーオウに関する情報を小出しにしていくのは、効率的に言葉を用いる詩人の手法に合致しているものの、フロースガールの返答に、ベーオウルフの父親が恩を受けていたことをすぐさま持ち出すという唐突なやり方によって、王の言葉は、たとえ笑顔で語られているにせよ、露骨な小言と化している。

フロースガールの考えは次のように表せるかもしれない。「ベーオウルフは、自分の父親や、わたしが彼にしてやったあらゆることについて言及すべきだ。この男は報告されているとおり、強そうに見えるし、自信にあふれている。これまで見てきた若者もそうだったが、彼がグレンデルの恐ろしさをわかっているとは思えない。それに、わたしが抱いているつらく恥ずかしい思いに、哀れみなどこれっぽっちも感じていないはず」。そして、フロースガールは現代の言葉でこう返答した。「親愛なるベーオウルフ！　わが国へよく来てくれた。かつてこの地で、われわれはきみの父君を受け入れ、窮地を救う光栄に浴したのだ。民のなかには、父君がヘアゾーラフを殺したことを覚えている者がいるかもしれん。あの殺害のあと、きみの国の人々は、父君を追い払ってほっと胸をなで下ろし、父君はここへ庇護を求めてこられたのだ。とはいえ、それはもちろん昔のこと。わたしが敬愛する兄の後を継いだばかりのころの話だ。わたしは家宝を多少犠牲にして問題を解決し、父君はわたしに忠誠を尽くすと誓いを立てられた。グレンデルについて言えば、きやつにかかされた恥が頭をよぎるのはひどくつらいことだ。だが、世に飛び交う噂など、とても真実にかなうものではない。グレンデルは大勢の男たちを殺した。その多くは絶大なる名声を有する勇敢な騎士だった。朝を迎えると、そこに残されているのは血の海ばかりというありさまが、何度となく繰り返されたのだ。はてさて、まずは腰かけ、飲んで食べるがよい。（まだ夜は来ておらぬ。）いずれときが来れば、きみもおのれの勝利を重ねることに目を向けるであろう。ぜひとも力を試してみたいと思うのであれば」

56　ヘオロガール（＊四六七行）*Heregar*

この名前の正しい形は、四七行（＊六一行）、一八一〇行（＊二一五八行*Hiorogar*）と同様、Heorogar（ヘオロガール）[*heoru*「剣」]。よく知られた人物であっても、人名の表記にバリエーションがあり、それによって名前の最初の形成要素が頭韻を維持するが、似たような別の要素に変わってしまう例は頻繁に見受けられる。とはいえ、これは一種の誤りで、原因は筆写にある。実際の個人名は、正式に用いられる正しい名前がひとつしかなかったはず。*heoro-*と*here-*はとくに混同しやすい。見た目がよく似ていると同時に、どちらも同じような分野の意味を持っていたからだ。ただ、*here*「軍隊」は相変わらず使われていたが、別の言葉である*heoru*は、韻文でもほとんど廃語と化していた。『ベーオウルフ』では＊一二八五行（一〇六九行）に一度だけ登場する。それでも、韻文の複合語としては頻繁に使われていたものの、ほとんどの場合、*heoru*の本来の意味は忘れられていたことがわかる。*heoro-*は「ぞっとする、残酷、血」といったあいまいな意味を伝えているにすぎず、実際には*here-*（戦の軍勢）という意味に取られているように思える。

57　神は（中略）たやすく防ぐことができるのかもしれん（＊四七八行）*God éaþe mæg...*

この部分の正確な意味や含みはよくわからない。厳密に文字どおり訳すと「神は容易にこれをすることができる（その力を持っている）」となる。全能の神に対して、容易度や難易度は適用できないと異を唱えるのは無理があるように思えるかもしれない。とはいえ、ここの *éaþe* が「簡単に、難なく」を意味しているかどうかは疑わしい（この状況では少々ばかげている）。*éaþe* はかなり頻繁に、*mæg* は多くの場合、才能や能力よりも、（その状況における）可能性や公算を表すのに使われる。この場合の *éaþe* は、「he may well come（彼はたぶん来るだろう）」、「it may well be that（それもあり得る）」というときの「well（たぶん、おそらく）」、*mæg* は「may（～するかもしれない）」に近い。したがって、最も近い解釈は「神がこれをすることもあり得る」、未知の要素は神の「能力」ではなく、神の「意志」ということになるだろう。いずれにせよ、ここに表れている感情および趣旨は、祈りの形は取っていないものの、「哀れみを請う叫び」である。神が耳にし、（ひょっとすると）心を動かされるかもしれない敬虔な発言と言ってみてもいいのだろう。

58　（＊四八九～四九〇行）［ベーオウルフに対するフロースガールの最初の発言の締めくくり］

［まず、古英語の＊四八九～四九〇行を写本にあるとおり載せておく。このくだりの問題について、父は『ベーオウルフ』のテキスト上の「難問」をテーマとした講義原稿で詳しく論じ、全般的な注釈ではより簡潔

に論じている。このケースでは、王がベーオウルフに何を言った可能性が高いのかという議論を前者の一部から掲載し、そのあと、（後者を簡略した形で）古英語の言葉に関する父の解釈を掲載する。

Site nú tó symle ond onsǽl meoto
sigehréð secgum, swá þín sefa hwette]

このとき、フロースガールが何を言った可能性が高いのかという点に関して、予備的に推測しておくのが妥当であろう。フロースガールの発言は、おおむね、ベーオウルフの最初の挨拶への応答だ。ベーオウルフの言ったことは、要約するとこうなる。「わたしはグレンデルに立ち向かうべく、はるばるやってまいりました。怪物退治の経験はすでに持っております。うまくいくことを願っておりますが、（謙遜して）もちろん、これはやってみなければわかりません」。最後の部分は、入念に礼を尽くした言い方になっている。「それは神が判断なさること。グレンデルは、可能とあらばもちろん、われらイェーアト人を食うでしょう。その場合、あなたさまはもう、わたしに悩まされることはありません。わたしに飲み食いさせる必要はなくなるのです。わたしの胴鎧はヒイェラーク王に送り返してください。これは王の父君のものでした。物事は、運命が命じるまま進むのです」

周到なスピーチ、儀礼的な言葉に紛れて、腕っぷしの強い若き戦士の誇らしげな自信が感じられ、さらに後ろのほうからおとぎ話の声が聞こえてくる。「いそうもない若者」、どっしりした、食いしん坊の熊少年、世話をして養うのは大変だが、その熊少年が今、これまで、来る者を皆、倒してきた怪物を相手に腕試しをし、世話になっている分に見合った働きをします（あるいは、世話になるのはやめます）と申し出ているわけだ。

フロースガールは何と答えるのか？　最初に、自分にはベーオウルフの申し出に応じる資格があると、いんぎんに指摘する。きみの父親を世話したことがあったのだと。[*1] これはおとぎ話に由来するエピソードではなく、「史実にもとづく」伝説の背景に、おとぎ話的要素をしっかり定着させるべく考案された接着剤の一部だ。このあと、おとぎ話からの影響がより強く感じられるくだりが続き、三八一～三九五行、＊四七三～四八八行で、戦士のつもりでいる男は、怪物の恐ろしい力について警告される。ここに挿入されるのが *God éape mæg*…［注57参照］で、これは *wyrd* に対するフロースガールの姿勢を明らかにするために（王はこれも *wyrd* だ、「しかし、神がグレンデルにこのような所業を許したからだ」と言う）、また、三五四～三五五行、および三六六行（＊四四〇～四四一行、および＊四五五行）のベーオウルフの言葉に対する答えとして加えられたと思われる。そして、フロースガールは、解釈を要する、このあいまいな言葉で話を締めくくる。古いおとぎ話の要素、宮廷風の背景、この物語の状況は、詩人が語るべくして選んだものだということを、できるかぎり留意したうえで考えてみよう。フロースガールは何を言った可能性が最も高いのか？

*1　［のちに追加］ここには皮肉がこめられている。「きみは *feorran*［＊四三〇行、「はるばる遠くから」三四七行］やってきたのか？」。「あのとき、助けを必要としていた父君にとっては、それほど遠くはなかった。したがって、その恩を返しにくるのも、それほど遠くはなかったはずだ」

それはこうに違いない。「多くの者がここで宴にあずかり、グレンデルに立ち向かうと誓ってきた。そのたびに、翌朝になると、館には彼らの血が残されているだけだったのだ。だが、今は腰を下ろし、宴を満喫するがよい。そして、あとで、自分が豪語したこと、あるいは戦いに心を向ければよい。もしも、そうする勇気があればだが」。後にベーオウルフが再び誓いの言葉を述べたときにはじめて、フロースガールが喜び、この若者は本気だと判断している点に注意すべきだ（四九四～四九五行、＊六〇九～六一〇行）。［注38参照。］

もちろん、フロースガールがほかのことを言った可能性もないわけではない。たとえばこうだ。「わたしの吟遊詩人が披露する見事な歌を聴き、じっくり考えてみなさい（その歌は、きみの心を高揚させるだろう）」。実際に、ひとりの吟遊詩人が朗唱を始めている（四〇一行、＊四九六行）。あるいは、こう言ったとも考えられる。「広間にいる男たちに遠慮なく話しなさい。きみがほのめかしてきたとおり、自分の手柄を除外することなく、勝利にまつわる話を語りなさい」。ウンフェルスにしてみれば、これは感情を爆発させる特別な目的になると感じられたかもしれない。この *þyle*（記録係）は、*scope*（吟唱詩人）の歌が終わり、発言の機会を得るが否や、口を挟んでいる。人々に関するあらゆることを把握しておくのが彼の立場だったが、彼は怒っていた。フロースガールが（この観点からすると）見知らぬ人間に自分の冒険談をすべて話すよう勧めたからだ。

以上が、最も可能性が高く、こじつけにせよ、写本にある言葉からなんとか絞り出せる限りの意味だ（とわたしは思う）が、このなかでは、やはり最初の選択肢が圧倒的に有望だ。吟遊詩人ははっきりした声で歌っているが、あくまでも宴につきものの普通のこととして、そうしているにすぎない。

どのような歌だったかは伝えられていないし、強調もされていない。またウンフェルスの敵意は、国王が見知らぬ客人に特別な好意を見せるまでもなく刺激されていた。それどころか、実際にはウンフェルスが感情を爆発させたことにより、(前述の最初の選択肢に従えば)フロースガールの警告はより過激でぶしつけな形となって、効果的な響きを帯びている。事実上、彼は「そのとおり」と言ったのだ。「王が言ったことを聞いただろう。朝になると、長椅子は血にまみれていた。おまえは大したやつさ。それは間違いない。だが、自分で思っているほど立派なもんじゃない。いつも最高の結果を出せたわけじゃないだろう。それに、グレンデルとの勝負だって最高の結果など出せるもんか。あとで、やつを寝ずに待つ勇気が出たとしてもな」

このやっかいな一節に関しては、そのなかにある言葉の数よりも多い解釈や提案が現存するため、より好ましい解釈にのみ言及する。

中心となる難題は *meoto* だ。確実なことはひとつしかない。それは、*Site nū tō symle ond*... のあとには、命令形単数がもうひとつ続かなければいけないということ。*on sǽl* もしくは *meoto* からはそうとしか推測できない。可能性を検証すると、*onsǽl* は命令形単数ではあり得ないし、*meoto* も名詞ではない(*onsǽl* が動詞なら名詞になるはずだが)。*meoto* が命令形単数だとすれば、方言の形 *meota*、あるいはそれを少し書き誤ったものに違いない(編集者と同様、写字生がその言葉を識別できなかった場合の常として、そのまま残された)。つまり、*meotian* の命令形単数＝ウェスト・サクソン方言の *metian*。さて、このような言葉には、すばらしい語源があるもので、これはまさしく、ゴート語の*mitón*「熟考する、思案する、考慮する」に相当する。さらに、古英詩『Genesis（創世記）』の一九一七行に、命令形単数が*geþanc meta þine móde*として出てくるのだ。これの意味は「自分が考えていることについて思案せよ」。したがって、*on sǽl*は「そのときが来れば」を意味する。

これに付随する難題は*sige hréð secgum*だ。このなかに*meta/meota*の目的語があるはずだ。*sigehréð secgum*「男たちにとっての勝利」は可能性がある。だが、わたしの考えでは、*sige Hréðsecgum*「フレーズマン（Hrethmen）〔注51参照〕にとっての勝利」を意味しているのは明らかだ。（部族の名に「人（man）」を意味する語が添えられている点については、この直後、＊四九一行、三九七行に*Géatmæcgum*が出てくることに注目してほしい。）

ベーオウルフは、ほかの多くの者たちが失敗を重ねてきた場所で、イェーアト族のために勝利を収めることを考えるようになる。この場合、実はフロースガールは、ベーオウルフが用いた表現*mægen Hréðmanna*（＊四四五行、三五七行）を思い出させている。ベーオウルフは控えめに「もしグレンデルが何とかその機会を得れば、これまでの相手に対してそうしてきたように、フレーズマンの一団を食ってしまうと思う」と述べていた。フロースガールはこれに対して「もしもそうする勇気があるのなら、そのときが来たら、フレーズマンが勝利するための策を考えなさい」と答えており、言い回しがよく似ている。

最後に、ここの*hwettan*は仮定法現在（まだ実現されていない未来を表す）で、「心が自分をけしかけるのであれば、それに従って」となる。*hwette*は非常に強い言葉で（欲望などを刺激する、人をそそのかして駆り立てる、けしかける）、この一節に対するほかの大多数の解釈には適さない。[*2]

59　エッジラーフの息子、ウンフェルス（＊四九九行）*Unferð, Ecgláfes bearn*

作者は通常の手法に反し、突然「手品のように」ウンフェルスを登場させる。何の前触れもなく、完全に自分のやり方で、名前と父称《ふしょう》［訳注：人名の一部に父親や父祖の名がつけられているもの］を登場させたのだ。この例外的なやり方には意味があるに違いない。これはきっと、作者が『ベーオウルフ』を書く前からもう、ヘオロットの宮殿では、エッジラーフの息子ウンフェルスがよく知られた人物であったことを示している。ウンフェルスをひと目見なければ、ヘオロット見物は終わらなかったのだろう。それは、キャメロットに行って、ケイ卿の噂をまったく耳にしないようなもの。聴衆は彼の登場を待っており、熱心に耳を傾けるようになっていたのだろう。ウンフェルスには、（ケイ卿に粗野で無礼な態度が与えられていたように）すでに与えられている気質や態度があった。負けず嫌いで、聡明ではあるが、意地が悪く、人に難癖をつけたがる。彼は何を言おうとしたのか？

あまり確信はないが、おそらく、これが彼のお決まりの登場の仕方だったのだろう。用心深い男、「王の足元に」座っている、控えめ、最初はよそから来た客にほとんど気づかれない、そこで語られることすべてに耳を傾けている、そして、最も効果的に登場できるときが来るまで慎重に待ち、ここぞというところで口を開く。父称は重要だった。なぜなら、それは、彼の親族の扱い方にまつわるいまわしい伝承と関係があったからだ。伝承は、グレンデルのストーリーとの絡みからはかけ離れた、

＊2　［この一節の翻訳に加えられた変更については「翻訳文に関する覚書」†39を参照。］

ウンフェルス個人にまつわるものだった。

　ウンフェルスに歴史的「核」があるにせよ（十分あり得る）、ないにせよ、シュルディングとヘオロットの宮廷にまつわるイングランドの伝承において、彼は主として、政治と王家にかかわる側面に属している。しかし、グレンデルのたぐいが出てくる物語がヘオロットの伝説に結びつけられるようになると、宮廷での立場により、おそらく必然的に、ウンフェルスも物語に引き込まれたのだろう。ヘオロットの物語とウンフェルスをつなげようとしたのは、われらが詩人がはじめてだった、とは考えにくい。だとすれば、ベーオウルフと、グレンデルの破滅と、ウンフェルスがつながったり、衝突したりといったことは、すでにこの伝承の一部となっていたに違いない。しかし、この詩人のおかげで、衝突や「口論」は以前よりもはるかに重要なものとなったのだろう。詩人がその点にかなり手間をかけたことは明らかだ。彼はこの衝突を物語の重要な挿話のひとつに作り替え、四〇五～四〇六行（＊四九九～五〇一行）で呼び起こした関心を失望させなかった。

　『ベーオウルフ』の作者の独創性は、（あまり重要ではない登場人物や出来事であれ）純然たる創作ではなく、以下の二点によって発揮されているのだろう。⑴それまでヘオロットの物語の二大軸は、ヘアゾベアルド族との確執と、フロースガール亡きあとのフローズルフの野望および一族の破滅的対立だった。グレンデルの話題はそこにつけ足されたもの、しかも偶発的につけ足されたものにすぎなかったが、作者はこれを物語の「中核」へと作り替えた。⑵ほかの伝説群にも言及することで、詩全体を豊かなものにした。ベーオウルフを主人公にしたことで、当然、かかわってくるイェーアトとスウェーデンとの確執に言及しただけではない。イングランド人（オッファ）や、ジュート族とフリジア族の物語（ヘンジェスト）における重要な事柄にも言及し、さらに、スウェーデン人やデネ族やゴート族の伝承、そのほか少数部族（ウェンドラス、ウェルヴィング、ヘルミングなど）にもときおり言及した。そのため、彼の詩はひとつの部屋で見る演劇のようで（今やわたしたちの視界はぼやけ、景色は暗くなったけれども、やはりそう感じられるだろう）、窓からは、イングランド人の元来の故郷であった世界にまつわるおもな伝承のはるか向こうにある景色をのぞむことができるのだ。

エッジラーフには、エッジセーオウと対称をなすものとして作り出されたような響きがあるかもしれない。しかし、似ているのはおそらく偶然だろう。ふたりの登場人物（ウンフェルスとベーオウルフ）に「歴史的」位置づけを行ったのは、彼らがつかの間の接触を果たすこととは無関係のプロセスだったとする考え方を疑うよりは、むしろ支持したい。名前の類似性を作り出されたものと見なすのは考えすぎであろう。

60　**（＊五五五行以下）**［**ベーオウルフと海の獣との戦い**］

『ベーオウルフ』を理解（および翻訳）することの難しさが示された良い例。この箇所と同様、多くの場合、障害は二種類ある。作者は、自分や聴衆にはよくわかっている物事や行動について言及しているため、描写に正確を期す必要がないが、それらは、わたしたちには、あまりなじみのないことかもしれない。そして、正確を期す必要がないため、文学的、すなわち「詩的」な表現をしても差し支えない。つまり、詩人は物事を明白に言い表すのではなく、自分およびその時代の人々が抱く文体という概念にもとづく表現をしており、それはわたしたちの美意識や習慣とは異質なものであるかもしれない。したがって、現代のわれわれにはぼんやりとしかわからないこと、あるいはまったくわからないことに関しては、難解な詩行にひとつかふたつ遭遇する（あるいは、遭遇していると感じる）場合もあるだろう。

わたしたちは、というより、とにかくわたしは、役者や見物人のように、剣を用いた接近戦に詳しいわけではない。それに、バラエティーに富んだ剣について詳しいわけでもない。だが、大変な努力をして想像するまでもなく、ベーオウルフが陥った窮地の一端をうかがうことはできる。彼は、大きな力を持った海の獣につかまれ、抱え込まれているに違いない。つかまれまいとしっかり抵抗し、牙で突かれたり、噛みつかれたりするのを避けるには、大変な力を要した。だが、空いているのは片手だけ。もう片方の手には抜き身の剣が握られている（四三八行、＊五三九行）。この武器は、六〇センチはあったろう。敵に切っ先（四五二行*orde*、＊五五六行）を向けるためには、相当頑張って剣を引かねばならなかったはず。攻撃可能な距離が少しでもあったとして、強靭な獣皮に剣を突き刺すには、手と腕にとてつもない力がなくてはならなかっただろう。これはすばらしい離れ業だった。しかし、それは言葉では記録されていない（ほとんど描写されていないのだ！）。「わたしはむんずとつかまれた。それでも幸運に恵まれ、気がつくと殺人鬼は戦の剣の切っ先を受け、倒れ込んでいた。戦いが始まり、わたしはこの手で、手ごわい海の獣を滅ぼした」（四五〇〜四五三行）。この見事なひと突きをやってのけた手のすさまじい力は（つまり、詩人の聴衆にはそう思われていた）、奇妙な非人称表現によって強調されている。一撃を加えるチャンスの瞬間をつかむための必死の努力は、（ベーオウルフの「スポーツマンらしい謙遜」が同時に表現された形で）*hwæþre mé gyfeþe wearð*...（＊

五五五行）「それでも幸運に恵まれ……」（四五一行）に示されている。現代の言い方をすれば、「それでもチャンスがめぐってきた」もしくは「それでも、剣の切っ先を獣に突き刺すチャンスがあった」がいちばん近い表現となるだろう。

61　勇気が衰えていないのであれば、運命はいまだ天命尽きぬ者をしばしば救うものなのだ（＊五七二～五七三行）*Wyrd oft nereð unfǽgne eorl, þonne his ellen déah*

（「運命はなるようにしかならないのです！」に関する注54参照）このくだりは、そのままだと、運命に関する言及としては、ほぼ完全に、これ以上ないほど「非論理的」描写となっている。「勇気が衰えていないのであれば、運命は、死ぬべき運命にないときの人間を（運命から？）しばしば守る。何から守るのかといえば、（すでに運命づけられている）死である！」

これを解明するにはかなりの注釈が必要となる。さっそく問題の核心に触れると、（はっきりしていることに限って言えば）これは基本的に、人間の意志（および勇気）の価値そのものだけでなく、意志がもたらす「可能性」という実際の効果を、気持ちのうえで、また考え方として主張している。言い換えれば、絶対的運命の否定である。おそらく「警句」なのだろう。この詩人が最初に考えだした警句ではなく、人の心に訴え、彼が描いている、若くて、強くて、恐れを知らないベーオウルフのような人物がいかにも口にしそうな警句だった。わたしが思うに、結局のところ、これは「英雄的」あるいは貴族的な言葉というより、大衆的な言葉による警句なのだろう。また、その観点から、*wyrd* は哲学的な運命ではなく、運や偶然の機会であり、*unfǽgne* はおそらく「死ぬべき定めにある」

ではなく、「状況にひるまない、狼狽しない」を意味する（あるいは意味していた）と気づけば、「非論理的」の度合いは低下する。「勇気が衰えていないのであれば、運は（よく見られるとおり）事態にひるまぬ者を救う」なら、それほど不合理な表現ではないように思われる。

*ellen*に関しては、「活力」が妥当なところだろう。これは純然たる詩語ではないものの、英雄詩では最もよく使われる言葉だ。「力」という意味に取るのがふさわしいであろう文脈に登場することもあるが、「体力」を意味しているのではない。肉体的手段ではなく、人に活力あふれる行動を促す精神力と情熱を意味している。危険な状況や恐怖を克服するときにのみ発揮されるものではないので、意味は現代の「勇気、武勇」には限定されない。基本的に*ellen*は、誇りを有する個人の競争心や闘争心を指していた。競争をしている走者は*ellen*を見せなければならない。ウンフェルスのねたみや悪意でさえ、*ellen*を示していた。

*wyrd*はというと、「事の顛末、成り行き」。この意味は「英雄詩」に見受けられる（『ベーオウルフ』の例では、*hé ne léag fela wyrda né worda*「彼は起きたこと、語られたことを何ひとつ隠しはしなかった」［注54に言及］）。だが、それは通常の意味ではない。「偶然の機会」や「運」に相当する意味は、もっぱら大衆的な言葉に属するものと認識されるべきであって、次元の高い運命にはあまり関係していないのだろう。

*unfǽge*に関して言うと、*fǽge*は難解な言葉だが、おそらく元来は、宿命や運命とは無関係の大衆的な（しかも農耕に関係した）言葉で、「熟して（落ちる）、やわらかくなる、腐った」を意味していた。英雄詩でも「死ぬ運命にある」との意味は、言葉そのものに含まれているというより、前後の関

係でそうなるのであって、実際には「死にかけている」という意味しかない場合が多い。大衆的な言葉では、*fæge man* は「運が尽きた」者ではなく、むしろ精力や活力がない（もしくは失った）*ellen ne déah* 者だった。*unfæge* はこの警句（＊五七二～五七三行）と、＊二二九一行［翻訳は一九二六～一九二七行「死なない運命にある者」］にしか出てこない。見てわかるとおり、この警句では、一般的な意味「弱っていない」がしっくりくるだろう。＊二二九一行の場合、正確な意味はあまり定かではない。というのも、ここは、竜の秘宝のありかに忍び込んだがゆえに、竜を激怒させ、ベーオウルフに死をもたらすきっかけとなる男について言及しているからだ。ただ、残念なことに、このエピソードの語られ方がじれったいほど暗示的なのと、写本の著しい損傷により、宝のありかへ忍び込む場面の記述が判読しづらくなっているのとで（＊二二二六～二二三一行、一八七二～一八七五行）、この男の話や人物像には確信が持てない。もしも彼が決意を示している男、少なくとも、自暴自棄になって恐ろしい行為におよぶ意志や勇気を示している男であるなら、＊二二九一行の *unfæge* は＊五七三行と一致するかもしれない。わたしは、これはあり得ることだろうと思っている。彼は実際に、抜け目なくこっそり、この場所へ進んでいき（*dyrnan cræfte*、＊二二九〇行、一九二五行）、竜の頭に近づいた。固い意志を持つ男は、神の恵み（*Waldendes hyldo*、＊二二九二～二二九三行、「主の恩寵」一九二八行）によって、無事に難を逃れられるだろう！

この侵入者が、みずから進んで秘宝を略奪したのではないことはわかっている（*Nealles mid gewealdum* ＊二二二一行、「決してみずからの意志で～ではなかった」一八六六行）。彼は何らかの罪を犯した（*synbysig*、＊二二二六行、「罪悪感にさいなまれつつ」一八七〇～一八七一行）逃亡奴隷で、*hetesweengeas*（＊二二二四行「むち打ちの厳しい罰」一八六九〜一八七〇行）から逃れてきたとあり、おそらくこれは、恐ろしいむち打ちというよりは、殺されることをほのめかしているのだろう。もし次に来る言葉が、最も可能性が高いと思われているとおり、*ærnes þearfa*「隠れる場所がなく」であるとすれば、損傷のひどいこの一節から読み取れるのは、こういうことだろう。男はなかに入ってはじめて、自分が竜のねぐらに足を踏み入れてしまったことを知った。*ðám gyste gryrebróga stód*＊二二二七行（「侵入者はすさまじい恐怖に襲われた」一八七二〜一八七三行）。だが、男はこれで弱々しい臆病者になったりはしない。彼は死に物狂いの勇気を発揮した。ぞっとする状況にもかかわらず、こうすれば事態をうまく利用できるのではないかと悟ったのだ。どうやら、パニックに陥っている様子はなく、（*fǽge*な人のように）縮み上がってもいない。そのような状態に陥れば、一巻の終わりとなっていただろう。彼は大きな金張りの杯（一九一九行、*fǽted wǽge*＊二二八二行）をつかんでこっそり逃げだし、主人のもとへ杯を持ち帰り、それと引き換えに許しを得た。これは非常にしたたかで、しぶとい人間の行動だ。以上のことから、こう推定できる。彼が犯したのは暴力的な罪だった。また、*fǽted wǽge*には莫大な価値があった！　後に彼は*hæft hygegiómor*（＊二四〇八行「暗澹たる心持ちの囚人」二〇一二行）と呼ばれ、*héan*と*ofer willan*（「不名誉」かつ「しかたなく」）道案内として、再び竜のねぐらへ戻ることを余儀なくされるが、このことは、彼の資質を少しも損なうものではない。彼はここで、竜の眠りを覚ましてしまったこと、そのせいで竜が国土を焼き尽くして荒廃させ、王の館と王座を破壊したことを責められている。*hygegiómor*になるのももっともだろう。

unfǽgne（＊五七三行）は、『ベーオウルフ』では初出の*fǽge*となるため、この言葉に関する注釈を添えて、「本来の意味」に関する主張にとくに言及しておく（前述二九二ページ）。

この場合、語源学者たちの言うことがおそらく正しいように思える。ゲルマン語*faigī*から派生した*fǽge*には元来、「運命づけられた」という意味はなかった。すでに述べたとおり、意味はおそらく（くだものなどが）「熟した」もしくは「熟しすぎた」＞「腐った、朽ちかけた」＞（人間の）「終わりのときの間近、死の間際」であっただろう。これはまさに、古英詩『グースラーク *Guthlac*』（見かけは『ベーオウルフ』の＊五七二〜五七三行に負けず劣らず「非論理的」だ）の次の一節における意味である。*Wyrd ne meahte in fǽgum leng feorh gehealdan... þonne him gedémed wæs*（「運命は、定められたよりも長くその男のなかに命をとどめておくことはできなかった」）。聖グースラークは死にいたる病で死にかけており、「死の入り口」にいた。しかし*fǽge*は奇妙な意味の発展を遂げ、古い段階の意味が多少残っていると同時に、ふたつのことから影響を受けていた。ひとつは、現代の（あいまいで、哲学的とは言えない）運命の概念、とりわけ、人の死期を支配する運命としての概念。もうひとつは、人の気分や行動に対する実際の観察だ。人に対して使われる場合、意味は以下のように変化した。「朽ちた、など」＞「軟弱、怠惰、鈍い、気が弱い」。だがこれは、避けられない状況が人々にどう感じられているかという観察と混じり合っていた可能性もある。彼らが「運命」の概念を強く抱きすぎて、それが「宿命論」になっている場合はなおさらだ。彼らは「お手上げ」となり、状況に屈し、自分を救う努力をしない。場合によっては、理性を失い、取り乱した行動を取り、「気が触れた（fey）」状態になり、みずからの行動で災難を避けがたいものにしてしまうこともある。この「健全な神経状態の喪失」――「臆病」のひとつの形態（ゲルマン語の観点では*ellen*の喪失。ただし、可能なら逃げようとする、単なる「気の弱さ、小心」ではない）こそ、*fǽge*や*unfǽge*が多くの場合、言及していることなのだ。意味の発展（起源は古くまでさかのぼるはず）におけるつながりは、もうほとんど失われている。しかし、「運命」が言及されているくだりは別として、古英語に存在した「元気がない、狼狽する、*ellenléas*」という意味は、決まり文句（*ne*）*forht ne fǽge*「臆病ではないし、優柔不断でもない」に表れている。

62　立派な言葉を口にした……（**＊六三〇行以下**）［*Béowulf*］***gyddode…***

gyddode「*gidd*を口にした」。これは多くの場合「物語詩、歌」と訳される。ただ、「歌われた」ことに言及し得るものの、その意味は広かった。（長い、短い[*1]を問わず、）何らかの形態で組み立てられた言葉、あらかじめ考えられた形式の言葉、正式な場でのスピーチを意味していたのだ。最後のケースの場合、修辞的技能を身に着けた者はきっと、頭韻など、洗練された表現で、即興的に言葉を飾ることができたに違いない。しかし、*gidd*を成り立たせていた本質的要素は、朗誦する語調を用いることだったのではないだろうか。それはおそらく「歌う」というよりは、一本調子と呼ぶべき語調であって、当時の雄弁術（「演説をすること」）、（物語の）朗誦、後の時代の（日常語で演説や説教など

*1　たとえば、ことわざや、一般に受け入れられている金言の決まり文句に当てはまる。注61で取り上げた、四六四～四六六行にあるような断言は*gidd*だった。

をする場合の）音読は、今よりはるかに語調が似ていたのだろう。おそらく、くだけた会話体は高く評価されていなかった。その一方で、近代の歌唱のように、言葉の自然な抑揚や強調が軽んじられたり、歪められたりすることはなかった。むしろ、抑揚や強調は誇張され、テンポは遅くなり、発声はずっと「朗々と」していた。＊一五一行の*gyddum*（一二一行「歌で語られ」）は、ヘオロットの問題に関する情報が、世間に広まっている単なる噂、あるいは噂話ではなく、この話題をテーマに組み立てられた正式な――韻文あるいは散文の――「物語」であったことをほのめかしている。ここでは、七行におよぶベーオウルフの*gidd*（五一二～五一八行、＊六三二～六三八行）の構造が自然で、回りくどくないこと、詩行にうまく収まるように変更もしくは「修飾」されているところがほとんどないことがわかるだろう。宮廷にふさわしい行儀作法を身に着けた男が、このような機会に即興で生み出したであろう実際の言葉とほとんど変わらなかったのではないだろうか。［詳しくは注95参照］

63　（＊六四四～六五一行）

［この一節の古英語テキストと、本書にある父の翻訳を併せて載せておく。

644　　op þæt semninga
sunu Healfdenes sécean wolde
ǽfenræste;　wiste þǽm áhlǽcan
tó þǽm héahsele　hilde gepinged,

siððan híe sunnan léohtgeséon meahton
opðe nípende niht ofer ealle,
scaduhelma gesceapu scríðan cwóman
wan under wolcnum. Werod eall árás.

やがてヘアルフデネの子息が突然、夜の臥所《ふしど》へ赴かんと欲した。王にはわかっていたのだ。陽の光を見られるときが過ぎ、宵闇が深まって、暗雲の下、一面に広がる影が音もなく世界を覆い隠すころ、このそびえ立つ館を襲ってやろうと、あの悪魔が心ひそかにもくろんでいることを。

『ベーオウルフ』のテキスト上の難問に関する詳細な議論のなかで、父はこう記していた。「つまり、このくだりの趣旨は明らかで、『フロースガールは、グレンデルが（いつもの晩と同様）決まった時間に、すなわち、暗闇が訪れたらやってくると知っていた』ということだ」。フレデリック・クレーバーは「＊六四八行以下の意味ははっきりしている。『彼らが太陽の光を見ることができる時間から、夜が来るまで』、（中略）グレンデルは一日中、戦いのことを考えており、王にはそれがわかっていた。グレンデルは館の襲撃を再開するべく、朝から晩まで待っていた」と解釈していたが、父はこれには反対で、＊六四八～六四九行は、グレンデルの考えや目的に言及したものととらえるのではなく、その逆、フロースガールが突然、席を立ち、その後、集会がお開きとなる（*Werod eall árás*）時間とその理由を示しているととらえるべきだと考えていた。その場合（父はこう記した）「*siððan* は“as soon as”（～するとすぐに）の意>（よくあるパターンで）“since”＝

"because"（〜ゆえに）へと意味が徐々に変化。*oþðe*は「〜まで」の意味ではなく、*geséon meahton*はおそらく原形が損なわれている」。最後の点について、父の原稿全文を掲載する。]

しかしながら、残りの部分の最後は、迫り来る夜の前兆に対する言及に違いないと解釈できる（なぜなら、グレンデルの決意とは、日が暮れたら館へ出かけていくことであり、このとき、館を離れたいというフロースガールの願望がかき立てられたからだ）。*hie sunnan léoht geséon meahton*が修正なしでこのような前兆を示せるなら話は別だが、そうではないかぎり、ここは否定語が脱落しているに違いない。[*1]

わたしは以前、ここの意味についてこう提案していた。「彼らは館に差し込んでくる日光が見えていた。なぜなら、太陽がかなり沈み、（たとえば）西側の窓と同じくらいの高さになっていたからだ」。しかし、この状況が起こり得る場所にへオロットが建っていることが周知の事実だったとしても、それはかなり無理があるこじつけであり、古英語の詩人が言うこととしては不自然だ。また、この情景を引き続き詳しく述べている*oþðe*節は、屋外の太陽や夕暮れに対するありふれた観察に言及している。

ここは否定語*ne*が脱落していた。*ne*がない場合、ある場合と比べると、非常に「うそっぽく」聞

*1 [クレーバーは、*geséon [ne] meahton*とする修正は「うそっぽく聞こる。少なくとも、これでは、*leng geséon ne meahton*（もう（太陽を）見ることはできなかった）といったことを想像してしまう」と考えていた。]

こえる。「論理的」な学者は、否定語が脱落していて、これを補うと論理性が格段に変わると認めるのをいやがるのが常なのだ！　しかし、古文書学的に見ても、心理学的に見ても、脱落は簡単に起こり得ることだろう。*ne*は小さな言葉だ。このようなケースでは*n*のあとに置かれている。音声学上、*ne*は弱母音化して*nə*となり、口語的発音では*n*となり、実際にはほとんど聞こえなかった。つまり、音声学的には本当に脱落してしまったのだ。それゆえ、古英語ではすでにその傾向が強くなっていたが、動詞の前に置かれる*ne*を、*nā*など、否定を示すほかの副詞で補強する習慣が生まれた。

［*oþðe*の意味「or（あるいは）」に関して、父はこう書きとめていた。「*oþðe*が、唯一の選択肢を示す『すなわち』としてではなく、ほかに取るべき（さらに強調された）表現方法を持ち出すため、もしくは、以前には述べられていなかった何らかのヒントを追加するために使われることがあるのは疑う余地がない」。父はこれを「あるいは、さらに詳しく言うと」、「また、さらには」と訳していた。そして、次の訳を提案していた。］

やがて、ヘアルフデネの子息（フロースガール）が突然、夜の臥所《ふしど》へ赴かんと欲した。あの怪物がこのそびえ立つ館を襲いにくるときが来たと悟ったのだ。というのも、彼ら（フロースガールと、あの場にいたすべての人たち）には太陽の光が見えなくなり、さらには、あたりの宵闇が深まり、雲が立ち込めるなか、一面に広がるあらゆる形をした影が暗く忍び寄っていたからだ。一同が立ち上がった。

［父がこのとき、自分の訳（五二六〜五二七行）「陽の光を見られるときが過ぎ、宵闇が深まって……」を否定していたことがわかるだろう。しかし、この点に関し、父はタイプ原稿（C）を変更しなかった。］

64 従者（＊六七三行）*ombihtþegne*

*ombihtþegn*はイェーアト人のひとりだったに違いない。一五人のイェーアト人が出発した時点では、彼らの階級や役割の違いは何も言及されていない。しかし、著者が抱いていたベーオウルフの概念、また、聴衆に抱いてほしいと思っていた概念が（起源とされる説に関し、民間伝承の研究がなんと言おうと）徐々に明らかになってくる。それはベーオウルフが「王子」であること。彼の個人的な武勇に加えて、彼が自国の宮廷で高い地位にある若者であること、大きな権力を持つ王の妹の息子であるという概念だ。したがって、彼には「従者（esquire）」として、個人的に奉仕をする*þegn*がついている。そのような人物の務めは、武具の手入れであり、必要なときは、武具を作ることだった。「esquire」という言葉はラテン語の*scútum*「盾」に由来するが（*scútárius*「盾持ち」＞古フランス語*esquier*）、盾は紋章学の発達と、甲冑をまとって馬に乗る騎士の台頭に伴い、より個人的かつ象徴的なものになっていくと同時に、大型化、重量化していった。ここに登場する*ombihtþegn*は、装飾が施された非常に値打ちのある剣、すなわち、装備のなかで最も大切で個人的な持ち物を、特別な務めとして預かっている。これは、武器の使用を控えると言ったベーオウルフの誓いとも関係し、彼は剣を手渡した直後に同じことを再び口にしている。だが、古英語*sweordbora*＝従者が示すとおり、当時、剣はいかなる場合でも、このような立場にいる人物が第一に気遣うべきものだった。

65　騎士にふさわしき戦い方をまったく心得ていない。（＊六八一行）***nát hé þára góda***

［父はこの意味について「グレンデルは、武器を用いた一撃で応えるという、（騎士にとって）正しいこと、ふさわしいことがわかっていない」と述べ、こう論じている。「*þára*は、前に述べられたことに再び言及しているのではなく、周知のこと、あるいは習慣的なことを表すのに定冠詞が用いられている一例。『the good』＝『良いもの』となるように、形容詞に『the』をつける現代の用法（今はたいがい単数扱い）に似ている。しかし、ここの*góda*は名詞*gód*の複数属格」。父はこの注釈のなかで、「高潔な、名誉ある」の意味で用いた自身の訳「騎士にふさわしき戦い方」（gentle arms）（五五六行）について何も言及していないが、この表現はいずれのテキストにも登場する。］

66　彼らは知っていた（＊六九四行）***ac híe hæfdon gefrúnen…***

彼らはどのようにしてこのこと［この葡萄酒の館において、血みどろの死が、あまりにも多くのデネ人をさらっていったこと］を知ったのか？　このくだりが、イェーアトランドへやってきたグレンデルの評判に言及していないのは明らかだ。一行は「絶望的な企て」や「自殺行為的な冒険」に乗り出したわけではない。物語で語られるとおり、イェーアトの*witan*は、グレンデルと対決したいと願うベーオウルフを支持し、彼なら手柄は手の届く範囲にあるはずだと思っていた。仲間たちにとって、成功や、生きて戻れる希望は、もっぱらベーオウルフの腕にかかっており、最初から彼の能力に絶望しているはずがない。というわけで、ここで述べられていることは、館での会話を指しているようだ。わたしが指摘したように［二三九、二五八～二五九ページ参照］、ベーオウルフの仲間たちは、おそらく彼とともに、王のそばに座っていたのではなく、奥にある長椅子にまとまって座っていたのだろう。だが、グレンデルの襲撃にまつわるフロースガールの（意図的に不安をあおるような）話（三八〇～三九四行、＊四七三～四八八行）は聞こえていたはずだ。だとすれば、ウンフェルスのあざけり（四二六～四三〇行、＊五二五～五二八行）には、あまり感心しなかっただろう。しかし、館にいるデネの隣人や、その仲間たちが、デネ人の「メンツ」を保つため、身の毛もよだつ話をさらに練り上げたことは、ほとんど疑いの余地がない。実際、ベーオウルフが語ったあと――もっぱらウンフェルスに向けられたものだったが、怒りで大きな声を出し、話し方も強くなり、最後は挑むように締めくくられた――生意気なイェーアトの若き首領の連れどもに、ヘオロットでの夜を考えただけで身震いさせてやろうと思ったデネ人が相当いたのだろうと思われる。

67　戦いにおける勝利の運（＊六九七行）*wigspéda gewiofu*

［この注釈の結論は非常におおざっぱで、急いで書かれていたため、見たところ損傷しているテキストの修復を試みた短い一節を紹介する。］

wīgspēdagewiofu は注目すべきフレーズだ。「勝利の運命（を彼らに授けた）」を意味することは明らかで、その許可はひとりひとりに与えられるため（ホンドシオーホは無視されてしまったが［一七四二行以下、＊二〇七六行以下参照］）、どうやら複数であるらしい。

gewife は動詞の派生語で、本来の意味は「織って（織り合わせて）できたもの」である。しかし右記のとおり、「構想、運命、運」といった比喩的な意味で使われている例しか見当たらない。思考の同じ領域に属するほかの言葉（たとえば *wyrd*）は頻繁に使われているにもかかわらず、一見「神話的」（あるいは寓意的）な言葉が、文学作品のなかでも『ベーオウルフ』にしか見当たらないというのは驚くべきことだ。これはおそらく、織ることを「運命」と絡めて表現する絵画的「比喩」が廃れつつあり、やがて用いられなくなったことを示しているのだろう。

クレーバーはこう述べている。「文脈が示すとおり、運命を〝織る〟という概念は（パルカ、ノルン、ワルキューレがつかさどる運命――クレーバーはここでグリムなどに言及している）、単なる比喩的表現になった」。個人的には、この文脈で「織る」が使われたことにそれ以上の意味があったとはとても思えない。「神話」に関するあらゆる議論において、実に多くの神秘化、間違い、想像力たくましい「はた織り」がなされてきた。原始的、あるいはだれもが知っていると思われているゲルマン民族の神話の場合、とくにそうだ。クレーバーが引き合いに出した作品も例外ではない。なかでもグリム（『ドイツ神話学 Deutsche Mythologie』）は、関連性のある引用や言及を見事に提示しているけれども、「運命の三女神」や、それに類することに関するグリムの論述に接した者は、彼の「証拠」が概して自身の理論を裏づけていない、理論の誤りを実際に証明できない場合でさえ、裏づけになっていないではないかと感じるだろう。グリムの偉大な著作も、悲しいかな、今や時代遅れにならざるを得ず、価値が低下している。その原因は⑴あの時代にはしかたなかったとはいえ、グリムの言語学が不正確だった、⑵あらゆる場所で、できる限り「異教の世界」を見出そうとした、⑶ゲルマン系の言語で記録がなされるようになったのは、ギリシア・ラテン語の知識に精通した人々が書く仕事に着手するようになってからだという事実を重視しようとしなかった、⑷よく似ているのかもしれないが、それでもなお、起源、意図、着想が異なる事柄、たとえば、運命の三女神とワルキューレ、織ることと紡ぐことを混同していた。

最も重要な論点をひとつ取り上げよう。それは「織る」。関連性のある活動とはいえ、「織る（weaving）」と「紡ぐ（spining）」はまったく異なる作業だ（完全に違った想像を提示する）。さらに、「織る」には、多かれ少なかれ、精巧な機械（織機）と道具がいる。「織る」はとくに女性の作業というわけではなく、ボトム［訳注：シェークスピア『真夏の夜の夢』に登場する織工］の時代まで、またそれ以降も依然として、もっぱら男の工芸だった。老いた三姉妹が一台の織機（あるいは三台？）の前に座り、ひとりの人間の寿命を決めているイメージは、原始的な概念にはあり得なかった。一方、紡ぐこと（糸作り）は、はた織りよりもはるかに昔から行われており、とくに女性とのつながりが深かった（今も「distaff side（母方、母系）」、「spinster（オールドミス）」という言葉を見るとそのことを思い出す）［訳注：distaffは「糸巻き棒」、spinsterのもとの意は「紡ぎ女」］。［運命の三女神（ギリシア語では*Moirai*、ラテン語では*Parcae*）のギリシア語名は、クロト（Clotho）、ラケシス（Lachesis）、アトロポス（Atropos）。クロトは、生命の糸を紡ぐ「紡ぎ手」。］ラケシス「割り当てる、運命」は、この糸の長さが決められていることを象徴するが、アトロポス［「ひっくり返せない」もの］は、この割り当てが容赦ないこと、人間には決して変えられないものであることを単純に象徴している。いずれにせよ、この寓話は、主として「人生」の長さを取り上げているのであって、「歴史にもとづく」一般的な寓話ではない。わたしたちは古代イタリア語の「神話」については詳しくないが、イタリック語派の「織る」を意味する言葉は、思考のこのような領域には登場しない。文学的用法はギリシア語に由来する。ラテン語の*Parca*（パルカ）はもともと単数だった。ワルデ［訳注：オーストリアの言語学者］によると、可能性としては、これは出産（*parere*）に携わる神の名だそうだ。言ってみれば、洗礼式に立ち会う、親切な妖精のおばさんの祖先の名前なのだ！

68　**（＊六九六行以下）**

［この注釈は古英語のテキストがあったほうが理解しやすいので、父の翻訳と併せて載せておく。

　Ac him Dryhten forgeaf
wígspéda gewiofu, Wedera léodum,
frófor ond fultum, þæt híe féond heora
ðurh ánes cræft ealle ofercómon,
selfes mihtum. Sóð is gecýþed,

þæt mihtig God manna cynnes
wéold wídeferhð. Cóm on wanre niht
scríðan sceadugenga. Scéotend swǽfon,
þá þæt hornreced healdan scoldon,
ealle bútan ánum. Þæt wæs yldum cuþ,
þæt híe ne móste, þá Metod nolde,
se synscaþa under sceadu bregdan,
ac hé wæccende wráþum on andan
bád bolgenmód beadwa geþinges.

けれども神は、彼らに戦いにおける勝利の運を授けたのに加え、このイェーアトの戦士たちに、救いと助けも与えたのだった。よって、彼らはひとりの力を通じて、その人物の抜きん出た力量だけを通じて、自分たちの敵に打ち勝つことになった。いつの世も、偉大なる神が人類を支配してきたというこの真理は、だれの目にも明らかである。

　宵闇が深まるなか、影がひとつ、忍び寄ってきた。破風を備えた館の見張りを任務とする槍持ちたちは皆、眠っていた。ただし、ひとりの人物を除いて。世の人々には知られていたことだが、神にその意志がなければ、略奪を働く悪鬼も、人を死者の棲み家へ引きずっていくことはできない。だが、敵の悪意のなかにあって、かの人物は眠る気がせず、決然として、この戦いが争われるときを待っていた。〕

＊七〇七行の*bregdan*に、綴りや言葉の途切れがいっさいないことに注意しなくてはならない［クレーバーのテキストでは*bregdan;-*となっており、この句読法について言及している］。*he*はもちろん、唯一、眠らずに、注意を怠らなかった「ひとりの人物」（*ánum* ＊七〇五行）だが、*ac*は、正確にはそこで言われていることを指している。*Þæt wæs yldum cúþ*は、＊七〇〇行以下、*Sóð is gecýþed*...ですでに表現されているのと同じ概念を、ただ退屈に繰り返しているのではない。詩人の道徳的考察は、概して、わたしたちの好みには、あるいはこの場にはとくに合わないかもしれない。迫り来るグレンデルのすばらしい描写のなかに*Þæt wæs yldum cúþ...under sceadu bregdan*を挿入しないでくれたほうがよかったと、わたしは思う。それでもなお、この挿入には意味がある。これは英雄ベーオウルフの性格描写の一部であり、*wyrd oft nereð*（勇気が衰えていないのであれば）など［注61参照］と調和すると同時に、＊六九六～六九九行（前述）、すなわち神の業《わざ》は、人間と（神が前もって与えた）彼らの力を通じて発揮されるという考えを強化している。*Sóð is gecýþed*は、同じ信仰を持っているはずだが、この点についてあまり深く考えてこなかったかもしれない読者に対する作者の叫びなのだ。とはいえ、話は再び物語のなかへ戻っていく。*Þæt wæs yldum cúþ*は、「当時、一般に認識されていた」という意味で、ベーオウルフ自身もそう認識していた。だが、彼は*ellen*を信じており［注61参照］、ただ黙ってこの考えを受け入れることはしなかった。ベーオウルフの力は、神が授けたもので（「みずからに向けられた神の恩寵」五四五～五四六行、*Metodes hyldo* ＊六七〇行）、たとえ最後の手段で、戦いの行方を神の手にゆだねることになるとしても、与えられた力を使うつもりでいた。心が恐怖ではなく、激しい怒りで満たされていたのは、彼の*ellen*によるものだった。デネに到着してから、この怪物について

知ったことは何もかも、グレンデルへの憎悪をますます高め、相手を打ち負かすという決意をいっそう固めることになった。

［ここから、テキストはさらに数ページ続く。明らかに前の部分と同時期に書かれたものと思われるが、父は後に次のタイトルをつけ、この部分を分離させた。］

『ベーオウルフ』における、事の結末を定める者（Metod）としての神の力への言及について。とくに＊七〇〇～七〇九行［五七一～五七八行］に関する補説。

［このテキストには、「補説」とだけ見出しのついた、驚くほど正確で、詳細にいっさい逸脱のないタイプ原稿も存在する。こんなことができる写字生が存在するのは、父が少しも修正を加えず自分のテキストの写しを作るのと同じくらいあり得ないと言ってもよさそうだ。］

『サー・ガウェインと緑の騎士』の作者と同様、『ベーオウルフ』の作者も、その時代の貴族階級の「おきて」、価値観、当然と思われていることに深く関心を寄せていたに違いなく、彼の物語は全体的に、これらのことを念頭に置き、批判的な態度をもって語られている。また、これも後年の（『サー・ガウェイン』の）詩人と同様、『ベーオウルフ』の詩人は、道徳的考察は別として、自分が伝えようとしている物語（怪物など）をそのようなものとして生き生きと描写し、登場する役者のキャラクターも同じように明確に把握し、実に巧みに語ってみせた。[*1] しかし、当然のことながら、ふたりの詩人の違いは非常に大きい。まず、ふたりはまったく異なる観点で倫理や「おきて」を扱っている。次に、後年の詩人はめったに聴衆へ呼びかけたり、批評をしたりしない。この詩人はある問題に対して、よりシンプルに、文学的に扱うという観点で取り組んでおり、呼びかける相手は「キリスト教徒」の聴衆、すなわち、確立されて何百年も経った宗教の信者だった。また、この詩人は、宗教の基礎ではなく、そのとき、あるいは以前から広く知られ「流行」でもあった、上流社会の邪魔者や異端者に関心を持っていた。この詩人は、生まれや育ちのいい者たちが依然として思い描いていた「信義を重んじる男」のイメージを批判している。彼が語る物語は、本来備わっているキャラクターと、独自の話を作り上げる詩人の力量が相まって、より作者の目的にかなったものとなっており、「寓意」や「道徳」は、詩人が生み出した登場人物の言動からおのずと現れていた。詩人が個人的に割り込んでくることはまれで、たいていは、物語の語り手が「これを今から述べていく」、「あれをざっと振り返ってみる」と述べるだけだった。ただし、ひとつ重要な例外があり、六二四～六六五行[*2]の長いくだりには、作者の「完璧な騎士」像が提示され、彼の「価値観」が描写されている。

しかし、『ベーオウルフ』の作者は、キリスト教が確立されて、おそらくまだ数世代しか経ってい

*1 とにかく前半についてはそう言えるが、後半はおそらくそうとは言えないだろう。いずれにせよ、後半は、そのとき起こった出来事の範囲を越えた歴史に重点が置かれて中断されることが多すぎる。
*2 [J・R・R・トールキン『サー・ガウェインと緑の騎士』(山本史郎訳、原書房、二〇〇三年)。二七～二八節。]

ない社会に向けて書いており、王や身分の高い者たちは、そう遠い昔ではない、異教徒の祖先の名を知っており、その名に敬意を払っていた。彼らの*scop*や*pyle*たちは、相変わらず、程度の差はあれ、純然たる異教信仰時代の歴史や物語を記録したり詳しく語ったりしていた。貴族階級においては、彼らの行動規範に込められた心情を和らげるのに、キリスト教はほとんど役に立っていなかった。肉体的勇気（および肉体の強さそのもの）、誇り、屈辱に耐えるようなことはしない強烈な個人主義、復讐の義務（と喜び）は、「信義を重んじる男」の主たる特徴だった。神は万物の創造主にして支配者である、あれやこれやの場合における神の決定は計り知れないが、それは人類にとって、また、ひとりひとりの人間にとって「情け深い」ものである、来世があるという唯一神の根本的教義は、「運命」をその地位から引きずり落としてはいなかったのだ。運命は曲げられないものであり、行為の良し悪しには無頓着。そして、断固とした誇り、みずからの意志をもって運命に抵抗すれば、*dóm*の報いがあり、この世、あるいは来世で、栄誉、すなわち、（審判者たる神ではなく）人々の称賛を受けることになる。運命と栄誉が完全にその地位を追われたことがないのは言うまでもないが、それは程度の問題である。

「行動規範に込められた心情」と、それが行動におよぼす力、こうした行動が九世紀初頭（ごろ）まで、武勇を重んじる貴族階級の賛同を得ていたことが鮮明に表れているわけだが、それは今の時代にはほとんど重んじられない価値であるかもしれない。詩人が選んだ物語（それに、個人および国家の確執や憎悪に関するあらゆる背景）の全体に、この心情が見え隠れしていた。詩人が用いるべくして用いた言葉にも同じことが言える。物語はよくできていて、その大部分は、詩人が語りかけていたたぐいの人たちにはすでに知られていて、人気もあった。しかし、詩人がある目的を持ってそれを語り直したことははっきりしている。この「目的」と、詩人の頭にあった評価の変化を簡単に表すと、このようなことだろう。

「神はひとりしかいない。その神は世界の最高主権者であり、全人類の真の王である。すべての出来事（*wyrd*）は神によって支配されている［「神はMetod、運命の制定者である」に代わって、後に原稿に書き加えられた］。すべての良きこと、才能（勇気や強さなど）は神から生まれる。これは昔からそうだった。あなた方の父親のそのまた父親の時代からそうだった。しかも、彼らは皆、アダムの末裔ではあるけれども、悪魔に誘惑されたり、不幸に見舞われて絶望に陥ったりしない限り、そのことを理解していた。そのころの善良かつ賢き人たちは神を恐れ、神に感謝していた。

偉大なる戦士、ベーオウルフの話をしよう。あなた方は彼を称賛している。彼は称賛に値する人物だった。神はベーオウルフに驚くべき才能、すなわち百人力の力を与え、彼もその力を天賦の才能と認識していた。言うまでもないが、少年のころのベーオウルフは向こう見ずで、無分別、自分の力を誇示して楽しんでいた。しかし、そんなベーオウルフも今や大人の男となった。勝ち気で自信満々なのは相変わらずだが、不屈の心を持つ者には無理からぬこと。だが、彼は神の存在に気づいている。ベーオウルフは栄誉を渇望し、良き人々から認めてもらうことを強く望んでいるが、自己権力の拡大が動機ではないことがわかるだろう。自身の行為によって栄誉を勝ち取るかもしれないが、実は、それらの行為はすべて、他者への奉仕としてなされるのだ。ベーオウルフの最初の偉業は、フロースガールと彼の民に言うに言われぬ苦しみをもたらした怪物、*féond mancynnes*、グレンデルを打ち負かしたこと。ほかの行為は、自分が仕える王とその民への奉仕として成し遂げられ、ベーオウルフは彼らを守るために死ぬ。ベーオウルフは自分優先の人物ではない。たとえ自分が損をすることになっても忠誠を尽くす。あなた方も忠誠心を称賛するだろうが、今日では、勇気や競争心と比べて、忠誠が尽くされることが減っている。

ベーオウルフは王のいとこだ。ヒイェラークが早まってフランク族の領土に攻め入り、みずからの命と、戦闘部隊の大半の命が投げ出された際、残された跡取りは、まだ幼いヘアルドレードだけだった。ベーオウルフはこの王国で最高位の貴族であり、最も偉大な戦士だったが、（数々の物語でもてはやされているフローズルフと違って）スウェーデン人との死闘が迫っていたにもかかわらず、ヘアルドレードを退けようとはしなかった。王位を引き継いだのは、ヘアルドレードがスウェーデン人に殺されたあとのことだ。ベーオウルフは王国再建のために尽力し、グレンデルよりもはるかに巨大で恐ろしい怪物を退治する際に命を落とした。

これが、いにしえの偉大な戦士の物語である。彼は神が授けた才能、すなわち、勇気と力と血筋を正しく、立派に活用した。戦いでは猛々しかったかもしれないが、人に対しては不誠実な態度で接することも、暴君のように振る舞うこともなく、*milde* で *monðwære* ［詩の最後のくだりにある言葉］な人物として記憶された。ベーオウルフが生きていたのははるか昔で、その時代、彼の国にはキリストの噂が届いていなかった。神は遠いところにいるように思われ、悪魔は近くにいた。人々には希望がなかった。ベーオウルフは神の怒りを恐れながら、悲しみのうちに死んだ。だが、神は慈悲深い。そして、今は若くて意欲あふれるあなた方にも、いつの日か死が訪れるけれども、あなた方には天国という希望があるのだ。あなた方が神の意志に従って自分の才能を用いるのならば。*Brúc ealles well!*[*3]」

しかし、詩人が活躍した時代にこの「メッセージ」を伝えるためには、支配者、施与者、審判者としての神を思い出させることを言って、絶えず自分が語る物語を強調しなくてはならなかった。必要以上に、つまり、ふさわしくないところで、わたしたちが必要と感じる以上に強調したかもしれないが、詩人はわたしたちに向けて書いたわけではない。彼の書いたことが、あの時代に強い感銘を与え、その後、長く読み継がれたことはほぼ間違いないだろう。詩人には褒美がひとつ（本人はほとんど期待していなかっただろうが）与えられた。それは、彼の物語が古英詩の重要作品となり、荒れた時代を生き残ったこと。しかも、過去をのぞき込むための窓という、あとから獲得した価値はさておき、それ自体で、人が読んで役に立つ作品になっていることだ。ささいな欠点に対する罰は（詩人が受けるべきものではないが）、無知な人々が作品をあざ笑ったり、「つまらない話」と呼んだりすることだ。今、この作品はたやすく読むことができず、たゆまぬ努力をしなければ細かい部分を理解し、評価することもできないが、それは、神についで、*wyrd*のせい、すなわち、あらゆるものが衰退し、忘れ去られる世界で、つかの間の人生を生きねばならない人間の運命のせいなのだ。英語は千年間で変化を遂げてきたが、進歩を遂げたとは限らない！　*Wyrd*は同類の言葉をすべて忘却の彼方へ押し流してしまったが、『ベーオウルフ』は生き延びている。わたしたちが学び続けるかぎり、当分のあいだは、

*3　〔『ベーオウルフ』＊一一六二行、「敬意をもって、すべての贈り物をお使いになりますように」一八一三行〕

物語の土地で名誉を保っていくだろう。だが、それはいつまで続くのか？ *God ána wát.*[*4]

69 身の毛もよだつ恐怖（＊七六九行）*ealuscerwen*

このくだりの大意ははっきりしており、*ealuscerwen* の文脈上の意味は、その範囲内ぎりぎりのところで定義される。ここでは何か「恐ろしい」ものを意味するはずだ。しかし、これは、古英語に（おそらく、たまたま）一度だけ登場する言葉の語源やもともとの意味と、今日的な意味やつながりがわかったときに遭遇する難題の良い例である。「すべてのデネ人、周囲の町に住む人々、心勇ましき人たちひとりひとりに、*ealuscerwen* が降りかかった」。注目すべきは、例によって、語り手が、館の「内側」で起きていることの描写に、館の「外側」で起きていることの「スナップショット」を短く挿入していることだ。ヘオロットのなかではけたたましい騒ぎが起きている。その音は、王家の城市周辺の集落すべてに聞こえている。デネ人は *céne*［訳注：「勇敢」の意］かもしれないが、この音を耳にして *ealuscerwen* と感じている。ベーオウルフとグレンデルの格闘中、一瞬の静けさが訪れた後、再び、大騒音が勢いよく聞こえてきて、デネ人は *atelíc egesa*（＊七八四行「震え上がるほどの恐怖」六三八〜六三九行）を感じる。したがって、*ealuscerwen* は、何か *atelíc egesa*「ひどく恐ろしい」ものを意味するのだろう。

それにしても、最初の要素が *ealu*「エール」であるこの複合語が、なぜこのような意味を持つに

---

*4 ［神のみぞ知る。］

いたったのか？　ここの*ealu*は「エール」を意味しているのか？

そのとおり。つまり、もともと「エール」を意味していたにしろ、いなかったにしろ、*ealu*-は、普通の言葉*ealu*「エール」と同一だと思われていた。これは古英詩『Andreas（アンドレアス）』［真偽が定かではない聖アンドレアスの伝説］のあるくだりに登場する。このくだり（『Andreas』一五二四〜一五二七行）は、奇跡的な洪水によって、異教徒の食人種、マルメドニアン族が全滅させられる様子を描写している。*fámige walcan / mid ǽrdæge / eorðan þehton; / myclade mereflód; meoduscerwen wearð / æfter symbeldæge*［「明け方には白波が大地を多い、洪水に水かさはどんどん増していった。祝宴の翌日、*meoduscerwen*があった」］。ともに「苦悩」もしくは「恐怖」を描写する表現、'mead'-*scerwen*と'ale'-*scerwen*に関連性があることは疑いようがない。『Andreas』はところどころ、明らかに『ベーオウルフ』をまねている。ここも模倣箇所のひとつだ。この場合、比較によってわかるのは、『Andreas』の作者が『ベーオウルフ』を読んで*ealuscerwen*を知り、*ealu*を「エール」ととらえ、自分の聴衆にも『ベーオウルフ』の知識があると当てにして、*ealuscerwen*のバリエーションである*meoduscerwen*を生み出したということであろう。

しかし、『Andreas』と『ベーオウルフ』の状況は、実際には似ていない。さらに踏み込んで言うと、*ealuscerwen*の場合、古英語詩を聞いた人に、例の「ale（エール）」の意味と、この複合語全体の意味「苦悩、恐怖」とに関連性があるとわからなければ、単に「mead（蜜酒）」をつけて模倣したバリエーションを作り出しても、滑稽とは言わないが、無感動な表現になってしまう。

というわけで、ここの解釈の問題は、『Andreas』と『ベーオウルフ』の関係や、『Andreas』は『ベーオウルフ』を模倣しているだけなのか否か、両者は、古い時代から蓄えられてきた古英語の詩語や、快楽や宴のあとにやってくる恐怖や災難を描写する古英語を同じように利用したのか否かという問題には、実際には影響を受けない。したがって、問題のかぎとなるのは*scerwen*だ。

［父は*scerwen*について、動詞*scerwan*から派生した抽象名詞だった可能性が高いと考えていた。*scerwan*は複合語の形*be-scerwan*（奪う）でのみ記録されている動詞だ。古英語の*scerian*、*scirian*など、*w*の要素がない関連動詞には、おそらく「分配する、割り当てる」の意味がある。しかし、「取り上げる、奪う、盗む」の意味を持つ言葉は、接頭辞*be-*をつけると、意味というより構造が変わることに注目し、父は*scerwen*の要素が意味することとして考えられるのは、「引きはがしている、盗んでいる、奪っている」であろうと判断した。そして、私見として、*ealuscerwen*と*meoduscerwen*はどちらも基本的に「エールもしくは蜜酒を絶つこと、与えないこと」であると述べていた。］

*ealuscerwen*と*meoduscerwen*が「恐怖と苦悩」の意味を持つようになったのは、おおざっぱに言えば、単にいにしえのイングランドの館で「今夜はビールがない」と告げることが恐怖と苦悩を（さらにはパニックも）引き起こしたからではなく、*ealu*と*meodu*が、平時の楽しみと喜び、つかの間のはかない人生における最高のときを象徴するものだったからだ。それゆえ、詩の冒頭では、シュルドが敵の男たちに「蜜酒の宴席を享受させなかった」と語られている。これはシュルドが館へつかつか入っていって、敵が座っていた椅子を引き抜いたという意味ではない。自分に逆らう王や君主たち

の命、平和、名誉をすべて、それぞれの館で崩壊させたという意味だ。

この解釈が正しいとすれば、『Andreas』での使い方のほうが、実は元来のよりシンプルな使い方に近く、『ベーオウルフ』での使い方は元来の使い方から離れていることになる。また、『Andreas』と『ベーオウルフ』にこれらふたつの *hapax legomena*［一度しか記録されていない語句］が登場するからといって、ふたつの詩に直接的関係がある証拠にはならない。*meodusceruwen æfter symbeldæge*、すなわち、「喜びのあと突然訪れる歓喜の終焉」といったたぐいの表現では、「蜜酒やエールの剥奪」が悲しみと恐怖を意味していた。『ベーオウルフ』の場合、祝宴はあったけれども、その描写はかなり離れたところにある。それに「突然、目が覚める」では、実のところ、文脈にぴったり合っているとは言えない。グレンデルがやってくることは予期されていた。襲撃は一二年間も持続していたのだ。*ealusceruwen* を引き起こしたのは、グレンデルのぞっとするような叫び声と、館のなかで繰り広げられる容赦なき戦いで生じた大騒音だった。

ほかの解釈はもっとしっくりこない。たとえば、「エールの分配」［前述の補注参照］は、「苦い飲み物」の分配であり、皮肉と言うべき用法であるとする解釈。これだと、またしても『Andreas』のくだりのほうが用法としてはふさわしい。というのも異教徒たちが溺れてしまうからだ。それでも、わたしはこの解釈はあり得ないと思っている。*ealu* と *meodu* は良いもののシンボルであり、単にその反意語として用いることはできない。『ベーオウルフ』における使われ方は信じがたいほどすばらしかった。*meodusceruwen* が「蜜酒の分配」を意味したとすれば、古英語時代の詩人は、このような文脈では必ず、否定的、あるいは悪い意味の形容詞を添えていたはずだ。その証拠に、『Andreas』

の同じくだりでは、このあとの一五三三行に *Þæt wæs biter béorþegu*「あれは苦い（辛い）麦酒の宴であった」とある。

70　血を垂れ流し、命を細らせながら足を引きずり（＊八四六行）*feorhlastas bær*

「生命の足跡を運ぶ」とはどういう意味なのか？　おそらく、「彼の生き血によってしるしがつけられた足跡を引きずっていった」であろう。*feorh* は、生命維持に不可欠なものや生命原理、これが備わっている部分や要素を意味する。＊二九八一行の *wæs in feorh dropen*、二四九九行「彼（王）は致命傷を負い」を参照のこと。また、*feorh* が明らかに血を表していると思われるくだりについては、＊一一五一～一一五二行 *Ðá wæs heal roden féonda féorum*、九四三～九四四行「そして、館は仇どもの生き血で赤く染まり」を参照してほしい。

71　彼は死すべき運命に陥り（＊八五〇行）*déaðfæge déog*

［*déog* はここ以外には登場しない。父はこの言葉の正体を割り出すため、あるいは言葉の訂正をするため、数々の試みを行い、検討した結果、これを *dúfan* の単数過去形、*déaf*「彼はもぐり込んでいた」の崩れた語形と仮定するのが最善の方法だと結論づけた。］

72　（＊八六七～八七四行）［詩作に関するくだり］

これは、頭韻詩を作るうえでの手法と形式に関する興味深い（また、古英語ならではの）言及。（語り手として、歌い手として、じきじきに詩を披露するフロースガールを描写した同じく興味深いくだり、一七六四行以下、＊二一〇五行以下と比較してほしい。そちらは、「文学」創作における、種類と内容を取り上げている。）当然のことながら、このくだりは注目され、さまざまな翻訳や解釈の対象となってきた。わたしの考えでは、そのなかには間違ったものもある。『ベーオウルフ』のこのくだりを、『サー・ガウェインと緑の騎士』の有名なくだり、三〇～三六行と比較したものはとくにそうだ。ただ、この比較をするなら、チョーサーの「牧師の話」〔訳注：『カンタベリ物語』の一編〕の前口上、四二～四四行とも比較すべきだろう。

［『ベーオウルフ』＊八六七行以下

Hwílum cyninges þegn
guma gilphlæden, gidda gemyndig,
sé þe ealfela ealdgesegena
worn gemunde, word óþer fand
sóðe gebunden; secg oft ongan
síð Béowulfes snyttrum styrian,
ond on spéd wrecan spel geráde,
wordum wrixla

翻訳

　また王の従者で、すばらしい記憶力を誇る男が、多くの詩を頭にとめており、ときおり、言葉と言葉を互いに正しくつなげて、古くから伝わるさまざまな物語の数々を蘇らせていた。この男が、今度はベーオウルフの冒険を巧みに語りだし、言葉を紡ぎ合わせて、流れるような詩の物語を即興で口にした。

『サー・ガウェイン』三〇～三六行

If ʒe wyl lysten þis laye bot on littel quile,
I schal telle hit astit, as I in toune herde
　　　　with tonge,
As hit is stad and stoken
In stori stif and stronge,
With lel letteres loken,
In londe so hatʒ ben longe.

翻訳（J・R・R・トールキン）第二節

　勇敢にして大胆なる物語を、
語られてきたとおり、決まりにのっとってお話ししよう。
由緒あるわれらが国で愛《め》でられてきたように。

美しいことばをつらねながら。
(『サー・ガウェインと緑の騎士』〔山本史郎訳より訳文一部引用〕)

「牧師の話」前口上、四二〜四四行

But trusteth wel, I am a Southren man,
I kan nat geeste 'rum, ram, ruf,' by lettre,
Ne, God woot, rym holde I but bettre.

〔訳注:「だが、わしは南国生まれじゃ、北国ではやるような言葉の頭をそろえる——ルム・ラム・ルフという口調で話ができないし、また普通の韻文もそれほどよいとも思えぬから…」『カンタベリ物語』(西脇順三郎訳、ちくま書房、一九九二年)より訳文引用〕

(同時代に書かれた)ふたつの中英語のくだりに関する比較検討は、おもに中英語の研究に属し、その中心となっているのは、『サー・ガウェイン』の *lel letteres* と、「牧師の話」の *by lettre* の用法、すなわち現代の(不正確な)用語「alliteration(頭韻)」の起源である。これは、どうやら、詩の構造上の工夫としての「頭韻」と「脚韻」をめぐる一四世紀当時の競い合いや議論から生じた用法のようだ。古英語の時代にはこのような競い合いや議論はなかった。脚韻が詩人の耳を楽しませ、興味をかき立てたことは言うまでもなく、母音脚韻および子音脚韻(*flōd/blōd* や *sund/sand*)はときおり使われていたが、装飾、あるいは特別な効果として使われていただけであって、詩の構造として成り立っていたわけではない。頭韻を踏むのが当たり前だったのだ。したがって、『ベーオウルフ』に頭韻に関する言及がなされていると決めてかかるのは早急であろう。それも、なきにしもあらずだが、一見したところ、その可能性は低い。

with lel letteres loken と *word óþer fand sóðe gebunden* にはひと目で似たところがあるとわかり、これまでそれが見落とされることはなかった。ときとして、*word óþer fand sóðe gebunden* を挿入句的言葉として扱い、この類似性が強調される場合もある。一般的には、「ひとつの言葉が別の正しく関連づけられた言葉とつながっていた」といった挿入だと考えられている。しかし、*sóðe gebunden* について考えるまでもなく、この説は説得力に欠ける。(a) なぜなら＊八六七行の *cyninges þegn* は動詞がないまま残されており、*secg oft ongan* から新しいセンテンスが始まることははっきりしているからだ。それに、(b) *word óþer* は「言葉を次々と」を表すのに適した古英語ではあるが、*fand* を（*word* を主語として）推定上の意味で用いることは、いかなる文脈であれ、非常に疑わしい。文字どおりの文脈で、詩作についてわざわざ言及するなら、動詞 *fand* には、言葉を「見出す／生み出す／作る」、「吟遊詩人／詩人」が主語として置かれているはずだ。*gebunden* のあとに打たれたセミコロンが正しいことは疑いの余地がない。主語は古い詩や言い伝えに精通した従者 *þegn, guma gilphlæden* で、この従者が今度は「ほかの言葉」を考案したと述べられている。つまり、彼がシイェムンドやヘレモードに関する *ealdgesegena*（＊八六九行）［訳注：古くから伝わる物語］に詳しく触れているのは見てのとおりだが、そのようなかつてのレパートリーのなかからではなく、新たに詩的な賛辞を作り出したと

いうことだ。

しかし、いずれにせよ、また、いかなる句読点が置かれようと、*sóðe gebunden* は頭韻を指しているのではないと確信しているし、常々言われてきたような、*lel letteres loken* との比較もできないと思っている（クレーバーは＊八七〇行以下に「正確に頭韻を踏んだ『結びつき』を求めてということ。*sóðe gebunden* を『サー・ガウェインと緑の騎士』三五行、*with lel letteres loken* と比較」と注釈をつけている）。「正確に結びつけられた」と訳された場合、（現代英語を話す人々にとって）、「忠実に[*1]固定した（＝結ばれた）」とのあいだに偽りの類似性が作られることになってしまう。なぜなら、*treowe*、*trewe*、*true*「信頼できる、本当の」は、ほぼ *leël*、*lel*（*leial*、*loial*）に相当するからだ。しかし、現代の英語で *verus* と *fidelis*、*sannr* と *tryggr*、*wahr* と *treu* が混同されているとしても、古英語ではまだそうはなっていなかった。古英語の *sóð* は、*treowe*、*triewe* の同義語ではない。通常、*sóð* の中心的な意味は *verus*、事実、現実のなかにある真実（なこと）、真理に従っている（こと）である。＊八七一行における *sóðegebunden* の意味は、「本当に、そして実際に結びつけられていた」であるはずがなく、今述べた、基本的な意味に関連しているに違いない。*sóðe* は、おそらく副詞ではなく、名詞の具格（＝のちの *midsóðe*）であろう。いずれにしても、この結合、結びつきとは、表面的な規則

＊1　ここの「忠実に」は、〝忠実な〟従者がするように、義務を果たす、（求められたときに）求められたことをする。タウンリーの聖詩劇『ノア』（一五世紀）［訳注：イングランド北西部ランカシャーのタウンリー家に保存された写本によって伝わる総計三二編の聖史劇］にも「This forty dayes has rayn beyn; it will therefor abate full *lele*」との記述がある。

との結びつきではなく、「真実」（真理）への言及との結びつきであり、適確に結びついているということだ。つまり、これは「韻律」の結びつきではなく、「言葉遣い」の結びつき。古英語の「結びつけられた」詩のスタイルにおいて、使われた類義語や同義語が適切であったとほのめかしている可能性が最も高く、それらの言葉と、語られている事柄や行動は、適切に、生き生きと対応していなくてはならないのだ。頭韻詩が有する特徴の別の側面が、このあと、＊八七四行に*wordum wrixlan*と描写されている。*sōðegebunden*は、使われた語句の真実性と妥当性を描写しているが、*wordum wrixlan*は言葉の実際のバリエーション（音の違いや韻律の効果）を指している。古ノルド語の『Skáldskaparmál（詩語法）』［訳注：アイスランドの詩人スノッリ・ストゥルルソンが記した『散文のエッダ』第二部］の大部分は、このような、類義語や「ケニング」の使用における妥当性と同質性の問題に関する内容になっている。

これで『ベーオウルフ』と『ガウェイン』の詩節の類似性は消滅することになる。いにしえの宮廷吟遊詩人ははるかに洗練された高度なわざを身に着けており、彼らの関心は詩風にあった。一方、一四世紀の頭韻詩人の関心は、主として、「ルム・ラム・ルフ（rum-ram-ruf）」といった、出身地の頭韻法を維持することにあった。とはいえ、「頭韻体」の英詩を用いて後世に作品を残した、最も才能に恵まれたふたりの詩人がともに、自分たちの詩法について触れたいと思ったわけで、これはやはり非常に興味深いことである。

［この注釈の冒頭に引用した＊八七〇～八七一行に対する父の翻訳「言葉と言葉を互いに正しくつなげて」

は、父がここで強く反対している方法で古英語の言葉を解釈しているが、その後、翻訳テキストが修正されることはなかった。」

73　（＊八七一行以下）［*Sið Béowulfes*、ベーオウルフの冒険］

詩人のベーオウルフへの賛辞のなかで、英雄に関する事柄へのふたつの言及、すなわち、シイェムンドとヘレモードについて、「注釈」の範囲内で完全に論じるのはどう見ても不可能だ。

ここでは以下の五点を強調しておくのがいいだろう。

⑴賛辞の内容の概要となるシイェムンドとヘレモードの話は、ひとつの物語（『ベーオウルフ』）のなかの物語（賛辞）における（ふたつの）物語である。したがって、もっと詳しく知りたいと思うわたしたちにとっては「通り一遍」の話だが、この話を知っていた人たちにとっては、きっと「ハイライト」が厳選されていて、ひとつひとつのフレーズに意味があった。

⑵ここで伝えられる詩は、七四六行（＊九一五行）まで続くが、話が終わるころには、*wrecca*（注75参照）の両極端な例としてであっても、男たちの想像のなかでシイェムンドとヘレモードがつながっていた。話の終わり方もまさに「通り一遍」で、結論では再びベーオウルフのところへ戻ってくる。こう推察することもできるだろう。この吟遊詩人は「これでベーオウルフのほうが、人類と彼の友人たちにとって満足のいく人物であることが証明された。もう一方は邪悪なものに取りつかれていたのだから」と言ったが、現実の世界でそれ以上のことも伝えた、あるいは伝えようとしたのではないか。しかし、ベーオウルフの冒険の冒頭部分は単純に欠けている。なぜなら、これは物語のなかの

エピソードにすぎず、『*Sið Béowulfes*』はすでに詳しく語られてきたからだ[*1]。
(3)シイェムンドの物語は、長く語り継がれてきた最も有名なゲルマンの伝説——ヴォルスンガ・サガやニーベルンゲンの歌の複合体——の一部として存続しているからこそ、比較の対象になること（そして比較を複雑にすること）がまだたくさん残っている。ヘレモードの伝説には、それとはまったく異なるたぐいの難しさがある。おそらくその理由は、まさにここ（七三三～七三四行、＊九〇一～九〇二行）で述べられていることだろう。ヘレモードの名声はシイェムンドの名声によって影が薄くなってしまったため、その伝説はそれとなく言及されることを除けば、消滅してしまった。だが、『ベーオウルフ』が書かれたころ、イングランドではまだよく知られた伝説だったようだ。
(4)ここで伝えられる要約の内容と構造は、選ばれた英雄の美徳をたたえるこのような賛辞や物語詩を作り上げる*gilphlæden*な詩人たちの手法（『ベーオウルフ』の手法そのものが、一例として十分だが）を物語っており、これが聴衆に受け入れられていたことは間違いない。詩人たちは、物語を飾り、対比によって中心人物の話に注目を向けるため、*ealdgesegene*を利用した（古英語のこれらの言葉については注72参照）。
(5)とはいえ、これは物語詩のなかの物語詩、つまり、作者による架空の装飾、『ベーオウルフ』のストーリーの方向づけなのだ。当時、この実例、すなわち、シイェムンドとヘレモードの物語を選ん

＊1　おそらく実際の名前は『*Béowulfes sið*』で、ヘオロットへやってくるベーオウルフを題材にした初期の物語詩はこの名前で知られていたのだろう。

だのは、(同時代の詩人と想定されているが、そうではなく)実は『ベーオウルフ』の作者自身だった。したがって、作者の選択がほんの思いつきであった可能性は非常に低い。詩全般のさまざまな目的にかなう意味があったのだ。理由はいろいろと考えられる。

最後の(5)については、もう少し検討するに値する。これらの「理由」について、やはり推測の域を出ないと感じるか、これで真実が解明できると感じるかどうかは、『ベーオウルフ』を創作するうえで用いられた芸術的手腕に(あるいは、少なくとも、よく考えられた配慮に)どの程度敬意を抱くかによって変わってくるだろう。この敬意は、研究によって深まるのだと、わたしは思う。推測されうる、あるいは認識されうる理由をいくつか述べておこう。

(a)*八九八〜九〇一行に*Sé wæs wreccena wíde mǽrost...*(七三〇行「冒険者として世の人々のあいだでだれよりも広く名をはせた」)とあるように、シイェムンドとヘレモードはともに*wreccan*だった。これは重要な興味深い言葉だが、通常の辞書の解説には不適切な表現がなされている。ベーオウルフは、厳密には(ここで語られるような)*wrecca*だったのではなく、彼の手柄に共通して、*wreccan*の振る舞いがあったのだ。それは職務として遂行されたのではなく、冒険心でなされたことであり、故国から遠く離れたところで、他の民族の王に仕えて成し遂げられた。

(b)シイェムンドも怪物殺しだった(七一七〜七一八行、*八八三〜八八四行)。しかし、彼の最も有名な偉業は、ちょうどベーオウルフとグレンデルの格闘のように、独りきりで成し遂げられた(七二一行、*八八八行)。

(c)さらに重要なことだが、わたしはやはり、シイェムンドは竜と戦い、退治したと思っている。この重要なポイントに関する詳細は、注74を参照してほしい（しかしながら、ここで注意すべきは、われらが詩人が、「間違い」であれ意図的であれ、シイェムンドに、本来ふさわしくない竜退治の属性を与えていると考えているなら（わたしはそうは思っていないが）、このポイントの効果は弱まるのではなく、強まることになる）。さて、わたしは、『ベーオウルフ』には「アイロニー」が張りめぐらされていると思っている。発言、言及、さりげないほのめかしなど、そのアイロニーを十分理解するには、詩全体を考慮に入れなくてはならない。何が語られ、あるいは、何が起きたのかということと、その後、何が起きるのかということの両方をよく考えなくてはいけないのだ。たとえば、あの吟遊詩人がベーオウルフへの賛辞を歌い上げたと描写されたとき、ベーオウルフはグレンデルと格闘をしたにすぎなかったが、英雄的行為を成し遂げるには、その前に、完全にひとりで、怪物の洞穴へ思い切って入っていき、そこでグレンデルの母親を打ち負かさなければならない。さらに、彼は人生をまっとうする前に、竜と戦ってそれを退治し、勝利して死ぬことになる。シイェムンドは卓越した竜殺しだった（つまり、そう描写されている。ただし、さらに古い物語詩や伝説では、決して頻繁に手柄をあげていたわけではない！）。どうやら、フロースガールの吟遊詩人は、ベーオウルフを褒めたたえることで、シイェムンドと同等に扱っていたようだ。だが、吟遊詩人は、ベーオウルフが最後に竜と対峙するが、その動機と結果が、シイェムンドとは異なることを知らなかった（シイェムンドの動機は略奪として描かれている、七二五〜七二八行、＊八九三〜八九六行）。この「アイロニー」は詩人の満足のために（また、詩を最後まで聞き終えたとき、聞き手や読者の察知力が上がっていることをねらって）取り入れられたのか、それとも、すぐに気づかれるものだったのか（なぜなら、竜との戦いにおけるベーオウルフやイェーアト王国の結末は、現存するこの詩が作られる前からすでに、伝説の一部となっていたから)、おそらく、わたしたちには決してわからないだろう。しかし、これは偶発的だった、シイェムンドは竜殺しとして、ベーオウルフの最期にはいっさい言及することなく、比較の主要人物になったと考えるのは(詩人によって計画されたこととしても、伝説にすでに記されていたこととしても)、わたしには無理があるように思える。

(d)ここでヘレモードが紹介されているのは、*wreccan* の物語において、このふたりの偉大な人物、シイェムンドとヘレモードがすでに結びついていたからだ。というのも、ヘレモードはデネ人であり、これは、フロースガールの宮廷詩人によって作られた歌であり、ヘレモードの伝説は、ヘアルフデネの家系の起源や由来と密接にかかわっている。ヘレモードの破滅的な衰亡は、前王朝を終わらせ、君主不在期間を残した(一二一〜一三行、＊一四〜一六行にほのめかされている)。それに、言うまでもないが、ヘレモードが邪悪なものへと身を落としたことによって、[*2] ベーオウルフの人物像と「暗い対比」をなされ、効果的な結末になったからだ。ここにもアイロニーが存在する。というのも、吟遊詩人は、ひとりの若者について歌い、その賛辞のなかで、彼がたたえる英雄には、王にふさわしいあらゆる美徳があると言ったかもしれないが、ベーオウルフが *manum mildust ond monðwærust, léodum liðost ond lofgeornost* という賛辞［訳注：『ベーオウルフ』の最後のくだり］とともに命を終え

*2　一四三四行以下、＊一七二一行以下では、ヘレモードが強欲で、金を出し惜しみし、人を裏切り、自分の宮廷の臣下を殺したと、王らしからぬ罪が非難されている。

ることは（作者は知っていたけれども）知り得なかった。この賛辞は、思慮深い父親のような老王の言葉と対称をなしている。老王は再びヘレモードのことをほのめかすが（一四三三～一四四六行、＊一七〇九～一七二四行）、二重の勝利で意気揚々としている若者に呼びかけ、いましめとなる警告としてヘレモードを引き合いに出している。「そなたはここから学び、寛大という美徳の何たるかを理解するがよい！」*Đú þé lǽr be þon, gumcyste ongit!*

フロースガールは齢を重ねた賢い王であり、このようないましめを口にしても許される。これ以上、得るものはなく、ベーオウルフにはすでに、王としての礼儀で報い、気前よく褒美を与えていたが、別れのときには（一五六三行、＊一八六七行）、それに加えてさらに、「十二個の高価な品」を与えようとした。この吟遊詩人が、それほど誠実だったわけではない可能性は十分ある。彼の同業者たちは、間接的に、というより直接的である場合のほうが多かっただろうが、果たされた貢献に気前よく報いるという徳行が直ちに実践されるのはごもっとも、とほのめかすのがしきたりとなっていた。もしかすると、それが今後の詩作に良い影響をおよぼしたのかもしれない。ベーオウルフは（すでに受け取っていた贈り物や金《きん》のことを考えると）[*3]、ガウェインのように *that he had no men wyth no maleȝ*

---

*3 帰国をしたら、これらの富のほとんどを、君主であるヒイェラークに進呈するであろうことは当然、理解されていたのだろう。実際、ベーオウルフが最初の四つの贈り物をすべてヒイェラークに与えたこと（一八〇五行以下、＊二一五二行以下では、贈られた胴鎧がヘオロガールのものであったこと、それが特別にヒイェラークへ送られていたことがわかる）、また、四頭の馬も進呈し、王妃ヒュイドにはウェアルフセーオウの首飾りを進呈したと記録されている。

with menskful þingez（一八〇九行、「美しい贈り物はおろか、旅の荷をはこぶ従者すらいない」、第七二節）［『サー・ガウェインと緑の騎士』、山本史郎訳より訳文引用］と訴えるわけにはいかず、自分が受けた世話に対しては、丁重に感謝の意を表するしかなかった。だが、彼は海岸警固の番兵に剣（非常にすばらしい贈り物）を与え、労に報いている。しきたりとなっていたことがあれこれ割愛されているので、この *guma gilphlæden*［訳注：素晴らしい記憶力を誇る男］にも、「忘れずに」心付けが渡されていたことはほとんど疑いの余地がない。

(e)最後に。ヘレモードの「暗いイメージ」が（吟遊詩人や王によって）妙に繰り返されるなかに、ヘオロットの王朝、すなわち、ヘアルフデネとその息子たちの王朝に関する、より古い時代の、より史実にもとづいた言い伝えの痕跡を目にすることは可能だ。たとえるなら、チューダー朝の宮廷で、リチャード三世がいかに邪悪だったかと力説されるのを聞くようなもの。ヘアルフデネと、神話的なベーオウとのあいだに史実にもとづく祖先がいないのは、（彼の風変わりな名前に加え）彼が「新しい人物」で、ひいき目に見ても、先立つ王たちと直接的かつ明確な血のつながりがないことを十分指し示している。彼はきっと、首尾よく侵入に成功したほかの者たちと同様、たしかに、一度は強制的に定住させられたものの、前の世代の混乱や無秩序に言及することによって、その後は、系図を作り上げることによって、自分の立場を正当化しようと努めたのだろう（アーサー王の流れをくむチューダー朝時代の演劇によく似ている）。

74　（＊八七四～九〇〇行）［シイェムンドの物語の概略］

［父はこの注釈で、竜退治を息子のほうではなく、シイェムンドの属性とする問題に目を向けている。この問題に関するもうひとつの議論は、『The Legend of Sigurd and Gudrún（シグルドとグズルーンの伝説）』（二〇〇九年、三五一～三五六ページ）に詳しく述べられている。］

「竜退治」がここで「間違って」シイェムンドの属性にされているとは考えられない。ここで言う「間違い」については考慮を要する。「間違い」とはどういうことか？　「竜退治」など、純然たる伝説的特徴に関して使う場合、批評家は、（あるとき、あるところに）シイェムンドの伝説があった、それは「真実」であり、少なくとも原形となる話、もしくは信頼できる話であり、「間違った」ことから逸脱した話であると想像している。しかし、古代の伝説や伝説群に関しては、この想定自体が間違っている。実はそのような形の伝説は存在せず、実在する人たちが、すでに聞いたり読んだりした話を利用する、改作するなどして語った実際の詩や物語の形で存在するだけなのだ。ただし、『ベーオウルフ』の作者の場合、彼の作り替えが常道をはずれていた可能性はある。つまり、彼の時代には、*wrecca*のシイェムンドにまつわる話に通常、含まれていた事柄を割愛した、あるいは、それまで物語に加えられることがあまりなかった出来事をつけ加えた（その場合は当然、つけ加える出来事は、似たようなほかの話から引っ張ってきたに違いない）可能性があるということだ。ここのケースもその可能性があるのか？

いや、ないだろう。まず、特定の目的のために取り入れ、ほかの吟遊詩人の詩物語として提示したシイェムンドのエピソードの要約において、『ベーオウルフ』の作者が重要なポイントで、当時、広く受け入れられていた話を変更した可能性は極めて低い。

次に、広く認められていることだが、現存する作品のなかで、これはシイェムンドの物語への言及としては、写本の年代という点で見ても最も古いものだ。したがって、物語の後の形と違っているのは、おそらく「古文体」のせいだと推定できる。「間違って」いるのは、後の記述のほうだろう。つまり、物語が書き換えられてきたのだ。

古英語の要約のなかに、シイェムンドの息子や、彼とブルグント族およびギヴェカの息子たちとのつながりへの言及が欠如しているため、そこから何らかの結論を導き出すことはもちろんできない。このような目的を持った、このような要約のなかで、『ベーオウルフ』の作者は、このうえない離業をもって、シイェムンドへの言及を自然に終わらせたのだろう。しかしながら、おそらく、ヴォルスングの話（*Wælsinges gewin* ＊八七七行、七一一〜七一二行）は、ブルグントのサガとはまだつながりがなく、シイェムンドには、フィテラを除けば、まだ息子がいなかった[*1]可能性がある。だが、

*1　*eam his nefan*（＊八八一行）「母親の兄は甥に対して……」［七一五〜七一六行の訳は「兄は妹の息子に、このような話を……」］は、不完全にしろ正確な表現で、この言葉の下に、『ヴォルスンガ・サガ』と同様のエピソードが隠れているとすれば、こう考えるのがいちばんもっともらしい。『ヴォルスンガ・サガ』では、シンフィヨトリは、シグムンドと妹のあいだに生まれた息子だった。

『Widsith（ウィードシース）』や『Waldere（ワルデレ）』などの古い詩で触れられていることからもわかるように、ブルグント族とアッティラに関する事柄は、イングランドではよく知られていた。長く語り継がれてきた人気のある物語は徐々に話が広がり、ついには「伝説群」となっていく。これはよく知られた傾向だ。途切れた話の穂が継がれ、当初はつながりが薄かった、あるいはまるで無関係だったほかの話が結びついていく。このプロセスで用いられるひとつの方法は、本来の主人公（英雄）に息子を与えること。新しい人物が生み出される場合もあれば、ほかの物語の登場人物が引っ張ってこられる場合もあるが、いずれにせよ、その息子は、形に変化はあるものの、父親と似たような冒険をする傾向にある。

シイェムンドのケースも、これが起きていたように思える。ただ、北欧では「竜退治」は究極の偉業であり、これを成し遂げた者が最も有名な英雄になっており、これを繰り返すわけにはいかなかった。そこで、竜退治は息子に引き継がれた。しかし、これは彼にはあまり適していない。それどころか、彼の悲劇的な物語には不必要で、ドイツではほとんど忘れられている。シイェムンドは、その物語にどのような歴史的「核」があろうと、その時代よりもさらに古い、より原始的な（というより、野蛮な）時代に属しており、その時代であれば、*eotenas* や *dracan* はよりふさわしくなる。出典が異なる、さまざまな物語詩からなる「寄せ集め詩文」、『ヴォルスンガ・サガ』では、そうした出典の区分が意識される。また、シグムンドの名は固定されているが、接頭辞*Sige-*を共有する息子の名は固定されていないことに気づくだろう。古代スカンディナヴィア語で書かれたものでは*Sigurðr*（古英語なら*Sigeweard*）、ドイツ語で書かれたものでは*Sigfrit*（*Siegfried*）、これが古英語なら*Sigeferp*となる。竜殺しの元祖である傑出した英雄の名が固定されていないとすれば、奇妙なことだ。

75　（＊八九八行）*wrecca*

西暦初期の社会的、政治的ゲルマン世界において、この言葉はふたつの系統に分かれて発達したことがわかっている。一方は、われわれが用いる「wretch」［訳注：みじめな人］、もう一方は、ドイツ語の*Rocke*（昔の）「勇猛果敢な騎士、英雄」。古英語では、どちらの系統も十分発達した。

*wrecca*のもともとの意味は「追放者」。何らかの理由で故国の土地から追い出された人を意味している。理由は、罪を犯した、一族、王族の家系が崩壊した、もしくは征服された、経済的圧力があった、さらなる機会を求めたなどで、（追放者が高貴な生まれの場合）王族の家族間で王朝をめぐる争いが起こっていることが多かった。＊二六一三行の*wræcca(n) wineléasum*（二二九一行「流浪の身となった主君なき（a lordless exile）……」）は、前のスウェーデン王オーホトヘレの息子、エーアンムンドに当てられた言葉で、彼は叔父のオネラによって国を追われていた。一方、＊八九八行（七三〇行）の*sé wæs wreccena wíde mǽrost*では、*wrecca*が大きな名声を勝ち得ていたと言ってよさそうだ。『The Fight at Finnsburg（フィンズブルフの戦）』二五行と比較してみると、そこではシゲファースが自分の地位を自慢している。*Sigeferþ is mín nama, ic eom Secgena léod, wreccea wíde cúð*［広く知られた］。この言葉は＊一一三七行でヘンジェストにも当てられている（「異郷暮らしを余儀なくされた者（the exile）」九三一行）。これは、ヘンジェストが外国の土地にいるものの、目下、必要に迫られて、名目上フィン王の「臣下」になり、王から与えられた宿と「世話」を受け入れてい

たと言っているにすぎない。だが、おそらくヘンジェストはすでに*wrecca*だった。つまり、ジュート族ではあったが、彼個人に仕える従者、*héap*とともに、フネフに雇われていた「adventurer（冒険家）」［訳注：報酬や冒険目当ての傭兵］だったのだろう。ただし、当時ベーオウルフは、「法的」には追放者（exile）ではなく、差し当たり、*wrecca*の身分だった。故国の平時に、自分が選んだ個人的従者（*héap*、＊四〇〇行、三二一行、＊四三二行、三四八行）とともに、冒険と利益を求めて出発し、ほかの民族の王に奉仕をすると申し出た。父親のエッジセーオウは、自身の所業により（三七一～三七三行、＊四六一～二行）国を追われ、デネの王に奉仕した（「父君は余に誓いを立てた」三八〇行、＊四七二行）。

　しかし当然のことながら、現実的には*wrecca*の身分は幸福とは言えなかった。威厳と並はずれた勇気を持つ人物が、追放者の立場でしか長く存続できないうえ、名声や富もあまり勝ち取ることができなかったのだ。そのような男たちの大半は、「みじめな」、あるいは、疲れ切った生活を送っていた。多くの者は正当な理由があって、社会から、あるいは国から追放されており、邪悪な人物だった。それゆえ、非英雄的な言葉として、*wrecca*はすでに「みじめな人」、すなわち「みじめで、不幸な、寄る辺なき者」、「卑しむべき邪悪な者」のいずれかを意味していた。

76　おお！　地上の民のなかにこの息子を産み落とした女がだれであれ、まだ存命ならば、出産にあたって永遠なる神の恩寵をたまわったと言うであろう！（＊九四二～九四六行）*Hwæt, þæt secgan mæg efne swá hwylc mægþa, swá þone magan cende æfter gumcynnum, gif héo gýt lyfað*

Hwæt 以下の「感嘆」は、聖書を思わせる表現と見なされてきた。しかし、実際には、フロースガールの言葉とルカによる福音書一一章二七節の言葉「なんと幸いなことでしょう、あなたを宿した胎《たい》……」に、字句のうえで酷似したところはない。それにしても、この「感嘆」にはあとから追加されたような印象があって、この状況にそぐわない。ベーオウルフの生まれについて、フロースガールはすべて把握しており、本人が、ベーオウルフの母親はフレーゼルのひとり娘だったと述べている（二二九～三〇〇行、＊三七三～三七五行以下）。それなのに、王はここで「この息子を産んだ女がいったい何であれ、まだ生きているならば」と述べているのだ。この難題は、感嘆文を一般論と考えたところで解決できない。感嘆文は直説法現在で表現されている。一般論を表現するなら、（フロースガールが事実を知っていた状況では）次の形を取るだろう。「おお！　このような息子を産み落とした女はなんであれ、この恩寵をもたらした神を賛美してもよさそうだ（Lo, any woman whatsoever who had borne such a son might praise God for this favour.)」。*mæg* と *gyf héo gýt lyfað*（「may（～だろう）」と「if yet she lives（まだ存命ならば）」）はふさわしくない。*ðone magan*（「この息子」）を取る自然な形は、（ここにいる）ベーオウルフを明確に指し示すことだ。［後に補足：］「強い男」にまつわる民間伝承において、勝者の母親に対する称賛が古い要素で、その男の歴史的背景と完全には同化してこなかった可能性はある。

77　それでも、あなたさまには、グレンデルの姿を、ご自身の敵が戦衣のまま、瀕死の苦しみを味わっている姿をこの場でご覧いただければと思っていたのです！（＊九六〇～九六二行）*Úþe ic*

swíþor, þæt ðú hine selfne geséon móste, féond on frætewum fylwérigne!

ここはよく誤訳される。古英語の文法や統語法を知ることを仕事とする人々でさえ誤解する。たとえば、J・R・クラーク・ホールの古い訳本では「あなたさまご自身が（*ðú hine selfne* の訳は原文どおり！）彼の姿を見ることができればよかったのにと思っております」となっていた。つまり「わたしは、あなた（フロースガール）があのとき、あの場にいればよかったのにと、（今）思っています！」ということだ。これは（古英語の文法はさておき）、ばかげていると同時に、無礼な発言だ。にもかかわらず、C・L・レンによる校訂版でもそのままになっていた。

実際には、ベーオウルフはこう述べている。「あなたがご自身の目でグレンデルをご覧になれたら、もっとよかったのですが」。彼は（謙遜して）こう言いたかったのだ。「あなたにお見せできるものが腕一本しかなくて、非常に残念です。グレンデル本人を完全な形で、しかも死んでいる姿で進呈できれば、そのほうがよかったのですが」

Úþe swíþor について。*úþe* は（*unnan*）の仮定法過去形で、かなわなかった願望、もしくは実現不可能な願望を表すのに用いられる＝「もっと大満足できるはずだったのに」。*móste* も仮定法で（なぜなら、これも単に考えただけであって、事実ではないことに言及しているから）、（ラテン語と同様）古英語――および現代英語――では通常、時制の一致により、過去形となる。したがって、「もし彼が今、ここにいたら、わたしはもっと喜べたはずなのに」。訳はこうなる。「あなたが彼本人を、打ち倒され、武装したまま横たわっているあなたの敵を目にできていたら、わたしはもっと満足できてい

たでしょうに」（文字どおりには「打ち倒されて疲れ果てている」、*fyl-wérigne*、すなわち、打ちのめされたあと、*weary*（＝死んだ））。

おそらく、*on frætewum* が使われたのは不注意であろう。というのも、戦闘で倒された戦士は、身ぐるみはがされない限り、普通は *on frætewum* だからだ。だが、このような不注意を作者のせいにするのは危険だ。ベーオウルフが頭に描いていたのは、グレンデルの体が完全に残っていて、しかも死んでいる光景だった。グレンデルは、人間のように武具は身に着けていなかったが、武器に匹敵するものが手に備わっていた。手の指、一本一本に（このあとすぐ、わかるように）鋼鉄のような、物を引き裂く長い爪が生えていた。目下、そこにいるグレンデルは完全な姿ではなく、彼の *frætewe* の一部はすでにはぎ取られていた。

78　わたしは、やつをすぐさまこの手で捕らえ、死の床に縛りつけてやるつもりでした（＊九六三〜九六四行）***Ic hine hrædlíce heardan clammum on wælbedde wríþan þóhte***

wæl- が示すとおり、これは、ベーオウルフがグレンデルを生け捕りにし、縛り上げることを考えていたという意味ではない。これは「この手で握りつぶして殺してやる」を意味する、詩的な遠回しの表現で（当時は今よりも高く評価されているところがあった）、七八五〜七八六行（＊九六五〜九六六行）に「やつはわたしの手につかまれて倒れ、何とか生き延びようともがいているしかなかったでしょう」と詳しく述べられている。

79　わたしは、（不倶戴天の敵を）そこまでしっかりとつかんでおりませんでした（＊九六八行）*nó ic him þæs georne ætfealh*

これは適切な謙遜であり、おおむね事実である。もしもベーオウルフが実際の彼よりも力があったなら、あの人食い鬼が腕一本残して逃げていくことなどできないようなやり方で相手をつかんでいたかもしれない。グレンデルが、ベーオウルフをつかもうとして片手だけ突き出していた（＊七四六、＊七四八行、六〇七～六〇九行）ことに気づくだろう。それでベーオウルフは一方の手しかつかめず、グレンデルは体を引いて逃げようとしたのだ。

80　とはいえ、やつは足跡とともに、自分の手と腕と肩を残していきました。（＊九七〇～九七二行）*Hwæþere hé his folme forlét tó lífwraþe lást weardian, earm ond eaxle*

lífwraþe（＊二八七七行）「生命維持」＝死に対する防御（二四一五行「王の命を救うことはできなかった」）。したがって、ここの*tó lífwraþe*は「死に対する防御として」＝「（逃げることによって）自分の命を救えるように」。もしもグレンデルの腕がちぎれていなかったら、ベーオウルフはグレンデルを絞め殺していただろう。格闘場面に（六〇七行以下、＊七四五行以下）、逃げるための死に物狂いの策として、グレンデルが自分の意志で腕を投げ出したといったことをほのめかす具体的記述はないものの、＊九六六行に使われている*swice*「だました、あざむいた」[*bútan his líc swice*、「わたしをかわして逃れていくことがなかったら」、七八六～七八八行」と、今、取り上げている詩行は、

この概念が、かつて物語の一部であったことをたしかに示唆している。

［もともとのタイプ原稿B(i)で*tó lífwraþe*が訳出されないまま残り、その後、訳抜けが修正されなかったことがわかるだろう］

lást weardian「足跡を守る」は、詩では頻繁に登場する＝「あとに残す」。

81　最後の審判の日（＊九七八行）*miclan dómes*

実はここで「最後の審判の日」（古英語では（*se*）*micladóm*、*dómdæg*、*dómes dæg*と呼ばれる）への言及が、ベーオウルフ自身によってなされた点に注意してほしい。グレンデルはここで、死後も存続する魂を持った「人」と見なされており、六九二行では「命を手放し、異教の魂を放棄した」、＊八五一～八五二行*feorh ālegdehæþene sáwle*、カインの末裔と見なされている。キリスト教の教えに影響を受けていない（教えが書き記される前は当然、影響を受けていなかった）ゲルマンの信仰について知らなければ、最後の審判の日への言及が純粋にキリスト教的なものなのかどうか述べることはできない。「Hell（地獄）」は本来語［訳注：外来語に対し、言語が成立した時代にすでに存在した語。固有語］だった。邪悪な者に対する罰は、（程度の差はあれ）古ノルド語の「異教の神話」のなかではたしかに意図されており、「ヴェルスパー（巫女の予言）」［訳注：『古エッダ』冒頭の詩。世界の起源から終末、さらに新しい世界の再来を物語る］では、邪悪な者たちに責め苦を与える場所が定められている。ただ、「Hell」は、オーディンの「ヴァルハラ（戦死者の館）」の概念とは異なり、「Hades（ハデス）」［訳注：ギリシア神話の冥府］と同様、すべての死者の「隠された国」だった。

82　（グレンデルの手の爪について）がっしりした爪ひとつひとつの先端は、まさに鋼鉄のごとく伸びて、残忍な者の手には、実に恐ろしく、おぞましいけづめが生えていた。（中略）皆が一様に口にした（＊九八四〜九八七行）（写本）***foran æghwylc wæs steda nægla gehwylc / style gelicosthæpenes hand sporu hilde-*** / ［裏ページ］***hilde rinces egl unheoru æghwylc gecuwæð...***

写本がある程度損なわれていることは明らかだ。わたしの考えでは、*hwylc*が多すぎる。疑念を起こさせるのは、おもに＊九八四行の最初に出てくる*æghwylc*だ。意味上、これは必要ではないが、同じ行にある*gehwylc*は必要だ。後者は慣用語法にかなった位置にあるが、前者はそうではない。

写本を（繰り返される*hilde*を除いて）読み続けようと試みると、このような句読を切ることになる。*foran gehwylc wæs, steda nægla gehwylc, stýle gelícost...*「それぞれの（指の）前（すなわち、指先）は、爪のそれぞれの場所で、鋼のようだった」。これではまるで説得力がない。とにかくこれは、それぞれの指の先端から大釘のように突き出ている爪そのもののことで、その爪が鋼のようであるということであって、「爪の場所」について述べているのではない。

さて、この難問から脱する方法は、*steda*を、複数属格の*stíðra*「stiff（硬い）」に修正することで見出せる。名剣フルンティングに当てられた＊一五三三行の*stíð ond stýlecg*（一二八一行「鋼の刃を持つ堅固な（剣）」）を参照してほしい。*stíðra*のようなあまりに見慣れた、文脈上、明確に理解できる言葉を*steda*へ改悪した理由が見つからない。その結果、韻律はほとんど信用できなくなっている。

先ほど提案したとおり、*gehwylc*を削除してこれを修正すると、間違った言葉が削除される。古英語では、慣用的語順が破られることはほとんどなく、ここの*foran*のように、強調の副詞がセンテンスの最初の場所を不当に奪った場合、主語は動詞のあとに置かなくてはならない。したがって、＊九八四行の*ǽghwylc*は、名詞や形容詞ではない言葉、すなわち主語ではない言葉が、置き間違えられて先行語になったか、先行語によって改悪されたものかのどちらかに違いない。前者の場合、*wæs*のうしろに、おおよそ、*nægla gehwylc*と対応する言葉が脱落していたことを意味する。後者のほうが、あらゆる点で可能性は高い。先行語によって*ǽghwylc*へと改悪されてしまった本来の言葉として、わたしなら*ǽghwǽr*「それぞれの先端で」を選ぶだろう。

*gehwylc*を保持するこの判断をした結果として、*steda*は、長音の単音節、もしくは、短音節二個からなり、標準的なE型の詩行を作り出す言葉によってのみ、置き換えられることになる。思い浮かぶ最も有望な修正は、*stede-nægla*だ。語尾の先行同化［訳注：後続の音が前の音に影響を与える同化］によって、*stede*が*steda*へと改悪されたのは、とりわけ屈折言語の筆写にはよく見られる間違いの一例であろう。*stede-nægl*は、ほかには登場しない言葉だが、これなら、次のような明白な意味を伝えられる。固定された爪、鉄の大釘のように突き出るよう、木に打ち込まれた爪。これは*stedigra nægla*に相当する語句となる。[*1]

というわけで、たどり着いた結果はこうだ。

foran ǽghwǽrwæs

stedenægla gehwylc　stýle gelícost

「それぞれの指先に突き出ている爪は、鋼鉄の大釘のようだった（At each tip each of the standing nail was like a steel spike.[*2]）」

*egl*について。グレンデルの爪は(i)おそらく木の柱に固定された鉄の大釘、(ii)蹴爪に関連したものであるから、ここの*egl*が、大麦ののぎ［訳注：実の外殻にある針のような毛］を意味する言葉、*egl*、*egle*である可能性は低い。それよりも、「極悪非道の、嫌悪を感じさせる」を意味する形容詞の中性複数、*eglu*の誤記である可能性のほうがはるかに高い。

したがって、このくだりの最終的な訳は、以下のようになるだろう。「（彼らは高い屋根の上に掲げられた手を見上げ、悪魔の指を眺めている。）一本一本の指先から突き出ている爪は、鋼のようであり、残忍な戦士の手に生えた蹴爪は、ぞっとするような奇怪なものであった」

---

*1　*stedig*「固定した、不動の」は、派生した意味「sterile（不毛の、実りがない）」が記録されているだけだが、*stedig*から派生した動詞*stedigian*「停止状態になる、止まる」が存在するので、「steady（不変の、固定された）」の原形として、本来の意味で用いられる言葉としても存在したに違いない。

*2　［ここに掲載した八〇二～八〇三行の訳は、最初のタイプ原稿の訳、「がっしりした爪ひとつひとつの先端は、まさに鋼のごとく伸びて（At the tip was each one of the stout nails most like unto steel）」へと戻されており、*steda*から*stiðra*へ修正されていることがわかる。］

83　あの光り輝く館の内側はすべて、激しく打ち砕かれており、扉の蝶番が鉄の金帯からもぎ取られていた（＊九九七〜九九九行）*Wæs þæt beorhte bold tóbrocen swíðe / eal inneweard írenbendum fæst / heorras tóhlidene*

［翻訳の元原稿に関しては、「翻訳文に関する覚書」†53を参照。］

この詩行の文脈と意味に目を向けると、*fæst*が必要以上に韻律的であるばかりか、意味を破綻させていることに気づくだろう。詩人が述べているのは、ヘオロットの破壊であって、建物の頑丈さではない。注目すべき点ではあるが、＊七七三〜七七五行の描写、*þæs fæste wæs / innan ond útan íren-bendum / searoponcum besmiþod*（六三〇〜六三一行「館は内側も外側も、鍛造された鉄の帯で巧みな工夫がなされており、頑丈にできていた」）を思い出したことによって、このくだりが改悪されたのは明らかかと思われる。＊七七三〜七七五行では*fæste*が必要であり、そこから＊九九八行に*fæst*がいつの間にか入り込んできた。これは取り除くべきだ。よって、このくだりは次のように解釈し、句読を切り、翻訳すべきであろう。*Wæs þæt beorhte bold tóbrocen swíðe / eal inneweard, írenbendum / heorras tohlidene*「光り輝く館の内部はすっかり崩壊し、扉の蝶番は鉄の金帯からもぎ取られていた」

ここに出てくる*írenbendum*は、扉に横に渡す鉄の棒で、ひとつには扉の補強をしたり、ばらばらの厚板や木材をつなぎ合わせたりする役割を果たし、ひとつには、棒の端で（戸口の柱につけた留め金にはまっている）リングやフックを支える役割、すなわち*heorras*の役割を果たしている。描写されているのは、おそらく、逃げだそうとするグレンデルの奮闘により、扉に外側へと無理な力がかかり、リングを支えている鉄棒が、戸口の柱についている（蝶番のもう一方の）留め金からもぎ取られたということだろう。

84　免れるのはたやすいことではない。免れんとする者にはやらせておけばよい（＊一〇〇二〜一〇〇三行）***Nó þæt ýðe byðtó befleonne - fremme sé þe wille***

全体的文脈は、簡単には逃れられないのは（すなわち不可能なのは）「死」であることを示している。しかし*þæt*は、漠然とした「it」で、前後にある何かしらの言葉に言及しているわけではない。おおざっぱに現代の言い方をすれば「逃れることは容易ではない」となるだろう。*fremme*は「やってみろ」という意味ではないが、「容易ではない＝不可能」に調和させるため、詩人は「欲する者、それを成し遂げたいと思う者にはさせてやれ」と述べている。

85　力強い、いにしえの剣（＊一六六三行）***ealdsweord éacen***

一三〇六〜一三九七行、＊一五六〇〜一五六一行を参照すると、剣があまりにも大きくて、使いこなせる者は、ベーオウルフをおいてほかにいなかったとある。だが、おそらく*éacen*は、それ以上のことを意味している。剣には「加えられたもの」［語源的な意味で］、すなわち、超常的な力があった。それは、普通のあらゆる凶器や剣に魔法をかけた怪物が、この剣によって殺されたことからもわかるだろう（六五三〜六五六行、＊八〇一〜八〇五行参照）。

86 ［わたしは］館の守護者ども［を殺しました］（＊一六六六行）*húses hydras*

これは＊五六五行の*mécum wunde*や、＊一〇七四行の*bearnum ond bróðrum*と同様、「総称」としての複数形であると、文法的な言い訳をして物語の「矛盾」から逃れるわけにはいかない。まず、これらの表現には類似性がない。*mecum*は剣に刺し抜かれたことを意味し［四六〇行ではそう訳されている］、*bearnum ond bróðrum*はおそらく、古い時代の文法に見られる「両数形」的なイディオムであろう［実に妙だが、八七六行の訳は「of brothers and of sons」（兄弟、息子たちを）と、複数のままになっている］。では、矛盾はどこに存在するのか？ グレンデルはヘオロットでの格闘で致命傷を負い、どうやら、ベーオウルフがねぐらへやってくるころにはもう、自分の寝床で悲惨な死を遂げていた。しかし、＊一六一八〜一六一九行ではベーオウルフはこう描写されている。*Sóna wæs on sunde sé þe ær æt sæcce gebád / wíghryre wráðra, wæter up þurhdéaf*（一三五五〜一三五七行「やがて、さきほどの戦いで生き延び、仇ども（enemies）が倒れるのを見届けた戦士は、素早い動きで泳いでいった。水をかき分け、上を目指して泳いでいく」）。ここ（＊一六六六行）で、ベーオウルフは、すきを見て、館の「番人たち」を殺したと述べている。＊一六六八〜一六六九行（一三九六〜一三九七行）では、「敵ども（enemies）」から剣の柄を持ち帰ったと述べている。たしかに、しつこくあら探しをしようと思えば、このなかに「矛盾」、もしくは、別の説の兆候がなんとか見つかるかもしれない。だが、＊一六一八〜一六一九行と＊一六六八〜一六六九行はどちらもまったくの事実であり、語られている物語と合致している。泳いで戻ってきた時点で、ベーオウルフは実際には、両方の敵との戦いを生き延びており、グレンデルとその母親の両方が死んで横たわっていた棲み家から、剣の柄を持ち帰っていた。(a)*sléan*が「一撃を加える」を意味し、ベーオウルフが「すきを見て」(*þá mé sæl ágeald*、＊一六六五行)実際にグレンデルの首を切り落としていたこと、そして(b)すでに「死んでいた」ものの、残忍な魂を最終的に葬り去るには、そうすることが不可欠だったと考えれば、＊一六六六行に実質的な矛盾はない。トールハルが「死んだ」奴隷グラームの件で悩んでおり、最後にグレティルがグラームの首をはね、太ももわきに置いたことを考えてみるといい[*1]。

87（＊一六八七〜一七八四行）

『ベーオウルフ』の全般的批評にとって、このくだりはすべてが非常に重要だ。一四一四〜一四二三行(＊一六八七〜一六九八行)にある大昔の剣の柄にまつわる描写は最も興味深く、重要であり、とりわけ『ベーオウルフ』の年代決定、聖書と異教の北方伝説との混合や融合に関する点が興味深い。考古学的関心は二の次だ。というのも、持ち主の名前がルーン文字で刻まれた剣が見つかっていなかったとしても、詩人は剣についてははっきり描写しており、本当に意義深いのは、北方の*eotenas*と聖書の*gigantes*とのあいだにできたつながりである。

＊1 「グラームの話は、R・W・チェンバーズの『Beowulf, An Introduction（ベーオウルフ概論）』にグレティルのサガからの抜粋が翻訳とともに掲載されており、そのなかですぐに見つけることができる。」

このあと、フロースガールの説教がある。そこでは、キリスト教徒の（実質的に中世の）動機が、ヘレモードに関する異教の「訓話」と織り合わされている。フロースガールの説教でヘレモードが「暗い対照」、「いましめ」として使われたことにより、ふたつ目の偉業のあとになされたベーオウルフへの称賛と、ひとつめの偉業のあとの称賛がつながっていく。ひとつめの偉業のあとにもヘレモードの話が取り上げられていた。

説教の「キリスト教的」部分は実に興味深い。これは、いかにも家長らしいフロースガールの人物像を（わたしたちがいよいよ、彼に別れを告げる前に）完成させる働きをしている。だが、（見てわかるとおり）これは非常に特別な、鋭い疑問を投げかける。(a)わたしたちの『ベーオウルフ』は創作されて以来、いじり回されてきたのかどうか。つまり、ほかの詩人によって修正されたのかどうか。これは、単なる書き写しによる間違い、誤写のことを言っているのではない。(b)『ベーオウルフ』が、今も作品が残っているほかの詩人に知られ、模倣されたのかどうか。(c)このふたつのプロセスのいずれか、あるいは両方にキネウルフがかかわっているのかどうか。

聖書と北方の神話の融合、カインとグレンデル、および巨人との融合に関する問題については、『The Monsters and the Critics（怪物と批評家）』のなかで、すでにわたしの考えを述べている。

巨人への言及に関する聖書の主な出所は創世記の六章四節だ（ことによると四章二二節、および、カインから六代目の子孫で、「青銅や鉄でさまざまの道具を作る者」トバル・カインと関連がある）。しかし、ほかの場所でも述べたとおり、われわれの批評の主な欠点は、その土地の神話について無知なことだ。わたしたちが理解しようとしているわずかばかりの、すでに混合されてしまったこれらの言及を除けば、古英語のなかに手掛かりはない。古英語以外では、主として（後に保存された）古ノルド語がある。英語の伝承は、いわゆる哲学的原理において、古ノルド語と一致しているに違いない。怪物に不可欠な敵意は――たとえ、それらの怪物が、程度の差はあれ人間の形をしていても――「人間味」のあるもの、人間の神的側面に向けられる。しかし、融合を説明するのに役立つであろう、より具体的な細かい事柄について、わたしたちは無知なのだ。その土地の伝承には、一四一六～四一七行（＊一六八九～一六九一行）を説明するのに役立ちそうな洪水伝説が含まれていたのだろうか？おそらく含まれていただろう。[*1] だが、そうだとしても、今は失われている。ただし、『ベーオウルフ』＊一六八九行以下のくだりを除いて。このような、*eald enta geweorc*［「いにしえの巨人たちの作品」（『ベーオウルフ』に限ったものではない）や、*ealdsweord etonisc*［「巨人たちが鍛造した古い剣」］への言及は、それだけでも、イングランドに「巨人」という古代の想像が存在したこと、その一面として、彼らが（創世記六章四節の言葉では）「大昔の名高い英雄たち」であると同時に、人間の力がおよばない強力な物の作り手であったことを十分に示している。地質学的起源にまつわる奇跡や、昔の石工や鍛冶職人の遺物だけでなく、詩人たちの想像のなかでのみ思い描かれた物、すなわち、人間が作った物が拡大され、さらなる力が授けられた*éacen*な物、不思議な魔法の力を有する物も巨人た

＊1　洪水伝説は世界中に広まっている。古ノルド語では何も保持されていないが、海から新たに隆起する緑の大地、その大地から流れ出す滝、その上空を飛びながら、山腹で魚を探す鷲にまつわる美しい言及は、ここにはあまり該当しない。いずれにせよ、「ヴェルスパー（巫女の予言）」では、すでに述べたとおり、この場面は、この世の果てで破壊が起きたあとの未来に言及している。

ちがなした技とされた。にもかかわらず、彼らは人間を憎み、人間の敵だった。追放者、殺人者であるカインを、北欧の人食い鬼《オーグル》と結びつけてみると、トバル・カインおよび、青銅や鉄における職人技に関する創世記四章二二節のような言及が、*ealdsweord eotonisc* の伝承と融合していく。そして、グレンデルのねぐらのなかに、*enta ærgeweorc* ＊一六七九行（「いにしえのトロールたちの手細工」一四〇六～一四〇七行）、人間の力では扱えない大きさと魔力を有する剣、*giganta cyn* の作品、大洪水の遺物、すなわち *ealde lāfe*（＊一六八八行、「古き時代の遺物」一四一五行[*2]）を見出すのだ。

さらにさかのぼって、すなわち、いちばん身近な接点である神話のレベルでは――聖書自体、表現方法は「神話」に近いが――融合のいっさいが複雑であったことははっきりしている。だが、少なくともこう言えるだろう。融合（とにかく、『ベーオウルフ』に見出せる融合）は、古い時代の説教に出てくる事柄を思い出させる異教徒といったたぐいのものでないことはたしかだ。ほかの場でも述べたとおり[*3]、この融合は、深い思慮と感情の産物である。さらに言えば、この融合は学習の産物、聖書を読むことができる者、あるいは者たち、ラテン語の言葉、*Tubalcain qui fuit malleator et faber in cuncta opera aeris et ferri* と、*Gigantes autem erant super terram in diebus illis*［創世記四章二二節

*2　とくに注目すべきは、*gigant* という言葉が「聖書の」巨人にまつわる古英詩でのみ使われている点だ。『ベーオウルフ』では＊一一三行、九一一行（カインの末裔）、＊一六九〇行、一四一七行（ノアの洪水）、古英詩『Genesis A（創世記A）』では一二六八行。例外は、グレンデルのねぐらにあった剣の描写で、そこでは *giganta weorc*（＊一五六二行、一三〇六～一三〇七行）となっている。

*3　［一九八三年刊行の評論集の二〇ページ、『The Monsters and the Critics（怪物と批評家）』での言及］

および六章四節〕を読む目を持った者たちの産物だったのだ（*gigant*は、まさにラテン語から派生した言葉で、*eoten*、*ent*と同一視される）[*4]。

フロースガールの説教のほうへ目を移すと、ここでは、無理に「学習」をするにはおよばない。つまり、*swigedon ealle*「一同は静まり返った」（＊一六九九行、一四二四行）のなかに、『アエネーイス第二巻』〔冒頭の詩行〕の*Conticuere omnes intentique ora tenebant. Inde toro pater Æneas sic orsus ab alto*〔「皆、静まり返り、一心に彼を見つめた。すると、高き臥所より、父なるアエネーアスがかく語り始めた」〕を連想させるものがあるとわかる必要はないのだ[*5]。高徳の王が厳粛な話を始める際の静寂を想像するために、ウェルギリウスを読む必要はない！　だが、その一方で、詩人が聖書の知識とともに、明らかにキリスト教の教えとわかる訓戒的伝承に関する知識を、寓意的あるいは象徴的表現方法を用いて「中世風」に見せてくれているとわかっても、過度に驚く必要はない。

それでも、やはり奇妙な点がある。「混合」はここでもおのずと目に入ってくるだろう。このくだりでは、あくまでもゲルマン的、北方風のヘレモードの話に触れており、とりわけ、彼の王子らしからぬ強欲の罪について言及している。*nallas béagas geaf Denum æfter dóme*＊一七一九～一七二〇

*4　〔この話題は、たとえラテン語が読めなかったとしても、『ベーオウルフ』の詩人が、聖書を題材にした古英詩から、鍛冶職人の偉大なる祖トバル・カインや、大洪水によってなされた巨人族に対する神の罰について何を学んだのかという議論へと続いていく（『Genesis A』として知られる昔の未完成詩、一〇八三行以下、および一二六五行以下を引用）。〕

*5　〔このような示唆がなされたのは信じがたいし、おそらく一度もなかっただろう。〕

行、「彼はデネの民に金の宝物を与えて称賛を得ようともせず」一四四一～一四一二行。これは、このあとに出てくる、「幸運な男」がプライドと成功によって身を滅ぼし、強欲へと堕落するさまを一般化して描いたくだりとうまく対応している。*gýtsað gromhýdig, nallas on gylþ seleð fættebéagas* ＊一七四九～一七五〇行、「容赦なき心は強欲で満たされる。称賛を得るべく、金箔を施した宝環を分け与えることもせず」一四六五～一四六六行。これを、＊一七一九～一七二〇行の寓意を膨らませる教訓的挿入として示されたものと見ることも可能だが、わたし個人は、丹念に書き込まれていた寓意は、主として「作者」によるもの、＊一七一九～一七二〇行と＊一七四九～一七五〇行は同じ人物によって、両者が共鳴し合うよう書かれているに違いないと思っている。

とはいえ、注目すべきことがふたつある。まず（これ自体は、後人の手でへたにいじり回された証拠を示すものではないが）、「説教」、すなわち*giedd*は、芸術的観点で見ると、あまりにも長すぎるうえ、全体的にふさわしくない。キリスト教布教以前のすぐれた族長、フロースガールを特徴づける言葉にしては、あまりにも「キリスト教的」なのだ。この批評がとくに当てはまるのは、＊一七四〇～一七四七行、一四五七～一四六四行の「良心」（*sáwele hyrde*「魂の守護者」）および、邪悪な者（*bona*（bana）「（魂の）殺害者」）が放つ寓意的な矢への言及である。たとえ、*Wundor is tó secganne*（＊一七二四行、一四五七行）から*hé þæt wyrse ne con*「これより悪しき運命があることは何もわかっておらず」（＊一七三九行、一四五七行）のくだり、それに（たとえば）、＊一七五三行、一四六九行以降の、若さの終焉と運命をテーマとした話がさらに念入りに語られる過程は「ベーオウルフ的」であると認めるとしてもだ。『The Seafarer（海ゆく人）』六六～七一行[*6]によってもたらされる、＊一七六一～一七六八行、一四七六～一四八二行との類似性と比較してみてほしい。

しかし、それだけではない。フロースガールの説教＊一七二四～一七六八行、一四四七～一四八一行と、古英詩『Crist（キリスト）』六五九行以下および七五六～七七八行とのあいだには、まれに見るほど明確な関連性がある。なるほどと思わせるどころか、免れようのないつながりだ。類似性は、扱う事柄と表現の両方に存在する。その一例は、彼の*brægdbogan biterne strǽl*から放たれる*þonne wróhtbora...onsendeð*だ［『Crist』七六三～七六五行「悪の創造者が……人を惑わせる弓から無情の矢を放つ」と『ベーオウルフ』＊一七四三～一七四六行*bona swiðe néah, sé þe of flánbogan fyrenum scéoteð. Þonne bið on hreþre under helm drepen biteran strǽle*（一四六〇～一四六三行）を比較］。たしかに、＊一七二四～一七六八行、一四四七～一四八一行の「説教」は、『ベーオウルフ』の作者によるほかの部分と比べると、読み取れることや響きが、『Crist』の作者のほうに似ていると言って

*6 ［この箇所の側注に、父は「講義録の補遺ⓑを参照」と記している。これは、『The Monsters and the Critics』本文のあとに続く、「ⓑ「*Lof*」と「*Dom*」、「*Hell*」と「*Heofon*」」と題された、かなり分量のある文章。父はこのなかで、『The Seafarer』からのくだりと、ここで言及しているフロースガールの言葉（ただし、*eft sona bið*が*oft sona bið*と誤植されている）を訳文抜きで引用しており、後者について、これは「いかなる校訂や拡充を経ていようとも、『ベーオウルフ』原典の著者によるものと見なされる談話の一部」と述べていた。『The Seafarer』から引用したくだりの訳を載せておく。「地上の富が永遠に続くとは思わない。人が最期の時を迎えるまで、三つのうちのいずれかが、常にゆらゆらぶら下がっている。病気、老い、剣による暴力のどれかが、定められた運命と旅立ちから、その人の命を力尽くで奪っていく」］

*7 ［キネウルフの「署名」については、注23の側注参照。］

も過言ではないだろう。

『Crist』の作者は（ルーン文字のくだり（七九七行以下）より明らかに、また、それに先立つくだりにより、ほぼ確実に）キネウルフだった。[*7] キネウルフの「署名」がある作品としては、『Elene（エレーネ）』と『The Fates of the Apostles（使徒の運命）』があげられる。これらの詩には、『ベーオウルフ』との表現の類似が非常に多く存在する。『Guthlac（グスラック）』（おそらくキネウルフの作品ではない）や『Andreas（アンドレアス）』（断じてキネウルフの作品ではない）など、ほかの詩にも類似性は存在する。これらの詩から、『ベーオウルフ』は、おそらく詩そのものが、後の詩人たちに十分知られ、高く評価されていたということ以上は推測できない。[*8] けれども、（研究とは無関係の）まるで異なる立場で言わせてもらえば、この説教は話を詰め込みすぎで、口調やスタイルに矛盾するところがあるという感じがする。キネウルフが『ベーオウルフ』を知っていて、高く評価し、まねをしたのは間違いないだろうが、わたしは、彼が全般的な校訂や書き直しはしていなかったと確信している。『ベーオウルフ』の作者とキネウルフとでは、文体や気質や考え方がまるで異なるからだ。だが、クレーバーが、引き出されるべき結論を正確に表現していると思う。まず第一に、王の言葉は、叙事詩の構造に必要不可欠な要素を形成しており、王は「格調高い」説教をするべきとの考えは、詩のなかで描かれている王の人物像、想像される人物像、『ベーオウルフ』全体の道徳観、厳粛な気質と完

*8　しばしばなされる、唯一、確実な推論は、それらの著者が皆、アングロ・サクソン人で、共通の文学的伝承の範囲内で書いていたということ。これはすでに、わかっていることだ。

全に一致している。しかし第二に、それでもなお、この状況と類似点に対する最も合理的な解釈は、キネウルフが王の発言を手直しした、実際には、王の発言を*giedd*から純然たる訓戒に変えてしまった、ということになる。

それはなぜか? この箇所に、ふたりの作者と、彼らの思考との最も近い接点があったからだ。キネウルフの作風をどう思おうと——署名つきの詩に現れているとおり、悪く言えば下手、良く言えばお粗末だとわたしは思っているが——おそらく彼はフロースガールに興味を引かれ、とりわけ王の説教に関心を持ったのだろう。それは見過ごすには惜しい絶好の機会だった。だから、彼はその機会を利用した。教訓をよりあからさまに表現し、自分がいる時代の訓戒的寓意で飾ることによって、偉大な(そして、キネウルフのあまりに「キリスト教的」な詩よりも、長い目で見れば、はるかに意義深く、得るところが大きい)作品を傷つけているとは、もちろん気づいていなかった(そこまでは、とても考えがおよばなかったのだ)。

『ベーオウルフ』のテキストには、ほかにも改良を意図した「キネウルフ的」手が加わっていた可能性は十分あると思っている。ほぼ確実と言えるのは、＊一六八〜一六九行(一三三四〜一三三五行)だ。[*9] これは不適切であるばかりか(それに、「恩寵」と天罰を話題にする考えは文脈と調和していないため、わかりにくいくだりになっている)、簡単に分離することができる。分離できるどころか、削除したほうが、詩の質感がよくなり、意味も明らかにわかりやすくなる。だが、分離可能であるこ

---

*9 [これらの詩行については、注24で詳しく述べている。]

とが判断の基準ではない。本当の意味でキネウルフを論じなければ、それは判断基準にはならない。キネウルフは、語彙が豊富な、雄弁な男で、熟練した言葉の職人だった。だから、どうにか言葉の継ぎ合わせができたのだろう。

そのようなわけで、後の作家の手が加わっているという総論的な（そして、わたしが事実上、確かだと思っている）結論から、「では、その作家は具体的に何をしたのか？」との疑問へ移るとすれば、明確な結果にたどり着くことはないだろう。これは単なる書き入れ語句の問題ではなく、実際にどう書き換えたのかという問題であり、そこには古いものと新しいものが複雑に混ざり合っているかもしれないのだ。[*10]

88（＊一八八七行）

『ベーオウルフ』の「第一部」は、含みのある言葉と、心動かされる、老いと若さの対比とともに、ここで終わる。いずれにせよ、（一部の人たちが考えていたとおり）もともと、この詩はここで完結するべく書かれ、後に同じ作者によって拡大された話が第二部となり、わたしたちが今、目にしている構造になっていることはほぼはっきりしている。

*10 〔父はここで、「とはいえ、わたしの考えはこうだ」と記し、その後、さまざまなくだりにおける可能性について詳細に論じている。だが、それは長すぎるうえ、原文と翻訳、二重の行参照が大量に記されているなかで理解するのは難しいため、割愛した。〕

第一部はベーオウルフの「繁栄」、一人前の*hæleþ*、大人の男として頭角を現し、*blǽd*、名声と富を手に入れ、力と、若さという希望によってたたえられるさまを描いている。それは、ベーオウルフが*blǽd*の誘惑を免れたことをほのめかしている。彼は傲慢や強欲には陥らなかった。けれども、第一部は、老いの訪れ、経験を通じて苦い知恵がもたらされることの前兆にもなっている。若くて、得意気だったベーオウルフが、帰国を描いた「つなぎ」、すなわち「幕間」（一五八一～一八四八行、＊一八八八～二一九九行）が終わるとすぐ、フロースガールとそっくりになっているとわかるのは、心に訴えるものがある。彼が最初に口にするのは、懐古的な言葉だった。二〇三八～二〇四〇行「余《よ》は若いころ、あまたの猛攻から無事に帰還し、あまたの戦の日々を切り抜けた。そのすべてが思い出せる」、＊二四二六～二四二七行*Fela ic on giogoðe gúðræsa genæs,orleghwíla: ic þæt eall gemon*。これを一四八二～一四八六行、＊一七六九～一七七三行のフロースガールの言葉と比べてほしい。ベーオウルフの繁栄（第一部）と凋落（第二部）に見られる若さと老いのコントラスト、若さと勝利の必然的帰結である老いと死は、このように、判断材料として、老いの前に若さを描くことでより鮮やかになる。

そして最終的に、偉大なシュルディングの宮廷、輝かしくも、崩壊の運命にあったヘオロットの黄金の館と結びつくことによって、詩全体が、わたしたちにとって――また、詩人や同時代の人々にとってもそうだったに違いないと思うのだが――威厳あるものに感じられるのだ。その威厳は、アーサー王風とも言える雰囲気や背景を詩に与えている。

89　スリュースの激しい心持ちは……（＊一九三一行）写本 ***mod þryðo wæg…***

［イェーアトの王ヒイェラークの妻、ヒュイドに関するくだりについて、原文（＊一九二九〜一九三二行）と翻訳（一六一八〜一六二二）の両方を掲載する。このくだりには、（古英語の原典研究では最も議論されてきた問題のひとつである）これらの言葉が登場する。

næs hío hnáh swá þéah,
1930 né tó gnéað gifa Géata léodum,
máðmgestréona, mod þryðo wæg
fremu folces cwén, firen ondrysne

（翻訳）

とはいえ、けちなところはなく、イェーアトの人々に贈り物や貴重な宝を与えるのに物惜しみすることもなかった。人々のすぐれた王妃であり、スリュースの激しい心持ちは見受けられず、恐ろしくよこしまなところもなかった。

父は非常に長い注釈の前半で、『ベーオウルフ』の複数の編集者が共有している考え、すなわち、ここで強調されている写本の言葉は、原文と言語学的根拠のみに基づき（つまり、オッファの伝説へは言及せず）修正・解釈すべきであるとの考えを主張しようとしていた（一六三四行以下、＊一九四九行以下参照）。」

　ヒュイドと同様、オッファとその花嫁のこともわかっていなかったとすれば、このくだりも、「対比による称賛」の一例であることは明々白々だ（ヘレモードの紹介の仕方と比べてみてほしい。七三二行、一四三三行、＊九〇一行、＊一七〇九行）。また、この対比を通じて、オッファの王妃に対する言及の最初の部分で、彼女の名前を探れるようになるはずだ。名前を突き止めるチャンスがあるとすれば、*mod þryðo wæg* のなかにしかない。

　『ベーオウルフ』では、唐突に話題が移ることがある。七三二行、＊九〇一行の移り方もかなり唐突だ。だが、*máðmgestréona* のあと、ヒュイドにまったく触れていないということは考えにくい。*Módþrýðo* を固有名詞と見て、*Módþrýðowæg* と解釈すれば、触れていると言うことは可能だろう。その場合、一連の流れはこうなる。「ヒュイドは善良で、卑劣な人ではなかった。モードスリューゾは（後にそうなったように）人民の良き王妃だったが、（かつて）恐ろしくよこしまなところが見受けられた」。唐突でも、最初にその名前を出すことによって、とりあえず、「一方で」という、必要とされる意味合いをかろうじて与えてはいる。しかし、その場合、*fremu folces cwén* が中途半端に残ってしまう。一六三〇行以降（＊一九四五行以降）まで進んだところでようやく、これに関する説明が始まるのだ。そのうえ、*-þrýþ*（*-truda, -druda, -þriðr* など）で終わるゲルマン語の名前、一五〇ほどのうち、*Módþrýðo* に相当するものが、ほかにはどこにも出てこないのだ。

［Módþrýðoを固有名詞と仮定した場合の、歴史的に見た形態上の難点についてさらに論じた後、父はこの説をきっぱり否定し、mód Þrýðo wægが「写本の解釈として唯一可能性がありそうだ」と述べた。父はÞrýðoについて、Þrýðeという名が、アングル語（ノーサンブリア語）の斜格の語尾-oになったもの、ウェスト・サクソン方言では-anに相当するが、この-oは「写字生がこのくだりの意味に関して途方に暮れてしまったため、そのまま残された」と考えていた。したがって、意味は「スリューゼ（スリュース）の気性」となる。］

ところが、*mód Þrýðo wæg mód*の場合、こう読むしかない。「ヒュイドは善良だった。良き王妃で、*Þrýðe*の気性、嘆かわしい邪悪さが見受けられた」。これでは、対比が当然意図することと逆の意味になってしまう。となると、*ne*が抜け落ちていると仮定せざるを得ない。というのも、対比の冒頭に*ne*が来る例が＊一七〇九行（一四三三行）に見られるからだ。修正案*mód Þrýðo*［*ne*］*wæg*を擁護するには、こう言わねばなるまい。*ne*（というより、言語を問わず、あらゆる否定の不変化詞）は、論理上、意味を逆転させてしまう、圧倒的に重要な言葉であることは明らかだが、それゆえ、まさか、それが脱落しているとは、なかなか想像できないのだ。実際、(i)ものを書く際、単なる機械的な理由で、短い言葉が簡単に書き落とされてしまう。写字生が細かい意味を理解できていない場合はなおさらだ（それに、伝説上の名前に遭遇したときの常で、ここの写字生も明らかに途方に暮れている）。(ii)話し言葉でさえ、継続的に言語の刷新がなされているにもかかわらず、多くの場合、否定の不変化詞は、とらえどころのない要素と化し、図らずも言い落とされてしまうことがある。

[否定の不変化詞の文字が発音されないことに関しては、これらの見解とともに、注63も参照してほしい。この注釈には、修正された意味として「ヒュイドは卑劣ではなかった。民の良き王妃であり、スリューゼの心持ち、嘆かわしい邪悪さは見受けられなかった」と書かれている。これは、注89の冒頭に載せた父の訳文の言い回しと非常に近いのがわかるだろう。

この議論のあと、父はオッファの妻の言い伝えに関する複雑な問題について述べており、そこには、この名を持つふたりの王が登場する。八世紀、マーシア王国の王、オッファ（オッファ二世）と、アンゲル（シュレスヴィヒ地方にいたアンゲル族の古代の故国）の王、オッファ（オッファ一世）である。オッファ一世は、マーシアのオッファの遠い祖先と考えられている。ここでは、「オッファの妻」という問題に関する結論部分の見解のみ掲載する。父は、オッファ二世のよこしまな妻の物語は、もともとアンゲルのオッファに属する話だったとする説に関する考察に続き、こう述べている。]

これは、「史実にもとづく伝承」において、マーシアのオッファの祖先と言われている（おそらく実際の祖先だった）アンゲルのオッファに結婚にまつわる言い伝えがあったこと、彼の妻がスリュース（もしくはスリューゼ）と呼ばれ、その名が後にラテン語化し、ドリダとなったことを十分示していると思う。彼女に関するもともとの物語は、アタランテ[訳注：ギリシア神話に登場する俊足の女狩人]の物語と同じたぐいの話、すなわち、力の弱い求婚者を殺してしまう危険な乙女が、最後は強い男に打ち負かされ、その後、良き妻となるといったたぐいの物語だ。

なぜ、そのような物語がここに挿入されたのか？　シイェムンドとヘレモードの例ですでに見てきた方法にしたがい、称賛もしくは非難を強調・指摘する方法として挿入されたことは言うまでもない。それでも、ほかの「挿話」と比べると、関係のないことがより多く「持ち込まれて」いる、いや、一見、そう思える。シイェムンドと彼の竜退治は、竜に殺される運命にある若きベーオウルフとの皮肉な対比として、有機的に適合している。ヘレモードはデネ人で、シイェムンドと一方でつながり、もう一方では、フロースガールが戒める悪徳の具体例としてつながっている。*Frésuæl*［「フィンの挿話」］は（それを証明するべく、詳細に論じてきたとおり）、シュルディング、およびヘアルフデネの一族と密接な関係がある。

では、ヒュイドとスリューゼはというと、（先ほど主張した否定文と置き換えたとしても）つながり方がいささか唐突だ。それでも、『ベーオウルフ』のオッファのくだりが、残りの部分よりもあとの時代、すなわち、オッファ二世と同時代のことであるとは証明できない。これは、同時代のことをひそかにほのめかしているという考えは、間違いなく退けられる。なぜなら、もし、オッファと呼ばれる同時代の王のことであれば、ひそかにどころの話ではなく、作者は九死に一生を得たとしても、やがてさすらいの吟遊詩人となり、新しいパトロンを探すことになるからだ。それだけではない。歴史上、オッファの妃はヒュイドのような女性であって、スリューゼのようなところはまったくなかった。

オッファにまつわる話が、入念に練り上げ、つけ加えられたものであるなら、それはこの作者によって作られたものだ。彼はなぜ、これがふさわしいと思ったのか。おそらく（わたしたちが、ヘレモードやフィンやシイェムンドに見出したような）何らかの適合性を感じたのだろう。彼は、これまで考えられてきたような、昔話を持ち込んでくるだけの人物ではなかった。今のわたしたちは、イングランドの由来や、名高い王家や高貴な一族に関する「史実にもとづく伝承」を織り合わせ、結びつけるすばらしい手段を知らないため、そのような適合性を見出せないだろうけれども、『ベーオウルフ』の作者はその手段を持ち合わせていた。

90　ヘミング一族のかの男［オッファ］は、意に介していなかった（＊一九四四行）*Húru þæt onhohsnode* ［*e*］ *Hemminges mæg*

［父は、ヘミングはおそらくオッファの母方の祖父であろうと考えていた。翻訳は、史料に記録がない*onhohsnode*の語源とされる意味をどうとらえるかによって違ってくる。一般的な解釈「それをやめさせる」は、古英語に記録がない動詞、*(on)hohsin(w)ian*が存在し、その動詞が*hohsinu*「hamstring」（「馬の後脚の腱」）から派生したもので、ここでは、おそらく比喩的に「止める、抑制する」の意味で使われているとの想定にもとづいている［訳注：動詞としてのhamstringには「腱を切って足を不自由にする」の意味がある］。父は、ほかのゲルマン諸語のなかの同じ語源を持つ形について詳細に論じる過程で、この想定を「強引な、あり得ない比喩」として退け、「字義どおりの意味、馬の〝腱を切る〟以外の意味はどこにも見つからない」と指摘した。父は「これが物語と何の関係があるのか？」と述べ、「競走好きのアタランテでさえ、腱を切られて打ち負かされることはなかったではないか！」と、この説の擁護者をからかっていた。（ギリシア神話の女狩人アタランテは、競走で自分に勝てない男とは決して結婚せず、競走に負けた求婚者は処刑された。）

父自身は、非常に躊躇しながらも、もうひとつの語源とされる意味を支持していた。それは、史料に記憶がない動詞（*on-hoxnian*）の語源的意味で、古英語の*husc*、*hux*「軽蔑、嘲笑」、および動詞の*hyscan*と何らかの関係がある。それゆえ、父の訳は「意に介していない」となった。父はこの一節を別の形で訳し、注釈を締めくくっている。]

にもかかわらず、ヘミングの末裔（オッファ）はこれをすべて笑い飛ばし、広間にいる（エールを飲みながら噂話をしている）男たちがさらに語ったところによると、金で着飾り、若き戦士の花嫁となってからというもの、彼女が罪を犯すことは少なくなった（すなわち、もう罪は犯さなくなった）。

91　強者たちの手へと運んだ（＊一九八三行）写本 *hæ[ð]num tó handa*

[この言葉は、写本では*hænum*となっており、三番目の文字*ð*が写字生によって削除されているが、やはりそう読める可能性はある。父は「強者」への脚注をタイプする際、「すなわち*Hæðenas*、一族の名」と書き添えていた。]

写本は何を意味するのか？　文字を削除した理由は何なのか？　テキストを書き直し、*hæleðnum*に置き換えることは簡単だ。だが、それでは解決策としてかなり疑わしく、写本の説明になっていない。文字の削除は（修正になったためしがなく）、写字生が悩んだ証拠であり、またしても、英雄伝説に属する固有名詞がここに存在していた可能性が高い。写字生が最初に*hæðnum*と書き、*hæðnum*（ちなみに、これはよく使われる言葉で、写字生はほかの場所では一度もへまをしていない）と修正するためのお膳立てをしたのだとしたら、彼は（その行の上で、*ð*の前に*le*を挿入できるよう）*n*を削除したか、*ð*と*n*の両方を削除していたはずだ。

それに、*Hǽðne*という固有名詞が存在し、古英詩『Widsith（ウィードシース）』（八一行）に、（*ic wæs*）*mid Hǽðnum*の形で登場する。『Widsith』に関するかぎり、これらの人々が古ノルド語の*Heiðnir*、後の（古ノルド語の原則で*n*の前の*ð*が失われた）*Heinir*、すなわち、スウェーデンと国境を接していたノルウェーの*Heiðmörk*（現代の*Hedemarken*）の住人であることはほとんど疑いの余地がない。文字が削除された原因として考えられるのは、(1) *hǽðen*「heathen（異教徒）」と形がそっくりだったこと。西暦一〇〇〇年当時（写字生の時代）、*hǽðen*は格別に悪い連想をさせる言葉で、徳の高いヒュイドにはふさわしくなかった。しかし、それならなぜ、その言葉を丸ごと削除しなかったのか？ (2) 古英語に*Hǽne*という語形が存在した（古ノルド語にも同様の変化が見受けられたから、あるいは、後のスカンディナヴィア語の語形に関する実際の知識にもとづきそうした）。(2)がなければ、(1)はまず考えられない。わたしは、もとの*Hǽðnum*へ戻すべきだと思う。

編集者たちはこう尋ねる。なぜこのような人々がヒイェラークの館に登場するのか？　答えはおそらく『Widsith』八一行に示されている。また、ほかの物語についても考察すべきだろう。*Hǽðne*はヒュイドに仕える一族だった。フロースガールの娘で、デネから嫁いだ王妃フレーアワルの召使いとして、デネ人がヘアゾベアルド族の宮廷にいたのと同じように（一六九四行以下、＊二〇二〇行以下）、*Hǽðne*は、ヒイェラークの宮殿で王妃ヒュイドに仕えていた。

『Widsith』八一行には（*ic wæs*）*mid hǽðnum ond mid hælepum ond mid hundingum*とある。『ベーオウルフ』との比較はさておき、*mid hælepum*の修正としてあり得そうなのは、*mid hærepum*

だ。固有名詞が似たような語形の普通名詞に改悪されたことが明白に示されている（『ベーオウルフ』では、＊一一二六一行でCainが*camp*に、＊一九六〇行でEomerが*geomor*に改悪された例がある）。だが、『ベーオウルフ』で*hæðum*の直前にある*Hæreðesdohtor*〔訳注：「ヘレスの息女」〕（一六六一行、＊一九八一行）の存在に気づくと、『Widsith』八一行と『ベーオウルフ』につながりがある可能性が極めて高くなる。

*Hæreðe*は、ノルウェーの部族*Hǫrðar*（*harud*に由来）。「ハルダンゲル・フィヨルド（Hardanger-fjord）」〔訳注：ノルウェー南西部のフィヨルド〕と比較してみてほしい。ついでながら、『アングロ・サクソン年代記』の項目（七八七年）、に「ヘレザランド（Hereða land）から」三隻の船でスカンディナヴィア人がはじめてやってきたとの言及がある。部族名の語幹が近隣の人々のあいだで固有名詞として使われるのは、現代のスコット、イングルズ、ウォルシュと同様、よく見られる現象だ。ヒュイドの父親*Hæreð*（おそらく*Hæðne*一族の王子であろう）と、*Hæreþe*との実際の関係は、今はもうわからない。

このくだりは曖昧なうえ（なぜなら、詩人がわかっていて当然と思っていたことが何か、わたしたちにはわからないからだ）、改悪されているものの、ヒュイドには、地理上の北の現実世界に「居場所」があった（あるいは、作者から与えられた）ことがわかる。ヒュイド（Hygd）という名は奇妙だ（それ自体、ほかにはどこにも記録されておらず、ヒイェラーク（Hygelac）の妃の名の記録がほかにはどこにもない）。この名は夫の名と頭韻を踏んでおり、語源的にも関連している。*Hygd*（*ge-hygd*は「思慮」の意）／*Hyge-lac*。だが、それと同時に、彼女の名は父親の名とも頭韻を踏んでいる。この名が「抽象的」様相を呈しているという事実は偶然だと思う。女性の名が抽象的言葉から作られることはよくあり、*Hild*「戦《いくさ》」、*Þrýþ*「力」など、ときには複合語の形を取らない場合もあった。結局のところ、*Hyge-lac* は「頭の働き」と解釈されるかもしれないが、彼は抽象的な概念でも何でもない。ヒイェラークは、歴史上、実在した*Hugila(i)k*という六世紀のイェーアト王であるとの説に、合理的疑いが残る余地はない。

しかし、この詩人が語るヒイェラークの話が妙であることは否定できず、フレーゼルの話と混同されているのではないか（逆もまたしかり）との疑いも免れない。

ベーオウルフの帰国時、ヒイェラークは*geongne guðcyning*（＊一九六九行、一六五一行「若く勇猛な王」）だった。妻は*swiðe geong*（＊一九二六行、一六一六行「実に若くて」）ということは、おそらく結婚して長くはなかったのだろうが、気前のよいパトロンぶりを見せられる程度には月日が経っていた。ヒイェラークがフリジアで戦死したとき、彼女の息子、ヘアルドレードは国を治めるには若すぎる年齢だった（一九九二～一九九八行、＊二三七〇～二三七六行）。けれども、スウェーデンのオンゲンセーオウ王の前で、フレーゼルの息子ハスキュンが戦死した際、ヒイェラーク（生き残った息子）が援軍を用意し（二四六七～二四七〇行、＊二九四三～二九四五行）、オンゲンセーオウは、ヒイェラークの従士《セイン》、エオヴォルの刃に倒れたことがわかっている。エオヴォルは褒美として、土地と宝を与えられ（二五〇九～二五一二行、＊二九九三～二九九五行）、ヒイェラークの「ひとり娘」をめとることになった（二五一四～二五一五行、＊二九九七行）。その際の描写「恩寵のあかしとして、一族に栄誉を与えるべく、エオヴォルさまのもとにひとり娘を嫁がせた」と、ベーオウルフに関するフロースガールの言葉「父親はエッジセーオウといい、イェーアトのフレーゼルは、ひとり娘をエッジセーオウに嫁がせた」（三〇〇～三〇一行、＊三七三～三七五行）を比較してほしい。一族のなかで、ひとり娘がふたり、それぞれ、（素性がいささかはっきりしない）家臣に嫁がされているのだ![*1]

通常の計算だと、フレーゼルはだいたい、ヘアルフデネと同時代（五世紀）の人物だ。したがって、フレーゼルの三人の息子とひとり娘は、ヘアルフデネの三人の息子とひとり娘と同時代の人物であり（四六～四九行、＊五九～六三行参照）、ヒイェラークは、ヘアルフデネの三男ハールガとほぼ同じ歳、フロースガールより少し若いくらいであるはずだ。にもかかわらず、フロースガールは、歳月と、後悔に満ちた思い出に打ちひしがれている老いた男として描かれ、一方のヒイェラークは、*bregoröfcyning*［訳注：「勇敢な王」］で（＊一九二五行、一六一五行）、実際に「若い」（一六五一行、＊一九六九行）と呼ばれており、非常に若い妻がいる。

この対比は、「史伝」の特質と限界によって、ある程度説明できる。史実にもとづく古い詩で伝説的登場人物が描かれる場合、中心的手法は、その人物が死ぬときの状況によって大きく左右された。人物像が一度固定されると、その人物が登場するときは決まってそのようなイメージで登場する傾向にある。アーサー王はたいがい若くて、新しもの好き。ヴィクトリア女王は、日々の振る舞いが立派で、老いた未亡人として長きにわたり君臨したイメージが定着し、消えることがない。アングロ・サクソン流の「史伝」であれば、女王が亡くなるまでの二、三〇年以内にイングランドの宮廷を訪ねた

＊1　［これについては注40参照］

若い騎士は皆、小柄ながら威厳にあふれた白髪の女性が喪服に身を包み、王座にいる姿を目にすることになるだろう。一方、ヒイェラークは、まだ活力にあふれた戦士として戦場で亡くなり、成人に達していない跡取りを遺した。

にもかかわらず、*Hrefnesholt*（フレーフネスホルト）［鴉の雑木林］（二四六〇行、＊二九三五行）の一件のあと、ヒイェラークの「ひとり娘」がエオヴォルと結婚しており、彼女がヒュイドの娘ではあり得ないことがすぐに明らかとなる。ヒュイドは後妻に違いない。また、ヒイェラークとフロースガールの年齢差を広げて考えようとすれば（そして、ヒイェラークが死んだ年齢をもっと若く設定しようとすれば）、その分、ヒイェラークにエオヴォルへ嫁がせる適齢期の娘がいる可能性は低くなる。実のところ、『ベーオウルフ』の記述に合わせて納得のいく年表を作るうえで、唯一とも言える難題が、ヒュイドの極端な若さ、もしくは、「ひとり娘」のどちらかなのだ。[*2]

四二五年　　ヘアルフデネ誕生
四四〇年　　オンゲンセーオウ誕生

---

*2　［父は自分が「妥当」と考えていた年表を再び取り上げ、年代配列に関する問題をさらに細かく推論しているが、ここでは割愛する。ベーオウルフが含まれていることについて、父は「ベーオウルフが含まれていることが〝史実〟か否かは重要ではない。ベーオウルフは、おそらく詩人に何らかの考えがあって、あるいは、詩人より古い時代の伝承によって、王家の年表に組み込まれてきた」と述べている。このあと、父は年代にだいぶ変更を加えており、ここでは最終的な年表を掲載する。］

四五五年　フロースガール誕生
四六五年　オネラ誕生
四六五年　フロースガールの妹誕生
四七五年　ヒイェラーク誕生
四九五年以降　ベーオウルフ誕生

オンゲンセーオウは五〇五年、六五歳のときに*Hrefnesholt*（フレーフネスホルト）で殺された。そのとき、ヒイェラークは三〇歳。娘がいたとしても、七歳くらいの子どもだった。ベーオウルフがヘオロットを訪れたのは五一五年ごろ。そのときフロースガールは六〇歳で、実際に年老いていた。

ヒイェラークは五一〇年ごろ、ヒュイド（後妻？）と結婚。彼は三五歳で、ヒュイドはわずか一八歳だった。ヘアルドレードが生まれたのは五一一年ごろ。ベーオウルフが帰国したとき、ヒュイドはまだ二三歳くらいで、ヒイェラークは四〇歳だった。

ヒイェラークは五二五年ごろ、五〇歳のときにフリジアで戦死した。ヘアルドレードは未成年（一四歳くらい）で、そのころ、頼りになる戦士、ベーオウルフは三〇歳だった。

これが、*ânge dohtor*［訳注：ひとり娘］の伝承が実際にはフレーゼルに属している説明として考えられることだ。だが、詩人によるベーオウルフの介入（いずれにせよ、イェーアト王家の一員としては史実に反する人物）や、「史実にもとづく伝承」と、詩人が知っていた伝承のなかにある民話との融合が事態を混乱させてきた。ヒイェラークがエオヴォルに嫁がせた女性がフレーゼルの *ânge dohtor*、ヒイェラークの妹であったことは、「史実」に近い可能性が極めて高い（エオヴォルがエッジセーオウに置き換えられ、「ひとり娘」の複製が生じた）。

フレーアワルとインゲルド

92　（＊二〇二〇〜二〇六九行）

このくだりは、『ベーオウルフ』の主な「挿話」のなかでは五番目にあたり[*1]、フィンとヘンジェストのあとに登場する、最も難解かつ重要な挿話である。ある意味、これは「挿話」やほのめかしではなく、スウェーデンとイェーアトの争いへの言及として、デネ側の背景を伝える必要不可欠な部分であり、ヒイェラークの戦死にまつわる話は、イェーアト側の背景を伝える必要不可欠な部分となっている。

このくだりの目的は、ほかの場合よりも明確だ。このくだりはヘオロットの全体像を完成させてい

＊1　あるいは一番目の続き。なぜなら、この話題は六二〜六九行、＊八一〜八五行ですでにほのめかされているからだ。そのほかは、シイェムンド、ヘレモード、フィンとヘンジェスト、オッファの挿話。

る。これはデネ側の背景とイェーアト側の背景を結びつけており（というのも、ヘオロットの宮廷が抱える問題に対するこの言及は、実際にはヒイェラークの広間で語られているからだ）、全体的な背景に、妙に現実的な雰囲気を与えている。ベーオウルフは、南の王朝の政治問題について自分が見て学んだことを（大使のように）王に報告している。それは、これから述べるとおり、出来事の年代配列に注意を払って選択した伝承を極めて巧妙かつ「歴史的に」利用したやり方だ。結果として、この手法はベーオウルフ本人を描き出している。物語はすべて、未来のこととして語られており、宮中のゴシップに注意を払い、王や王妃らの人物像を判断するにとどまらず、老いた家臣らがどのような行動に出そうか予見しているという点でベーオウルフは十分聡明であると、わたしたちが認めるならば、この工夫は全体的に見るとほぼ成功している。また、このように物語が正確に語られることによって、ベーオウルフは、肉体的な力がすぐれているだけでなく、王にふさわしい聡明さ、統治者としての適合性も備えていることを証明する。なぜなら、彼が予言したことが現実に起こるとだれもが知っていたからだ。武勇と併せて政治的見識も備えているというこの側面は、一五四二行以下、＊一八四四行以下のフロースガールの言葉によって、すでにほのめかされており、王は、かつて敵対関係にあったイェーアトとデネの「同盟」を期待させ、提案する機会をとらえたとして、ベーオウルフを称賛している。

全体的に見て、非常に筋の通った「挿話」で、この詩の目的にとって申し分ないと考えられる（それに、これまでなされた酷評には値しない）。実のところ、唯一の欠点は、老いた*æscwiga*の煽《あお》り（一七一三行以下、＊二〇四一行以下）が、明らかに、実際に起きたことを扱ったどこかの詩を参照しており、細かいところまで正確すぎて、純然たる「予測」としてはふさわしくないことだ。

わたしたちにとって、まったく偶発的な（そのことで詩人を非難するわけにはいかない）欠点は、現存するテキストにいくつかのあいまいな箇所があることと、詩人がほのめかしている物語の詳細が、わたしたちにはわからないことだ。わたしたちにわかるのは、それがよく知られている物語であったため、それとなく言及するだけで、詩人の目的には十分かなっていたということ。だが、これがどのような事情なのか理解するには、散らばっている多くの証拠を継ぎ合わせなければならない。

ヘアゾベアルド族にまつわる一連の出来事および、彼らとヘアルフデネ一族との確執は、デネ（およびイングランド）の初期の歴史の核心に迫る最重要事項であり、最大の関心事だ。だが今回は、おおむね『ベーオウルフ』での言及に必要不可欠な事柄、とりわけフレーアワルとインゲルドの件に絞って論じるべきであろう。

まずは『ベーオウルフ』のくだりからわかることを見ていこう。ここでわかるのは（一六九四～一六九九行、*二〇二〇～二〇二五行）、フレーアワルがフロースガールの娘で、フローダの息子インゲルドと婚約していたこと。つまり、古代北欧の習慣により、おそらくヘオロット（新婦の父親の家）で行われるであろう婚礼の宴が（ベーオウルフの訪問時に）間近に迫っており、日取りはすでに決まっていた。したがって、広間でその話が語られていたのは自然の成り行きだった。また、フロースガールはこの縁組みを政治的に賢い考え（*þæt rǽd talað* *二〇二七行、「良い策になると考え」一七〇〇行）と見なし、この縁組みによって長年の確執が収まることを望んでいた。だが、だからといって――その可能性がないわけではないが――必ずしもフロースガールがこの縁談を提案したとは限らない点に注意すべきだ。詩人はこのあとすぐ、*Heaðobeardan*と呼ばれる部族と、致命的な戦いに関する考察へと移っているので（一七一〇〜一七一二行、＊二〇三九〜二〇四〇行）、インゲルドとフローダがヘアゾベアルド族であること、詩人が選んだ場面に先立つ確執の局面において、ヘアゾベアルドがデネに大敗を喫していたことははっきりしている。明確には述べられていないが、ヘアゾベアルドの現世代の父親世代はこの戦いで殺され、財産を略奪されており、インゲルドの父親、フローダ王自身もそのなかのひとりであったことは確かなようだ。フロースガールが婚姻に賛成するのは、インゲルドが自分に対して抱いている宿怨を鎮めるためである。

一七一二行（＊二〇四一行）から、婚姻の失敗と確執の再燃に関する予言的な言葉が続くが、それは実際には、この情勢を史実として取り上げている物語詩にもとづくスケッチなのだ。フレーアワルがインゲルドの館へデネ人の従者を連れていったことははっきりしている。彼らが実際に横柄な振舞いをしたにせよ、しなかったにせよ、何人かの者が、かつての戦でヘアゾベアルド族の父親世代から勝ち取った剣を（それに、おそらくほかの宝も）インゲルドの宮廷内で身に着け、相手を怒らせた。こうして、再び争いが勃発する。容赦のない老いた家臣が（主人よりも一族の名誉に熱心な家臣がやはりふさわしい）ある若者をけしかけ、その若者が自分の父親の装具を身に着けているデネ人のひとりを殺害する。ヘアゾベアルドの若者はうまく逃げだし、両者ともに、停戦を中断する。

デネ人を殺したのは明らかにインゲルドではない（＊二〇四七行の*mín wine*［一七一八行の訳は「閣下（my lord）」］は、単に「わが友」の意味である可能性もある。＊五三〇行、四三二〜四三三行の*wine mín Unferð*［訳注：わが友、ウンフェルス（my friend Unferth）］参照）。というのも、インゲルド個人の宿怨は、デネの王に対するものであって、若い騎士のひとりにのみ向けられたものではないからだ。それに重要なくだり、一七三一～一七三四行、＊二〇六四～二〇六六行は、妻への愛情と、昔からの宿怨とのあいだで葛藤するインゲルドの姿が示されている。

ひとり、あるいは複数のデネ人が、ヘアゾベアルド族のだれかを殺して報復をし、その後、インゲルドは争いに引き込まれたものと考えられる。それ以降のことは、「挿話」では語られていない。わたしたちにわかるのは、この挿話がかなり広範囲な物語、すなわち、話がなかなか進まず、筋が入り組んでいて、役者がたくさん登場するところはイングランド流、短縮や凝縮がなされず、極めて個人的なところは北欧流の史伝にもとづいているということだろう。

このあと起きたことは、＊八一～八五行、六五～六九行の言及から推測できる。このくだりでは、義理の父親と息子とのあいだで血で血を洗う確執が再燃し、ヘオロットが炎上する運命にあることがはっきりと描かれている。ヘオロットが頑丈にできていたため、デネ人がこの建物を破壊できるとすれば火事だけだと思っていたという言葉は（六三四～六三八行、＊七七八～七八二行）、建物が最後に焼け落ちたと伝承に記録されていることもほのめかしているのだろう。

英語の史料には、この物語に触れているものがほかにふたつある。『Widsith（ウィードシース）』の四五～四九行では、インゲルドが実際にヘオロットで打ち負かされ、ヘアゾベアルドの軍勢がそこで滅ぼされていたことがわかる。『ベーオウルフ』＊八一～八五行と併せて考えると、これは、インゲルドが突然、宿怨を再燃させ、フロースガールを急襲したに違いないこと、ヘオロットは焼け落ちたが、それにもかかわらず、ヘアゾベアルド族が完敗したことを示している。インゲルドは殺されたに違いない。不運なフレーアワルの運命がどうなったのかはわからない。

もうひとつの「英語」の言及は、アルクイン［ノーサンブリアの著名な神学者で、博識者］が、リンディスファーン［訳注：イングランド、ノーサンバーランド州北東岸沖の島］のスペラトゥス司教宛てに記したある書簡の英訳（七九七年、すなわち、『ベーオウルフ』が書かれたと考えられる年代と近い）に見受けられる。そのなかで、アルクインはこう述べていた。*Verba dei legantur in sacerdotali convivio; ibi decet lectorem audiri non citharistam, sermones partrum non carmina gentilium. Quid Hinieldus cum Christo?* ［修道士が集う司祭館では、神の言葉が読まれるべきだ。そこは、竪琴奏者ではなく読師の言葉、異教徒の歌ではなく教父の話を聞くにふさわしい場所である。インゲルドがキリストと何の関わりがあるというのか？］この興味深いくだりから、目下の目的にかなうこととしてわかるのは、インゲルドの名がおそらく「Injeld」と発音されていて、典型的な異教徒の英雄として名指しされるほど、彼にまつわる詩の人気が高かったに違いないということぐらいだ。だが、全般的批評向けとしては、かなり多くのことがわかる。アルクインは、修道士たちが、竪琴に合わせて母語の英語で歌われる詩を聞いているではないか、今や地獄でおのれの罪を嘆いている異教徒の王たちにまだ関心を持っているではないかと非難しているのだ。言うまでもなく、この非難は、妥協を許さぬ厳格な改革精神が存在した証拠であると同時に、緩み（おそらく、修道士にとっては責められるべき緩み）が存在した証拠でもある。だが、いずれにせよ、これは八世紀に、ラテン語と原地語の学問が併用されていたことを示している。また、アルクインに劣らぬキリスト教徒らしさを持ちながら、すべての過去を忘却の彼方（あるいは地獄）へ葬り去るのではなく、さらに高まった洞察力と深い見識で、過去について熟考する中間の道（*via media*）も存在する。これこそが『ベーオウルフ』を書いた詩人のやり方だ。詩人は残念そうに、神を知らない古い時代の人々に言及している。[*2]

ヘオロットは、とりわけ異教崇拝の中心地として伝承に記憶されてきたようだ。そのことは、この場所をめぐり続いてきた激しい確執や戦いにおいて、重要な意味を持っていたのではないか、確執は、実際に聖地の占有をめぐる戦いだったのではないかと推測しても差し支えないだろう［注23の *æt hærgtrafum* に関する「備考」を参照］。だが、純然たる英語の証拠だけでは、これ以上のことはわからない。

［父はここで「古代スカンディナヴィア語の史料を検討すれば、本題からかなりそれてしまう」と述べていたが、そのまま書き進めた（しかも「古代スカンディナヴィア語の史料を」のあとに「詳細に」と書き足していた）。ここでは「フレーアワルとインゲルド」の部分を少し省略した形で掲載する。］

わたしたちは、この争い、およびこの争いにまつわる伝承のなかで、非常に古いもの、異教崇拝時代のゲルマン系北欧の、ほぼ忘れられた歴史の中核をなすものに触れている。初期の古英語の伝承では、歴史の最後の段階を除くすべてがもうあいまいで、遠い昔のこととなっている。古代スカンディナヴィア語では、外国語の借用と伝承の「デンマーク語化」によって一連の出来事が混同され、識別がつかな

*2　［注23の議論を踏まえると、この意見をどう解釈すべきか判断に苦しむ。］

くなっているのだが、そもそも伝承の起源はデンマークにあったのではなく（スカンディナヴィアでもない？）、西暦初期にデーン人によって追い出されたか、同化させられたかしたアングロ・フリジアン（Anglo-Frisian）とも呼ぶべき（ほかにふさわしい言葉がない）部族が住む半島や島々に属していた。

具体的には、後の世の年代記編者たちが、これらの伝承をすべて、デンマーク王家の単線的家系へ収めるという単純な試みをしてきたため、おかしな結果が多々、生まれてしまった。民族どうしの古い戦を、スキョル朝の歴代王とその息子たちの親殺しや兄弟殺しへと転換させてしまったことはとくにそうだ。さらに、古代スカンディナヴィア語では、古い時代の英雄世界にかかわるあらゆることが、とくにスカンディナヴィアの英雄期、すなわちヴァイキング時代によって上塗りされ、覆い隠されてきた。この時代は後世とはいえ、いろいろな意味で、前進ではなく、暴力と野蛮へと逆戻りした時代だった。穀物と多産多作の神々［ヴァン神族］に対するオーディンと二羽のワタリガラス、[*3] 殺戮そのものの勝利である。それはまさしく、現存する北欧神話のなかで、オーディンおよびアース神族と、ニョルズ［フレイとフレイヤの父親］およびヴァン神族との抗争に象徴されている。

へアゾベアルド族は、とくに平和を連想させる。[*4] *Fróda*（フローダ）という名は、古代スカンディ

*3 また、司祭の王、神殿、農民、ヒツジの群れの主人に対する、軍勢の君主たる戦士オーディンの子孫、および、オーディンの墓と死者、戦死した勇者の館ヴァルハラの勝利。

*4 もっとも、『ベーオウルフ』と『Widsith』では、デネの対抗勢力である彼らの名には接頭辞*Heaðo*-がある。これはおそらく「戦争」を意味している。だがこれは、デンマークの確執に関連して、「叙事詩的に足したもの」で、シュルディングの名前につくHと頭韻を踏ませることもできる。

ナヴィア語では*Fróði*（フロージ）、*friðr*（フリズル）［「平和」］と独特の結びつきがある。伝承の背景には、大いなる平和*Fróðafriðr*が存在し、そこには、ふんだんな穀物があり、戦いや強奪は存在しなかった。[*5] 後のスカンディナヴィア語の史料を見れば、デンマークの家系に登場するフロードやインジェリ（インギャルド）の数が二倍、三倍、それ以上に増えているのは明らかだが、これは単にさまざまな物語をひとつに収めようとした結果だ。けれども、ヘアゾベアルドの伝承には少なくともふたりのフローダが含まれていたに違いない。ひとりは、一族最後の王インゲルドの父親、もうひとりは、さらに昔の（ひょっとすると神話上の）祖先、「大いなる平和のフローダ」だ。「大いなる平和」の伝承は、強大な支配を象徴する伝説のひとつにすぎず、その状況下で、（たとえば）ヘアゾベアルド族は、宗教的中心地との同盟において、指導的役割を果たしていたのだろう。あるいは、この伝承は神話を起源とし、邪教の神と黄金時代の神の王朝の原型として表現されたものかもしれない。おそらく両方が結合していると思っていいのだろう。

目下、取り上げている物語は、スカンディナヴィアの拡大と島々の混乱が始まった時期に言及している。フネフとホークとヘンジェストの物語がデネのユトランド半島侵入を反映していたように、ヘアゾベアルド族の物語は、世界の中心であり、邪教の本拠地であるゼーラント島［訳注：シェラン島。

*5 ［スノッリ・ストゥルルソンの『Skáldskaparmál（詩語法）』四三章では、フロージについて、Fróðafriðr のときは、だれも他者を傷つけず、泥棒もいなかったため、黄金の宝環は三年間、イェリングの道端に置かれたとある。］

ゼーラントはドイツ語での呼び名］を彼らが占領したことを描いている。以来、ゼーラントはデンマークの中心であり続け、そこにはHleiðr（フレイズラ）——現在はライア村［訳注：現在はライア市］——、デンマークのカンタベリと呼ばれるロスキル、現代の商業中心地コペンハーゲン、*Kaupmannahöfn*［商人の港］が存在する。これは宗教戦争ではなかった。ヴァイキング時代のオーディン崇拝は（今はわたしたちの北欧に対する想像のなかで非常に重要な役目を果たしているが）ほとんど起きていなかったと言っていい。これは、アングロ・フリジアン社会の中心地を掌握し、征服しようと試みた戦いだった。攻撃は成功し、それが西へと移住する主な要因になったことは間違いない。伝説上、シュルド（名祖としての先祖）によるものとされるこの征服は、史実としては、おそらくヘアルフデネか、その実父に属する事柄だろう。[*6] それに、この一族のデネ人たちは礼賛を受けており、Ingwine（イングウィネ）と呼ばれている。ヘアルフデネの三男は*Halga*（ハールガ）「神聖な人」で、フロースガールの娘は、フレイ「主人」にちなんでフレーアワルと名づけられている。ヘアルフデネ一族の祖先に、紋章学的戦闘集団の名祖としてのシュルド、穀物をもたらした英雄*Sceaf*（シェーアフ）、そして、*Beow*（ベーオウ）「barley（大麦）」が変化した（あるいは改悪された）に違いない［注7参照］ベーオウルフ一世の融合が見られるのは（明確な形が見られるのは冒頭部だけだが）、おそらく偶然ではなく、詩人の単なる創作ではないのだろう。また、『Widsith』で、*Seafa*「シーフ」がランゴバルド族の王とされていることに注目してもいいだろう。ランゴバルド族とヘアゾベアルド族につながりが

*6 ［これに続くテキストは注23「備考」を参照。］

あるのは最も考えられそうなことだ。紀元前二世紀にはもう遠くの北方から移り住んでいたランゴバルド族、もしくはロンバルド族とヘアゾベアルド族が同一であることはあり得ない。だが、ヘアゾベアルド族がランゴバルド族の起源となる部族に相当する可能性はあるだろう。移住者集団（ルギ、ゴート、ヴァンダルなど）がはるか南で名乗っていた名前が、古い住処である北方にも残っている実例が数多くある。

ゼーラントと、聖域であり聖地であるフレイズラ（巨大な館ヘオロットが立っていた場所）の支配をかけた闘争は、激しい宿怨に目的を与えている。（歴史的、あるいは半歴史的な伝承や物語詩に記録された）闘争の結末を見てみると、ヘアルフデネが生きていたあいだは、依然としてデネがこの場所を占有していた、この猛々しい老王は長生きをし、復讐の刃に倒れることはなかったと推論して差し支えない（とわたしは思う）。ヘアルフデネの *atrocitas*（残虐行為）と長寿にまつわる伝承は――古英語の形容語句 *gamol ond guðréouw*［注12参照］とぴったり合致する――実際の関連性から切り離されている場合でもなお、古代スカンディナヴィア語では彼に結びつけられており、古英語でも、形容詞 *héah*［訳注：身分が高い、高貴な］に反映されている。

しかし、ヘアゾベアルド族は滅ぼされてはおらず、明らかに彼らが力を取り戻した時期があった。*Fróði*（フロージ）王が *Hróarr*（フローアル）や *Helgi*（ヘルギ）を虐待したとの話が伝わっていることを思えば、後期の古代スカンディナヴィア語の史料にある物語のなかに、古代の伝承の痕跡が消えずに残っている可能性がある。ヘオロガールは英語でしか記録されていない。彼ははるか昔、フロースガールが若かったころに亡くなっていることがわかっている（三七四～三七八行、＊四六五～

四六九行)。その死が、ヘアゾベアルド族の復活と関連があることはほぼ確かだろう。若くして「広大な領土」(三七五〜三七六行、*ginne rīce* ＊四六六行)を支配したというフロースガールの主張が真実であるにしろないにしろ、デネはフレイズラの支配を失ったのだろう。だが、ヘアゾベアルド族は再び手ひどい敗北を喫した。このとき、フロースガールに敗れたことは明らかだ。フロースガールが年老いていて、平和を強く願う様子がうかがえるからといって(詩人は、長きにわたる統治の末期を迎えた老人として彼を描くことによって、そのような雰囲気を生み出した)、彼を単なる紛争仲裁人、世襲権力の強化に努めた者と勘違いしてはならない。その逆を示すヒントがたくさんあるのだ。フロースガールが好戦的な若者であったことは、それとなくほのめかされている(八四六〜五〇行、＊一〇四二〜一〇四二行)。兄ヘオロガールの跡を継いだとき、フロースガールは再び地歩を固めるべく、戦わねばならなかった。彼が地位を確立し、ヘオロットを建てたのが、大きな勝利を収めたあとだったことに——五〇行以下、＊六四行以下、*þā wæs Hrōðgāre herespēd gyfen*——とくに注目すべきかもしれない。わたしが思うに、これは明らかに、フレーアワルの挿話に言及されている大規模な戦いのことであり、この戦いでフローダは殺された。フロースガールはフレイズラを奪還し、再び(ヘアルフデネや、伝説上のシュルドがそうであったように)同盟国の支配者となった。この待ち望んだ場所に、フロースガールは巨大な館を建てたのだ。

およそ三〇〇年前の事柄にまつわる多くの詩をもとに作られた叙事詩において、年代配列にまったく矛盾がないことを期待するわけにはいかない。高徳の老王というフロースガールのイメージも年代配列を考えるうえで妨げになってきた。そのようなわけで、伝説上のグレンデルの侵入がこの時期であることは疑いようがないだろう。詩人が語る範囲でわかるのは、フロースガールがヘオロットで豪奢な暮らしをしていた期間が（不明確だが）あったということ。どれくらいの時間を経てグレンデルがその暮らしを妨げにきたのかはわからない（だが、間もなくであったことは示唆されている）。史伝におとぎ話が割り込んでくる場合、正確さを期待すべきではない。しかし、グレンデルが一二年にわたり、ヘオロットを襲撃していたことは語られている（一一八行、*twelf wintra tíd* ＊一四七行＝「長年」一二二～一二三行、*fela misséra* ＊一五三行）[*7]。ヘオロットはフローダを打倒したあとに建てられた（また、詩人は五〇～五一行、＊六四～六五行で、一七一〇～一七一二行、＊二〇三九～二〇四〇

---

*7　この間、頼りにしたのは異教の供犠だった。さまざまな根拠により、＊一七五～一八八行（一三九～一五〇行）のくだりは他者の手が加わり、話が拡大されており、＊一八〇行以下（一四三行以下）はとくにその傾向が強いと確信しているが［注23参照］、神を恐れる家長らしいフロースガールと、この記述が食い違う原因は、結局のところ、物語の素材にある。ヘオロットは異教の儀式、*blót*［古ノルド語で、崇拝、いけにえの祭礼］と特別なつながりがある場所だ。『ベーオウルフ』の詩人が利用した古代異教時代から伝わる実際の伝承や詩では、物語のこの重大な局面で慰めを得るべく、*blót*が相当強調されていたのだろう。（わたしの考えでは）*Hleiðr*（*Hleiðrargarðr*）は、ゴート語の*hleiþra*、天幕、礼拝堂と関係がある。その場合、意味は＊一七五行（一四〇行）*hærgtrafum*と実質的に一致する。［注23備考参照。］

　英語の伝承のほうが古代スカンディナヴィア語の伝承より古いという事実から予測されるのは、英語の伝承では個人名がよく保持されていたが、その人物たちが排除されてしまった土地の名前は失われたに違いないということ。一方、かなりあとに出てきた古代スカンディナヴィア語の伝承では、個人名やそのつながりが混同しているが、土地の名前は保持されている。英語の伝承にはゼーラントやライアが言及されておらず、古代スカンディナヴィア語の伝承ではフロースガールとヘオロットが忘れ去られている。

行で言及されている戦いに触れている）とするわたしの想定が正しいとすれば、この期間はおおむね正しいと言えるだろう。まるで詩人は、過去の伝承から、ヘオロットの建設とフレーアワルの結婚とのあいだにどれくらいの時間が経過したか知っていたため、かなり正確な年数を提示できた（また、そうする必要があった）かのようだ。グレンデルがヘオロットに出没していたとすれば、その時期はヘアゾベアルド族の宿怨が最後に爆発し、ヘオロットが崩壊する前でなくてはならない。そして、出没期間は若干、短くなるはずだ。またこれにより、ベーオウルフの訪問時期（およびグレンデルの出没終了時期）は、ヘアゾベアルド族が事を起こす直前に配置することが決定づけられた［注14参照］。したがって、フレーアワルの婚約に触れたベーオウルフの言葉は、年代配列としても適切で、目的にかなっていたことがわかるだろう。ベーオウルフの訪問時、インゲルドは婚約をしていたけれども、結婚はしていなかった。先の争いで父とともに戦死していなかった事実は、彼が当時、とても若かったことを物語っている。それから（約）一五年が経過した（グレンデルの出没期間も含む）。父親が殺されたときに一〇歳くらいだったとすれば、ベーオウルフの訪問時は二五歳くらい。この場面の状況に見事に適している。

〈備考〉ヘオロットとヘアゾベアルド族にまつわる伝承を考察する場合、年代配列の妥当性、史実と感じさせる雰囲気は、一四八二行、＊一七六九行の不正確な描写と対比することによって、いっそう誇張される。詩人は一四八二行、＊一七六九行で（グレンデルの例を用いて、おごれる者は久しからずとの教訓を示すため、また、家長たる高齢の王というイメージを強調するため）、グレンデルがやってくる前は、*hund misséra*（文字どおりには五〇年［'a hundred half-years'］）にわたる繁栄を享受したと、フロースガールに言わしめている。ヘオロットの建設前に当てはめるにしろ、ヘオロットの平和な栄華の初期に当てるにしろ、それはあり得ない。

では、フレーアワルとインゲルドの実際の話について考えてみよう。英語と古代スカンディナヴィア語のまったく独立した伝承を比較すると、両者には共通点がふたつあり、だからこそ「独特」なのだとわかる。共通点とは、老いた家臣によるけしかけと、動機が愛であることだ。だが、古代スカンディナヴィア語のほうは（たとえばサクソの著作に見られるように）書き換えられており、言うなれば、ドラマティックで情熱的と呼んでもいいかもしれないが、どちらかといえば、芝居がかっていて、確実にむごたらしくなっている。インゲルドを「けしかけ」の対象とし、殺戮者および停戦破りに仕立てることが劇的効果になっているのだろう。[*8]だが、インゲルドがそのような人物、すなわち、食事の席で客人を殺したことで、「後悔」を見せる不道徳者であったら、イングランドの吟遊詩人が語る物語では、まず英雄になっていなかっただろう。しかし、これが古代北方の伝承では非常に珍しい（そして、古い英語に残っているもののなかではほぼ唯一の）もの、すなわち、愛の物語であることは、英語はもちろん、古代スカンディナヴィア語に残っているその要素（形は変わっているが）からも明らかだ。インゲルドの愛は、ヴァイキングの残忍で荒々しい雰囲気なかでは、軟弱、浮かれた気持ちのあかし、男は愛などに身をゆだねて、殺人の義務をなおざりにしてはならなかったとして、価値が下がっていた。英語の物語のなかでは、そのようなことはなかった。愛は十分な動機となり、殺された父親の仇を討ちたい気持ちと愛とのせめぎ合いは、純然たる悲劇的葛藤ととらえられる。そうでなければ、インゲルドの物語はまったく英雄的とは言えなかっただろうし、吟遊詩人が（シャイロックの山じゅうの猿は言うにおよばず）ドラゴン一匹と引き換えでも売れないような物語になっていたに違いない[*9]。ただ、ここで言及されている愛は情熱的な愛情であって、女王、配偶者、王家の子どもたちの母親に対する崇敬の念ではない。（古代スカンディナヴィア語および英語の）物語がおおまかに示唆しているのは、悲劇が結婚後、間もなく起きたということ。これにより、英語の証拠では、物語のなかで説明がつかないところまで推測することができる。物語のなかで、インゲルドとフレーアワルの愛はどのようにしてもたらされたのか？　歴史上はそうではなかったのに（縁組みはあっただろうが、おそらく両者にとって「政略結婚」だった）[*10]。これは、偶然の出会い、正体を隠して敵の牙城

*8　［サクソについては注12参照。サクソのグロテスクな記述のなかで、インゲルド（インゲルス）の物語は根本的に変えられている。父親のフロゾは裏切りにあって殺されたが、「インゲルスの魂は名誉に背を向け、道を踏みはずしていた」。そして、サクソは、怠惰と大食にふける、堕落しきったこの放蕩者を、延々と非難の言葉を連ねて描写する。インゲルスは父親を殺したスウェルティングの娘と結婚し、息子たちには、大事な友人として接していた。だが、この事態を知って、少々気味の悪い年老いた戦士スタールカードがインゲルスの館へ来る。自分の振る舞いを痛烈に糾弾する老戦士の言葉に圧倒されたインゲルスは復讐心に目覚め、勢いよく立ち上がると、宴の席に着いていたスウェルティングの息子たちを殺した。

父が述べた意見が、次のクレーバーの批評に対するものであることは明らかだ。「『ベーオウルフ』と比べると、サクソの解釈では劇的要素が高まっており、インゲルスはみずから復讐を遂げる。一方、英語詩では、名前が明かされていない戦士によって、王妃のある従者が殺され、これが悲劇的結末の先触れとなっている」

をスパイする王子を描いた「冒険物語的《ロマンティック》」な話だったのか？　それとも、もっも現実的な話で、ある使節団が安全な通行を保証されてヘオロットに招かれ、*eorlum on ende ealuwǣge bær*（＊二〇二一行、一六九五～一六九六行）〔訳注：「姫君が、軍勢の前ですべてのすぐれた戦士へエールの酒杯を（順番に）運んでおられました」〕とあるように、宴の席で美しい王女がインゲルドの心を魅了したのだろうか？　わたしたちにはわからない。わたしの考えでは、（古英語ならば）おそらく後者だろう。ここでもフローダの名に関して集められた黄金時代の伝承と同様、「神話」が「史伝」に影響をおよぼしている可能性がある（三八〇～三八一ページ参照）。というのも、この恋人たち、*Fréawaru*と*Ingeld*はともに、フレイの要素（*Frea*と*Ing*）を含む名を持っており、フレイが敵である巨人ギュミルの娘、ゲルズに激しい恋心を抱くという事実に気づかぬわけにはいかないからだ。だからと言って、これで、インゲルドや、フレーアワルや、ふたりの愛がすべて「神話上」の話だと証明することにはならない。若者歴史は「神話」に似る傾向がある。ひとつには、どちらも突き詰めれば同じものだからだろう。

*9　〔これは『The Monsters and the Critics（怪物と批評家）』、一一ページに言及したもの。父はそのなかで、R・W・チェンバーズ教授版の『Widsith』七九ページの言葉を引用している。「婚約と復讐の義務との葛藤には、いにしえの英雄詩人が愛し、大空を飛び交う無数のドラゴンと引き換えでも売らなかったであろう状況がある」。シャイロックへの言及は、『ヴェニスの商人』三幕第一場一二二行のシャイロックのセリフ、「山じゅうの猿と引き換えでもくれてやるものか」を指している。〕

*10　先に述べたように（三七五ページ）、*bæt ræd talað*（＊二〇二七行）は、フローズガールがこの縁組みを考え、計画したということではなく、彼がこの縁組みに政治的利益を見出していたということを示している。

が誰ひとり、ひと目ぼれをしたことがなく、自分と愛する女性とのあいだに昔からの確執が立ちはだかっていたとわかる出来事がなかったら、フレイ神がゲルズを目にすることは決してなかっただろう。と同時に、このような愛は、オーディンやゴート族よりも、フレイやヴァン神族の伝承を持つ民族や一族のなかで生まれる可能性が実に高いのだ。

93 （*二〇三二行以下）

［*二〇三二行以下は、フレーアワルとインゲルドの挿話のなかでも難解な箇所だが、古英語のテキスト（句読はクレーバーによるもの）と本書の翻訳を併せて掲載しておけば、父の議論が理解しやすいだろう。

Mæg þæs þonne ofþyncan ðéodne Heaðo-Beardna
ond þegna gehwám þára léoda,
þonne he mid fæmnan on flett gâð:
dryhtbearn Dena, duguða biwenede;
on him gladiað gomelra láfe,
heard ond hringmǽl Heaða-Beardna gestréon,
þenden hie ðám wǽpnum wealdan móston,
oð ðæt hie forlǽddon tó ðám lindplegan

2040　swǽse gesíðas ond hyra sylfra feorh.
　þonne cwið æt béore se ðe béah gesyhð,
　eald æscwiga, se ðe eall geman...

かのもくろみがなされるときとなり、ある者が、デネの高貴なる末裔である、あのお嬢さまを伴い、大勢の人々に囲まれて（この一節は原形が損なわれていて、疑わしい）広間を歩いていくとき、ヘアゾベアルドの王と、民の騎士らは皆それぞれ、機嫌を損ねるかもしれません。と申しますのも、先祖代々珍重されてきた、華やかに光り輝く物や、かつてはヘアゾベアルドの宝であった、環で飾られた堅固なる剣を、その者が身に着けているでしょうから。もっとも、彼らもまだ、自分たちの武器を振るうことはできたのですが、やがては盾ぶつかり合う戦において、敬愛する同志と、みずからの命を破滅へといたらせる道を歩んでいたのです。その後、エールの宴の席で、ある者が口を開くでしょう。すべてを記憶にとどめ、槍で殺された兵士らを思い起こしている老兵が……

わたしには、一〇七五行の訳文「かのもくろみがなされるときとなり（in that purposed time）」を説明することができない。」

＊二〇三四行　＊二〇五四行と同様、ここも写本では*gæð*となっている。これを校訂するのではなく、曲折アクセント記号をつけて*gǣð*とするのは少々ばかげた慣例だが、写字生により、韻律を無視

した類義語や、転訛音の同義語に書き換えられたほかのケースと同様、ここでも校訂が求められる。必要となる言葉は*gangeð*だ。

＊二〇三五行　ここは挿話のなかで唯一、本当の意味で難解かつ真意があいまいな詩行であり、（修正が許されるとすれば）実に多くの解釈がなされる余地がある。途方もない解釈を退けたとしても、残念ながら選択の幅は広い。しかしながら、＊二〇三四行以降のクレーバーの注釈を非常に明確と言える者はひとりもいないだろう！　しかしながら、理にかなった統語法と、これが詩人たちにも好まれていたとの考えを優先するところから始めるなら、多少、問題を単純化できる。文脈を解釈してみよう。

「ヘアゾベアルド族の王が、デネの高貴なる子孫である、あのお嬢さまを伴い、（?）信頼できる戦士の一団に囲まれて（?）（*biwenede*を*bi werede*［*werod*「一団」］と解釈）広間へ入っていくとき、その光景は、当の王と、この一族の貴族らを怒らせるかもしれません。と申しますのも、昔の人々（すなわち、前の世代、今いる人々の祖先）の華やかに光り輝く家宝、かつてはヘアゾベアルドのものであった、環で飾られた堅固なる家宝を、その一団が身に着けているでしょうから。もっとも、彼らもまだ、それらの武器を振るうことは許されていた（すなわち、運命によって許されていた）のですが、やがては盾ぶつかり合う戦において、敬愛する同志と、みずからの命を破滅へいたらせる道を歩んでいたのです。そのとき宴の席で、老いた家臣が、ある宝環（?）を見て口を開くでしょう。すべてを記憶にとどめ、槍で殺された兵士らを思い出している老家臣が暗澹たる思いで……」

このくだりから、トラブルの主な原因が例の「剣」［訳注：原文は複数swords］であることは明らかだ。[*1] と同時に、いくつかの難題が持ち上がる。

＊二〇三四行の*he*はだれなのか？　また、（＊二〇三四行の*he*と＊二〇三六行の*him*は同じ人物に当てはまるはずだが、実際にそうだとすれば）「彼」はどうして複数の剣を身に着けることができるのか？

＊二〇三五行の*dryhtbearn*の意味と数は？

＊二〇四一行の*beah*は何か？　剣の可能性はあるか？

まず*dryhtbearn*を取り上げる。これはインゲルドではあり得ない。これが婚礼の宴ではなく、ヘアゾベアルド族の土地での場面であることは明らかだ。これはフレーアワルに対する言及ではない。たしかに、*Dryhtlic*は「高貴な」を意味し、ヒルデブルフには当てはまるが（＊一一五八行の*drihtlíce wíf*　九四九行の「かのやんごとなき女性」）、これは*dryht*「宮廷、王の召集兵」から派生した言葉だ。複合語の最初の要素として、本来の意味は保持される。*dryhtbearn*は、*dryht*の若いメンバー、若い騎士か兵士である。

＊1　*láf*（＊二〇三六行）が「剣」（傑出した家宝）として用いられる（頻出）例は、＊七九五行の*ealde láfe*「先祖伝来の剣」六四七行、＊一四八八行（一二四二行）を参照。*hringmǽl*が「剣」として用いられる例は、＊一五二一行の*hringmǽl*「宝環で飾られた武器」一二七二行、同様に＊一五六四行、一三〇九～一三一〇行を参照。

しかし、数の問題がある。*he*は単数で、そのあとに続く*dryhtbearn*、*him*は複数だ（この状況の論理、および、＊二〇三五行の*biwenede*が——原形が保持されているとすれば——過去分詞の複数形に違いないことから判断）。*he*が（古英語でときおり見られのだが）*sum*「ひとりの男」のように用いられていると解釈するとしても、数まで変わったと解釈するのは乱暴だ。

さらに難題がひとつある。*biwenede*の意味「もてなされる、歓待される」は、＊一八二一行（*bewenede*、「歓待していただき」「申し分なく」一五二五行）でははっきりと示されている。しかし、複数属格の*duguða*が具格として、「申し分なく」の意味で用いる例は明示されておらず、ありそうにもない。

校訂が求められることは明らかだ。全般的状況に疑問の余地がないにもかかわらず、このくだりは解釈が難しい。それだけでも、テキストが一箇所、もしくは複数箇所、改悪されていることを示唆するに十分であろう。

選択肢はふたつ、*duguða bi werede*「信頼できる戦士の一団に囲まれて」か、*duguðe*（あるいは*duguðum*）*biwenede*「貴人にふさわしくもてなされて」のどちらかだと思う。後者の場合、＊二〇三四行の*he...gangeð*をさらに複数へ修正し、*hie gangað*とするのが非常に望ましい。したがって、わたしなら*þonne hie mid fæmnan on flet gangað, dryhtbearn Dena duguðe biwenede: on him gladiað...*「彼らが、あの女性とともに、広間をゆっくり歩いていくとき、お供であるデネの若き騎士たちは、貴人としてふさわしくもてなされており、彼らは華やかに光り輝くものを身に着けて……」など、と解釈するだろう。*hie gangað*への修正は著しい改善となり、結果として、文体上は普通の、自然なセンテンスとなる。もし*biwenede*が原形をとどめていればだが。

＊二〇四一行*beah*に関する答えはノーだ。*beah*はトルク、すなわち、らせん状の腕輪、もしくは胴鎧を意味し、「剣」ではあり得ない。ここの難題は、英語の物語の具体的詳細を、わたしたちが知らないことに起因するのだろう。*æscwiga*（＊二〇四二行）を槍玉にあげているデネの貴人は、おそらく腕か首に、先祖伝来の宝環や宝石も身に着けていたのだろう。

それでも、*æscwiga*はその後、一度だけ、「剣」について言及している（*dýre íren*＊二〇五〇行、「大切にされていた剣」一七一八〜一七一九行）。*beah*は、改悪されている可能性が非常に高い。もとの形として考えられる一例は*bá*「両方」、「憎まれていたデネ人の女性と彼女の騎士の両方」との意味かもしれない。だが、*bá*だとすれば、＊二〇三四行の*he*を保持しなければならないので、*bi werede*が必要となる。その場合、＊二〇三六行の*him*は、デネの騎士団*duguða*を指す複数形ととらえるべきだろう。したがって、解釈は「デネ王室の武装した騎士団の一員である若き騎士が、あの女性とともに広間を歩いていくとき、ふたりが身に着けている先祖伝来の宝が光り輝いている」となる。

*beah*の変更の有無にかかわらず、全体的に見ると、わたしの考えはこちらに傾いている。*he*は、おそらく物語のなかでは（作者が知っていた物語詩で語られていたため）名の知れた人物で、特定の役割を担っていたのかもしれない。*æscwiga*や、ヘアゾベアルド族の若者およびその父親についても同様で、皆、名前が知られていたのだろう。だが、この点がいつも見逃されてきたと思うのだが、ベーオウルフに「予言」としてこのことを語らせる工夫をしたため、作者は名前を伏せてあいまいにせざるを得なかった。ベーオウルフがいかに洞察力のある若者であろうが、（ヘアゾベアルド族の宮廷に

関する幅広い知識がない限り）どの老家臣が王を「けしかけ」、ヘアゾベアルドのどの人物が復讐を果たすのか推測することはとてもできないだろう。それに、デネのどの若者たちが選ばれていくことになるのか、ベーオウルフにはまだわかるわけがない！　彼が知り得た過去の戦いに言及するときは、言う必要もないウィゼルユルドという名前を出しているが、それとは対照的に、*he*と*æscwiga*、および*þín fæder*と*hyne*（*二〇四八行、*二〇五〇行、一七一八行、一七二〇行）が匿名になっていることに注意すべきだ！　ウィゼルユルドが例の父親［すなわち、*二〇四四行、一七一五〜一七一六行「若き戦士」の父親］ではあり得ないこと、つまり、フローダとともに戦士したことで知られる、「ヘアゾベアルド族の貴人」のひとりにすぎないことはすぐにわかる。

94　**（*二〇七六行）［「ハンドシュー」］**

写本の*Þær wæs Hondscio hilde onsǽge*と、*二四八二〜二四八三行の*Hæðcynne wearð…gúð onsǽge*（二〇八四〜二〇八五行「ハスキュンさまが悲運に見舞われたのだ」）を比較してみる。その結果、意味は「戦（における死）がホンドシオーホを襲った」となり、*hild*への校訂が確実に必要となる。おそらく写字生は（その後の一部の編集者と同様）、Handshoe（ハンドシュー）＝（手袋）という名前が存在することが信じられなかったのだろう。それで、この行の意味を「手袋（すなわち、*二〇八五行の*glóf*「袋」一七五〇行）が戦い（敵意）［*hilde*］とともに、不運な男に襲いかかった」と取った。

しかし、名前に疑問を持つ必要はない。古英語ではこれ以外に見当たらないものの、地名の

Handschuhes-heim など、ドイツ語には明らかに存在し、古代スカンディナヴィア語の名前にも、これに匹敵する *Vǫttr*「手袋」がある。と同時に、古英語にはフロースガールやヒイェラークの宮廷と関連する物語や名の知れた登場人物がたくさん存在したと推測するが、『ベーオウルフ』ではその手がかりしか得られない。ここには、おとぎ話の要素があるのではないかと推測すべきだろう。「ハンドシュー」という名前の男が、「手袋」のなかへ入っていくとなれば、十分驚くべきことだが[*1]（それにグリム風に聞こえる！）、「ハンドシュー」の名がここにしか記録されておらず、しかも、ここの *glóf* はどうやら「袋」の意味で使われているらしいとわかると、それほど驚くべきことではなくなる。

実際には、グレンデルの「袋」は、ここでは「手袋」を意味するに違いない。もともと、グレンデルは巨大だと考えられていたため、人間が彼の手袋に入ることは可能だっただろう。『ギュルヴィの惑わし』のなかにある、巨人スクリューミルの手袋に入ってしまうトール〔訳注：北欧神話の神。神々と人間の世界を巨人族から守るアース神族随一の力持ち〕の冒険と比べてみてほしい[*2]。

95　広間には陽気な笑い声と、吟遊詩人の歌が響いておりました（＊二一〇五行）***Þǽr wæs gidd ond gléo...***

＊1　〔ハンドシューは、父の『セリーチ・スペル』本書四一九～四二五ページで重要な役割を演じている。〕

＊2　〔スノッリ・ストゥルルソンによる『ギュルヴィの惑わし』の四四章で、トールと仲間たちは一夜の宿を求め、暗闇のなか、大きな屋敷を見つける。一方の端にある戸口は屋敷と同じくらいの幅があり、なかへ入ってみると、さらに横部屋があり、彼はそこで一夜を過ごした。だが、翌朝、トールはその横部屋が、実はスクリューミルの手袋の親指だったと知る。〕

文学史にとって、このくだりが興味深く、重要であることは一目瞭然だ。『ベーオウルフ』の作者は、詩人としての自分の技能に特別な関心を持っている。＊八六七〜八七四行の、詩の技術的側面に関する言及と比較してみてほしい［注72参照］。どうやら、ここでは創作の形式、すなわち「ジャンル」と事柄に言及がなされているようだ。残念ながら、古英語の韻文および散文の記録が極めて乏しいため、このくだりを明確に解釈することが困難になっている。

(a)韻文として保存されているもの。大部分は学問的に完成された、文書として残っている韻文で、イングランドにわずかに残存する高価な古い時代の書籍のなかに、丹念な写本書体で保持されている。代表作は『モルドンの戦い』で、明らかにほかの作品よりも自由に、急いで書かれており、内容もより時事的、韻律の法則も緩やかだが、それがひとつのやり方として、習慣となっていたのだろう。あとは断片的な詩がいくつかあるが（『アングロ・サクソン年代記』のなかの詩や、飾り物に刻まれた詩など）、それらを除けば、わたしたちが目にする韻文は、イングランドの城で披露された吟遊詩人の歌を間接的に垣間見せてくれるだけなのだ。今日まで保存されてきたのはキャドモンの賛歌だけで、これは即興で作られたものであることが証明されている。[*1]

(b)散文として保存されているもの。写本の注釈、*þylcraft* = 修辞学書を除けば、それに、おそらく

*1　キャドモンの詩は、形式、語法、韻律の実例として正当にとらえられている。突出しているのは、奇跡的なことではなく［訳注：キャドモンは神の啓示を得て、急に神をたたえる詩を作り始めたと言われている］、内気で無学だった牛飼いが、一定の水準を満たすすぐれた作品を作ったことだ。注6の側注参照。

王家の初期の系譜、年代記初期の一部の項目に書かれている事柄（ヘンジェストとホルサ［訳注：四九九年ごろブリテン島に侵攻したと伝えられるジュート族の首長兄弟］に関する事柄など）を除けば、物語や「サガ」はひとつもなく、*þyle*［注2参照］の作品もほとんどない。ただし、散文の場合も例外があって、『アングロ・サクソン年代記』七五五年の項目に、キネウルフとキネヘアルドに関する簡潔な「サガ」的挿話があり、これは（実際にはひとつではないが）ある語られた物語に由来するものとして際立っている。

記録が乏しいとはいえ、次の点には気づくことができる。それは、王がみずから楽器を演奏し、詩を朗唱していることだ。イングランドに関しては、（近年の話で、アルフレッド大王がデーン人の陣営を訪ねたという、出所の怪しい、あり得ない話を除けば）証拠がほとんどないが、スカンディナヴィアでは、貴族や王が詩を吟詠することがよく知られている。たしかに、古代スカンディナヴィア語の*skáld*［訳注：スカルド、吟遊詩人］は通常、高貴な家系の男性であると同時に、戦士でもあった。

〈備考〉ベーオウルフは、グレンデルが敗北したあと、そして、グレンデルの母親がやってくる前にこの宴が行われたとはっきり言い表している。王が彼に贈り物を与えたあと、宴が行われたと位置づけているわけだ。したがって、以前、＊一〇六三行から一二三七行、八六六行から一〇二四行にかけて描写された時期に言及していることになる。だが、その箇所では、フロースガールが歌や竪琴の演奏を披露したとの言及はなされていない。けれども、これは必ずしも「矛盾」とは言えない。二重になる話に活気を添え、物語のなかではこれを、報告のなかであれを、と伝えるための明白な手法なのだ。フロースガールが披露する芸当が起こり得ない（つまり、この出来事に関する前の記述に合致しない）場合にかぎり、矛盾が存在することになる。北欧の宴は延々と続くものだった。フロースガールの芸が（すべてが一度に披露されたわけではない。*hwílum...hwílum* ＊二一〇七〜二一一三行、一七六六〜一七七二行）、王の御前で披露された歌や演奏が言及されたとき、すなわち＊一〇六三〜一〇六五行、八六六〜八六八行で行われていたとはまず思えない。*Fréswæl*［訳注：フィンの挿話］について歌うのは、*Hróðgáres scop*であって、王自身ではない（＊一〇六六行、八六九行）。しかし王の芸は、＊一一六〇行、*Gamen eft ástáh*（九五二〜九五三行「再び陽気なざわめきが起き」）、また、ウェアルフセーオウが移動したあとの長い合間に、ほんのつかの間、披露された可能性はある。＊一二三二〜一二三三行*Þær wæs symbla cyst, druncon wín weras*、一〇二〇〜一〇二一行。

［フロースガールが宴の席で披露した芸について、ベーオウルフがヒイェラークに対して描写するくだりの原文テキスト＊二一〇五〜二一一三行と、父の翻訳、一七六四〜一七七一行を掲載しておく。

Þǽr wæs gidd and gléo; gomela Scylding
felafricgende feorran rehte;
hwílum hildedéor hearpan wynne,
gomenwudu grétte, hwílum gyd áwræc

sóð ond sárlíc, hwílum syllíc spell
rehte æfter rihte rúmheort cyning;
hwílum eft ongan eldo gebunden,
gomel gúðwiga giogude cwíðan
hildestrengo;

広間には陽気な笑い声と、吟遊詩人の歌が響いておりました。齢を重ねたシュルディングの王は古来の言い伝えに詳しく、遠い昔の物語を語ってくださいました。かつて勇猛果敢に戦った王は、音楽の道具、竪琴を高らかに奏でつつ、切ない真実の物語を吟じたかと思うと、心広き王は、しかるべきやり方にのっとって不思議な物語を詳しく語り、はたまた、古き戦《いくさ》を戦った戦士が老いにとらわれ、若き日のこと、武器を手に、力強かったころのことを嘆き語られる場面もございました。」

詩や詩の朗誦と竪琴の演奏との関係については、ほとんどわかっていない。『ベーオウルフ』も同様だが、古英詩の性質からして、詩が、現代の意味において「歌われた」可能性は低い。[*2] ＊二一〇六行（一七六六行）の言葉*feorranrehte*は、大昔の詩や物語について語ったことに言及しているようだ。同じ言葉*feorranreccan*が、「天地創造」の物語を歌った*scop*に対して使われている（＊九一行、七四

---

*2 本質的構造は修辞的で、朗読風、演説と同類だが、厳かに、堂々と格調高く、一定のリズムで語られる。

行）。＊二二〇七～二二〇八行では、*feorranreccan* や *gyd*、*syllíc spell*、また、締めくくりの「哀歌」とは異なるものとして、竪琴が言及されていることに気づく。

gyd（初期ウェスト・サクソン語の *giedd*、他の方言では *gedd*）は、古英詩では幅広く適用されるあいまいな言葉で、[*3] 形式張った発言にも、談話にも、詩の朗誦にも使うことができたようだ。それゆえ、フロースガールは自分の話や説教を＊一七二三行で *gyd*（「熟慮のうえ、このような言葉を」）と言い、ヒイェラークに贈り物を手渡すときのベーオウルフの言葉も＊二一五四行で *gyd*（「定められた言葉」一八〇七行）と呼ばれている。しかし、さまざまな用法や、（＊二一〇五行の *gidd ond gléo* のように）*gléo* とのつながりから、*gyd* が、わたしたちが「lay」［訳注：短い物語詩、歌物語］と呼ぶようなものを意味することははっきりしている。フィンとヘンジェストの詩が＊一一六〇行で *gléomannes gyd*（「吟遊詩人の物語」九五一行）と呼ばれていることに注目すべきだ。したがって、＊二一〇八～二一〇九行の *gyd...sóð ond sárlíc* が、*Frésuæl* のような、（史伝を取り上げた）悲劇的な英雄詩に言及していることはかなりはっきりしている。[*4]

*3　この言葉に関する別個の議論は注62参照。

*4　*gyd* はしばしば *geomor*「悲しい」と結びつく。例としては＊一五一行 *gyddum geómore*（「悲しいかな、歌で語られて」一二一行）、＊一一一八行のヒルデブルフの哀歌 *geómrode giddum*（九一三行）が挙げられる。それで、王の語りを締めくくる「エレジー」、あるいは哀歌にも同じように適用されるのだろう（＊二一一一行以下）。息子を悼む老人の哀歌が *gyd* と呼ばれていることにも注目してほしい（＊二四四六行、二〇五六行「挽歌」）。

*spell*について。以上のことから、*gyd*を*syllíc spell*「不思議な物語」とは対照的な*sóð*［訳注：真実（の）］として見てみると、興味深いものがある。*spell*が「おとぎ話」を意味するということではない。*spell*の意味は、単に「話」、報告、物語である。ベーオウルフの偉業にまつわる吟遊詩人の歌は*spel*＊八七三行（「物語」七一〇行）だった。しかしここでは、*sóð*な事柄と*syllíc*な事柄との区別がつけられていることは明らかだ。それは、わたしたちが「史実にもとづくこと」と「伝説的上のこと」（もっと厳密に言えば、驚くべきこと、神話的なこと）との線引きをするような区別とは異なるのだろう。シイェムンドと竜はその一例かもしれず、竜は*sellíc*だった。＊一四二六行の*sellice sædracan*（一一八八行の「奇怪な水竜」）参照。だが、おそらく*syllíc*には、古代スカンディナヴィア語に痕跡しか残っていない、あらゆる失われた事柄（いわゆる、おとぎ話）——たとえば、グレンデルや、古エッダにときおり見つかる手がかり、また、言うまでもないが、トールにまつわる物語など、スノッリ・ストゥルルソンのエッダにより多く見つかる手がかり——が表されているのだろう。ただし、＊二一一〇行の*rehte æfter rihteniha*には注目すべきだ。*syllíc spel*は、単なるとっぴな作り話だったのではなく、よく知られた話が展開されたのだろう。

*cwíðan*について。ここには、哀歌の哀愁を帯びた調べが感じられるが、哀歌については、古英語はさらに多くの実例を提供してくれる。『ベーオウルフ』自体に痕跡があり、（たとえば）＊二二四七行以下の*Heald þú nú, hrúse*…、一八八九行「大地よ！　強者たちが守れなくなった今、おまえが戦士の富を守ってくれ……」は、型どおりの哀歌のようであり、実際に、王族の最後の生き残りとなった子孫の哀歌として捧げられている。比較となるのは、＊二四四四行以下の*Swá bið geómorlíc*…、

二〇五四行以下「これと同じように（中略）耐えがたいほどつらいことである」だが、こちらは実際の哀歌としては示されてはいない。『ベーオウルフ』のなかで、最も良くできている感動的な詩行、＊三一四三行、二六三六行から結末までは哀歌である。そして、『The Wanderer（さすらい人）』、『The Seafarer（海ゆく人）』の一部が頭に浮かんでくることは言うまでもない。＊一七六一～一七六八行、（一四七六～一四八二行）のフロースガールの言葉と、『The Seafarer』の一部との類似性については、すでに指摘したが［注87、および側注6参照］、両者があまりにもよく似ているため、こう推定して差し支えないだろう。『ベーオウルフ』＊二一一二行［フロースガールへの言及、四〇〇～四〇一ページ参照］で作者が想定していた詩的な言葉は、*yldo him on fareð, onsýn blácað, gomelfeax gnornað, wát his iúwine, æðelinga bearn eorþan forgiefene*[*5]（『The Seafarer』九一行以下）と同じようなものだったのではないか、それどころか、こういった詩行は、北欧の非常に古い、さまざまな詩的表現に由来するのではないか。だが、当時イングランド人は特別な状況にあった。人々は廃墟に囲まれ、昔ながらの土地、いにしえの歌に登場する英雄たちの土地から切り離され、実情に対する認識が高まるにつれ、ローマの栄華が去った後[*6]、自分たちは本当に暗黒時代に入ってしまったのだと実感していた。こうした状況が、この詩行の心情に痛切さを与え、真に迫った生々しさを与えたのだ。先ほど引用した『ベーオウルフ』のくだりはともに、人気《ひとけ》のない、廃墟と化した館の光景に満

*5 ［老いが迫り、顔色は衰え、白髪となった男は、かつての友が、君主の息子らが土に帰ったと知り、嘆いている。］

ちている。*gesyhð...wínsele wéstne, windge reste réteberofene, rídend swefað, hæleð in hoðman* ＊二四五五～二四五八行、「父親は（中略）宴の広間を、風が吹き抜け、笑い声が奪われた憩いの場を（中略）眺めるのだ。騎士らは永久《とわ》の眠りにつき、強者たちも暗い地下へと去っている」二〇六一～二〇六四行。『The Wanderer』も同様だ。フロースガールの心情をよく理解し、この役を演じられる者がいたとすれば、アルフレッド王をおいてほかにはいなかっただろう。勇敢だった北方の祖先の詩、*poemata saxonica*［訳注：サクソンの詩］を暗唱したことで母親に褒められたアルフレッドだったが、暗黒時代には孤立したような気持ちを味わい、時代の残骸から、黄金時代の輝き、ローマや偉大な *Cáseras*［訳注：皇帝たち］、崩壊した世界を築いた人々の輝きとして残っているものを救い、守ろうと努力した。

96　広大な王国はベーオウルフの手に帰することとなった……（＊二二〇七行以下）*syððan Béowulfe brade ríce on hand gehwearf...*

---

*6

Dagas sind gewitene
ealle onmédlan eorþan ríces;
nearon nú cynigas ne cáseras
ne goldgiefan swylce iú wǽron　（『The Seafarer』八〇～八三行）

［時代は過ぎ去り、地上の王国の華やかさと誇りも消え果てた。王も皇帝も、かつて黄金を授けてくれた人々も、今はなし。］

『ベーオウルフ』の写本、フォリオ一七九rに着手する。このページは痛ましいほど破損しており、例によって右端が損なわれているのはもちろん、色もひどくあせている。そして、後にだれかが（独断で）「新しく書き換えて」しまったことは明白だ。その人物は、古英語の知識がなかったか、このくだりの趣旨がわからず途方に暮れてしまったのだろう。残念ながら、詩人はここでいきなり話題を変え、竜の物語と、たまたま自分が身を隠している洞穴が金銀財宝の宝庫だと気づき、暗闇のなか、そこを家捜ししながら、危うく竜の頭を踏みつけそうになる（＊二二九〇行、一九二六行）逃亡者のスリルに満ちた冒険を語り始める。そして、この部分はひどく損なわれていて、＊二二二六～二二三一行（一八七二～一八七五行）はほとんど理解できない。古英語の手法を考慮すると、ここでは、この「おとぎ話」的状況に対して、哀れを感じさせる表現方法が取られており、作者が、惨めな逃亡者と竜の両方に「同情」を示している点は注目に値する。ただ、これも古英語の手法の特徴だが、話が「まっすぐ」には進まない。まず耳にするのは竜の話。その次は、「だれか」が塚の内部に入り、杯を盗む話。次は、近隣の民が、やがて竜の怒りを思い知ることになる話。次は、侵入者にまつわる話がさらに続き、彼が逃亡奴隷（主人は不明）であることがわかる。このあと、侵入者が塚のなかで体験したことに関する貴重な詳細の一部が失われているが、＊二二八九～二二九〇行（一九二六行）まで来たところでようやく、彼が竜の目と鼻の先を歩いていたということがわかるのだ。また、これも『ベーオウルフ』の作者の特徴（また、わたしたちが知っている古英語全般の特徴）だが、塚のなかの場面はたちまち、忘れ去られた貴人たちへの哀歌に似た回想へと移っていく。彼らは宝の貯蔵庫へ黄金を収めた人々で、その後、ひとり、またひとりと死んでいき、ついに黄金の宝庫は主人を失い、竜が自由にできる略奪品となる。

だが、この唐突な移行が非芸術的かというと、そうではない。ひとつには、この挿入部が、宝の貯蔵庫の略奪と、盗みに入られたと気づき、欺かれた怒りと傷ついた強欲とであたりをかぎ回る竜に関する、妙に真に迫った鋭い洞察を示すくだりとの、「感情面の空間」をふさいでくれるからだ。このくだりは、不意に差し挟まれた「哀歌《エレジー》」を締めくくる言葉、すなわち、竜の境遇に関する最後の言葉、*ne byð him wihte ðȳ sél* ＊二二七七行（「竜にとってはなんの利益ももたらさない」一九一五行）によって大いに引き立っている。また、言うまでもないが、宝そのものに対する哀れみと、悲しい歴史というこの感覚が、「単なる宝物の物語、よくある竜の話」を越えたところへエピソード全体を押し上げる力になっている。エピソードは全体的に愁いを帯び、悲劇的かつ不吉で、妙に真に迫っている。この「宝物」は、発見者が楽しい時間を過ごしたり、お姫様と結婚したりすることを可能にする単なる幸運の富ではない。この宝には、歌の記憶を超えた暗い異教徒時代にまでさかのぼる歴史、それでいて、想像を超えない範囲の歴史が積み込まれている。実際のプロットで該当部分が明らかになるところ、すなわち、無敵のベーオウルフが死に引き寄せられたところではじめて、実は宝には呪文がかけられていたことがわかる。＊三〇五二行 *iúmonna gold galdre bewunden*（「過去の人々の黄金は呪文で縛られていた」二五五九〜二五六〇行）、この四つ言葉のなかに、「埋められた宝」の本質が抽出され、呪われているのだ。（＊三〇六九〜三〇七三行、二五七五〜二五八一行）。

そのようなわけで、このくだりは、非常に珍しいもの、考古学的もしくは半考古学的時代の「考古学的」史料に対する心情や想像が描かれているという点で、船棺葬（＊三二〜五二行、二五〜四〇行）

が描かれている冒頭部に匹敵する。スカンディナヴィアには、このような塚が多く存在した。イングランドにも八世紀には塚が存在し、すでに、その目的や歴史をもやに包めるほど古いものとなっていた。ここでわかるのは、衰退期を迎えた者たちが、このような塚をどう思っていたかということ。もちろん、こうした詩や哀歌が書かれたことそのものがよいことで、無駄にはなっていない。というのもベーオウルフ本人の亡骸は、大半の黄金とともに今や塚のなかに安置され（もっとも、＊三〇一〇〜三〇一五行、二五二六〜二五三〇行のとおり、黄金の大部分も炎に溶けてしまうのだが）、歳月という忘却へと手渡される運命にあるからだ。この詩人がいなかったら、それに、時がそれを許してくれる見込みがなかったら、はたして、おびただしい数の詩のなかから、この詩だけが生き長らえたかどうか。なぜなら、この詩にしても、*þæt sceal brond fretan, æled peccean*、燃えさかる木に焼き尽くされ、炎で包まれるのは当然のこと［訳注：＊三〇一五〜三〇一六行、二五三〇行］と、運命はほぼ定められていたからだ。ほかの詩に関することは、わたしたちにはわからない。

＊

セリーチ・スペル

はじめに

父が自作『セリーチ・スペル Sellic Spell』について概要を述べたものは、わたしが知る限り、次のような、鉛筆で殴り書きをした読みづらいメモが残っているにすぎない。

この翻案は、こういう物語だったかもしれないという候補のひとつであって、こういう物語だったはずだと断定するものではない。つまり、『ベーオウルフ』の民話的要素の背後にあるアングロ・サクソン時代の話を、ある程度まで復元しようとする試みにすぎないのであり、確信を持って復元できなかった箇所も多いし、何か所かについては（たとえば、グレンデルの母親の襲来を削除するなど）わたしの物語は『ベーオウルフ』とはかなり違っている。

この試みの主たる目的は、英雄譚あるいは歴史物語の具体的な特徴を取り除いた場合に現れる、文体・語調・雰囲気の違いを明らかにすることだ。もちろん、古英語のそのような話は失われており、実際の文体や語調がどのようなものだったのかはわからない。そこで、わたしはまずこの物語を古英語で書き、表現に北欧的色合いを加えた。さらに、時代を超越させるという、民話では広く受け入れられている共通の約束事にも従った。

『ベーオウルフ』に関しては、この歴史的伝承との橋渡しを最も容易にしたであろう物語の形を――とくにアンフレンド（Unfriend）の人物像に――［?・描き出す］よう努めた。また、ハンドシュー（Handshoe）のこと、現存する物語でベーオウルフの仲間が姿を消している理由に「説明」をつけることにも心がけた。三人目の同行者「アッシュウッド（Ashwood）」を海岸警護の番兵と何らかの関係がある人物としたのは、単なる推測である。

ひとり娘は、民話によくある要素として盛り込んだ。わたしは彼女をベーオウルフと結びつけた。ただし、この点について、本来の成立過程は、実際にはおそらくもっと複雑だっただろう。デネとイェーアトの王家に関連づけられた話（あるいは話のモチーフ）は、ひとつだけではなかった。

これが書かれた時期は、メモ中に「グレンデルの母親の襲来」（すなわち、ヘオロットへの襲撃。最終稿にはない）への言及があること、「アンフレンド」という名前が出てくること（タイプ原稿D

で変更されるまで「アンピース（Unpeace）」だった）から、『セリーチ・スペル』の最終稿が完成したあとだったに違いない。参考までに、同じ時期に同じページに書かれたメモを掲載しておこう。

ビー＝ウルフ（Bee-wolf）：わたしが思うに、語源として最も可能性が高いのは――詩に歴然と残るベーオウルフの「熊のような」特徴（たとえばデイフレヴンの件）はさておき――ケニングであろう。

デイフレヴンについては、本書ベーオウルフの注50参照。

テキストの変遷

『セリーチ・スペル』のテキストの変遷は、説明するのは簡単だが、細かい点はきわめて複雑だ。まず手書きの第一稿があり、これを原稿Aと呼ぶことにする。ただし、これはもっぱら作業用の草稿であって、父はこの原稿で、断続的に段落をいくつも書き換えたり新たな題材を導入したりして、徐々に物語を膨らませていったが、変更した部分が話の筋と一致するよう前の段階に戻って書き直すことは（見たところ）必ずしもやっていなかった。そのため、原稿Aはそのままではわかりにくく、（一見したところ、とにもかくにも）つじつまの合わないパッチワークになっている。しかし、それによって必然的に、この「想像された物語」には膨大な選択肢が生まれ、最終形が固まりすぎるのを避けようとする父の傾向が非常によく現れたものになっている。

このほかに一部分のみの下書きである原稿Bがあり、ここでは黄金の館を怪物が襲撃した話が、A

での内容から新たな構成へと発展している。これはAの本文に組み込まれてはいないが、余白に加筆や修正として書き込まれており、わたしが思うに、父はほぼ間違いなく原稿Bを原稿Aへの非常に長い補足にするつもりでいたのだろう。この考えに立てば、『セリーチ・スペル』が進化していく全行程は、事実上この長大な補足つき原稿に結実したのであり、ここから生まれたのが、きれいに手書きされた原稿Cだ。これは、あちこちに細かい修正があり、物語の最終形をはっきりと示している。

原稿Cの直後に作られたのが、ていねいにタイプされた原稿Dで、これはまず間違いなく、わたしが『ベーオウルフ』の翻訳をタイプライターで打ったのと同じ時期にわたしが作成したものだ。その次に来るのが、プロのタイピストによる原稿Eで、これは誤字を修正した以外はDとまったく同じだが、わずかながら原著者による変更もある。

テキストの変遷を詳細にわたって示すのは不要だろうが、簡単な説明は興味を引いてもらえるのではないかと思う。そこで、ここではまず『セリーチ・スペル』の最終稿すなわちタイプ原稿Eを載せ、そのあとに最初の原稿と最終稿の比較を示し、最後に古英語訳のテキストを掲載することにした。

＊

「セリーチ・スペル」という名前

これは＊二一〇九行（翻訳では一七六九行）から取ったもの。この場面でベーオウルフは、ヒイェラークにヘオロットでの活躍を語るなか、グレンデルを退治したあとに開かれた宴でフロースガールがどのようにもてなしてくれたかを、「*hwilum syllíc spell rehte æfter rihte rúmheort cyning*（心広き王は、しかるべきやり方にのっとって不思議な物語を詳しく語り）」と説明している。syllícとsellícは、同じ単語の異形である。タイプ原稿Eには、次のような父の走り書きがある。

タイトルは、宴で語られた物語の「種類」を列挙するなかから取った（『ベーオウルフ』＊二一〇八行以下）。挙げられているのは、*gyd*英雄詩「史劇にして悲劇」、*syllíc spell*「不思議な物語」、そして「悲しみの哀歌」。

詳しくは、ベーオウルフの注95参照。

父は、翻訳の三四七〜三四九行への注49で、「*sellíc spell*の形で、［この詩に］最も近い背景となる話があるとすれば、グレンデルが館に来襲したとき、ベーオウルフには仲間かライバル、あるいはその両方がいた」との考えを示し、さらに脚注でこう記している。「わたしの『復元』、すなわち『不思議な物語 Sellic Spell』を参照。こちらはあとで読んでほしい。わたしは、ベーオウルフには、同じく、ぜひとも手柄を立てようとしていた仲間がひとり（または、ふたり）いたと思っている。ベーオウルフの順番は最後だった」

父は、片面だけに文章が書かれた書類の裏面を使っていたが、その書類から判断して、『セリーチ・

スペル』に取り組んでいたのは、おおよそ一九四〇年代前半のことと思われる。

*

§1 『セリーチ・スペル』最終稿

昔々、この世界の北の国に、ある王さまがいた。王さまはひとり娘と暮らしており、屋敷には、ひとりの若者がいたのだが、これがほかの者たちとはずいぶん違う若者だった。その昔、狩人たちが山で大きな熊に出くわしたことがあった。狩人たちは、熊をねぐらまで追いかけていって殺したが、ふと見ると、そのほら穴に人間の子どもがいた。皆、たいそう驚いた。というのも、その子が三歳くらいのかわいらしい男の子で、元気そうではあったが、人の言葉をまったく話せなかったからだ。子熊のようなうなり声を上げたので、狩人たちは、この子は熊に育てられたに違いないと考えた。

狩人たちは子どもを連れ帰ったものの、どこのだれともわからなかったので、王さまのもとへ連れていくことにした。王さまは、子どもを屋敷へ連れてくるよう命じ、自分でその子を育てて、人間として生きるすべを教えた。しかし、このみなしごをうまく育てられず、子どもは不愛想でのっそりとした少年となり、この国の言葉もなかなか覚えなかった。働こうともしなければ、道具や武器の使い方を覚えようともしない。とにかく蜂蜜が大好きで、蜂蜜を探しにしょっちゅう森へ出かけたり、農家に置いてある蜂の巣箱を荒らしたりしていた。少年には名前がなかったので、皆から蜂を追う者《ビー＝ウルフ》と呼ばれ、それがそのまま名前になった。だれからもあまり相手にされず、広間ではひとり隅っこにいて、長椅子には座らせてもらえなかった。たいていは床に座り、ほとんど、だれとも話をすることはなかった。

それでも、月を重ね、年を経るうちにビーウルフは大きくなり、大きくなるにつれて次第に力も強くなり、はじめは子どもや若者たちが、やがては大人たちまでビーウルフを怖がるようになった。七年もすると、ビーウルフの両手の力は大人七人分にもなった。その後も成長は止まらず、ひげが生え始めたころには、ビーウルフに両腕でギュッと締めつけられると、まるで熊に抱きつかれたかと思うほどになった。ビーウルフは道具も武器も使わない。なぜなら、剣を握って振るえば刃が折れてしまい、どれほど強い弓でも折れるまで引いてしまうからだ。ただ、武器は使わずとも、ビーウルフが怒れば、相手に抱きつき、締め殺してしまうことだろう。幸い、本人は気が長く、なかなか怒らぬ性格だったが、それでも、そばに近づこうとする者はいなかった。

ビーウルフは、夏も冬もよく海へ泳ぎに行った。体が北極熊のように温かく[1]、人が言うには熊熱を放っていたので、寒さをまったく恐れなかった。

そのころ泳ぎの名手がいた。名は大波《ブレーカー》と言い、生まれは波の国《サーフランド》だった。ブレーカーは、ある日、浜辺で若者ビーウルフと会った。このときビーウルフは、海を泳いで戻ってきたばかりだった。

「おまえに泳ぎ方を教えてやってもいいぞ」ブレーカーは言った。「だが、たぶんおまえにははるか沖まで泳いでいく勇気はないだろうな」

「一緒に泳ぎ始めても、先に戻ってくるのは絶対におれじゃない！」ビーウルフはそう答えると、また海へ飛び込んだ。「さあ、できるもんならついてこい！」

　ふたりは五日間泳ぎ続けたが、ただの一度もブレーカーはビーウルフを追い抜くことができなかった。それどころか、ビーウルフはブレーカーの周りを泳ぎ、離れようとしなかった。「おまえが疲れて溺れないか心配でね」と言い、それを聞いたブレーカーは腹を立てた。

　そこへ突然、風が吹いて海が何度も大きくうねり、ブレーカーは上へ下へと波にもまれて、遠い国へと流された。やがて苦労に苦労を重ねてサーフランドに戻ってくると、ブレーカーは国の人たちに、おれは泳ぎの競争でビーウルフをうんと引き離して勝ったのだと言いふらした。さて、海の方では海底に住むニックスたち[2]が、この嵐に驚いて海の底から上がってきた。そして、ビーウルフの姿を見て腹を立てた。ビーウルフをブレーカーだと勘違いし、こいつが名前のとおり大波の嵐を引き起こしたのだと思ったからだ。一匹が、ビーウルフをつかんで海の底に引きずり込もうとした。ニックスたちは、今宵は荒れる海の下で宴を開こうと思ったのだ。けれども、ビーウルフは格闘のすえにそのけだものを殺し、ほかのニックスも同じ目に遭わせた。夜が明けるころには、死んだニックスたちが何匹も水面に漂っていた。やがて浜辺に打ち上げられると、人々はこの怪物どもの死骸を見て、いったい何があったのかと、たいそう不思議がった。

　風がやんで日が昇ると、ビーウルフの目に、いくつもの岬が海に突き出しているのが見えた。そのまま波にまかせて陸に上がると、そこは北の国から遠く離れた、フィン人の住む見知らぬ国だった。そこからずいぶん時間がかかったが、ビーウルフはやっとのこと、自分の国に帰り着いた。

「どこへ行っていたんだ?」だれもが尋ねた。
「泳ぎにさ」とビーウルフ。だが、皆は思った。それにしては険しい顔をしているし、体のあちこちに傷がある、まるで野獣と取っ組み合いでもしたみたいじゃないか。

やがてビーウルフは一人前の大人になったが、その体は当時その国に住むだれよりも大きく、腕っぷしは三〇人力だった。さて、ある晩のこと、ビーウルフがいつものように隅に座って、広間で男たちの話を聞いていると、そのうちのひとりが、遠い国の王さまが自分の館をどんなふうに建てたのかを語り始めた。館の屋根は黄金で、長椅子はどれも彫刻と金箔が施され、床は光り輝き、壁には金の布が下げられている。その館では宴が開かれ、男たちの笑い声と音楽に満ち、蜂蜜酒は甘くて強かった。ところが今では、日が落ちると館はたちまちもぬけの殻となる。だれもそこでは寝ようとしない。というのも、この館には夜な夜な人食い鬼がやってきて、人間を手当たり次第にむさぼり食うか、自分のねぐらへ連れ去るからだ。夜のあいだは、この怪物が黄金の館の主《あるじ》となり、立ち向かえる者などひとりもいない。

ここでいきなりビーウルフが立ち上がって、こう言った。「その国に一人前の男はいないようだな。ひとつおれが、その王さまに会いに行こう」

それを聞いただれもが、なんというたわ言、と思ったものの、ビーウルフを引き止めようとはしなかった。その人食い鬼に大勢が食い殺され、さらに多くの人が悲しむことになるのではないかと思ったからだ。

次の日ビーウルフは出発したが、途中でひとりの男と出会った。「おまえは何者だ？」と男は尋ねた。「これからどこへ行く？」

「おれは人呼んでビーウルフ。黄金の館の王さまに会いに行くのだ」

「じゃあ、おれも一緒に行こう」と男は言った。「おれの名は手に靴を履く男《ハンドシュー》」。名前の由来は、両手に革製の手袋をはめているから。この手袋を着けていると、岩をぐいと動かしたり、大きな石を粉々に砕いたりできるのだが、着けていないときは、ほかの男たちと同様、とてもそんなことはできない。

ハンドシューとビーウルフは一緒に進み、海まで来ると、船を見つけて乗り込み、帆を張って海に出た。船は風に乗ってぐんぐん進んだ。やがてふたりの目の前に、見知らぬ国の断崖が現れ、高い山々が泡立つ海からそそり立っているのが見えた。船が風に押されて陸地に着くと、ハンドシューが浜に飛び降り、船を浜辺に引っ張り上げた。ビーウルフが砂浜に足を降ろすや否や、男がひとり近づいてきた。この男は、よそ者ふたりを歓迎しているわけではなかった。いかめしい顔をした男で、トネリコの木で作った大きな槍を手に持って激しく振り回していた。男は、おまえたちは何者で、何の用があって来たのかと尋ねた。

ビーウルフは、背筋を伸ばすと臆することなくこう答えた。「おれたちは黄金の館の王さまに会いに来た。人のうわさが正しければ、王さまが人食い鬼にずいぶん悩まされていると聞いたのでね。おれの名はビーウルフ。一緒にいるのはハンドシューだ」

「おれの名はトネリコの木《アッシュウッド》」男が言った。「この槍を使えばどんな大軍でも追い払える」。そう言ってトネリコの木の長い槍を振ると、槍は空を切ってぶんぶんうなった。「おれも黄金の館へ行くところだ。ここからは、もうそう遠くないぞ」

こうして、アッシュウッドとハンドシューとビーウルフが進んでいくと、まっすぐな道に出た。きれいに整えられた広い道で、三人はその道をさらに歩き、やがて緑の谷に、王さまの館が立っているのが見えた。谷は、黄金の屋根が放つ光ですみずみまで明るく照らされていた。

三人が館の玄関に来ると、門番が三人をとどめて何者かと問いただそうとした。だが、アッシュウッドが槍を振るって門番をなぎ倒し、次いでハンドシューが、手袋をはめた手で大きな扉をむんずとつかむと、戸が音を立てて勢いよく開いた。それから三人は広間を大またで進み、王座の前で立ち止まった。王さまは年老いていて、ひげは長くて白かった。

「わたしの館に、こうもずけずけと入ってくるおまえたちは何者だ?」と王さまは尋ねた。「それに、何の用だ?」

「わたしの名前はビーウルフ」と若者は答えた。「海の向こうから来ました。国にいるとき、王さまが敵に家臣を殺されて困っており、敵をやっつけたら黄金をたくさんくださると聞いて参りました」

「ああ!　おまえが耳にしたとおりだ」王さまは言った。「すり潰す者《グラインダー》という名の人食い鬼が、もう何年も前からこの館に出没しておる。あやつを倒すことができた者には、たっぷりと褒美を遣わそう。今だが、あやつの力は普通の人間ではかなわないほど強く、立ち向かった者は皆、打ち負かされた。今では、日が暮れてからはだれもこの館にとどまろうとしない。おまえたちなら退治できるという自信はあるのか?」

「腕の力ならだれにも負けません」とビーウルフ。「その昔、激しい取っ組み合いをして、ニックスどもを散々な目に遭わせたことがあります。そのグラインダーというやつとも戦って、ぜひわたしの武運を試したいです」

居合わせた者たちは、これを聞いて、実に豪胆な言葉だが、あまり期待はできまいと思った。

「たいしたこととは思われないかもしれませんが、わたしにも、いささかできることがあります」次の者が言った。「わたしはハンドシュー。この手袋を使えば、巨大な岩をひっくり返し、大きな石を粉々に砕くことができます。グラインダーのほうが石より硬いか、ぜひ試してみたいものです」

これを聞いて、こちらのほうが頼りになるとだれもが思ったが、それでも、きっとグラインダーのほうが石より硬いということになるのではないかと考える者もいた。

「わたしにも力があります」と三人目が言う。「わたしはアッシュウッド。この槍を使えばどんな大軍でも追い払えます。わたしが槍を高々と掲げれば、あえてその前に立とうとする者など、ただのひとりもおりません!」

人々は、その槍に本当に言葉どおりの力があるなら、グラインダーの魔力がそれを上回らない限り、この勇者がきっと退治してくれるだろうと思った。王さまは、三人の言葉を聞いてたいへん喜び、自分の悩みが終わるのも間近かもしれないとの希望を抱いた。三人は宴に招かれ、王さまの騎士たちのあいだに席を与えられた。酒を注ぐ段になると、王妃さまが直々にやってきて、ひとりひとりに蜂蜜酒の杯を渡しては、楽しんでくださいと声をかけ、三人の武運を祈った。

「この館にまたみなが集うのを見られるのなら、これほどうれしいことはありません」と王妃さまは言った。

王さまの家来のなかには、この王妃さまの言葉を聞いてむっとした者がいたが、とりわけ面白く思わなかったのが王さまの金細工師、友ならざる者《アンフレンド》だった(3)。アンフレンドは、自分こそ一目置かれるべき人物だと思っていた。頭の回転が速く、王さまからは相談役としてたいへん重んじられていたが、家来のなかには、あいつは秘密の魔力を使っているとか、あいつの助言はいさかいを収めるよりも、いさかいを起こすことのほうが多いなどと言う者もいた。そのアンフレンドは、ビーウルフに向かってこう言った。

「たしか、名前はビーウルフだとおっしゃいましたね？　そういう名前の持ち主が大勢いるとは思えません。きっとあなたが、ブレーカーと泳ぎの競争をして、うんと引き離され、すごすごと自分の国へ帰っていった人に違いない。あのときよりも一人前になっていてほしいものですな。何しろグラインダーは、ブレーカーと違って手加減などしてくれないでしょうからね」

「アンフレンドさん」とビーウルフは答えた。「あんた、蜂蜜酒のせいで頭がぼやけて、話がおかしくなっていますよ。あの競争で勝ったのはおれのほうで、あの哀れなブレーカーではないんだから。もちろん、あのころわたしはまだほんの若造でしたがね。でも、あれからちゃんと一人前の男になりましたよ。まあ、それはともかく、友達になりましょう！」そう言うと、ビーウルフは両腕をアンフレンドの背中に回して抱きしめた。優しく抱きしめたつもりだったが、それで十分だった。ビーウルフから解放されてからというもの、アンフレンドはビーウルフが近くにいるあいだは、とても愛想よく振る舞うようになった。

それからすぐに日が西に沈み始め、影が地面に長く伸びた。次第に館から人がいなくなった。やがて王さまが三人を呼んで言った。

「夜の闇が迫り、もうじきグラインダーの時間となる。おまえたち、これからあやつと戦うつもりか？」

三人が三人とも今晩すぐに戦いたいと申し出たが、ハンドシューとアッシュウッドは、どちらも相手の助けなど必要ないと思っており、ましてやビーウルフのことなど、はなから頼りにしていなかった。ふたりとも、褒美を分け合うなどまっぴらごめんだったのだ。

「よろしい！」王さまは言った。「一緒に残りたくないのなら、おまえたちのうちだれかがここに残り、ひとりで武運を試すがよい。さあ、だれが残る？」

「わたしが残りましょう」アッシュウッドが言った。「三人のうち、この地に足を踏み入れたのはわたしが最初なのですから」

王さまは、言い分を認め、アッシュウッドに館の番を命じた。さらに、武運を祈ってから、もし無事に退治できたら、明日の朝、たんまり褒美を授けようと約束した。そして王さまと騎士たち全員が館から出ていった。ハンドシューとビーウルフには、別の場所に寝床が用意された。館は人気がなくなり、暗くなった。アッシュウッドは、柱のわきに寝床を作ると横になり、そのまま寝ずの番をするつもりでいたが、すぐにぐっすり眠ってしまった。

遠く離れた暗い沼地の向こうでは、グラインダーが夜中にねぐらで目を覚まし、黄金の館へ向かって歩き始めた。とても腹が空いていて、また人間をひとり捕まえて食ってやろうと考えたのだ。グラインダーは雲の影に覆われた大地を進み、とうとう王さまの館にやってきた。大きな扉をむんずとつかみ、力まかせにこじ開ける。それから、天井の梁に頭をぶつけぬよう、身をかがめてなかへ押し入った。そして、広間の奥までギロリとにらみつけると、その目は赤々と輝くかまどの炎のように光を発した。今夜もまた、男がひとり、そこで眠っている。グラインダーは笑い声を上げた。それを聞いてアッシュウッドは目を覚まし、グラインダーと目が合った。とてつもない恐怖に襲われ、寝床から飛び起きる。槍は近くの柱に立てかけてあり、手探りでつかもうとするも、カチャンと音を立てて床に落ちてしまった。グラインダーはかがんだ姿勢のままだったが、それでも相手をがっしりとつかんだ。ふたりの取っ組み合いは長くは続かなかった。グラインダーはアッシュウッドの首を引きちぎり、その首と体を持って帰った。

翌朝、皆が館に戻ってくると、そこにあるのは槍だけで、床のあちこちに血の跡がついていた。これを見て、グラインダーへの恐怖はいっそう強くなった。その日は夜が近づいてくると、だれもが前の日よりも早く、前の日よりも慌てて帰り始めた。

「もうじきグラインダーの時間だ」王さまは言った。「おまえたちは、アッシュウッドがどうなったかを見ても、まだ、あやつを待つつもりか?」

「どんなことがあっても待ちます」とハンドシューが答えた。「次はぜひわたしにおまかせを。わたしのほうが、船から先に飛び出したのですから」

ビーウルフがこれに反対しなかったので、アンフレンドは小声でそばにいる者たちに、あのよそ者は怪物退治を連れにまかせることができて喜んでいるようだとささやき、続けてこう言った。「もしハンドシューとやらが失敗したら、あれだけ大口をたたいた我らがビーウルフも、尻込みするだろうさ」

さて、今度はハンドシューがひとり残った。ハンドシューは、アッシュウッドがどうして失敗したか、おれにはわかっている、あいつは油断をして、武器を使う間もなく人食い鬼に捕まってしまったんだと考えた。

「おれは、そんなふうに捕まるもんか」そう言うと、横になる前に手袋を着けた。けれども、すっかり安心したわけではなく、しばらく目を覚ましたまま横になっていた。それでもついには眠気に負けたが、悪夢にうなされ、夢のなかでもがいた。

真夜中になると、グラインダーがまたやってきた。今日もどこかの勇者が身のほどをわきまえず、館に泊まってごちそうになってくれるのではと思ってやってきたのだ。その考えが大当たりだったとわかると、グラインダーは大声で笑い、両の目から炎のような光を放った。ハンドシューは目を覚ましたが、猛烈な恐怖に襲われた。すぐ跳ね起きたものの、両手に手袋がはまっていない。夢のなかでもがいたせいで、手から抜け落ちてしまったのだ。手袋を探しているうちに、グラインダーに鉤爪《かぎづめ》でつかまれた。人食い鬼は勇者の体を引き裂くと、腰につけていた大きな袋に、ばらばらにした死体を詰め込んだ。そして、獲物にたいへん満足し、ねぐらに帰っていった。

翌朝、皆がやってくると、ハンドシューの姿はなく、めちゃくちゃになった寝床に手袋があるだけだった。今やだれもが、前にも増して人食い鬼が怖くなり、まだ日が照っているというのに、この館にはいたくないと思う者さえ出る始末だった。王さまは、これで悩みは前に増して悪くなったようだと、がっかりした。ところが、ビーウルフはひるまなかった。

「王さま、希望を捨ててはなりません！　まだひとり残っています。よく三度目の正直と言うじゃありませんか。今夜はわたしが人食い鬼を待ち受けましょう。はっきり言って、わたしはあのグラインダーをぜひともぶちのめしてやりたいのです。この二本の腕さえあれば、助けは無用。腕の力が通用しなければ、それはそれ。王さまはやっとわたしを追い払えるわけですし、これ以上ただ飯を食わせる必要もなくなります。どうやら死体を埋める手間はいらないようですからね！」

一同、この豪胆な言葉を称賛したが、アンフレンドは何も言わなかった。王さまはいたく喜び、王妃さまは、またビーウルフに手ずから杯を運んできた。

「運命は、それを恐れぬ者の命は奪わぬものです」と王妃さま。「さあ、飲んで元気を出して。ご武運に恵まれますように！」

ようやく太陽が沈み、ビーウルフが番をする時間がやってきた。王さまは、この者と明朝また会えればよいが、それは無理であろうと思いながら、別れを告げた。そして、怪物を倒すことができたら三倍の褒美をやろうと約束した。

「グラインダーが今も腹を空かせていて、今夜もまたここに現れたら、思ってもいなかった者と出くわすことになるでしょう」ビーウルフは言った。「鉤爪がやつの武器で、取っ組み合いが得意だとしても、そうした勝負に慣れた者を、やつは相手にすることになるのです」

やがて王さまと家来たち全員が立ち去り、ビーウルフは暗い館でひとりになると、寝床を敷いたが、横にもならず、眠りもしなかった。ひどい眠気が襲ってきても、決して眠らず、古いコートにくるまったまま、横柱を背にして起きていた。

その晩、グラインダーは猛烈に腹が減り、間抜けな勇者がまたひとり館で寝ているかどうか、ぜひとも見にいきたいと思った。月明かりの下、速足で歩き、まだ真夜中にならないうちに人間の住む土地にやってきた。そして一瞬もためらうことなく館に踏み込んだ。扉が勢いよく開くと、グラインダーは敷居に手をついて身をかがめた。両の目は、今度は巨大なふたつのかがり火のような光を放っている。ビーウルフはじっと座ったまま、息を凝らしていた。

グラインダーは、またしても広間に寝床がしつらえてあるのを見ると、大笑いして手をたたいた。その音は、まるで鉄と鉄とがぶつかっているかのようだった。さっそく寝床に近づき、こいつも前のふたりと同じ目に遭わせてやろうと、なかをのぞき込んだ。そして大きな鉤爪でビーウルフをつかむと、力いっぱい後ろに押した。ところがビーウルフは、相手の力に持ちこたえ、横柱に背中をしっかり当てて踏ん張った。それからグラインダーの両腕の、手首の上あたりを指で握った。人食い鬼は、生まれてこの方、このときほど驚いたことはなかった。なにしろ相手の指の力が、それまで感じたことがないほど強かったのだ。このままつかまれていては両手がまったく使えない。にわかに恐怖が募り、怖くなった。そこですぐさま考えを変え、この手を一刻も早く振りほどき、この館から逃げ出してねぐらに帰りたいとひたすら願った。まさかこんなことになるとは思ってもいなかった。けれどもビーウルフは逃がそうとしない。グラインダーが尻込みすると、跳び上がって組みついた。指がめりめりと鳴り、人食い鬼はとにかく必死に身を引こうとした。一歩また一歩とグラインダーは玄関へ向かっていくものの、一歩一歩と動くごとに、ビーウルフは横材や敷居や、とにかく足場になりそうな物に足を掛けて踏ん張りながら、しがみつく。取っ組み合いの最中は、館全体ががたがた揺れた。グラインダーがわめき叫んだものだから、周囲の町の人々は目を覚まして震え、王さまの館がすっかり崩れてしまうのではないかと思った。柱はぎしぎしきしみ、長椅子はひっくり返る。壁の板は裂け、床板は割れた。

そうこうするうちに、ふたりは玄関まで来た。ここでグラインダーは体を引き離したが、腕一本しか振りほどけず、もう一本はビーウルフがまだしっかり握っていた。その一本をグラインダーが強く引っ張り、ビーウルフが反対方向に同じく強く引っ張ったものだから、バリンという大きな音とともに、骨と肉が肩でちぎれ、グラインダーの腕が、鉤爪もろともビーウルフの手に残った。グラインダーは玄関から転げ出て、わめきながら夜の闇へと消えていった。ビーウルフは高らかに笑い、満足した。そして大きな腕を、勝利の証しとして玄関の上に据えつけた。朝になってよく見てみると、その腕はぞっとするほど大きくて、皮膚はドラゴンのよう、五本の太い指には、一本一本に鉄釘のような爪がついていた。皆、これを見て驚き、身震いをした。

「ありゃ、すごい怪力だ!」人々は口々に言った。「どんな剣でも、どんな斧でも、あんな大枝を切り落とすことはできなかっただろうさ」今やだれもが、ビーウルフは世界一の力持ちだと、声高に褒めたたえた。その場にはアンフレンドもいたが、この腕を見ると、言うべき言葉が見つからなかった。

知らせを聞いてやってきた王さまは、館の扉の前に立って喜んだ。「まさか、このような光景を見られるとは思わなんだ。不思議な話は尽きないものだ! 我らのだれもが武器を使っても知恵を使っても成し遂げられなかったことを、若者が素手でやってのけたのだから。それにしても、あのビーウルフはどのような母親から生まれたのであろう？　あの者の力は、人間のものではなく熊のものという気がする」

けれどもビーウルフは、昨夜の一件は褒めてもらうようなものではないと思い、こう言った。「王さま、事は望んだとおりには運びませんでした。ここにあるのは腕がたった一本だけです。本当なら死体を丸ごと、頭も皮も含めてすべてを差し上げるつもりでした。たぶん、グラインダーにもっと不屈の精神があればそれもできたでしょうが、やつは自分の体をふたつに裂いてわたしを欺き、逃げたのです」

「ああ、そうですとも！　退治はまだ半分しかすんでおりません！」アンフレンドが言った。「あれほど強い怪物ですから、かなりの痛手を負ったにしろ、傷ひとつでは死にますまい。傷が癒えればグラインダーは、片腕だけでも、まだ相当な災いをなすでしょう。腕一本をなくしたのですから、怒りと復讐に燃えているものと存じます」

この言葉に、王さまと家来たちの喜びは一気に冷めた。「では、アンフレンドよ、どうしたらよいと思う？」王さまは尋ねた。

「わたしなら、ビーウルフにどうするつもりか尋ねます。あの御仁は、今やこの国の英雄なのですから」そう言うと、アンフレンドは深々と頭を下げた(4)。

「王さまがお尋ねになりますなら」ビーウルフは言った。「グラインダーをねぐらまで追っていくのがよいと思います。やつはたぶん、昨夜の取っ組み合いのせいで、まだかなり疲れているでしょうから」

「だが、そのような危険なことをだれがやる?」と王さま。

「わたしがやります」とビーウルフは答えた。「ただ、どこへ行けばグラインダーを見つけられるか、わかればいいのですが」

「それについては心配無用じゃ。荒れ地を行き来する者たちが、あやつの出没する場所を、これまで何度も知らせてくれておる。あやつがひとりで荒野を歩き回っているのを、皆、遠くから見ているのだ。あやつの住《す》み処《か》は、ここから何マイルも離れた秘密の沼地の、黒々とした絶壁から水が奈落の底へと落ちていく滝の裏にある。そこには風が吹き、丘では狼どもが遠吠えをしておる。沼の上では、枯れ木が根を上にして下がっている。夜になると、水面で火がちらちらと燃える。この沼の深さを知る者はおらぬ」

「そのお話では、楽しいところではなさそうですね」とビーウルフ。「ですが、この苦しみを終わらせるには、その場所を清めなくてはなりません。しかも、一刻も早くです。そこへはわたしが行きましょう。グラインダーの住み処に乗り込んでやるのです。たとえ、やつの家に扉が何枚あろうとも、絶対に逃しはしません!」

王さまは、これを聞いて喜び、この新たな務めを果たした暁には、既に与えた褒美の三倍の褒美を遣わそうと約束した。「褒美は戻ってからいただくことにします」ビーウルフは言った。「今いただきたいのは、王さまの国の様子を知り尽くしていて、その場所までわたしを案内してくれる仲間です。もしわたしに選ばせていただけるのなら、アンフレンドの力を借りたいと思います。この国では、知恵の持ち主として評判の人物のようですから」

「よろしい、アンフレンドを同行させよう」王さまは言った。「おまえの見立ては正しい。あの者は、あちこちを広く旅しており、この国の様子や不思議を、あれよりもよく知っている者はひとりもおらんからな」

その言葉を聞いたアンフレンドは、自分の思惑とまるで話が違ってきたではないかと思ったものの、もし行かなければ、王さまのご機嫌を損ねるばかりか、皆の前で面目が丸潰れになるため、断るわけにはいかなかった。「わが友ビーウルフに、この国の絶景を案内できて光栄です」アンフレンドはそう言うと、この冒険では自分の知恵が役に立つだろうとの思いに、にやりと笑った。

そこで王さまは家来たちに、出発する両名に食事と酒を持てと命じた。さらに王さまの蔵から、鋼鉄の輪で編んだ光り輝く胴鎧《どうよろい》が運び込まれた。「これだけは、数々の褒美の前渡し分だと思って持っていってくれ」王さまはビーウルフに頼んだ。「さあ、これを着れば武運もいっそう上がるだろう」

朝早く、東から伸びる影がまだ長いうちに、アンフレンドとビーウルフは出発した。ビーウルフはハンドシューの手袋を持ち、アンフレンドがアッシュウッドの槍を運んだが、槍が重すぎアンフレンドがすぐに疲れてしまったので、これもビーウルフが持つことになった。ふたりはすぐさまグラインダーの逃げた跡を見つけた。血を垂れ流しながら逃げたからだ。この跡を追って、ふたりは丘を越え、谷を渡り、人の住む世界をはるかあとにして、霧の立ち込める沼地を通って高くそびえる山々へ向かった。やがて、岩山をくねくねとめぐる細くて急な坂道に出た。道に沿って、洞窟の真っ暗な入り口がいくつもある。はるか下の沼地で狩りをするニックスたちの住み処だ。ふたりは坂道を登り、ついに、根を上にして下がる枯れ木の森にやってきた。崖の縁から見下ろすと、滝の水が真っ黒な水面に落ちていくのが見えた。はるか下では、沼が泡立ち渦を巻いている。滝のてっぺんでは、アッシュウッドの首が天を見上げていた。

「目指す場所まで間違いなく連れてきてもらえたようだ」ビーウルフは言った。そして角笛を吹くと、その音が岩山に鳴り響いた。ニックスたちはびくりとし、沼に飛び込んで、かんかんに怒った。

「ここには、けんか腰な連中《アンフレンド》が多いな」ビーウルフが言った。

「眠っている犬を起こすようなまねはよせ！」とアンフレンドは言った。「グラインダーに、わたしたちがあいつの住み処の近くまで来たことを、わざわざ知らせてやる必要などないだろう」

「ニックスどもなど眼中にない」とビーウルフ。「海でもっと大きいやつらとやりあったことがあるんだ」

「それでも、一度に大勢の敵とやりあうのはたいへんだろう」とアンフレンドが聞く。

「敵が大勢でも、死ぬのは一度きりだ」ビーウルフは答えた。それから立ち上がると、身支度をした。王さまからもらった胴鎧を着て、腰にハンドシューが遺していった手袋を下げ、右手にアッシュウッドの槍を握った。

「友よ、どうやって降りていくのだ？」アンフレンドが尋ねた。

「深い海に飛び込むのは、何もこれが初めてじゃない」ビーウルフは答えた。「それに、この崖は高さが一〇ファゾムだろうが、これより高いところから飛び込んだこともある」

「では、友よ、敵をみんなやっつけたあとは、どうやって戻ってくるのだ?」アンフレンドは言った。そして内心、ビーウルフは力こそ強いが、知恵のほうがそれにまったく追いついていないなと思い、ひそかににんまりした。「さあ、友よ、わたしはあらかじめきみのことを考えて、長いロープを持ってきた。こちらの端をしっかり結んで、崖から沼のほうへ投げ下ろそう。わたしはここで待っているから、安心して行きたまえ。戻ってきたら(もちろん、戻ってくると思っているとも)、引っ張り上げてやる」

ビーウルフは感謝した。「その志はありがたいが、きみの腕力が心配だ。もしわたしがかなり重くて、きみには引っ張れないとわかったら、何とか自力で登ってこよう」そう言うと、もはやぐずぐずすることなく、崖から跳び込み、アンフレンドが気づいたときにはもう、沼に入っていく足の裏しか見えなかった。

ビーウルフはしばらくひたすら潜っていったが、どこまで行っても底が見えない。ニックスたちが寄ってきて牙で食いちぎろうとするが、鎖で編んだ胴鎧は精巧にできていたので、体はまったく傷つかなかった。さて、グラインダーには母親がいた。何歳かもわからぬほど年老いた人食い鬼で、雌狼より獰猛で、腕の力もそうとう強いが、魔力はそれに輪をかけて強かった。沼地と、その周辺の土地は全部、怪物親子の領分だった。この地で母鬼は大昔から滝の裏にある洞窟に住んでいて、手出しをしようとする人間など今までひとりもいなかった。このときも母鬼は洞窟にいて、息子が手傷を負わされたことを嘆き悲しみ、心は怒りでいっぱいだった。そしてすぐ、上の世界からだれかよそ者が自分の領分に入ってきたことに気がついた。怒りに燃え、母鬼は住み処から飛び出した。

ビーウルフがようやく沼の底にたどり着いたときには、もう母鬼が待ち構えていた。まだ両足を着けないうちに、ビーウルフはうしろから母鬼に羽交い絞めにされ、そこへニックスたちが加勢にやってきた。多勢に無勢、さすがのビーウルフも深い沼の底ではどうすることもできず、そのまま母鬼の住み処へ引っ張られていく。途中、水に激しく揉《も》まれて、危うく息が切れそうになった。というのも、滝の真下で泡立っている、巨大な渦のなかを引っ張っていかれたからだ。グラインダーの洞窟は、滝の裏の絶壁にあり、入り口は水面から少し潜っただけのところにあった。そこからなかへ引きずり込まれ、入り口から奥へと向かう登り坂を進んでいく。やがて、ニックスたちが突然退散し、ビーウルフは、自分がもう水中にはおらず、頭上の高くに石の天井があることに気がついた。洞窟はとても広く、なかでは火がたかれていた。

ビーウルフはすぐさま体をよじって身を振りほどくと、振り返ってグラインダーの母親を見た。狼のような牙を持つ、老婆のような人食い鬼だ。さっそく槍を繰り出すが、母鬼はまったく動じない。この場所では、槍は役に立たないのだ。母鬼が手で払うと、槍の柄は真っ二つに折れた。ビーウルフは、折れた槍(5)を投げ捨てたが、母鬼のほうが素早かった。力はもともと強いが、この住み処には、あちこちに呪文がかけられていたから、力はいっそう強かった。母鬼はビーウルフの肩をつかんで持ち上げると、壁際の床にたたきつけ、すぐさま馬乗りになって、腰からギラリと光る短刀を抜いて相手の喉に突き立てた。これで息子の恨みを晴らせたかに思われた。ところが、王さまの胴鎧で首が守られていたおかげで、ビーウルフは命を落とさずにすんだ。

「この鬼女は重いぞ！」ビーウルフは母鬼を体から持ち上げようとした。そして、グラインダーのときと同じように相手の腕をつかむと、いきなり自分のほうへ引き寄せた。母鬼は、両腕でぐいぐい締めつけられるのを感じて叫び声を上げた。だがビーウルフは、体を反転させて相手を組み伏せると、勢いよく床にたたきつけ、それからすっくと立ち上がった。そうこうしているあいだにも、ビーウルフは近くの壁に巨大な剣がかかっていることに気づいていた。大昔に巨人族が作った古くて重い剣だ。ビーウルフは別として、普通の人間では、だれにも操ることはできなかっただろう。ビーウルフはこの剣を素早くつかみ、母鬼の首目がけて振り下ろした。皮膚が破れ、骨が砕け、首は切り落とされて、そのまま血をしたたらせながら坂道を転がって水中に落ちた。床には死体が残り、ビーウルフは嘆きも悲しみもしなかった。

剣を降ろすと、いきなり天井の下で稲妻のような光が現れ、洞窟全体が昼間以上に明るくなった。ビーウルフは、光は剣から出ていて、刀身が燃えているのだと思った。明るくなったおかげで、奥に別の部屋があるのが見えた。そちらのほうへ歩いていったが、入り口は自分の背丈よりも大きい岩でふさがれていた。どかそうとして、ありったけの力を振り絞っても、岩はびくとも動かない。そのとき、ビーウルフは腰に下げていた手袋のことを思い出し、手にはめた。それから岩に手をかけると、まるで軽い柵か何かのように、岩をひょいとわきに放り投げた。

部屋に入ると、そこにはグラインダーが何年にもわたって集めた黄金や宝石が山と積まれていた。いちばん奥の隅には寝床があり、そこにグラインダーが横たわっていた。ぴくりとも動かないが、死んでいるにしては、目が狂暴そうにギラギラと輝いていて、ビーウルフはあとずさりした。それから剣を高々と構えると、グラインダーの首をたたき切った。首は寝床から転げ落ち、目に宿っていた炎は消えた。それと同時に、剣から出ていた光も収まった。

さて、崖の上ではそのあいだずっと、アンフレンドが待っていた。時間が長く感じられ、こんな危険な場所には必要以上にいたくないと思っていた。下をのぞき込んでみると、ようやく霧と影が沼地から消えたらしく、日の光が差し込んで、はるか下に渦巻く水が見えた。しかも水は赤く染まっていて、まるで血が流れ出したかのようだ。これはビーウルフの血ではないかと思ったが、そう思ったところで心配したりはしなかった。抱きつかれたときのことを決して忘れていなかったからだ。とにかく、もう立ち去ったほうがよさそうだ。真昼時も過ぎた。アンフレンドは立ち上がると、ロープのところへ行って結び目をゆるめ、だれかが下から引っ張ったら滑って落ちてしまうようにした。それがすむと、大満足で立ち去った。たとえビーウルフが怪物たちから逃れられたとしても、傷を負って、へとへとに疲れているだろうし、ロープも役に立たないから、沼に落ちて死んでしまうに違いない。アンフレンドは、これで、広間で恥をかかせてくれた厄介なよそ者を始末できると思った。

さて、ビーウルフは暗闇のなか、奥の部屋から手探りで出てくると、洞窟で火がたかれていた場所まで戻り、燃えている松明《たいまつ》を手に取った。すると、奇妙な光景が目に入ってきた。右手に持っていた大きな剣が、日の光を浴びたつららのように溶けているではないか。水滴がしたたり落ちて、ついには柄《つか》以外はすべて溶けてなくなった。それほどまでに、グラインダーと母鬼の血は熱くて猛毒だったのだ。ビーウルフは柄を捨てずに取っておき、加えて黄金や宝石などの宝物を、グラインダーの袋に詰め込めるだけ詰め込んだ。さらに、グラインダーの首も持っていくことにしたが、これが決して軽い荷物ではなかった。大の男が四人がかりでないと運べないほどの重さだったのだ。

ようやくビーウルフは洞窟に背を向け、通路を下りて出口へ向かい、また沼に飛び込んだ。それからは長時間、頑張って泳がなくてはいけなかった。重い荷物を抱えていたうえ、滝が崖から落ちてできる渦の下を通り抜けるのに、たいへん苦労したからだ。それでも、沼のなかではニクシーをまったく見なかった。水面からは影がなくなって日の光が降り注ぎ、以前は薄暗かったのが、すっかり明るくなっていた。

ビーウルフはロープのところへ来るとアンフレンドを呼んだが、返事がない。そこでビーウルフはロープの端をしっかり握り、自力で沼から出ることにした。二度ほどロープを引いて登ったところでロープがほどけ、大きな水しぶきを上げて沼にまた落ちてしまった。どうも変だ。ビーウルフは思った。こんなことになるとは、まったく考えていなかった。

「あのアンフレンドは、やたらと才覚を自慢するのはいいが、そのくせロープの端をしっかり縛っておくこともできないらしい。これは、野獣に連れていかれたか、さもなきゃ怖気づいておれを見捨てて逃げたんだ。たぶん逃げたんだろう」

ビーウルフはしばらくあたりを泳いでみたが、滝の右を見ても左を見ても、崖を登るのは鳥でもない限り無理そうだ。そこで向きを変え、沼を岸辺に沿ってどこまでも泳いだ。そのため途中でへとへとになり、洞窟から持ってきた宝物をいくらか手放さなくてはならず、それがとても残念だった。やがて、岸が低くてなだらかなところに来たので、力を振り絞って水から出ると、平らな岩の上に登った。この岩は、ニックスたちが月夜になるとたびたび寝そべっている場所だ。でも、今はまだ暖かな日の光が西から降り注いでいたので、ビーウルフはここでしばし休憩した。

しばらくして、ようやく荷物をまとめると、岸辺に沿って進み、崖を登って滝の上に戻り、もと来た道を見つけた。そこからやっとの思いで長い道のりを歩き続け、沼地と丘を越えて人間の住む土地に戻り、朝が訪れるころには畑のある土地までやって来て、ついに黄金の館に通じる道に出た。

館には王さまがおり、周りには大勢の家臣がいて、そのなかでアンフレンドが、昨夜語って聞かせた話を、もう一度、皆に話している最中だった。もしもアンフレンドがグラインダーはたしかに死んだと報告していたら、多くの人が喜んでいただろう。あのよそ者のことをそれほど悲しんでいない者もなかにはいた。話の途中、ちょうどアンフレンドが水面に血がぶくぶく浮かんできたと語ったところで、扉が開き、ビーウルフがずかずかと広間の奥までやってきた。歩くたびに床ががたがた揺れた。

だれも言葉が出ず、皆が驚いて静かに座っていた。アンフレンドはというと、王座の前を離れて、こっそりいなくなっていた。ビーウルフは王さまにあいさつをすると、グラインダーの髪をつかんで巨大な首を持ち上げた。皆、それを見ると恐ろしさのあまり目を離せず、王妃さまは身震いをして顔を隠した。

「ご覧ください、王さま。深い沼からこれを持ち帰りました!」ビーウルフは言った。「立派な獲物です。しかも、簡単には手に入りませんでした! 水中では、危うく死にかけました。グラインダーには母親がいたのです。とても年を取った獰猛なやつで、息子の住み処を守っていました。この鬼女を退治するのが一苦労でした。魔力が強くて、持っていった槍を真っ二つにへし折られてしまったのです。それでも、壁に立派な剣がかかっているのを見つけ、それでグラインダーと母親の息の根を止めました。もう恐れる必要はありません。やつらは死んだのです。この館で眠りたい者は、今晩はもちろん、これからは毎晩、だれでも静かに眠ることができるでしょう。これが、さきほどお話しした剣の柄です！　ほかの部分は残っていません。洞窟にいたあの怪物どもの血はとても強烈で、鉄さえ耐えられなかったのです」

するとと王さまは、その柄を手に取り、しげしげと眺めた。この柄は金工術の粋を尽くして精巧に作られており、黄金の針金が巻きつけられ、輝く宝石がいくつもちりばめられていた。柄にはルーン文字で、この剣を作ったときの最初の持ち主だった、いにしえの巨人の名が記されている。

「この柄には、新たな刀身がふさわしい」王さまは言った。「アンフレンドなら、不釣り合いにはならぬ刀身を作れるのではないか。あの者は優れた金細工師であり、ルーン文字もよく知っておるからの」

「で、その誠実なるわが友はいずこに？」とビーウルフ。「入ってくるとき、たしかに声を聞いたと思ったんだが、ここで迎えてくれているなかにはいないようだ。ぜひともロープの結び方を教えてやりたいんだ」

するると、何人かが広間の隅へ行ってアンフレンドを引っ張ってきた。「やあ、おちびさん！」ビーウルフは言った。「じゃあ、おれより先に帰っていたんだな？　勇気も知恵もないやつめ。友達を待つこともできなきゃ、ロープをしっかり縛ることもできない。それとも、できるのにやらなかったのなら、あんたはとんでもない裏切り者ってことだ」

そしてアンフレンドを抱き上げたので、アンフレンドは怖くなって叫び声を上げた。きっとこのままビーウルフに締めつけられて殺されると思ったからだ。「いや、あんたを殺したりはしない」ビーウルフは言った。「あんたは王さまの家来だからな。だが、おれが王さまだったら、あんたをおれの館でうろちょろさせたりはしない」そう言うと、相手を散々殴って放り出した。アンフレンドは、ほうほうのていで逃げ出し、何日も館に戻ってこようとはしなかった。それからというもの、館ではだれもが仲よくなり、いさかいは少なくなった。アンフレンドは偉ぶらなくなり、このことがあってからは口数も少なくなった。グラインダーの首は、外へ持ち出して焼いて灰にすると、人間が住むところから遠く離れた場所で、風に乗せてまき散らした。

その晩に黄金の館で開かれた宴は、それは楽しいものとなった。昼のあいだに大工や職人たちが、館の壊れたところを大急ぎで修理した。壁板と羽目板が直され、長椅子は磨いて元の場所に戻され、刺繍《ししゅう》の施された色とりどりの布が壁にかけられた。明かりもたくさん灯された。万事準備が整うと、ビーウルフはたいへん光栄なことに、王さまのすぐ隣に座り、褒美をたくさん与えられた。斧と美しい楯、黄金の布で作った旗印、昔の職人が技の粋を尽くして作り、どんな剣でも切り割ることができず、飾りとして黄金の猪が取りつけられた兜《かぶと》、それと、美しい鞍《くら》と輝く馬具を取りつけた馬が、王さまからビーウルフに贈られた。これに加えて、王妃さまも贈り物をくださった。ずっしりと重い黄金の宝環と、美しい服を贈り、さらには、宝石で輝く首飾りを手ずからビーウルフの首にかけた。グラインダーの洞窟から持ってきた黄金は、人食い鬼に殺されたふたりの仲間、ハンドシューとアッシュウッドへの償いとして、王さまがすべてビーウルフに返した。また、鎧兜で身を固めた一二人の立派な男たちを、王さまはビーウルフの家来に任じ、しっかり仕えよと命じた。

こうしてビーウルフは正真正銘の勇者となり、自分にも運が向いて来たと思った。周りの人の接し方が、この国と故郷とではまったく違っていたからだ。ビーウルフは、この国でしばらく楽しく暮らし、皆と仲よくなった。アンフレンドは何日も精を出しては腕を振るい、大きな刀身を作り上げた。それは実に見事なものだった。表面には、さまざまなしるしや模様が施され、刃には、これで襲われたら必ず死ぬよう蛇の姿が描かれていた。アンフレンドは、王さまの許しを得て、この刀身を大昔の柄にはめ込み、できあがった剣を仲直りの贈り物としてビーウルフに渡した。ビーウルフはこれを喜んで受け取り、アンフレンドを許した。そして、この剣を黄金の柄《ギルデンヒルト》と名づけ、その後はいつも腰にはき、以前のように武器を嫌うことはなくなった。

王さまと客人であるビーウルフはとても仲よくなり、王さまはこれから先もビーウルフをずっとそばに置いておければうれしいのだがと考えた。それと言うのも、王さまは年を取っていたが、息子たちはまだ成人しておらず、ビーウルフには人の長たる器があると思っていたからだ。けれども、時が過ぎていくうちに、ビーウルフの心に、海の向こうの故郷をもう一度見て、この冒険行で自分がどんな名誉を勝ち取ったか、故郷の人たちに見せたいとの強い思いが湧き上がってきた。そしてとうとう、黄金の館の王さまに暇乞《いとま》いして別れを告げた。王さまは、浜辺に打ち捨てたままになっていた古い船の代わりに、もっと豪華な新しい船を贈ってくれた。ビーウルフと家来らは、手に入れた黄金や褒美をすべて積み込むと、船に乗り、帆を張って海へ出た。

ほどなくして、海の向こうの海岸にいる人たちは、水平線に白い帆が現れ、鳥の翼のごとく風に乗って滑るように進んでくるのを目にした。船が近づくにつれ、人々は、あれはどこの船で、いったい何の用で来たのだろうと不思議がった。その船があまりにも立派で、横には輝く盾が下げてあり、金の旗印を掲げていたからだ。船が陸地に着くと、立派な貴公子が下りてきた。とても背が高く、鎖で編んだ光り輝く胴鎧を身に着け、頭には大きな飾りのついた兜をかぶり、一二人の騎士を引き連れていた。人々は、その貴公子に名前を聞いた。

「ビーウルフ。かつて故郷にいたころはそう呼ばれていた。その名を変えたいと思う理由はない」

これを聞いてだれもがあっと驚き、ビーウルフが帰ってきたとの知らせは、火のように広まった。しかし、ビーウルフは待つことなく、すぐさま育ての親である王さまに会いにいった。昔は隅に座っていた広間を大股で歩いて進む。その振る舞いは、今ではすっかり変わっていた。ビーウルフは王さまに堂々とあいさつをした。

王さまは、顔を見ると驚いた様子でこう言った。「これは、これは！　では、やっと帰ってきたのだな！　それにしても、ビーウルフが人食い鬼を退治して、あの立派な黄金の館を救うなど、だれが考えたであろう？　わしには思いもよらぬことだったぞ！」

「そうでしょうとも、王さま」ビーウルフは答えた。「ですが、蔵に宝物を持っていても、自分ではその価値に気づいていない人は多いものです。王さまは、熊のねぐらから連れてこられたみなしごを大事にはしませんでした。それでも、育ててもらったお礼に、たいしたものではありませんが、これを差し上げます」ビーウルフはそう言って、洞窟から持ってきた黄金をすべて王さまに贈り、王さまはこの贈り物をたいそう喜んで受け取った。

こうしてビーウルフはその国の勇者となり、王さまのため大きな戦《いくさ》を何度も戦い、何度も勝利を収めた。ときには戦いの真っただなかに、剣を納めて盾を投げ捨て、素手で敵の大将を捕まえて、両腕で絞め殺すことがあったと伝えられている。その腕力と武勇は、遠くあまねく恐れられた。やがて、広い領地と多くの宝環を持つ立派な領主となり、王さまのひとり娘と結婚した。王さまが亡くなったあとは、ビーウルフが代わって王となり、栄光を一身に浴びて長生きをした。生前はとにかく蜂蜜が大好きで、館にはいつも最高級の蜂蜜酒が用意されていたという。

＊

テキストへの注釈

(1) 北極熊（*ice-bear*）：二度目のタイプ原稿（E）のカーボン・コピーには、「北極熊」について父が鉛筆で記した次のような注がある。

よさそうだが——不可。アイスランド語の *ís-björn* は現代語。古アイスランド語では *hvíta-björn*「白熊」だが、白熊はヨーロッパでは（アイスランド発見後の）九〇〇年ごろまで知られていない。だから、フロースガールらが活躍したおよその時期である紀元五〇〇年より前にさかのぼる古代の民話に登場するはずがない。

詳細は本書ベーオウルフの注50、側注参照。

(2) ニックスたち(*nixes*):父は、古英語の*nicor*(複数形は*niceras*)について、普通は「水の魔物(water-demon)」と訳される(父も『ベーオウルフ』の翻訳でこの語を採用している)ものの、どう処理するのが最善か悩んでいた。古英語の*nicor*は、*nicker*という綴りで英語では古語として以前から知られており、対応するドイツ語の*nix*や*nixy*は、一九世紀の英語文献に登場している。

『セリーチ・スペル』の原稿AとCでは、父は古英語の形である*nicor*をそのまま残し、複数形を*nicors*としていた。これはそのままタイプ原稿Dにも引き継がれたが、ここで父は、この語を初出時に*nickers and nixes*と修正し、その後、*nickers and*を削除している。その後に登場する*nicors*は、基本的にすべて*nixes*に変えられている。ただし、三六二ページ六行目では「Beewolf wrestled with the nicor(ビーウルフはそのニコルと格闘して殺し)」が「けだもの(beast)」に変更され、三七九ページ二〇行目では「ニクシー(*nixy*)」に変えられている。

第二のタイプ原稿であるEは、前述の二か所を除いて、すべて*nixes*で通している。ただし、ほとんどの箇所で単語の上に鉛筆で薄く*nickers*と書かれている。おそらくこれは、修正ではなく代案として記したのだろう。

(3) 友ならざる者《アンフレンド》(*Unfriend*):この人物の名前は、Eを除くすべての原稿で「不和」を意味する「アンピース」

（*Unpeace*）になっているが、Dで父はこれをすべて*Unfriend*に変更した。Eでは、最初と二番目の*Unpeace*をタイピストが*Unfriend*に訂正しているが、残りはすべて*Unpeace*のままになっている。

(4)　深々と頭を下げた（*louting low*）：深いお辞儀をする（*bowing low*）こと。

(5)　折れた柄（*truncheon*）：ここでは「折れた槍」または「槍の柄」という古い意味で使われている。

＊

§2　物語の最初期と最終形の比較

［ここでは、『セリーチ・スペル』の最初期形であり、確認できる限りでは重要な修正が何ら行われていないテキスト（原稿A）から、主要な部分を紹介する。原稿Aは、執筆の最初期段階か、少なくともかなり初期の段階のものであるため、明らかに執筆当時に行ったか、行ったものと強く推測される表現上の細かい修正が数多くある。こうした箇所については、そのことに特に言及せず、修正されたテキストをそのまま掲載したが、重要と思われる場合には、どのような修正が行われたかを示した。なお、原稿Aの特徴については「テキストの変遷」四一一～四一二ページ参照。］

昔々、この世界の北の国に王さまがいた。この王さまの屋敷には、ひとりの若者がいたが、これがほかとはずいぶん違う若者だった。この若者は、幼いころ山中にある熊のねぐらで見つけられ、狩人たちの手で王さまのもとへ連れてこられたのである。なにしろ、この子はどこのだれともわからず、熊と一緒に暮らしていたせいで人の言葉をまったく話せなかったからだ。王さまは、この子を里子に出したが、里親はうまく育てられなかった。子どもは不愛想でのっそりとした少年となり、人間の言葉もなかなか覚えなかった。働こうともしなければ、道具や武器の使い方を覚えようともしない。だれからもあまり相手にされず、広間では隅に追いやられ、立派な人たちに交じって座らせてはもらえなかった。それでも次第に大きくなり、しかも驚くほどの速さで大きくなると、だんだんと力が強くなり、ついには大人たちが怖がるようになった。やがて、両手の力は大人何人分にもなり、両腕でギュッと締めつけられると、まるで熊に抱きつかれたかと思うほどになった。剣を帯びることはないが、怒ったときは、相手に抱きつき締め潰してしまうことができた。

ここまで読んで気づくのは、王さまのひとり娘について言及がないことと、みなしごを育てたのが王さま本人ではないこと、そして何より、子どもがビーウルフと名づけられておらず、名前の由来も示されていないことだろう。ただし、執筆時かその直後に行われたと思われる原稿への加筆には、「道具や武器の使い方を覚えようともしない」のあとに、次のように記されている。

少年は蜂蜜が好物で、名前がまだなかったため、みなから蜂を追う者《ビーウルフ》と呼ばれた。

テキストは、先の場所から次のように続く。

ビーウルフは、泳ぎがとてもうまかった。体は北極熊のように暖かく、人が言うには熊熱を放っていたので、寒さをまったく恐れなかった。
そのころ泳ぎの名手がいて、名前を大波《ブレーカー》と言い、生まれは波の国《サーフランド》だった。ブレーカーは、ある日浜辺でビーウルフと会った。このときビーウルフは、海を泳いで戻ってきたばかりだった。

ここから先は、最終稿の「まるで野獣と取っ組み合いでもしたみたいじゃないか」（四一八ページ、一行目）まで、最初のテキストがほぼ一語一句そのまま最終形に引き継がれている。唯一の違いとして指摘すべきは、後に「ニックス」（*nix*）に変更される「ニコル」（*nicor*）という語が使われている点だけである。この件については、四四四ページの「ニックスたち（*nixes*）」についての注を参照。

しばらくして、ビーウルフが一人前どころかもっと大きな体に育ったころ、海の向こうの国では王さまが人食い鬼に悩まされているとのうわさが、この国に伝わってきた。それがどんな怪物で、どこから来たのか、だれも知らない。それでも、うわさによると、この怪物は闇に紛れて人間に近づき、その場で食べてしまったり、ねぐらに連れ帰ったりしていて、それも一度や二度のことではないという。金持ちだろうが貧しかろうが、若者だろうと年寄りだろうと、捕まえた者はだれひとりとして容赦しない。ビーウルフは、こうした話にじっと耳を傾けていたが、何も言わなかった。やがて、さらなるうわさが伝わってきた。どうやら人食い鬼は、王さまの館に押し入って、三〇人の騎士たちをむさぼり食ったらしいという。その王さまの館は、屋根が黄金でふかれ、長椅子はどれも金箔と彫刻が施され、館で供される蜂蜜酒とエールは最高級品だが、それなのに、王さまも、王さまの家来たちも、日が沈んでからは館にとどまろうとはしない。王さまは、この敵を退治してくれる者には褒美をたっぷり与えようと言っているが、名乗り出る者はひとりもおらず、夜の間は、この怪物が王さまの館の主《あるじ》となっていた。

これを聞くと、ビーウルフは立ち上がって、こう言った。「その国に一人前の男はいないようだな。おれが……［判読不能］したほうがよさそうだ」。年長の者たちは、そんな危険なことをやっても、ろくなことにはならないと思ったが、だれも……［判読不能］ビーウルフを引き止めようとはしなかった。だれもが、その人食い鬼に食い殺された人がほかにもいて、みなが悲しんでいるのではないかと思ったからだ。ビーウルフは、喜んで一緒に行ってくれる男をひとり見つけた。それは手に靴を履く男《ハンドシュー》という名の人物で、その名の由来は、大きな両手に熊の毛皮で作った手袋をはめていたからだ。ビーウルフとハンドシューは、船を手に入れて出発し、翌日かその翌日には、黄金の館の王さまが治める国が見えてきた。ふたりが浜に降りるとすぐに、男がひとり近づいてきて何の用かと尋ねたが、その表情は、よそ者を歓迎している風ではなかった。でもビーウルフは、もう背がずいぶん高くなり、顔もいかめしくなっていたので、背筋を伸ばすと、堂々とこう返答した。「おれは、この国についての人のうわさが本当かどうかを確かめに来た。聞くところでは、ここの王さまの館には敵が毎晩やってきているのに、この国の者はだれひとり館に残って戦おうとしないそうだ。そんな話はでたらめかもしれないが、もし本当なら、おれが役に立てると思う」

「そうかも知れん！」と、男は後ずさりしてビーウルフを見上げながら言った。「すぐに出発して、王さまにあなたの用件を伝えなさい」そして、ビーウルフとハンドシューを案内して進み、やがて一行の目の前に、王さまの館の黄金の屋根が緑の谷で光り輝いているのが見えてきた。「もう道には迷わないだろう」と男は言うと、武運を祈って立ち去った。

見てのとおり、当初の物語は、ハンドシューの手袋が持つ魔力を、ここでは言及していない。また、浜辺でビーウルフとハンドシューを出迎えた不愛想な男は、名前がなく、黄金の館への道を案内する以外に役割はなかった。なお、この箇所を書き換えたテキストでは、男は依然として名前はないが、「いかめしい顔をした男で、大きな槍を手に持って激しく振り回していた」とある。また、黄金の館が見えてきたので別れる場面では、「では、ごきげんよう。ご武運を祈る。もっとも、ふたりが戻ってくる姿を見られるとは思えないが」と言っている。

それからすぐにビーウルフとハンドシューは館の玄関にやってきた。ビーウルフは、門番を軽く払いのけてなかに入ると、広間を大股で進み、王座の前で立ち止まって、こう王さまにあいさつした。「黄金の館の王さま、万歳！　わたしは海の向こうから来ました。王さまが［グレンデルという名の生き物＞］怪物に家臣を食われて困っており、敵をやっつけたら黄金をたくさんくださると聞いて参りました」

「ああ！　おまえが聞いたとおりだ」と王さまは答えた。「［グレンデル＞］すり潰す者《グラインダー》という名の人食い鬼が、もう何年も前からわたしの家来たちを苦しめておる。あやつを殺すことができた者には、たっぷりと褒美を遣わすつもりでおる。だが、おまえは何者で、何が目的だ？」

「わたしの名前はビーウルフ」と答えた。「両手には三〇人分の力があります。〈王さまがグレンデルと呼ぶ、その生き物がわたしの目的です。〉」わたしの目的は、その人食い鬼と対決することです。以前に、そいつの同類どもをやっつけたことがあります。それに、ニコルどもも殺しました。この国には、ここに残ってそいつと戦う勇気のある者はいないのですから、今夜はわたしがここで待って、その〈グレンデル〉」グラインダーをぶちのめしてやりましょう。この二本の腕のほかは、助けは無用です。腕の力が通用しなければ、少なくとも王さまはわたしを追い払えるわけです。ただ飯を食わせる必要もないし、ついでに言えば、もしうわさが本当なら死体を埋める手間もいらないのですから」

王さまは、この言葉を聞いておおいに喜び、自分の悩みが終わるのも間近かもしれないとの希望を抱いた。ビーウルフは宴に招かれ、〈王さまの息子たちの隣に座った〉」王さまの家来たちの間に席を与えられた。酒を注ぐ段になると、王妃さまが直々にやってきて蜂蜜酒の杯を渡し、武運を祈った。「この館にまた皆が集うのを見られるのなら、これほどうれしいことはありません」と王妃さまは言った。

〈この王妃さまの言葉を聞いて気に食わないと思ったのが〉」王さまの家来のなかには、この王妃さまの言葉を聞いてムッとした者がいたが、とりわけ面白く思わなかったのが／不和《アンピース》だった。アンピースは、王さまの信頼がとても厚かったので、自分こそ一目置かれるべき人物だと思っていた。頭の回転が速く、王さまからは相談役としてたいへん重んじられていたが、家来のなかにはアンピースを信用せず、あいつは魔法の呪文を使えるだとか、あいつの助言はいさかいを収めるよりも、いさかいを起こすことのほうが多いなどと言う者もいた。さて、アンピースはビーウルフに向かってこう言った。

ブレーカーとの泳ぎ競争についてアンピースがビーウルフを見下して言った言葉と、それに対してビーウルフがアンピースを熊並みの力で抱き締めたことは、最終形とほとんど違いがない。だが、次に見るように、そのあとに続く物語は、テキストの多くが最終形に引き継がれたものの、展開が大きく異なっている。

それからすぐに日が西に沈み始め、影が長く伸びた。王さまは立ち上がり、家来たちは急いで館をあとにした。それから王さまは、ビーウルフに館の番を命じ、武運を祈ると、もし無事に退治できたら明日の朝に褒美をたんまり授けようと約束した。

王さまと家来たち全員がいなくなると、ビーウルフとハンドシューは寝床を作った。「もし今夜グラインダーが来たら、思ってもいなかった者と出くわすことになるぞ」とビーウルフは言った。「鉤爪がやつの武器で、取っ組み合いが得意だとしても、そうした勝負に慣れていて、鉄の道具をいじくるよりも取っ組み合いが好きだという者を、やつは相手にすることになる」そして枕に頭を載せると、すぐに深い眠りについた。でもハンドシューは、そこまで安心していられず、剣を抜いてわきに置いた。

遠く離れた暗い沼地の向こうでは、グラインダーが夜中にねぐらで目を覚まし、黄金の館へ向かって歩き始めた。とても腹が空いていて、また人間をひとり捕まえて食ってやろうと考えたのだ。グラインダーは雲の影に覆われた大地を進み、とうとう王さまの館にやってきた。ここへ来たのは、これが最初ではなかったが、このときほど運が悪かったことは、それまで一度もなかった。グラインダーは大きな扉をむんずとつかんで、力まかせにこじ開けて押し入り、［押し入るときは∨］天井の梁に頭をぶつけぬよう、身をかがめてなかへ押し入った。そして、広間の奥までギロリとにらみつけると、その目は赤々と輝くかまどの炎のように光を発した。広間に男たちがまた寝ているのを見つけると、グラインダーは笑い声を上げた。

ハンドシューは目を覚まし、グラインダーを見ると、すぐさま剣を手に取って人食い鬼に切りつけたが、かすり傷ひとつ負わせることもできなかった。実は、グラインダーは鉄に呪文をかけていて、普通の剣が体に刺さらないようにしていたのだ。グラインダーは、指のない大きな手袋を腰にぶら下げていて、さっそくハンドシューをつかむと、手足を引きちぎっては手袋に詰めた。ビーウルフは、深い眠りから覚めて、連れがどうなったかを見ると激怒したが、しばらくはそのまま動かず、人食い鬼が次に何をするのかをじっと見ていた。グラインダーは、ビーウルフがまだ眠っていると思い、こいつもさっきのやつと同じ目に遭わせてやろうと考えて、寝床に近づいた。そして大きな鉤爪でビーウルフをつかむと、寝床に力いっぱい押しつけた。

ここから先の、ビーウルフとグラインダーの戦いを描いた原稿Aの当初の物語は、最終形ではほとんど変更されていない。ただし、グラインダーが三夜続けて黄金の館に襲来し、ビーウルフと戦う前にアッシュウッドとハンドシューを別々に殺した話は、丸ごと欠落している。アッシュウッドが黄金の館に登場する筋書きは、まだ物語にまったく入っていない。さらに、ハンドシューの手袋が持つ魔力もまだだ。後に「ハンドシューは目を覚まし、グラインダーを見ると、すぐさま剣を手に取って」の部分は、「ハンドシューは目覚め、グラインダーの目を見ると、強い恐怖に襲われて寝床から飛び起き、手袋のことなど忘れて剣をつかむと」に修正された。それと同時に、「手足を引きちぎっては手袋に詰めた」のあとに父は「すぐにきれいさっぱりなくなって、残っているのは寝床の横の長椅子に置かれたハンドシューの手袋だけだった」と加筆している。手袋の魔力は、原稿Aの一節を早い段階で書き換えたときに採用されたようだ。

当初の物語は、ここから先、ビーウルフが勝利したあと、戦いについて語る場面まで変更はされなかった。ただし、王に「やつは自分の体をふたつに分けて逃げたのです」と言ったあと、さらにこう述べている。「ただ、これで命が助かったとは思いません。あの傷がもとで死ぬでしょうし、王さまはこの先、やつに悩まされずに済むのです」。当初のテキストAでは、アンピースはこの時点では何も言わない（最終形では不吉なことを口にし、そのためビーウルフとアンフレンドがグラインダーのねぐらへ征伐に行くことになるのとは、対照的である）。

Aでここから先に続く一節は、後に父が大きく手を加えたうえで、ビーウルフが沼で手柄を立てたあとの場面（四四〇〜四四二ページ）で使うことになる。そのため、物語の展開は最終稿の物語とはまったく違うものになっている。

すぐさま大工たちや職人たちが、館の壊れたところを大急ぎで修理した。扉は蝶番《ちょうつがい》にはめられ、長椅子は磨いて元の場所に戻され、金色の布がまた壁に掛けられ、明かりもたくさん灯された。

その晩の宴は楽しいものとなり、ビーウルフは、名誉のしるしとして王さまの息子たちの隣に席を与えられた。みながお酒を楽しむ前で、王さまお抱えの吟遊詩人が、ビーウルフの勝利をたたえる歌を作った。やがて王さまは約束を思い出し、たくさんの褒美をビーウルフに与えよと命じた。その褒美とは、黄金の胴鎧《どうよろい》、王さまの宝物庫から出してきた剣、黄金の布で作った旗印、それと、昔の職人が技の粋を尽くして作り、どんな剣でも断ち割ることのできない兜《かぶと》だった。さらに王さまは、これとは別にたくさんの黄金を、人食い鬼に殺された仲間ハンドシューへの償いとしてビーウルフに支払った。これに加えて、王妃さまも贈り物をくださった。たくさんの黄金の宝環と、美しい服を贈り、さらに、宝石で輝く首飾りを手ずからビーウルフの首に掛けた。[1] こうしてビーウルフは正真正銘の勇者となり、自分にも運が向いて来たと思った。周りの人の接し方が、この国と故郷とではまったく違っ

1 原稿Aのこの箇所には、後に父が殴り書きで加筆したが、その後、削除した非常に面白い一節があるので、この場を借りて紹介したい。

さらに王妃さまは、ひとつの指輪もくださった。「わが友ビーウルフよ、いざというときにはこれが役に立つでしょう」と王妃さまは言った。「もしも望みが絶たれたように思えたときは、これを指にはめたまま回しなさい。そうすれば、助けを求めるあなたの声は聞き届けられるでしょう。なぜなら、この指輪は大昔の妖精によって作られたものなのですから」

ていたからだ。ここでは、皆から称賛され、アンピースもたいへん愛想よくなった。

日が暮れて宴が終わると、王さまの家来たちは、怪物が襲ってくる以前はいつもそうしていたように、館に残って寝床を整え、わきの長椅子に武器を置いて寝た。けれどもビーウルフは、ひとり寝室に案内され、きれいな寝床に横たわると、取っ組み合いでへとへとに疲れて体もこわばっていたので、一晩ぐっすりと眠った。

家来たちが皆、眠り、夜がすっかり更けたころ、だれも思っていなかったことが起きた。グラインダーの敵《かたき》を討つ者がやってきたのだ。グラインダーには、恨みを晴らしてくれる家族がいた。遠い沼地のそのまた向こうで、グラインダーの母親が自分のねぐらで息子の死を嘆き、やがて心が怒りと悲しみでいっぱいになると、年取った母鬼はみずから出発した。家来たちが何も心配せずに休んでいるあいだに、母鬼は黄金の館にやってきて忍び込んだ。そしてすぐさま、玄関にいちばん近いところで眠っていた男を鉤爪で捕まえると、その肉を引きちぎった。男の叫び声に、家来たちは寝ぼけ眼ながらも驚いて目を覚まし、兜や鎖帷子を身に着ける暇もなく、手探りで剣を探した。人がこんなに大勢いるのを見て、母鬼は逃げ出した。それというのも、体は大きかったが息子のグラインダーほど腕力はなく、ねぐらを遠く離れて人間の住む世界を歩き回るのに慣れていなかったからだ。それでも、手ぶらで帰っていったわけではなかった。館が大騒ぎになり、家来たちがあちこち走り回りながら剣で空を切っている最中に、母鬼は捕まえた男を絞め殺して連れ去った。やがて朝になると、連れていかれたのは王さまの騎士たちを束ねる隊長だったことがわかり、それは大きな痛手だった。

この知らせが王さまのもとへ届けられると、王さまは悲しみのあまり気落ちし、ビーウルフを呼びにやらせた。ビーウルフは、王さまがたいそう落ち込んだ様子なのを見ると、あいさつをしてから、悪い夢を見て眠れなかったのですかと尋ねた。「夢などではない！」と王さまは言った。「余の館が、また災厄に見舞われた。余の隊長が、騎士たちのなかで最もすぐれた隊長が、連れ去られてしまった。余の苦しみに、はたして終わりはあるか？　夜の闇に紛れて怪物が連れ去っていった。これは、グラインダーの母親の仕業に違いない。息子がおまえに痛めつけられた仕返しに来たのだ」

「それは初耳です！」ビーウルフは言った。「王さまの国に、あんな怪物が二匹も現れていたという話は、これまで一度も聞いたことがありません」

「だが、そうなのじゃ」と王さま。「[その昔∨]ときどき／、広くあちこちを行き来する者たちが、いろいろなことを知らせてくれたが[∨くれておるが]、その者たちが、沼地の向こうで二匹の怪物が荒野を歩き回っているのを見たと教えてくれた[∨教えてくれたことがある]。大きい方は、体の形が不恰好な人間のようで、もう一方は、髪の毛が長くて、大きな老婆のようだったそうだ。だが、これまでにあやつらの仲間がほかにもいるのを見た者はいない。あやつらは二匹だけで住み、住み処がどこにあるかを知っておる者は、ほんの一握りだけだ。それは、ここから何マイルも離れた秘密の沼地の、黒々とした絶壁から水が奈落の底へと落ちていく滝の裏にある。そこは風が吹き、丘では狼どもが遠吠えをしておる。沼の上では、枯れ木が根を上にして下がっている。夜になると、水面で火がちらちらと燃える。この沼の深さを知る者はおらず、獣も沼には入ろうとせぬ」

「たしかに、楽しいところではなさそうです」とビーウルフ。「ですが、この苦しみを終わらせるには、だれかがそこを調べなくてはなりません。王さま、絶望せずに、元気を出してください！　そこにはわたしが行きましょう。わたしなら、水中深く泳ぐことに慣れていますし、ニコルどもを恐れはしません。グラインダーの母親の住み処に乗り込んでやります。たとえ、やつの家に扉が何枚あろうとも、絶対に逃しはしません！」

すると、王さまは跳び上がるほど喜んで、ビーウルフがそう言ってくれたことに感謝し、その言葉どおりの働きをしたら、先に与えた褒美とは別に、黄金と宝石を授けようと約束した。

「わたしがいただきたいのは、王さまの国の様子を知り尽くしていて、その場所までわたしを案内してくれる仲間です」ビーウルフは言った。

「アンピースを同行させよう」王さまが言った。「あの者は知恵に優れ、大昔から伝わる話すべてに通じ、あちこちを広く旅しておる。この国の様子を、あれよりもよく知っている者はひとりもおらんからな」

アンピースは、王さまが自分を選んだと聞いて、喜ぶふりをした。もし行かなかったら王さまのご機嫌を損ねるばかりか、この国で面目が丸潰れになるのだから、喜ぶふりをしないわけにはいかなかった。「わが友ビーウルフに、この国の絶景を案内できて光栄です」と言って、にやりと笑った。

アンピースとビーウルフは一緒に出発し、すぐにグラインダーとその母親が逃げた跡を見つけた。地面に血がたくさん流れていたからだ。

当初の原稿で描かれた、沼を見下ろす崖までの行程は、ほぼ一語一句そのまま最終稿に引き継がれたが、ふたりが見つけた「天を見上げていた」首は、当然ながらアッシュウッドのものではなく、グラインダーの母親に連れ去られた「王さまの隊長」（四五六ページ）の首だった。また、ビーウルフがハンドシューの手袋を持っていくという話はなく、アッシュウッドの槍の話も当然ない（四五四ページと四六〇ページ参照）。

「目指す場所まで間違いなく連れてきてもらえたようだ」とビーウルフは言って角笛を吹くと、岩山に鳴り響く音にニコルたちはハッと驚き、沼に飛び込んで、かんかんに怒った。「ここには、けんか腰な連中《アンフレンド》が多いな」とアンピースは言った。

「ニコルどもなど眼中にない」とビーウルフ。「海でもっと大きくて悪いやつらとやりあったことがあるんだ」

「それでも、一度に大勢の敵とやりあうのはたいへんだろう」とアンピース。「さあ、友よ、きみの助けとなるよう贈り物をあげよう。きみが武器を軽んじているのは知っているが、これは嫌わないでくれ。いざというとき強い味方になってくれるだろう」そう言うと、ビーウルフに細工を凝らした剣を渡した。刀身の表面には、さまざまなしるしや模様が施され、刃には、これで襲われたら必ず「……（判読不能）ど」死ぬよう／蛇の姿が描かれていたが、柄《つか》は長くて木製だった。ビーウルフは、これは友情のしるしとしてくれるのだろうと思って、剣を受け取った。そして立ち上がると、身支度をした。

「友よ、どうやって降りていくのだ？」とアンピースが尋ねた。

「深い海に飛び込むのは、何もこれが初めてじゃない」ビーウルフは答えた。「それに、この崖は高さが一〇ファゾムだろうが、これより高いところから飛び込んだこともある」

アンピースがベーオウルフに与えた、柄が木製の剣は、『セリーチ・スペル』の最終形には登場しない。この剣については、ベーオウルフの注38参照。

ここから『セリーチ・スペル』の最後まで、最終稿は、あちこちで言葉遣いが若干改められているだけで、大部分は当初の原稿Aをほぼ忠実に引き継いでいる。ふたつの原稿のあいだにある違いについては、この先の注で取り上げる。

グラインダーの母親で、ねぐらにいた人食い鬼は、原稿Aでは征伐の対象だったため、当然ながらまったく違った形で紹介される。

ニコルたちが周りに寄ってきて牙で食いちぎろうとするが、鎖で作った胴鎧は精巧に編まれていたので、まったく傷つかなかった。洞窟にいた母鬼は、大昔からだれにも邪魔されずに住んできた沼に、上の世界からだれか人間が入ってきたのにすぐ気がついた。そして怒って、住み処から飛び出した。

最終稿では、ビーウルフは母鬼と対決し、アッシュウッドの槍で突くが、「母鬼が手で払うと、槍の柄は真っ二つに折れた」。当初の原稿では、アッシュウッドは物語に出てこないため、この場面ではアンピースがビーウルフに与えた剣が再登場する。

アンピースからもらった剣を振り下ろしたが、見てくれだけは立派な剣は何の役にも立たなかった。母鬼の体に当てると刃はねじれ、母鬼が手で払うと、木製の柄は真っ二つに折れた。

洞窟の壁に重くて大きな古代の剣が掛かっており、ビーウルフがその剣で母鬼の首を切り落とした場面で、後の原稿では、いきなり現れた光をビーウルフは「剣から出ていて、刀身が燃えている」と思ったが、原稿Aでは、グラインダーが横たわっている奥の部屋から光は来ていると考えた。また、その部屋への入り口をふさいでいた巨大な岩をどかすのに、ハンドシューの手袋の力を借りており、このことから（すでに四五四ページで触れたように）手袋の魔力は、当初の原稿で物語が完成する以前に取り入れられていたことがわかる。ビーウルフが岩をどかしたあと、執筆当初のテキストでは、次のような奇妙な一節が続いている。

部屋に入ると、そこにはグラインダーが何年もかけて集めた黄金や宝石が山と積まれていた。アッシュウッドの大きな槍も、壁に立てかけてあった。さらに、床には骨がたくさん落ちており、これをビーウルフは拾い集めて袋に詰めた。このなかにはハンドシューの骨も混じっているだろうから、埋葬してやろうと思ったのだ。

この一節の、「アッシュウッドの大きな槍も」以降は線を引いて削除されている。この記述は、まったくもって不可解だ。なぜならこの原稿には、最初に書かれた文章にも、後の加筆や修正にも、「アッシュウッド」という人物の槍がグラインダーの洞窟の壁に立てかけられている経緯を説明した箇所がまったくない（四五九ページ参照）。

アンピースの背信と、ビーウルフが苦労しながら沼から脱出する経緯は、ふたつの版で違いはまったくと言っていいほどない。ただし奇妙なことに、最終稿で「それでも、沼のなかではニクシーをまったく見なかった」となっている箇所が、最初の原稿では「今度は沼のなかでニコルをまったく見なかった。人食い鬼たちの首が切り落とされたときに、みな消えてしまったからである」となっている。

ビーウルフが怪物たちの洞窟で見つけた巨大な剣が、物語でその後どうなったかについては、ふたつの原稿で大きく異なっている。王が唯一残った柄を調べる場面までは、初稿にある剣の描写が変更なくそのまま引き継がれている。しかし、その先は次のように続いている。

その宝物は、黄金の館の王さまの宝物庫に長らく収められていたが、その柄に合う刀身が後に作られたかどうかは、伝わっていない。

最終稿では、王の金細工師という設定になったアンフレンドが、王に命じられて柄に合う立派な刀身を作り、完成した剣をビーウルフに「仲直りの贈り物として」贈り、受け取ったビーウルフは、これをギルデンヒルトと名づけたという展開になっている（四四一ページ）が、そうした物語の萌芽は、最初期稿にはまったく見られない。ただし、最終稿に「表面には、さまざまなしるしや模様が施され、刃には、これで襲われたら必ず死ぬよう蛇の姿が描かれていた」という一文があるのは興味深い。これと同じ文言が、当初の物語で、沼を見下ろしているときにアンピースがビーウルフに与えた見かけだけは立派な剣の描写（四五九ページ）に使われているからだ。

原稿Aでは、ビーウルフが沼から帰還したことを祝う最後の宴は、最終稿と比べ、描写が非常にあっさりしている。これは、最終稿の宴（四四〇〜四四二ページ）が、原稿Aでビーウルフが黄金の館でグラインダーと戦ったあとに開かれた最初の宴の描写（四五五ページ）を活用しているからだ。原稿Aでは、次のように記されているにすぎない。

その日の宴は、それは楽しいものとなり、ビーウルフは、今度はたいへん光栄なことに王さまのすぐ隣に座り、褒美をたくさん与えられた。グラインダーの洞窟から持ってきた黄金は、王さまがすべてビーウルフに返し、それとは別に、人食い鬼に殺された仲間ハンドシューへの償いとして、さらに黄金をくださった。また、鎧兜で身を固めた一二人の立派な男たちを、王さまはビーウルフの家来に任じ、しっかり仕えよと命じた。

その後、原稿Aでは、ビーウルフが黄金の館を出発し、故郷の人々に歓迎され、王の娘と結婚し、やがてその国の王となるという物語がつづられており、これはそのまま最終稿に引き継がれた。ただし最後に一か所だけ、細かいことだが指摘しておきたい点がある。原稿Aには、ビーウルフのせりふに鉛筆による加筆（この原稿では、鉛筆による加筆はここ以外にない）があり、彼の名前に関する次の言葉が書き加えられている（四四二ページ参照）。

「ビーウルフ。かつて故郷にいたころはそう呼ばれていた。今ではわたしを、黄金の柄を持つ騎士と呼ぶ者がいる。だがわたしには、昔の名前を変えたいと思う理由はない」

＊

§3　『セリーチ・スペル』——古英語テキスト

『セリーチ・スペル』の古英語テキストが書かれた時期について、同作品の現代英語テキストが、たとえ不完全な形であっても、何らかの形で存在するようになって以降のことだと想像するのは難しくない。

原稿Aの当初のテキストでは、物語の出だしは、前項§2で示したとおり、次のようになっている。

昔々、この世界の北の国に王さまがいた。この王さまの屋敷には、ひとりの若者がいたが、これがほかとはずいぶん違う若者だった。この若者は、幼いころ山中にある熊のねぐらで見つけられ、狩人たちの手で王さまのもとへ連れてこられたのである。

同じ原稿Aにある、当初のテキストに対する一回目の推敲版は、次に示すように、出だしの一節が最終版（§1）と非常によく似ている。

昔々、この世界の北の国に、ある王さまがいた。王さまはひとり娘と暮らしており、屋敷には、ひとりの若者がいたのだが、これがほかの者たちとはずいぶん違う若者だった。その昔、狩人たちが山で大きな熊に出くわしたことがあった。狩人たちは、熊をねぐらまで追いかけていって殺したが、ふと見ると、そのほら穴に人間の子どもがいた。

古英語テキストは、次のように始まる。

On ǽrdagum wæs wuniende be norþdǽlum· middangeardes sum cyning, þe ángan dohtor hæfde. On his húse wæs éac án cniht óþrum ungelíc. For þam þe hit ǽr gelamp þæt þæs cyninges huntan micelne beran gemétton on þam beorgum, ond hie spyredon æfter him to his denne, and hine þǽr ofslógon. On þam denne fundon hie hysecild.

次に示す例は、もっとはっきりしている。§2の四四八ページで、わたしは原稿Aから次の言葉で始まる一節を、最初に書かれたとおりのまま掲載した。

しばらくして、ビーウルフが一人前どころかもっと大きな体に育ったころ、海の向こうの国では王さまが人食い鬼に悩まされているとのうわさが、この国に伝わってきた。それがどんな怪物で、どこから来たのか、だれも知らない。それでも、うわさによると、この怪物は闇に紛れて人間に近づき……

父は、「だれもが、その人食い鬼に食い殺された人がほかにもいて、みなが悲しんでいるのではないかと思ったからだ」までを一節まるごと、一行ずつ取消線を引いて削除し、行間に鉛筆で次のような新しい文章を走り書きした。これは、最終版（§1の四一八ページ）に近くなっている。

ある日、ビーウルフが一人前どころかもっと大きな体に育ったころ、広間で男たちの話を聞いていると、そのうちのひとりが、遠い国の王さまが自分の館をどんなふうに建てたのかを語り始めた。館の屋根は黄金で、長椅子はどれも彫刻と金箔が施され……

古英語テキストは、こうだ。

Hit gesǽlde, siþþan Béowulf mannes wæstm oþþe wel máran begeat, þæt he æt sumum sǽle hýrde menn gieddian on healle. Þá cwiddode án þæt sum útlandes cyning him micel hús atimbrode. Héah wæs seo heall, and hire hróf gylden; ealle bence þǽr inne wrǽtlice agræfene wǽron ond ofergylde...

このことが、古英語版は原稿Aから翻訳されたという証拠になるとは言えないと思うが、逆に古英語版から原稿Aが翻訳されたと主張するのは無理があるし、まったくあり得ないと思う。その一方で、もし古英語テキストが、すでに現代英語版が存在していた物語の翻訳であるとするなら、父が「まずこの物語を古英語で書き、表現に北欧的色合いを加えた」（本章「はじめに」）と、明らかに矛盾する発言をしている理由を説明できない。

手書きで清書された古英語テキストは、最後に「Hraþe æfter þon ongann seo sunne niþer gewítan, wurdon sceadwa lange ofer eorðan. Þá arás se cyning; menn óneton of þære healle.」という一節がページの下端に記されて終わっている。現代英語では「Soon afterwards the sun began to sink in the west and the shadows grew long; and the king arose, and men hurried from the hall.（それからすぐに日が西に沈み始め、影が長く伸びた。王さまは立ち上がり、家来たちは急いで館を後にした）」（§2の四五二ページ）だ。この場面と同じものが、原稿Aに書かれた当初の物語にある。ハンドシューとビーウルフがともにグラインダーの襲撃に備える直前のシーンだ。

清書された古英語テキストの最後のページに続いて、さらに二枚、父が古英語テキストの下書きをしていたことを示すページがある。この二枚は、すらすらと書いたようだが、とても太くて軟らかい鉛筆で殴り書きしてあるため、何が書かれているのか非常に読み取りにくい。それでも、かなりの部分は解読できる。ここで書かれた物語は、フロースガールがヘオロットの館をビーウルフにまかせる場面から始まり、グラインダーとの戦いの途中（最終稿に引き継がれた「まさかこんなことになるとは思ってもいなかった。けれどもビーウルフは逃がそうとしない。グラインダーが尻込みすると、跳び上がって」という一節（§1の四二七ページ））で終わっている。

以下に四七六から四七〇ページ（Ⅰ～Ⅶページ）にかけて、『セリーチ・スペル』の古英語テキストを掲載する。わたしは、この翻訳を示すのは望ましくないと思っている。厳密な逐語訳でない限り誤解を招く恐れがあるからだ。それに、このテキストの主眼は、わたしが思うに、父がこの古い言語を自由自在に操れたことを実例で示すことにあるのだから。

nánum ofþuhton hie má þonne Unfriþe. Se Unfriþ tealde hine mycles wyrðne, for þam þe he þam cyninge léof wæs. Húru he wæs swíþe gewittig mann: þý wǽron his rǽdas dýre his hláforde. Óþre sume cwǽdon þéah þæt he drýcræftig wǽre and galdor cúþe: oftor aweahten his rǽdas unsibbe þonne hie geþwǽrnesse setten.

Se ilca mann wende hine nú tó Béowulfe weard, and cwæþ him þus: 'Hýrde ic nú ǽr on riht þæt þú þé Béowulf nemnede? Seldcúþ nama, féawum gemǽne, þæs ic wéne. Witodlíce þú wǽre hit þe he Breca þé sundgeflit béad, and he þá lét þé feorr behindan, and swamm eft hám tó his ágenum earde: swá gelǽste he his béot wiþ þé. Wén hæbbe ic þæs þe Grendel þé læssan áre dón wille þonne Breca, búte þú micle swíþor duge nú þonne ǽr.'

'Lá! léofa Unfriþ!' cwæþ Béowulf. 'Hwæt! Þu woffast béore druncen, dollíce gesegest eall on unriht! Eornostlíce wæs ic hit þe mín béot gelǽste, nealles se earma Breca. Þéah wæs ic þá giet cniht án. Sóþlíce is mín wæstm hwéne mára núþa. Ac uton nú gefrýnd weorþan!'

Þá nóm he Unfriþ úp, ymbfæþmode hine, and clypte hine leohtlíce (swá him þúhte). Wæs hit þéah þam óþrum genóg, and siþþan Béowulf hine alíesde, þá lét Unfriþ swíþe fréondlíce, þá hwíle þe Béowulf wæs him néah gesett.

Hraþe æfter þon ongann seo sunne niþer gewítan, wurdon sceadwa lange ofer eorðan. Þá arás se cyning; menn ónetton of þǽre healle.

*

'Ic eom nú hér cumen líþan ofer sǽ. Hýrde ic þæt þé elwihta sum gedrecce. Man me sægde þæt he þínne folgaþ ǽte and þæt þú mid fela goldes þám léanian wolde þam þe þé æt him ahredde.'

Þá andswarode se cyning: 'Wálá! Sóþ is þætte þu gehíerdest. Án þyrs se þe Grendel hátte nú fela géara hergaþ mín folc. Swá hwelcum menn swá hine fordyde, wolde ic þá dǽd mǽrlíce léanian. Ac hwá eart þu? Oþþe hwelc ǽrende hæfstu tó mé?'

'Béowulf is mín nama,' cwæþ he. 'Hæbbe ic on mínum handum þrítigra manna mægen. Þæt is mín ǽrende þæt ic on þisne þyrs lócige. Wæs ic ǽr ymb óþre swylce abisgod. Niceras éac ofslóh ic. Þý nǽnig hér on lande is þe him wiþstandan durre, þý wille ic hér toniht his abídan, maþelian mid þissum Grendle swá me wel þynce. Óþerne fultum nelle ic habban búte míne earmas twégen. Gif þás mé swícen, húru þu bist orsorg mín: náþer ne þyrfe þu mé leng feormian, ne mé bebyrigan mid ealle, búte þa spell léogen.'

Þá blissode se cyning swíþe þæs þe he þás sprǽce hierde; ongann wénan þæs þe his gedeorfa bót nú æt síþmestan him gehende wǽre. Swá gebéad he Béowulfe þæt he tó symble eode; hét settan hine onmang his híredmanna. Þá þá sǽl gewearþ þæt man fletsittendum drync agéat, þá cóm self seo cwén tó Béowulfe, scencte him full medwes and him hǽlo abéad. 'Swíþe gladu eom ic on móde,' cwæþ heo, 'þe ic eft tó sóþe mann on þisse healle geséo!'

Þás word yfele lícodon þam híredmannum, and hira

Þá gestód Béowulf and him andwyrde módiglíce. 'Béowulf is mín nama,' cwæþ he, 'and þes mín geféra hátte Handscóh. Wé sécaþ þæs Gyldenhealle cyninges land. Wolde ic georn geweorc habban þe geþungenes mannes gemet síe. Þǽr on lande scolde man þæt findan, þæs þe we secgan hýrdon; for þam þe séo gesegen on mínum éþle gebrǽded wæs þæt féonda náthwilc þæs cyninges healle nihtes sóhte, ne nǽnig híredman his abídan ne dorste. Gif þas word sóþ wǽren, dohte ic þam cyninge.'

'Húru þu dohte!' cwæþ se mann: stóp onbæc, and lócode úp wundriende on þone cuman (and he, Béowulf wæs þá swíþe héah aweaxen, and his limu wǽron grýtran þonne óþerra manna gemet). 'For sóþe hæfþ éow se wind on þæs cyninges ríce gelǽded. Nis nú feorr heonan þæt hús þe gé tó sécaþ.'

Þá wísode he Béowulfe and his geféran forþ ofer land, oþþæt hie brádne weg fundon: þá þǽr gesáwon hie þæs cyninges hús scínan him beforan, on grénre dene: líexte geond þæt déope land se léoma þæs gyldenan hrófes.

Þá cwæþ se wísiend: 'þǽr stent séo heall þe gé tó fundiaþ. Ne magon gé nú þæs weges missan! Háte ic éow wel faran: swá ne wéne ic ná þæs þe ic þéow siþþan ǽfre eft geséon móte!'

Þæs ymb lýtel fæc cómon hie, Handscóh and Béowulf, tó þǽre healle durum. Þǽr ascéaf Béowulf þa duruweardas: cóm þá inn gán módig æfter flóre, þæt he fore þam cynesetle gestód and þone cyning grétte.

'Wes þú, hláford, hál on þínre Gyldenhealle!' cwæþ he.

his denne. Ealle niht rixode se eoten on þǽre gyldenan healle þæs cyninges, ne nán mann mihte him wiþstandan.

Þá semninga gestód Béowulf úp. 'Him is mannes þearf þǽr on lande,' cwæþ he. 'Þone cyning wille ic ofer sǽ sécan!'

Þás word þuhton manigum dysig. Lýt lógon hie him swáþéah þone síþ; for þam þe hie tealdon þæt se þyrs oþre manige nytwyrþran etan mihte.

Béowulf fór ánliepe fram hám: ac on færendum wege gemétte he sumne mann þe hine áxode hú he hátte and hwider he fóre.

Þá andswarode he: 'Ic hátte Béowulf, and ic séce Gyldenhealle cyning.'

Þá cwæþ se mann: 'Nú wille ic þé féran mid. Handscóh is mín nama' – and he hátte swá, for þam þe he his handa mid miclum hýdigum glófum werede, and þá he glófa on hæfde, þá mihte he gréat clúd onweg ascúfan and micle stánas to-slítan; ac þá he hie næfde, ne mihte ná má þonne óþre menn.

Fóron þá forþ samod Handscóh and Béowulf þæt hie to þǽre sǽ cómon. Þǽr begéaton hie scip, and tobrǽddon segl, and se norþwind bær hie feorr onweg. Gesáwon hie æfter fierste fremede land licgan him beforan: héah clifu blicon bufan sande. Þǽr æt síþmestan dydon hie hira scip úp on strand.

Sóna swá hie úp éodon, swá cóm him ongéan wígmanna sum; ne sægde he ná þæt hie wilcuman wæren; lócode grimlíce, and mid spere handum acweahte wódlíce. Hie gefrægn þa cuman unfréondlíce æfter hira namum and hira ǽrende.

Béowulf léte feor behindan, and hine æt þam sunde ealles oferflite. Húru se storm onhrérde þa niceras, and hie þá úp dufon of sǽgrunde; and hie gesáwon Béowulf. Swíþe háthe-orte wurdon hie, for þam þe hie wéndon þæt he Breca wǽre and þone storm him on andan aweahte. Þá geféng hira án þone cniht: wolde hine niþer téon tó grunde. Swíþe wéndon þa niceras þæt hie wolden þá niht under sǽ wista néotan. Hwæþre seþéah Béowulf wrǽstlode wiþ þone nicor and ofslóh hine, and swá eft óþre. Siþþan morgen cóm, þa lágon úp nigon niceras wealwiende be þæm wætere.

Þá sweþrode se wind, and astág seo sunne. Béowulf geseah manige síde næssas licgan út on þa sæ, and micle ýþa oþbǽron hine and awurpon hine up on elþéod, feorr be norþan, þær Finnas eardodon. Síþ cóm he eft hám. Hine þá sume frugnon: 'Hwider éodestu?' 'On sunde náthwǽr,' cwæþ he. Þúhte him swáþéah his ansýn grimlic, and hie gesáwon on him wundswaþe swá he wiþ wildeor wrǽstlode.

Hit gesǽlde, siþþan Béowulf mannes wæstm oþþe wel máran begeat, þæt he æt sumum sǽle hýrde menn gieddian on healle. Þá cwiddode án þæt sum útlandes cyning him micel hús atimbrode. Héah wæs seo heall, and hire hróf gylden; ealle bence þǽr inne wrǽtlice agræfene wǽron and ofergylde; scán se fáge flór, and gylden rift hangodon be þam wágum. Þær wæs ǽr manig wuldorlic symbel, micel mandréam, gamen and hleahtor wera. Nú þéah stód þæt hús ídel, siþþan seo sunne to setle éode. Nǽnig dorste þǽr inne slǽpan; for þam þe þyrsa náthwilc seomode on þǽre healle: ealle þe he besierwan mihte oþþe frǽt he oþþe út aferede to híerra wéox, swá wearþ he á strengra, oþ þæt óþre cnihtas and éac weras hine ondrǽddon. Næs þá lang to þon þæt he fíf manna mægen hæfde on his handum. Þá wéox he giet má, oþþæt his earma gripe wearþ swá swá beran clypping. Nǽnig wǽpn ne bær he, and gif he abolgen wearþ, þá mihte he man in his fæþme tocwýsan. Swá forléton menn hine ána.

Se Béowulf gewunode þæt he swamm oft on þǽre sǽ, sumera and wintra. Swá hát wæs he swá se hwíta bera, and his blód hæfde beran hǽto: þý ne ondrǽdde he nǽnne ciele.

Þá wæs on þǽre tíde sum swíþe sundhwæt cempa, Breca hátte, Brandinga cynnes. Se Breca gemétte þone cniht Béowulf be þam strande, þá he æt sume cierre cóm fram sunde be þam sǽriman.

Þá cwæþ Breca: 'Ic wolde georn lǽran þé sundplegan. Ac húru þú ne dearst swimman út on gársecg!'

Þá andswarode Béowulf: 'Gif wit bégen onginnaþ on geflit swimman, ne béo ic se þe ǽrest hám wende!' Þá déaf he eft on þa wægas. 'Folga me núþa be þínre mihte!' cwæþ he.

Þá swummon hie fíf dagas, and Breca ná ne mihte Béowulf foran forswimman; ac Béowulf wæs swimmende ymb Brecan útan, ne nolde hine forlǽtan. 'Ic ondrǽde me þearle þæt þu méþige and adrince,' cwæþ he. Þá wearþ Breca ierre on móde.

Þá arás fǽringa micel wind, and se blæst bléow swa wódlice þæt wǽgas to heofone astigon swá swá beorgas, and hie cnysedon and hrysedon Brecan, and adrifon hine feorr onweg and feredon hine to fyrlenum lande. Þanon cóm he siþþan eft on langum síþe to his ágnum earde: sægde þæt he

『セリーチ・スペル』古英語テキスト

On ǽrdagum wæs wuniende be norþdǽlum middangeardes sum cyning, þe ángan dohtor hæfde. On his húse wæs éac án cniht óþrum ungelíc. For þam þe hit ǽr gelamp þæt þæs cyninges huntan micelne beran gemétton on þam beorgum, ond hie spyredon æfter him to his denne, and hine þǽr ofslógon. On þam denne fundon hie hysecild. Þúhte him micel wundor, for þam þe þæt cild wæs seofonwintre, and gréat, and æghwæs gesund, bútan hit nan word ne cúþe, ac grunode swá swá wildéor; for þam þe beran hit aféddon. Hie genómon þæt cild; ac náhwǽr ne mihton hie geáxian hwanon hit cóme, ne hwelces fæderes sunu hit wǽre. Þá gelǽddon hie þæt cild to þam cyninge. Se cyning onféng his, and hét afédan hit on his hírede and manna þéawas lǽran.

Him ne geald, swáþéah, þæt fóstorcild his fóstres léan: ac gewéox and ungehýrsum cniht gewearþ, and wæs sláw and asolcen. Late leornode he manna geþéode. Láþ wæs him ǽlc geweorc, ne nolde he ná his willes gelómena brúcan ne wǽpnum wealdan. Hunig wæs him swíþe léof, and he sóhte hit oft be wudum; oftor þéah réafode he béocera hýfe. For þam hét man hine Béowulf (and he ǽr nǽnne naman hæfde), and á siþþan hátte he swá.

Hine menn micles wyrðne ne tealdon: léton hine for héanne, ne ne rýmdon him nǽnne setl on þæs cyninges healle; ac he wunode on hyrne. Þær sæt he oft on þam flette. Lýt spræc he mid mannum. Þá gelamp hit æfter firste þæt se cniht weaxan ongann wundrum hrædlíce, and swá swá he

ベーオウルフの歌

次に紹介する二編の詩、というより、同じ詩のふたつのバージョンは、父が翻訳『ベーオウルフ』の原稿Bで使ったのと同じ小型の活字〝ミゼット〟（本書一ページ参照）で打ったタイプ原稿である。一方のバージョンには、タイプで「ベーオウルフとグレンデル（BEOWULF AND GRENDEL）」というタイトルが付けられ、インクで数字のⅠが書き足されている。もう一方には、タイトルがタイプで「ベーオウルフ（BEOWULF）」とだけ打たれていたが、そこにインクで「と怪物たち（& THE MONSTERS）」という言葉と、数字のⅡが書き加えられていた。

バージョンⅠの方が、おそらく予想はつくと思うが、古く、その証拠に、バージョンⅠの第六スタンザ第一行 *A ship there sailed on pinions wild*（そこを船は激しい翼に乗って進み）がインクで *On the sails of a ship the sunlight smiled*（船の帆には陽光がほほえみかけ）に訂正され、それがバージョンⅡの後ろから二番目のスタンザ第1行にタイプで記されている。バージョンⅡは、バージョンⅠから多くの行をそのままの形で取り入れているが、グレンデルの母親の話を組み込むことで、大きく改変・拡張されている。

わたしが探した範囲では、父が書いた物のなかに、このふたつの歌について少しでも言及したものは（以前タイプで清書した自作詩のタイトル一覧に鉛筆で「ベーオウルフ」の名が書き込まれているのを除いて）ないが、このテキストの先頭には、父がインクで「ベーオウルフの歌に新たな内容が付加されていく諸段階」と書いた表紙ページが添付されている。これはもちろん、両バージョンがふたつとも書かれてから父がつけ加えたもので、この二編の詩の重要性を『ベーオウルフ』研究のこの分野の学術用語でそれとなく表現した、風刺の効いた言葉である。

この表紙には、鉛筆で「歌唱用」との注意書きがある。「はじめに」でも述べたように、わたしは今も、七歳か八歳だった一九三〇年代初頭に父がこのバラッドを歌って聞かせてくれたことをよく覚えている（もちろん歌そのものは、その数年前に書かれていたのかもしれない）。歌ってくれたのは、ほぼ間違いなく、最初のバージョン「ベーオウルフとグレンデル」だったと思う。

ベーオウルフの歌

一

ベーオウルフとグレンデル

グレンデルが真夜中に姿を現した。
目に映る月がガラスのように輝くなか、
沼地を力強く大股で踏み越えて、
　ヘオロットへとやってきた。
谷は暗く、窓から光が漏れていた。
壁際に潜んで、しばらく耳を澄ましながら、
笑い声を呪い、歌声を呪い、
　ヘオロットから聞こえる竪琴の音を呪った。

王フロースガールは玉座で嘆く。
殺された臣下たちの死をひとり嘆く。
だが、グレンデルは肉と骨を食らう。
　ヘオロットの武者たち三〇人の肉と骨を。
そこへ一艘《いっそう》の船が、空飛ぶ白鳥のようにやってくる。
暗い水面に泡立つ波は白い。
船にはひとり、まばゆい兜をかぶった男が立っている。
　ヘオロットへと風に乗ってやってきた男が。

柔らかい枕でベーオウルフが眠っていると、
残忍なグレンデルが暗い広間に忍び込んだ。
扉が大きく開くと、なかに飛び込み、
　ヘオロットの守護者をつかんだ。
熊のごとき者は寝床で目を覚まし、
ベーオウルフはその場でグレンデルと格闘した。
そして相手の腕を鉤爪もろとも引きちぎると、
　ヘオロットに、その黒い血が飛び散った。

「ああ！　エッジセーオウの息子よ」と瀕死の怪物は言った。
「敗れたるわが首を切り落とすなかれ。
さもなくば、汝の死の床は石のごとく硬くなり、
　ヘオロットには血まみれの最後が訪れるであろう！」
「ならば、わたしが死して最後に横になる、
その死の床は石のごとく硬くなれ」
かくしてベーオウルフは魔物の首を切り落とし、
　ヘオロットに高く掲げた。

うまし蜂蜜酒を男らは卓を囲んで飲み、
フロースガールは蔵の黄金を分け与え、
数多の宝石と馬と剣を
　ヘオロットでベーオウルフに与えた。
月の光が窓からかすかに差し込んだ。
ベーオウルフが酒を飲みながら目をやると、
そこにあった魔物の目には光があり、
　ヘオロットのきらめきのなかで輝いていた。

船の帆には陽光がほほえみかけ、
船の底には輝く黄金が山と積まれ、
風がうなって気ままに激しく吹くなかを、
　ヘオロットの地を船は離れた。
歓声が人であふれる岸から起こり、
木造船に乗った勇者をたたえるが、
あの船は二度とかの国には戻らず、
　ヘオロットから、かの者の運命は遠く離れた。

魔物の首は広間に掛けられ、
吟遊詩人が歌う間、壁で笑みを浮かべていたが、
やがて炎が飛び散り、血塗られた剣が鳴り響き、
　ヘオロットの竪琴は鳴りやんだ。
そして最後に残った白髪の男は、
石のように硬い床に横たわり、
毒に苦しみ、血を流しながら、
　ヘオロットの輝きを思い出していた。

Ⅱ

ベーオウルフと怪物たち

グレンデルが真夜中に姿を現した。
目に映る月がガラスのように輝くなか、
沼地を力強く大股で踏み越えて、
　ヘオロットへとやってきた。
谷は暗く、窓から光が漏れていた。
壁際に潜んで、しばらく耳を澄ましながら、
笑い声を呪い、歌声を呪い、
　ヘオロットから聞こえる竪琴の音を呪った。

明かりが消えて、笑いが収まった。
そこへグレンデルが押し入って存分に食べた。
そして赤い血をまき散らした。
　ヘオロットの輝く床に。

デネ人はだれひとりとして、その怪物と戦おうとせず、
あの恐ろしい足で歩き回る音を待ち構えようともしなかった。
広間でひとり座を占めたのは、
　ヘオロットの主《あるじ》となった魔物であった。

翌朝、王フロースガールは玉座に座り、
館で殺された臣下たちの死をひとり嘆くが、
グレンデルは肉と骨を食らった。
　デンマークの武者たち三〇人の肉と骨を。
そこへ一艘《いっそう》の船が、空飛ぶ白鳥のようにやってきた。
暗い水面に泡立つ波は白かった。
船にはひとり、まばゆい兜をかぶった者が立っていた。
　デンマークへと運命に導かれてきた男が。

ベーオウルフが柔らかい枕で眠っていると、
グレンデルが獲物を求めて暗い広間に忍び込んだ。
扉が大きく開くと、なかに飛び込み、
　ヘオロットの守護者をつかんだ。

熊のごとき者は寝床で目を覚まし、
ベーオウルフはその場でグレンデルと組み合った。
そして相手の腕を鉤爪もろとも引きちぎると、
　ヘオロットに黒い血が飛び散った。

うまし蜂蜜酒は卓をめぐり、
家来らは歓喜し、その主君は喜び、
数多の宝石と馬と剣を
　ベーオウルフに褒美として与える。
デネ人たちは、何の警戒もせず眠りこけ、
魔物が近づいてきているとは夢にも思っていない。
やってくるのは、死んだわが子の仇を討つため。
　ベーオウルフに屠《ほふ》られた息子の敵《かたき》を取るために。

笑い声はやみ、明かりは暗い。
巨人の母は、その場の者たちに災いを成し、
デネ人の死体をひとつ持つと出口へ向かい、
　ヘオロットから甲高い笑い声をあげて去っていった。

山の霧に掛かった影のごとく、
寒風が吹き荒れ、低木がうなる地を、
母は逃げていったが、だれも尋ねていくことはできなかった。
　ヘオロットで息子が殺されてからは。

ひとり、山道を越えて行こうとする者がいた。
恐ろしい死体を持って逃げていった母鬼を追って、
その住み処である、とどろく滝へと向かっていた。
　ヘオロットで人々が嘆き悲しむのを後にして。
霧のかかった冷たい沼地を、
獰猛な狼が荒野で吠える沼地を、はるかに越え、
ドラゴンの住み処やニコルの根城を通り過ぎ、
　ヘオロットの明かりから遠く離れた場所へとやってきた。

そこは、酷寒の沼を見下ろす岸が切り立ち、
立つ木々は枯れて曲がっていた。
その漆黒の沼には血が混じっていた。
　デンマークのこの上なく高貴な騎士たちの血が。

光炎の力が稲妻となって、その場に落ち、
大鍋が地獄の火にかけられて煙を上げる、
そのような場所に邪悪な魔物たちは
　デンマークの人骨に囲まれて住んでいた。

ベーオウルフは、「さらばだ、自由民たる同志たちよ！
ここから先は、だれもわたしと一緒に来てはならぬ」と言い、
輝く兜をかぶったまま沼に飛び込み、
　ヘオロットでの災厄の報復に向かった。
ニコルどもが、鎖帷子をかじりに来た。
その白い牙が青白く光るのを見た。
緑の明かりが、深い水底の谷の、
　ヘオロットよりも高い館にともっていた。

魔物は洞窟の暗い入口に潜んでいた。
その牙と指は血で赤く染まり、
床を見れば人間のしゃれこうべが、
　ベーオウルフの足元にいくつも転がっていた。

胴鎧を、呪文のかかった鉤爪が引きちぎり、
歯が、血をすすろうと喉元を狙う。
ところが剣は、役に立たずに真っ二つに折れた。
　ベーオウルフにウンフェルスが与えた剣は折れた。

日の当たらぬ水底で、もはや死ぬかに思われた。
この水底には、死体が骨の山に倒れていた。
グレンデルが永い眠りに就いていて、
　ヘオロットを襲うことはもはやできなくなっていた。
大きな剣が、洞窟の壁に掛かっていた。
かつて太古の巨人たちにより作られし剣が。
ベーオウルフは、それをつかむと電光石火、
　ヘオロットの敵に向かって振り下ろした。

「ああ！　エッジセーオウの息子よ」と瀕死の怪物は言った。
「敗れたるわが首を切り落とすなかれ。
さもなくば、汝の死の床は石のごとく硬くなり、
　デンマークには血まみれの最後が訪れるであろう！」

「ならば、わたしが死して最後に横になる、
その死の床は石のごとく硬くなれ」。
かくしてベーオウルフは魔物の首を切り落とし、
　デンマークに持ち帰った。

歓喜して蜂蜜酒を男らは卓を囲んで飲み、
フロースガールは蔵の黄金を分け与えたが、
ベーオウルフは今では腰に、
　ヘオロットでウンフェルスから渡された剣を帯びてはいなかった。
月の光が窓からかすかに差し込んだ。
ベーオウルフが酒を飲みながら目をやると、
魔物の目には光があり、
　ヘオロットのきらめきのなかで輝いていた。

船の帆には陽光がほほえみかけ、
船の底には輝く黄金が山と積まれ、
風がうなって気ままに激しく吹くなかを、
　デンマークの地を船は離れた。

歓声が人であふれる岸から起こり、
木造船に乗った勇者をたたえるが、
あの船は二度とかの国には戻らず、
　デンマークから、かの者の運命は遠く離れた。

魔物の首は広間に掛けられ、
吟遊詩人が歌う間、壁で笑みを浮かべていたが、
やがて炎が飛び散り、血塗られた剣が鳴り響き、
　ヘオロットの竪琴は鳴りやんだ。
最後に残った白髪の男は、
石のように硬い床に横たわり、
毒に苦しみ、血を流しながら、
　ヘオロットの輝きを思い出していた。

＊

訳者あとがき

古英詩『ベーオウルフ』は、『ホビットの冒険』や『指輪物語』の原点がここにあるともいわれている物語です。前半は、隣国デンマークの王が怪物グレンデルの襲来に悩まされていると知った若き日のベーオウルフが海を渡って駆けつけ、グレンデルとその母親を倒すまで、後半は、帰国後、歳月が流れ、王となったベーオウルフが竜退治にのぞみ、命を落とすまでが描かれます。

J・R・R・トールキンは一九二〇年代にこの古英詩を現代英語の散文に訳しました。さらに、オックスフォード大学で教鞭をとっていたトールキンは、古英語を学ぶ学生向けの講義原稿として、『ベーオウルフ』の重要箇所に関する膨大な注釈を記しました。したがって、これらの注釈は、単なる語句解説、固有名詞の解説といったたぐいのものではありません。語源や歴史的背景はもちろん、キリスト教と異教の関係、物語のもとになった伝承や神話、詩には直接描かれていない人物像、当時の人々（詩の聞き手）が当然知っていたと思われる事柄などが詳細に論じられています。

なかでも人物像に関する考察は、トールキン作品の愛読者であれば、興味深く感じられるのではないでしょうか。注釈は詩の前半部分に偏っているものの（学生が学位を得るための「試験範囲」がそこまでだったためと思われます）、類似表現や対照的表現への言及を通じて、適宜、後半部分との比較もおこなわれているので、結果として、詩全体をカバーしているといえるでしょう。

また、古英詩『ベーオウルフ』の原典は、他者の手をへた写本の形で残っているにすぎず、その過程でもともとの語句が書き換えられていた可能性があり、トールキンはそれについても、古英語の文法や頭韻の法則などもまじえ、詳しく論じています。古英語の知識がない一般の読者には難解かもしれませんが、そのあいまに書かれている歴史的な事柄などを参考にしていただければと思います。

詩の本編についていえば、こちらは現代英語の散文訳とはいえ、かなり古い言葉、辞書を引くと「古語」「文語」「廃語」「詩語」と記されているような言葉が多く使われ、リズムや古英語原典の語順を重視してか、「倒置」も多用されています。日本語訳にもそういった要素をすべて反映できればよかったのですが、本書ではリズムを意識しつつ、読みやすさを優先するよう心がけました。

ただ、少し意訳をしたほうが日本語として自然な文章になる箇所であっても、「注釈」とのかねあいで、意訳をすると、注釈で述べられている語句の解説、他の語句や表現との比較がわかりづらくなってしまうことがあり、あえて逐語的に訳してある場合もありますので、ご了承いただければと思います。

それと、他の現代英語訳では「warrior(s)」「noble man (men)」などと訳されている箇所が、トールキンの訳では多くの場合「good man (men)」となっており、この表現が出てくるたびに、「すぐれた戦士（兵士、家臣）」ととるべきか、「高い（高貴な）地位や身分にある人」と取るべきか、文字どおり「善き人」ととるべきか迷いましたが、文脈に応じて訳しわけることにいたしました。固有名詞に関しては、岩波文庫『中世イギリス英雄叙事詩ベーオウルフ』（忍足欣四郎訳）のほか、論文の表記などを参考にさせていただきました。

トールキンの愛読者にとっていちばん興味深いのは、『ベーオウルフ』の前半部分を下敷きにした創作『セリーチ・スペル（不思議な物語）』ではないでしょうか。冒頭の解説にもあるとおり、これは『ベーオウルフ』の民話的要素の背後にあるアングロ・サクソン時代の物語を復元しようと試みたもので、怪物退治にのぞんだベーオウルフには仲間がいたはずとの想定のもと、『ベーオウルフ』では詳しく語られていない、ウンフェルス、アッシュヘレ、ハンドシオーホが名前を変えて登場します。『ベーオウルフ』に興味はあるけれど、どうもとっつきにくいと思われるのであれば、まず『セリーチ・スペル』を読み、関連する注釈をひろい読みしてから、本編を読むというやり方もよいかもしれません。また、本編と注釈を読んでから『セリーチ・スペル』を読むと、注釈で論じられている人物像がそこに反映されていることが実感できるでしょう。なお、『セリーチ・スペル』と『ベーオウルフの歌』（および注釈）の翻訳は、小林朋則さんにご協力をいただきました。この場をかりてお礼を申し上げます。

そして最後になりましたが、なかなか進まない翻訳を辛抱づよく待ってくださった原書房編集部の寿田英洋さんと廣井洋子さん、このような貴重な作品を翻訳する機会を提供してくださったオフィス・スズキの鈴木由紀子さんに心より感謝を申し上げます。

二〇一七年八月

岡本千晶

＊なお、本書の各章で複数の文献に言及していますが、原書にはそれらの書誌情報はとくに掲載されていません。

J・R・R・トールキン（J.R.R. Tolkien）

1892年1月3日、南アフリカのブルームフォンテーンに生まれる。第1次世界大戦に兵士として従軍した後、学問の世界で成功をおさめ、言語学者としての地位を築いたが、それよりも中つ国《ミドルアース》の創造者として、また古典的な大作、『ホビットの冒険』、『指輪物語』、『シルマリルの物語』の作者として知られている。その著作は、世界中で60以上もの言語に翻訳される大ベストセラーとなった。1972年に、CBE爵位を受勲し、オックスフォード大学から名誉文学博士号を授与された。1973年に81歳で死去。

クリストファー・トールキン（Christopher Tolkien）

1924年11月21日、J・R・R・トールキンの三男として生まれる。トールキンから遺著管理者に指名され、父親の死後、未発表作品の編集・出版に取り組んでいる。とくに知られているのは、『シルマリルの物語』、『中つ国の歴史（The History of Middle-earth）』。妻ベイリーとともに、1975年よりフランス在住。

岡本千晶（おかもと・ちあき）

成蹊大学文学部英米文学科卒。翻訳家。キーロン・コノリー『フォトミュージアム世界の廃墟図鑑』、ペトル・クルチナ『世界の甲冑・武具歴史図鑑』、マイケル・ケリガン『図説拷問と刑具の歴史』（以上、原書房）ほか、翻訳書多数。吹替を中心に映像翻訳にも従事。

＊本文中の聖書からの引用は、『新共同訳聖書』（日本聖書協会、1987年）にもとづいた。

トールキンのベーオウルフ物語《ものがたり》
〈注釈版〉

●

2017年10月1日　第1刷

著者………J・R・R・トールキン
編者………クリストファー・トールキン
訳者………岡本千晶《おかもとちあき》
装幀………川島進デザイン室
本文組版・印刷………株式会社ディグ
カバー印刷………株式会社明光社
製本………小高製本工業株式会社

発行者………成瀬雅人
発行所………株式会社原書房
〒160-0022　東京都新宿区新宿1-25-13
電話・代表 03(3354)0685
http://www.harashobo.co.jp
振替・00150-6-151594
ISBN978-4-562-05387-2